Personenverzeichnis

I N Pemberley

Fitzwilliam Darcy – ein Landtalent und Magier, der sich auf eine gefährliche Mission nach Frankreich vorbereitet

Elizabeth Darcy – seine Frau, Drachengefährtin von Cerridwen

Lady Amelia Morgan (Granny) – Elizabeths Urgroßmutter aus Wales, eine Magica und Drachengefährtin von Sycamore

Mr. Roderick (Roderick ap Rhodri) – ein Magier aus Wales, Elizabeths Freund aus Kindertagen, stammt von walisischen Prinzen ab

Lady Frederica Fitzwilliam – Darcys Cousine und Tochter des Earl of Matlock, Lehrling der Magica des Königs

Georgiana Darcy – Darcys Schwester, sechzehn Jahre alt

Belinda Lowrie – Georgianas Freundin und Gesellschafterin

Chandrika – Elizabeths Zofe aus Indien, zuvor im Dienst von Rana Akshaya

Mrs. Reynolds – die Haushälterin

Hobbes – der Butler

Mrs. Charlotte Sanford – Hebamme und Darcys uneheliche Halbschwester

Jack Darcy (verstorben) – Darcys geliebter jüngerer Bruder, der bei einem Drachenangriff ums Leben kam

Cerridwen – Elizabeths junger Drache mit Seherinnengabe, der häufig die Form eines Turmfalken annimmt

Sycamore – Grannys Drache

Im Dark Peak Nest

Rowan – ein junger Drache, der Elizabeth und Roderick geholfen hat

Quickthorn – ein reizbarer junger Drache
Die Älteste – ein Drache höheren Alters, der für das Nest verantwortlich ist
Juniper – ein Drachenpoet
Hawthorn – ein Drachenbildhauer
Achat – ein junger Drachennestling
<u>Andernorts in England</u>
Lady Anne Darcy – Darcys Mutter, des Königs Magica
Rana Akshaya – eine Magica aus Indien
Colonel Richard Fitzwilliam – Darcys Cousin, Sohn des Earls of Matlock und Lady Fredericas Bruder
Jasper Fitzwilliam – der jüngste Sohn des Earls of Matlock
Lady Catherine de Bourgh – Lady Annes Schwester
Anne de Bourgh (verstorben) – Lady Catherines Tochter und Darcys erste Frau
Mary und Kitty Bennet – Elizabeths Schwestern, in London, studieren bei Lady Anne Darcy
Jane Bingley – Elizabeths älteste Schwester, verheiratet mit Mr. Bingley
Charles Bingley – ehemaliger Bibliothekar der Königsmagica, Darcys Freund, verheiratet mit Jane Bennet
Mr. Bennet – Elizabeths Vater, der verbirgt, dass er ein Magier ist
Mrs. Bennet – Elizabeths Mutter
Lydia Bennet – Elizabeths jüngste Schwester, die noch zu Hause lebt
<u>In Frankreich</u>
Der Duc de Velaudin – ehemals ein enger Verbündeter Napoleons, der das Attentat plante
Napoleon, Kaiser der Franzosen
Mme. Hartung – eine Exilpreußin
Mme. Laurent – ihre Köchin
Kapitan Kupillas – ihr Cousin, ein preußischer Soldat
Coquelicot – eine Drachendame, Heilerin im Vogesennest

Kapitel 1

P EMBERLEYS HERRENHAUS SPIEGELTE SICH perfekt auf dem See. Es war ein beruhigender Anblick, zumindest bis ein Dutzend reiterloser Pferde um ihn herumgaloppierten und direkt auf ihre kleine Gruppe zuhielten.

Elizabeth hielt den Atem an. Wie viel besser war diese Illusion, verglichen mit den ersten Versuchen ihres Mannes, Pferde zu erschaffen! Roderick hatte recht. Irgendetwas hatte sich grundlegend in Darcys Fähigkeit, Illusionen zu erschaffen, verändert. Und das genau zur rechten Zeit, denn allzu bald würde alles von seinen Illusionen abhängen – Darcys Leben eingeschlossen.

Granny unterzog die Pferde einer kritischen Prüfung. "Nicht schlecht", sagte sie. "Dennoch könnten sie besser sein. Kommen Sie her, junger Mann."

Darcy schürzte die Lippen, um die Illusion zu verwerfen, und die Pferde verschwanden. Sein angespannter Kiefer ließ auf seinen Unmut über Grannys Reaktion schließen, dennoch näherte er sich ihrem Stuhl. "Wie Ihr wünscht, Lady Amelia."

"Eines Tages werde ich Sie überzeugen, mich Granny zu nennen", brummte die alte Dame, was Darcy ein kleines Lächeln entlockte. "Aber nicht heute. Beugen Sie sich hinunter, damit ich Ihnen ins Ohr sprechen kann." Als er gehorchte, umschloss sie es mit ihrer Hand, sodass Elizabeth nicht einmal sehen konnte, wie sich ihre Lippen bewegten.

War das, was sie Darcy erzählte, denn ein so großes Geheimnis?

Darcy richtete sich abrupt auf, seine Wangen färbten sich rot. "Madam!", stieß er vorwurfsvoll hervor.

Nun raste Elizabeths Neugierde schneller als die Pferde. Ihr Mann errötete so gut wie nie.

"Ach, seien Sie still", sagte Granny gereizt. "In Europa sind eine halbe Million englischer Soldaten gestorben und Sie machen sich Gedanken über gute Manieren? Das wird Ihnen helfen, Napoleon Einhalt zu gebieten. Und aus irgendeinem Grund möchte meine Urenkelin, dass Sie danach lebend zu ihr zurückkehren, also tun Sie nun bitte, was ich sage."

Mit immer noch hochrotem Kopf warf Darcy ihr einen finsteren Blick zu, doch dann schloss er die Augen in einem offensichtlichen Versuch, seine Reaktion unter Kontrolle zu bringen. "Seid so freundlich, mir einen Augenblick zu geben", sagte er spitz.

"Nehmen Sie sich so viel Zeit, wie Sie benötigen", erwiderte Granny großmütig, doch ihre Lippen zuckten.

Was um alles in der Welt ging da vor sich? Doch dann drehte sich Darcy zu ihr um, sein Gesichtsausdruck war unlesbar. Nein, nicht unlesbar – sie würde ihn ganz genau zu deuten wissen, wenn sie allein in einem Schlafzimmer wären, aber was bedeutete es nun hier, wenn seine Augen verhangen wurden und sein Blick sich tief in sie grub? Nun waren es ihre Wangen, die heiß wurden.

Dann machte er eine Bewegung aus dem Handgelenk, wie er es immer tat, wenn er eine Illusion auswarf, jedoch ohne den Blick von ihr abzuwenden. Und sie war genauso gefangen wie er, das Verlangen stieg in einem heißen Strom auf und prickelte auf ihrer Haut.

"Schon viel besser", triumphierte Granny. "Schaut mal."

Ihre Worte durchbrachen die seltsame Spannung zwischen ihnen und dann keuchte Elizabeth auf. Die Pferde waren zurück, aber diesmal stoben sie unkontrolliert auf sie zu, anstatt lediglich zu galoppieren. Eines warf den Kopf zurück, als sei es verrückt geworden, und Dampf stieg aus den Nasenlöchern eines anderen auf. Allein der Anblick ließ ihr Herz pochen.

Darcys Mund hing offen, als wäre er von der Illusion, die er geschaffen hatte, selbst überwältigt. Dann bewegte er seine Hand erneut, und die tosende Herde drehte ab, um den See zu umrunden. "Roderick hat diese Technik nie erwähnt." Seine Stimme klang halb erstickt, halb anklagend.

Granny schnaubte. "Sie nützt keinem, der seine Magie nicht mit einem Drachengefährten verflechten kann, also so gut wie niemandem. Mein verstorbener Mann beschloss, dieses kleine Detail nicht mit anderen zu teilen, dass er wieder von neuem lernen musste, sein Talent einzusetzen, nachdem er mich geheiratet hatte. Zumindest wusste Roderick, wie er Ihnen die Grundlagen beibringen kann."

Das rief es Elizabeth wieder in Erinnerung: Darcy wäre derjenige, der sich den verzweifelten Gefahren in Frankreich stellen würde, aber ihre Fähigkeiten als Drachengefährtin könnten ihm zum Erfolg verhelfen. Und vielleicht sogar dazu beitragen, dass er überlebte.

Er runzelte die Stirn. "Nicht der beste Zeitpunkt für mich, noch einmal von vorne zu beginnen, aber ich kann nicht leugnen, dass es effektiv ist." Er sah Elizabeth an, seine Augen wanderten in einer Weise über ihren Körper, die in der Öffentlichkeit kaum angemessen schien, und dann unternahm er einen weiteren Versuch.

Diesmal erschienen keine Pferde. Er musste jedoch irgendeine andere Illusion geschaffen haben. Elizabeth ließ ihre Augen über die Szenerie schweifen. Ein Turmfalke kreiste über ihnen, doch der musste real sein, da sie Cerridwens unverwechselbare Präsenz spüren konnte. Waren diese beiden Schwäne auf dem See zuvor schon dort gewesen? Elizabeth konnte erkennen, wie sich das Wasser hinter ihnen kräuselte, doch die Illusion sich bewegenden Wassers überstieg Darcys Fähigkeiten bei Weitem – oder zumindest hatte sie das gedacht.

"Sicherlich sind diese Schwäne nicht dein Werk?", fragte sie zögernd.

Er rieb sich mit der Hand über den Mund. "Ich hatte nicht erwartet, dass es tatsächlich funktioniert."

Was auch immer diese neue Technik war, Elizabeth wollte sie lernen. Aber dann zog Cerridwen ihre Aufmerksamkeit auf sich, als sie im Sturzflug auf sie herabgeschossen kam. Einen Moment später landete der Vogel vor ihr und verwandelte sich in ihren geliebten Drachen.

Für sie war es immer noch schwer zu fassen, dass sich ihr magischer Falke als Drache entpuppt hatte! Noch dazu freute sie sich, ihn zu sehen. Da Granny das jahrelange Silentium aufgehoben hatte, das Cerridwen von der Gesellschaft anderer Drachen ausschloss, hatte Cerridwen nun jeden wachen Moment unter ihresgleichen im nahe gelegenen Nest verbracht.

Elizabeth legte ihre Hand auf Cerridwens Brust, ließ sich von der Hitze und der mächtigen Magie in den glänzenden blauen und bronzenen Schuppen wärmen und sprach leise zu ihr. "Ich hatte nicht erwartet, dich so früh zu sehen, Liebes."

Cerridwens Aura verströmte Griesgrämigkeit. *Alle Drachen sind über irgendetwas verärgert, und sie wollen mir nicht sagen, was es ist. Sie sagen, dass ich noch nicht dazugehöre.*

Arme Cerridwen! Sie war so froh gewesen, endlich wieder unter Drachen zu weilen, nachdem sie ihnen fern geblieben war, um bei Elizabeth zu bleiben, und nun das. Hatte sie etwas getan, um sie gegen sich aufzubringen?

Obwohl Elizabeth nicht beabsichtigt hatte, das zu senden, griff Cerridwen oft ihre unausgesprochenen Gedanken auf. *Nein, sie sagen, es habe nichts mit mir zu tun. Aber ich mag keine Geheimnisse.* Wäre Cerridwen ein Mensch, hätte sie nun schmollend die Unterlippe vorgeschoben.

Elizabeth legte liebevoll ihren Arm über die Schultern des Drachen. *Ich auch nicht, und ich bin froh, dass du stattdessen hierhergekommen bist. Ich werde dir immer antworten, wenn du mich etwas fragst.*

Erschüttert betrachtete Darcy die Schwäne. Wie konnten sie nur so gut geworden sein? Was Lady Amelia ihm beigebracht hatte, war ein mächtiges Werkzeug, so schockierend unpassend es auch sein mochte. Die Frage war, wie man es am besten einsetzte.

Seine Gedanken wurden durch das Geräusch von Hufschlägen und Rädern auf Kies unterbrochen. Diesmal echte und keine Illusionen. Er beschattete seine Augen mit der Hand, um erspähen zu können, dass ein Wagen die Auffahrt heraufkam, dessen Verdeck mit Truhen und Paketen beladen war, als ob der Insasse einen längeren Aufenthalt plane. Könnte es sein, dass Elizabeth jemanden eingeladen hatte, ohne ihm Bescheid zu geben? Dann traf ihn die Antwort wie ein Blitz.

Wie hatte er das nur vergessen können? Noch nicht einmal vierzehn Tage waren vergangen, seit er seine Schwester in London besucht und darauf bestanden hatte, dass sie nach Pemberley kommen sollte. Aber dann hatte er direkt nach seiner Heimkehr festgestellt, dass es in England Drachen gab. Wie die mörderischen, die seinen Bruder Jack in Spanien getötet hatten. Und einer von ihnen saß in seinem eigenen Salon, verbunden mit seiner Frau. Alles andere, einschließlich Georgianas Ankunft, war ihm völlig entfallen.

Jetzt war sie hier, und er hatte Elizabeth nicht einmal vorgewarnt, geschweige denn das Personal.

Ihr Kutscher starrte ihn voller Entsetzen an. Oder, genauer gesagt, den Drachen, der nur wenige Meter von ihnen entfernt saß.

Nach einer raschen Entschuldigung bei Lady Amelia, machte er sich auf den Weg zum Wagen. Er musste dort sein, bevor Georgiana Cerridwen entdeckte.

Seine Schwester stieg bereits aus der Kutsche, als er ankam, ihr Gesicht war von einem Lächeln umspielt, als sie ihn entdeckte. Sie schlang ihre Arme um ihn und vergrub ihr Gesicht an seiner Brust, als fürchte sie immer noch, ihn nie wiederzusehen. So wie nach jeder noch so kurzen Trennung.

Darcy umarmte sie. "Hoffentlich hattest du eine gute Reise?" Vor allem, da die Situation kurz davorstand, kompliziert zu werden. Sie würde es nicht gut auffassen, dass er ihre Ankunft vergessen hatte.

"Es gab keine Probleme", sagte sie leise. "Es ist schön, dich zu sehen."

"Ich bin froh, dass du hier bist", sagte er, auch um das eigentliche Thema zu umschiffen, dennoch kam es von Herzen. "Ich habe dir eine Menge zu erzählen."

Sie trat einen Schritt zurück und rückte ihre Haube zurecht. Ihr Blick wanderte an ihm vorbei zu den Gestalten am See. "Es tut mir leid. Es war nicht meine Absicht, dich von deiner Gesellschaft abzuhalten." Dann weiteten sich ihre Augen und ein kleiner Aufschrei entwich ihr. Sie musste den Drachen gesehen haben. Warum hatte er nicht schneller geredet? Er griff nach ihrem Arm. "Alles ist gut", sagte er beruhigend. "Mir ist bewusst, dass das ein Schock ist, aber ich kann es dir erklären."

Sie entzog sich ihm. "Ich möchte zurück nach London. Augenblicklich." Ehe er sie aufhalten konnte, schob sie sich an ihrer Gesellschafterin vorbei und eilte zurück in die Kutsche.

Verdammt. Das war schlimmer, als er gedacht hatte. Er stieg direkt nach ihr ein. "Georgiana, hör mir zu. Du musst dich nicht fürchten. Cerridwen – dieser Drache – ist gutherzig und sanftmütig. Sie wird dich nicht verletzen."

"Aber was ist, wenn sie es mir ansieht?", wisperte seine Schwester.

Nicht das schon wieder! "Das ist bisher niemandem gelungen. Warum sollte sich das nun ändern?"

Mit weißen Knöcheln rollte sie sich auf der Bank zu einem Ball zusammen. "Weil sie...", sie atmete tief durch. "In den alten Geschichten konnten Drachen stets die Geheimnisse der Leute entlarven."

Das gestaltete sich schwierig. "Ich bin kein Experte was Drachen anbelangt." Was noch untertrieben war. Jedoch konnte er sie auch kaum damit beruhigen, dass Cerridwen ihren Geist nicht anrühren würde, wenn er doch ganz genau wusste, dass Georgiana mit einem Bann belegt werden würde, der sie daran hindern sollte, die Existenz von Drachen preiszugeben. Und Lady Amelias Drache, der am nächsten Tag ankommen sollte, könnte sich möglicherweise nicht als ebenso vertrauenswürdig wie Cerridwen erweisen. "Aber ich denke, es ist vollkommen sicher."

"Ich möchte nicht, dass der Drache mich sieht", flehte sie. "Kann ich nicht einfach in die Stadt zurückkehren?"

"Aber du bist doch eben erst angekommen. Wäre es dir nicht lieber, wenn wir zuvor ein wenig Zeit miteinander verbringen würden? Und ich würde mich sehr freuen, wenn du meine Frau kennenlernen würdest." Wie sollte er es Elizabeth erklären, wenn Georgiana wieder abreiste, ohne ein einziges Wort mit ihr zu wechseln?

"Ich wäre gar nicht erst gekommen, wenn ich es gewusst hätte!", rief sie. "Natürlich will ich dich sehen, aber nicht so. Du hast bereits andere Gäste." Sie sagte es, als hätte er grauenvolle Monster eingeladen.

"Nur Elizabeths Urgroßmutter aus Wales und ihr Freund Roderick, der mich darin schult, Illusionen zu erschaffen." Dies war nicht der rechte Moment, um zu erwähnen, dass Lady Amelia eine geborene Fitzwilliam war. "Und Cousine Frederica, die im Wittumshaus übernachtet, da ihr Talent es nicht zulässt, mir nahe zu sein. Du musst mit keinem von ihnen Zeit verbringen, wenn du das nicht wünschst." Es könnte tatsächlich sogar einfacher sein, wenn Georgiana sich abkapselte, und nichts von den Diskussionen über Drachen, Nester und ihre Verteidigung gegen Napoleon mitbekam.

"Kann ich dann auf meinem Zimmer bleiben? Und würdest du den Drachen bitten, sich von mir fernzuhalten?" Tränen begannen, über ihre Wangen zu rinnen.

Er ertrug es nicht, wenn Georgiana weinte. Wenn er ihr ein wenig Zeit ließe, würde sie vielleicht erkennen, dass die Drachen kein Interesse an ihr hatten. "Ich werde Cerridwen bitten, sich von dir fernzuhalten. In den letzten Tagen war sie ohnehin kaum hier."

"Danke", flüsterte sie. "Es tut mir leid, dass ich solche Umstände bereite."

Er nahm ihre Hand, hielt sie fest, und wünschte, er könnte ihr ihre Ängste nehmen. Doch das war wohl ein hoffnungsloses Unterfangen.

Elizabeth beobachtete amüsiert, wie Lady Frederica Fitzwilliam, gefolgt von Roderick, schnurstracks auf sie zusteuerte, sobald Darcy ihnen den Rücken zugekehrt hatte. Frederica konnte der Gelegenheit nie widerstehen, Granny mit Fragen über Drachen und Magie zu löchern. Wie lange hatte sie wohl schon in der Nähe herumgelungert und gehofft, dass Darcy sich zurückziehen würde, damit sie näher Er beobkommen konnte, ohne die übliche Abstoßung der Magier zu erleiden?

"Was hast du Darcy gesagt?", insistierte Frederica gegenüber Granny.

Die ältere Lady schnaubte. "Nichts, was dir nützen würde, junge Dame! Diese Technik funktioniert nur für Darcy."

"Dennoch wäre es interessant zu wissen", bohrte Frederica weiter.

Granny schüttelte den Kopf. "Dies nicht, Kind. Manches sollte privat bleiben." Dann verwandelten sich die Falten ihres Gesichts in ein Lächeln, das ihren Worten die Schärfe nahm. "Diese Schwäne passen ganz gut zu dem See, nicht wahr? Als ich das letzte Mal vor fast achtzig Jahren nach Pemberley kam, war er noch ein schlammiger Bach, an dem Dutzende von Arbeitern gruben. Nun würde man niemals vermuten, dass er nicht natürlichen Ursprungs ist. Wenn ich es nicht besser wüsste, hielte ich den See ebenfalls für eine Illusion."

"Du könntest vermutlich eine solche Illusion erzeugen, aber jeder Versuch, die Illusion von Wasser zu erschaffen, geht über meine Fähigkeiten hinaus", sagte Frederica reumütig. "Roderick hat mir erzählt, dass du es vermagst, einen Wasserfall zu wirken, was ich kaum glauben kann."

Grannys ganzes Gesicht verzog sich zu einem Lächeln. "Einer Herausforderung kann ich nicht widerstehen." Auf der anderen Seite des Sees wurde das Narzissenfeld plötzlich durch eine Felswand ersetzt, und ein schmaler Wasserfall mündete im Wasser.

Elizabeth studierte die Illusion. Jedes Detail war da, vom Sonnenlicht, das auf den herabfallenden Tropfen glitzerte, bis hin zu dem Wellenbogen, der sich kreisförmig an jener Stelle auf dem See ausbreitete, wo das Wasser in ihn hinabfiel. Alles war vollkommen glaubwürdig, außer dort, wo die Wellen direkt durch Darcys illusorische Schwäne hindurchdrangen.

"Verblüffend", hauchte Frederica.

Mit einem verschmitzten Seitenblick auf sie, sagte Granny: "Du hast genug magisches Talent, kannst aber keine Illusion von Wasser erzeugen. Liegt es an einem Mangel an Fähigkeiten oder wurdest du nicht gut genug ausgebildet?"

Elizabeth zuckte zusammen. Obwohl Granny über Frederica sprach, waren Elizabeths Fähigkeiten, was Illusionen anbelangte, enttäuschend. Sich das einzugestehen, war nicht leicht, nachdem sie jahrelang stolz darauf gewesen war, wie gut sie andere magische Fähigkeiten beherrschte. Natürlich war sie bis vor Kurzem eigentlich überhaupt nicht ausgebildet worden.

Frederica errötete. "Da musst du die Schuld bei mir suchen, denn die Magierin des Königs hat mich höchst selbst ausgebildet."

Granny lehnte sich mit einem zufriedenen Gesichtsausdruck in ihrem Stuhl zurück. "Dieselbe, die Darcy seine ersten Lektionen erteilte, und doch erzählte mir Roderick, dass er völlig falsch an Illusionen herangegangen ist. Er hat seinen Kopf anstelle seines Herzes dabei eingesetzt."

Frederica beugte sich eifrig vor. "Das bedeutet, dass du Illusionen mit dem Herzen erschaffst? Kannst du mir zeigen, wie das geht? Oder funktioniert das ebenfalls nur für Darcy?"

Cerridwen stieß gegen Elizabeths Schulter, zweifellos gelangweilt von diesem Gespräch über menschliche Magiertalente. "Wer ist in dieser Kutsche? Ich habe die beiden Männer davor bereits mit einer Bindung versehen, damit sie keinem von meiner Existenz erzählen können."

"Ich erwarte niemanden, allerdings sollte ich einmal hinübergehen und nachsehen." Elizabeth beschattete ihre Augen, um die Neuankömmlinge zu studieren, konnte jedoch keine Details erkennen. "Roderick, ich werde dich persönlich dafür verantwortlich machen, wenn Frederica Granny mit ihren Fragen erschöpft."

Der Waliser lachte. "Als ob ich sie aufhalten könnte! Glücklicherweise braucht Granny mich nicht zu ihrer Verteidigung."

Aber Granny sah Frederica anerkennend an. "Komm, Mädchen, setz dich zu mir, wir wollen sehen, was du lernen kannst."

Frederica ließ sich nicht zweimal bitten.

Elizabeth überließ sie einander, aber auf halbem Weg zu Darcy blieb sie stehen, als sie sah, wie die Frau seine Hand ergriff, um aus dem Wagen zu steigen. Was machte Lady Anne Darcy in Pemberley? Darcys Mutter, die distanzierte, mächtige Magierin des Königs, die sich für nichts anderes zu interessieren schien, als neue Magier zu finden und heranzuzüchten. Und nun tauchte sie ganz plötzlich und ohne Vorwarnung auf? Glaubte sie, dass die Regeln des Anstandes für sie nicht galten?

Dann lief ihr ein Schauder über den Rücken. Könnte Lady Anne herausgefunden haben, was in Pemberley vor sich ging? Hatte es jemand fertiggebracht, sie über Cerridwen, oder noch schlimmer, über Granny zu informieren? Frederica war mit einem Bann belegt, der sie daran hinderte, Drachen zu erwähnen. Sie hätte ihrer ehemaligen Lehrmeisterin jedoch einen Brief schicken können, um sie darauf hinzuweisen, dass ein Besuch hier dringend vonnöten sei. Doch gewiss hätte Frederica sie nicht so verraten! Allein beim Gedanken daran drehte sich ihr der Magen um.

Dann legte Darcy seinen Arm um Lady Anne, die sich an seine Schulter schmiegte. Nein, das konnte nicht sein. Die Frau mochte Lady Anne wie aus dem Gesicht geschnitten sein, doch die Königsmagierin würde niemals in einem einfachen Kleid und mit schief sitzender Haube, unter der goldene Haarsträhnen in alle Richtungen abstanden, in der Öffentlichkeit auftreten. Und Darcy würde seine Mutter, die niemandes Schutz brauchte, auch nicht mit diesem behütenden Blick bedenken. Und des Königs Magica hätte niemals ein tränenüberströmtes Gesicht.

Trotzdem sah sie ihr bemerkenswert ähnlich. Nicht nur hatte sie die gleiche Haarfarbe und war genauso groß, sondern auch die gleichen Gesichtszüge, als wäre ihr Antlitz aus derselben Form gegossen worden. Aber das hier war nur ein Mädchen. Sie musste Darcys Schwester sein – und sie war sichtlich aufgewühlt.

Ein weinendes Mädchen, das unerwartet auftauchte, war etwas ganz anderes, als die Königsmagierin, die kam, um ihre Geheimnisse aufzudecken. Elizabeths Angst und Wut verflogen, als sie mit einem einladenden Lächeln weiter auf sie zuging, auch wenn der Zeitpunkt für diesen Besuch ungünstig sein mochte. Sie hatte ihre neue Schwägerin durchaus kennenlernen wollen, doch jetzt würden sie ihre Abende damit verbringen müssen, über Belanglosigkeiten zu reden, anstatt über Drachen und den Krieg. Doch daran konnte sie nun auch nichts mehr ändern.

Als sie sich näherte, verzog Darcy leicht das Gesicht, und seine Stimme sprach in ihrem Kopf. *Es tut mir leid. Ich erfuhr, dass sie kommen würde, als ich weg war. Ich wollte es dir erzählen, wenn ich zurückkehre, aber mit allem, was passierte, ist es mir entfallen.*

Zweifellos meinte er mit "allem", seine Entdeckung, dass Cerridwen ein Drache war und ihren anschließenden Streit. Doch zumindest der lag nun Gott-sei-Dank hinter ihnen. Ihre Versöhnung war in der Tat süß gewesen.

Darcy sagte: "Georgiana, Liebes, darf ich dir meine Frau vorstellen?"

Das Mädchen ließ Darcy mit offensichtlichem Widerwillen los. Sie drehte sich zu Elizabeth um und machte einen Knicks, die Spuren ihrer Tränen nun noch deutlicher.

"Willkommen", begrüßte Elizabeth sie. "Ich freue mich sehr, dass du dich uns hier anschließen konntest. Dein Bruder hat mit großer Zuneigung von dir gesprochen."

Miss Darcy warf ihrem Bruder einen nervösen Blick zu. "Ich freue mich, dich kennenzulernen." Zumindest war ihre Stimme ganz anders als die ihrer Mutter, leise und zögerlich und so gar nicht selbstbewusst.

Darcy räusperte sich entschuldigend. "Wir sind auf eine kleine Schwierigkeit gestoßen. Wie sich herausstellt, hat meine Schwester eine tiefsitzende Angst vor

Drachen. Wäre es zu viel verlangt, Cerridwen zu bitten, während ihres Besuchs Abstand zu Georgiana zu halten?"

"Ich werde mit Cerridwen sprechen", sagte sie. Wusste das Mädchen, dass ihr anderer Bruder von einem Drachen getötet worden war? Es war ein gut gehütetes Geheimnis, dass Drachen das Massaker an den englischen Truppen in Salamanca verursacht hatten, aber sowohl Darcy als auch Lady Anne kannten die Wahrheit. Vielleicht hatte einer von ihnen es ihr gesagt, oder vielleicht hatte sie auch einfach nur Angst vor all den seltsamen Kreaturen.

"Das wäre hilfreich", sagte Darcy. Er nickte einer dunkelhaarigen jungen Frau zu, die gerade aus dem Wagen stieg. "Darf ich dir Miss Lowrie, Georgianas Gesellschafterin, vorstellen?"

Elizabeth und der Neuankömmling tauschten einen Knicks aus. Miss Lowrie schien nur ein paar Jahre älter als Miss Darcy zu sein, sicherlich jedoch jünger und attraktiver, als Elizabeth es von einer angestellten Gesellschaftsdame erwartet hätte. Sie warf Darcy einen überraschten Blick zu, dass er nicht auf die traditionell verwitwete Dame höheren Alters bestanden hatte. Es war untypisch für ihn, sich auf diese Weise über Konventionen hinwegzusetzen, vor allem, wenn es um seine jüngere Schwester ging.

"Oh ja, Bruder", sagte Miss Darcy. "Ich habe Belinda gesagt, dass sie ihre Familie besuchen kann, während ich hier bin, aber sie bestand darauf, dass sie sich zuerst mit dir austauschen muss."

"Zurecht", erwiderte Darcy. "Ich habe nichts gegen Ihre Pläne, Miss Lowrie, aber ich freue mich, dass Sie zuvor mit mir sprechen möchten."

"Ich danke Ihnen. Sofern es keine Umstände bereitet, würde ich heute Nacht hierbleiben und mich morgen auf den Weg machen." Gerötete Wangen begleiteten ihre Worte. Die Aussicht darauf schien ihr zu gefallen.

Miss Darcys Kopf wandte sich ihrer Gesellschafterin zu. "Was dir genügend Zeit verschaffen wird, um meinen Bruder über alles zu unterrichten, was ich getan habe, seit du das letzte Mal Bericht erstattet hast." Trotz ihrer Worte schien das Mädchen von der Aussicht darauf mehr amüsiert denn verstört zu sein.

Miss Lowries dunkle Augen funkelten. "Was zu den Aufgaben einer Gesellschafterin gehört."

"Sie sehnen sich bestimmt danach, sich zu erfrischen", sagte Elizabeth. "Möchtet ihr nicht eintreten?"

Nachdem die beiden Damen nach oben geführt worden waren, fragte Elizabeth Darcy: "Wird es sie vor den Kopf stoßen, wenn sie feststellt, dass ich nur wenig Zeit habe, um ihr Gesellschaft zu leisten?"

"Georgiana? Nicht im Geringsten. Sie ist ohnehin gerne für sich. Sie verbringt die meiste Zeit des Tages damit, ihre Musik zu üben. Miss Lowrie stammt aus einer Familie in der Nachbarschaft, daher gehe ich davon aus, dass sie sich dennoch gegenseitig besuchen werden."

Elizabeth wählte ihre Worte mit Bedacht. "Miss Lowrie scheint noch sehr jung für eine Gesellschafterin zu sein."

Er zuckte mit den Schultern. "Stimmt, aber sie kennt Georgiana schon ihr ganzes Leben lang und ist einer der ganz wenigen Menschen, denen meine Schwester vertraut. Das ist mir wichtiger als ihr Alter."

Sie überlegte, ob sie ihm noch mehr Fragen stellen sollte, doch wusste sie bereits, dass er nicht gerne über seine Schwester sprach. Stattdessen sagte sie: "Was hat Granny zu dir gesagt, das einen so großen Unterschied in deinen Illusionsfähigkeiten gemacht hat?"

Wieder errötete er, was ihre Neugier nur noch mehr steigerte. "Vielleicht solltest du sie das selbst fragen." Aber er musste ihren empörten Blick gesehen haben, denn er fügte hinzu: "Frag mich heute Nacht, wenn wir allein sind." Und dieser verhangene Blick war wieder in seine Augen zurückgekehrt.

"Versprechungen, Versprechungen", neckte sie.

Er hob ihre Hand, drehte sie um und drückte einen langen Kuss auf die Innenseite ihres Handgelenks, der eine Spirale der Vorfreude ihren Arm hinaufschickte. "Ich halte stets, was ich verspreche."

Kapitel 2

IRGENDWIE GELANG ES DARCY, Georgiana zu überreden, ihr Zimmer zu verlassen und zum Abendessen zu kommen, solange sie zwischen ihm und ihrer Gesellschafterin sitzen konnte. Das ließ sich leicht arrangieren und das Mädchen schien sich wohlzufühlen - so wohl, wie sie sich nun mal in Gesellschaft fühlte, was bedeutete, dass sie kaum ein Wort herausbrachte.

Für Darcys Geschmack waren ebenfalls zu viele Leute um den Tisch versammelt. Bis heute hatten sie sich an einem Ende des langen Tisches zusammengesetzt, Elizabeth direkt an Darcys Seite, doch nun hatten sie genug Gäste, dass sie am anderen Ende sitzen musste und ihm ein Tafelaufsatz die Sicht auf sie versperrte.

Es schickte sich nicht, zu schmollen, weil er seiner Frau nicht nahe sein konnte, aber ihnen blieb verdammt nochmal ohnehin schon nur noch wenig Zeit miteinander.

Und irgendetwas schien ihr keine Ruhe zu lassen. Zuvor war sie ihm gegenüber herzlich gewesen, selbst nach Georgianas überraschender Ankunft noch, und hatte ihn mit Lady Amelias Ratschlägen aufgezogen. Aber als er sie dann heute Abend an seinem Arm zum Dinner geführt hatte, wirkte ihr Lächeln gezwungen. Nahm sie es ihm krumm, dass er sie gebeten hatte, Cerridwen von Georgiana fernzuhalten? Oder vielleicht hatten Lady Amelia oder Georgiana etwas gesagt, das sie verärgert hatte? Was auch immer es war, er wollte es wiedergutmachen.

Als Elizabeth sich am Ende des Essens erhob und damit den Abschied der Damen einläutete, sah sie ihm nicht einmal in die Augen. Das war gar nicht gut. Hatte möglicherweise die Wahrheit über Georgiana herausgefunden? Wie ihr das gelungen sein könnte, war ihm schleierhaft, doch dieses ungewöhnliche ihrer Talente hatte er noch nie verstanden. Oder wozu der Drache fähig war. Beim Gedanken daran schmerzte ihm die Brust.

Er musste es herausfinde und so schlug Darcy nach einem symbolischen Glas Portwein mit Roderick vor, dass sie sich den Damen wieder anschließen sollten. Er konnte nicht abwarten, bis er allein mit Elizabeth in ihrem Zimmer war. Vielleicht hätte sie das Geheimnis dann schon den anderen offenbart.

Im Salon ging er direkt zu ihr hinüber und beugte sich hinunter, um sie leise zu bitten, sich ihm draußen anzuschließen. Sie warf ihm einen kühlen Blick zu, nickte aber und folgte ihm in den angrenzenden Raum.

"Ja?", eröffnete sie das Gespräch. Keine kleine Berührung seiner Hand oder seiner Wange, wie sie es so oft tat, wenn sie einen Moment für sich alleine hatten.

"Dich beunruhigt etwas", sagte er.

"Wie aufmerksam du bist." Ihr Lächeln zeigte ihre Zähne, enthielt allerdings keinerlei Wärme.

"Darf ich fragen, was es ist?"

"Letzte Woche, als du nach Nottingham zu deinem Treffen mit dem Kriegsministerium gefahren bist..." Sie ließ den Satz unvollendet.

"Was ist damit?", fragte er vorsichtig. Vielleicht hatte das gar nichts mit Georgiana zu tun.

Ihre Augen verzogen sich zu Schlitzen. "Wie findest du Nottingham?"

Er hatte keine Eindrücke davon, da er noch nie dort gewesen war. "Mein einziger Gedanke war, so schnell wie möglich zu dir zurückzukehren."

"Wie hast du es dann fertiggebracht, bei deiner Schwester vorbeizuschauen, die sich in London aufhielt?", blaffte sie.

Teufel nochmal! Er hätte Georgiana bitten sollen, das nicht zu erwähnen, aber jetzt war es zu spät. "Das Kriegsministerium bat mich, mein Ziel zu verschleiern, für den Fall, dass Napoleons Spione mich beobachten sollten."

"Und da ich ebenfalls eine Spionin sein könnte, konntest du mir nicht die Wahrheit sagen." Ihre Worte trieften vor Sarkasmus.

Er rieb sich die Stirn. "Nein, selbstverständlich nicht. Aber meine Anweisung lautete, es niemandem zu sagen."

"Dann bin ich wohl wie alle anderen. Ist es dir überhaupt jemals in den Sinn gekommen, dass ich vielleicht mit dir kommen möchte? Was es mir bedeutet hätte, auch nur ein paar Stunden mit meiner Familie zu verbringen?"

Er ließ die Schultern hängen. "Es hätte die Aufmerksamkeit auf sich gezogen. Ich bin unter falschem Namen mit der Postkutsche gereist und habe die Nacht in einem Teil der Stadt verbracht, der von Spielern und Dieben frequentiert wird. Niemand wusste, dass ich da war."

Sie tippte mit dem Fuß. "Außer Georgiana, denn für die hattest du Zeit."

Ihr Ton ließ Zorn in ihm aufsteigen. "Ich bin mir sehr wohl bewusst, dass ich nicht hätte bei ihr vorbeischauen sollen, dass es ein Risiko war. Ich habe mir Sorgen gemacht, weil sie meine Briefe nicht beantwortet hatte."

"Von dieser Reise, die so geheim war, dass du nicht einmal mir davon erzählen konntest, wussten also sowohl deine Schwester, als auch Miss Lowrie. Und vermutlich auch dein Kammerdiener und der Kutscher, der mit dir aufgebrochen ist."

"Sie wussten nur, dass ich nicht nach Nottingham fuhr."

"Dennoch wussten sie mehr als ich." Sie wandte sich von ihm ab. "Wenn du mich entschuldigen würdest, ich habe unsere Gäste schon zu lange allein gelassen." Sie war aus der Tür, bevor er sie aufhalten konnte.

Verdammt! Das Letzte, was er tun wollte, war, auch nur eine Stunde ihrer letzten Wochen zusammen mit einem Streit zu verderben, aber verstand sie nicht, dass er den Anweisungen des Kriegsministeriums Folge leisten musste?

Darcy hatte sich die Worte für seine Ankunft in Elizabeths Schlafzimmer in dieser Nacht sorgfältig zurechtgelegt. Diesmal konnte er es sich nicht leisten, mit dem Falschen herauszuplatzen, wie es ihm so oft in der Vergangenheit geschehen war. Und gut, dass er sich so vorbereitet hatte, denn als er eintrat, bedachte sie ihn mit einem derart kalten Blick, der ihm die Fähigkeit, klar zu denken, genommen hätte.

"Ich habe darüber nachgedacht, was du gesagt hast, und ich verstehe, weshalb du wütend bist. Ich hätte dir die Wahrheit sagen sollen." Er beobachtete sie genau, sah aber keine Anzeichen dafür, dass sie sich für ihn erweichte. "Ich neige dazu, Befehle des Kriegsministeriums so zu behandeln, als wären sie militärische Befehle, die ich nicht ablehnen kann, doch das muss ich noch einmal überdenken."

Ihre Schultern entspannten sich und ein echtes Lächeln bahnte sich seinen Weg. "Danke. Ich möchte das Gefühl haben, dass ich dem, was du sagst, vertrauen kann." Sie tätschelte die Stelle neben sich auf dem Sofa, eine unausgesprochene Einladung.

Dem Himmel sei Dank! Er setzte sich, legte seinen Arm um ihre Schultern und zog sie zu sich. Wie richtig es sich anfühlte, sie neben sich zu haben! "Ich würde es hassen, wenn du mich anlügen würdest, und es tut mir leid, dass ich dir das angetan habe. Ich weiß, dass du mir Dinge vorenthalten hast, Informationen über die Drachen und über deine Familie in Wales, aber das ist etwas anderes als dich zu täuschen."

Sie kuschelte sich an ihn, und er dachte, sein Herz würde vor Glück und Erleichterung gleich platzen. "Nun, vielleicht habe ich dir am Anfang ein paar Unwahrheiten erzählt, bevor ich dich geliebt habe."

Er beugte sich vor, um ihr einen langen Kuss zu geben. "Jetzt ist alles anders." Wie wunderbar, unvorstellbar anders als alles, was er je erwartet hätte. "Ich werde dir die Wahrheit nicht noch einmal vorenthalten."

Sie knabberte an seiner Lippe. "Heißt das, du verrätst mir, was Granny heute Morgen zu dir gesagt hat?"

Er konnte nicht anders, als darüber zu lachen, wie geschickt sie das eingefädelt hatte. Guter Gott, das war einer der peinlichsten Momente seines Lebens gewesen! Wie sollte er es ihr überhaupt erklären, ohne sie zu schockieren? "Vielleicht sollte ich mit dem beginnen, was Roderick mir vor ein paar Tagen beigebracht hat. Er sagte, ich solle aufhören, mir die Illusion vorzustellen, die ich erschaffen möchte, und stattdessen daran denken, wie erfreut du aussehen würdest, wenn es mir gelänge. Das erschien mir lächerlich, aber es hat funktioniert."

Ihre Augen weiteten sich. "Das war dein Durchbruch? An mich zu denken statt an die Illusion?", sagte sie ungläubig, und das völlig zurecht. Es klang vollkommen lächerlich.

"Erstaunlich, nicht wahr?" Er senkte die Stimme. "Lady Amelia sagte mir, ich solle noch einen Schritt weiter gehen. Ich solle mir nicht nur dein Gesicht, sondern auch einen intimen Moment zwischen uns beiden vorstellen, wenn ich ganz auf dein Vergnügen fokussiert bin."

Elizabeths Mund öffnete sich, ihre Wangen wurden noch rosiger. "*Das* hat sie gesagt?"

"Eher in noch schillernderen Farben, aber ja", sagte er kläglich. "Du hast das Ergebnis gesehen, also kann ich mich kaum beschweren. Ob ich das jedoch vor dem Kaiser von Frankreich fertigbringe, ist eine ganz andere Frage." Noch dazu, wenn sein eigenes Leben auf dem Spiel stand.

Ihre Stirn runzelte sich für einen Moment, ehe sich ihr Gesicht zu einem neckischen Lächeln glättete. Langsam fuhr sie mit der Hand seine Brust hinauf, drückte das feine Leinen gegen seine Haut und sandte eine Feuerspur durch ihn hindurch. Sie knabberte an seinem Ohrläppchen und wisperte: "Dann führt vermutlich kein Weg daran vorbei, dass wir das...üben."

Wieder einmal erstaunte sie ihn. Er senkte den Kopf und fuhr mit seiner Zunge über ihre Lippen, um sie dazu zu bewegen, sie zu öffnen. Wenn mit seiner Frau Liebe zu machen als Vorbereitung für seine Mission gelten konnte, dann würde er in der Tat sehr hart daran arbeiten.

Als er Elizabeth danach in seinen Armen hielt, sagte sie: "Weißt du, mit all dem Aufruhr wegen der Drachen und Grannys Ankunft, hatte ich gar keine Gelegenheit, nach deinem Treffen im Kriegsministerium zu fragen."

Die sinnliche Trägheit, die ihn erfüllt hatte, verflog. Wie sehr er ihrer Frage ausweichen wollte! Aber das war zuvor bereits einmal nach hinten losgegangen, und er wollte nicht wieder denselben Fehler machen. "Meine Reisepläne haben sich geändert", sagte er widerstrebend. "Anscheinend gibt es einen Spion im Kriegsministerium, seine Identität ist ihnen allerdings noch nicht bekannt."

Sie schnappte nach Luft. "Oh, nein! Weiß Napoleon von deiner Mission?"

"Sie glauben, nicht. Mehrere Agenten in Frankreich wurden verraten, jedoch nicht die Männer, mit denen ich zusammenarbeiten werde."

Sie biss sich auf die Lippe. "Das macht es noch gefährlicher, nicht wahr?"

Wie konnte er das wahrheitsgemäß beantworten, ohne ihre Angst noch zu verstärken? "Sie gehen sehr sorgfältig vor. Meine neue Reiseroute wird nur zwei Männern bekannt sein."

"Ein Spion im Kriegsministerium. Der Gedanke daran gefällt mir gar nicht." Sie erschauderte.

"Ich gehe davon aus, dass sie ihn bald erwischen werden." Zumindest hoffte er das. Es war eine Sache, alles zu riskieren, um den Krieg zu beenden, aber nicht, wenn er verhaftet würde, sobald er französischen Boden betrat.

"Danke, dass du es mir gesagt hast", sagte sie entschlossen. "Gibt es sonst noch etwas, was du zurückgehalten hast?"

Sein Magen verkrampfte sich. Natürlich gab es das. Worauf sollte er sich eher verlassen, ihre Bitte, ihr zu vertrauen oder seinen Instinkt, es für sich zu behalten?

Sie runzelte die Stirn. "Das tut es, das sehe ich."

"Ehrlich gesagt, würde ich das lieber nicht sagen. Aber ich werde es." Er nahm einen tiefen Atemzug. "Es ist recht wahrscheinlich, dass Napoleon in ein paar

Wochen wieder in Paris sein wird. Was bedeutet, dass meine Mission sehr bald beginnen wird."

Und dann verzog sich ihr Gesicht, ihre leuchtenden Augen füllten sich mit Tränen. "Nein", flüsterte sie ungläubig, mit zitternder Stimme.

Er zog sie fest an sich und fühlte sich hilflos, angesichts all der Verwüstung, die er in ihr Leben gebracht hatte - und all seiner großen, großen, bitteren Reue, dass er sie zurücklassen musste.

Noch immer tief betrübt über Darcys Neuigkeiten, betrat Elizabeth am nächsten Morgen Grannys Zimmer und suchte Trost auf die gleiche Weise, wie sie es als Kind getan hatte. Damals war es ihrer Urgroßmutter stets gelungen, all ihren Schmerz zu heilen. Niemand wäre in der Lage, dieses Problem auszumerzen, aber zumindest würde Granny ihr mitfühlend zuhören. Und Elizabeth brauchte dieses Verständnis so sehr, damit sie weiter allen anderen gegenüber so tun könnte, als wäre alles in bester Ordnung.

Granny saß mit einem Tablett mit heißer Schokolade im Bett. Sie hob ihre Tasse mit leicht zitternder Hand. "Das habe ich in Wales vermisst – jemanden zu haben, der mir an einem kühlen Morgen Schokolade bringt! Ich nehme an, ich hätte lernen können, sie selbst zu machen, aber die Leute dort fänden das sehr seltsam. Ich genieße diesen Besuch zurück in den Schoß des Luxus."

Elizabeth küsste die trockene, faltige Haut ihrer Wange und wünschte, sie wäre wieder acht Jahre alt und könnte neben Granny ins Bett kriechen. "Ich bin froh, dass wir dich verwöhnen können."

Die ältere Dame legte einen Finger unter Elizabeths Kinn und studierte sie. "Was macht deine hübschen Augen so rot? Komm und erzähl Granny alles darüber."

Elizabeth zog einen Stuhl nahe an ihr Bett und ließ sich auf ihn hinabsinken. "Mein Mann wird früher nach Frankreich aufbrechen, als ich dachte. Uns bleiben vielleicht nur noch ein paar Wochen." Die Worte schafften es kaum um den Kloß in ihrer Kehle herum. "Und es ist äußerst wahrscheinlich, dass er nie zurückkehren wird." Ihre Stimme brach bei den letzten Worten.

Granny tätschelte ihre Hand. "Darüber habe ich mir auch schon Gedanken gemacht."

"Ich will nicht, dass er stirbt!" , wehklagte sie beinahe. "Ich habe alles getan, was mir in den Sinn kam, um seine Chancen zu verbessern, doch es ist nicht genug. Das ertrage ich nicht." Sie vergrub ihr Gesicht in ihren Händen und unterdrückte ihr Schluchzen.

"Was hast du bisher gemacht?"

Elizabeth schluckte schwer und kämpfte um die Überreste ihrer Fassung. "Ich habe mich mit dem Land verbunden, damit ich ihm mehr Kraft spenden kann und habe ihm alles beigebracht, was ich aus meinen Büchern weiß. Und ich habe sein Kind empfangen, damit er während seines Aufenthalts in Frankreich auf sein Landtalent zurückgreifen kann."

Granny nickte. "Das ist schon einmal ein guter Anfang. Vielleicht kann ich ihm auch noch den ein oder anderen Kniff beibringen, aber du hast recht, das ist eine gefährliche Situation."

Nicht das, was sie hören wollte. "Ich wäre dir für alles dankbar, was du tun kannst", sagte sie und versuchte, wertschätzend statt hoffnungslos zu klingen.

"Du bist ein liebes Kind." Granny nahm einen nachdenklichen Schluck von ihrer Schokolade. "Jetzt müssen wir über deine endgültige Bindung an Cerridwen sprechen."

Was? Ihre vollständige Bindung war das Letzte, woran sie dachte. Kümmerte es Granny nicht einmal, dass Elizabeth ihren geliebten Ehemann verlor?

Es war eine schmerzhafte Erkenntnis, aber vielleicht tat sie es tatsächlich einfach nicht. Granny hatte drei Ehemänner und die meisten ihrer Kinder überlebt, und wahrscheinlich dachte sie, dass Elizabeth viel Aufhebens um nichts machte. Und Granny machte sich ebenfalls Sorgen um die Sicherheit der Drachen.

Wenn Elizabeths Herzschmerz ihr nichts bedeutete, dann konnte sie nichts weiter tun, als diese bittere Pille zu schlucken. Langsam richtete sie sich in ihrem Stuhl auf und hob das Kinn. "Was ist damit?" Ruhig zu klingen war nicht leicht.

Granny schenkte ihr ein nachsichtiges Lächeln, das nicht mit ihrer Zurückweisung von Elizabeths Sorgen in Einklang zu stehen schien. "Die Zeremonie selbst ist eine schlichte Angelegenheit. Ihr beide erscheint vor der Ältesten und versprecht, Cerridwen und das Nest zu beschützen. Sie feiern ein wenig, und alle Drachen kommen, um zuzusehen. Am Ende heißt dich die Älteste mit einer Gefälligkeit herzlich willkommen."

"Mit einer Gefälligkeit", wiederholte Elizabeth. Dachte Granny, Elizabeth wäre ein Kind, das die Drachen mit einem glitzernden Etwas aufheitern konnten, wenn sie im Begriff war, den Mann zu verlieren, den sie liebte?

"Du kannst um alles bitten. Oft ist es Heilung für einen geliebten Menschen oder etwas von monetärem Wert – eine Farm oder eine Schafherde, um Einkommen für einen Gefährten zu generieren, der sich Sorgen machen könnte, sein Dach über dem Kopf zu verlieren. Diejenigen von uns, die wohlhabender sind, erhalten oft ein Artefakt."

"Was hast du bekommen?" Elizabeth kam nicht umhin, sie war fasziniert.

Mit einem eingerosteten Kichern antwortete sie: "Ich war natürlich schwierig. Ich bat die Älteste, mich davon abzuhalten, zur Ehe gezwungen zu werden. Das hat sie auch getan, wenn auch auf andere Weise, als ich es mir erhofft hatte."

"Wie meinst du das?"

"Sie arrangierte meinen Flug nach Wales, gab mir die Werkzeuge an die Hand, die ich brauchte, um meiner Familie zu entkommen, und schickte mich ins Gwynedd Nest."

"Tatsächlich? Ich dachte immer, du wolltest dorthin gehen."

Granny schnaubte. "Ich war jung und dumm. Ich wollte, dass sie meinen Vater davon abhielten, mich zu verheiraten, während ich in meinem schönen, eleganten Zuhause bleiben könnte. Doch die Drachen wollten nicht in den Geist eines Menschen eingreifen, solange es nicht um ihre Sicherheit ging. Wie sich herausgestellt hat, war es besser so. Ich hätte zu meiner Familie zurückkehren können, sobald ich mit einem Mann meiner Wahl verheiratet war, aber bis dahin gefiel mir ich meine Freiheit in Wales zu gut."

Dann traf sie die Erkenntnis wie ein Schlag. Wenn die Drachen es Granny ermöglicht hatten, vor ihrer Familie zu fliehen, könnten sie Darcy dann nicht auch dabei helfen, lebend aus Frankreich zu entkommen? "Wie haben sie dir geholfen?" Sie hielt den Atem an.

Ein triumphierendes Lächeln erhellte ihr faltiges Gesicht. "Endlich die richtige Frage! Du warst schon immer ein kluges Kind. Sie gaben mir einen kleinen Verwirrungszauber, damit es keinem auffiel, als ich mich aus dem Staub machte, und ein Artefakt, das etwas erschuf, das wie meine Leiche aussah. Das war das Einzige, was meine Familie davon abhalten würde, mich weiter zu verfolgen."

Ihre Gedanken rasten. Etwas Derartiges könnte Darcy ebenfalls helfen - allerdings nur, wenn sie das Nest davon überzeugen könnte, Cerridwen anzunehmen und ihre endgültige Bindung vollziehen könnte, noch bevor Darcy nach Frankreich aufbrach. "Wie rasch kann mein abschließender Schwur arrangiert werden?"

Granny sah erfreut aus. "Es sollte nicht lange dauern, sobald mein Sycamore Cerridwen seinen Segen gibt und das Gwynedd-Nest zum Dark Peak verlässt. Er sollte im Laufe des Tages hier eintreffen, wobei seine oberste Priorität darin liegen wird, mit deinem Mann über die Drachenangriffe zu sprechen."

Wieder einmal war Granny ihr zur Rettung gekommen – und offensichtlich hatte sie genau gewusst, was sie tat. Elizabeth schlang die Arme um sie. "Vielen, vielen Dank. Das könnte den entscheidenden Unterschied ausmachen."

"Oh, pah, Mädchen! Du bist diejenige, die alles macht." Mit funkelnden Augen hielt sie sich ihren Finger an die Lippen. "Ich habe kein Wort über Gefälligkeiten verloren."

"Nicht ein einziges!" stimmte Elizabeth zu und strahlte vor Hoffnung, so unmöglich sie auch zu sein schien.

Kapitel 3

ELIZABETH KONNTE ES KAUM ERWARTEN, Grannys Drachen wiederzusehen. Glücklicherweise wartete Sycamore bereits im Eichenhain von Pemberley, als sie dort ankamen. Elizabeth stieg aus der kleinen offenen Kutsche aus und rannte auf ihn zu. Seine elegante Gestalt mit metallisch-schwarzen Flügeln und amethystfarbenen Glanzlichtern dominierte den offenen Bereich. Wie riesig er jetzt wirkte, verglichen mit Cerridwen! Kein Wunder, dass er es vorzog, nicht im Haus zu schlafen, da er hier mehr Platz hatte.

Sie hob ihre Hand, um seine Schulter so zu reiben, wie er es immer gemocht hatte. "Liebster Sycamore, es ist viel zu lange her!" Als Kind hatte sie es geliebt, Zeit mit ihm in Wales zu verbringen! Sie hatten zusammen im Garten von Grannys Haus gespielt, sie hatte ihm spät in der Nacht ihre Geheimnisse zugeflüstert und mitangehört, wie Sycamore sie Granny gegenüber vehement verteidigte, wenn sie etwas angestellt hatte. Einmal hatte er sich sogar auf sich reiten lassen, und sie hatte den Nervenkitzel des Windes auf ihrem Gesicht und der Landschaft, die wie eine Patchworkdecke unter ihnen hinwegsauste, geliebt. Diese Erinnerungen waren ihr all die Jahre verborgen geblieben, doch nun kamen sie zurück, lebendig und voller Freude.

Eine freudige Wärme ging von seiner Aura aus. "Die kleine Lizzy, schon ganz erwachsen! Und nun Gefährtin Elizabeth."

Sie strahlte ihn an. "Und wir sind wieder vereint." Ein Grund zum Feiern! Sie freute sich darauf, Zeit mit ihm zu verbringen, während er hier war.

Aber Darcy war sichtlich um einen neutralen Gesichtsausdruck bemüht, als er Granny aus der Kutsche half. War das schwierig für ihn? Er hatte sich schwer damit getan, Cerridwen zu akzeptieren, und auf einen ausgewachsenen Drachen zu treffen, genügte, um selbst die tapfersten Männer aus der Ruhe zu bringen.

Unabhängig von seinen Gefühlen half er Granny auf den für sie bereitstehenden Stuhl. Er zuckte nicht einmal mit der Wimper, als Sycamore, der Darcy überragte, über die Lichtung taperte, um sich seiner betagten Gefährtin anzuschließen.

Grannys Gesichtsausdruck wurde weicher, als sie eine knorrige Hand ausstreckte, um Sycamores Flanke zu streicheln. Der lehnte seinen Kopf mit offenkundiger Zuneigung an ihren Arm. Dann versteifte sich der Drache plötzlich, schwang seinen Kopf in Richtung Darcy und schnupperte in der Luft.

Darcy wich nicht zurück, wenngleich sich seine Finger nach innen krümmten, als ob er sich auf einen Kampf vorbereite.

Sycamore verlagerte sein Gewicht, um Darcy direkt ansehen zu können und hob die Flügelspitzen auf eine Weise, die Elizabeth an einen Hund erinnerte, dem sich die Nackenhaare sträubten. Der Drache sprach in einem heiseren Knurren. "Der da. Der riecht nach dem Blut des Feenadels." Das war eine Seite, die sie an Sycamore zuvor noch nie gesehen hatte.

Granny drehte den Kopf, um Darcy anzustarren, aber Elizabeth stürzte bereits an seine Seite. "Ich versichere dir, mein Mann ist rein sterblich", sagte sie.

Der Drache studierte ihn. "Sterblich, aber er ist an eine Frau des Feenadels blutsgebunden. Und zwar an eine, die das Blut des Feenkönigs, dessen Gebeine verrotten mögen, während er noch lebt, in sich trägt."

"Da muss ein Irrtum vorliegen", platzte Elizabeth heraus. "Mein Mann missbilligt Blutsbande. Ich weiß nicht, was du fühlst, aber -"

Darcy hob eine Hand. "Der Drache hat recht. Ich bin mit einer Fae blutsverbunden", sagte er mit hochmütiger, unnahbarer Stimme. "Über eine Verbindung zum Hochkönig weiß ich jedoch nichts."

Elizabeth starrte ihn an, als hätte er sich plötzlich in einen Fremden verwandelt. "Aber alles, was du über Blutsbindungen gesagt hast..."

"Das zu tun hat mir nicht gefallen, aber ich hielt es für notwendig." Sein Ton machte deutlich, dass er keine weitere Diskussion darüber zuließ. "Es hat nichts mit dem hier zu tun."

Er war eine Blutsverbindung mit einer hochgeborenen Feendame eingegangen – und erwartete, dass sie das einfach klaglos akzeptieren würde? Wut und Verrat drohten sie zu ersticken. Sie wandte sich an Sycamore. "Dann vergib mir mein Eingreifen. Offensichtlich weiß ich nicht, wovon ich spreche", sagte sie eisig und vor Erniedrigung rebellierte ihr Magen.

Wie hatte Darcy ihr das antun können? Sein Misstrauen gegenüber Drachen war schlimm genug, doch das war schlimmer, viel schlimmer. Sie drückte ihre Fingernägel in ihre Handfläche bis es wehtat.

"Eine Bindung an das Blut des Niederträchtigen Königs, möge sein Fleisch in Ewigkeit verflucht sein, ist nichts, was sich so einfach von der Hand weisen ließe", murrte der Drache.

Darcy sah verblüfft aus. "Ich weiß nichts über ihre Verbindungen. Sie ist nic ht..." Er richtete sich auf. "Dies ist nichts, was ich besprechen könnte, außer zu sagen, dass es nicht das Geringste mit den vorliegenden Angelegenheiten zu tun hat."

Der Drache setzte sich wieder auf seine Hinterläufe zurück. "Ich benötige eine Erklärung. Über eine Verbindung zum Niederträchtigen König, möge sein Name für immer in Schande fortleben, kann nicht so leicht hinweggesehen werden."

Darcy hob das Kinn. "Das Geheimnis dahinter ist nicht das meinige, daher kann ich es nicht offenbaren."

Spannung ließ die Luft dick erscheinen, und es wurde nicht besser, als Darcys Luchs aus dem Wald schlich, um sich an seine Seite zu stellen. Kampflinien waren gezogen worden.

Und Elizabeth, Gott steh ihr bei, wusste nicht mehr, wo sie stand.

"Genug von diesem Unsinn", sagte Granny gereizt. "Dies ist ein erheblicher Rückschlag, das kann man nicht leugnen, sich jedoch in Stellung zu bringen, hilft uns auch nicht weiter. Darcy, die Drachen hegen einen tiefen Hass auf den Hochkönig der Feen, der Tausende von Jahren zurückreicht und stärker ist als deine Feindschaft gegenüber Napoleon. Sycamore kann dies ebenso wenig ignorieren, wie Sie es könnten, wenn die Drachen in Spanien seine Nestlinge wären. Wenn Sie sich weigern, Ihre Bindung zu erklären, können wir diese Gespräche nicht fortsetzen."

Darcy hob sein Kinn, voll und ganz der hochmütige Aristokrat. "Ich bedauere, dass ich Eurem Wunsch nicht entsprechen kann, aber ich werde mein Wort nicht brechen."

Ebenso gut hätte er sie in Eiswasser tauchen können. "Aber wir brauchen ihre Hilfe!", rief sie. Und wenn die Drachen sie für Darcys Entscheidungen mitverantwortlich machten, könnten Sie Cerridwen möglicherweise weder gestatten, bei ihr zu bleiben, noch könnte sie eine Gefälligkeit von ihnen erwarten, um sein Leben zu retten. Dann hätte sie nichts als einen treulosen Ehemann, dem sie törichterweise vertraut hatte. Sie erschauderte. Wie konnten ein paar Worte alles zerstört haben, woran sie geglaubt hatte?

Plötzlich wandte sie Darcy entschlossen den Rücken zu und presste ihre Hände aufeinander. "Sycamore, ich werde dir alles erzählen, was ich über die Anschläge in Spanien und Österreich weiß. Darcys Wissen ist umfassender, aber ich wage zu behaupten, dass ich mir des größten Teils bewusst bin."

Darcy erbleichte. "Elizabeth, diese Dinge habe ich im Vertrauen mit dir geteilt!"

Sycamores gereiztes Schnauben sandte Rauch und den scharfen Geruch von frisch geschmiedetem Metall in die Mitte des Hains. "Das ist Zeitverschwendung. Lizzy, ich bin sicher, du meinst es gut, aber er hat dich getäuscht. Erwartest du etwa, dass ich Geschichten von gewalttätigen Drachen von einem Mann glaube, der Blut mit dem Niederträchtigen König teilt? Er versucht, uns auszutricksen."

"Nun lasst es aber mal alle gut sein!" Grannys Stimme hallte auf der Lichtung wider. "Lizzy, kein weiteres Wort, bis ich unter vier Augen mit Sycamore gesprochen habe, und das gilt auch für Sie, junger Mann."

Nun war Granny zu allem Überfluss auch noch wütend auf sie. Elizabeth ertrug es nicht, so schutzlos vor allen zu stehen, während ihr Herz in Stücke gerissen wurde. Sie würgte ein "Entschuldigt mich" heraus, machte auf dem Absatz kehrt und ging in den Wald, wobei sie sich zwang, einen gemessenen Schritt nach dem anderen zu tun, anstatt zu fliehen, wonach sie sich eigentlich sehnte.

Weg von Darcy und seiner vorgetäuschten Zuneigung. Erst gestern Abend hatte er versprochen, ihr nichts zu verheimlichen, und nun das. Von dem, was sie heute erfahren hatte, würde sie sich unmöglich erholen können.

Dies war das Ende ihres Lebens in Pemberley. Wieder einmal würde sie ein Land hinter sich lassen müssen, das unter ihren Füßen lebendig war und dessen Kraft ihren Körper durchströmte. Und all das, weil Darcy beschlossen hatte, sich an eine Feendame zu binden und es bewusst vor ihr geheim gehalten hatten. Übelkeit überkam sie.

Sie hatte ihn nie wirklich gekannt.

Sie stolperte einen schmalen Pfad entlang des Baches hinunter, aber selbst zwischen den Bäumen fühlte sie sich nirgends sicher. So konnte sie nicht ins Haus zurückkehren und den Dienern gegenübertreten, wenn sie es beinahe nicht fertigbrachte, zu atmen oder die Tränen unter Kontrolle zu halten, die ihr in die Augen sprangen. Es hätte auch keinen Sinn, sich zu verstecken; Darcy würde sie durch seine Verbindung mit dem Land überall aufspüren können, ganz gleich, wie sehr sie auch versuchen mochte, ihre Anwesenheit zu verschleiern. Es gab kein Entrinnen. Stattdessen kletterte sie zum Ufer des Baches hinab.

All diese Geschichten von schönen Feenfrauen, die sich an menschliche Männer banden, um sie zu ihren Liebhabern zu machen – niemals hätte sie sich vorstellen können, dass Darcy einer von ihnen sein würde. Ihr Ehemann, mit dem sie das Bett teilte, der sie seine Liebe nannte, während er einer anderen Frau gehörte, deren außergewöhnlicher Liebreiz nicht mit dem Alter nachlassen wurde.

Sie hätte es niemals geglaubt, hätte sie die Worte nicht aus seinem eigenen Mund gehört. Welch eine Närrin sie doch gewesen war!

Wie lange ging das schon so? Sie sank auf einen Felsen, der über das Wasser hinausragte, zog die Knie an ihre Brust und schlang ihre Arme fest um sich, als könnte das den nagenden Schmerz in ihrem Inneren lindern oder die Qual des Verrats lindern. Doch das half alles nichts. Sie konnte nicht einmal in das reiche Leben des Landes eindringen, um Trost zu finden, denn Pemberley gehörte ihm. Sie hatte ihr eigenes Land und ihre Familie zurückgelassen, um ihm zu helfen, ohne zu wissen, dass er einer anderen Frau gehörte.

Waren all seine Wärme und Zuneigung nur vorgespielt gewesen, um sie dazu zu bringen, seine Mission zu unterstützen? So musste es wohl gewesen sein. Sie neigte den Kopf zu den Knien.

Wie konnte er es wagen, ihr so etwas vorzuenthalten, nachdem er versprochen hatte, ihr alles zu sagen?

Sie schloss die Augen und ließ das Plätschern des Wassers ihre Ohren füllen. Es floss vom Dark Peak hierher, so viel wusste sie, aber wohin verlief es von hier aus? Sie würde Darcy fragen müssen.

Darcy. Alles führte sie zu ihm zurück. Verdammter Mann!

"Elizabeth?" Das war seine Stimme.

Sie erstarrte. Das Geräusch des Stroms musste seine Schritte übertönt haben. "Wohin fließt der Fluss von hier aus?", fragte sie flach.

Für einen Moment herrschte Stille. "In den Derwent, der in den Trent fließt, und dann schließlich in die Nordsee."

Natürlich wusste er es. Sie machte sich keine Mühe, zu antworten oder auch nur den Kopf zu heben.

"Wir sind zu einer Einigung gelangt. Ich werde Lady Amelia meine Bindung erklären, die dann die Drachen beraten wird, ob man mir vertrauen kann." Er klang beinahe verletzt. "Ich dachte, du möchtest meine Erklärung vielleicht auch hören."

Langsam hievte sie sich auf die Füße, ihre Gelenke schmerzten. "Ich nehme an, ich kann mir das genauso gut anhören." Sie versuchte nicht einmal, das Missfallen in ihrer Stimme zu verbergen.

"Es tut mir leid, dass ich es dir nicht früher sagen konnte. Ich wollte dich nicht damit überrumpeln."

Sie wandte den Kopf, um ihn ungläubig anzusehen. "Überrumpeln? Wie würdest du dich fühlen, wenn du erfahren würdest, dass ich an einen Feenfürsten gebunden bin? Ach, lass gut sein; es wäre dir wahrscheinlich gleichgültig, solange es deine kostbare Mission nicht beeinträchtigt." Die letzten Worte spie sie geradezu heraus.

"Elizabeth, nein! Diese Art von Bindung ist es nicht!"

"*Nicht diese Art von Bindung*?" spottete sie, Wut brannte in ihrer Kehle. "Aber welchen Grund hättest du sonst, es geheimzuhalten? Ich habe mein ganzes Leben in Hertfordshire aufgegeben, meine Blutbindung an Longbourn, die seit meiner Geburt bestand, meine Schwestern, meine Eltern, meine Freunde, alles für dich. Ich habe mich vollkommen dem Ziel verschrieben, dein Leben zu retten. Ich habe dir meine arabischen Bücher gezeigt und dir daraus Magie beigebracht. Ich habe dir gesagt, dass Cerridwen ein Drache ist. Ich wäre fast gestorben, als ich mich um deinetwillen mit Pemberley verbunden habe. Und du konntest nicht einmal ehrlich mit mir sein! Die ganze Zeit hast du meine Blutsbande verachtet, und du – du hattest dein eigenes, geheimes mit einer *Fee*!"

Er erbleichte. "Es tut mir leid. Ich habe einen Eid geschworen, dieses Geheimnis niemals preiszugeben."

"Auch mir gegenüber hast du bei unserer Hochzeit einen Eid geschworen! Einen, den ich eindeutig ernster genommen habe als du. Dir zu vertrauen, ist kein Fehler, den ich noch einmal begehen werde."

Er streckte eine Hand nach ihr aus, doch sie ignorierte sie. "Elizabeth, ich kann verstehen, weshalb du wütend bist -"

"Wut beschreibt es nicht einmal ansatzweise", blaffte sie. "Verrat. Demütigung. Ich habe dir vertraut. Ich habe dich vor meiner Urgroßmutter verteidigt, und du hast mich wie eine Närrin dastehen lassen. Wie konntest du mir das antun?"

Er schaute weg, schien eine nahegelegene Eiche zu studieren und atmete tief und harsch ein. "Das war nie meine Absicht, wie du sehen wirst, wenn du meine Situation besser verstehst. Wenn du meine Erklärung gegenüber Lady Amelia hören möchtest, kannst du dich mir gerne anschließen. Der Rest muss bis später warten."

Er wandte sich um, um wieder das Flussufer hinaufzuklettern. Sie folgte, vor Wut schäumend. Erwartete er wirklich, dass sie ihm sogar dafür verzeihen würde? Interessierte es ihn überhaupt, ob sie es tat?

Sie legte ihre Hand auf ihren Bauch, über das neue Leben, das in ihr heranwuchs. Nein, es wäre ihm gleichgültig. Er hatte bereits, was er von ihr wollte.

Selbst in dem kleinen Cottage konnte Elizabeth es nicht ertragen, Darcy anzusehen. Stattdessen blickte sie auf Granny, die sich auf dem Stuhl am Herd niedergelassen hatte, die Bettdecke über den Knien.

Auch wenn sie geradezu das Sinnbild einer schwachen alten Dame abgab, war Grannys Stimme fest. "Sie haben hoffentlich eine gute Erklärung, junger Mann. Und ich möchte Ihnen ins Gedächtnis rufen, dass ich eine Veritas bin, weichen Sie also bitte nicht von den Fakten ab."

"Das hätte ich nicht getan", entgegnete er kalt. "Ich mag vielleicht ein Geheimnis für mich behalten, aber ich halte an meiner Ehre fest."

Seiner Ehre. Elizabeths Lippen verzogen sich. Welche Ehre hatte er bewiesen, als er es verborgen hatte? Sie ging hinüber, um vor dem kleinen Fenster zu stehen, wo das Licht hinter ihr ihren Gesichtsausdruck in der Dunkelheit verbergen könnte.

Granny schnaubte. "Dann erzählen Sie mir davon!"

Darcy faltete seine Hände hinter seinem Rücken. "Es beginnt mit meiner Schwester, die mehr als zehn Jahre jünger ist als ich. Als sie vier Jahre alt war, besuchte meine Mutter sie und verschwand dann unmittelbar danach. Als sie nicht wieder zurückkehrte, glaubte Georgiana, die Schuld dafür zu tragen. Das Hauptinteresse meines Vaters an ihr war die fürstliche Mitgift, die sie ihm später einbringen würde. Als sie es nicht schaffte, ein Talent zu entwickeln, sah er in ihr nichts weiter als einen Verlust. Sie hatte keine Spielkameraden, nur eine Reihe von Kindermädchen und Lehrern, und sie hing sehr an mir. Seit dem Tod meines Vaters bin ich ihr Vormund." Seine Stimme klang gepresst.

"Mir erschließt sich nicht, was das mit einer Feendame zu tun hat", sagte Granny verärgert.

"Nach zehn Jahren tauchte meine Mutter wieder auf, gesund und lebendig, mit der schockierenden Nachricht, dass sie nach Faerie gegangen sei, unmittelbar, nachdem sie herausgefunden habe, dass Georgiana nicht ihre Tochter, sondern ein Wechselbalg sei."

Elizabeth sog scharf den Atem ein. Das konnte nicht sein. "Unmöglich! Sie ist das Ebenbild deiner Mutter!" Die Worte platzten aus ihr heraus.

"Ein Glamour, der bei der Geburt auf sie gelegt worden war, wie ich vermute", sagte er. "Meine Mutter ging ins Land der Feen, um ihr wahres Kind zu retten, scheiterte allerdings. Sie verstieß Georgiana vollständig, machte die Angelegenheit jedoch auf mein Drängen hin nicht publik."

"Ganz wie eine wahre Fitzwilliam", schnaubte Granny.

Darcy ignorierte ihre Worte. "Georgiana ging es daraufhin immer schlechter, sie hat sich abgekapselt und konnte nicht mehr schlafen oder essen. Unser Vater war tot, sie war von der einzigen Mutter, die sie je gekannt hatte, abgewiesen worden, und sie erwartete, dass ich dasselbe tun würde. Sie sah keinen Grund, weshalb ich zu ihr stehen würde, wenn wir kein Blut teilten und sie nicht einmal ein Mensch war."

Granny kniff die Augen zusammen. "Sie wollte nicht nach Faerie zurückkehren?"

"Zu den Leuten, die sie bei ihrer Geburt weggeschickt hatten, um sie gegen ein anderes Kind einzutauschen? In eine Welt, die sie nicht versteht, in der sie niemanden kennt? Nein. Aber sie dachte, ich würde sie auf die Straße werfen." Ein gequälter Ausdruck schlich sich in seine Augen. "Für mich war sie immer noch meine Schwester, dasselbe Mädchen, das sie immer gewesen war. Für mich hatte sich nichts verändert. Sie glaubte mir nicht und sagte, ich würde sie irgendwann wegwerfen, wie alle anderen auch."

Zweifellos war das eine Tragödie für Georgiana. Aber es bedeutete auch Herzschmerz für Elizabeth, wenn es Darcy zu einer unermesslich schönen Aristokratin in Faerie geführt hatte.

Er räusperte sich. "Ich war so besorgt um ihr Wohlergehen, dass ich ihr eines Nachts in einem Augenblick, in dem ich vor Sorge nicht ganz bei Sinnen war, anbot, ihr Blutsbruderschaft zu schwören. Ich wusste von Jungen, die so etwas in der Schule als Mutprobe gemacht hatten, und obwohl ich es missbilligte, fiel mir nichts Besseres ein, um sie zu beruhigen. Sie war Feuer und Flamme und wir tauschten Blut aus. Es half insofern, als sich Georgiana von ihrer Krise erholte, aber ich habe auch gelernt, wie gefährlich Blutmagie ist. Glücklicherweise habe ich es überlebt. Ich habe geschworen, niemals wieder Blutmagie durchzuführen."

Er hatte sich an *Georgiana* gebunden?

Das behauptete er zumindest. Konnte sie überhaupt irgendetwas von dem, was er sagte, glauben?

Granny schnaubte. "Guter Gott, haben Sie nicht gesehen, dass das in keinem Verhältnis steht? Eine Blutbindung mit einer hochrangigen Fee ist gefährlich. Ebenso wie von einer Klippe zu springen, was allerdings nicht bedeutet, dass es ebenso riskant wäre, von einem Stuhl zu springen. Nun, außer in meinem Alter vielleicht. Es bedeutet nicht, dass alle Blutmagie ein Risiko darstellt."

Er sah hochnäsig auf sie herab. "Dessen ungeachtet - Ihr wolltet wissen, wie es dazu kam, dass ich ein Blutsband mit einer Fee teile und wie Ihr sehen könnt, hat es nichts mit Napoleon oder Drachen zu tun." Er drehte sich zu Elizabeth um, seine Augen verengten sich. "Oder mit einer anderen Frau."

Granny klopfte mit dem Finger auf ihr Knie. "Die Frage ist dann also, in welcher Verbindung Ihre Schwester zu dem Hochkönig der Feen steht."

Er hob die Hände. "Davon höre ich zum ersten Mal. Sie scheint dem Feenland keinerlei Loyalität entgegenzubringen. Wenn überhaupt, scheint sie Angst davor zu haben."

"Weshalb?"

"Ich habe sie nicht gefragt, da sie es vorzieht, das Thema zu meiden. Ich hoffe, ich kann mich darauf verlassen, dass die Angelegenheit ihrer Geburt zwischen uns bleibt."

Granny kniff die Augen zusammen. "Ich werde es Sycamore sagen müssen, aber Drachen wahren Geheimnisse besser als jeder Mensch."

Elizabeth konnte nicht länger schweigen. Ihre Empörung wollte das nicht zulassen. "Hattest du vor, es mir jemals zu sagen?"

Er sah sie flehend an. "Mein Plan war, dies zu tun, bevor ich zu meiner Mission aufbreche, da du ihr Vormund sein wirst, sollte ich nicht zurückkehren. Ich wollte, dass du sie zuerst als Sterbliche kennenlernst, so wie ich es tat."

Sie war noch nicht bereit, ihm zu vergeben. Noch nicht einmal annähernd. "Du denkst, du weißt alles, und doch weißt du so wenig. Granny, wie wird Sycamore darauf reagieren?"

Die Augen der alten Frau schienen unfokussiert in die Ferne zu blicken. "Sycamore wird mit Ihnen sprechen, aber er möchte mehr über das Wechselbalg erfahren."

"Ihr Name ist Georgiana", blaffte Darcy.

Das Gespräch mit Sycamore verlief nicht gut.

Zumindest sprach der Drache jetzt direkt mit Darcy, nun, da die Sache mit der Feenbindung geklärt worden war, aber es wurde deutlich, dass Sycamore ihm immer noch nicht vertraute. Seine vielen Fragen über das Drachenmassaker waren voller Unglauben. Darcy hatte keine Geduld dafür, nicht, solange Elizabeth mit Schmerz und Wut in den Augen dastand. Und er wollte nicht einmal darüber nachdenken, wie sie Georgiana behandeln würde, jetzt, da sie die Wahrheit kannte. Die meisten Menschen fürchteten und verabscheuten Wechselbälger.

Schließlich unterbrach Lady Amelia. "Sycamore, ich verstehe deine Abneigung, zu glauben, dass sich irgendein Drache so unnatürlich verhalten könnte, in einer Schlacht mitzukämpfen, aber es gab auch schon in der Vergangenheit Drachen, die verrückt geworden sind. Ja, Menschen können lügen, aber ich versichere dir, dass die Regierung so etwas niemals zugeben würde, wenn sie sich der Fakten nicht absolut sicher wären, und sie sind sehr geschickt darin, Information zu sammeln."

Der Drache machte ein schnaubendes Geräusch. "Der Niederträchtige König, mögen ihm die Augen von Geiern ausgepickt werden, ist durchaus in der Lage, eine Täuschung dieses Ausmaßes fertigzubringen. Warum sollte ich dem Wort dieses Mannes glauben, wenn er weder ein Freund der Drachen, noch bereit ist, seine Gedanken lesen zu lassen?"

Nun war es aber mal gut. Darcy entgegnete: "Warum sollte ich dir glauben? Mein Bruder wurde bei dem Angriff in Salamanca durch Drachenfeuer getötet, und du denkst, ich sollte dir erlauben, in meinem Kopf herumzustöbern?"

Sycamore setzte sich auf seinen Hinterläufen ab. In einem sanfteren Ton sagte er: "Das mit deinem Bruder tut mir leid. Ich versichere dir, dass kein Drache, der bei klarem Verstand ist, jemals ein so schreckliches Verbrechen begehen würde, aber das ändert nichts an deinem Verlust. Wenn du dir der Wahrhaftigkeit deiner Geschichte so sicher bist, warum erlaubst du mir dann nicht, dich zu lesen, damit ich die Beweise sehen kann?"

Er sollte es nicht sagen. Das sollte er auf keinen Fall. Aber Elizabeth war wütend auf ihn und der Drache nannte ihn einen Lügner, und mit seiner Zurückhaltung war es nun vorbei. "Weil andere Drachen und Seeschlangen mit Napoleon zusammenarbeiten, und ich keinen Grund habe, zu glauben, dass ihr ihm nicht ebenfalls Bericht erstatten würdet. Die Informationen in meinem Kopf könnten Tausende von Menschenleben kosten. Das werde ich nicht riskieren."

Ein kleiner Rauchstoß entwich den Nasenlöchern des Drachen, als er seinen Kopf in Richtung Lady Amelia schwang. "Dieser Mann versteht Drachen nicht", knurrte er.

Hatte Jack in den Momenten, ehe er vom Drachenfeuer erfasst wurde, ähnlichen Rauch von den Drachen ausgehen sehen?

"Natürlich tut er das nicht", sagte sie gereizt. "Das passiert, wenn ihr eure Existenz für Hunderte von Jahren verheimlicht. Die Leute haben keine Ahnung von eurer wahren Natur."

Der Drache wandte sich wieder Darcy zu. "Ich bin keinem Menschen außer meiner Gefährtin verpflichtet und ganz sicher keinem, der Kriege anzettelt. Da du dich nicht lesen lassen möchtest, kann ich den Wahrheitsgehalt deiner Behauptungen nicht überprüfen. Falls du eine persönlichere Motivation benötigst - sofern du weiterhin auf dieser Haltung der Feindseligkeit gegenüber Drachen beharrst, wird kein Nest deiner Frau erlauben, ihren abschließenden Eid abzulegen."

Ein Keuchen kam von Elizabeth und sie wandte ihr Gesicht ab.

Lady Amelia schnalzte mit der Zunge. "Genug, ihr beide. Ich bin müde. Wir werden es an einem anderen Tag erneut versuchen, wenn die Gemüter nicht gar so erhitzt sind."

Darcy atmete ein, um zu protestieren, aber es war sinnlos. Welchen Unterschied machte es, wenn die Drachen ihm nicht glaubten? Es hatte keinen Sinn, Zeit damit zu verschwenden, wenn er mit Elizabeth sprechen musste. Alleine.

"Ah, ich hatte gehofft, dich heute Abend noch zu sehen", sagte Granny zufrieden, als Elizabeth ihr Schlafgemach betrat. Vor dem Kamin war ein kleiner Tisch aufgestellt worden, und zwei Hausdiener trugen Tabletts mit Essen herein.

"Cerridwen hat es mir ausgerichtet", antwortete Elizabeth. "Ich hatte angenommen, dass du vielleicht zu müde für Gesellschaft bist, aber ich bin froh, dass ich eines Besseren belehrt werde." Als ob das Wort "froh" jetzt überhaupt noch auf sie zutreffen könnte. War es erst heute Morgen gewesen, dass sie sich im selben Raum darüber gefreut hatte, eine Gefälligkeit von den Drachen erwiesen zu bekommen, die sein Leben retten könnte?

"In meiner Kammer zu speisen ist einer der wenigen Vorteile, wenn man schon sehr alt ist. Zwei Stunden bei einem formellen Abendessen mit geselligem Geplauder zu verbringen, ist eine Verschwendung von Zeit und Energie. Ich hoffe, deinem Mann macht es nichts aus, dass du ihn sitzen lässt, um dich mir anzuschließen?" In ihren Worten lag ein Hauch von Herausforderung.

Elizabeth zuckte mit den Schultern, als sie sich an den Tisch setzte. "Ich habe ihn nicht gefragt." Sie hegte nicht das geringste Verlangen, seine Meinung dazu zu hören. Oder zu irgendetwas anderem. Sie bediente sich an mehreren Gerichten.

"So ist's recht! Lass dich nicht von ihm dominieren."

Dies war weder eine Lektion, die sie in diesem Augenblick zu vergessen drohte, noch eine, über die sie sprechen wollte. "Bist du sicher, dass das nicht zu anstrengend für dich ist?"

"Keineswegs! Ich habe vorgegeben, müde zu sein, weil es der einzige Weg war, die beiden Kerle davon abzuhalten, sich wie die Pfauen in Stellung zu bringen. Wahrlich, Sycamore sollte inzwischen über einige dieser impulsiven Verhaltensweisen hinausgewachsen sein."

"Hinausgewachsen?" wollte Elizabeth wissen. "Aber er ist doch wirklich nicht mehr der Jüngste, oder?"

"Er ist deutlich älter als ein Jahrhundert, da das Dark Peak-Nest es Drachen nicht erlaubt, sich so früh zu binden, wie es deine Cerridwen getan hat. Für einen Drachen ist das allerdings immer noch jung. Weisheit kommt mit dem Alter. Überdies beunruhigt ihn auch noch seine Sorge um mich. Für einen Drachen ist es immer schwierig, wenn er seinen Gefährten verliert."

Elizabeth ließ ihre Gabel fallen und ihr wurde schwer ums Herz. "Gibt es da noch etwas, was du mir nicht gesagt hast, Granny?"

Die alte Dame winkte ab. "Nichts Wichtiges, aber ich bin dreiundneunzig Jahre alt und es wäre töricht zu denken, dass ich noch sehr lange auf dieser Erde weile. Wir Drachengefährten sind dank der Heilungsfähigkeiten unserer Drachen langlebig, aber selbst das hat Grenzen. Sycamore würde mich in Watte packen, um mich zu schützen, aber er weiß, dass ich das nicht zulassen würde und das bereitet ihm schlechte Laune."

Elizabeth nahm einen Bissen Fasanenpastete und kaute nachdenklich. Würde auch sie sehr alt werden? "Ich habe nie darüber nachgedacht, was es für Cerridwen bedeuten würde, sollte mir etwas zustoßen. Oder wenn wir den abschließenden Eid nicht vollziehen könnten."

"Darüber wollte ich mit dir sprechen – über diese unglückliche Situation mit deinem Mann. Seine Einstellung wird deinem abschließenden Eid im Weg stehen.

Wenn wir mal von der Gefälligkeit absehen, läuft Cerridwen die Zeit davon. Sie muss entweder die Bindung abschließend vollziehen oder nach Wales zurückkehren. Wenn wir keinen Weg aus diesem Schlamassel finden, musst du dich möglicherweise entscheiden, ob du deine Bindung zu ihr aufgibst oder deinen Ehemann verlässt."

Sie schloss die Augen, atmete einmal tief durch und öffnete sie wieder. "Ist es wirklich so ernst?"

"Ich fürchte ja. Es ist zu riskant für die Nester, jemandem, der ihnen feindlich gesinnt ist, so viel Wissen zu gestatten, besonders mit dieser seltsamen Verbindung zum Hochkönig."

Ihre Brust zog sich zusammen. Cerridwen war ihr all die Jahre eine Freundin gewesen, auf die sie sich verlassen konnte. Sie auch noch zu verlieren konnte sie nicht ertragen. Und wie konnten sie erwarten, dass sie es aufgeben würde, eine Drachengefährtin zu sein? Davon hatte sie schon als Kind geträumt.

Aber Darcy war trotz all seiner Fehler der Vater ihres Kindes. "Wie viel Zeit bleibt mir noch, bis Cerridwen mich verlassen muss?" Ihre Stimme zitterte.

Granny schien darüber nachzudenken. "Angesichts dessen, wie stur Cerridwen sein kann, vielleicht sechs Monate oder sogar ein Jahr, vorausgesetzt, das Nest erlaubt es ihr, so lange hier zu bleiben. Das Problem könnte sich von selbst lösen, wenn dein Mann diese Mission nicht überlebt. Dann stünde dir nichts mehr im Weg."

Nichts weiter, als ein gebrochenes Herz und eine Erinnerung an Verrat. Wenn er lebend zurückkäme, hätte sie dann den Mut, ihn zu verlassen? Würde sie es ihm jemals verzeihen können, wenn sie seinetwegen Cerridwen verlor?

Tränen füllten ihre Augen. "Ich bin noch nicht bereit, aufzugeben. Wenn das Problem seine Verbindung zu Georgiana ist, würde es helfen, wenn ich sie davon überzeugen könnte, sich von den Drachen lesen zu lassen? Sie kennt keine Staatsgeheimnisse."

"Würde sie das tun? Ich dachte, sie wollte keine Drachen in ihrer Nähe."

"Ich weiß es nicht, aber einen Versuch ist es wert", sagte Elizabeth entschlossen. "Ich bezweifle, dass meine gute Meinung ihr viel bedeutet, aber sie liebt Darcy sehr. Wenn ich sie überzeugen kann, dass es in seinem besten Interesse ist, könnte sie möglicherweise zustimmen."

"Nachfragen kann nicht schaden. Was ist mit deinem Mann? Er scheint dich gernzuhaben. Ich weiß, wie schwer es ist, einen Fitzwilliam-Mann dazu zu bringen, vernünftig zu sein, aber kannst du es versuchen? Er liebt dich, weißt du."

Elizabeth verzog das Gesicht. "Das sagt er, aber in Zeiten wie diesen frage ich mich, ob er es ernst meint."

"Oh, das tut er. Andernfalls würde sich seine Magie nicht mit deiner verflechten." Sie nahm einen Schluck Wein.

"Was hat das damit zu tun?"

Granny tätschelte ihre Hand. "Die Verflechtung geschieht nur, wenn Magier beginnen, sich in Drachengefährten zu verlieben. Dein stärkeres Talent hat seines in Einklang mit deinem gezogen, wie ein Magnet es mit Eisenspänen tun würde. Deshalb kannst du seine Magie beeinflussen."

"Aber ich konnte seine Illusionen verändern, bevor er jemals daran dachte, mich zu heiraten!" Doch dann erinnerte sie sich daran, was er darüber gesagt hatte, dass er schon zuvor von ihr fasziniert gewesen war, als er so stolz und distanziert war. Könnte es wahr sein?

Ihre Wut ließ nach, aber nur ein bisschen. "Nun, ich werde mit ihm sprechen, aber noch nicht gleich. Gerade würde ich nur das Falsche sagen und es dadurch noch schlimmer machen. Morgen bin ich dann vielleicht ruhiger."

"Vielleicht werde ich es in der Zwischenzeit versuchen." Granny zwinkerte ihr zu. "Ich kann mir vorstellen, dass Darcy zu gut erzogen ist, um Älteren gegenüber unhöflich sein, selbst, wenn er es gerne möchte."

Darcy ging mit finsterem Gesicht durch den Korridor. Zuerst war Elizabeth nirgends zu finden, und jetzt hatte Lady Amelia ihn in ihr privates Wohnzimmer gerufen, wahrscheinlich, um ihm nochmals einen Vortrag zu halten. Und er war weder in der Stimmung, gerufen noch belehrt zu werden.

Dennoch schuldete er der Schwester seines Urgroßvaters einen gewissen Respekt, also tat er sein Bestes, um sie höflich zu begrüßen. Zumindest war ihr verdammter Drache nirgendwo zu sehen. "Ich hoffe, Ihr habt Euch von unserer Exkursion erholt."

"Danke, ja. Lizzy war so freundlich, hier mit mir zu essen, damit ich mich ausruhen konnte."

Hier war sie also gewesen und hatte ihn allein speisen lassen mit Roderick und einer weinenden Georgiana, noch immer aufgewühlt, weil ihr großes Geheimnis gelüftet worden war. "Wie kann ich Euch zu Diensten sein?"

Sie deutete auf den Stuhl ihr gegenüber. "Sie könnten damit beginnen, sich hinzusetzen, anstatt über mir aufzuragen. Dann können Sie mir sagen, weshalb Sie sich weigern, sich von den Drachen lesen zu lassen. Sie sehen zu lassen, dass die Angriffe echt sind, würde uns allen zugutekommen."

"Oder sie finden einfach einen anderen Weg, mir nicht zu glauben", sagte er kühl. "Cerridwen scheint gutherzig zu sein, aber sie ist sehr jung. Von den vier erwachsenen Drachen, die meinen Weg kreuzten, haben drei zehntausende von Engländern massakriert, meinen Bruder eingeschlossen, und dann hat Euer Drache sich mit Drohungen und Flüchen gegen mich gewandt, sobald wir uns begegnet sind. Ihr mögt mir also vergeben, wenn mich das nicht dazu verleitet, Drachen für vertrauenswürdig zu halten." Um Elizabeths willen hatte er versucht, seinen Hass auf Drachen zu überwinden und zu glauben, dass sie ehrenhaft sein könnten, aber das heutige Treffen hatte seinen Glauben daran erschüttert.

Sie nickte. "Sycamore hat sich schlecht benommen; das kann ich nicht leugnen. Der Schock über Ihre Feenverbindung war der Grund, aber das ist keine Entschuldigung. Sie steht für den schlimmsten Albtraum eines jeden Drachen, dass jemand sie dazu zwingen könnte, zu Mördern zu werden, wie es der Hochkönig mit ihren Ahnen getan hatte. Unabhängig von Ihren Gefühlen brauchen wir ihr Wissen, wenn wir angemessene Verteidigungsanlagen aufbauen und das aufhalten wollen, was in Europa geschieht."

"Offensichtlich wäre es besser, sie als Verbündete zu haben, aber solange ich nicht garantieren kann, dass sie meine Informationen nicht an die Drachen weitergeben, die mit Napoleon sympathisieren, ist es schlichtweg zu gefährlich."

"Sie verstehen mich nicht. Das ist das Letzte, was sie tun würden."

"Nein, Ihr versteht mich nicht. Wenn ich weniger Geheimnisse wüsste, wäre es einfacher. So wie die Dinge stehen, kann ich den Drachen keinen freien Zugang zu meinen Gedanken gestatten, das würde zu viele Menschen in Gefahr bringen. Das kann ich nicht in Ehren tun." Er war es leid, dies zu erklären.

"Männer! Dass sie stets die Ehre als Entschuldigung vorbringen müssen, um unangenehme Dinge zu vermeiden. Sagen Sie mir, ist es ehrenhaft von Ihnen, Lizzy dazu zu zwingen, ihre Verbindung mit Cerridwen aufzugeben, nachdem Sie ihr bereits ihr Heim und ihre Familie genommen haben?"

Er biss die Zähne zusammen. "Ich bin nicht derjenige, der darauf beharrt, dass die Verbindung gebrochen werden muss. Dafür müsst Ihr die Drachen verantwortlich machen."

"Die Drachen haben Ihnen einen Kompromiss angeboten, den Sie abgelehnt haben." Sie rutschte sich auf ihrem Stuhl zurecht. "Was denken Sie wohl, wird geschehen, wenn Sie Lizzy dazu zwingen, sich zwischen Ihnen und Cerridwen zu entscheiden?"

Er hob das Kinn. "Sie wird unglücklich sein, aber ich bin ihr Ehemann." Aber er wollte nicht, dass sie unglücklich war.

"Nehmen wir einmal an, Lizzy bestünde darauf, dass sie jegliche Verbindung zu Ihrer Schwester abbrächen, was unter den gegebenen Umständen ihr gutes Recht wäre – Was würden Sie tun?"

Er würde es ihr ausreden, aber das war keine Antwort, die die alte Dame akzeptieren würde. "Auch ich wäre unglücklich damit, aber meine Frau stünde an erster Stelle."

"Würden Sie ihr jemals verzeihen, dass Sie Ihre Schwester vertrieben hat?" Die Worte trafen ihn wie ein Messer. "Würden Sie ihr trotzdem noch vertrauen? Wäre Ihre Ehe immer noch so liebevoll?"

Nein. Es wäre nie mehr dasselbe. Er öffnete den Mund, um zu sagen, dass er lernen würde, darüber hinwegzukommen, doch die Worte wollten nicht herauskommen.

Natürlich. Die alte Dame war eine Veritas, verdammt nochmal. In ihrer Gegenwart konnte er keine Lüge aussprechen.

Welche Wahrheit könnte er aussprechen? "Elizabeth würde so etwas niemals verlangen, wenn es keinen guten Grund dafür gäbe, und ich würde versuchen, diesen zu respektieren."

Ihre Oberlippe kräuselte sich. "Netter Versuch. Aber hören Sie gut zu, denn ich werde Ihnen sagen, weshalb Lizzy sich für Cerridwen entscheiden würde. Wenn eine externe Macht sie gezwungen hätte, sich zwischen Ihnen zu entscheiden, vermute ich, dass sie Sie wählen würde. Aber Lizzy ist klug genug, um zu erkennen, dass sich Ihre Ehe niemals davon erholen würde, wenn Sie sie zu dieser Wahl zwingen. Wenn Sie ihre Zuneigung zu schätzen wissen, müssen Sie beginnen, sich wie ein Mann zu verhalten, der ihrer Liebe würdig ist."

Sein Mund wurde trocken. "Ihr haltet sehr wenig von mir."

"Ich denke, Sie wurden von einer Fitzwilliam-Mutter aufgezogen, die einen absurden Sinn abstrakter Pflichterfüllung vor alles andere stellt, und Sie haben diese Lektion zu gut gelernt. Sie würde Ihnen sagen, dass Ihre Geheimnisse wichtiger sind als die Liebe Ihrer Frau. Ich habe jedoch die Hoffnung noch nicht aufgegeben, dass Sie unter diesem überentwickelten Pflichtgefühl auch noch ein Herz haben."

Damit hatte sie recht. Er hatte ein Herz und es war im Begriff zu brechen.

Nachdem sie ihre Urgroßmutter verlassen hatte, folgte Elizabeth dem Geklimper des Pianoforte bis ins Musikzimmer. Jetzt wünschte sie, sie hätte mehr Zeit mit Georgiana verbracht, aber wie Darcy sie bereits vorgewarnt hatte, zog es das Mädchen vor, für sich zu bleiben. Beim Dinner sprach sie selten, wenngleich sie glücklich wirkte, bei anderen Gelegenheiten mit Darcy oder mit Miss Lowrie zu plaudern. Aber Elizabeth gegenüber war sie stets zurückhaltend geblieben.

Es musste schwer sein, ein solch monumentales Geheimnis wie ihres zu bewahren.

Sie wartete, bis Georgianas Finger auf den Tasten zum Ruhen kamen, ehe sie "Guten Abend" sagte.

Das Mädchen straffte die Schultern, hob ihre Augen jedoch nicht von ihren Notenblättern. "Mein Bruder hat mir gesagt, dass du jetzt die Wahrheit kennst", sagte sie flach.

"Zumindest ein bisschen davon." Was ganz bestimmt nicht Darcys Verdienst war, der es so lange wie möglich geheim gehalten hätte.

Georgiana wich ihrem Blick noch immer aus und fragte: "Willst du, dass ich Pemberley verlasse? Ich hege nicht den Wunsch, mich dir aufzuzwingen."

In diesem Moment hatte sie eine unbestreitbare Ähnlichkeit mit ihrem Bruder, Blutsband hin oder her. "Unsinn", sagte Elizabeth entschlossen. "Du bist die Schwester meines Mannes, und das ist dein Zuhause. Daran hat sich nichts geändert." Zumindest nichts, was sie zugeben konnte. Es war beunruhigend, eine Fee im Haus zu haben, aber dafür konnte das Mädchen nichts.

Georgianas Finger tanzten in einer schnellen Abfolge von Arpeggios die Tastatur auf und ab und füllten den Raum mit einem Wasserfall von Noten. "Und doch hast du eindeutig etwas zu sagen. Was willst du dann von mir?"

Die Unverblümtheit des Mädchens überraschte sie. "Ja, ich bin mit einer Bitte zu dir gekommen, aber das ist eine komplizierte Angelegenheit." Es gab so viel zu sagen und alles davon war so seltsam! Dennoch tat sie ihr Bestes, um die Ereignisse des Tages zusammenzufassen.

Man musste Georgiana zugutehalten, dass sie es ruhig aufnahm. Ihre Finger bewegten sich weiterhin fließend über die Tastatur, während sie zuhörte. "Ich nehme an, du hast einen Grund, mir das zu erzählen", sagte sie.

Elizabeth nahm einen tiefen Atemzug. "Ich weiß, dass dir der Gedanke, Drachen zu treffen, nicht besonders gut gefällt. Aber es würde mir viel bedeuten, wenn du bereit wärst, mit ihnen über deine Herkunft zu sprechen. Sie haben bestimmte Fragen, und ob ich Cerridwens Gefährtin bleiben darf, hängt von den Antworten ab. Das und noch mehr."

Sie hörte auf zu spielen. "Nun, da du die Wahrheit bereits kennst, brauche ich sie nicht mehr zu meiden. Ich hatte nur Angst, dass dein Drache sie entdecken würde. Wünscht mein Bruder, dass ich das tue?"

Elizabeth verlagerte ihr Gewicht von einem Fuß auf den anderen. "Er hat dazu keine Meinung geäußert. Er weigerte sich, Lady Amelias Drachen seine Gedanken über dich lesen zu lassen, weil er Angst hat, Geheimnisse seiner Mission preiszugeben. Das ist der Grund, weshalb ich dich bitte, sie stattdessen direkt zu beantworten."

Endlich hob das Mädchen ihre Augen zu Elizabeth. "Warum? Wenn mein Bruder es nicht wünscht, warum sollte ich mich den Fragen dieser Drachen aussetzen?"

"Weil dein Bruder ein sturer Narr ist", platzte es aus Elizabeth heraus. "Sein Leben steht auf dem Spiel, und ich werde nichts unversucht lassen, um ihn zu retten. Die Drachen können ihm vielleicht helfen, aber solange wir ihre Fragen nicht beantworten, werden sie es nicht tun."

"Du meinst seine Mission?" Sie starrte auf die Tastatur hinab. "Er erwartet nicht, sie zu überleben, oder?"

Elizabeth schüttelte den Kopf. "Nein, das tut er nicht."

"Das dachte ich mir, als er mir sagte, dass du mein Vormund sein würdest, wenn ihm etwas zustößt." Ihre Stimme zitterte. "Sollte es so weit kommen, verspreche ich, dir so wenig Umstände wie möglich zu bereiten. Und dir ganz aus dem Weg zu gehen, sofern du das wünschst."

"Nein, das wünsche ich nicht! Was ich will, ist, dass du diese eine Sache tust, die deinen Bruder retten könnte." Auch wenn sie furchtbar wütend auf ihn war.

Georgianas Augen wurden große wie Untertassen. "Wie kann ein Gespräch mit den Drachen *ihm* möglicherweise helfen?"

Nun war es an der Zeit die Karten auf den Tisch zu legen, auch wenn sie das lieber geheim gehalten hätte. "Wenn ich meinen abschließenden Eid als Cerridwens Gefährtin ablege, werden die Drachen mir eine Gefälligkeit meiner Wahl gewähren. Mein Plan ist es, sie zu bitten, deinen Bruder sicher nach Hause zu bringen. Es ist beinahe meine einzige verbleibende Hoffnung. Aber die Drachen werden nicht zulassen, dass ich den Eid ablege, es sei denn, sie können die Frage seiner Bindung an dich lösen. Kein Schlusseid, keine Gefälligkeit. Darcy hat sich geweigert, ihnen zu gestatten, seine Gedanken zu lesen. Vielleicht, wenn du mit ihnen sprichst... Ich bitte dich dies um seiner Sicherheit willen, nicht für mich."

Georgiana hob ihre Finger von der Tastatur und senkte die Abdeckung mit übertriebener Sorgfalt. "Dann werde ich ihre Fragen beantworten."

Kapitel 4

D ARCY STAPFTE DEN SCHEINBAR endlosen steilen Hang hinter Elizabeth hinauf, Nebel verschleierte jede Aussicht, die ihn von diesem elenden Unterfangen oder von der anhaltend kühlen Distanz seiner Frau ablenken könnte. Gestern war nach seiner Enthüllung über Georgiana schon schlimm genug gewesen, aber er hatte angenommen, dass sie darüber reden könnten und sie es verstehen würde. Offenbar hatte er ihren Zorn – oder seine Sünden – unterschätzt.

Nicht, dass Elizabeth ihm die Chance gegeben hätte, sich zu entschuldigen. Beim Dinner war sie ihm aus dem Weg gegangen und danach hatte er sie erst wieder spät am Abend gesehen, als sie in seinem Arbeitszimmer aufgetaucht und ihn darüber informiert – nicht gefragt! – hatte, dass sie und Georgiana sich am nächsten Morgen mit den Drachen des Dark Peaks treffen würden. Als er sanft angedeutet hatte, dass er in eine derartige Entscheidung hätte mit einbezogen werden sollen, hatte sie ihr Kinn gereckt und verkündet, dass er entschieden habe, nach eigenem Gutdünken zu handeln und sie entschlossen sei, das daher ebenfalls so zu handhaben. Und dann war sie ohne ein weiteres Wort davongefegt.

Er war letzte Nacht nicht in ihr Schlafzimmer gegangen und hatte sich gesagt, dass sie Zeit brauchte, um wieder zu sich zu kommen. Aber in Wahrheit konnte er es nicht ertragen, ihren Zorn zu sehen oder sich der Möglichkeit stellen, dass sie ihn abweisen würde. Sein einsames Bett war fast ebenso unerträglich nach all den Nächten himmlischer Selbstvergessenheit, des Liebesspiels mit ihr, nachdem er in ihren Armen eingeschlafen und mit einer zuvor nie dagewesenen Freude am Morgen aufgewacht war.

Er *vermisste* sie, verdammt!

Und als er dann zur selben Zeit, zu der sie sonst immer zusammen nach unten gingen, zum Frühstück gekommen war, stand bereits eine Kutsche für sie bereit und sie hatte unzufrieden gewirkt, als er seinen Wunsch, sie zu begleiten, verkündet hatte. Wenigstens hatte sie sich nicht geweigert, wenn auch vielleicht nur, weil Georgiana das nicht zugelassen hätte.

Und nun waren sie also zusammen hier, zumindest physisch, wenn auch nicht im Geiste, sprachen nur miteinander, wenn es unbedingt nötig war, um vor Georgiana den Anschein von Zusammenarbeit zu erwecken. Nicht, dass sie das überzeugen würde.

Schließlich wurde der Weg flacher, der Nebel verzog sich und gab den Blick auf einen langen Bergkamm mit Felsvorsprüngen an der Seite frei. Für einen Drachen ein Leichtes, von hier zu entkommen, und für alle anderen schwer zu sehen, besonders in all dem Nebel. Vielleicht war der Nebel auch Wettermagie, die den Drachen Deckung bieten sollte. Aber von den Bestien keine Spur.

"Wo treffen wir sie?", fragte er.

Elizabeth blickte zu einem Turmfalken auf, der über ihren Köpfen kreiste. Cerridwen, zweifellos. *Sie sind schon auf dem Weg.*

Drei Habichte materialisierten sich aus dem Nebel und flogen den Grat entlang. Sie glitten zu ihnen hinunter und landeten etwa zwanzig Fuß entfernt, wo sich der Turmfalke zu ihnen gesellte. Eine nach der anderen verschwammen die Silhouetten der Habichte und schwollen zu den inzwischen allzu vertrauten Formen von Drachen an.

Von riesigen Drachen.

Neben mindestens zweien davon wirkte Cerridwen wie ein Zwerg oder eine Puppe. Er hatte gedacht, Sycamore sei bereits riesig, aber diese waren sogar noch größer. Der dritte war nur doppelt so groß wie Cerridwen.

Der winzige Drache. Winzig! Also ob irgendetwas an ihm winzig wäre – außer, natürlich im Vergleich. "Gefährtin Elizabeth, so sehen wir uns wieder."

Sie neigte den Kopf. "Verehrter Rowan, ich bin dankbar, dass du heute so kurzfristig gekommen bist."

"Dem Ruf eines Drachengefährten werden wir stets Folge leisten", sagte der Drache, und seine Schuppen schimmerten mit dunkelroten Reflexen. "Ich habe zwei aus dem Nest mitgebracht, die die Weisheit des Alters in sich tragen. Darf ich euch Juniper vorstellen, der heute für die Älteste spricht und dessen Poesie im Wind singt? Und das ist Hawthorn, dessen Talente in unseren größten Skulpturen zum Leben erweckt werden."

Darcys Lippen wurden schmal. Wie leicht es doch war, sich als Künstler zu präsentieren, wenn ihre entfernten Verwandten eine Armee niedergemetzelt hatten. Und sich nach Bäumen zu benennen? Absurd!

"Es ist eine große Ehre, dass Drachen mit solchen Fähigkeiten für meine unbedeutenden Bedürfnisse so weit reisen", erwiderte Elizabeth.

Der rote Drache sagte sichtlich amüsiert: "Du hast großes Interesse im Nest geweckt, Gefährtin Elizabeth."

Der größte Drache, dessen Gestalt die Hügelkuppe dominierte, sprach mit volltönender Stimme, die von den Felsen widerhallte. "Gefährtin Elizabeth, bitte mach uns mit diesen anderen Sterblichen bekannt."

"Es ist mir ein Vergnügen", stimmte Elizabeth zu. "Darf ich meinen Gatten, Mr. Fitzwilliam Darcy, und seine Schwester, Miss Georgiana Darcy, vorstellen? Miss Darcy hat angeboten, alle Fragen zu beantworten, die ihr zu ihrer, ähm, Herkunft habt."

Darcy bemühte sich, seiner Miene nichts anmerken zu lassen. Das war Zeitverschwendung. Die Drachen hatten deutlich gemacht, dass er Persona non Grata war, eine Empfindung, die er aus vollstem Herzen erwiderte. Was könnte Georgiana sagen, das irgendetwas daran ändern würde?

"Was möchtet ihr wissen?", fragte Georgiana mit etwas höherer Stimme als sonst. Offensichtlich fühlte sie sich ebenfalls unwohl. Verdammt nochmal, warum hatte Elizabeth sie nicht in Ruhe gelassen?

Der Drache betrachtete sie eingehend. "Du bist ein Feenwesen, trotz deiner jetzigen Gestalt?"

Georgiana hob das Kinn. "Der Körper, in dem du mich siehst, ist sterblich, aber in mir fließt Feenblut."

Was? Sie war *sterblich*?

"Dann stammst du also von Feen ab?", wollte der Drache wissen.

Sie schüttelte den Kopf. "Ich wurde erschaffen, nicht geboren."

Darcy stockte der Atem. Erschaffen? Was hatte das zu bedeuten, und warum hatte sie ihm nichts davon erzählt? Elizabeths Stimme hallte in seiner Erinnerung wider – *Du denkst, du wüsstest alles, und doch weißt du so wenig.*

Die Drachen schien diese Nachricht jedoch nicht weiter zu berühren. "Du riechst nach dem bösen König, den die Sterblichen den Hochkönig nennen", murmelte der Drache.

Georgianas Lippen verzogen sich, als hätte sie etwas Widerliches gegessen. "Er ist derjenige, der mich erschaffen hat, mit seinem eigenen Blut und seiner eigenen Essenz und einer menschlichen Haarlocke."

Der Drache schien nicht überrascht zu sein. "Die ersten Drachen wurden auf ähnliche Weise geschaffen. Was ist deine gegenwärtige Verbindung zum Niederträchtigen König?"

Sie blickte in Darcys Richtung. "Elizabeth sagte, du könntest meine Erinnerungen lesen. Mir wäre es lieber, sie nicht laut auszusprechen."

Der Drache verstummte. Hielt er etwa eine Konferenz im Geiste mit den anderen ab? Schließlich sagte er: "Ich bedaure, dass wir deiner Bitte nicht nachkommen können. Ohne deine Verbindung zum Niederträchtigen König zu verstehen, kann ich nicht sicher sein, dass er mich nicht in deinem Kopf wahrnehmen wird. Es wäre unklug für uns, seine Aufmerksamkeit auf uns zu ziehen."

Georgiana erbleichte. "Kann er meine Gedanken hören?" Ihre Stimme zitterte.

Die flötenhelle Stimme des Drachen wurde weicher. "Das ist unwahrscheinlich, Kind, aber mein Eindringen könnte seine Aufmerksamkeit erregen."

Darcy starrte. Warum sprach der Drache so sanft, wo er doch deutlich gemacht hatte, dass Georgiana seine Feindin war?

"Ich hasse ihn!", rief sie. "Ich hasse und verabscheue ihn! Ich wünschte, ich könnte...ich könnte ihn durchbohren und ihn lebendig über einem Feuer braten!"

Eine Welle der Ruhe schien von dem Drachen auszugehen. "Kind, wünsche niemandem den Tod, nicht einmal deinem schlimmsten Feind. Deine eigene Seele ist es, die den Preis zahlt."

"Ich habe keine Seele." Tränen glänzten in ihren Augen. "Ich bin nichts weiter, als ein Werkzeug, das er geschaffen hat, nicht anders als ein Hammer oder ein Pflug."

In Darcys Magen bildete sich ein fester Knoten. Hatte sie das wirklich geglaubt?

Cerridwens Krallen gruben sich in den Boden. "Sie hat eine Seele. Ich habe sie gehört."

Der größere Drache drehte sich zu ihr um. "Erläutere das, Nestling."

Cerridwen breitete ihre Flügel weit aus, ihre Brust weitete sich, als ob sie im Begriff wäre, einen feierlichen Vortrag zu halten oder vielleicht zu singen. Was herauskam, war jedoch nicht die Stimme des Drachen, sondern die klimpernde Melodie eines unsichtbaren Pianofortes, das eine von Georgianas Kompositionen spielte. Die Noten strömten in einer exakten Wiedergabe durch die Luft. Anscheinend verfügten Drachen tatsächlich über ein perfektes Gedächtnis, aber wie konnte sie diese Klänge erzeugen?

Die Drachen lauschten aufmerksam. Als die Musik endete, fragte der große Georgiana: "Das ist deine Musik?"

Georgiana versteifte sich. "Ich habe es geschrieben und gespielt, ja."

"Das Nestling hat recht. Du hast eine Seele, Kind. Glaube niemandem, der etwas anderes behauptet."

Georgiana drückte ihr Taschentuch über ihre Augen. "Er sagt... Er sagt, er ist mein Vater und ich muss ihm gehorchen. Aber das werde ich nicht. Das werde ich nicht!"

"Wir Drachen sind der lebende Beweis dafür, dass die Schöpfungen des bösen Königs ihm entkommen können", sagte der Drache beruhigend. "Er hat uns zu Kriegsmaschinen gemacht und uns versklavt, als wir uns weigerten, zu kämpfen. Aber wir sind in diese Welt geflohen, wo er uns nicht zu fassen bekommt. Solange du nicht nach Faerie gehst, kann er nicht mehr Kontrolle über dich ausüben, als seine Überzeugungskraft es vermag und davor kannst du deine Ohren verschließen."

Der Drache bewegte sich langsam auf Georgiana zu, doch in seinen Bewegungen lag keinerlei Bedrohung, sondern nur Besorgnis. Als er sie erreichte, streckte er ihr die Vorderbeine entgegen.

Sie warf ihre Arme um den Drachen, oder zumindest um das winzige Bisschen, das sie umfassen konnte, und brach in Schluchzen aus.

Darcy erstarrte. Er hatte Georgiana nie so auf jemanden außer ihn reagieren sehen. Wie hatte dieser Drache, den sie gerade erst kennengelernt hatte, ihr Vertrauen so schnell verdient, wenn andere es auch nach Jahren noch nicht fertigbrachten?

Die anderen Drachen näherten sich Georgiana und begannen leise zu summen, Stränge von Melodien wanden sich ineinander, die Luft um sie herum schien zu vibrieren.

Sie schienen jegliches Interesse an Darcy verloren zu haben. Er bewegte sich zu Elizabeth, die ein paar Meter entfernt stand. "Was machen sie?", fragte er leise.

"Nichts", entgegnete sie. "Zumindest nichts Magisches. Ich denke, sie versuchen, sie zu trösten."

"Aber für sie ist sie eine Bedrohung."

"Was nicht bedeutet, dass sie sie leiden sehen wollen", zischte sie. "Spürst du nicht ihre Auren, ihren Wunsch, ihr zu helfen?"

Das Verdammte war, dass er es konnte.

Eigentlich verhielten sich Drachen nicht so. Eigentlich sollten sie jeden vernichten, der eine Bedrohung darstellte, und sie nicht ermutigen, sich nett zusammenzusetzen, auch wenn sich genau das gerade vor seinen eigenen Augen abspielte. Das ergab keinen Sinn.

Es sei denn, Elizabeth hatte die ganze Zeit recht gehabt, und er hatte sich geirrt. Diese Drachen waren wie Cerridwen, und nicht wie die monströsen in Spanien.

In diesem Fall könnten sie die Lösung sein, um zukünftige Massaker wie in Salamanca zu verhindern.

In seinem Kopf wirbelten die Gedanken wild durcheinander, als er die Möglichkeiten abwägte. War es zu spät, um sie als Verbündete zu gewinnen? Er hatte sie abgelehnt, ebenso wie er Elizabeths Vertrauen in ihn zerstört hatte. Für ihn hatte es Sinn ergeben, als Sycamore sich gegen ihn wandte, doch nun stand der Beweis für das Gegenteil direkt vor ihm.

Es lag an ihm, seine eigenen Fehler zu korrigieren, seine Ehe und vielleicht auch sein Land zu retten.

"Elizabeth", begann er, aber sie sah ihn nicht einmal an. Er versuchte es erneut. "Ich habe einen Fehler gemacht, als ich alle Drachen nach Sycamores Reaktion beurteilt habe. Das zeigt mir eine andere Seite von ihnen."

Ihre Brust hob sich in einem tiefen Atemzug, aber sie hielt inne, ehe sie ihn ansah, und selbst dann war es nur ein flüchtiger Blick. "Ich bin froh, dass du die Wahrheit erkennst, wenn sie vor dir steht." Es kam widerwillig, aber zumindest ignorierte sie ihn nicht.

"Ich möchte mehr über sie erfahren. Wirst du es mir beibringen? Du und Lady Amelia?" Konnte sie seine Entschuldigung heraushören?

Sie seufzte, aber es lag keine Wärme darin, nur Resignation. "Ich werde Cerridwen fragen müssen, was ich dir sagen kann. Auch sie haben Geheimnisse und sie wissen, dass deine Loyalität nicht bei ihnen liegt."

Er zuckte zusammen. "Meine Pflicht gilt meinem Land, aber meine Loyalität liegt bei dir. Ich bedaure zutiefst, dass ich dir Anlass gegeben habe, zu denken, es wäre anders. Du verdienst Vertrauen und Ehrlichkeit von mir, und ich muss lernen, meine früheren Überzeugungen zu überdenken."

Jetzt drehte sie sich um und sah ihn mit ihren dunklen Augen suchend an. "Meinst du das wirklich ernst?"

"Ja. Ich wünschte, ich hätte dir das über Georgiana erzählt. Ich hätte dir vertrauen sollen, dass du sie nicht ablehnst."

Ihr blieb der Mund offen stehen. "Sie ablehnen?" Ihre Stimme erhob sich ungläubig. "Deshalb hast du es geheim gehalten?"

Er blinzelte. "Nun, ja. Die meisten Leute würden nichts mit einem Wechselbalg zu tun haben wollen."

"Wenn du deine Mutter als Maßstab dafür nimmst, die meisten Menschen zu beurteilen, dann ja, vielleicht. Aber so bin ich nicht."

"Ich weiß", sagte er demütig. "Das hätte ich erkennen sollen."

Hinter ihnen erhob sich Georgianas Stimme zu einem Lied in Moll. Die Worte wurden vom Wind davongetragen, aber er konnte hören, wie der rote Drache mit seinen Krallen im Takt tippte. Der grünliche Drache namens Hawthorn ließ aus dem Nichts heraus eine kleine Panflöte erscheinen und spielte harmonisch dazu. Moment – ein Drache, der ein Instrument spielt? In Harmonie zu einer Melodie, die der Drache noch nie zuvor gehört haben konnte?

Er wusste eindeutig viel zu wenig über Drachen.

Elizabeth sagte leise: "Es ist so schön, sie mit ihnen zu sehen. Ich glaube, das hat sie gebraucht."

Bei Gott, welch Erleichterung es war, diese Worte aus ihrem Mund zu hören. Weniger ihres Inhaltes wegen, sondern allein, weil das bedeutete, dass sie sich wieder auf derselben Seite wie er wähnte, dass sie ihm vergeben könnte! Ihre Distanziertheit seit gestern hatte sich wie ein Albtraum angefühlt, einer von der Sorte, bei dem etwas, das einem lieb und teuer ist, für immer außer Reichweite bleibt, ganz gleich, wie sehr man sich auch darum bemüht.

Unfähig, sich zurückzuhalten, streckte er seine Hand aus und verflocht seine Finger mit ihren. Als sie sie im Gegenzug ebenfalls drückte, schien sein Herz anzuschwellen.

Er verstärkte seinen Griff und sagte: "Du bist das Beste, was mir je passiert ist."

Ein kleines, zaghaftes Lächeln erhellte ihr Gesicht. "Auch wenn ich es nicht verstehe, bin ich dennoch dankbar, dass du so fühlst."

Wenn er sie nur in die Arme nehmen könnte! Aber dies war nicht der richtige Ort, und er wollte nicht riskieren, den Moment zu ruinieren, indem er das Falsche sagte, also sagte er einfach: "Das tue ich." Und so blieb er schweigend neben ihr stehen, während Georgiana ihr Lied beendete und ihr Gespräch mit den Drachen wieder aufnahm.

Ein paar Worte drifteten zu ihnen hinüber, jedoch zu leise, um sie ausmachen zu können. Schließlich erhob sich der große Drache, breitete seine Flügel aus, ehe er sie wieder faltete, und näherte sich dann Elizabeth. Georgiana blieb bei den anderen Drachen, lehnte sich an die Flanke des grünen und beobachtete Darcy.

Der Drache sprach nur mit Elizabeth und sah ihn nicht einmal an. "Gefährtin Elizabeth, wir haben die Antworten dieses Kindes auf unsere Fragen gehört. Ich werde sie dem Nest vortragen, damit wir entscheiden können, ob wir dir gestatten, deinen abschließenden Schwur abzulegen."

Elizabeth biss sich auf die Lippe. "Genügt das, was sie dir gesagt hat, nicht?"

Der Drache brachte seine Vorderbeine zusammen. "Sie hat eine freundliche und großzügige Seele, und ich habe Vertrauen in sie, dass sie dem bösen König nicht freiwillig helfen würde. Doch es besteht noch immer die Gefahr, dass er Einfluss auf sie ausüben könnte, und dein Mann ist eine unbekannte Größe."

Sie senkte den Kopf. "Das verstehe ich." Ihre Stimme zitterte.

Das ertrug Darcy nicht. Mit plötzlicher Entschlossenheit machte er einen Schritt nach vorne. "Ich würde gerne ein Ansinnen vorbringen, wenn es mir gestattet ist, verehrter Juniper." War das die richtige Anrede, die Elizabeth zuvor verwendet hatte?

Der Drache blinzelte langsam und studierte ihn. "Was ist dein Begehr?"

"Ich möchte meine Vertrauenswürdigkeit beweisen, indem ich mich lesen lasse."

Erneut blinzelten die riesigen Augen. Was dachte diese Kreatur, die um ein Vielfaches größer, viel älter und mächtiger als er war? "Hat dich jemand dazu genötigt?"

Aus irgendeinem Grund amüsierte ihn das. "Meine Frau hat versucht, mich zu überreden, jedoch ohne Erfolg. Eure Freundlichkeit meiner Schwester gegenüber hat meine Meinung geändert."

Blinzeln. "Dir ist klar, dass dieses Lesen tiefer gehen würde als nur das Teilen von Gedanken und dass ich Dinge sehen könnte, die du lieber für dich behalten würdest?"

Darcy schluckte schwer, doch nun hatte er schon so viel Boden gutgemacht. "Ja, das ist es und ich bitte dich lediglich darum, all das, was nichts mit der Eignung meiner Frau als Drachengefährtin zu tun hat, privat zu halten."

"Was nicht offenbart zu werden braucht, wird niemals preisgegeben werden. Dann komm. Lege deine Hände auf meine Krallen und sieh mir in die Augen."

Mit klopfendem Herzen folgte Darcy seinen Anweisungen und kam ihm so nah, dass das schwache Aroma von glühend heißem Metall seine Nasenlöcher kitzelte. Junipers Krallen waren groß genug, um seine Handflächen zu füllen, oben ganz glatt und unten geriffelt, Magie pulsierte förmlich hindurch. Das immense unmenschliche Gesicht ragte über ihm auf. Waren jemals Flammen zwischen diesen scharfen Zähnen hindurchgedrungen? Die Augen des Drachen waren riesig, sahen aus wie goldfarbener Bernstein und zogen ihn in ihren Bann.

Stieg wieder Nebel auf? Die Welt um ihn herum verschwamm.

Du machst das gut, sagte eine sanfte Stimme in seinem Kopf. Ich wäre dazu in der Lage, mich still durch deine Gedanken zu bewegen, aber ich werde mich bemerkbar machen, damit du weißt, was ich wahrgenommen habe und was unberührt geblieben ist.

Und er konnte es spüren, eine Präsenz, die durch seine Gedanken driftete und die Ereignisse der letzten Wochen in den Vordergrund rückte. Dann zurück zu seinen ersten Treffen mit Elizabeth und seiner Entscheidung, sie zu heiraten. Die Entscheidung, seine Mission zu übernehmen.

Die Präsenz schreckte von seiner Erinnerung an die Befragung der verwundeten Soldaten und Matrosen zurück und ließ diese ungeprüft. Stattdessen wandte sie sich seiner Mutter und deren Wiedererscheinen und Georgianas Verzweiflung zu. Damals, als seine Mutter verloren war, und all der Schmerz des Jungen, der seine Mutter tot glaubte, was dem Darcy von heute peinlich war.

Der Drache tröstete ihn. *Das ist ein gutes Zeichen, das man dir zugutehalten darf. Ein Kind sollte von einem solchen Verlust schwer getroffen sein.*

Seltsamerweise half ihm das. Ein kleiner Teil seiner Bitterkeit gegenüber seiner Mutter löste sich auf.

Deine Mutter hat zugelassen, eine Sklavin der Pflicht zu werden und sie über alles andere gestellt. Im Leben sollte es ein Gleichgewicht geben. Lachen, Hoffnung und Liebe.

Alles, woran er denken konnte, war Elizabeth.

Ja, sie kann dir beibringen, mehr zu lachen. Ein Gefühl der warmen Befriedigung breitete sich in ihm aus.

Dann wandte sie die Präsenz wieder seinen Gedanken über Cerridwen zu und er verspürte eine Art Amüsement, als der Drache die anfängliche Abneigung wahrnahm, die er dem vermeintlichen Turmfalken entgegengebracht hatte, den er für Elizabeths Vertrauten gehalten hatte. *Uns allen gefällt nicht, was wir nicht verstehen. Findest du nicht auch?*

Glücklicherweise wandte sich die Präsenz, während Darcy noch immer geistig errötete, wie kindisch sein Verhalten im Nachhinein erschien, seinem Wissen über Faerie zu – so spärlich es auch war. Und seine aufrichtige Abneigung dagegen wegen des Schmerzes, den es seiner Mutter und Georgiana bereitet hatte. Aber die Präsenz verstand auch einen Gedanken, den er stets wie eine giftige Schlange mied – seine tiefe Angst davor, was mit seiner leiblichen Schwester geschehen sein könnte. Seiner Schwester, die er nie kennengelernt hatte, die als Säugling gegen jene Georgiana ausgetauscht worden war, die er kannte.

Es gibt nichts, was du tun kannst, aber der Feenhof misshandelt seine sterblichen Kinder nicht. Sie behandeln sie wie geliebte Haustiere. Es ist unwahrscheinlich, dass sie leidet.

Aber "unwahrscheinlich" war nicht gut genug.

Nein, das ist es nicht. Dann zog sich die Präsenz zurück, schien ihn innerlich mit sich zu ziehen und plötzlich fand er sich im Geiste des Drachen wieder, umgeben von einer Kathedrale gut sortierter Gedanken, getaucht in ein seltsames Licht, das ihn an die letzten Augenblicke eines Sonnenuntergangs erinnerte.

Verzeih mir, dass ich dich erschreckt habe. Es gibt Dinge, die ich dir im Privaten sagen möchte, aber nicht dort, wo ich dich übermäßig beeinflussen könnte. Wirst du zuhören?

Erschüttert von der absoluten Fremdheit, nickte Darcy. *Ja, das werde ich.*

Deine Schwester, die, die hier ist, tut gut daran, den bösen König zu fürchten. Wir können sie nicht vor ihm schützen, aber wir können ihr beibringen, wie sie sich selbst schützen kann, und wir können Schutzzauber über dein Zuhause legen. Wärst du bereit, uns dies zu gestatten?

Georgiana, vom Hochkönig der Feen bedroht. Das traf ihn wie ein kaltes Messer in seinen Rippen. Ihr zuliebe würde er Hilfe von seinem schlimmsten Feind annehmen. Und dieser Drache war nicht sein Feind. *Ja, darum wäre ich dankbar.*

Dann werden wir Vorkehrungen treffen.

Und schon war er wieder allein in seinem eigenen Körper, mit Elizabeth neben sich, in deren Augen Tränen des Stolzes schimmerten.

Kapitel 5

GEORGIANA DREHTE IHR GESICHT weg, als sie in die Kutsche stieg und Elizabeths Blick offensichtlich aus dem Weg ging. Darcy, der hinter ihr einstieg, schien in seiner ganz eigenen Welt zu sein, doch das überraschte sich nicht, hatte er doch gerade mit einem Drachen kommuniziert.

So vieles war noch immer unausgesprochen und wenn sie es Darcy und Georgiana überließe, so vermutete Elizabeth, würde das auch so bleiben. Doch das würde sie nicht zulassen. "Georgiana, danke, dass du dich darauf eingelassen hast. Ich weiß, es war schwierig für dich."

Das Mädchen hielt den Kopf gesenkt. "Mich mit ihnen zu treffen war gut", flüsterte sie.

Darcy blinzelte, als wäre er sich plötzlich bewusst, was um ihn herum geschah. "Georgiana, der Drache bat mich um Erlaubnis, dass sie dich darin unterrichten dürfen, wie du dich vor dem Hochkönig schützen kannst. Die habe ich ihm gewährt, es ist allerdings deine Entscheidung, ob du dieses Angebot annehmen möchtest."

Ihre Augen flackerten für einen Moment zu ihm auf, bevor sie sich wieder senkten. "Ja", flüsterte sie beinahe. "Das wäre schön."

"Er sagte auch, dass sie Pemberley mit Schutzzaubern belegen könnten, damit er dort keinen Zutritt hat. Was sagst du zu dieser Idee?"

Jetzt schaute sie auf, ein ungläubiges Lächeln erhellte ihr Gesicht. "Das könnten sie tatsächlich tun? Das wäre wundervoll! Dann könnte ich die ganze Zeit in Pemberley bleiben."

Darcy runzelte die Stirn. "Aber ich dachte, du magst London."

Sie schüttelte den Kopf. "Oh, nein. Ich wollte mich lediglich dort aufhalten, um vor *ihm* sicher zu sein. Wegen all des Eisens dort können Mitglieder des Feenadels die Stadt nicht betreten."

"Dann ist das beschlossene Sache", sagte Elizabeth zügig, bevor Darcy auch nur auf den Gedanken kommen konnte, als nächstes auch noch zu fragen, weshalb das Mädchen Angst hatte, vom Hochkönig gefunden zu werden. Das war kein Gespräch, das in einer Kutsche geführt werden sollte. "Ich würde jedoch gerne etwas über die Haarlocke wissen, die er verwendet hat, um dich zu erschaffen. Weißt du, von wem sie stammte?" Wenn man den alten Geschichten Glauben schenkte, könnte dies eine Frage von großer Bedeutung sein.

Georgianas Wangen erröteten in einer zarten Rosé. "Lady Anne hat sie ihm gegeben."

"Sie hat sie ihm gegeben?", grollte Darcy ungläubig. "War es ihr eigenes Haar?"

"Ja. Als sie mit ihm verhandelte."

Elizabeth blieb der Mund offenstehen. Wenn es etwas gab, was man schon jedem kleinen Kind in England einbläute, dann, dass man nie, nie, niemals einen Handel mit den Feen einging. Was hatte Lady Anne sich dabei gedacht? Ein Gefühl der Vorahnung überkam sie. "Worüber hat sie verhandelt?"

"Sie wollte eine lebende Tochter. Es waren Jahre ins Land gezogen, seit Fitzwilliam und Jack geboren wurden, und sie verzweifelte langsam und glaubte nicht mehr daran, noch eine Tochter zu bekommen, die überlebt, um ihre magische Arbeit fortsetzen zu können. Er hielt sein Wort; sie gebar eine Tochter. Er hat nie versprochen, dass sie sie behalten dürfe", sagte Georgiana bitter.

Ein typischer Feentrick. "Aber sie musste doch gewusst haben, dass es gefährlich wäre, ihm ihre Haare zu geben", argumentierte Elizabeth.

Georgiana seufzte. "Sie rang ihm das Versprechen ab, sie nicht zu benutzen, um ihr oder ihren Verwandten zu schaden, und anscheinend dachte sie, das sei genug."

Elizabeth sagte langsam: "Aber wenn er sie benutzt hat, um dich zu erschaffen, hat es ihr dann nicht geschadet?"

"Nein, denn er konnte ihr Neugeborenes durch jedes beliebige Feenkind austauschen." Doch sie ließ den Blick sinken.

"Er muss einen Grund gehabt haben", ermunterte Elizabeth sie. "Was meine Meinung über dich anbelangt, macht das keinen Unterschied, aber wir müssen seine Motive verstehen."

Georgianas Schultern sackten nach unten. "Es bedeutete, dass ich als Sterbliche durchgehen konnte, dass ich Eisen sicher berühren konnte. Er dachte, das Wissen, das ich über die feine Gesellschaft und über Magie der Sterblichen gewinnen würde, könnte sich eines Tages als nützlich erweisen."

Elizabeth tauschte einen besorgten Blick mit Darcy aus. "Er wollte dich als Spionin einsetzen?" Kein Wunder, dass das Mädchen den Hochkönig hasste!

"Dem habe ich nie zugestimmt! Ich war nur ein hilfloses Kind, das nichts von seinen Plänen wusste!", rief sie. Dann, mit dem offensichtlichen Versuch, sich zu beruhigen, fügte sie hinzu: "Kein Spion was Informationen anbelangt, mehr eine Ressource, die er nutzen könnte, um die sterbliche Welt zu verstehen. Derselbe Grund, weshalb auch das walisische Nest wollte, dass Cerridwen in England lebt."

Elizabeths lief es kalt den Rücken hinunter. "Ich weiß nicht, worauf du hinauswillst."

"Die walisischen Drachen wollten jemanden, der das Verhalten der Engländer verstand. Sie hat es mir vorhin gesagt."

Das war mehr, als Cerridwen Elizabeth jemals erzählt hatte! Sie wollte ihre Unwissenheit nicht zugeben, aber später hätte sie noch ein paar Fragen an Cerridwen. "Lady Anne tauschte eine Haarlocke, um eine Tochter zu bekommen, und dachte, das würde nie auf sie zurückfallen?" Wie töricht konnte sie sein? Die Fae forderten stets einen hohen Preis.

Das Mädchen zögerte. "Das war nur ein Teil des Handels, aber den Rest hat er mir nie erzählt. Er war unfassbar zufrieden mit sich selbst, weil er das fertiggebracht hatte."

Natürlich war er das gewesen; die Feen liebten es, Sterbliche hinters Licht zu führen. Warum war Lady Anne verzweifelt genug gewesen, ein solches Risiko einzugehen?

Darcy runzelte die Stirn. "Weißt du, wann dieser Handel stattgefunden hat?"

Georgiana rümpfte widerwillig die Nase. "Neun Monate vor meiner Geburt, wenn man es denn so nennen kann."

Elizabeth rechnete zurück. Darcy wäre zu diesem Zeitpunkt also, was, zehn oder elf Jahre alt gewesen? Während dieser kurzen Zeit, als seine Mutter ihn zu ihrem Nachfolger ausgebildet hatte. Da traf sie ein Gedanke wie ein Blitz. "Hätte sie Magierin des Königs werden können, wenn sie keine Tochter gehabt hätte?"

Darcy runzelte die Stirn. "Es ist keine Voraussetzung, aber es hätte ihre Position stark geschwächt. Insbesondere, da ihre Schwester eine Tochter hatte."

Seine Cousine – und seine erste Frau. Elizabeth hasste es, an sie zu denken, obwohl sie wusste, dass Darcy sich wegen ihrer magischen Abstoßung nie persönlich um sie gekümmert oder gar Zeit mit ihr verbracht hatte.

Wäre Lady Anne wirklich so ehrgeizig gewesen, dass sie einen Handel mit den Feen eingehen würde, um die Magierin des Königs zu werden?

Darcy machte ein zischendes Geräusch zwischen seinen Zähnen, und sein Gesicht verlor jegliche Farbe.

"Was ist?", wollte Elizabeth wissen. Nicht, dass ihm Gründe, mitgenommen zu sein, fehlen würden, aber diese Reaktion schien etwas stärker auszufallen.

"Nichts", presste er hervor.

Georgiana vergrub ihr Gesicht in den Händen. "Es tut mir so leid. Ich hätte das gar nicht erst erwähnen sollen."

Elizabeth rutschte näher an sie heran, um einen Arm um das Mädchen zu legen. "Ich bin sehr froh, dass du es uns gesagt hast. Die Wahrheit kann manchmal ganz schön bestürzend sein, aber es ist immer noch besser, zu wissen, woran man ist." Und sie warf Darcy einen ernsten Blick zu, der immer noch in fassungsloser Stille dasaß.

Er neigte den Kopf zurück und presste seine Lippen für eine lange Minute aufeinander, ehe er sagte: "Bitte, wirf dir das nicht selbst vor. Diese Nachricht hat mich beunruhigt, aber ich empfinde nichts als Stolz auf dich, dafür, mit welcher Würde du das gemeistert hast."

"Auch wenn ich nicht einmal eine richtige Person bin?", fragte sie kleinlaut. "Ich habe dich denken lassen, ich wäre eine echte Fee."

"Du bist genau dieselbe Person, die du schon immer warst", sagte Elizabeth. "Und genauso denke ich auch nicht anders über Cerridwen, nun, da ich weiß, dass die ersten Drachen erschaffen wurden." Nicht, dass sie wirklich verstanden hätte, was das genau bedeutete. Sie musste mehr über die Fae und wie sie handelten in Erfahrung bringen.

"Es ist irrelevant", sagte Darcy. "Du bist meine Schwester, und das ist alles, was zählt"

Langsam richtete sich Georgiana auf. "Aber wenn ich es nicht bin, was beunruhigt dich dann?"

Darcy seufzte. "Es mag nur ein Zufall sein, aber etwas anderes ist zu dieser Zeit ebenfalls passiert, und es erweckt einen unglücklichen Verdacht in meinem Kopf über den zweiten Handel, den sie eingegangen sein könnte."

"Was?" Georgianas Augen weiteten sich.

"Zur selben Zeit wurde auch Lady Catherine de Bourgh krank."

Georgiana schnappte nach Luft.

Fragte Elizabeth: "Deine Tante?" Warum sollte das relevant sein? Dass Menschen krank wurden, kam tagtäglich vor.

"Ganz genau. Es war keine normale Krankheit. Sie war monatelang nicht zurechnungsfähig. Und ihr Talent hat sich nie davon erholt."

Georgianas Hand kam auf ihren Lippen zum Ruhen. "Sie hat immer gesagt, unsere Mutter hätte sie vergiftet."

Elizabeth blickte von einem zum anderen. "Das ergibt einfach keinen Sinn. Selbst wenn deine Mutter ihre Schwester aus dem Weg schaffen wollte, gäbe es einfachere Wege, als einen Handel mit dem Feenkönig einzugehen. Himmel, das tun Leute die ganze Zeit, einfach, indem sie böse Gerüchte verbreiten oder eine kompromittierende Situation inszenieren! Ganz zu schweigen von tödlichem Gift oder einem herbeigeführten Kutschenunfall."

"Du hast Lady Catherine nicht kennengelernt", sagte Darcy schwer. "Und da kannst du von Glück sprechen. Sie war sowohl immens mächtig als auch völlig skrupellos."

Noch mehr Geheimnisse und das gerade, als sie gedacht hatte, dass sie die hinter sich gelassen hätten. Elizabeth öffnete den Mund, um zu antworten, und schloss ihn dann wieder. Dieser Tag war schwierig genug gewesen, und Georgiana war bereits vollkommen verunsichert und aufgewühlt. Wenn Lady Catherine kein Risiko mehr darstellte, konnten Fragen über sie bis später warten.

"Werden wir die Schutzzauber heute noch abschließen können?", fragte Elizabeth den Wanderfalken auf Rodericks Schulter.

Rowan glitt zu Boden und verwandelte sich, seine johannisbeerroten Schuppen stachen glänzend vor den dunkelgrünen Hecken hervor und brachten den ältlichen Pförtner dazu, erschrocken aus dem Torhaus zu humpeln. "Ja. Sobald die anderen hier sind, wird es mir möglich sein, den Kreis zu schließen."

"Gut." Elizabeth hatte sich nicht allzu viele Sorgen darüber gemacht, dass der Hochkönig nach Pemberley kommen könnte, bis sie Georgiana aufgesucht hatte, um nach ihren Ängsten zu fragen. Das Mädchen hatte weniger verängstigt gewirkt, sobald sie in ihrem Schlafzimmer angekommen war, und Elizabeth hatte den Grund dafür sofort gesehen: Sie hatte den gesamten Raum mit Eisen ausgestattet. Überall standen Leuchter und Kerzenleuchter herum, kein einziger aus Silber oder Messing, und in keinem davon waren die Kerzen entzündet. Drei verschiedene Stiefelabstreifer aus Eisen, weit entfernt von jeder Außentür, an der ein Stiefel abgekratzt werden müssten. Eine ganze Sammlung von kleinen

Ziervögelchen, in leuchtenden Farben bemalt, und dennoch trat die Struktur des Gusseisens deutlich darunter hervor.

Der Raum war so angelegt, dass er für Feen giftig war, die die Nähe von Eisen nicht ertragen konnten. Wie traurig, dass die arme Georgiana ihr Leben in solcher Angst leben musste!

Als Elizabeth sie fragte, was der Hochkönig getan hatte, sagte Georgiana: "Das erste Mal kam er, um mir zu sagen, wer ich war und er erwarte, dass ich ihm dienen würde. Danach fing er an, Forderungen zu stellen. Meistens wollte er Informationen über Lady Anne, aber ich konnte ihm nicht viel sagen, da sie sich weigerte, mich zu sehen. Das machte ihn wütend und er sagte mir, ich solle Fitzwilliam und Jack nach ihr fragen. Das letzte Mal wollte er eine Haarlocke von meinen beiden Brüdern." Sie klang verzweifelt. "Er wollte mir nicht sagen, warum, aber es verhieß nichts Gutes. Er sagte, er würde mich bestrafen, wenn ich es nicht täte."

Elizabeth hatte den Atem angehalten, ihr Magen war aufgewühlt. Haare könnten ihm die Kontrolle über Darcys Körper oder Geist verleihen. "Und hast du es getan?"

Georgiana schüttelte den Kopf. "Ich habe ihn hintergangen. Ich hatte noch eine Trauerbrosche aus der Zeit, als mein Vater – also mein vermeintlicher Vater – gestorben war und aus der habe ich das Haar genommen und ihm gesagt, es wäre Fitzwilliams, da die Farbe stimmte. Ich dachte, das wäre am sichersten, da er bereits tot war und der Hochkönig ihm nichts mehr tun konnte. Für Jack würde diese Strategie nicht funktionieren. Doch da der gerade nach Spanien aufgebrochen war, sagte ich, ich würde ihm schreiben und ihn bitten, mir eine Strähne seines Haares zu schicken." Sie erschauderte. "Daraufhin bestand ich darauf, in London zu bleiben. Dort konnte er sich mir nicht nähern."

Das Interesse des Hochkönigs an Darcys Familie – jetzt auch ihre Familie – war sehr beunruhigend. Als also Cerridwen Elizabeth am nächsten Morgen fragte, ob sie bereit wäre, bei der Errichtung der Schutzzauber zu helfen, stimmte sie eifrig zu.

Rowan war kurz darauf eingetroffen, und Roderick und Georgiana schlossen sich ihnen an. Dann waren sie fast zehn Meilen entlang der Grenzen um Pemberley herumgelaufen, um den Prozess zu beginnen. Georgiana schwächelte zum Schluss, und Elizabeth ebenfalls. Das Kind in ihr musste mehr Energie verbrauchen, als ihr bewusst war, denn ihre Beine schmerzten mehr, als sie erwartet hätte. Aber das war es wert. Auf diese Weise würden die Schutzzauber das gesamte Anwesen umspannen und behüten.

Der Drache hatte sie in unregelmäßigen Abständen angehalten. Jedes Mal hatte Rowan im Dreck gescharrt und Elizabeth gesagt, sie solle ihr Landtalent anrufen.

Und dann geschah etwas. Etwas Mächtiges. Ein leuchtendes goldenes Symbol, wie ein Buchstabe in einem Alphabet, das sie nicht lesen konnte, bildete sich über dem Boden, bevor es wieder darin versank und verschwand. Elizabeth konnte spüren, wie sich jeder von ihnen mit dem letzten verband und einen Ring um Pemberley bildete, eine neue Macht im Land.

"Bist du sicher, dass das die Fae draußen halten wird?", fragte Georgiana.

"Die Feen aus den höheren Schichten schon, ja. Niedere Feen aufzuhalten ist beinahe unmöglich, aber sie sind keine Gefahr für dich", erwiderte Rowan.

Roderick lachte. "Es sei denn, es macht dir etwas aus, deine Schnürsenkel zusammengebunden zu bekommen. Wir hatten einen Kobold, der eine diebische Freude verspürte, wenn wir über unsere eigenen Füße stolperten."

Rowans Brust rumpelte vor Belustigung. "Streiche, ja, gegen Sterbliche. Aber sie sind blutsgebunden, keiner höhergestellten Fae zu schaden, daher ist Georgiana sicher." Der Drache schwang seinen Kopf in Richtung des Walisers. "Freund Roderick, du hast mir mein Werk deutlich erleichtert, indem du ein ausgezeichneter Anker warst. Hast du das zuvor schon einmal gemacht?"

Roderick schüttelte den Kopf. "Diese Ehre wurde mir bisher noch nicht zuteil."

Elizabeth unterbrach ihn neugierig. "Ein Anker?"

"In dieser sterblichen Welt müssen Drachen in der Nähe eines Ankers bleiben. Für einen älteren Drachen muss es ein mächtiger sein – hauptsächlich ist es das Nest. Jüngere können kleinere Anker verwenden. Permanente, wie eure Drachensteine, oder mobile, wie einen Begleiter. Du bist Cerridwens Anker."

Elizabeth runzelte die Stirn. "Aber Roderick ist kein Gefährte."

"Freund Roderick wurde zu einem vorübergehenden Anker für mich, indem er ein Artefakt bei sich trägt, dem er einen Tropfen seines Blutes gab. Wir nennen dies eine niedere Bindung. Ah, da sind auch schon die anderen."

Elizabeth blinzelte, aber es dauerte noch einen Moment, bis sie ein paar Formen erkennen konnte, die sich im Flug auf sie zubewegten. Hatten Drachen besonders scharfe Augen? Dann landeten die Falken und verwandelten sich in Cerridwen und Sycamore, womit der kleine Platz direkt hinter dem Torhaus nun vollends ausgefüllt war.

Der Torwächter erbleichte und hielt seine verkümmerte Hand in seiner guten, als ob ihm das etwas Schutz bieten würde.

Elizabeth ließ ihren Blick über die glücklicherweise leere Straße gleiten. Hoffentlich würde niemand vorbeikommen, bevor sie fertig waren, aber... "Könnten wir diesen Teil an einem anderen Ort durchführen, wo wir weniger Gefahr laufen, von einem Passanten entdeckt zu werden?" Darcy wäre nicht erfreut, wenn sie jemanden, der nur zufällig auf der Durchreise hier vorbeikam, mit einem Bindebann belegen müssten.

"Hier ist es besser", sagte Rowan. "Der traditionelle Eingang zum Anwesen hat eine wichtige Resonanz. Es wird die Schutzzauber stärken, wenn wir hier den Kreis schließen."

Die Drachen formierten sich, ohne dies offensichtlich abgesprochen zu haben, zu einem Dreieck, das leicht schräg zur Straße stand.

"Der Rest von euch nun auch, immer jeweils einer zwischen uns." Rowan wandte sich dem Pförtner zu. "Sie, Sir, sollten in der Mitte stehen. Mit Ihnen, als Hüter des Tores, entsteht ebenfalls Resonanz."

Elizabeth trat zwischen Cerridwen und Rowan. Man konnte dem armen Torwächter keinen Vorwurf machen, dass er so aussah, als würde er gleich in Ohnmacht fallen. Eine solche Versammlung, hatte sie selbst sich zuvor auch niemals vorstellen können. Drei Drachen waren schon unglaublich genug, doch nun standen sie hier, mit einem Wechselbalg der Feen, von royaler Herkunft, einem enterbten walisischen Magicusprinzen und einem alten Dienstboten von Pemberley, dessen Loyalität und langjährige Treue ihm mit der einfachen Aufgabe, das Tor auf seine alten Tage zu öffnen und zu schließen, vergütet wurde. Und alle vollbrachten zusammen mächtige Magie.

"Gefährtin Elizabeth, wirst du die Erde vorbereiten, damit sie die Rune empfangen kann?", wies sie Rowan an.

Sie ließ ihr Talent wieder tief ins Land sinken. Die Erde unter dem Kiesweg war stark verdichtet, aber die Wurzeln der Linden, die ihn säumten, schlängelten sich wie Ranken des Lebens hindurch, während Kreaturen, die zu klein waren, um sie mit bloßem Auge sehen zu können, und Regenwürmer sich durch ihn hindurchgruben. Sie konnte das Gewicht der Magie spüren, die sich von den Drachen um sie herum in das Land bewegte. Nimm dieses Talent an, sagte sie dem Land. Es wird diejenigen schützen, die hier leben.

Ihr Talent prickelte, als es ihr durch die Füße rauschte. Ihre Aufmerksamkeit noch immer in der Erde, nickte sie Rowan zu.

Der rote Drache breitete seine Flügel aus, und die anderen beiden folgten ihm und schufen eine Kuppel aus glänzendem, schuppigem Leder, die ihren Kreis umfing. Elizabeths Haut prickelte als ein Kraftwirbel, der sich in der Mitte bildete und sich in einer leuchtend goldenen Rune auflöste, in der Luft schwebte. Langsam sank sie nieder und berührte die Erde.

Elizabeth schwankte. Es war, als würde man eine riesige Glocke läuten, deren Nachhall das gesamte Land durchdrang. Die Verknüpfungen, die Rowan zuvor geschaffen hatte, waren jetzt alle miteinander verbunden, ein Ring voller Kraft um Pemberley.

Es war vollbracht und sicherlich würde eine so starke Magie sie vor dem Hochkönig schützen. Elizabeth schickte ihr Talent wieder aus. Das Land war immer noch dasselbe, voller Leben. Sie spürte Haselmäuse, die unter dem Gras nisteten, ein Kaninchen, das durch die Sträucher raste, die tiefen Wurzeln der Linden ungestört. Die Erde strahlte ihre übliche geschäftige Zufriedenheit aus, vollkommen unbeeindruckt durch dieses massive Werk der Drachenmagie.

Georgiana meldete sich schüchtern zu Wort: "Ist das wahr? Er kann jetzt nicht mehr hierher kommen?"

"Nein, nicht mehr, es sei denn, du oder Gefährtin Elizabeth gewähren ihm Zugang. Weder der böse König noch seine Handlanger." Rowans Stimme war beruhigend tief, seine Aura strahlte vor Stolz.

"Das hast du gut gemacht, Jüngling", sagte Sycamore umsichtig. "Es ist nicht einfach, Schutzzauber über einer so großen Fläche aufzuspannen."

Der rote Drache neigte seinen Kopf. "Ich hätte nie gedacht, eine solche Arbeit außerhalb des Nestes machen zu müssen, aber ich bin froh, dass sich diese Gelegenheit ergeben hat."

"In der Tat", sagte Sycamore. "Es ist eine feine Sache für die Jungen, einen Ort zu haben, an dem sie sich nicht verstecken müssen."

Elizabeth studierte Grannys Drachen, der das Dark Peak Nest für ein anderes verlassen hatte, wo Drachen unter den Dorfbewohnern stärker akzeptiert wurden. Wie war es für Drachen, gezwungen zu sein, ihre wahre Natur außerhalb ihres Nests zu verbergen? Seit dem Geheimhaltungsabkommen lebten sie im Verborgenen, was ihrer Sicherheit diente, aber zu welchem Preis?

Wenn Pemberley ihnen ein Zufluchtsort sein könnte, wäre das eine gute Sache. So wie es jetzt einen sicheren Hafen für Georgiana bot – und für Elizabeth selbst.

Die Drachen verwandelten sich und flogen davon. Georgiana schwatzte fröhlich, als sie zurück zum Haus gingen, als ob die Schutzzauber ihr eine Last von den Schultern genommen hätten, sodass sich nun eine neue Seite an ihr zeigen konnte. Elizabeth tauschte einen erstaunten Blick mit Roderick angesichts des veränderten Verhaltens des Mädchens. Sie musste wirklich schreckliche Angst gehabt haben, dass der Hochkönig sie aufsuchen würde.

Drinnen machte sich Georgiana auf ins Musikzimmer, um zu üben, während Roderick Elizabeth ungewöhnlich leichtfüßig und gut gelaunt in den Salon begleitete.

"Wie hat es sich angefühlt, als Anker zu dienen?", fragte Elizabeth ihn.

"Als würde mir Energie gespendet", sagte er. "Erfüllend. Obwohl ich mich schon mein ganzes Leben lang unter Drachen bewege, war ich noch nie zuvor so mit einem verflochten."

"Wurdest du jemals als möglicher Drachengefährte in Betracht gezogen?" Das war etwas, worüber sie sich schon oft Gedanken gemacht, sich allerdings nicht getraut hatte, ihn zu fragen.

"Zu meinem ewigen Bedauern, nein. Drachen bevorzugen weibliche Gefährten. Sie sind weniger kriegerisch, verstehst du? Meine Schwester wäre fast eine geworden, aber die Bindung hat nicht funktioniert."

"Das wäre sicherlich nicht leicht für einen Drachen, wenn sein Gefährte in den Krieg zöge", sagte sie nachdenklich.

"Sie werden kein Risiko eingehen, sich mit einem potenziellen Mörder zu verbinden, auch wenn es schon mehrere Generationen her ist, seit wir kämpfen mussten. Dennoch wäre ich nur zu gerne ein Gefährte gewesen", sagte er wehmütig.

"Dann bin ich froh, dass du wenigstens die Gelegenheit hattest, die niedere Bindung zu erleben."

"Diese Erinnerung werde ich zeit meines Lebens in Ehren halten. Und ein anderes Nest zu sehen, sich mit Drachen zu treffen, die mich nicht schon seit meiner Kindheit gekannt haben – das ist ein Privileg, auf das ich nie zu hoffen gewagt habe. Noch weniger hatte ich es erwartet, als ich hierher geschickt wurde, um dich zurück nach Wales zu holen."

Und für Rowan war es ebenfalls ein Geschenk gewesen, nach Pemberley zu kommen und unter den Menschen zu sein. "Vielleicht kommst du uns eines Tages, wenn wir all diese Krisen hinter uns gelassen haben, wieder besuchen – sowohl Pemberley als auch die Drachen." Es würde seltsam werden, sich von ihm zu verabschieden; war er doch in den letzten Monaten zu einem solchen Teil ihres Lebens geworden.

"Das wäre schön." Er bedachte sie mit einem bedauernden Lächeln. "Aber vielleicht nicht, wenn Lady Frederica hier ist. Ich dachte, sie würde noch vor Wut platzen, als sie herausfand, dass ich beim Wirken der Schutzzauber involviert bin und sie nicht."

Elizabeth schenkte ihm einen mitfühlenden Blick. "Ich denke nicht, dass sie dich dafür verantwortlich macht, wenngleich sie uns um unsere Verbindung zu den Drachen beneidet. Vielleicht würde es für sie etwas leichter, wenn du ihr ausführlich von dem erzählst, was wir getan haben?"

Seine Lippen pressten sich aufeinander. Offensichtlich war dies ein schmerzhaftes Thema. "Wenngleich ich ihr alles erdenklich Gute wünsche, ist es unwahrscheinlich, dass ich sie nach meiner Abreise jemals wiedersehen werde."

Kapitel 6

"ICH HABE MIR GEDANKEN darüber gemacht", wandte sich Granny am nächsten Morgen nach dem Frühstück an Elizabeth und Roderick. "Wenn Miss Darcy aus sterblichem Haar erschaffen wurde, dann muss sie auch überwiegend sterblich sein. Ich wünschte, ich könnte die Älteste in Gwynedd diesbezüglich konsultieren. Sie hat sich eingehend mit dem Hochkönig befasst."

"Sie wäre genau die Richtige für eine Konsultation", stimmte Roderick zu. "Wenngleich sie in der Situation mit Cerridwen nicht sonderlich hilfreich war."

"Das Problem hatte sie sich selbst geschaffen", sagte Granny verdrießlich. "Sie zog es vor, Cerridwen nach England zu schicken und wollte nach dem Tod meiner Tochter niemanden aussenden, um Lizzy beizubringen, wie man eine Gefährtin wird."

Elizabeth schaute von ihrer Handarbeit auf, ein weiteres der talentdurchtränkten Taschentücher, die sie hastig für Darcy herstellte, damit er sie in Frankreich nutzen konnte. Wie erleichtert sie sich fühlte, nun, da sie wieder gut miteinander auskamen. "Ich habe mich gefragt, weshalb ich ausgewählt wurde. Sicherlich wäre es einfacher gewesen, jemanden aus der Region als Gefährtin auszuwählen." Sie zögerte. "Cerridwen sagt, es war so geplant."

"Ah, ja. Das war meine Idee." Grannys Blick schien in die Fernen zu schweifen. "Die Drachen brauchten ein besseres Verständnis dafür, was in England vorsichging. Noch vor fünfzig Jahren war es für ein walisisches Nest nicht besonders schwer, im Verborgenen zu bleiben und alle Engländer, die versuchten, ihr Territorium zu betreten, zu erschrecken oder zu verwirren. Aber die Engländer sind jetzt organisierter, weniger abergläubisch und wesentlich gieriger. Sie glauben, dass es in den Bergen von Gwynedd Reichtum geben könnte, und sie sind entschlossen, ihn zu finden. Die Drachen verstehen nicht, dass sie sich diesmal nicht abhalten lassen werden."

Roderick fügte hinzu: "Ihre Naivität ist verständlich, wenn man bedenkt, wie viele Jahrhunderte sie sich versteckt haben."

"Wohl wahr, doch das ist ihnen nun nicht dienlich. Ich schlug vor, dass, einer ihrer Nestlinge ein paar Jahre unter Engländern leben könnte, um nützliche Einblicke in den Umgang mit ihnen geben zu können. Dies erfordere jedoch einen englischen Gefährten, vorzugsweise einen aus einer höheren Schicht, der Cerridwen Kontakt zu englischen Gesellschaft ermöglichen würde. Eine deiner Schwestern war die offensichtliche Wahl."

Das saß. "Du wolltest eine meiner Schwestern, aber nicht mich?"

"Dein Vater beharrte darauf, dass nicht du gewählt dürftest, daher versuchten wir es zunächst mit deiner Schwester Mary. Aber keiner der Nestlinge, die wir mitbrachten, um sie zu treffen, fühlte eine Verbindung zu ihr, die für eine Bindung erforderlich war. Dann bemerkte Cerridwen dich, da du mit Mary im Garten warst, und machte deutlich, dass du ihre Wahl seist. Um deines Vaters willen habe ich versucht, sie davon abzubringen, aber Cerridwen war fest entschlossen. Sie sagte, wenn sie dich nicht haben könne, wolle sie überhaupt keine Gefährtin haben. Für einen Drachen ist es nicht ungewöhnlich eine starke Affinität zu einem bestimmten Menschen zu verspüren, aber sie war besonders hartnäckig. Vermutlich hätte es uns nicht überraschen sollen, dass sie sich Jahre später weigerte, die Bindung zu brechen."

Sie hielt den Atem an. "Mein Vater wusste, dass Cerridwen ein Drache ist?"

Granny schnaubte. "Selbstverständlich. Närrischer Junge. Er stand natürlich unter einer Bindung, damit er nicht davon sprach, aber er war von Anfang an gegen die Idee. Er wusste, dass erwachsene Drachengefährten, in der Nähe eines Nestes leben mussten, und er wollte, dass du in Longbourn bleibst. Er dachte, wenn er dich lange genug vom Nest fernhalten würde, wäre Cerridwen gezwungen, die Bindung zu brechen. So ein Narr, der plant, seine eigene goldene Gans zu töten."

Das ließ nichts Gutes erahnen. "Wie meinst du das?"

"Nun, er wusste dein Landtalent zu schätzen, aber der eigentliche Grund, weshalb du so ein mächtiges Talent hast, liegt darin, dass du eine Drachengefährtin bist. Ohne Cerridwen wäre dein Talent kaum größer als seines."

"Aber...mein Landtalent ist gar nicht mein eigenes?" Oh, wie beschämend! Sie hatte so hart daran gearbeitet, war so stolz darauf.

"Es sind sowohl deines als auch Cerridwens, eure vereinten Talente, die sich gegenseitig verstärken." Die ältere Frau seufzte. "Glücklicherweise war Cerridwen stur und du bist rechtzeitig entkommen. Was gut ist, denn ihr Wachstum ist bereits durch ihre lange Abwesenheit gehemmt."

Ihre Brust wurde eng. Ihre liebste Cerridwen hatte gelitten, weil sie sich entschieden hatte, bei ihr zu bleiben. Und ihr eigener Vater hatte es verursacht. "Wird sie wachsen, sobald sie wieder Teil eines Nestes ist?"

"Nachdem du deinen abschließenden Eid abgelegt hast, kann es noch eine Weile dauern, aber ja." Grannys Gesichtsausdruck wurde weicher. "Auf lange Sicht sollte es ihr keinen Schaden zufügen."

Sie wollte gerade eine weitere Frage stellen, als Darcy mit grimmigem Gesicht in den Raum schritt.

Er schloss die Doppeltüren hinter sich. "Noch ein Drachenangriff", sagte er hart und warf eine Zeitung auf den Teetisch.

"Was?", rief Granny aus. "Unmöglich!"

Roderick sprang auf und griff nach der Zeitung, seine Augen überflogen rasch die Schlagzeilen.

Elizabeth fand ihre Stimme wieder. "Du bist dir ganz sicher?"

"Mehr als die Hälfte der österreichischen Armee wurde getötet, und diesmal gab es viele Zeugen. Jetzt wird jeder wissen, dass Napoleon Drachen unter seinem Kommando hat. Es wird Panik geben."

Die Hälfte der österreichischen Armee war gefallen! Hunderttausende von Männern, die nie wieder nach Hause zurückkehren würden, alle auf einen Schlag dahingerafft. Ihre Brust wurde eng.

"Roderick, was steht da?", forderte Granny.

"Fünf Drachen. Sie haben Flammen auf die österreichische Armee gespuckt, als diese das Feld betrat, und die französischen Truppen ignoriert. Tausende von Augenzeugen." Er warf Darcy einen Blick zu. "Haben Sie darüber hinaus noch etwas gehört?"

"Ein Brief des Kriegsministeriums, der es bestätigt, mit einem weiteren Detail. Napoleon hat eine bedingungslose Kapitulation gefordert, der die Österreicher zugestimmt haben. Welche Wahl bleibt den armen Teufeln auch?" Er rieb sich mit der Hand über die Augen.

Elizabeth blinzelte heftig. Sie wusste, was er nicht sagte. England wäre als Nächstes dran. Nun hing noch viel mehr von seiner Mission ab.

All diese toten Soldaten, verloren für ihre Familien. Und die Drachen, die armen friedliebenden Drachen im Dark Peak, die so freundlich zu ihr waren! Sie wären ebenfalls am Boden zerstört. Cerridwen würde das Herz brechen.

Granny hatte diesen unfokussierten Blick in ihren Augen, und Roderick fummelte herum, um den Anhänger herauszuholen, den Rowan ihm gegeben hatte. Cerridwen musste das von ihr hören, nicht von den anderen Drachen.

Elizabeth schluckte schwer, nahm im Geiste Verbindung zu Cerridwen auf und stellte erstaunt fest, dass sie viel näher als angenommen war und in einem Baum vor dem Musikzimmer saß.

Wir hören zu, schickte Cerridwen mit einem Bild von zwei anderen Vögeln in ihrer Nähe. Junge Drachen, die sich getarnt hatten, höchstwahrscheinlich. Sie genießen Georgianas Musik.

Konnte es tatsächlich erst einen Tag her sein, dass sie Cerridwen diese Musik reproduzieren gehört hatten?

Schlechte Nachrichten, Liebes, schickte sie zusammen mit einem Bild von allem, was sie erfahren hatte.

Schock, Bestürzung und dann abrupte Wut. Und dann Stille, als Cerridwen sich in die Luft schwang.

Arme Cerridwen.

Doch das war noch das geringste von Elizabeths Problemen. "Das bedeutet, dass Napoleon bald nach Paris zurückkehren wird", sagte sie und richtete ihren Blick auf Darcy. War es schon zu spät, ihr Gelübde abzulegen und eine Gefälligkeit zu empfangen, die ihm bei der Flucht helfen könnte?

"Wahrscheinlich", sagte er leise.

Roderick wischte sich den Zeigefinger mit einem Taschentuch ab, das sich rot färbte. "Darcy, hast du einen Atlas, in dem ich den Ort dieses Angriffs nachschlagen kann? Rowan möchte herausfinden, welche Nester dem Schlachtfeld am nächsten sind, aber ich weiß nicht, wo genau sich dieser Ort befindet." Er warf einen Blick auf die Zeitung: "Kleinreith, nennen sie es."

"Ja, in der Bibliothek. Gibt es in Österreich so viele Drachennester, dass er sich unsicher ist?"

"In den Alpen schon, ja. Zumindest mehr als hier." Der Waliser hielt inne und hörte zu. "Rowan fragt, ob er hierherkommen darf, um den Zeitungsartikel mit eigenen Augen zu sehen, er wird dies allerdings nicht ohne deine Erlaubnis tun."

Darcys Augenbrauen schossen in die Höhe. "Drachen können lesen?"

"Selbstverständlich", entgegnete Granny gereizt.

"Dann kann er kommen, nehme ich an, aber es wäre besser, wenn er eine andere Form annähme, zumindest dort, wo andere es sehen können. Die Dienstboten könnte diese Nachricht bereits gehört haben, und der Anblick eines fremden Drachen könnte sie erschrecken."

"Ich werde es ihm sagen."

Darcy runzelte die Stirn. "Wie kommunizieren Sie mit ihm? Das Nest ist zu weit für eine Sendung."

Roderick berührte den Anhänger, der nun über seiner Krawatte hing. "Dieses Artefakt ermöglicht es, auch aus der Ferne. Rowan gab es mir, damit er mich wegen Mrs. Darcy kontaktieren konnte, aber es funktioniert umgekehrt ebenfalls, zumindest wenn ich ihm einen Tropfen meines Blutes gebe."

Elizabeth studierte den Anhänger. Direkt in ihren Händen lag es, ein komplexes Artefakt, das von den Drachen erschaffen wurde. Etwas in dieser Art könnte für Darcy den Unterschied ausmachen, wenn er in Frankreich wäre. Sie hatte Roderick früher nach dem Zweck des Geschenks fragen wollen, doch dann war es ihr wieder entfallen. Es kam ihr so unwirklich vor, dass es erst eine Woche her war, seit sie Rowan zum ersten Mal getroffen hatte.

Alles ging viel zu schnell, und es gab noch immer so viel, was sie nicht verstand. Und dank Napoleon lief ihr die Zeit davon.

Die Nachrichten aus Österreich hingen wie eine schwere Sturmwolke über ihnen. Selbst an der Dienerschaft gingen sie nicht spurlos vorüber, sie schlichen auf Zehenspitzen durchs Haus, als könnte sich jeden Moment ein Drachenangriff auf Pemberley ereignen. Für sie war der Krieg stets weit weg gewesen, doch nun schien er direkt greifbar.

Elizabeth hatte ein verkürztes Dinner mit nur zwei Gängen anstelle der üblichen drei in Auftrag gegeben. Da alle gedrückter Stimmung waren, schien es ein Embargo für jedes Diskussionsthema zu geben, das Ablenkung bieten könnte. Wie konnten sie sich über das Wetter und andere Höflichkeiten unterhalten, wenn ihre Welt am Zusammenbrechen war?

Anstatt dass sich die Damen zurückzogen, ging die ganze Gruppe direkt in den Salon. Elizabeth, die ihre Hilflosigkeit nicht ertragen konnte, setzte sich sofort an ihre Handarbeit. Zumindest das mit Talent durchzogene Gewebe in ihren

Händen könnte möglicherweise eine Chance bieten, Napoleons Verwüstungen ein Ende zu setzen.

"Bist du sicher, dass du nicht mitspielen möchtest, Lizzy?", wollte Granny wissen. "Du hast schon den ganzen Nachmittag genäht." Das Rascheln des Kartenmischens drang von dem Tisch, an dem Roderick und Darcy sich ihr für eine Partie Loo angeschlossen hatten, zu Elizabeth herüber. Sie taten Granny den Gefallen, ihrer Vorliebe dafür nachzugeben.

"Nein, danke." Sie stieß die Nadel in den Stoff. Er war bereits blutbefleckt, wo sie sich in ihre müden Finger gestochen hatte. Aber der äußere Schein spielte nun auch keine Rolle mehr. sondern nur, dass es fertig wurde. Möglicherweise wäre das Blut dabei sogar hilfreich.

Sie hoffte, dass Mrs. Reynolds ihr bald ein Spinnrad auftreiben könnte. Beim Spinnen wurden zumindest andere Muskeln beansprucht. Und sie musste noch weiteren Stoff mit eingewebtem Talent kaufen, sofern die mysteriöse Hebamme noch etwas davon vorrätig hatte.

Beim vertrauten Klopfen eines Schnabels auf Glas warf Roderick seine Karten vor sich hin und ging zum Fenster, um es zu öffnen. Der Turmfalke glitt hinein und landete neben Elizabeth auf dem Boden.

Schließt die Türen, sandte Cerridwen ihr.

Elizabeth beeilte sich, dem nachzukommen, und der Falke verschwamm in seine wahre Gestalt.

Cerridwen faltete ihre glitzernden Flügel sorgfältig zusammen. "Gibt es irgendwelche Neuigkeiten?"

"Noch nicht. Wir erhalten nur Informationen aus Briefen in der Post und den Zeitungen, die bereits zwei Tage alt sind, wenn sie ankommen." Es gab so viele alltägliche Dinge, die sie Cerridwen nie erklärt hatte, damals, als sie noch geglaubt hatte, sie sei nur ein magischer Falke.

"Du musst es mir sofort sagen, wenn du etwas Neues erfährst."

Elizabeth antwortete: "Das werde ich. Aber was ist mit den Drachen im Nest? Glauben sie uns diesmal oder denken sie immer noch, dass wir uns irren?"

Eine Rauchwolke stieg aus Cerridwens Nasenlöchern auf. "Sie wissen, dass es wahr ist. Wir haben gerade erfahren, dass ein Drache mit Dutzenden von Eiern durch das Portal eines nordafrikanischen Nestes kam. Sie erkannten sie als eine der ihren, die als Jungtier in ein österreichisches Nest gebracht worden war."

Rodericks Augen waren vor Entsetzen weit geöffnet. "Aber man kann ein Portal nur ein einziges Mal durchqueren."

Der Drache senkte den Kopf. "Sie brach zusammen, sobald sie ihre Fracht abgelegt hatte. Mit ihren letzten Herzschlägen schickte sie die Nachricht: "Hütet euch vor dem Kaiser." Und dann ging ihr Körper in Flammen auf und hinterließ nichts als Asche."

Ein Wesen, das jahrhundertelang gelebt hätte, einfach ausgelöscht. Ein Schauder lief Elizabeths Rücken hinunter.

Granny senkte den Kopf. "Möge das Andenken an sie und ihr Opfer auf ewig weiterleben." Es klang wie etwas, was ein Drache sagen würde.

Darcy legte seine Karten ohne das geringste Bedauern ab. Kartenspiele bereiteten ihm generell wenig Freude, und nach den desaströsen Nachrichten des Tages umso weniger, und Elizabeth war angesichts dieser Neuigkeiten weiß wie die Wand geworden. Er eilte zu ihr, setzte sich neben sie und nahm ihre Hand in seine. "Es ist schrecklich, ich weiß. Kann ich dir irgendetwas bringen, um dir Linderung zu verschaffen? Ein Glas Wein?"

Sie schüttelte den Kopf. "So schlecht geht es mir nicht." Ihre Stimme klang jedoch verhalten.

Wenn er ihr nur irgendwie helfen könnte! Das Bild des Drachen, der sein Leben opferte, um die Jungtiere zu retten, würde ihn auch nicht mehr loslassen. Er würde dasselbe für das Kind tun, das Elizabeth in sich trug.

Am anderen Ende des Raumes versteifte sich Cerridwen, erhob sich dann zu ihrer vollen Größe, streckte ihre Flügel aus und ihre Augen starrten in die Ferne.

Roderick sprang gerade noch rechtzeitig auf, um eine Vase zu fangen, die ihre Flügelspitze umgekippt hatte.

"Ist irgendetwas?", wollte Elizabeth wissen.

"Psst", sagte Lady Amelia. "Sie wird es uns sagen, wenn sie bereit ist. Oder auch nicht, wenn ihr das lieber ist."

"Aber was geschieht denn?"

"Eine Sendung, sofern ich mich nicht irre. Eine ganz spezielle."

Und dann veränderte sich Cerridwens Aura von Angst zu Befriedigung. Eine Minute später zog sie ihre Flügel wieder ein und lehnte sich auf ihren Hinterbeinen zurück.

"Neuigkeiten?", erkundigte sich Granny.

"Das Nest zieht sich ins Konklave zurück", sagte Cerridwen. "Und ich... ich bin eingeladen, dabei zu sein." Ihr Kopf schwang zu Elizabeth herum. "Sie akzeptieren dich als meine Gefährtin."

Elizabeths Gesicht leuchtete auf. "Das sind hervorragende Neuigkeiten. Was ist dieses Konklave?"

"Später", flötete Cerridwen abgelenkt. "Ich muss nun aufbrechen." Als sie sich wieder in ihre Turmfalkenform verwandelte, war Roderick bereits am Fenster und hielt es ihr auf.

"Das löst zumindest ein Problem", sagte Lady Amelia, als Cerridwen davonflog. "Und wirft ein weiteres auf. Die Drachen werden debattieren, wie sie nun mit der Situation umgehen sollen. Ich hoffe, dieses Konklave wird kurz sein. Uns bleiben keine Wochen oder Monate mehr."

Elizabeths Schultern sackten herab. Warum störte gerade dieser Gedanke sie, unter all den anderen? Darcy rieb seine Hand über ihren Arm, so wenig Trost er damit auch spenden konnte.

"Ich kann mir nicht vorstellen, dass es so lange dauern wird." Roderick schloss das Fenster und verriegelte es. "Es gibt nicht genügend Informationen, um eine Entscheidung zu treffen."

Stirnrunzelnd zog sich Lady Amelia den Schal um die Schultern. "Für sie vielleicht, aber mir ist klar, was ich nun zu tun habe. Sosehr mir der Gedanken auch missfallen mag, muss ich doch meine uralten Knochen nach London schleppen und eurem lächerlichen Kriegsministerium beibringen, wie man mit Dachenangriffen umgeht – von friedlichen Drachen ganz zu schweigen."

"London?", rief Elizabeth entsetzt. "Wird diese Reise nicht zu viel für dich sein?"

"Es wird schmerzhafter werden, als mir lieb ist, aber mir bleibt keine andere Wahl. Ich hatte bereits darüber nachgedacht, wie das zu schaffen wäre, da wir es uns nicht mehr leisten können, dass die Regierung in völliger Unkenntnis der Drachen handelt. Nun ist der rechte Moment dafür gekommen, denn während eines Konklaves kann mich das Nest nicht aufhalten." Die alte Frau seufzte. "Und wir müssen mehr über die Beteiligung der Seeschlangen herausfinden. Sycamore kann mit denen in der Themsemündung in London sprechen."

Darcy erstarrte. "Drachen können mit Seeschlangen sprechen?"

"Selbstverständlich", sagte Lady Amelia gereizt. "Sie sind nahe mit den Seeschlangen verwandt."

"Es würde enorm helfen, wenn wir wüssten, was sie gegen uns aufgebracht hat", sagte Darcy.

Elizabeth schüttelte entschlossen den Kopf. "Aber das wird die Existenz der Drachen hier ans Licht bringen, und das kann nicht rückgängig gemacht werden. Selbst wenn du es schaffst, meine Beteiligung geheim zu halten, wird es sie nicht gefährden?"

Lady Amelia machte ein wenig damenhaftes Geräusch. "Oh, die Nester hätten ganz bestimmt Einwände anzubringen, zumindest, solange sie nicht ein oder zwei Jahre darüber nachgedacht haben, solch rückwärtsgewandten Kreaturen wie sie sind. Es wäre nicht das erste Mal, dass Sycamore und ich eigenständig gehandelt und beschlossen hätten, lieber im Nachgang um Vergebung zu bitten, statt auf eine Erlaubnis zu warten."

"Das habe ich nicht gehört", sagte Roderick spitz. Dann fügte er nüchterner hinzu: "Du planst, das Große Geheimhaltungsabkommen zu verletzen. Ich bin deiner Argumentation nicht abgeneigt, aber ich muss deine Pläne dem Gwynedd-Nest melden. Es sei denn, du hältst mich davon ab."

Lady Amelias Augen verloren kurz den Fokus. "Sycamore ist bereits auf dem Weg hierher, um dich mit einer Bindung daran zu hindern, es zu enthüllen. Das Nest hier wird es bald herausfinden, aber dann wird es bereits zu spät sein."

Roderick nickte, als wäre dies genau das, was er erwartet hatte. "Sycamore könnten sie dennoch bestrafen, auch wenn es wenig gibt, was sie dir antun können."

Plötzlich sah man ihr jedes Jahr ihres Alters an. "Glaubst du, ich weiß das nicht?"

Darcy sagte langsam: "Ich könnte die Notwendigkeit, die Regierung zu informieren, nicht stärker befürworten, aber könnte nicht jemand anderes an Eurer statt die Reise antreten? Roderick versteht etwas von Drachen und ihm fiele das Reisen leichter."

"Roderick könnte gute Arbeit leisten, wenn sie ihm nur zuhören würden, selbst wenn wir die Bindung entfernen könnten, die ihn davon abhält, darüber zu sprechen. Aber wie gut stünden die Chancen für einen unbekannten Waliser, überhaupt Gehör zu finden? Nein, es muss ein Drachengefährte sein, denn einen Drachen kann keiner ignorieren."

"Dann gibt es also keine anderen Gefährten, die dorthin reisen könnten?", ließ Darcy nicht locker. "Sicherlich muss es noch andere geben."

Ihre Stirn legte sich in Falten. "Weniger als es geben sollte, und keiner von ihnen ist geeignet, mit der Regierung zu sprechen. Es gibt zwei wohlgeborene schottische Gefährten, aber sie waren noch nie in England und würden als Barbaren wahrgenommen werden. Das ist es, was geschieht, wenn im Verborgenen zu bleiben einem Nest wichtiger als alles andere ist. Schlussendlich wählen sie

Bürgerliche als Gefährten, die sich dann nicht für sie einsetzen können. Lizzy sollte mein Erbe in dieser Hinsicht antreten, und wenn sie ihre Ausbildung pünktlich begonnen hätte, wäre dies auch möglich. Aber es hat keinen Sinn, verschütteter Milch hinterherzuweinen."

Darcy setzte sich neben die alte Dame und sagte sanft: "Es ist schon sehr lange her, seit Ihr zuletzt in London weiltet. Die Zeiten haben sich geändert. Euer Familienname hat viel Macht, sofern die Leute Eurem Wort über eure Identität Glauben schenken, doch Eure derzeitigen Beziehungen gehen nicht über Elizabeth und mich hinaus. So sehr es mich schmerzt, dies zu sagen, werden sie Euch höchstwahrscheinlich kein Gehör schenken."

"Oh, sie werden zuhören. Möglicherweise erst, nachdem ich Sycamore Westminster als Lektion für sie zerstören lasse, doch um diesen baufälligen Murks ist es ohnehin nicht schade." Die Aussicht darauf schien ihr gar nicht so schlecht zu gefallen. "Selbstverständlich würden wir zuerst alle Leute rausholen."

Und nach dem zu urteilen, was die Drachen in Spanien und Österreich angerichtet hatten, läge das durchaus in Sycamores Macht. "Madam, ich muss protestieren. Das wird nur dazu führen, dass Ihr unter Arrest genommen werdet."

Sie kicherte freudig. "Lieber Junge, benutze den Verstand, den Gott dir mitgegeben hat! Körperlich mag ich schwach und gebrechlich sein, aber ich bin eine Drachengefährtin, die sechsundsiebzig Jahre Zeit hatte, ihre Fähigkeiten zu verbessern. In London gibt es niemanden, der mit meiner Macht mithalten kann. Versuch mal, mich zu berühren – nein, schon gut, versuch es."

Es war närrisch, aber er gehorchte ihr – oder versuchte es zumindest. Seine Hand wollte sich einfach nicht bewegen. Als wäre sie an Ort und Stelle festgeklebt. Ebenso sein anderer Arm. Auch seine Beine rührten sich nicht. Panik stieg in ihm auf, doch er unterdrückte sie. "Was ist das?" Zumindest sein Mund funktionierte.

Sie lächelte stolz. "Ich mag alt und gebrechlich sein, aber mein Talent kann noch immer ein ganzes Regiment aufhalten." Sie hob ihre Hand und seine unsichtbaren Fesseln verschwanden.

Tief verunsichert spreizte Darcy die Finger, nur um sich zu beweisen, dass er es konnte. "Beeindruckend. Wird Elizabeth zu Ähnlichem in der Lage sein, nachdem sie ihr abschließendes Gelübde abgelegt hat?" Dies könnte wichtig werden, sollte der Krieg England erreichen.

Granny schnaubte. "Die Macht derart zu kontrollieren ist das Ergebnis jahrzehntelanger Arbeit. Zuerst wird sie schlichtweg ein wenig stärker sein. Falls du Ähnlichkeiten mit meinem ersten Ehemann aufweist, wirst du möglicherweise auch einige Überraschungen erleben. Sofern du so lange lebst und die Verbindung mit Lizzy aufrecht erhältst."

Seine Kehle schnürte sich angesichts dieser schwer verdaulichen Wahrheit zusammen. Aber daran sollte er sich inzwischen gewöhnt haben.

Kapitel 7

D ARCY HATTE, BEDINGT DURCH Träume von österreichischen Soldaten, die von Drachen niedergemetzelt wurden, recht unruhig geschlafen, doch diese Bilder unterdrückte er, als er die Stufen des Portikus in Richtung der Kutsche hinabstieg, die darauf wartete, Lady Amelia und ihre Gruppe nach London zu bringen. Es half, seine Hand mit Elizabeths zu verflechten, eine notwendige Vorsichtsmaßnahme angesichts Fredericas Anwesenheit. Beinahe war es schade, dass seine Cousine nun wieder aufbrach. Damit würde ihm auch die Ausrede genommen, die Hand seiner Frau in aller Öffentlichkeit zu halten

Nicht, dass sich ihm dazu noch viele Gelegenheiten bieten würden, nun, da Napoleon schon wieder auf dem Weg nach Paris war.

Elizabeth umarmte Lady Amelia, zumindest so gut sie konnte, während sie Darcys Hand hielt. "Ich wünschte, du müsstest nicht so rasch wieder fort."

"Mir bleibt nichts anderes übrig", erwiderte Lady Amelia. "Ich muss weg sein, bevor sich das Nest einmischen kann."

Elizabeth erhob einen Finger. "Beinahe hätte ich es vergessen. In London ist eine Frau, Rana Akshaya, eine indische Magica. Sie erkannte, dass Cerridwen ein Drache war, als ich sie dort traf, wenngleich mir das erst später bewusst wurde. Meine Zofe, Chandrika, diente ihr früher, daher fragte ich sie letzte Nacht, ob sie mit dir nach London fahren wolle. Sie lehnte ab, sagte aber, es sei wichtig, dass du Rana Akshaya aufsuchst. Frederica kann dir mehr über sie erzählen."

Lady Amelia legte den Kopf schief. "Eine indischer Magica, die einen getarnten Drachen erkennen kann? Ich frage mich, ob sie ebenfalls eine Drachengefährtin sein könnte. Die möchte ich in der Tat kennenlernen."

"Ich hoffe, du wirst eine unbeschwerliche Reise haben. Ich werde dich vermissen." Elizabeths Stimme zitterte. Dachte sie daran, wie unwahrscheinlich es war, dass ihre Urgroßmutter noch lange genug am Leben wäre, um sie noch einmal zu sehen?

"Wir werden Euch besuchen, Lady Amelia, ob in Wales oder London." Die Worte verließen Darcys Mund, ohne dass er groß darüber nachgedacht hätte.

Elizabeth warf ihm einen seltsamen Blick zu, und ihm wurde plötzlich klar, dass es nicht möglich sein würde. Er würde in wenigen Tagen zu seiner auf Mission aufbrechen.

"Seht zu, dass ihr das auch tut. Eines Tages könntest du sogar einknicken und mich Granny nennen", sagte Lady Amelia entschlossen. "Jetzt gib mir deinen Arm, junger Mann und hilf mir in dieses abscheulich hohe Fahrzeug hinauf."

Elizabeth griff nach seiner Schulter, damit er beide Hände frei hatte, um Lady Amelia unter ihren Ellenbogen zu stützen und einen großen Teil ihres geringen Gewichts zu tragen, als sie sich in den Wagen zog. Als sie saß, sagte er: "Das ist die bestgefedertste Kutsche, die ich besitze, und Euch wird eine Eskorte aus vier Reitern begleiten, um Euch alles zu holen, was es Euch bequemer machen könnte." Es war das Mindeste, was er tun konnte. Jeder Instinkt schrie noch immer, dass er die alte Dame selbst nach London eskortieren sollte, obwohl sie sein Angebot rundweg abgelehnt hatte und sagte, sie wolle keine Aufmerksamkeit auf Elizabeth oder Cerridwen lenken.

Im Wagen breitete Roderick eine Decke über Lady Amelias Schoß aus. Nach einigen Protesten hatte sie dem Waliser schließlich gestattet, sie zu begleiten, wenngleich sie vorhatte, ihn umgehend wieder zurückzuschicken. Sie behauptete, er würde sie nur dabei behindern, sich als englische Aristokratin darzustellen.

Darcy trat von der Kutsche zurück, als Frederica mit einer kleinen Reisetasche in der Hand auf sie zuschritt. Er nickte ihr zu und sagte: "Ich danke dir, dass du diese Reise unternimmst und sie in der Stadt mit der guten Gesellschaft bekannt machst. Ich weiß, dass du es nicht eilig hattest, zur Magica des Königs zurückzukehren."

Sie zwinkerte ihm zu. "Ja, aber mir bieten sich dadurch drei Tage in einer Kutsche, während derer ich Granny mit all meinen Fragen löchern kann! Das Vergnügen ist ganz auf meiner Seite."

Lady Amelias amüsierte Stimme driftete aus der Kutsche zu ihnen hinüber. "Die Magica des Königs könnte den Lehrling, den ich ihr zurückbringe, nicht wiedererkennen."

Der Kutscher schnalzte mit den Zügeln, und die Kutsche fuhr die Kiesauffahrt hinunter. Zunächst langsam, ehe sie Fahrt aufnahm, ganz im Einklang mit seinen Anweisungen, die Fahrt so sanft wie möglich zu gestalten.

Elizabeth drückte Darcys Hand, obwohl sie sie nun, da Frederica weg und das Risiko der Abstoßung mit ihr fortgefahren war, eigentlich hätte loslassen können. "Es wird ganz schön ruhig sein hier, nun, da sie alle weg sind!" Sie klang jedoch nicht ganz unzufrieden damit.

"Ich für meinen Teil freue mich darauf, dich für mich zu haben."

"Und Georgiana und Cerridwen und deine Französischlehrer", neckte sie.

Er antwortete ihr im gleichen Tonfall. "Vielleicht sollten wir uns in der Hütte im Eichenhain verstecken. Und sie alle in dem Glauben lassen, dass wir auch fort sind." Aber sie hatte recht; es lang noch Arbeit vor ihnen, und Georgiana verdiente auch etwas von seiner Aufmerksamkeit. Wenn Elizabeth an seiner Seite war, konnte er alles tolerieren. Und er weigerte sich, darüber nachzudenken, wie wenig Zeit ihnen noch zusammen bleiben würde.

Die Atempause war jedoch nur von kurzer Dauer. Am späten Nachmittag, als Elizabeth mit Darcy in seinem Arbeitszimmer saß, kehrte Cerridwen in Turmfalkenform zurück und ließ einen kleinen Beutel auf ihren Schoß fallen.

Eine Art Geschenk? "Was ist das?", fragte sie den Vogel.

"Wirst du schon sehen", zwitscherte Cerridwen sehr selbstzufrieden.

Elizabeth lachte, als sie den Beutel in die Hand nahm. "Also ein Rätsel. Wie war das Konklave?"

Cerridwen hockte sich auf den Schreibtisch und wippte von einem Bein aufs andere. "Öffne es und dir werden deine Fragen beantwortet." Wie seltsam es war, sie in ihrer Turmfalkenform laut sprechen zu hören!

"Also schön." Elizabeth öffnete den Beutel und zog eine schwere, kunstvoll gravierte Kugel aus Silber heraus.

Sobald sie ihre Haut berührte, stieg eine Illusion daraus empor, ein leuchtender Miniaturdrache und eine Stimme hallte durch den Raum. "Ich bin die Älteste, die Stimme des Nestes. Gefährtin Elizabeth, wir ersuchen um Informationen über die jüngsten Ereignisse. Wir bitten dich, im Nest vorzusprechen, damit wir unser Wissen bündeln können. Ich ermutige dich insbesondere, deinen Gatten mitzubringen, dessen Erkenntnisse sehr geschätzt würden. Er müsste sich entweder einer Augenbinde unterziehen oder binden lassen, um den Standort des Nestes nicht preiszugeben. Ich erwarte deine Antwort über deine Drachengefährtin. Ich bin die Älteste, die Stimme des Nestes."

Der illusorische Drache verschwand und hinterließ nur ein Kribbeln der Magie auf Elizabeths Haut und einen schweren, unbeweglichen Ball in ihrer Hand. Faszinierend!

Mit erstickter Stimme sagte Darcy: "Drachen scheinen einen wirklich bemerkenswerten Vorrat an Artefakten zu haben."

"Wir erschaffen sie", zwitscherte Cerridwen. "Die Älteste dieses Nestes ist sehr geschickt darin."

"Und sie ist die Stimme des Nestes", fügte Elizabeth amüsiert hinzu.

"Diese Formulierung bedeutet, dass dies eine formelle Anfrage von höchster Priorität ist. Es war die Entscheidung des Konklaves, mit euch zu sprechen." Cerridwen streckte ihre Falkenflügel aus, schlug sie ein paar Mal und sah sich dann neugierig um. "Wo ist Sycamore? Ich kann ihn nicht wahrnehmen."

Oje. Elizabeth hasste es, Cerridwen zu enttäuschen, besonders da sie die Einladung ins Nest so stolz machte. "Granny und Sycamore sind nach London aufgebrochen, während du im Konklave warst."

"London? Weshalb sollten sie dorthin gehen?"

Elizabeth suchte immer noch nach einem Weg, es ihr schonend beizubringen, als Darcy für sie sprach. "Sie haben sich auf den Weg gemacht, um mit der Regierung über Drachen zu sprechen."

Der Turmfalke erstarrte. "Aber das verstößt gegen das Geheimhaltungsabkommen." Verrat strahlte von ihr aus.

"Was auch ihre Absicht war", sagte Elizabeth leise. "Sie haben sich entschieden, es während des Konklaves zu tun, damit das Nest sie nicht aufhalten konnte." Ihren Drachen würde sie nicht anlügen, nicht einmal für Granny.

"Das muss ich dem Nest sofort mitteilen." Cerridwen schwang sich in die Luft und flog aus dem Fenster.

Elizabeth sah ihr nach, doch sie konnte nichts tun, um zu helfen. Stattdessen schlang sie ihre Arme um Darcys Taille und sog die Wärme und Beständigkeit seines muskulösen Körpers in sich auf. Was hielt er von dieser Einladung? In letzter Zeit hatte er deutlich ruhiger gewirkt, wenn es um Drachen ging, aber eine Einladung, schnurstracks in die Höhle der Ältesten zu marschieren, des mächtigsten Drachen des Nestes, hätte wohl jeden erst einmal zögern lassen. "Ich werde gehen, aber ob du auch teilnimmst, bleibt ganz dir überlassen."

Darcy runzelte die Stirn. "Der Gedanke, die Augen verbunden zu bekommen, gefällt mir nicht besonders, aber weitere geistige Bindungen kommen nicht infrage. Davon habe ich schon genug."

"Das verstehe ich. Mir wurden die Augen verbunden, als ich das erste Mal in die Nähe dieses Nestes kam, und ich kann nicht sagen, dass ich die Erfahrung genossen habe. Die Bindung ist eigentlich weit weniger problematisch und sicherer."

Er versteifte sich. "Du denkst, man kann mir mit diesem Wissen nicht vertrauen?"

Sie löste sich von ihm, hob die Kugel auf und reichte sie ihm. "Sag mir, wenn die Regierung von der Existenz dieser Artefakte wüsste, wie energisch würden sie dich nach dem Standort des Nestes befragen? Oder nehmen wir an, die Franzosen nehmen dich gefangen und wollen herausfinden, wo sich unser Nest befindet, um noch mehr mörderische Drachen zu erschaffen, die England verwüsten werden? Ich fühle mich sicherer, wenn ich weiß, dass ich es niemandem sagen kann."

Er drehte den Ball in der Hand um. "Nun gut, ich werde einer Augenbinde zustimmen, aber nur, weil ich es für notwendig halte, dass wir Informationen austauschen. Ich möchte auch nicht, dass du in diesen unruhigen Zeiten alleine dorthin gehst."

Sie umarmte ihn fest. "Es gibt keinen Grund zur Sorge, aber ich danke dir." Dann küsste sie ihn.

Das Licht von Darcys Laterne reflektierte von feuchten Steinmauern und Stalaktiten, die von der Decke hingen. Er hatte so viel erwartet und doch war dieses Drachennest nichts anderes als eine einfache Höhle, nicht unähnlich einem halben Dutzend anderer in diesen Hügeln. In einer ähnlichen hatte er als Kind gespielt und sich vorgestellt, es sei eine Festung, aber dennoch hätte er gedacht, die Höhle eines Drachen sei irgendwie großartiger. Offenbar hatte er sich geirrt.

"Cerridwen sagt, es geht hier entlang", informierte ihn Elizabeth und zeigte auf eine Nische. Als sie sich umsah, sah es so aus, als genieße sie das alles sehr. Vielleicht waren Höhlen in Hertfordshire eine Seltenheit.

Darcy hielt seine Laterne hoch. "Das ist eine Sackgasse."

"Nein, ist es nicht", sagte sie abwesend, während sie weiterging –

... direkt in die Höhlenmauer hinein. Und verschwand.

"Elizabeth!", rief er. "Wo bist du?"

Ihre Stimme klang nur ein paar Meter entfernt. "Na hier. Was ist los?"

"Kiee-kiee-kiee." Es war offensichtlich ein Lachen – und gegen ihn gerichtet.

Eine Illusion. Es musste einfach eine sein. Als Darcy den Arm ausstreckte, um die Wand zu berühren, ging seine Hand geradewegs hindurch.

Aber die Illusion war perfekt. Obwohl er wusste, dass es nicht real war, musste er seinen Mut zusammennehmen, um hindurchzugehen, und erwartete halb, dass seine Nase auf Stein aufschlagen würde.

Stattdessen fand er sich in einem Palast wieder.

Anders konnte man es nicht nennen. Er pochte geradezu vor Magie und war voll von außergewöhnlicher Kunst, kunstvollen Schnitzereien, riesigen wirbelnden Mosaiken, die schwindelerregende Bilder bildeten, und mehr Silber, als er sich jemals in seinem ganzen Leben vorgestellt hatte. Geformte Gesichter, Menschen, Feen und Drachen, spähten aus Ecken und hinter Kanten hervor, weckten in ihm den Wunsch, näher heranzutreten, sie zu untersuchen und ihre Gesichtsausdrücke zu studieren. Der Boden war ein Mosaik aus ineinandergreifenden Fliesen unterschiedlicher Farbtöne, die ein riesiges Muster bildeten, das er nicht überblicken konnte.

Und er hatte sich gefragt, ob die Schöpfer von all dem hier die geistige Fähigkeit besaßen, eine Zeitung zu lesen!

Cerridwen verwandelte sich in ihre wahre Gestalt und führte sie durch einen Torbogen und einen langen Tunnel hinunter, einen riesigen Korridor, der auf die Größe der Drachen ausgelegt war und jeder Zentimeter davon war verziert. Wie lange hatten die Drachen gebraucht, um dieses gigantische Kunstwerk zu erschaffen? Vermutlich mindestens Jahrhunderte. Uralte Macht schien wie ein Lied hindurchzuströmen.

Schließlich erreichten sie eine weitere Kammer, von noch gigantischeren Ausmaßen. Darcy unterdrückte beim Anblick der Kreatur, die sie bewohnte, ein Aufkeuchen. Er hatte gedacht, der Drache, der ihn gelesen hatte, sei bereits von mystischer Größe, aber dieser hier war mindestens doppelt so groß und lang wie drei Pferde aneinandergereiht. Das allein machte das Biest bereits beeindruckend, doch die Intensität der Magie, die es umgab, ließ die Haare in seinem Nacken zu Berge stehen. Wenn irgendetwas auf der Welt unbezwingbar war, dann mit Sicherheit dieser Drache.

Er warf Elizabeth einen Blick zu. Spürte sie es ebenfalls?

Cerridwen kreuzte ihre Vorderbeine wie eine Bittstellerin. "Verehrte Älteste, ich präsentiere dir Gefährtin Elizabeth und ihren Gatten Darcy."

"Ich weiß eurer promptes Erscheinen zu schätzen." Die Stimme der Ältesten hallte durch die Kammer, so laut, dass Darcy sie in seinen Knochen spürte.

"Ich stehe dir zu Diensten", sagte Elizabeth. "Sowohl mein Mann als auch ich sind bestrebt, alles in unserer Macht Stehende zu tun, um diesen Angriffen ein Ende zu setzen."

Die riesigen goldenen Augen des Drachen konzentrierten sich auf sie. "Gefährtin Elizabeth, wirst du dein Wissen mit mir teilen?"

"Ja." Und ohne zu zögern, trat sie vor und legte ihre Hände auf die Krallen der Ältesten, scheinbar ohne Angst. Ihre Finger waren winzig im Vergleich zu der massiven Kralle, auf der sie ruhten, aber ihr Gesicht zeigte keinerlei Furcht.

Die beiden blieben wie eingefroren stehen, als wären sie in Trance, abgesehen von einem kleinen Zucken der Schwanzspitze der Ältesten. Aber reglos waren sie eigentlich gar nicht, da sich die Aura des Drachen abrupt, fast heftig, von anfänglicher Neugier und Beklommenheit zu tiefem Schmerz wandelte.

Darcy schluckte schwer, seine Brust wurde eng. Es war nicht leicht, Elizabeth dabei zuzusehen, wie sie sich auf eine Weise mit dem Drachen austauschte, die ihn so völlig ausschloss.

Ein paar Minuten später zog Elizabeth sich zurück. "Es tut mir leid", flüsterte sie mit zitternden Lippen. "Ich weiß, dass es dich sehr schmerzen muss, genau wie mich." Sie streckte ihre Hand blind in Richtung Darcy aus, und er griff gerne danach, in dem Wunsch, seine Liebe für sie durch die Verbindung fließen zu lassen.

Der Kopf des großen Drachen bewegte sich schnell von einer Seite zur anderen, als ob sie sich schüttelte. "Die Wahrheit ist oft schmerzhaft." Sie wandte ihre riesigen Augen zu ihm und fuhr fort: "Und du, Darcy. Mein Nestgenosse Juniper hat mir erzählt, was du ihm über deine Befragungen von Soldaten und Matrosen erzählt hast, aber er wollte mir nicht gestatten, es selbst zu sehen, da du ihm nicht die Erlaubnis dazu gegeben hattest. Er räumte ein, nicht tief geschaut zu haben, aus dem Glauben heraus, dass die Angriffe Illusionen waren. Wärst du bereit, mir diese Erinnerungen zu zeigen, oder ziehst du es vor, die Fragen verbal zu beantworten?"

Darcy straffte seine Schultern. Er war Fitzwilliam Darcy von Pemberley, Magier und Landtalent. Er würde es fertigbringen, einen weiteren Drachen in seine Gedanken blicken zu lassen. "Ich werde es teilen, aber zuerst würde ich gerne hören, was ihr über diese Angriffe in Erfahrung gebracht habt."

Den Drachen schien diese Herausforderung nicht weiter zu stören. "Es beschämt mich, wie wenig wir wissen. Du hast, glaube ich, schon von dem

Drachen gehört, der sich geopfert hat, um die Jungtiere zu retten. Aufgrund dieser Tragödie haben wir unsere langjährigen Regeln gebrochen und Drachen aus nahegelegenen Nestern zu den stillen Nestern geschickt, sowohl in Österreich als auch in Spanien." Ihr Kopf senkte sich und sie versank in Stille, die Kammer füllte sich mit einer Aura tiefer Verzweiflung.

Darcy nahm einen tiefen Atemzug. "Darf ich fragen, was sie herausgefunden haben?"

"Es ist ein Zeichen unserer tiefen Besorgnis, dass wir dies getan haben. Eine unserer Grundüberzeugungen ist es, dass Drachen sich für das Schweigen entscheiden können. Ein stilles Nest ungebeten zu besuchen, ist ein Verstoß dagegen." Der Rest ihrer Antwort kam als eine Sendung, die so mächtig war, dass sie ihn fast von den Füßen riss.

Eine riesige Höhle, ebenso dekoriert wie diese, aber überall waren Brandspuren zu sehen, die das Kunstwerk beschädigten, Asche und geschmolzenes Glas. Leer. Und ein Bogen, von dem er irgendwie wusste, dass er der Eingang zu den Brutplätzen in Faerie war, war zerstört worden. Laut sagte die Älteste: "Das ist das Nest in Österreich."

Was er zu sehen bekam, sprach wahrlich nicht dafür, dass die Drachen freiwillig für Napoleon kämpften. Wie hatte die Älteste diese Bilder überhaupt erst erhalten? Zweifellos noch mehr unvorstellbare Drachenmagie. "Und in Spanien?" Sein Mund war trocken.

"Ein Nest liegt verlassen und verbrannt da, und im anderen fanden wir nur drei junge Nestlinge, deren Geist so mit Bindungen verknotet war, dass sie uns nichts sagen konnten." Traurigkeit, tiefste Traurigkeit.

Bindebanne konnten also gefährlich sein, wie er bereits vermutet hatte. Zumindest unter bestimmten Umständen. "Wo glaubst du, sind die Drachen hin?"

Die Älteste senkte den Kopf. "Wie viel die Menschen vergessen haben! Drachen können ohne ihr Nest nicht überleben. Nur die jungen Drachen mit Gefährten können es länger als ein oder zwei Tage verlassen. Die Drachen in Spanien und Österreich sind dahingeschieden. Drei Nester, für immer verloren! All dieses Wissen, all die Überlieferungen, all diese Leben. Dass wir einen solchen Tag erleben sollten!"

Ihr Kummer war überwältigend und ließ die Luft dick und undurchdringlich erscheinen. Irgendwie brachte Darcy sich dazu zu sagen: "Deine Trauer ist auch meine. Bitte entschuldige mein Unwissen."

Die Drachendame hob ihren riesigen Kopf. "Geteilte Trauer ist halbe Trauer. Deshalb müssen wir alles in Erfahrung bringen, was wir können. Wir müssen herausfinden, wie ein Sterblicher gelernt hat, Drachen zum Töten zu bringen."

"Ich werde alles in meiner Macht Stehende tun, um dem ein Ende zu setzen." Inklusive, sein eigenes Leben aufs Spiel zu setzen, um diesen Sterblichen zur Strecke zu bringen, aber das würde der Drache nicht hören wollen.

"Der Niederträchtige König hat die Fähigkeit, Drachen zu zwingen, sich seinem Willen zu unterwerfen. Diesen Mechanismus hat er bereits eingebaut, als er die ersten Drachen erschuf, um sie zu seinen furchteinflößendsten Kriegern zu machen und das ist unsere größte Schwäche. Dass ein Sterblicher dies zustande bringt, ist eine unermessliche Katastrophe."

Kein Wunder, dass die Drachen plötzlich bereit waren, mit Menschen zusammenzuarbeiten. Darcy sagte: "In der Tat eine Tragödie, die gestoppt werden muss." Dann legte er geflissentlich seine Hände auf die rauen Krallen des Drachen.

Die Lesung war diesmal weniger schockierend, abgesehen davon, dass er in Augen von der Größe seines Kopfes blickte. Wie angewiesen, holte Darcy sein Wissen in den Vordergrund seines Gedächtnisses, als ob er sich darauf vorbereite, über diese Dinge zu sprechen. Sie schien am meisten an den Berichten über die Verwundeten aus Salamanca interessiert zu sein, obwohl deutlich wurde, wie sehr es sie schmerzte.

Schließlich zog sie sich aus seinem Kopf zurück. "Es betrübt mich, dass Sterbliche so unter den Handlungen von Drachen gelitten haben. Dem müssen wir ein Ende setzen."

Und er konnte spüren, dass sie es mit jeder Faser ihres Wesens meinte. "Möchtest du, dass ich dich benachrichtige, wenn ich weitere Informationen erhalte?"

"Dafür wäre ich dankbar. Ihr könnt auf Quellen zurückgreifen, über die wir nicht verfügen. Wenn du es Cerridwen sagst, wird sie es mir weitergeben", sagte die Älteste.

Dann trat Elizabeth vor, um an seiner Seite zu stehen, so wie es sein sollte. Mit großer Entschlossenheit sagte sie: "Da wäre noch etwas. Ich möchte mein Abschlussgelübde so schnell als möglich ablegen. Es ist überfällig, und dies ist eine Zeit, in der das Nest von seinen Gefährten profitieren kann."

"Wir können es gleich durchführen, wenn das dein Wunsch ist", sagte der Drache.

Ihre Lippen öffneten sich. "Ja, das wünsche ich mir. Ich möchte Cerridwen eine vollwertige Partnerin sein."

"Dann soll es so geschehen. Es wird uns in dieser trostlosen Zeit einen Grund zum Feiern bieten. Das gesamte Nest können wir nicht versammeln, da manche von uns damit beschäftigt sind, unsere Verteidigung zu stärken und auszubauen, aber diejenigen, die dich bereits kennengelernt haben, werden froh darum sein, für dieses verheißungsvolle Ereignis eine Pause einlegen zu können."

Darcy sog scharf den Atem ein. "Verteidigung? Gegen Napoleon und seine Drachen?"

"Möglicherweise irgendwann, aber auch vor ungebetenen Sterblichen. Da Gefährtin Amelia beschlossen hat, unser aller Existenz offenzulegen, müssen wir uns auf das Schlimmste vorbereiten. Wir vertrauen euch als Individuen, aber nicht euren Anführern."

"Das verstehe ich. Werden eure Abwehrmechanismen den Einheimischen schaden?"

"Solange sie nicht beschließen, närrisch zu sein, nicht. Wir benutzen keine Waffen, aber wenn ich eine Feuerwand zwischen uns beiden schaffe und du dich entscheidest, durch sie hindurchzulaufen und zu Tode verbrannt zu werden, dann liegt diese Last auf deinem Gewissen, nicht auf meinem. Wir könnten einen Felsrutsch auslösen, um zu verhindern, dass jemand das Nest erreicht, oder Illusionen, Glamour oder Verwirrungszauber anwenden. Es gibt viele Möglichkeiten, uns zu verteidigen und gleichzeitig niemandem zu verletzen."

Lady Amelia hatte von der Verteidigungsmaßnahmen der Drachen in Wales gesprochen. Mit der Macht ihrer Magie und Artefakte könnten die Drachen es einer einfallenden Armee sehr schwer machen – sofern sie das wollen. Und sofern die Regierung sie als Verbündete statt als Feinde behandelte.

Und jetzt befand sich auch er unerwarteterweise in der Lage, eine Art Botschafter zu sein, zumindest so lange er am Leben blieb. "Das ist ein Zeichen großer Weisheit."

"Wir tun, was wir müssen." Die Älteste hielt inne und fragte dann mit offensichtlichem Widerwillen: "Habt ihr etwas von Gefährtin Amelia gehört?"

Elizabeth schüttelte den Kopf. "Nur eine kurze Notiz von einer Dame, die mit ihr reiste, um uns mitzuteilen, dass die Reise gut verlief. Ich gehe davon aus, dass sie nun bereits in London angekommen ist."

"Ein schrecklich riskantes Vorgehen. Gefährtin Amelia war schon immer eigensinnig, aber eigenmächtig zu entscheiden, das große Geheimhaltungsabkommen zu brechen, geht weit darüber hinaus. Ich kann nicht verstehen, warum ihr Drache einem solchen Schritt zugestimmt hat, ohne das Nest zu konsultieren. Das wird Auswirkungen auf uns alle haben." Ihre Aura pochte vor Wut.

Diesen Zorn würde Darcy nicht auf sich gerichtet sehen wollen. Er konnte es jedoch verstehen, nachdem er dieses Nest gesehen hatte. Es schien jetzt ungeheuerlich, dass Lady Amelia sich entschieden hatte, die Existenz der Drachen gegen deren Willen preiszugeben.

Zuvor war er jedoch nur dankbar gewesen, dass sie Englands Bedürfnisse an erste Stelle setzte. Genau wie er es ursprünglich getan hatte, und erst jetzt sah er, dass dies ein Fehler gewesen war. Die Situation, in der sie sich befanden, hatte so viele Facetten.

Und vor allem brauchte er Elizabeth an seiner Seite.

Kapitel 8

ELIZABETHS ABSCHLIESSENDES GELÜBDE WURDE schneller ausgerichtet, als Darcy erwartet hatte. Die Drachen, die er gemeinsam mit Georgiana getroffen hatte, schlossen sich ihnen zusammen mit mehreren anderen an und die Magie surrte bei jeder Ankunft durch den Boden. Sie war nicht direkt greifbar, aber ihre unbestreitbare Potenz erfüllte den Raum, wie die aufgeladene Luft während eines Gewitters. Die Drachen begannen zu summen, und die Kraft wurde noch intensiver.

Es hätte beunruhigender sein sollen, unter der Erde mit all diesen Drachen gefangen zu sein, und noch seltsamer, von ihnen mehr oder weniger ignoriert zu werden. Der ganze Raum war still, bis auf dieses seltsame, widerhallende Summen. Und doch hätte er damit rechnen müssen, denn Drachen sprachen nur um der Menschen willen laut. Stattdessen fühlte er sich verloren, aus dem mentalen Gespräch ausgeschlossen. Und doch spürte er die festliche Stimmung und wie sie Elizabeth willkommen hießen, sodass sein natürliches Unbehagen nachließ.

Er hatte etwas wie eine Hochzeitszeremonie erwartet, bei der Gelübde ausgetauscht wurden, und er konnte nicht leugnen, dass der Gedanke daran ihm unangenehm war. Aber das schien nicht der Fall zu sein. Stattdessen stand Elizabeth allein vor der Ältesten, und Cerridwen mischte sich unter die anderen Drachen. Jetzt konnte er sehen, weshalb sie sie einen Jungspund nannten. Sie war gerade einmal halb so groß wie die anderen.

Irgendetwas musste geschehen sein, denn nach ein paar Minuten sprach die Älteste laut, als sie in Elizabeths Augen schaute. "Du bist nun ein vollwertiger

Partner deines Gefährten und ein Teil unseres Nestes. Möge dies dein zweites Zuhause und wir deine zweite Familie sein. Und damit ist es vollbracht."

Die Gelübde waren vollbracht? Hatte die ganze Zeremonie im Stillen stattgefunden, und er hatte sie verpasst?

Elizabeths Gestalt schien für einen Moment zu leuchten, und dann taumelte sie. Alarmiert machte Darcy einen Schritt nach vorne –nein, er versuchte, nach vorne zu treten, aber seine Füße verließen den kunstvoll gefliesten Boden nicht. Stattdessen verschwamm der Raum um ihn herum, eine Welle seltsamer, mächtiger Magie sang in seinen Adern.

Es war, als hätte er sich in seinem Land verloren, wenn er sein Talent zu tief in Pemberleys Erde sinken ließ und verzweifelt versuchte, einen Weg nach draußen zu finden, aber dieses Mal hatte er sein Talent gar nicht eingesetzt. Warum also schien ihn Magie von innen heraus durchzupusten?

Was hatten die Drachen mit ihm gemacht? Hätte er ihnen doch besser nicht vertrauen sollen? Er brauchte Antworten, doch ihm fehlten die Worte.

Die Stimme der Ältesten durchbrach seine wirren Gedanken. "Es ist so Brauch, jeder neuen Gefährtin, die sich unserem Nest anschließt, eine Gefälligkeit zu erweisen. Möchtest du um etwas ersuchen, Gefährtin Elizabeth, oder sollen wir etwas für dich aussuchen?"

Elizabeth nahm einen tiefen Atemzug. "Ich habe ein Anliegen, möglicherweise ein ungewöhnliches. Wie ihr wisst, wird sich mein Mann bald auf eine gefährliche Mission nach Frankreich begeben."

Der Drache murmelte: "Wir können ihm bei seiner Mission nicht helfen, da sie auch Töten beinhaltet."

Elizabeth hob das Kinn. "Ich weiß. Ich bitte um etwas anderes: Helft ihm, hinterher sicher nach Hause zurückzukehren."

Deshalb. Deshalb wollte sie ihn hier haben, deshalb wollte sie diesen Prozess beschleunigen. Es kratzte an seinem Stolz, mitzuerleben, wie sie die Drachen um Hilfe bat, und dennoch hätte sie sie um alles bitten können und ihre Wahl war auf seine Sicherheit gefallen.

Er konnte sich nicht konzentrieren. Sollte er etwas sagen? Würde er es überhaupt fertigbringen, seinen Mund verständliche Silben formen zu lassen?

Die Aura der Ältesten hatte sich verändert, und sie schien nicht erfreut zu sein. "Spiegelt diese Anfrage deine eigenen Wünsche wider oder wurde sie an dich herangetragen?"

Elizabeths Lippen zuckten. "Oh Verehrte, ich befürchte stark, dass mein Gatte gerade furchtbar wütend auf mich ist, weil ich darum gebeten habe, da es stolzen Männern nicht leicht fällt, Hilfe zu benötigen. Dies war ganz und gar meine Idee."

Der Kopf des Drachen schwenkte in seine Richtung. "Darcy, tritt vor. Ich möchte das von dir hören."

Irgendwie gelang es Darcy, sich zu bewegen, zuerst mit einem Fuß und dann mit dem anderen. Es schien eine übermäßige Anstrengung zu erfordern, sein Gleichgewicht zu halten, während die Magie wie ein Blitz seinen Schädel durchfuhr. "Ich wusste nichts von einer Gefälligkeit, geschweige denn von ihren Plänen." Das hatte doch Sinn ergeben, oder?

Die Nickhaut des Drachenauges schloss sich langsam und öffnete sich wieder. "Und wenn du es gewusst hättest, hättest du ihre Anfrage unterstützt?"

Die Blitze in seinem Gehirn machten es schwer, eine Antwort zu formulieren. "Bei allem Respekt, ich sehe keine Möglichkeit, wie ihr mir helfen könntet, daher hätte es für mich auch keinen Sinn ergeben, euch darum zu bitten."

"Du hast wenig Vertrauen in uns", sagte die Älteste mit einem Geräusch, das ein Schnauben gewesen sein könnte.

"Ich..." Das Rauschen in seinen Ohren wurde unerträglich laut und seine Knie gaben nach.

Im Drachennest. Hier war er. Er hatte den Drachen... etwas erzählt und dann... nichts. Und jetzt lag er auf einem Haufen Kissen in der riesigen Kammer der Ältesten, der Geruch von Rauch und Metall kribbelte in seiner Nase. Er hob den Kopf, und Elizabeths Gesicht erschien in seinem Sichtfeld

"Dem Himmel sei Dank! Hast du mich erschreckt!", rief sie.

Darcy starrte zu ihr hinauf. "Was haben sie mit mir gemacht?", fragte er heiser.

Sie biss sich auf die Lippe. "Die Drachen? Gar nichts. Es war meine Schuld, wenn auch unbeabsichtigt. Den abschließenden Eid abzulegen, gab mir vollen Zugriff auf meine Drachengefährtenmagie. Irgendwie hat dich das unerwartet ebenfalls getroffen. Ich hatte viele Jahre Zeit, mich an diese Kraft zu gewöhnen, auch wenn ich sie nicht nutzen konnte, aber du nicht."

"Sie hatten die Kontrolle über deine Magie?" Das hörte sich gar nicht gut an.

"Sie sagen, es ist der übliche Prozess, wenn ein Gefährte als kleines Kind eine Bindung eingeht. Mein Körper konnte damals noch nicht mit der Drachenmagie umgehen, daher... nun, vielleicht ist die beste Umschreibung dafür, dass sie meiner Fähigkeit, sie zu nutzen, Zügel angelegt haben. Normalerweise wären sie entfernt worden, sobald ich das sechzehnte Lebensjahr vollendet habe, aber ich bin nie wieder ins walisische Nest zurückgekehrt, um meinen abschließenden Eid abzulegen. Jedenfalls sind die Zügel jetzt weg, was sich seltsam anfühlt." Sie hielt inne. "Auf dich hat es Auswirkungen durch unsere Blutsverbindung, weil ich dein Kind erwarte."

Immer noch ein wenig schwindelig und benommen, kämpfte er sich auf die Füße. "Nicht, weil sich unsere Magie miteinander verbinden kann?"

"Unwahrscheinlich", murmelte die Älteste hinter ihr. "Viele Drachengefährten können ihre Magie mit ihren Gatten verflechten, doch das hatte bisher nie diesen Effekt. Es ist jedoch ungewöhnlich, dass ein Gefährte erst nach seiner Verheiratung seine vollen Kräfte erreicht."

Er blinzelte. Jeder wusste, dass sich miteinander verflechtende Magie höchst ungewöhnlich war, aber lag das nur daran, dass Drachengefährten so selten waren?

"Wenn mir die Zügel schon vor der Zeugung abgenommen worden wären, hättest du dich nach und nach daran gewöhnt", sagte Elizabeth entschuldigend. "Stattdessen hat dich die volle Wucht auf einmal getroffen."

Sie geleitete ihn zu einem Stuhl, den jemand für ihn aufgetrieben haben musste – seit wann benutzten Drachen denn Stühle? Wenn man das Ding überhaupt so nennen könnte, da es eher einer aufwendigen Silberskulptur mit Miniaturgesichtern von Tieren, Feen und legendären Kreaturen glich. Es sah vielmehr wie ein Thron für den Monarchen eines magischen Königreichs aus als ein schlichtes Ding, um ihn davor zu bewahren, dass ihm die Beine wegkippten.

Dankbar ließ er sich darauf hinabsinken. Sein Komfort reichte nicht an seine Schönheit heran, aber er hielt sein Gewicht, und das war das Wesentliche.

Der riesige Drache brummte: "Ich habe über den Gefallen nachgedacht, um den du gebeten hast, Gefährtin Elizabeth. Wir haben nichts, was die Sicherheit deines Gatten garantieren kann, aber es gibt ein paar Dinge, die sich für ihn als nützlich erweisen könnten."

Elizabeth nickte. "Ich wäre für jede Hilfe dankbar."

"In der Tat", sagte Darcy. Um Elizabeths willen war er bereit, mitzuspielen, doch ihm fiel es nicht leicht, sich vorzustellen, was ein Drache in England tun könnte, um ihm dabei zu helfen, Napoleons Klauen zu entkommen.

"Das Erste wird eine kurze Kommunikation zwischen euch beiden ermöglichen." Der Drache ließ zwei schillernde kupferfarbene Drachenschuppen erscheinen, die genauso aussahen, wie die, die seinen Körper bedeckten. "Sie werden jeden Tag bei Sonnenuntergang aktiv. Wenn ihr beide jeweils eure haltet, könnt ihr unabhängig von der Entfernung eine Nachricht senden. Nur eine sehr kurze – ein Bild, ein Gedanke, ein Satz. Niemand sonst kann die Schuppen benutzen, nur ihr beide, und nur, wenn euer Partner sich nicht auf englischem Boden befindet."

Darcy richtete sich auf. Konnte das wahr sein? Sendungen über große Entfernungen war immer für unmöglich gehalten worden.

Elizabeth hob eine Schuppe auf und streichelte sie vorsichtig, ehrfürchtig. "Du bist großzügig."

Der Drache sagte: "Eines noch. Ich muss darauf bestehen, dass ihr dies in keiner Weise nutzt, um deinen Wunsch zu töten zu fördern. Es ist kein Werkzeug zur Unterstützung beim Mord."

"Ich gebe dir mein Wort", sagte Darcy. Es war aber zu schade. Wie wertvoll könnte so etwas sein, wenn nur das Kriegsministerium auf diese Weise Informationen mit ihm austauschen könnte! Schließlich würden auch die Drachen von Napoleons Tod profitieren. Vielleicht war es das Risiko wert. "Wenn ich jedoch eine Frage stellen darf – weshalb lehnst du meine Mission so ab? Ich respektiere deine Überzeugung, dass Töten falsch ist, aber es würde nicht durch deine Hand geschehen und ich kann mir nicht vorstellen, dass es dein Wunsch ist, Napoleons Freiheit zu erhalten, damit er weitere Drachen zum Kampf zwingen kann."

Schockierte Überraschung ging von dem Drachen aus. "Falsch? Das ist es, was sie euch beibringen? Wir töten nicht, weil es unsere Freiheit gefährdet."

"Wie könnte es euch gefährden?"

Der Drache starrte ihn traurig an. "Sobald ein Drache tötet, wird er zum Sklaven des niederträchtigen Königs. Das ist der Auslöser, der uns in Knechtschaft bringt."

"Ich... das verstehe ich nicht."

"Als der böse König Drachen erschuf, wollte er eine perfekte Kriegsmaschine. Er machte uns intelligent, damit wir Entscheidungen im Kampf treffen konnten, aber dadurch riskierte er, uns zu schlau zu machen, um jeden Befehl zu befolgen. Damit wir unsere Waffen nicht gegen ihn richten, stattete er uns mit einer Falle in unseren eigenen Körpern aus. Wenn wir das erste Mal töten, löst es in uns einen Zwang aus, ihm in allen Dingen zu gehorchen. Unsere Vorfahren wussten das nicht, daher nahmen sie die Belohnungen an, die er für den Kampf in seinen Kriegen anbot. So wurden sie zu seinen Sklaven auf Lebenszeit, und er benutzte sie, um ganze Königreiche unschuldiger Feen zu zerstören." Trauer durchdrang die Luft um sie herum.

Es war entsetzlich. "Aber in der sterblichen Welt seid ihr ihn los, nicht wahr?"

"Es sei denn, wir töten – oder ergreifen Maßnahmen, die zum Töten führen. Ich kann dich auf deiner Mission nicht unterstützen, auch nicht indirekt." Ihre Stimme klang bedrückt von hilfloser Trauer. "Ich habe noch mehr, das dir bei deiner sicheren Rückkehr helfen könnte, aber dafür müssen wir allein sprechen. Du kannst nun gehen, Gefährtin Elizabeth."

Ihre Augen weiteten sich. "Nun gut." Sie sah kurz zu Darcy hinüber und verließ mit einem Blick zurück über ihre Schulter die Kammer. Das Vertrauen in ihrem Gesicht wärmte sein Herz.

Die Älteste setzte sich, als ob sie es sich bequemer machen wollte. "Darf ich in deinem Kopf mit dir sprechen?", bat sie ihn.

"Das darfst du." Er war überrascht, dass sie sich die Mühe machte, ihn überhaupt zu fragen, nachdem sie zuvor schon in seinem Kopf gewesen war.

Ihre Stimme erklang in seinem Kopf. *Ich danke dir. Lautes Sprechen ermüdet mich, da ich sowohl aus der Übung als auch nicht mehr auf der Höhe der Zeit bin.*

"Deiner gesprochenen Sprache fehlt es an nichts." Aber sprach die Älteste jetzt nicht ebenso, nur in seinem Kopf statt laut? Oder benutzte ein Drache eine ganz andere Sprache, aber Darcy hörte es als Englisch?

Es ist viele Jahre her, seit ich eine Gefährtin hatte, mit der ich üben konnte. Ein Gefühl der Traurigkeit, ein Bild einer Frau in einem Elizabethanischen Kleid. Man vergisst nicht, aber es kommt nicht mehr so leicht.

Er war schockiert. Es war eine Sache, gesagt zu bekommen, dass Drachen über Jahrhunderte hinweg leben könnten und dass dies die Älteste war, aber zu wissen, dass sie bereits in der Zeit der guten alten Queen Bess gelebt hatte, machte es real. "Mein Beileid zu deinem Verlust." War es angemessen, jemandem, sein Beileid auszusprechen, wenn die Betrauerte bereits seit über zwei Jahrhunderten tot ist?

In meiner Erinnerung lebt sie weiter. Aber was deine Sicherheit betrifft: Es gibt Mittel und Wege, wie ich dir helfen kann. Das geht allerdings nur, wenn du dich binden lässt, um niemals die Informationen, die ich dir nun gebe, weitergeben zu können – sei es an Mensch oder Drache.

Er blinzelte. "Reicht es, wenn ich dir mein Wort gebe?"

Zu meinem Leidwesen, nein. Wir haben gelernt, dass die Zunge der ehrenwertesten Menschen durch Drohungen gegen sie oder gegen diejenigen, die sie lieben, gelockert werden kann, und ich muss mein Nest schützen, wie du deine Familie schützen würdest.

Zulassen, dass ein weiterer Zauber kontrollierte, was er sagen konnte und was nicht? Niemals. Sein Geist gehörte ihm. Es war schlimm genug, durch den einen Zauber gebunden zu sein.

Ich kann dein Unbehagen mit der Idee spüren, daher werde ich nicht weiter in dich dringen.

"Du wirst nicht versuchen, mich davon zu überzeugen, dass es nur eine Kleinigkeit ist?" Das hatte er nicht laut aussprechen wollen, aber die Worte ließen sich nicht zurückhalten.

Selbstredend nicht. Nur du kannst entscheiden, ob es ein akzeptabler Preis ist, deinen freien Willen aufzugeben, ob du frei sprechen möchtest oder nicht.

Zumindest verstand der Drache seine Sorgen. Dennoch wehrte sich jeder Instinkt mit Händen und Füßen gegen den Gedanken. "Wenn ich dem zustimme, wird es mich tatsächlich sicher zurückbringen?"

Nein. Ich würde dir Werkzeuge an die Hand geben, die dich unterstützen könnten, mehr nicht.

Keine falschen Versprechungen, aber auch keine Rettung. Die Enttäuschung ließ ihn erkennen, wie sehr er sich danach sehnte, diese Mission zu überleben, zu Elizabeth zurückzukehren, sein Kind kennenzulernen.

Wenn Lord Liverpool im Kriegsministerium wüsste, wie man Bindungen setzt, hätte er Darcy schon lange gebunden, damit er nicht über seine Mission sprechen konnte. Es wäre ein Werkzeug, das sie bei jedem Spion und Agenten anwenden würden, und zwar ohne um Erlaubnis zu fragen. Aber dieser Drache, uralt, mächtig, mit der Fähigkeit, ihn mit seinen scharfen Krallen in Stücke zu reißen oder ihn mit seinem feurigen Atem bei lebendigem Leib zu rösten, ließ ihm die Wahl.

Die Wahl, sein Kind zu sehen.

"Ja, ich werde die Bindung akzeptieren", platzte er heraus, bevor er es sich anders überlegen konnte.

Du scheinst dir nicht sicher zu sein. Vielleicht möchtest du noch einmal in dich gehen oder mit deiner Gattin darüber sprechen. Diesen Drachen kümmerte seine Meinung mehr als alle feinen Herren in der Regierung, die andere über ihre Pflicht belehrten.

"Ich bin mir so sicher wie ich mir sein kann bei einem Zauber, der meinen Geist beeinflusst." Und plötzlich wusste er, dass es wahr war.

Der Drache nickte. *Dann unterliegt alles, was du fortan von mir in diesem Gespräch erfährst, der Bindung.*

"Einverstanden."

Seine Haut prickelte, nicht schmerzhaft, eher wie die mildeste Form der Abstoßung, und dann ließ es wieder nach. Er fühlte sich nicht anders. Hatte sich wirklich etwas geändert?

Hier ist das Geschenk, das ich für dich habe. Der Drache streckte sein Vorderbein aus, als würde er etwas darin halten, aber da war nichts. Du kannst es nicht sehen, aber du wirst es ertasten können. Nimm es.

Er fühlte sich töricht, dennoch griff Darcy in die Luft und seine Finger berührten Metall. Sie umschlossen das unsichtbare Artefakt und er ließ es hindurchgleiten. Es schien ein Anhänger zu sein, eine Kette, an der ein Oval aus Metall angebracht war. Er konnte seine Finger klar hindurch erkennen, ohne die verschwommenen Kanten, die für eine Unsichtbarkeitsillusion charakteristisch waren. Es machte kein Geräusch, als er es von einer Hand in die andere gleiten ließ, kein Klirren oder Klappern. "Was ist das?"

Es ist unsichtbar, macht kein Geräusch und kann nicht gerochen oder geschmeckt werden. Wenn du einen Tropfen deines Blutes in die Mitte des Anhängers gibst, wirst du dieselben Eigenschaften für einen Tag und eine Nacht annehmen. Niemand wird dich sehen, riechen oder hören, nicht einmal dein Atmen. Auch deine Magie ist nicht wahrnehmbar. Nur durch Ertasten kannst du gefunden werden.

Darcys Kinnlade fiel herunter. "Das kann all dies bewirken?" Es klang wie aus einer alten Sage.

Wir benutzen sie regelmäßig. Ich habe diesem jedoch Grenzen gesetzt. Es lässt sich nur durch dich aktivieren und nur ein einziges Mal. Ich habe es so eingestellt, dass es weder auf britischem Boden noch auf dem Meer funktioniert. Es ist zu deinem Schutz und sonst nichts. Wenn du versuchst, es zu benutzen, um einer anderen Person oder einem anderen Drachen zu schaden, wird es in deinen Händen zerbrechen und alle Wirkung verlieren.

Darcy starrte auf seine scheinbar leeren Hände. Damit konnte er aus Napoleons Palast herausspazieren, ohne verfolgt zu werden. Wahrscheinlich würde dies den entscheidenden Unterschied zwischen Leben und Tod, Gefängnis oder Freiheit machen. "Ich gebe dir mein Ehrenwort, ich werde es nicht missbrauchen. Das ist wirklich ein Wunder. Von so etwas habe ich noch nie zuvor gehört."

Der Drache seufzte. Wir halten sie geheim, auch vor unseren Gefährten. Wir haben diese Amulette zu unserer Sicherheit geschaffen, aber viele Menschen würden das Potenzial für Missbrauch darin sehen. Sie würden sie benutzen, um zu spionieren oder zu stehlen oder zu töten, ohne dass jemand es bemerken würde.

Wenn deine Anführer wüssten, dass sie existieren, würden sie sie für ihre Soldaten und Spione wollen, und sie würden sie von uns verlangen, ob wir bereit sind, sie zu geben oder nicht. Wir trügen eine Mitschuld an den Verbrechen, die sie mit unserer Magie begangen haben.

Wie wahr. Eines dieser Amulette würde es jedem ermöglichen, einfach loszumarschieren und Napoleon oder den Premierminister oder König George zu töten. Sie würden ihnen ultimative Macht verleihen, und die Regierung würde nicht ruhen, bis sie sie in ihren Besitz gebracht hätten. "Dennoch nutzt ihr sie regelmäßig. Warum sollte sich ein Drache verstecken müssen, wenn ihr euch bereits in andere Gestalten verwandeln könnt?"

Wir verstecken uns vor dem Niederträchtigen König. Obwohl wir in der Welt der Sterblichen leben, müssen wir von Zeit zu Zeit nach Faerie zurückkehren, um uns fortzupflanzen oder unsere Eier auszubrüten. Diese Amulette schützen uns davor, entdeckt zu werden.

Vor dem Hochkönig, der sie zurück in die Sklaverei zwingen konnte. Kein Wunder, dass sie diese Artefakte geschaffen hatten, aber die Älteste hatte recht. Sie verliehen zu viel Macht, als dass man sie der Menschheit anvertrauen könnte. Ausnahmsweise war Darcy dankbar für die Bindung, die ihn zwingen würde, dieses Geheimnis zu bewahren.

Kapitel 9

ZU ELIZABETHS GROSsER ERLEICHTERUNG sprach sich die Älteste dafür aus, dass Darcy erst am nächsten Tag reisen sollte und übergab sie in Rowans Obhut. Elizabeth und Darcy folgten dem jungen Drachen durch einen langen Korridor und einen anderen Ausgang aus dem Nest, der sie auf ein einsames Moor hinaus führte, das nur von ein paar grasenden Schafen und einer zerfallenden Hirtenhütte durchbrochen wurde.

Der Drache deutete auf die Hirtenhütte. "Wir haben das Haus der Gefährten für euch vorbereitet."

Oje. Es verhieß nichts Gutes, wenn die Drachen meinten, dass dieser winzige Unterschlupf eine geeignete Unterkunft für ihre Gefährten wäre. War das Dach überhaupt dicht? Vielleicht sollte sie auf etwas Besserem bestehen. Selbst ein rustikales Cottage wäre dem hier vorzuziehen.

Darcy bewegte sich immer noch langsamer als sonst, daher kam Elizabeth zuerst an der Tür an. Sie griff nach der deutlich sichtbaren Schnur, die den Öffnungsmechanismus in Gang setzen würde, aber ihre Hand griff ins Leere. Sie warf einen Blick zurück auf Rowan, der sich lebhaft mit Darcy unterhielt, also drückte sie testweise gegen die rauen Planken der Tür.

Bei ihrer Berührung verwandelte sich die Hütte in ein weitläufiges, zweistöckiges Giebelsteinhaus. Statt der winzigen Tür war da nun ein massiver Bogen aus Holz und Eisen, der in einem Schloss nicht fehl am Platz gewirkt hätte, und groß genug war, damit eine kleine Kutsche durchpassen würde.

Oder ein mittelgroßer Drache.

Natürlich hatten sie einen Illusionszauber gewirkt. Die Drachen würden nicht wollen, dass Wanderer über ein mittelalterliches Herrenhaus stolpern, in dem sie nichts verloren hatten.

Die riesige Tür gab auf ihren sanften Druck hin nach und öffnete sich. Sie betrat einen großen Saal, dessen hohe Decke von Balken gestützt wurde und der mit Möbeln aus schwerem, dunklem Holz ausgestattet war. Wandteppiche, die Drachen zusammen mit Menschen zeigten, bedeckten das Mauerwerk und umgaben eine riesige Kaminnische. Ihr war, als wäre sie fünfhundert Jahre in die Vergangenheit getreten, abgesehen von den vielen gewundenen Schnitzereien und Skulpturen, die denen im Nest glichen und eindeutig von Drachen geschaffen wurden. Und dann entdeckte sie da noch eine erhöhte Plattform mit Kissen, perfekt geeignet, damit ein Drache es sich gemütlich machen konnte.

Sie drehte sich in einem langsamen Kreis und blieb zu Rowan gewandt stehen. "Du liebe Güte. Sind wir die einzigen hier?"

"Abgesehen von den Kith, die sich um den Erhalt kümmern. Vor Jahrhunderten, bevor das Geheimhaltungsabkommen in Kraft trat, gab es viel mehr Gefährten und viele von ihnen machten dies zu ihrem Zuhause. Es ist lange her, dass ein Gefährte hier übernachtet hat."

Kith. Es dauerte einen Moment, bis sich ihr treuloser Kopf an die Bezeichnung für die menschlichen Diener erinnerte, die von Drachen beschäftigt wurden. "Wo sind die anderen Gefährten dieses Nestes?" Wie gerne würde sie sie kennenlernen und von ihnen lernen.

"Du bist die Einzige. Bis zum heutigen Tag hatten wir keine."

"Keine?", rief sie.

"Gefährten zu haben ist seit der Geheimhaltung rar geworden und unser Nest hat in den letzten 100 Jahren keine guten Erfahrungen mit Bindungen gemacht, daher hat unsere Älteste entschieden, dass wir keine neuen Versuche mehr unternehmen würden."

Ihre Stirn legte sich in Falten. "Was für schlechte Erfahrungen?" Granny hatte nichts dergleichen erwähnt.

Rowan lehnte sich auf seine Hinterläufe zurück und Traurigkeit strahlte von ihm aus. "Zuerst war da Gefährtin Amelia, die kaum, dass sie ihren Eid abgelegt hatte, auch schon fortging und Sycamore mitnahm. Darauf folgten zwei erfolglose Versuche, sich zu verbinden, und ein Mensch erholte sich davon nicht. Dann gab es vor fast vier Jahrzehnten eine große Katastrophe, als eine Bindung schief ging. Es veränderte sowohl den Drachen als auch den Sterblichen und ermöglichte es dem Menschen, seine Talente zu missbrauchen. Hornbeam lebt noch immer bei uns, wenngleich er nie wieder zu vollem Verstand und Stärke zurückgekehrt ist. Die Älteste kam zu dem Schluss, dass unsere Fähigkeit, Bindungen einzugehen, im Laufe der Zeit schwächer geworden sein muss, was das Risiko nicht mehr akzeptabel machte."

Sie wäre also die letzte Gefährtin des Nestes? Der Gedanke daran brach ihr das Herz. "Und doch stimmte die Älteste zu, mich aufzunehmen", sagte sie langsam.

"Ihr hattet bereits eine Bindung aufgebaut, was der gefährliche Teil daran ist." Der Drache klang wehmütig. "Und es gab keine Anzeichen dafür, dass du das, was du von uns erfährst, gegen andere einsetzen würdest, wie es bei der letzten Bindung der Fall war."

Was war mit dieser Gefährtin geschehen und wie hatte sie ihre Talente missbraucht? An liebsten hätte sie noch viel mehr Fragen gestellt, aber Darcy sah wieder erschöpft aus und hielt sich unauffällig an der Tischkante fest. Das Laufen musste ihn ausgelaugt haben. "Gibt es hier einen Raum, in dem mein Mann sich ausruhen kann?"

Eine junge Frau erschien in einer Seitentür. "Ich werd' Euch den Weg zeigen, geehrte Gefährtin." Vermutlich eine der Kith.

"Ich werde später nach euch sehen, falls ihr noch etwas braucht", sagte der Drache.

"Vielen Dank für deine Unterstützung." Elizabeth versuchte, es nicht ungeduldig klingen zu lassen, aber Darcys Hände, mit denen er den Tisch umklammerte, zitterten bereits. Er selbst würde niemals seine Schwäche eingestehen, doch sie konnte es für ihn tun.

"Leg dich wieder hin, ich bitte dich", flehte Elizabeth. "Es war erst eine halbe Stunde, und du bist noch immer blass." Angesichts dessen, wie viel Mühe es ihm bereitet hatte, die unebene Treppe hinaufzukommen, bezweifelte sie, dass er weit kommen würde, wenn er versuchte, jetzt aufzustehen.

Darcys Augen wurden dunkler. "Wenn ich schon im Bett sein muss, dann wäre es mir lieber, wenn du ebenfalls drin wärst."

Sie lachte. "Du musst dich schon besser fühlen, aber ich bestehe immer noch darauf, dass du dich ausruhst. Komm, ich werde mich zu dir setzen und wir können so tun, als wären wir der Lord und die Lady dieses Herrenhauses, die auf

Neuigkeiten von den Kreuzzügen warten. Wenngleich ich anmerken sollte; dass die Kreuzzüge ein wunder Punkt für Drachen sind."

"Tatsächlich? Warum sollten es sie kümmern?

"Es war das Ende des Großen Zeitalters der Drachen. Die Drachen rieten davon ab, heilige Kriege in fernen Ländern zu suchen, und die englischen Könige hörten auf sie – zumindest zunächst. Aber Richard Löwenherz, den die Drachen Richard den Verräter nennen, wollte einen Krieg, und er ärgerte sich über die Drachen, weil sie sich ihm widersetzten. Er mochte es auch nicht, dass die Drachen dem Volk Gerechtigkeit widerfahren ließen; er dachte, das sollte das Vorrecht des Königs sein. Er kam von seinem Kreuzzug mit dem Banner des Heiligen Georgs, des Drachentöters, zurück und behauptete, dass alle Drachen Lügner seien und getötet werden sollten. Er verbreitete falsche Geschichten darüber, dass Drachen Schätze horten würden, um die Menschen dazu zu verleiten, sie zu jagen. Das führte schließlich zum Großen Geheimhaltungsabkommen."

Darcy runzelte die Stirn. "Ich kann verstehen, weshalb er die Macht nicht mit den Drachen teilen wollte, aber wie könnten Sterbliche sie töten?"

"Sie können es nicht, es sei denn, der Drache lässt es zu. Aber manchmal ziehen sie es vor, zu sterben, anstatt in Notwehr zu töten, angesichts der Konsequenzen." Es war ein dunkler Gedanke, und keiner, den sie in Zeiten, in denen Drachen zum Töten gezwungen wurden, gerne in Betracht zog. Sie rieb mit der Hand über die leichte Wölbung ihres Bauches. In was für eine Welt sie ein Kind brachte!

Darcy entging die Geste nicht. "Stimmt irgendetwas nicht?"

"Nein, ich mache mir lediglich Gedanken über die Zukunft." Vielleicht war dies der Moment, um ein sensibles Thema anzusprechen. "Wenngleich ich mir vermutlich Gedanken über einige ganz praktische Vorkehrungen machen sollte. Vielleicht wird sich Mrs. Sanford nun mit mir treffen. Eine Hebamme in der Nähe zu haben, die die Bindung an das Land versteht, wäre ein enormer Vorteil."

Sein warmer Blick verblasste zu einem Ausdruck der Verlegenheit. "Eine gute Idee, obgleich ich etwas Unerwartetes über sie gelernt habe. Ich hätte es dir gesagt, wenn die Drachen uns nicht so beschäftigt hätten." Er hielt inne. "Mrs. Sanford ist meine Halbschwester."

Sie wünschte, sie brächte ein Lächeln zustande. Nicht, weil er es wusste, sondern weil er ihr freiwillig ein Geheimnis verriet. "Ich hatte Gerüchte gehört, wusste aber nicht, was ich davon halten sollte."

"Ich habe erst davon erfahren, nachdem sie bei deiner Heilung geholfen hat. Mir wurde gesagt, mein Vater habe sie als Kind weggeschickt und dass Mrs. Sanford allerdings nach seinem Tod ohne großes Aufhebens zurückgekommen sei, um sich um ihre kranke Mutter zu kümmern. Sie nahm an, ich würde darauf bestehen, dass sie wieder verschwindet, wenn ich jemals von ihrer Anwesenheit erführe, daher versuchte sie, meine Aufmerksamkeit nicht zu erregen – zumindest, bist mein Luchs ihr keine andere Wahl gelassen hatte."

"Dann hast du also mit ihr gesprochen?"

Er zögerte. "Mein Verwalter hatte das Gefühl, dass sie sich damit nicht wohl fühlen würde. Stattdessen wies ich ihn an, ihr das Eigentum für das Cottage ihrer Mutter zu übertragen und ihr zu sagen, dass dies nicht als Bezahlung für die Hilfe während deiner Krankheit gedacht war, sondern, weil es rechtmäßig ihr gehören sollte."

Natürlich hatte er das Problem behoben, zumindest so gut er konnte. Das tat er stets. Es war jedoch eine Schande, dass er nicht einmal die Chance gehabt hatte, seine Halbschwester kennenzulernen, aber das könnten sie noch immer ändern. "Nun, ich werde mich mit ihr treffen und dann versuche ich, sie zu überreden, mich zu besuchen. Vielleicht wird sie sich nun, da sie weiß, dass sie bleiben kann, nicht mehr von mir fernhalten." Und sie wollte herausfinden, wie die Hebamme gelernt hatte, ihr Landtalent in Stoff zu spinnen.

"Ich möchte nicht, dass Georgiana sich der Verbindung bewusst ist", sagte er leise. "Sie macht sich so viele Sorgen, dass sie nicht meine leibliche Schwester ist, dass ich fürchte, was sie denken würde, falls sie es herausfände."

Arme Georgiana! Es wäre schwer für sie zu erfahren, dass Darcy eine blutsverwandte Schwester hatte, die direkt auf dem Anwesen lebte. "Ich werde es ihr gegenüber nicht erwähnen."

Darcy schob die schweren Bettvorhänge zur Seite, schwang seine Füße über die Bettkante und zuckte angesichts seiner schmerzenden Muskeln in den Beinen zusammen. Die Sonne schien durch das Sprossenfenster und es sah so aus, als stünde sie schon fast an ihrem Zenit. Er musste beinahe einen ganzen Tag geschlafen haben, trotz des knarzenden Bettes und des zu kurzen, grob gewebten Nachthemdes, das jemand für ihn aufgetrieben hatte. Und sein Magen knurrte.

Er war allein, aber aus irgendeinem Grund wusste er, dass Elizabeth in der Nähe war, ihre strahlende Präsenz durchdrang die Luft. War dies eine der von dem Drachen vorausgesagten Veränderungen in seinem Talent?

Er rieb sich das Kinn, die Stoppeln kratzten an seiner Hand. Es wäre zu viel, auf eine Rasur zu hoffen, ganz zu schweigen von frischer Kleidung. Sofern sich etwas davon an diesem Ort finden ließen, würde sie zweifellos aus einem früheren Jahrhundert stammen. Da ließ sich nichts anderes machen, als sich in das Gewand von gestern zu zwängen und sich das Halstuch so gut als möglich mit einem einfachen Knoten zu binden. Seinen Fingern schien ihre gewohnte Geschicklichkeit abzugehen, als ob er sich von einer schweren Krankheit erholen würde.

Wenigstens gab es einen Kamm, und so richtete er sich so präsentabel, wie es ihm eben möglich war. Dann machte er sich auf den Weg, um diesem unbeschreiblichen Sinn für Elizabeth in diesem alten Haus zu folgen.

Er fand sie in der großen Halle, wo sie mit einer robusten jungen Frau an einem einfachen Arbeitstisch saß. "Ah, da bist du ja!", rief sie aus. "Hoffentlich bist du gut ausgeruht."

Er verzog das Gesicht und wusste, dass er sie ohnehin nicht täuschen könnte. "Ausgeruht durchaus, wenngleich ich mich fühle, als hätte ich eine gehörige Tracht Prügel bekommen. Allerdings geht es mir besser als gestern noch."

Die Frau stand auf. "Se' müss'n hungrig sein. Soll ich ih'n was zu ess'n bring'n?

Sein Magen knurrte. "Das würde ich sehr begrüßen."

Als sie aus der Halle eilte, fragte Darcy: "Menschliche Diener unter den Drachen?"

Elizabeth nickte. "Sie werden Kith genannt, das sind Einheimische mit einer Bindung zum Nest. Sie dienen den Drachen und werden dafür von ihnen geschützt. Bei schlechten Ernten erhalten sie Essen, die Drachen heilen sie und derlei Dinge. Ich habe mich eben mit ihr darüber unterhalten."

Es gab also gewöhnliche Leute, die den versteckten Drachen dienten. Sonderbar, und doch ergab es Sinn. Die wenigen Menschen, die den kargen Böden des Dark Peak einen Lebensunterhalt abtrotzten, brauchten wirklich jede Hilfe, die sie bekommen konnten.

Elizabeth streckte ihre Hand nach ihm aus, und er konnte nicht widerstehen, sich zu ihr zu beugen und ihre süßen Lippen zu kosten. Wie glücklich er sich doch schätzen konnte, sie zu haben!

Schließlich unterbrach sie den Kuss und sagte verschmitzt: "Wie ich sehe, geht es dir schon viel besser."

Er lachte. "Fürwahr. Können wir heute wieder reisen? Ich sehne mich, nach Hause zurückzukehren." Zumal ein Brief vom Kriegsministerium angekommen sein könnte. Außerdem standen ihnen ernste Gefahren bevor, aber darüber würde er jetzt nicht nachdenken.

"Das müssen wir vermutlich tun. Obwohl ich zugeben muss, wenn das nicht der Fall wäre, hätte ich nichts dagegen, etwas mehr Zeit damit zu verbringen, dieses Haus und alles darin zu erkunden."

Darcy nickte. "Es ist ein seltsamer, wenngleich angenehmer Ort. Sehr still, als ob die Wände Schall absorbieren würden."

Sie neigte den Kopf zurück, um ihn anzusehen. "Wie dein Cottage im Eichenhain. Das Herz von Pemberley."

Das Cottage, in dem sie sich zum ersten Mal geliebt und ihre Leidenschaft auf dem einfachen, schmalen Bett geteilt hatten. "*Unser* Cottage. Ich werde nie wieder daran denken können, ohne unsere Zeit dort vor Augen zu haben."

Die Röte, die sich daraufhin auf ihre Wangen schlich, stand ihr gut, doch herannahende Schritte verhinderten, dass sie etwas darauf hätte erwidern können. Stattdessen schaute sie auf den Tisch vor sich. "Ich frage mich, wann ein Außenstehender das letzte Mal diesen Ort gesehen hat. Vermutlich nicht, seit der fehlgeschlagenen Bindung. Wie seltsam, dass es so lange leerstehen sollte."

Herein kam die Dienerin, die jetzt eine Holzplatte mit dunklem Brot, Käse und einer Schüssel mit einer Art Eintopf trug. Sie stellte das Geschirr vor ihm ab. "'tschuldigung, dass es so einfach is'. Wir wurd'n nich' vorgewarnt, dass 'se kommen würd'n."

Bauernkost hatte noch nie so ansprechend ausgesehen. "Dies ist perfekt." Er biss in eine Scheibe groben Brotes, die allerdings einen angenehmen, würzigen Geschmack mit sich brachte. Der Käse zerbröckelte, als er ihn aufnahm und verbreitete das süße Aroma von Schafsmilch. Er wusch alles ihm mit einem Schluck Dünnbier aus einem Krug herunter, der zu Zeiten seines Großvaters bereits hoffnungslos altmodisch gewesen wäre. Kopfschüttelnd lachte er in sich hinein.

"Ist irgendetwas?", fragte Elizabeth.

"Es fühlt sich einfach seltsam an. Gestern war ich ein gebildeter Gentleman unseres modernen wissenschaftlichen Zeitalters, und jetzt bin ich ein mittelalterlicher Gutsherr." Er machte eine ausladende Handbewegung, die die gesamte Halle einschloss, mit den geschwärzten Balken über ihnen und dem Essen vor ihm. "Ich esse, wie es einer meiner Urahnen getan haben könnte und trinke aus einem Krug, der mindestens genauso alt ist – und all das, nachdem wir Drachen getroffen haben. Als Junge habe ich so getan, als sei ich Guillaume D'Arcy, der Umgang mit Drachen pflegte, und jetzt lebe ich sein Leben. Das ist nicht die Welt, in die ich hineingeboren wurde."

Sie neigte den Kopf und studierte ihn. "Vielleicht ist es aber auch die Welt, für die du geboren wurdest. Das Zeitalter der Geheimhaltung ist vorbei, ob das nun gut oder schlecht sein mag. Du könntest eine Brücke zwischen der uralten Welt der Drachen und der feinen Gesellschaft Londons sein, die den Drachen moderne Wissenschaft vermittelt und den Magiern Drachenmagie näherbringt. Vielleicht könnte ein menschlicher Naturphilosoph den Drachen helfen, ihr Problem mit den Bindungen zu neuen Gefährten zu lösen."

Es war eine revolutionäre Idee. Sein Vater hatte ihm gesagt, sein einziger Lebenszweck bestünde darin, sich um Pemberley zu kümmern und dafür zu sorgen, dass der Name der Darcys nicht beschmutzt würde. Die einzige Sorge seiner Mutter war, dass er mehr Magier zeugen sollte. Vom Kriegsministerium abgesehen, hatte ihn noch nie jemand gefragt, ob er etwas anderes machen wolle.

Auch hatte ihm niemand gesagt, wie es wäre, Vater zu werden, plötzlich Verantwortung für eine Welt zu tragen, in die sein Kind hineingeboren werden würde.

"Das sind faszinierende Gedanken, aber zuerst muss ich mich Napoleon stellen. Doch davor muss ich die Drachen noch dazu befragen, wie sich mein Talent verändert hat."

"Das muss möglicherweise warten. Das Nest ist zurück ins Konklave gegangen, um zu besprechen, was sie von uns erfahren haben, und über ihre nächsten Schritte zu entscheiden. Cerridwen sagt, dass es Tage, vielleicht Wochen dauern wird."

Er wollte protestieren, dass er keine Zeit hätte, dies selbst herauszufinden, aber das würde nichts nützen. "Dann sollten wir vermutlich nach Hause zurückkehren. Auf Pemberley werden sie sich schon fragen, was mit uns geschehen ist."

Kapitel 10

M RS. REYNOLDS KAM AN diesem Nachmittag mit einer Frage in den Salon: "Mrs. Darcy, ich weiß, Sie ziehen es vor, sich nicht mit Haushaltsangelegenheiten zu beschäftigen, es hat sich allerdings eine Situation ergeben, von der Sie vielleicht wissen möchten."

Oje. Höchstwahrscheinlich war eines der Hausmädchen in anderen Umständen oder eine andere schwierige Situation, aber zumindest würde sie das von ihren Sorgen ablenken. Pemberley war so still, nun, da Granny, Roderick und Frederica fort waren, und Darcy war schon zu der Lichtung aufgebrochen, um zu lernen, wie er die Veränderungen kontrollieren konnte, die die Drachenbindung in seiner Fähigkeit, Illusionen zu verbreiten, vorgenommen hatte. Und ihre Gedanken waren keine gute Gesellschaft, nicht, wenn jederzeit ein Brief vom Kriegsministerium eintreffen konnte. "Was gibt es denn?"

Die Haushälterin blickte über ihre Schulter zurück. "Cassie, du kannst jetzt reinkommen."

Eine schlanke junge Frau schlich sich in den Raum, ihre Augen schweiften umher. Falls sie schwanger war, konnte man es ihrer schlanken Gestalt zumindest noch nicht ansehen. Sie knickste.

"Mrs. Darcy, Cassie ist eines unserer Küchenmädchen, ein gutes Mädchen, das hart arbeitet. Heute kam sie – ganz wie es sein sollte – mit einer ungewöhnlichen Geschichte zu mir. Trau dich, sag es Mrs. Darcy. Du bist nicht in Schwierigkeiten."

Das junge Mädchen rang sich die knochigen Hände. "Ich kann sie sehen, Madam, ich bin nicht außergewöhnlich gut darin, aber ich kann die kleinen sehen, die Feen. Bei meiner Mutter ist's genauso."

"Das ist eine Gabe", sagte Elizabeth ernst, um sie nicht noch mehr zu erschrecken. Und das war auch nicht gelogen, sie selbst hatte sich immer gewünscht, sie sehen zu können.

"Es gab schon immer kleine ihrer Art, die hier vorbeikamen, meistens ein oder zwei Hobgoblins, aber in den letzten Tagen waren es mehr, über ein Dutzend, und wie es scheint, haben sie vor, hier zu bleiben." Sie warf der Haushälterin einen Blick zu. "Ich dachte, Mrs. Reynolds sollte das wissen."

"Ganz richtig", bestätigte sie Elizabeth. Das Mädchen hatte keinen Grund zu lügen, aber es ergab keinen Sinn. Immerhin hatten sie Pemberley gerade gegen Feenwesen abgeschirmt. Oder zumindest hatte sie gedacht, dass die Schutzzauber erfolgreich waren. Irgendetwas musste sie übersehen haben. "Richten sie Böses an?"

"Nein, Madam, zumindest ist mir nichts dergleichen aufgefallen. Ein alter Kobold murrt und beschwert sich unentwegt, aber er tut nichts."

"Hast du eine Ahnung, weshalb sie hier sind?" Es war gab ihr Rätsel auf.

Das Mädchen schüttelte den Kopf. "Nein, Madam. Sie reden nicht mit mir."

Nun, das war klar wie Schlamm. Stumm schickte Elizabeth Cerridwen eine Nachricht. *Liebes, anscheinend wird Pemberley plötzlich von Feen überrannt. Kann es sein, dass die Schutzzauber misslungen sind?* Hinterher sandte sie ihre Erinnerung an Cassies Worte.

Ein Lachen hallte in ihrem Kopf wider, das sich bemerkenswert wie Cerridwens altes Turmfalken "kiee-kiee-kiee" anhörte. *Allesamt niedere Feen. Sie sind da* , weil *die Schutzzauber die Hohen Feen fernhalten.*

Das verstehe ich nicht.

Cerridwen schickte das mentale Äquivalent eines ungeduldigen Seufzens. *Unter den niederen Feen gibt es jene, die Grund haben, die Hohen Feen zu fürchten. Ihr habt ihnen einen Zufluchtsort geschaffen.*

Und offenbar ein Problem bekämpft, indem sie sich ein weiteres geschaffen hatten. *Sind sie eine Gefahr für Georgiana? Oder für den Rest von uns?*

Keine Gefahr, besonders wenn ihr sie gut behandelt. Eine Reihe von Bildern floss durch Elizabeths Kopf, bevor Cerridwen sich von der Sendung zurückzog. Offenbar hatte sie alles gesagt, was sie wollte.

Elizabeth trommelte mit den Fingern auf ihren Oberschenkel. "Cassie, manche Leute denken, dass es klug ist, Essen anzubieten, wenn sie ein Feenwesen sehen."

Das Mädchen senkte den Kopf. "Ich habe ihnen nie etwas anderes als mein eigenes Essen gegeben, ich schwöre es! Das musste ich jedoch tun. Sonst können sie einem Streiche spielen. Ich habe nie etwas genommen, das mir nicht gehörte!"

Selbst wenn das – offensichtlich – bedeutete, dass sie hungrig blieb. "Mrs. Reynolds, bitte tragen Sie Sorge, dass wir unseren neuen Gästen das Essen zur Verfügung stellen, das Cassie empfiehlt. Und das soll nicht von ihren eigenen Rationen abgezogen werden. Cassie, du hast uns einen Dienst erwiesen, indem du uns darauf aufmerksam gemacht hast. Ich hoffe, du wirst uns in Kenntnis setzen, wenn dir weitere Veränderungen auffallen."

Ihr Gesicht strahlte mit einem erstaunten Lächeln. "Das werde ich, Madam, versprochen."

"Wenn wir nun unter Feen leben, dann wird deine Gabe sehr wertvoll für uns sein."

Die Haushälterin nickte, sichtlich erfreut über diese Entscheidung, oder vielleicht auch einfach darüber, dass sie nicht selbst entscheiden musste, wie sie mit den unsichtbaren Kreaturen umgehen sollte. "Ich werde mich darum kümmern, Mrs. Darcy."

Elizabeth sah ihnen nach, als sie gingen, und kaute auf ihrer Lippe. Hatte sie das Richtige getan? Nicht, dass ihr viele Möglichkeiten geblieben wären. Die niederen Feen ließen sich nicht vorschreiben, wohin sie gingen und sie hätte ohnehin nicht die Möglichkeiten, sie aufzuhalten.

Doch dann kam ihr ein Gedanke, der sie innehalten ließ: dies könnte Georgiana betreffen. Würden diese niederen Feen den Wechselbalg in ihr erkennen? Was, wenn sie dem niederträchtigen König über sie Bericht erstatten würden? Gütiger Himmel, jetzt klang sie schon wie ein Drache und nannte den Hochkönig der Feen so wie sie. Als nächstes würde sie auch noch damit anfangen, kreative Wege zu finden, ihn bei jeder Erwähnung seines Namens zu verfluchen. Der Gedanke brachte sie zum Lächeln.

Aber Georgiana musste gewarnt werden, und das sollte nicht warten, bis Darcy ins Haus zurückkehrte. Elizabeth suchte sie zuerst im Musikzimmer auf, wo das Mädchen einen Großteil ihrer Zeit verbrachte, und dann, als sie sie dort nicht fand, in ihrem Schlafzimmer.

Georgianas Zimmer sah anders aus, aber es dauerte einen Moment, bis Elizabeth begriff, woran das lag. Dann durchfuhr die Erkenntnis sie wie ein Blitz. Das ganze Eisen war weg, all die Leuchter und Figuren und Stiefelputzer. Sie musste Vertrauen haben, dass die Schutzzauber den Hochkönig fernhielten.

Das Mädchen wirkte jedoch noch immer nervös, als sie Elizabeth erblickte und rieb sich nervös die Hände an ihren Röcken. "Ist etwas los?", erkundigte sie sich.

Elizabeth wählte ihre Worte mit Bedacht. "Es ist nichts geschehen, ich wollte nur deine Meinung zu etwas einholen. Ich wurde darüber informiert, dass eine Reihe niederer Feen nach Pemberley gekommen sind."

Die Augen des Mädchens huschten von einer Seite zur anderen. Oder schaute sie auf unsichtbare Feen? "Ja, ich weiß", sagte sie nervös.

"Kannst du sie sehen?", hakte Elizabeth nach.

Das Mädchen nickte.

War es immer so schwer, Antworten aus ihr herauszubekommen? "Ich frage mich, ob du vielleicht weißt, weshalb sie hier sind oder was ihre Absichten sein könnten."

"Ich weiß nur das, was sie mir erzählen", sagte Georgiana entschuldigend. "Sie können nichts als die Wahrheit sagen, aber sie können wichtige Dinge auslassen."

Genau wie in den alten Geschichten; die Feen waren ehrlich, aber geschickt darin, mit Worten zu manipulieren, um einen irreführenden Eindruck zu vermitteln. "Was sagen sie dir denn?", wollte Elizabeth wissen.

Georgiana errötete. "Dass sie mir dienen wollen, um ihre Loyalität mir gegenüber zu beweisen. Dass sie den Hochkönig fürchten."

Sie wollten *Georgiana* dienen? Der Sinn dahinter erschloss sich Elizabeth nicht. Vielleicht wäre ja Darcy erfolgreicher darin, eine Erklärung von seiner Schwester zu bekommen. Vorerst täte sie wohl besser daran, sich auf die praktische Seite zu konzentrieren. "Wird das Konsequenzen für den Rest von uns haben?"

Eine schnarrende Stimme antwortete aus der leeren Luft. "Wir haben der hohen Dame versprochen, dass wir hier niemandem schaden werden und im Einklang mit unserer Natur Hilfe anbieten werden."

Der hohen Dame? Was bedeutete das? Es war mehr als beunruhigend, sich mit einem Wesen zu unterhalten, das sie nicht sehen konnte. "Wie lange habt ihr vor zu bleiben?"

"Na, das ist jetzt unser Zuhause."

Also für immer, oder zumindest so lange, wie die Schutzzauber aktiv blieben. Nun, Pemberley könnte es sich leisten, ihnen zu Essen zu geben, und vielleicht könnte es sich als günstig für Georgiana erweisen. Es war immer klug, die Fae zum Freund zu haben, selbst die schwächeren, niederen Feen, daher war eine gnädige Antwort vonnöten. Doch mit der gebotenen Vorsicht, denn alle Geschichten waren sich einig, dass die Feen es ebenso wie Drachen hassten, wenn man sich bei ihnen bedankte. "Deine Antworten haben mein Gemüt beruhigt. Meine

Dienerschaft wurden angewiesen, euch Essen anzubieten. Falls es irgendwelche Schwierigkeiten gibt, hoffe ich, ihr informiert mich."

"In der Tat, Lady Gefährtin", sagte die Stimme.

Wie hatte er herausgefunden, dass sie eine Drachengefährtin war? Georgiana unterlag einer Bindung, damit sie es niemandem sagen konnte. Das war eine gute Erinnerung daran, dass die Feen oft weit mehr wussten, als den Leuten bewusst war.

Georgiana sagte kleinlaut: "Es tut mir leid, dass ich dir das aufbürde. Wenn du möchtest, dass sie gehen, werde ich sie bitten, dies zu tun."

Gütiger Himmel, wie leicht Georgiana sich für alles die Schuld geben konnte! "Mir macht ihre Anwesenheit überhaupt nichts aus, und wenn unsere Schutzzauber sie vor jenen schützen, die ihnen schaden würden, bin ich froh darüber. Mein einziges Anliegen ist es, zu verstehen, was vor sich geht, und sicherzustellen, dass jeder in Pemberley, sein es Sterbliche oder Feenwesen, gerecht und mit Respekt behandelt wird."

Die Schultern des Mädchens entspannten sich. "Ich hoffe, es wird dir keine Umstände machen."

"Überhaupt keine Umstände", versicherte Elizabeth ihr. "Wir haben bereits erfolgreich einen Drachen in den Haushalt aufgenommen, daher sollte es kein Problem darstellen, auch niedere Feen einzubeziehen." Zumindest hoffte sie das.

Zwei Tage später führte Darcy Elizabeth an den Rand eines Feldes, auf dem Heuballen als Zielscheiben aufgestellt worden waren. Er hob ihre Hand an seine Lippen und strich leicht darüber, bevor er sie losließ. Hand in Hand mit ihr zu gehen, war etwas, das er nun, da er wusste, wie wenig Zeit ihm dafür noch blieb, noch mehr schätzte. Aber er weigerte sich, sich von irgendwelchen Sorgen niederdrücken zu lassen. Es war ein wunderschöner Tag, er war mit seiner geliebten Elizabeth zusammen, und er wollte das Beste daraus machen – oder zumindest so viel er daraus machen konnte auf einem kurzen Ausflug, bei dem er eigentlich die Geräusche von Schüssen studieren sollte. Und das war nicht viel.

Ihre Augen blitzten lebendig unter dem Rand ihrer Haube hervor, als sie zu ihm aufblickte. "Ich weiß nicht, wie sehr ich dir helfen kann, da ich wirklich keine Ahnung davon habe, wie Artillerie klingt."

"Hör auf, meine Ausreden, um Zeit mit dir zu verbringen, zu untergraben", sagte er gespielt missbilligend. "Außerdem ist Wilkins aus diesem Grund hier." Er deutete zum Ende der Weide, wo sein Kammerdiener neben einem Stapel Schusswaffen stand.

Wilkins hob eine Hand zum Gruß und gleich darauf ein langes Gewehr an seine Schulter, den Kopf erwartungsvoll auf Darcy gerichtet.

Darcy berührte Elizabeths Arm, einfach zum Vergnügen. "Das ist nun echtes Gewehrfeuer. Hör es dir an und achte besonders auf die Abfolge, wann du etwas hörst und wann du den Rauch siehst. Und wie sich der Rauch dann verändert. All das werde ich versuchen zu imitieren."

"Nichts, was mir bei den seltenen Gelegenheiten aufgefallen wäre, als mein Vater Jagdgesellschaften abhielt", sagte sie lachend. "Ich werde jedoch mein Bestes geben."

Darcy nickte Wilkins zu. Der Kammerdiener zielte, ein ordentlicher Schuss, der direkt in den Heuballen drang.

"Das war eine echte Kugel. Jetzt wird er einfach nur die Waffe halten, während ich die Illusion dazu erschaffe. Es wird natürlich anders aussehen, da ich keinen Rückstoß der Waffe erzeugen kann, aber ich muss es auch nur aus der Entfernung überzeugend aussehen lassen können." Darcy sammelte Energie aus der Luft, flocht sie in seinem Geist zusammen und warf sie aus.

Und verlor beinahe das Gleichgewicht, als etwas neben ihm explodierte. Nein, es war keine Explosion, sondern nur das Geräusch, das eine erzeugen würde.

Elizabeth schlug sich die Hände über die Ohren. "Das war viel zu laut!", sagte sie. "War das Absicht?"

"Nein. Es hätte nicht anders als der Gewehrschuss klingen sollen." Zumindest fand er das jetzt heraus und nicht erst, wenn er vor dem französischen Kaiser stand. "Die Drachenmagie scheint größere Auswirkungen auf mein Talent zu haben, als ich erwartet hatte. Lass es mich nochmal versuchen."

Er bedeutete Wilkins, die Waffe erneut anzuheben. Diesmal steckte er weniger Energie in die Illusion. Nun war sie ein wenig zu leise, aber immerhin schon besser. Wenigstens war der Rauch ihm gut gelungen. Seltsam, dass die Drachenmagie mehr Einfluss auf Klänge als auf den optischen Teil seiner Illusionen hatte, aber er war froh darüber. Leute neigten nicht dazu, zu hinterfragen, ob das Geräusch von Schüssen echt klang.

Oder vielleicht bemerkte er die Veränderungen in seinen visuellen Illusionen auch nicht, weil er sie täglich geübt hatte, während sich die Drachenmagie in ihm aufgebaut hatte. Diese Veränderung kam plötzlicher.

Er legte die Hände um seinen Mund und rief seinen Kammerdiener zu: "Laden und schießen Sie erneut, bitte."

Elizabeth schien sich von dem Schreck erholt zu haben. "Wie faszinierend. Ich hatte keine Ahnung, dass du dazu in der Lage bist."

"In Netherfield habe ich das oft geübt, seitdem allerdings nicht mehr. Das Geräusch von Schüssen fällt mir leicht – es ist vertraut und nicht allzu schwer nachzustellen. Eine überzeugende menschliche Stimme oder auch nur das Miauen einer Katze könnte ich jedoch nicht imitieren."

"Das war es, was ihr gemacht habt, als Bingley und du zur Jagd gegangen seid? Alle haben sich schon gefragt, ob er ein ganz furchtbar schlechter Schütze ist, da viel mehr Schüsse zu hören waren, als man benötigt hätte, um die paar Vögel zu erlegen."

"Du hast also getratscht, meine Liebe? Nun, schuldig im Sinne der Anklage. Und was den armen Bingley anbelangt – der ist eigentlich ein hervorragender Schütze, besser als ich. Zumindest, wenn er eine geladene Waffe benutzen darf, und nicht so wie auf Netherfield. So, schau nochmal hin."

Wilkins drückte den Abzug, und der Knall des Gewehrs durchschnitt die Luft.

Darcy warf erneut eine Illusion aus, die diesmal besser ausfiel, obwohl er weniger seines Talents als gewöhnlich einsetzte. Ein einziger Schuss, auf den eine Flut illusorischer Schüsse folgte, von denen Rauch aufstieg. Wie ein Angriff, der Wachen ablenken könnte. Die Luftströmungen machten es schwieriger und der Rauch verweilte gerade eben lange genug, um überzeugend zu wirken, aber dennoch konnte sich seine Anstrengung sehen lassen.

"Was meinst du?", fragte er Elizabeth.

"Mich würde es überzeugen", sagte sie. "Fühlt es sich anders an als früher?"

"Zweifellos. Zuvor brachte ich nicht mehr als drei Schüsse in einem Rutsch fertig." Und nun waren es mindestens ein Dutzend gewesen. "Ich frage mich, welche anderen Überraschungen deine Drachenmagie für mich noch bereithält."

Aber keine Überraschung konnte so wundersam sein wie die Freude, die er empfand, als Elizabeth ihn anstrahlte.

Kapitel 11

RECHTZEITIG ZU DARCYS TREFFEN mit seinem Verwalter kehrten sie ins Haus zurück. Elizabeth ließ sich mit ihrem arabischen Buch über Magie in der Bibliothek nieder. Ein Segment daraus verstand sie noch immer nicht.

Sie war noch nicht einmal eine Seite weit gekommen, als ein Dienstmädchen mit einer Nachricht hereinkam. "Mr. Darcy bittet um Ihre Anwesenheit in seinem Arbeitszimmer, Madam."

Eine Vorahnung durchfuhr sie und hallte mit einem Gefühl des Entsetzens in ihr wider. Ihre Schultern spannten sich an. Darcys Treffen hätte mindestens eine Stunde dauern sollen, und er schickte nie nach ihr, sondern zog es vor, sich ihr anzuschließen, wo auch immer sie sein mochte. Das würde er nur tun, wenn er sicherstellen wollte, dass sie privat sprechen konnten, selbst in jenem ersten Augenblick, wenn sie sein Gesicht sah.

Was bedeutete, dass man etwas darauf ablesen können würde. Es musste soweit sein, die Zeit für seine Mission war gekommen.

Sie versuchte zu schlucken, aber in ihrer Kehle steckte ein Kloß, der sie zu ersticken drohte. Sie musste ihre Pflicht tun, so tun, als ob alles genau so war, wie es sein sollte. Sie zwang die Tränen zurück, die ihr in die Augen springen wollten und setzte ein Lächeln auf, während sie das Buch beiseitelegte. "Wohlan."

Es war ja nicht so, als käme dies überraschend. Sie hatten gewusst, dass es sehr bald soweit sein würde. Aber es war schwer, nicht das Gefühl zu haben, als würde das alles ändern, als brächte sie nicht jeder Schritt ihrem Untergang ein Stück näher.

Elizabeth wusste in der Sekunde, in der sie das Arbeitszimmer erreichte, dass sie sich nicht irrte. In Darcys Gesicht gruben sich neue Linien, die an den Augenwinkeln zerrten, obwohl er so stolz wie eh und je dastand.

Sie würde ihn nicht dazu zwingen, es zu auszusprechen. Sie schloss die Tür hinter sich und fragte: "Wann musst du aufbrechen?"

"Morgen."

"So bald schon?", entfuhr es ihr.

Sein Mund verzog sich. "Die Entscheidung liegt nicht bei mir. Zeit ist von entscheidender Bedeutung, sagen sie."

Er hatte sich nicht bewegt, um sie zu umarmen, sondern blieb hinter seinem Schreibtisch. Vielleicht konnte auch er es sich gerade nicht erlauben, sich erweichen zu lassen. "Welchen Grund wirst du für deine Reise angeben?"

Er hob einen Brief von seinem Schreibtisch auf. "Sie haben alles arrangiert: Ich besitze ein kleines Anwesen in Irland, dessen Verwalter beim Stehlen erwischt wurde. Ich muss hinfahren, um die Untersuchung und Einstellung eines neuen zu beaufsichtigen. In diesem Szenario werde ich von Liverpool aus lossegeln."

In diesem Szenario, aber nicht in der Realität. "Ich nehme an, es ist besser, wenn ich nicht alle Details kenne."

"Vermutlich, ja." Jetzt kam er endlich hinter dem schweren Schreibtisch hervor, der zwischen ihnen stand. Er nahm ihre Hände in seine und beugte sich vor, um ihr ins Ohr zu flüstern. "Ich werde unter dem Namen Edward Harcourt reisen."

Sie biss sich auf die Lippe, bis es wehtat. Er sagte ihr dies, damit sie es richtig deuten konnte, wenn die Zeitungen berichteten, dass Edward Harcourt getötet worden war. Ihr plötzlich trockener Mund sagte: "Danke."

Er flüsterte weiter. "Du wirst Briefe von mir erhalten, angeblich aus Irland, um den Schein zu wahren. Sie sind jedoch alle bereits im Voraus verfasst."

Und sie musste so tun, als würde sie sich keine Sorgen um ihn machen. "Kann ich irgendetwas tun, um dir bei den Vorbereitungen zu helfen?" Eine Aufgabe zu haben, könnte es einfacher machen. Nein, was dachte sie denn da? Nichts könnte dies weniger schmerzhaft machen.

"Mein Diener wird das meiste erledigen, aber du könntest Mrs. Reynolds über meine Pläne informieren." Er zögerte. "Vielleicht, sofern das nicht zu viel verlangt ist, könnten heute Abend nur wir zwei alleine im Privaten unser Dinner einnehmen?"

Eine Chance, mit ihm allein zu sein, ohne dass Diener zuschauten? "Ja, selbstverständlich." Und dann bröckelte ihre Fassade, als sie in seine Arme fiel.

Dies wäre ihr letzter gemeinsamer Tag. Sie wollte jeden Moment für sich haben.

Elizabeth hatte noch immer ihre tapfere Miene aufgesetzt, als Darcy sie in ihrem privaten Wohnzimmer mit rot geränderten Augen fand, doch sie begrüßte ihn mit einem Lächeln, das nur leicht gezwungen aussah.

"Danke, dass du das arrangiert hast", sagte er heiser. Er hatte sich beeilt, seine letzten Vorbereitungen vorzunehmen, seinem Verwalter letzte Anweisungen zu geben, hatte Georgiana die Nachricht überbracht und schnelle Antworten auf Briefe gekritzelt, die sonst gar nicht beantwortet würden, nur damit ihm diese Zeit noch blieb.

Wie hatte er jemals glauben können, dass er das fertigbringen könnte? Damals in Netherfield war es ihm so einfach erschienen, als ihm die erschütternde Nachricht von Jacks Tod und den Drachenangriffen noch in den Knochen saß. Er würde Elizabeth heiraten, ihr ein Kind machen, um dann, ohne einen weiteren Gedanken an seine Frau und sein Kind zu verschwenden, nach Frankreich aufzubrechen.

Damals hatte er noch nicht gewusst, dass sie ihm beibringen würde, sein Leben wieder zu schätzen. Und schon gar nicht, was es bedeuten würde, sie lieben zu lernen um sie dann einer Zukunft allein zu überlassen. Ganz zu schweigen davon, sein eigenes Herz zu brechen, indem er sie aufgab.

"Wann fährst du morgen los?", erkundigte sie sich.

"Gleich in der Früh", sagte er. "Ich werden den ganzen Tag unterwegs sein." Er versuchte, das Bild aus seinem Kopf zu verjagen, wie er zum letzten Mal aus der Tür von Pemberley gehen und sich endgültig verabschieden würde.

Sie hob das Kinn. "Ich denke, dann wäre es wohl das Beste, wenn wir uns morgen früh hier verabschieden würden. Vielleicht ist es schwach von mir, aber ich bin mir nicht sicher, ob ich stark genug sein werde, um vor dem Personal weiterhin gelassen zu wirken, wenn du gehst. Es wird schwer genug sein, so zu tun, als ob ich mir keine Sorgen um dich mache, während du fort bist." Ihre Stimme zitterte.

Er ging um den Tisch, der bereits mit Essen eingedeckt war, und nahm ihre Hände. Sanft zog er sie auf die Füße. "Das ist keine Schwäche. Es zeigt, dass ich dir etwas bedeute, was wiederum mir alles bedeutet. Mir erleichtert es den Aufbruch ebenfalls. Ich hätte nie gedacht, dass es so schwer sein würde, mich von dir zu trennen." Er nahm ihren kostbare Gestalt in seine Arme, nur allzu bewusst, dass dies eines der letzten Male sein würde, in denen er dies tun konnte.

Sie drückte ihr Gesicht gegen seine Schulter und hob dann ihren Kopf, um seine Lippen zu suchen. Er begegnete ihnen mit einer Verzweiflung und einem Hunger, die sogar ihn überraschten. Wie sehr er sie brauchte!

Dann machten sich seine Hände wie von selbst an ihren Knöpfen zu schaffen, und er vergaß alles außer ihr.

Das wartende Abendessen war lange vergessen.

Am nächsten Morgen schleppte Elizabeth sich aus dem Bett. Schluchzen würde Darcy auch nicht zurückbringen. Sie goss Wasser in die Waschschüssel, spritzte es auf ihr heißes Gesicht und ließ das kühle Nass ihre geschwollenen Augen beruhigen. Ihre Angst und ihren Schmerz konnte jedoch nichts lindern.

Wenn sie wieder zurück ins Bett ginge, könnte sie dem Ganzen vielleicht durch Schlaf entkommen. Doch dann würde sie ohnehin nur von Darcy in Gefahr träumen und sie konnte die nächsten Monate nicht damit verbringen, sich vor der Realität zu verstecken.

Sie musste sich den Tatsachen stellen. Wegen all ihrer Bemühungen war Darcy nun besser gerüstet, um diese Mission erfolgreich zu bestehen. Durch die Hilfe der Drachen hatte er nun sogar eine Chance, zu überleben. Doch mehr als das war es nicht. Eine Chance. Er würde sich auf Feindesgebiet bewegen und hätte die gesamte Macht des französischen Staatsapparates gegen sich und sein englischer Akzent würde ihn verraten, sobald er nur den Mund aufmachte.

Ihr blieb der Atem in der Kehle stecken. Nein, sie würde nicht schon wieder anfangen zu weinen. Sie trug Verantwortung, musste das üben, was Granny ihr gezeigt hatte, mit den Drachen zusammenarbeiten, um Verteidigungsanlagen zu erreichen und ihre Verbindung zum Land stärken, damit sie Darcy mehr Kraft senden konnte. Sie musste für das Kind sorgen, das in ihr heranwuchs. Und ihren Platz als Herrin von Pemberley einnehmen.

Sie klingelte Chandrika, damit sie ihr beim Anziehen helfen konnte. Die Zofe sagte wohlweislich nichts über ihre geröteten Augen, sondern tupfte lediglich etwas Puder darunter, um die Schatten unter ihnen zu kaschieren. "Möchten Sie ein Frühstückstablett, Mrs. Darcy?"

Ihre feige Seite wollte es akzeptieren. Aber sie hatte eine Rolle zu spielen und zwar die einer Frau, deren Mann nur geschäftlich nach Irland aufgebrochen war und nicht sein Leben riskierte. Zu seinem Schutz musste sie diese Fassade tapfer aufrechterhalten und keine Aufmerksamkeit auf seine Abwesenheit lenken. Sie hob das Kinn. "Nein, ich gehe nach unten."

Sich davon zu überzeugen, etwas zu essen, war jedoch eine ganz andere Sache. Auch wenn ihr Appetit nicht mit Darcy davongesegelt war, machte ihr in letzter Zeit die Morgenübelkeit doch sehr zu schaffen. Schon der Geruch von Kaffee reichte aus, dass sie einfach nur davonlaufen wollte. Sie sollte Mrs. Reynolds bitten, ihn nicht mehr servieren zu lassen, da Georgiana auch nie davon trank. Doch sie biss die Zähne zusammen, ignorierte das großzügige Frühstücksbuffet und beschränkte sich auf eine Tasse Tee mit Honig.

Es wirkte so leer hier. Erst letzte Woche hatten Granny, Roderick und Darcy gemeinsam mit ihr den Tag begonnen und Frederica war nur einen kurzen Spaziergang entfernt gewesen. Jetzt waren sie alle weg, alle bis auf Georgiana, die die meiste Zeit in ihren Gemächern verbrachte. Sie war allein.

Sie hatte nur ein paar Mal vom Toast abgebissen, als Mrs. Reynolds hereinkam. "Mrs. Darcy, hätten Sie heute Zeit, sich mit mir über eine Situation zu beraten?"

Alles, was Ablenkung bot, wäre ihr eine segensreiche Erleichterung. "Selbstverständlich. Ist irgendetwas?"

Die ältere Frau zögerte. "Nichts per se, aber ein Teil des Personals ist zunehmend beunruhigt über die Anwesenheit der Fae."

"Cassie hat es ihnen gesagt?"

"Mittlerweile ist es schwer zu übersehen. Wenn Sie bereit wären, mich in die Unterkünfte der Dienerschaft zu begleiten – einfacher, als es zu erklären, wäre es, es ihnen zu zeigen."

Verblüfft folgte Elizabeth ihr die schmalen Stufen bis zur obersten Etage hinauf, wo die Kammern der Dienstmädchen einen langen Flur säumten. Mrs. Reynolds bedeutete ihr, durch die erste Tür zu treten.

Elizabeth betrat den Raum. Auch wenn er nicht groß war, dann doch geräumiger und heller als die winzigen Kammern, die sich unter Longbourns Dach aneinander reihten. Die Einrichtung war einfach, aber robust.

Was könnte das Problem mit dem Raum sein? Alles schien in Ordnung zu sein. Sogar die Haarbürsten waren perfekt aufgereiht und der Raum wirkte makellos.

Zu makellos. Die kleinen Fensterscheiben glänzten wie poliert. Die Vorhänge sahen frisch gebügelt aus. Die Wände zeigten keine Spur von Schmutz, nicht einmal einen Schatten von Ruß in den Ecken unter der Decke. Der Raum war blitzeblank geschrubbt worden.

Ihre Augen verengten sich und sie wandte sich der Haushälterin zu. "Entweder verlangen Sie viel zu viel von den Mädchen oder wir haben ein Heinzelmännchen hier."

"Mehr als nur eines, höchstwahrscheinlich. Der komplette Dienstmädchenflügel sieht so aus, und auch die Gemächer von Miss Georgiana. Die Ställe ebenfalls, wie mir mitgeteilt wurde."

Elizabeth runzelte die Stirn. Heinzelmännchen kamen nie in wohlhabende Haushalte und zogen es vor, dort zu bleiben, wo sie am meisten gebraucht wurden. Hatte die Sicherheit, die die Schutzzauber ihnen bot, diese Präferenz außer Kraft gesetzt? "Weshalb beunruhigt das die Dienerschaft? Wie mir scheint, reduziert das ihre Arbeitsbelastung."

"Sie befürchten, ihre Stellung zu verlieren", entgegnete Mrs. Reynolds scharf. "Warum sollten Sie gutes Geld für Arbeit bezahlen, die kostenlos erledigt wird? Die Dienstboten erhalten hier ein angemessenes Gehalt und werden gut behandelt, es ist unwahrscheinlich, dass sie andernorts eine solch gute Anstellung finden. Ebenso wenig eine, die es ihnen ermöglicht, in der Nähe ihrer Familien zu bleiben."

Elizabeth rieb sich mit der Hand über die Stirn. Wenn sie nur mehr über das Feenvolk wüsste! "Niemand wird entlassen", sagte sie müde. "Ich beabsichtige, mich kundig zu machen und werde dann später mit dem Personal sprechen."

Elizabeth fand Georgiana, die gerade Harfe übte. Das Musikzimmer glänzte sogar noch mehr als die Dienstbotenkammern. Sogar die Luft wirkte frisch und sauber, wie die erste Brise eines Sommertages. Es war der einzige öffentliche Raum des Hauses, den sie bisher gesehen hatte, in dem die Heinzelmännchen Hand angelegt hatten. Möglicherweise, weil Georgiana hier die meiste Zeit verbrachte?

Georgiana lächelte, als sie aufstand, um zu knicksen. Vielleicht fühlte sich das Mädchen endlich etwas wohler mit ihr. Das wäre zur Abwechslung mal eine angenehme Veränderung.

"Entschuldige bitte, dass ich dich beim Üben unterbreche. Das klang reizend", sagte Elizabeth.

Das Mädchen streichelte abwesend die Säule der Harfe. "Es ist ein hochwertiges Instrument. Mein Bruder hat es mir letztes Jahr geschenkt."

Elizabeth lächelte sie liebevoll an. "Ich glaube, dass mehr die Musikerin denn das Instrument dafür verantwortlich war. Ich möchte dich auch gar nicht davon abhalten. Ich habe mich gefragt, ob vielleicht ein paar der niederen Feen in der Nähe sind und ob du bereit wärst, mir bei der Kommunikation mit ihnen zu helfen."

"Es sind stets welche um mich herum, sofern ich sie nicht wegschicke." Georgiana klang leise und zuversichtlich. "Ich bitte sie immer, nicht an unseren Familienessen teilzunehmen, damit wir dort Privatsphäre haben."

So vieles hatte sich noch nicht bedacht, wie etwa, ob sie beim Essen Publikum hätten! Unsichtbare Gäste zu haben, war eine unangenehme Sache. "Mrs. Reynolds erzählt mir, dass einige Zimmer hier von Heinzelmännchen gereinigt wurden. Weißt du etwas darüber?"

"Ein wenig." Georgiana winkte jemanden mit den Fingern aus einer leere Ecke des Raumes herbei. Mit ihrem Blick in diese Richtung geheftet, sagte sie sanft: "Es würde mir Freude bereiten, wenn du die Fragen meiner Schwägerin beantworten würdest."

Wie weit ging der Gehorsam des kleinen Feenwesens gegenüber Georgiana? Elizabeth sagte vorsichtig: "Ich würde mich wohler fühlen, wenn ich sehen könnte, mit wem ich spreche."

Eine kleine Kreatur in einem zerfetzten schwarzen Rock und einer geflickten Lederweste wurde rieselnd sichtbar. Sie reichte Elizabeth kaum bis zur Taille, hatte lange, spitze Ohren und spindeldürren Finger, die einen groben Reisigbesen umklammerten. "Was willst du wissen, Sterbliche?", fragte sie mit heiserer Stimme.

Der Anblick dieses Wesens aus den alten Geschichten ließ die Haare auf Elizabeths Armen aufstehen. "Ist es wahr, dass Heinzelmännchen hier Hilfe beim Saubermachen geleistet haben?"

Die Heinzelfrau warf Georgiana einen Blick zu, ehe sie antwortete. "Ja, wenn es uns in den Sinn kommt."

Elizabeth hatte das Gefühl, dass sie sich eine schärfere Antwort verkniff. "Ihr habt großartige Arbeit geleistet. Es stellt mich jedoch vor ein kleines Problem. Wenngleich eure Hilfe eindeutig gut gemeint ist, kann ich sie ohne angemessene Gegenleistung nicht annehmen."

Die Heinzelfrau zischte sie an und zeigte scharfe, unebene Zähne. "Wir helfen denen, die uns helfen. Die große Lady nimmt uns unter ihren Schutz und das

Küchenvolk und die Stallburschen stellen uns Essen heraus. *Dir* dienen wir nicht."

Einerseits ergab das Sinn, dennoch war es Elizabeth etwas zu nah an unbezahlter Knechtschaft. Und dennoch hatte sie das Feenwesen offensichtlich mit ihrer Frage beleidigt. "Solange dies eure freie Wahl ist."

"Uns zwingt keiner." Die Heinzelfrau schien nun etwas weniger feindselig zu sein. "Und wir wissen uns zu verteidigen."

"Da bin ich froh. Die Gebräuche und Lebensart der Feenwesen sind mir nicht bekannt, aber ich bin bereit zu lernen. Ich wünsche mir, dass wir hier in Harmonie zusammenleben."

Die Heinzelfrau schnaubte. "Wir dienen der großen Lady, aber es kann keine Harmonie geben, während der Hochkönig unser Volk foltert."

"Mein Drache würde dir zustimmen", sagte Elizabeth gedehnt. "Du hast meine Fragen gut beantwortet."

Jetzt musste sie nur noch die Dienstboten überzeugen, die Situation zu akzeptieren.

Das gesamte Personal war im Dienstbotensaal versammelt und tauschte sich murmelnd untereinander aus. Als Elizabeth eintrat, erhoben sie sich sogleich und stellten sich in Reihen auf. Oje. Sie hatte sich mehr Ungezwungenheit erhofft. Aber dies war Pemberley, nicht Longbourn, und sie kannten sie immer noch kaum.

"Guten Abend." Sie stellte sich vor den Leuten auf. "Danke, dass Sie gekommen sind. Wie Sie zweifellos bemerkt haben, gibt es einen Zustrom niederer Feen zu verzeichnen. Ich habe mit einer von ihnen gesprochen, und sie haben versprochen, uns keinen Schaden zuzufügen. Aber ich bin mir bewusst, dass Sie möglicherweise andere Bedenken hegen, was die Auswirkungen dieses Umstandes auf Sie bedeuten könnten."

Sie wartete auf eine Reaktion, erntete jedoch nur besorgte Blicke, also fuhr sie fort: "Es wird hier keine Personalveränderungen geben, wir werden keinerlei Stellungen oder Vergütungen kürzen. All jenen unter Ihnen, deren Arbeitslast sich verringert hat, habe ich Mrs. Reynolds angewiesen, neue Aufgaben zuzuweisen. Sie wird den örtlichen Pfarrer konsultieren, um zu sehen, ob es Wohltätigkeitsarbeit gibt, die zusätzliche Hände gebrauchen könnte."

Sie konnte die sichtbaren Zeichen der Erleichterung auf den Gesichtern sehen, die ihr am nächsten waren. "Wir werden uns daran gewöhnen müssen, aber ich bin fest entschlossen, dass niemand von Ihnen unter der Anwesenheit der Feen zu leiden hat. Mrs. Reynolds wird Ihnen, wie sonst auch, ihre genauen Aufgaben zuweisen, doch sollten Sie allgemeine Fragen haben, werde ich mein Bestes tun, diese zu beantworten."

Ein älterer Diener trat vor und sie nickte ihm zu.

Er senkte den Kopf. "Diese Feen. Die Holunderblüte hat sie mitgebracht, nicht wahr?"

Verblüfft studierte Elizabeth ihn. Sein Akzent war nicht besonders stark, sicherlich nicht stark genug, damit sie seine Worte missverstehen konnte, aber was um alles in der Welt meinte er? Keinen der anderen Diener schien seine Frage zu verwirren. "Verzeihung, habe ich richtig verstanden, Sie haben von Holunderblüten gesprochen?"

Mrs. Reynolds näherte sich ihr. "Er meint den Drachen. Auf diese Art kann die Bindung umgangen werden, wenn sie das Wort nicht verwenden."

Und noch ein lokaler Brauch, den sie lernen musste. Aber natürlich müssen sie denken, dass es Cerridwens Schuld war. Ein Drache war in Pemberley aufgetaucht, und weniger als zwei Wochen später wurde das Haus von niederen Feen überrannt. Wie konnte sie das erklären, damit sie es verstanden – und sie nicht dafür verantwortlich machten? "Nicht direkt. Sie haben zweifellos gehört, dass Lady Anne Darcy viele Jahre im Land der Feen gefangen war. Wir haben kürzlich entdeckt, dass ein Mitglied des Feenadels ihre Kinder bedroht. Als Cerridwen davon erfuhr, legte sie einen Schutz auf Pemberley, um ihn fernzuhalten. Aber viele der niederen Feen fürchten ihn ebenfalls, daher sind sie hierhergekommen, um hier Schutz zu suchen. Das hatten wir nicht erwartet, aber es ist der Preis dafür, Mr. Darcy und Miss Darcy vor dem Feenadel zu schützen."

Mrs. Reynolds runzelte die Stirn. "Mrs. Darcy, geht ein Risiko für das Personal von diesem Feenadeligen aus?"

"Derzeit nicht, da er Pemberley nicht mehr betreten kann und sein Interesse nur den Darcys gilt. Mehr als das weiß ich allerdings auch nicht und ich möchte nicht diejenige sein, die sich ihm in den Weg stellt. Er ist sehr mächtig." Die Dienstboten könnten in Panik geraten, wenn sie wüssten, dass es der Hochkönig selbst ist.

Die Haushälterin nickte entschieden. "Also sind wir jetzt auch sicherer."

"Dank Cerridwen, ja. Gibt es noch weitere Fragen?" Natürlich mussten sie Fragen haben, aber anscheinend keine, die sie ihr gegenüber zum Ausdruck bringen wollten. "Mrs. Reynolds wird mich natürlich unverzüglich informieren, falls neue Probleme auftreten."

Nachdem sie ihnen eine gute Nacht gewünscht hatte, wandten sich die Dienstboten einander zu, steckten die Köpfe zusammen und wisperten, während Elizabeth die Treppe hinaufstieg, Mrs. Reynolds auf den Fersen.

Als sie die Eingangshalle erreichten, wandte sie sich an die ältere Haushälterin. "Wird sie das zufriedenstellen?"

"Das hoffe ich. Ich danke Ihnen, Mrs. Darcy, dass Sie alle behalten. Das ist großzügig von Ihnen."

"Wird es trotzdem welche geben, die ihren Dienst quittieren möchten? Ein Drache ist schockierend genug und dann noch die Fae obendrein – ich könnte es ihnen nicht übelnehmen, wenn sie es täten", sagte sie müde.

Mrs. Reynolds schien darüber nachzusinnen. "Vielleicht ein oder zwei. Mehr der Feen wegen als wegen Ihres Drachen. Sie sind ziemlich stolz auf Cerridwen und darauf, dass sie einer Drachengefährtin dienen. Die einzige Beschwerde, die ich diesbezüglich gehört habe, ist dass sie damit nicht vor ihren Familien prahlen können."

Das brachte sie beinahe zum Lächeln. Beinahe, aber nicht ganz. "Was hat es mit den Holunderblüten auf sich?"

Die Miene der Haushälterin erhellte sich. "Hier ist es Tradition, dass jeder, der einen Drachen sieht, einen Holunderbusch neben seine Haustür pflanzt, als Zeichen an seine Nachbarn, die ebenfalls unter einer Bindung stehen, und um die Drachen zu ehren. Weil Holunderblüten den Drachen heilig sind, natürlich."

Das war Elizabeth neu, aber nun, da sie darüber nachdachte, hatte sie gewiss viele Holunderbüsche im Dorf und in den Hecken und bei den Drachensteinen gesehen. Zweifellos erklärte dies ebenfalls, weshalb so häufig Holunderkompott und -wein auf ihren Tabletts gestanden hatten, seit Cerridwen ihre wahre Form angenommen hatte.

Aber im Moment war sie einfach erschöpft. Sie hatte letzte Nacht kaum geschlafen, und der Schmerz, den ihr Darcys Abwesenheit bescherte, schien ihr die Kraft aus den Knochen zu saugen. "Bitte halten Sie mich auf dem Laufenden, wenn es weitere Probleme gibt, Mrs. Reynolds. Ich denke, ich werde mich heute Abend früh zurückziehen, mit einem Tablett in meinen Gemächern, falls das keine zu großen Umstände bereitet." Sich beim Dinner mit Georgiana zu unterhalten, war einfach zu viel.

"Nicht im Geringsten, Madam", sagte die Haushälterin.

Beschweren konnte sie sich jedoch nicht. Nicht, wenn Darcy es viel weniger bequem hätte, irgendwo in einer Kutsche, auf dem Weg nach London oder wo immer sie ihn auch hinbringen mochten, um sein Schiff zu erreichen. Irgendwie machte die Ungewissheit es noch schlimmer. Zumindest war er auf englischem Boden noch sicher, doch das würde nicht für immer so bleiben.

Endlich erreichte sie ihr Schlafzimmer, wo sie sich auf ihr Bett werfen und ihr Gesicht in die Kissen vergraben konnte. Die nächsten Wochen und Monate, in denen sie auf die schlimmsten Nachrichten wartete, würden ein Albtraum werden.

Kapitel 12

A M NÄCHSTEN MORGEN LEGTE sich die Einsamkeit wie ein Eisengewicht auf Elizabeths Schultern. Ihr war gar nicht bewusst gewesen, wie reich an Freunden sie auf Pemberley war. Vor einer Woche hätte sie mit Darcy, Granny, Frederica oder Roderick über alles sprechen können, was sie beschäftigte. Nun gab es keinen Sterblichen, mit dem sie etwas davon besprechen konnte – ihr Landtalent, ihre Magie oder die Drachen.

Es gab jedoch eine Person auf Pemberley, die etwas über Landtalent wusste und ihr Interesse teilte, Magie in Garn und Stoff fließen zu lassen. Eine Frau, die ihr schon einmal das Leben gerettet hatte und deren Hilfe sie später in ihrer Schwangerschaft brauchen würde. Darcys Halbschwester von niederer Geburt, die Hebamme – die deutlich gemacht hatte, dass sie nichts mit der Familie Darcy zu tun haben wollte.

Elizabeth war entschlossen, ihre Meinung zu ändern. Sie brauchte Mrs. Sanford als Hebamme, und sie wollte sie unbedingt als Freundin.

Die Hebamme lebte in einer Hütte fast auf der Spitze des Hügels. Elizabeth war froh über die Anstrengung, die nötig war, um den steilen Pfad hinaufzuklettern, da es sie davon ablenkte, sich zu fragen, wie sie wohl empfangen werden würde. Sie wollte, dass das funktionierte.

Die Tür öffnete sich auf ihr Klopfen hin, und Mrs. Sanford stand mit gerunzelter Stirn dahinter. "Mrs. Darcy", sagte sie flach. Die Ähnlichkeit ihrer Augen zu Darcys versetzte Elizabeth einen Stich.

Das sah nicht gut aus. Elizabeth bedachte sie mit einem einnehmenden Lächeln. "Ich hoffe, Sie verzeihen mir, dass ich ohne Einladung, oder gar dass wir uns ordentlich vorgestellt worden wären, hier vorbeischneie. Ich schulde Ihnen viel, weil Sie mein Leben gerettet haben."

Mrs. Sanford musterte sie und öffnete dann die Tür, um sie mit offensichtlichem Widerwillen hereinzulassen. "Der Luchs Ihres Gatten hat mir in dieser Angelegenheit keine Wahl gelassen."

Elizabeth betrat den ordentlichen Raum. "Er hat Sie ins Haus gebracht, das ist wahr, aber Sie haben sich entschieden, mir zu helfen, mich zu heilen."

Das strenge Gesicht zeigte weder Anzeichen, sich zu erweichen, noch antwortete sie.

Dann dämmerte es Elizabeth, wie es sich angefühlt haben musste, von Darcys Luchs zum Gehen gezwungen worden zu sein. Die Hebamme musste natürlich angenommen haben, dass Darcy ihn geschickt hatte. "Dafür muss ich mich jedoch entschuldigen. Der Luchs handelte auf Vorschlag meiner Vertrauten. Mein Mann wusste nichts davon."

Einer ihrer Mundwinkel erhob sich. "Ich bin sicher, Sie meinen es gut, Mrs. Darcy, aber der Luchs ist Mr. Darcys Vertrauter und handelt in seinem Namen. Selbst wenn es darum geht, seine Zähne zu zeigen und jemanden aus seinem Haus zu zwingen – und an einen Ort, den zu betreten demjenigen verboten wurde."

Oje! Das klang nicht gut. "Mein Mann wusste nicht einmal von Ihrer Existenz. Falls doch, hätte er einen Diener geschickt, nicht seinen Luchs."

Jetzt verzogen sich ihre Lippen nach unten. "Die Bitte eines Bediensteten hätte ich ablehnen können. Doch das spielt nun auch keine Rolle mehr. Es war schon immer so, dass die Darcys die Regeln auf Pemberley aufgestellt haben und der Rest von uns keine andere Wahl hatte, als sich ihnen zu unterwerfen."

Das war wahrlich gar kein guter Start! "Ich würde mich auch nicht freuen, wenn mich eine wilde Kreatur unter dem Kommando eines anderen vor sich hertreiben würde. Wären Sie bereit, dem Wort meiner Vertrauten zu glauben, dass es allein ihre Idee war?"

Ihre Augen wurden schmal. "Ihres Drachen, meinen Sie?"

Sie nickte. "Ich wusste nicht, ob Sie sich ihrer Identität bewusst sind."

"Es war ziemlich offensichtlich, als sie ihre Kräfte während Ihrer Heilung geteilt hatte."

Elizabeth war sich nicht sicher, ob sie die Hebamme fragen konnte, wie sie Cerridwens wahre Natur erraten hatte. "Ich glaube, sie wollte Ihnen nichts Böses, aber wir könnten sie direkt fragen."

Mrs. Sanford schnaubte. "Das spielt keine Rolle. Ihr Besuch muss einen Grund haben. Ich gehe davon aus, dass Sie mich fort haben möchten." Ihr Ton war bitter.

Elizabeth starrte. "Fort? Das ist Ihr Haus!"

Ihr Gesicht verzog sich, als hätte sie etwas Widerliches gerochen. "Fort von Pemberley natürlich."

Zurückweichend rief Elizabeth aus: "Guter Gott, nein! Weshalb sollte ich das wollen?"

"Um das kostbare Talent Ihres Mannes zu stärken, natürlich. Weil es nur ein Talent geben kann, das mit dem Land verbunden ist. Weil nur einem rechtmäßigen Darcy gestattet werden kann, Kraft aus der Erde zu ziehen." Ihre Stimme triefte vor Verachtung.

"Das ist schlichtweg Humbug. Sowohl mein Drache als auch ich sind mit dem Land verbunden und keine von uns ist eine geborene Darcy."

"Sie glauben nicht, dass mein Talent die Bindung Ihres Mannes schmälert?", fragte sie skeptisch.

Elizabeth lachte. "Haben Sie sein Talent in Aktion gesehen? Sieht es aus, als würde es darunter leiden? Dort, wo ich aufgewachsen bin, habe ich allen Pächtern beigebracht, der Erde ihr Blut zu geben und meiner eigenen Bindung hat es nie geschadet. Außerdem, weshalb sollte ich etwas dagegen haben, wenn Sie Ihr Talent einsetzen, um den anderen Pächtern zu helfen? Ganz zu schweigen davon, dass Sie mein Leben damit gerettet haben."

"Aber sie sagen, dass nur eine Person das Talent innerhalb eines Anwesens halten kann."

"Sie und ich sind der lebende Beweis, dass dem nicht der Fall ist. Ich persönlich denke ja, dass diese Behauptung aufgestellt wurde, um die Erbschaftsfolgegesetze nicht zu gefährden. So hält man jüngere Söhne davon ab, einen Teil eines Anwesens abspalten zu wollen."

Mrs. Sanford studierte sie schweigend, ihre dunklen Augen waren denen von Darcy so ähnlich, dass Elizabeths Herz schmerzte. "Sie sind anders als ich erwartet hatte. Das muss ich Ihnen zugestehen", gab sie nach. "Wenn Sie nicht vorhaben, mich zu vertreiben, weshalb sind Sie dann da?" Es kam widerwillig, jedoch nicht mehr feindselig.

Sollte sie es überhaupt sagen? "Ich kam aus demselben Grund, aus dem jede andere Frau eine Hebamme aufsucht. Ich denke, ich bin guter Hoffnung."

Ihre Augen weiteten sich und ihr blieb leicht der Mund offen stehen. "Und Sie möchten, dass ich Ihnen aufwarte?"

"Nach allem, was mir berichtet wurde, sind Sie eine hervorragende Hebamme, sie haben mich bereits zuvor geheilt und, was am wichtigsten ist, Sie verstehen, was die Bindung an ein Land bedeutet. Warum um alles in der Welt sollte ich zu jemand anderem gehen?"

Mrs. Sanford sank auf einen Stuhl hinab, als ob ihre Beine plötzlich beschlossen hätten, sie nicht mehr zu tragen. "Sicherlich wird Ihr Gatte die Geburtsrituale übernehmen wollen."

Elizabeth nahm einen tiefen Atemzug. "Er ist für einige Monate weg. Ich hoffe, dass er rechtzeitig zur Geburt zurückkehrt, aber Babys halten sich nicht immer an einen Zeitplan. Deshalb wäre Ihre Hilfe von unschätzbarem Wert."

Sie sah fassungslos aus. "Er würde die Geburt seines Erben verpassen, die Bindung an Pemberley?"

Elizabeth wappnete sich. "Möglicherweise bleibt ihm nichts anderes übrig." Und darauf musste sie sich vorbereiten.

"Für wann ist seine Rückkehr geplant?"

"Das steht noch nicht fest." Elizabeth hob das Kinn und versuchte, ihre Stimme fest klingen zu lassen.

Etwas flackerte in diesen vertrauten dunklen Augen auf. Mitleid vielleicht? "Ist das eine von *diesen* Ehen?", fragte sie dunkel. "Ich habe gehofft, dass ihm mehr als Ihre Mitgift am Herzen liegt."

Verdammte Tränen, die dieser Tage so bereitwillig kamen! Elizabeth blinzelte sie zurück. "Ich bin ihm nicht gleichgültig, aber es gibt Angelegenheiten, wegen derer er fort musste."

"Suchen Sie keine Ausreden für ihn. Solche wie ihn kenne ich nur zu gut."

Es war eine bittere Enttäuschung, aber es hatte keinen Sinn, mit dieser Frau zu streiten. Sie müsste woanders Freundschaft – und eine Hebamme – finden. "Ich fürchte, ich habe einen Fehler gemacht, als ich hierhergekommen bin. Bitte verzeihen Sie, dass ich so viel Ihrer Zeit in Anspruch genommen habe." Elizabeth marschierte zur Tür.

"Warten Sie! Ich werde Ihnen helfen, wenn Sie es wünschen."

Elizabeth drehte sich langsam zurück, ihre Hand noch immer auf der Klinke, die Brust schmerzte. "Weshalb? Sie sind eindeutig verärgert und haben zweifellos guten Grund dazu."

"Mein Zorn richtet sich gegen Ihren Mann, nicht gegen Sie. Und er ist nicht derjenige, der meine Fürsorge benötigt."

"Er trägt keine Schuld dafür, dass er fort musste." Warum war es ihr so wichtig, dass diese Frau das verstand?

Mrs. Sanford schnalzte mit der Zunge. "Glauben Sie das, wenn sie mögen."

"Es ist wahr!"

Ihre Augen blitzten auf. "Und es ist ebenfalls wahr, dass ein reicher Mann seine goldene Geldbörse nutzen kann, um zu jedem Zeitpunkt seiner Wahl wieder zu Ihnen zurückzukehren."

"Nicht auf französischem Boden, im Feindesgebiet auf dem Kontinent!" Die Worte rutschten ihr einfach so heraus. Elizabeth schlug sich die Hände über den Mund.

Mrs. Sanford stand stocksteif. "Dort ist er also?"

"Das hätte ich nicht sagen dürfen. Es ist ein Geheimnis", sagte Elizabeth mit leiser Stimme. "Ich bitte Sie, verraten Sie es niemandem weiter." Wenn sie doch auch nur einen Bindebann wirken könnte, wie Cerridwen! Es wäre eine Katastrophe, wenn diese wütende Frau es preisgeben würde.

"Eine Heilerin offenbart niemals die Geheimnisse, die sie hört", sagte die Hebamme gedehnt. Dann richtete sie sich auf. "Ich denke, es ist besser, wenn Sie sich setzen und mir mehr über Ihren Zustand erzählen."

Eine halbe Stunde später saß Elizabeth immer noch da und nippte an einem Kräutertee, den die Hebamme für sie zubereitet hatte. "Der schmeckt gut", sagte sie. "Fenchel?"

"Zusammen mit Himbeerblatt, Nessel und Kamille. Sie helfen, den Mutterleib zu stärken. Ich gebe Ihnen etwas davon mit." Sie zögerte. "Ich muss das fragen: Wissen Sie, wer mein Vater war?"

Elizabeth setzte die Tasse vorsichtig ab. "Mir wurde zu verstehen gegeben, dass der alte Mr. Darcy zwei Familien hatte, wenngleich mein Gatte nichts davon wusste, ehe er Sie traf."

"Das überrascht mich nicht. Uns war es verboten, in die Nähe des großen Hauses zu kommen und er schickte uns weg bevor wir alt genug wurden, um uns zu widersetzen." Ihre Lippen pressten sich aufeinander. "Zunächst zur Schule und dann in die Armee für meine Brüder und eine Anstellung in London für mich. Er hat für uns gesorgt, solange wir nie zurückkehren würden."

"Und doch sind Sie zurückgekommen."

"Sobald er gestorben ist, um mich um meine kranke Mutter zu kümmern. Als niemand etwas dagegen sagte, beschloss ich zu bleiben. Still und ohne Aufhebens."

Dann war sie erst seit fünf Jahren hier. "Wie haben Sie es geschafft, sich mit dem Land zu verbinden?"

"Das ist das Werk meiner Mutter. Sie hat dem alten Herren ein paar Informationen entlockt und meine Nachgeburt im Garten vergraben. Sie wusste, dass ihr meine Brüder weggenommen werden würden, aber sie dachte, eine Tochter würde er sie vielleicht behalten lassen. Als ich zurückkehrte, war die Kraft einfach da."

"Wo sind Ihre Brüder jetzt? Haben Sie Kontakt zu ihnen?"

Ein Schatten legte sich über ihr Gesicht. "Seit unserer Kindheit habe ich sie nicht mehr gesehen, aber wir schreiben uns gelegentlich. Roberts letzter Brief erwähnte, dass er den anderen Darcy-Jungen, Jack, in Spanien kennengelernt habe. Er schrieb, er sei angesichts seiner Erziehung ein überraschend anständiger Kerl." Ihr Gesicht wurde blass. "Das war sein letzter Brief. Er war in Salamanca, bei dem Massaker."

"Es tut mir so unglaublich leid", sagte Elizabeth sanft. "Jack Darcy ist auch dort gefallen." Jack, dessen Vater sich geweigert hatte, ihm ein Offizierspatent zu kaufen, weil er es für zu gefährlich hielt, aber seine beiden unehelichen Söhne in die Armee geschickt hatte. Nun waren die beiden Halbbrüder gemeinsam gestorben.

"Sie traf dasselbe Schicksal." Sie sah auf. "Es wird Gerede geben, das wissen Sie, wenn ich Sie betreue."

"Als ob nicht schon seit meiner Ankunft über mich geredet würde! Diese seltsame Mrs. Darcy mit ihren Büchern und alten Kleidern und jetzt ihrem Drachen", sagte Elizabeth bedauernd. "Sofern es Sie nicht weiter berührt; mir ist ein wenig Klatsch einerlei."

"Mir macht das nicht zu schaffen. Niemanden hier kümmern meine Eigenheiten, da sie ihnen nützen und alle meine Mutter geliebt haben." Sie zuckte mit den Schultern. "Mir wurde gesagt, dass Sie die Kräfte in dem Tuch, das ich herstelle, spüren können. Ich frage mich, ob Sie bereit wären, etwas für mich zu testen, nur um meine eigene Neugier zu befriedigen."

"Selbstverständlich. Zu Hause habe ich meinen eigenen Flachs angebaut und zusammen mit meinem Talent zu Garn gesponnen."

Die Hebamme erhob sich, öffnete eine Truhe und zog einen kleinen Stapel Stoff heraus. "Würde es Ihnen etwas ausmachen, Ihre Augen zu schließen? Ich möchte Sie bitten, zwei Stücke zu halten, um herauszufinden, ob Sie den Unterschied zwischen ihnen spüren können."

Es schien harmlos, und nun war auch sie neugierig. "Sehr gerne." Sie schloss die Augen und streckte die Hände mit den Handflächen nach oben aus.

Stoffstücke wurden hineingelegt. Wolle, so wie es sich anfühlte, in beiden steckte Magie. Sie hob die linke Hand. "In diesem ist die Magie stärker. Was ist das?"

"Öffnen Sie die Augen."

Elizabeth sah auf ihre Hände hinab. Zwei identische Stoffstücke, abgesehen davon, dass eines davon blau und das andere weiß war. "Die Farbe?"

"Sie stammen beide aus demselben Webstück, nur eines davon habe ich mit Waid, der in meinem Garten wächst, gefärbt."

Sie nickte langsam. Ein weiterer Schritt, um dem Stoff die Kraft des Landes hinzuzufügen. Das ergab Sinn. "Würden Sie mir eines Tages beibringen, wie das geht? Ich weiß nichts übers Färben."

Zum ersten Mal lächelte die Hebamme. "Wenn Sie wünschen."

Kapitel 13

EINE WOCHE. NUR EINE Woche. Nur sieben Tage allein in Pemberley, seit Darcy aufgebrochen war, aber für Elizabeth fühlte es sich wie eine Ewigkeit an. Angst um ihn war ihr ständiger Begleiter, da sie nur wenige andere hatte.

Cerridwen hatte sie dieser Tage kaum gesehen, da sie ihre Zeit im Nest verbrachte, um ihre Nestgenossen kennenzulernen. Elizabeth vermisste ihre Nähe, aber sie konnte Cerridwen nicht bitten, zurückzukommen, nur weil sie einsam und traurig war. Nicht nach all den Jahren, die Cerridwen ihr zuliebe in Einsamkeit verbracht hatte, ohne andere Drachen, die ihr Gesellschaft geleistet hätten. Nun war Elizabeth an der Reihe, diese Last zu tragen.

Mrs. Sanford hatte sie einmal besucht, mit mehr Kräutertees und einem Stärkungsmittel, um das Wachstum des Babys zu unterstützen, und Elizabeth sah Georgiana jeden Tag am Frühstückstisch und beim Abendessen. Ihre Schwägerin war ihr gegenüber noch immer schüchtern und hatte alle Hände voll zu tun mit ihrer Musik, den niederen Feen und ihrer Gesellschaftsdame, Belinda Lowrie, die von dem Besuch bei ihrer Familie zurückgekehrt war, nun, da Georgiana beabsichtigte, auf Pemberley zu bleiben, anstatt nach London zurückzukehren. Die beiden steckten unentwegt die Köpfe zusammen, plauderten und lachten, wie Georgiana es mit Elizabeth nie getan hatte.

Sie hatte immer noch ihre Bücher, doch nun gab es da an jedem Morgen diese Lücke, die sonst ihr Magieunterricht mit Frederica gefüllt hatte. Obwohl es ihr selten gelungen war, viel zu lernen, hatte sie diese anregende Zeit genossen. Jetzt war Frederica in London und würde wahrscheinlich auch dort bleiben.

Stattdessen verbrachte sie nun diese Zeit damit, lange Spaziergänge über die kürzlich bepflanzten Felder zu machen und ihr Talent in die Erde hinabzusenden, um den Pflanzen beim Wachsen zu helfen. Die Bedürfnisse des Landes hier lernte sie immer noch kennen, aber sie konnte spüren, wie bereitwillig es ihre Aufmerksamkeit aufnahm. Ihre Stimmung hob sich, wenn die Pächter sich freuten, sie zu sehen, da sie wussten, dass sie ihre Ernte verbessern würde. Aber um den Eichenhain und die Hütte im Herzen von Pemberley machte sie einen weiten Bogen, da sie mit zu vielen Erinnerungen an Darcy verbunden waren.

Als sie schließlich zurück zum Haus stapfte, stand eine Kutsche vor dem Portikus, eine jener schlichten, die man in jedem Rasthaus mieten konnte. Da sie jedoch zum Haupteingang vorgefahren war, musste es ein Besucher für sie oder Georgiana sein.

Könnten es Neuigkeiten aus London sein? Sie beschleunigte ihre Schritte und rannte praktisch die Treppe hinauf und in die Eingangshalle, wo eine vertraute, goldhaarige Gestalt gerade im Begriff war, dem Butler ihren Hut zu reichen.

Frederica war zurückgekehrt!

Elizabeth stiegen Tränen in die Augen, als sie ihre Freundin umarmte. "Ich bin so froh dich zu sehen!" Wie erleichternd es war, ihre Freundin wieder hier zu haben!

Frederica löste die Bänder ihrer Haube und übergab sie in die Obhut des Dieners. "Entschuldige bitte, dass ich dich nicht vorgewarnt habe, dass ich komme. Ich bin in Eile aufgebrochen", sagte sie lachend.

"Keineswegs! Ich bin überglücklich, dass du wieder da bist. Ich hoffe, du bleibst hier im Haupthaus, nun, da Darcy nicht hier ist." Die Erinnerung an seine Abwesenheit führte ihr auch wieder ihre innere Leere vor Augen.

"Schon weg? Das wusste ich gar nicht. Das tut mir so leid."

"Vor wenigen Tagen. Möglicherweise seid ihr auf der Straße aneinander vorbeigekommen", sagte sie und versuchte, es fröhlich klingen zu lassen. "Komm rein und trink einen Tee mit mir. Ich brenne darauf, alles über Granny in London zu erfahren."

Frederica schritt in den Salon und warf sich auf das Sofa. "Ich kann dir weniger sagen, als mir lieb wäre. Granny meinte, es könnte meinem Ruf schaden, als ihre Verbündete angesehen zu werden, daher erzählte sie allen, Darcy würde dahinter stecke dass sie dort sei und gab vor, mich kaum zu kennen. Ich musste sie Lady Amelia nennen!" Letzteres schien dem Ganzen die Krone aufzusetzen.

"Aber du hast sie herumgeführt und vorgestellt?"

"Ja, zumindest was Lady Anne anbelangt. Zuerst war sie ungeheuer zufrieden mit mir, dass ich Granny entdeckt hatte – bis Granny verkündete, dass sie eine Drachengefährtin sei. Ich erwartete Zweifel oder dass sie schockiert wäre, aber sie hatte geradezu Angst. Weiß wie die Wand, zog sie sich so weit von Granny zurück, wie sie konnte. Ich habe noch nie zuvor gesehen, wie sie etwas auch nur annähernd außer Fassung bringen konnte!" Sie schüttelte ungläubig den Kopf.

Auch Elizabeth überraschte das. "Ich nehme an, einige Leute finden Drachen beängstigend", sagte sie langsam.

"Das tun sie auf jeden Fall! Granny bat Sycamore, sich auf dem Grosvenor Square zu materialisieren – oh, das Geschrei, als die Leute flohen! Und Sycamore saß einfach auf seinen Hinterläufen und sah amüsiert aus. Danach schleppte mich Lady Anne zu einem Verhör – und ich benutze diesen Begriff nicht leichtfertig – über alles, was ich hier gesehen und über Granny erfahren hatte. Aber dann wollte sie mich auch nicht mehr in ihrer Nähe haben, nicht, wenn sie deine Schwestern zum Spielen hat."

Eine unerwartete Welle der Sehnsucht nach ihrer Familie zog sie mit sich hinab. "Hast du Mary und Kitty gesehen?" Jede Nachricht von ihnen wäre eine Erleichterung.

"Nur für einen Moment, als ich gerade erst ankam. Die Abstoßung, weißt du. Lady Anne ist mit Mary zufrieden, sagte aber, Kitty mangele es an Klugheit. Natürlich scheint sie dasselbe von dir zu denken, was seltsam ist."

Elizabeth lachte. "Nicht wirklich. Ich habe durchaus Anstrengungen unternommen, um sie davon zu überzeugen, dass ich ein schlichtes Mädchen vom Lande bin. Einem Verhör kann auch ich nichts abgewinnen."

Fredericas Augen leuchteten auf. "Gut gemacht! Wie auch immer, dann musste ich nach Hause in das Haus meines Vaters, wo ich seit Jahren nicht mehr gelebt habe. Er ist Teil der Regierung, daher erzählte er mir ein wenig davon, was als nächstes passierte. Es sollte eine gesittete Demonstration von Sycamores Fähigkeiten im Hyde Park stattfinden. Zumindest lief alles gesittet ab, bis ein verängstigter Soldat aufs Geratewohl auf Sycamore schoss und die Kugel direkt von seinen Schuppen abprallte. Granny immobilisierte das gesamte Regiment und ihre Gewehre wurden so heiß, dass sie sie fallen ließen. Sie nannte den verantwortlichen Offizier einen Narren, der es verdient hätte, den Krieg zu verlieren, und er hatte nun die Wahl, sie ernst zu nehmen, andernfalls würde sie Westminster niederbrennen."

Elizabeth schnappte nach Luft. "Du liebe Güte! Zumindest zeigte sie ein wenig Zurückhaltung."

Frederica kicherte. "Aber nicht lange. Noch etwas musse schief gelaufen sein, denn am nächsten Tag gab es tatsächlich ein Feuer in Westminster – kein großes, niemand wurde getötet, aber es muss Sycamore gewesen sein. Und das war mein

Glück, da mein Vater aus dem Haus stürmte, ohne Anweisungen zu erteilten, dass ich es nicht verlassen dürfe. Also kündigte ich an, ich würde einen Einkaufsbummel unternehmen, besorgte mir ein Ticket für eine Postkutsche und fuhr schnurstracks hierher."

Elizabeth hielt ihre Hand hoch, unfähig, mit dem Ansturm an Worten Schritt zu halten. "Warte mal! Warum sollte dein Vater dich zwingen, im Haus zu bleiben?"

Frederica machte ein spöttisches Geräusch. "Ach das. Er kündigte an, dass es an der Zeit für mich sei, zu heiraten und hat nach dieser Nervensäge Mortimer Percy schicken lassen, der schon seit Jahren auf mich wartet, obwohl ich ihm schon so oft einen Korb gegeben habe. Mich zu umwerben wäre natürlich auch überflüssig, da wir niemals im selben Raum wären, außer, um ein Kind zu zeugen. Was ich für einen dieser silbernen Drachenringe geben würde, der die Abstoßung aussetzen kann! Nicht, dass ich Mortimer Percy heiraten würde, nein, igitt. Ich schrieb gerade eine Notiz an Granny, um sie zu bitten, mich zu retten, als die Nachricht über Westminster kam, und dann habe ich die Gelegenheit beim Schopf gepackt." Sie sah ungeheuer zufrieden mit sich selbst aus.

Elizabeth konnte nicht anders, als über ihre sprudelnde Freundin zu lachen, trotz ihrer Besorgnis über die Unruhen in London. "Da hast du ein ziemliches Abenteuer erlebt! Nun, ich bin froh, dass du hier bist, wobei ich mir vorstellen kann, dass du es schade findest, all die Aufregung zu verpassen, die Granny in der Hauptstadt verursacht."

Frederica beugte sich vor. "Nicht wirklich. Ich wünschte, ich wüsste, was sie anstellt, aber ich bin lieber hier bei den Drachen. Also, bei denen, mit denen ich sprechen kann. Wo ist Roderick? Er muss schon vor Tagen hier eingetroffen sein."

Oje. "Ich erhielt einen Brief von ihm aus London, in dem er mir mitteilte, dass er direkt nach Wales zurückkehren würde und sich für meine Gastfreundschaft bedankt hat." Sie war enttäuscht gewesen, da sie seine Gesellschaft genossen hatte, aber sie vermutete, dass es ein größerer Schlag für Frederica wäre.

Fredericas Gesicht erstarrte, und für einen Moment sagte sie kein Wort. Schließlich meinte sie steif: "Das sieht ihm ähnlich. Er hat sich nicht einmal die Mühe gemacht, sich zu verabschieden."

Tatsächlich sah das Roderick überhaupt nicht ähnlich, der ausnahmslos ruhig und höflich war. Was war auf dieser langen Kutschfahrt, bei der die drei, Frederica, Roderick und Granny, alleine gewesen waren, vorgefallen? "Das tut mir leid."

"Es ist unwahrscheinlich, dass ich ihn jemals wiedersehen werde", sagte sie eisig. "Wie geht es Cerridwen?" Der abrupte Themenwechsel offenbarte nur die Tiefe ihrer Bedrängnis.

Arme Frederica! Nicht, dass sie und Roderick jemals eine wirkliche Chance gehabt hätten, die elegante Aristokratin und der seinen Titeln beraubte Waliser, ganz zu schweigen von der Abstoßung zwischen ihnen, sobald Roderick den Drachensilberring wieder zurückgegeben hätte, den er auf Pemberley getragen hatte. Aber dennoch wurde deutlich sichtbar, dass er ihr Herz berührt hatte. Ganz zu schweigen von ihrem Stolz.

"Cerridwen wirkt, als ginge es ihr gut, wenngleich ich sie selten sehe. Sie scheint all die Jahre wettmachen zu wollen, in denen sie der Gesellschaft anderer Drachen beraubt wurde."

"Zu schade. Ich habe gehofft, mich mit ihr über etwas beratschlagen zu können." Frederica runzelte die Stirn.

Vielleicht war dies für beide eine Gelegenheit zur Ablenkung. "Wir könnten sie besuchen. Ich weiß nicht, ob sie dich ins Nest lassen würden, aber ich denke, das Haus der Gefährten würdest du sehr interessant finden." Und die Drachen würden erwartungsvoll Fredericas Bericht über die Ereignisse in London lauschen.

Eine Augenbraue wölbte sich anmutig. "Das Haus der Gefährten?"

"Oh, ja! Seit deiner Abreise ist viel passiert, und ich muss dir alles darüber erzählen, sobald du dich von deiner Reise erholt hast."

"Ich bezweifle, dass meine Neugier sich so lange aufschieben lässt, aber mir wäre nichts lieber, als dieses Haus der Gefährten zu sehen", sagte sie kühn. "Oh, aber es gibt eine Sache, die ich dir sagen muss. Rana Akshaya kommt hierher. Sie hat mir einen Besuch abgestattet, um mich über ihre Absichten zu informieren. Ich bin mir nicht sicher, ob sie versteht, dass sie auf eine Einladung warten oder dich sogar vor ihrem Eintreffen vorwarnen sollte."

Die indische Magica wollte also Pemberley besuchen. Zweifellos war Cerridwen die Hauptattraktion, doch das würde Elizabeth die Chance eröffnen, mehr über sie zu erfahren, als Chandrika zu enthüllen bereit war. "Dann sollte ich ihr wohl am besten eine Einladung schicken, allein schon, damit alles seine Richtigkeit hat."

"Eine gute Idee." Frederica nahm einen Schluck Tee. "Jetzt erzähl mir alles, was hier geschehen ist."

Frederica eilte zur großen Halle des Gefährtenhauses. Wie aufregend war es, sich an eben jenem Ort aufzuhalten, der einst das Zuhause der Gefährten aus den alten Geschichten gewesen war! Auch wenn sie sie nicht ins Nest lassen würden, war dies immer noch aufregend. Und sie hatte einen ausgewachsenen Drachen ihre Erinnerungen lesen und in ihren Gedanken präsent sein lassen. Eine bewegende Erfahrung!

Und jetzt würde sie all ihre Karten auf den Tisch legen. Höchstwahrscheinlich würde sie damit scheitern, aber das wäre auch nicht schlimmer, als es niemals zu versuchen.

Juniper, der sie vorhin gelesen hatte, wartete auf einer der erhöhten Plattformen auf sie und überragte sie. Und sie hatte geglaubt, Sycamore sei ein Riese im Vergleich zu Cerridwen!

"Du möchtest erneut mit mir sprechen, Lady Frederica?", eröffnete der Drache.

Sie atmete tief ein. Schließlich gab es nichts zu verlieren. "Ja. Ich habe euch etwas vorzuschlagen."

"Ich bin ganz Ohr."

"Mir wurde gesagt, dass euer Nest mehrere junge, ungebundene Drachen hat, aber nur eine Gefährtin. Ich möchte mich als mögliche Gefährtin vorschlagen. Ich weiß, dass dies normalerweise nicht der übliche Weg ist, doch ich habe gewisse Vorteile zu bieten, die dem Nest in diesen schwierigen Zeiten nützlich sein könnten."

In seiner Brust rumpelte es vor Vergnügen. "Nein, so gehen wir für gewöhnlich nicht vor, es ist jedoch großzügig von dir, dich anzubieten." Es war eine Absage, wenn auch sanft vorgebracht.

So leicht würde sie nicht aufgeben, nicht, wenn sie sich ihr ganzes Leben danach gesehnt hatte. "Großzügigkeit ist es nicht direkt, da meine Gründe durchaus egoistischer Natur sind, aber wirst du wenigstens zuhören, weshalb ich es für eine gute Idee halte? Hinterher kannst du immer noch ablehnen."

Noch mehr Rumpeln. "Deine Tatkraft gefällt mir. Nun gut, ich werde dich anhören, wenngleich dies nicht so einfach ist, wie du dir vielleicht vorstellst." Er ließ sich auf seine Hinterläufe hinab und kreuzte die Vorderbeine.

Sie atmete tief durch, bevor sie sich in ihre vorbereitete Rede stürzte: "Drei Jahre lang war ich Lehrling der Magierin des Königs. Ich arbeitete mit der königlichen Familie zusammen, da ich für deren Schutz verantwortlich war. Sie kennen mich und vertrauen mir. Ich kann eine Audienz beim Prinzregenten beantragen, der ein guter Freund meines Bruders ist, und sie wird mir gewährt werden. Der Premierminister ist ein Verbündeter meines Vaters und kennt mich seit ich ein Kind war."

"Das zeugt von beeindruckenden Beziehungen, Lady Frederica, erklärt aber nicht, weshalb du eine Drachengefährtin sein solltest."

"Weil das die Leute sind, die verstehen müssen, was Drachen sind! Sie treffen die Entscheidungen, ob ihr Verbündete oder Feinde seid und ihr habt keine andere Möglichkeit, mit ihnen in Verbindung zu treten. Die bloße Vorstellung von eurer Macht beängstigt sie, doch ich bin in der Lage, sie davon zu überzeugen, meinen Drachengefährten zu treffen und mit ihm zu sprechen. Ich kann ihnen helfen, euch als Individuen und als potenzielle Freunde zu sehen. Meine Beziehungen können euch helfen, eine Allianz zu schmieden."

In seiner Aura stieg Besorgnis auf. "Darf ich das so verstehen, dass du deine Beziehungen nicht nutzen würdest, um uns zu unterstützen, es sei denn, du wirst Drachengefährtin?"

"Natürlich würde ich sie dennoch nutzen! Wenn ich jemals von den Bindungen befreit werde, werde ich Briefe an alle schreiben, die bereit sind, sie zu lesen und ihnen von meinen Erfahrungen hier berichten. Aber ein Brief oder sogar ein Besuch von jemandem, der Drachen mag, ist nicht dasselbe wie zu wissen, dass jemand, dem du vertraust, sich lebenslang mit einem Drachen verbunden hat – und dich mit ebendiesem Drachen bekannt machen kann."

"Gefährtin Amelia spricht bereits mit einigen dieser Leute."

"Nicht mit der königlichen Familie und nicht als deren Freundin. Und ehrlich gesagt macht sie das mit der Botschafterrolle nicht besonders gut. Sie konzentriert sich auf das Kriegsministerium, das mit ihr spricht, weil es keine andere Wahl hat. Sie haben Angst vor ihr – und vor Sycamore. Dies verheißt nichts Gutes für eure zukünftigen Beziehungen zur Regierung. Ich könnte mich ihnen friedlich nähern, nicht als Bedrohung. Auf diesem Wege werden Bündnisse geschmiedet."

Juniper studierte sie. "Du lieferst überzeugende Argumente. Aber ein Drache kann sich nicht einfach an jeden beliebigen Menschen binden. Es muss eine gewisse Vereinbarkeit von Geist und Persönlichkeit geben, sonst lässt sich keine Bindung herstellen. Und deine Pläne würden einen Drachen mit Reife und gemäßigtem Temperament erfordern, um sensible Verhandlungen zu führen."

Sie hob eine Augenbraue. "Im Gegensatz zu Sycamore?"

Die Schuppen auf seiner Brust funkelten vor Belustigung. "Sycamore wäre nicht unsere erste Wahl gewesen."

Eilends redete sie weiter: "In der Tat könnte es am besten sein, wenn mein Gefährte ein sehr junger Drache wäre, sogar ein Nestling. Ein Drache in voller Größe ist einschüchternd, während Menschen sich von kleinen, kindlichen Kreaturen angezogen fühlen. Ein Nestling könnte nicht für das Nest sprechen, so dass alle ernsthaften Diskussionen über eine Distanz stattfinden müssten. Manchmal verringern Verzögerungen dieser Art die Wahrscheinlichkeit überstürzter Entscheidungen."

Er legte den Kopf schräg. "Du hast dir viele Gedanken darüber gemacht."

Sie lächelte. "Meine Gedanken drehten sich um wenig anderes, seit ich erfahren habe, dass Cerridwen ein Drache ist."

Er erhob sich und entkräuselte seinen Schwanz. "Ich werde über das, was du gesagt hast, nachdenken. Jedoch ist es, selbst wenn die Älteste zustimmt, unwahrscheinlich, dass wir etwas passendes finden würden. Mach dir nicht zu viele Hoffnungen."

"Mir war schon vor meiner Frage bewusst, dass du höchstwahrscheinlich ablehnen würdest, daher trage ich es dir nicht nach, wenn es so käme. Aber wenn ich die Frage nie gestellt hätte, hätte ich mich immer gefragt, was geschehen wäre, wenn ich es doch getan hätte."

"Warum hast du dann nicht den ersten Schritt gemacht, um eine Gefährtin zu werden?"

So langsam kamen sie voran! "Aus Unwissenheit, denke ich, da ich keine Ahnung habe, was dieser Schritt wäre."

"Ah, so viel ist also in Vergessenheit geraten? Diejenigen, die Gefährten werden wollen, signalisieren ihre Absicht, indem sie willentlich ihr Blut an einem unserer Anker hinterlassen. Das, was ihr Drachensteine in Pemberley nennt, wäre so einer. Jeder Drache, der eine Affinität zu deinem Blut verspürt, wird reagieren."

"Das ist alles? Das werde ich sofort tun."

Das amüsierten Grollen kehrte zurück. "Vergieße nicht zu viel Blut, in deiner Begeisterung. Lediglich eine kleine Kostprobe."

Sie lachte. "Ja, ich bin ein wenig zu begeisterungsfähig, was das anbelangt!"

Er neigte den Kopf, als würde er sich darauf vorbereiten, zu gehen, und sagte dann: "Du hast mir gesagt, dass deine Gründe egoistischer Natur seien. Darf ich fragen, welche genau es sind?"

Sie entspannte sich. Nun, das war einfach. "Weil ich eine Drachengefährtin sein will. Als Kind habe ich mich in die Geschichten von Drachen verliebt, und ich kann mir nichts aufregenderes oder erfüllenderes vorstellen, als mein Leben mit einem Drachen zu verbringen."

Seine Augen funkelten. "Es gibt sicherlich schlimmere Gründe, Freundin Frederica."

Kapitel 14

D ARCY BETRACHTETE DAS DREIECKIGE Etwas am Horizont durch zusammengekniffene Augen. Könnte das ein Segel sein? Der aufgehende Mond warf wenig Licht über das dunkle Meer. Aber ja, es war ein Schiff. Dessen war er sich sicher.

Steif hievte er sich auf seine Füße. Seine Beine schmerzten, nachdem er stundenlang auf dem Kiesstrand gekauert und sich hinter dem kleinen Hügel versteckt hatte. Er hob die Signallampe des Schmugglers auf, öffnete den Verschluss, um eine schmale Öffnung freizugeben, deren Licht nur auf das Meer geworfen wurde. Wie ihm angewiesen worden war, schwang er sie fünfmal hin und her, schloss die Klappe für einige Minuten wieder, um die Prozedur anschließend zu wiederholen.

Sein Herz pochte. Würden sie es sehen? War es überhaupt das richtige Schiff? Wenn niemand käme, hätte er einen sehr langen Spaziergang durch den trostlosen Sumpf zurück zum nächsten Dorf bei Tageslicht vor sich und eine weitere Verzögerung seiner Mission. Es war ärgerlich, sich auf Schmuggler verlassen zu müssen, aber sie waren die einzigen, die nach Frankreich gelangen konnten.

Ja, es war ein Schiff, was da näher kam. Und dann wurde ein Ruderboot über die Seite abgesenkt und zwei Männer stiegen hinein. Sie kamen, um ihn abzuholen. Unruhig wartete er, als es sich langsam näherte

Sobald es das Ufer erreichte, sprang einer der Schmuggler über die Seite hinaus und schleppte das Beiboot auf die Kieselsteine. Er deutete mit einem scharfen Schwung seines Kopfes auf Darcy.

Darcy hob seinen kleinen Koffer und begann, ihn zum Boot zu tragen. Offenbar nicht schnell genug, denn der zerlumpte, ganz in Schwarz gekleidete

Matrose griff danach und warf ihn ins Boot, als wiege er nichts. Darcy hielt seine Umhängetasche fest umklammert, als er über die Kante kletterte. Ohne ein Wort zeigte der Schmuggler auf eine Bank, auf der er sich setzen sollte. Offenbar war Schweigen angesagt.

Als sie das Schiff erreichten, kletterte Darcy über eine instabile Seilleiter an der Seite hinauf und über die Reling. Kaum hatte er das Deck erreicht, trieb ihn ein anderer Schmuggler zu einer kleinen Luke im Deck.

"Runter da. Und sie bleiben außer Sichtweite, bis wir auf See sind ", zischte er.

Am unteren Ende einer weiteren steilen Leiter, die glücklicherweise aus Holz gefertigt war, musste Darcy sich bücken, um durch den dunklen, engen Durchgang unter Deck zu gelangen. Lediglich das schwache Mondlicht, das durch die offene Luke oben fiel, wies ihm den Weg. Die Umrisse von Kisten und Fässern waren kaum zu erkennen, und die stickige Luft stank nach altem Schnaps und Schimmel.

Plötzlich schwankte der Boden unter ihm, und er stützte sich am Rand einer Kiste ab. Gut, dass er Handschuhe trug, sonst würden nun lauter Splitter in seiner Hand stecken. Vorsichtig tastete er sich durch den Frachtraum, bis er ein Fass fand, an dem er sein Gewicht abstützen konnte.

Und er hatte die Reise mit den Postkutschen für kaum erträglich gehalten. Die waren harmlos gegen ein Schmuggelschiff. Aber zumindest war er nun auf dem Weg. Je früher er Frankreich erreichte, desto eher konnte er zu Elizabeth zurückkehren.

Vorausgesetzt, er blieb lange genug am Leben.

Das Schiff bewegte sich mittlerweile stärker auf und ab, sie mussten nun also die offene See erreicht haben. Es fühlte sich an, als hätte er Stunden im Frachtraum verbracht.

Darcy stieg wieder die klapprige Leiter hinauf und sog gierig den ersten Atemzug frischer Salzluft in sich hinein. Nach der Dunkelheit unten wirkte das Mondlicht an Deck schon beinahe grell und gab den Blick auf einen Mann am Steuerrad und vier andere frei, die Seile aufwickelten und die Segel im starken Wind festzurrten. Das Schiff war größer, als er erwartet hatte, obgleich es mit den großen Schiffen auf der Themse nicht mithalten konnte, und es lag tief genug im Wasser, dass die Gischt immer wieder auf das Deck sprühte.

Niemand schien ihn zu bemerken, vielleicht wurden sie aber auch dafür bezahlt, es nicht zu tun. Er machte sich auf den Weg zum Steuerrad und sprach mit dem Mann dahinter, um sich seinen Decknamen wieder ins Gedächtnis zu rufen. "Guten Abend. Mein Name ist Edward Har—"

Der Schmuggler hob ruckartig die Hand, um ihn zum Schweigen zu bringen. "Ich will weder ihren Namen noch ihr Ansinnen wissen. Sie sind lediglich ein Paket, das ich ausliefere, nicht mehr und nicht weniger."

"Ich dachte, Sie arbeiten für das Kriegsministerium."

Er spuckte auf das Deck. "Ich arbeite für Gold. Jemand hat mich gut bezahlt, um Sie rüberzubringen, und ich habe keine Fragen gestellt. Wenn dieser korsische Bastard mir mehr zahlt, würde ich Sie ihm direkt ausliefern."

Darcy sog scharf die Luft ein. "Sie segeln unter dem Union Jack."

Der Kapitän, wenn man ihn denn so nennen konnte, schnaubte. "Nur bis wir die Blockade passieren. Dann hissen wir die französischen Farben. Nicht, dass wir in letzter Zeit auch nur irgendeinem Blockadeschiff weit und breit gesehen hätten, ebenso wenig wie den Zoll. Hoffen wir mal, dass unser Glück anhält." Er spuckte wieder. "Und jetzt stehen Sie hier nicht dumm im Weg rum."

Glück? Die Schmuggler wussten also nicht, dass sich britische Schiffe im Hafen versteckten, also die, die noch nicht von Seeschlangen versenkt worden waren. Die Kreaturen schienen nie Fischerboote oder kleine Schiffe anzugreifen, es war also kaum verwunderlich, dass sie keine Ahnung hatten.

Er zog sich auf eine Lagerbank in der Nähe der Reling zurück und zog seinen Mantel fester um sich, um der Gischt zu trotzen, den Arm um den Riemen seiner Umhängetasche geschlungen. Schließlich musste er die Schmuggler nicht mit ein wenig zusätzlichem Gewinn in Versuchung führen, indem sie sich seiner Habseligkeiten bemächtigten.

Nicht, dass sich sein eigenes Gold darin befände, das war in den Saum seiner Jacke eingenäht und in den Absätzen seiner Stiefel versteckt. Das Kriegsministerium war gründlich gewesen.

Nun blieb ihm nichts, als zu warten. Um wachsam zu bleiben, ging er in Gedanken nochmal seine Pläne durch, wie er Paris erreichen würde, sobald die Schmuggler ihn in der Nähe von Calais abgesetzt hätten.

Schließlich begann er einzunicken, das Kinn fiel ihm auf die Brust.

Ein Schlag ließ ihn wieder hochschrecken. Das Boot taumelte und er griff nach der Reling, um das Gleichgewicht zu halten. Nicht das sanfte Auf und Ab der Wellen, sondern als wären sie gegen etwas gestoßen.

Oder als hätte etwas sie gestoßen.

Die Matrosen waren aufgesprungen, klammerten sich an den Mast und berieten sich dringlich. Dem Kapitän entfuhr eine Reihe von Flüchen.

Dann erhob sich ein riesiger, schuppiger Kopf über das Boot. Für einen Moment konnte Darcy nur denken, dass ein Drache hinter ihm her war, doch der lange, gewundene Hals verriet ihm, dass dem nicht so war. Das war eine Seeschlange.

Entsetzen schnürte ihm die Kehle zu, als sich ein riesiger Schwanz um die andere Seite des Schiffes wickelte. Das war's nun. Er würde im Ärmelkanal ertrinken, seine Mission war vorbei, bevor sie überhaupt begonnen hatte. Elizabeth würde er nie wieder in den Armen halten, sein Kind gar nicht erst kennenlernen.

Sie würde nie erfahren, was mit ihm geschehen ist. Ebenso wenig wie das Kriegsministerium.

Dies war der eine Ort, an dem die Magie ihm nicht helfen konnte. Weder eine Illusion noch sich unsichtbar zu machen, konnten ihn vor dem Ertrinken bewahren – aber bestand die Möglichkeit, dass er noch eine letzte Nachricht senden konnte? Er schob seine Hand in seine Innentasche und rieb die Drachenschuppe zwischen seinen Fingern. Es war der falsche Zeitpunkt. Elizabeth schlief zweifellos gerade, aber er hatte nichts mehr zu verlieren.

Kurz. Kurz und bündig halten. Und so schickte er das Bild vor seinen Augen, die Seeschlange, die drohend über dem Boot aufragte. Er spürte keine Verbindung, kein Gefühl von Elizabeth am anderen Ende. Er verdoppelte seine Bemühungen. Wenn dies das Letzte wäre, was er jemals täte, könnte er genauso gut seine ganze Kraft dafür einsetzen.

Der gigantische Kopf schwang in seine Richtung. Riesige, goldene Augen leuchteten im Mondlicht und schienen ihn mit einer durchdringenden Neugierde zu durchbohren. Hatte sie gespürt, was er tat? Oder konnte sie die Drachenschuppe riechen?

Lady Amelia hatte gesagt, die Seeschlangen seien Cousins der Drachen. Darcy stellte sich ungelenk auf seine Füße, zog Energie durch seine Verbindung zu Pemberley und schickte sie zur Schlange. *Ich bin ein Freund der Drachen.* Bilder von Elizabeth und Cerridwen. Von sich selbst im Nest, von seiner Begegnung mit der Ältesten. Mit einer Hand hielt er die Drachenschuppe hoch.

Eine vertraute hypnotische Empfindung durchdrang seine Todesangst, wie damals, als der Drache seine Gedanken gelesen hatte. Diesmal öffnete Darcy seine Gedanken so weit es ging und zeigte alles, was die riesige Kreatur davon überzeugen konnte, ihn zu verschonen.

Ich komme, um Napoleon aufzuhalten, der die Drachen zum Kampf zwingt und Schlangen dazu gebracht hat, Schiffe anzugreifen.

Verblüffung. Vielleicht sprach die Schlange kein Englisch? Er versuchte es erneut auf Französisch, das brachte jedoch auch nicht viel mehr.

Die Planken des Schiffes knackten laut um ihn herum, die Besatzung schrie verzweifelt.

Darcy ließ die Worte sein und versuchte, seinen Plan in Bildern darzustellen. Napoleon. Sein Wille, die Drachen zu beschützen. Seine Entschlossenheit, das Gemetzel zu stoppen.

Zustimmung durchströmte ihn. Die Seeschlange verstand. Darcy atmete zum ersten Mal tief und frei ein, seit die Kreatur aufgetaucht war, doch Wasser stürzte bereits in das Schiff. Noch verzweifelter hielt er die Schuppe hoch.

Dann rief der Kapitän: "Haltet ihn auf! Er steckt mit der Bestie unter einer Decke!"

Der Schmerz explodierte in seinem Kopf und alles, was blieb, war Dunkelheit.

Darcy erwachte mit pochenden Kopfschmerzen, als ob Artillerie in seinem Gehirn feuerte. Seine Augen weigerten sich, zu fokussieren. Er war an irgendeinem schummrigen Ort, mit dem Rücken gegen etwas hartes und unebenes gelehnt. Als sich seine Sicht allmählich verbesserte, konnte er erkennen, dass er sich wohl in einer Höhle befand, deren Wände einen Regenbogen an Farben und einen seltsamen grünen Lichtschein reflektierten.

Zumindest war er nicht unter Wasser. Oder ertrunken.

Er erinnerte sich an die Seeschlange. Seine Drachenschuppe – was war damit geschehen? Er hatte sie in der Hand gehalten. Lag sie nun auf dem Grund des Ärmelkanals? Hatte er die einzige Verbindung zu Elizabeth und England verloren, noch ehe er überhaupt die Chance gehabt hatte, sie zu benutzen?

Verzweifelt griff er danach, aber sie war weder in seiner Tasche noch in dem Ledersäckchen, das um seinen Hals hing. Jede Bewegung tat weh, doch er zwang sich, sich aufzusetzen und den Felsen um sich herum zu spüren. Und dann sah er sie, glänzend, neben seinem Stiefel.

Er packte sie und hielt sie fest, ihre Wärme beruhigte ihn. Aber jetzt war ihm schwindelig und ein stechender Schmerz durchzuckte seinen Kopf, als würde ein

Messer hineingerammt. Dann durchfuhr ein Ansturm von Magie Darcy, dass er ins Schwitzen geriet.

Plötzlich schmerzte sein Kopf nicht mehr, und er konnte klar sehen. Er griff nach hinten und tastete nach seinem Hinterkopf. Da war nicht einmal eine Beule.

Was war geschehen? Woher kam diese Kraft? Darcy kämpfte sich auf die Füße und drehte sich langsam im Kreis. Die Kammer, in der er sich befand, schien nur einen Ausgang zu haben, aber wenn sie dem Drachennest ähnelte, dann konnte man nicht sagen, was davon eine Illusion war.

Er musste einen Ausgang finden, damit er seine Mission erfüllen konnte. Und anschließend eine Möglichkeit, aus Frankreich zu entkommen und nach England zurückzukehren, nun, da die Schmuggler keine Option mehr waren. Aber er war am Leben, was mehr war, als er erwartet hatte, als die Seeschlange sein Schiff zerschmettert hatte. Er hatte sogar noch seine Umhängetasche, was auch immer ihm das jetzt noch bringen mochte.

Dann machte er sich auf den Weg in die nächste Kammer. Die unterschied sich nicht von der ersten, aber die folgende war mit tiefen Wasserbecken gefüllt, die durch einen breiten Weg getrennt waren. Die Luft war frisch, mit einer leichten Brise, nicht kalt und feucht, wie er es erwartet hätte. Seine Schritte hallten in dem leeren Raum wider.

Die dritte Kammer war anders. Nicht vom äußeren Erscheinungsbild, wenngleich sie dunkler war und es ihm nicht leicht fiel, das ferne Ende zu sehen, sondern weil in ihr eine Präsenz herrschte, schwer, von Magie durchdrungen und zutiefst vertraut. Etwas Ähnliches hatte er im Nest gespürt, in Gegenwart der Ältesten.

Es war wie Drachenmagie, aber mit einem anderen Aroma, mehr wie der Tang der Seeluft. Und schwere Trauer lag über ihr.

Eine riesige Gestalt wartete hinten. Ihr Kopf erhob sich über einem aufgerollten Körper, von dem ein Teil in einem Wasserbecken ruhte. *Wer bist du, Freund der Drachen?*

Diese Seeschlange konnte also Worte benutzen, im Gegensatz zu der auf dem Boot.

Ja. Ich beschloss, mich mit menschlichen Seeleuten zu verbinden, um alle sieben Meere zu erkunden.

Hatte die Schlange seine unausgesprochene Frage gehört? Und wie konnte er antworten, ohne zu lügen oder seinen Namen preiszugeben? "Ich bin Engländer und auf dem Weg nach Frankreich. Meine Frau ist eine Drachengefährtin, und ich stamme von anderen Drachengefährten ab."

Das kann ich schmecken, und das ist auch der Grund, weshalb du hierher gebracht wurdest, anstatt ertrinken zu müssen.

Er war dem Tod nur knapp entkommen, und jetzt war er dieser riesigen Kreatur ausgeliefert. Es war furchteinflößend, aber vielleicht auch eine Chance. "Das erfüllt mich mit Dank. Darf ich eine Frage stellen, oder ist dies nicht gestattet?"

Du kannst fragen, und ich entscheide, ob ich antworte.

Er gab sich Mühe mit der Formulierung, nur falls Bindungen eine Rolle spielen sollten. "Wer ist euer Feind, die britischen Schiffe, die ihr versenkt habt, oder derjenige, der euch befohlen hat, dies zu tun?"

Die Schlange sank auf ihren eingerollten Körper zurück. *Das ist eine kluge Frage.*

Die Rückseite der Höhle, die bisher in Dunkelheit gehüllt war, wurde hell und gab den Blick auf ein halbes Dutzend tiefe Nischen frei. Die meisten waren leer, aber in einer befanden sich ein paar große Eier, die sorgfältig in einem flachen Wasserbecken zusammengelegt waren. Träge Dampfwirbel stiegen aus dem Wasser auf.

Eine andere enthielt ein tieferes Becken, das in Aquamarintönen erstrahlte und durch das sich ein Schatten bewegte, etwa einen Meter lang. Ein kleines Schlangenkind?

Dann erschien ein anderes Bild in seinem Kopf, von derselben Höhle, doch diesmal waren die Nischen bis oben hin angefüllt mit Eiern, in dem tiefen Becken spielten viele zappelnde Formen miteinander, während junge Seeschlangen in kleinen Gruppen über den Boden glitten und wortlos miteinander interagierten. Eine lebendige Gemeinschaft.

Das hättest du noch vor wenigen Jahren gesehen. Jetzt sind sie weg, all unsere Jungtiere und Eier. Pro drei Schiffe, die wir versenken, gibt er uns eines zurück. Wenn wir uns weigern, eines zu versenken, gibt er dem bösen König ein Jungtier, damit es und all seine Nachfahren in erzwungener Knechtschaft aufgezogen werden. Ich bin nicht stolz darauf, aber uns sind unsere Jungtiere wichtiger als eure Schiffe. Bedauern erfüllte die Luft.

Darcy neigte den Kopf. All die ertrunkenen Seeleute, die ebenfalls Familien hatten, die sie liebten. "Wie es alle Eltern tun würden. Ich werde bald ein Kind haben, und ich würde alles tun, um es zu schützen." Aber dies war sie, die Antwort, nach der das Kriegsministerium so verzweifelt gesucht hatte, weshalb die bisher friedliebenden Seeschlangen in den Krieg gezogen waren.

Er musste eine weitere Frage riskieren, um zu bestätigen, was er bereits wusste. "Derjenige, der euch befohlen hat, die Schiffe zu versenken und eure Eier gestohlen hat, ist das der Kaiser von Frankreich?"

Der Kopf der Schlange bewegte sich auf seinem aufgerollten Körper. *Das kann ich nicht beantworten.*

Eine Bindung also. "Dann lass es mich so formulieren. Könntest du es abstreiten, wenn du wolltest?" Waren Seeschlangen an die Feenverpflichtungen gebunden, nur die Wahrheit zu sagen?

Ich entscheide mich, es nicht zu leugnen, Freund der Drachen.

Napoleon, im Bunde mit dem Hochkönig der Feen, der von den Drachen so verachtet wurde. Wie würden sie reagieren, wenn sie erführen, dass der französische Kaiser ihm Seeschlangeneier gab? Zwang er die Drachen auf dieselbe Art, für ihn zu kämpfen?

"Mein Ziel ist es, den französischen Kaiser aufzuhalten. Deshalb überquerte ich den Kanal, ich sollte einen Plan in die Tat umsetzen, um ihm seine Macht zu nehmen."

Die Schlange studierte ihn. *Im Auftrag der Drachen?*

"Ich werde von meiner Regierung geschickt, aber die Drachen wissen davon. Sie möchten auch, dass Napoleon verschwindet, können meine Mission allerdings nicht unterstützen, da sie Töten erfordert. Aber ich werde, wie du auch, alles tun, um mein ungeborenes Kind zu schützen."

Die Schlange bewegte ruckartig den Kopf. *Drachen sind in ihrer eigenen Natur gefangen, durch den Preis, den sie für Blutvergießen zahlen müssen. Ich bin das nicht. Ich wünsche dir Erfolg bei deiner Mission, Freund der Drachen.*

"Zuerst muss ich Frankreich erreichen. Befinde ich mich bereits auf französischem Boden? Könntest du mir erklären, wie ich dorthin gelange?"

Wir können dich in die Nähe bringen, aber ich wage es nicht, einen meiner Kameraden zu bitten, sich dem Ufer zu nähern. Kannst du schwimmen?

"Ein bisschen", sagte Darcy, obwohl er durchaus gut gewesen war bei ihren Wettschwimmen über den See. Im offenen Wasser des Kanals, voll bekleidet zu schwimmen war jedoch eine ganz andere Geschichte.

Die Schlange glitt auf ihn zu. *Bleib still stehen.*

Darcy zwang seinen Körper zum Gehorsam, nun dankbar für seine Erfahrung im Nest der Drachen und deren mysteriösen Vorgehensweisen. Vor ein paar Monaten wäre es ihm schwer gefallen, nicht um sein Leben zu laufen.

Vor allem, als die Schlange ihren massiven Kiefer öffnete, nicht einmal einen Meter von seinem Kopf entfernt. Gütiger Gott, er war riesig, groß genug, um ihn mit Haut und Haar zu verschlingen, wenn sie es wollte! Doch er blieb standhaft. Die Drachen hatten sich als vertrauenswürdig erwiesen, und er brauchte jeden Verbündeten, den er bekommen konnte.

Selbst als eine kalte, klamme und nach Fisch und Seetang riechende Atemwolke der Seeschlange ihn einhüllte, wich er nicht zurück. Sie wog so schwer von Magie, dass er kaum atmen konnte, geschweige denn sich bewegen. Die Innenseite seiner Nase stach, als ob sie von Hornissen angegriffen würde. Sie fraß sich in seine Haut, an seinem gesamten Körper, selbst an den Stellen, die von Kleidung bedeckt wurden. Die Kraft schien seine Knochen zu durchdringen.

Was hatte die Seeschlange mit ihm angestellt?

Damit bist du im Wasser sicher.

Darcy blinzelte. Wäre er sicher vor anderen Schlangen oder vor Haien, oder würde es ihn schwimmfähig machen? So oder so wäre es ein Geschenk. "Ich werde alles in meiner Macht Stehende tun, um die Gefahr für deine Eier zu beseitigen."

Die Seeschlange neigte den Kopf. *Dein Dienst wird dir nicht vergessen werden. Nun wird dich mein Bruder so nah an Frankreichs Küste bringen, wie er es wagt, und die Leute an der Küste werden dir helfen, wenn du ihnen sagst, dass du von einer der* les serpents de mer *gebracht wurdest. Möge das Glück dir bei deinen Bemühungen hold sein.*

"Das war es bereits. Ich bin dankbar, dass es mir diese günstige Gelegenheit beschert hat." Mehr als dankbar, um genau zu sein.

Er hatte nur aus einem einzigen Grund überlebt – wegen der Drachen. Wenn er keine Drachengefährtin geheiratet hätte, wenn die Älteste ihm diese Schuppe nicht gegeben hätte, wäre er tot und seine Mission wäre vorbei, bevor sie überhaupt begonnen hatte. Er wünschte, er könnte Elizabeth sagen, dass sie ihm bereits das Leben gerettet hatte.

Kapitel 15

FREDERICA MUSSTE DEN WUNSCH herumzuhopsen unterdrücken, als sie mit Elizabeth den Weg zur Lichtung hinaufstieg. Zu gerne wäre sie gerannt, aber das wäre Elizabeth gegenüber nicht nett, die mittlerweile leicht ermüdete und heute besonders gedrückter Stimmung zu sein schien. Aber wie konnte sie ihre Aufregung im Zaum halten? Entgegen all ihren Erwartungen würde sie sich mit einem Drachen treffen, der möglicherweise ihr Gefährte werden würde! Cerridwen hatte heute Morgen die Nachricht überbracht, dass ein Nestling bereit war, sie in Betracht zu ziehen, nur wenige Tage nachdem sie ihr Blut auf den Drachensteinen vergossen hatte.

Aber sie sollte Elizabeth gegenüber rücksichtsvoller sein. "Sollen wir rasten, damit du dich ein wenig ausruhen kannst?"

"Nein, mir geht es wunderbar. Und wir sind auch schon beinahe da." Aber sie runzelte die Stirn.

"Ist es dir nicht recht? Mein Wunsch nach einem Gefährten?"

Zum ersten Mal, seit sie das Haus verlassen hatten, sah Elizabeth sie wirklich an. "Nein, ich freue mich so sehr für dich. Und für mich – ich wäre so froh, nicht die einzige Gefährtin des Nestes zu sein." Sie zögerte. "Es tut mir leid, dass ich heute so niedergeschlagen bin. Ich hatte letzte Nacht einen schlechten Traum, und irgendwie bekomme ich ihn nicht aus dem Kopf."

Erleichtert erwiderte Frederica: "Oh, es ist so lästig, wenn das passiert! Was hast du denn geträumt?"

"Ich war auf einem Schiff, das von einer Seeschlange angegriffen wurde. Ich sehe es immer wieder, all diese Zähne, als der Kopf auf mich zukam, und höre das

Splittern des Holzes, als das Schiff auseinanderbrach." Sie erschauderte. "Es war bemerkenswert lebensnah. Ich konnte sogar die salzige Luft riechen."

"Das klingt erschreckend! Ich bin froh, dass wir hier Drachen statt Seeschlangen haben. Ich kann mir nicht vorstellen, dass ich mich mit ihnen wohlfühlen würde."

Elizabeth schien sich ein wenig zu entspannen. "Mir sind unsere Drachen auch lieber."

Doch als sie die Lichtung betraten, kehrte Elizabeths Stirnrunzeln beim Anblick des großen meergrünen Drachen zurück, der neben den Drachensteinen stand. "Das ist allerdings nicht mein Lieblingsdrache", sagte sie leise. "Quickthorn ist recht reizbar."

Aber Fredericas Blick war bereits auf den kleinen Drachen neben Quickthorn gerichtet. Der war kaum so groß wie ein Rehkitz und bemerkenswert schön, mit Schuppen in rostrot und kastanienbraun.

Elizabeth machte einen Schritt nach vorne. "Verehrte Quickthorn, es ist..." Sie schien nach Worten zu ringen. "Schön, dass du dich uns heute hier anschließt. Darf ich dir Lady Frederica Fitzwilliam vorstellen?"

Frederica riss ihre Augen rechtzeitig von dem kleinen Drachen weg, um zu sehen, wie Quickthorn ihren Kopf nach hinten warf. Rasch knickste sie. "Es ist mir eine Ehre, dich kennenzulernen."

"Aber keine so große Ehre, wie es ist, dem Nestling zu begegnen", entgegnete der Drache. In der Tat reizbar!

Frederica kramte ihre besten Manieren hervor, die sie in ihrer Freude über den Nestling verloren hatte. "Das mag vielleicht ein wenig aufregender sein, da die Chance besteht, dass er mein Gefährte werden könnte, aber ich fühle mich geehrt und freue mich stets, wenn ich einen Drachen treffe."

"Weshalb?", forderte sie.

Das war einfach, auch wenn die Frage sie nervös machte. Was würde passieren, wenn Quickthorn keine gute Meinung von ihr hätte? "Weil ihr mich fasziniert. Ich fühle mich unerklärlicherweise zu Drachen hingezogen und möchte mehr über euch erfahren, möchte wissen, wie ihr die Welt seht und was hinter euren Überzeugungen steckt."

"Nicht wegen der Macht, die es dir geben würde?"

"Das wäre schön, doch sie nutzen zu können, würde Jahre und viel Studium benötigen. Nach dem, was Elizabeth – Gefährtin Elizabeth – mir erzählt hat, müsste ich von neuem lernen, wie ich mich meines Talent bedienen könnte, daher wäre ich schwächer, zumindest zunächst einmal. Und um zu lernen, sie kunstfertig einzusetzen, wie Gefährtin Amelia es tut, braucht es Jahrzehnte harter Arbeit. Ich bin keine besonders aufmerksame Schülerin."

"Wofür setzt du dein Talent jetzt ein?"

"Für die ein oder andere Illusion, ein paar Sendungen und seit Kurzem auch als Veritas. Das einzige, was ich besonders gut kann, ist Wettermagie, was nicht sonderlich nützlich ist, außer um den Regen abzuhalten. Ein Regenschirm erfüllt denselben Zweck."

"Du könntest eine Dürre aufhalten, indem du es regnen lässt", forderte der Drache heraus.

"Nur wenn ich bereit bin, andernorts eine Dürre zu verursachen, indem ich ihren Regen stehle", erwiderte sie. "Manchen Leuten mag das gleichgültig sein, doch mir nicht."

Das über das Wetter hatte sie gar nicht sagen wollen. Doch dann kam ihr die Erkenntnis. "Du bist auch eine Veritas, nicht wahr? Oder können das alle Drachen?"

"Nur ein paar von uns", entgegnete der Drache widerwillig.

"Dann ist es kein Wunder, dass du so mürrisch bist", sagte sie mit mehr Offenheit als Taktgefühl. "Es kann unangenehm sein, ständig zu wissen, was jeder wirklich denkt. Ich vermute, dass ich lieber mit anderen Menschen zusammen wäre, wenn ich weniger von ihren inneren Gedanken wüsste."

Quickthorn zog überrascht den Kopf zurück, aber der Unmut in ihrer Aura nahm ab. "Das kann ich nicht bestreiten. Dieser Nestling ist Achat, und er hat zugestimmt, sich mit dir zu treffen. Nichts weiter als das. Dies Treffen findet nur statt, um herauszufinden, ob ihr kompatibel seid."

"Es ist mir eine große Freude, dich kennenzulernen, Achat", sagte sie. Als er nichts erwiderte, blickte sie zurück zu Quickthorn. "Ich dachte, Drachen aus diesem Nest wurden nach Bäumen benannt."

"Wir haben bereits alle Baumnamen aufgebraucht, sodass die neue Generation Edelsteine als Gebrauchsnamen für Sterbliche nutzt. Achat hat seinen Namen eben erst für dieses Treffen erhalten."

Gebrauchsnamen für Sterbliche. "Bedeutet das, dass ihr untereinander andere Namen verwendet?"

Quickthorn schnaubte. "Selbstverständlich. Unsere wahren Namen haben Bedeutungen, die die menschliche Zunge nicht verstehen kann."

"Das ergibt Sinn." Frederica wandte sich wieder Achat zu. "Was möchtest du über mich wissen?"

Der größere Drache sprach für ihn. "Wir werden mit einem kurzen Austausch beginnen, du und ich, bei dem Achat zuhört, damit er deinen Geist spüren kann."

Ihr zweiter Austausch! "Einverstanden."

Quickthorn streckte die Vorderbeine aus. Achat trippelte nahe an den größeren Drachen heran und lehnte sich an seine Seite.

Frederica griff nach ihren Krallen und war froh, dass sie diesmal keine Anweisungen brauchte. Quickthorns Augen blickten in ihre. Wie schön sie waren, ganz bernsteinfarben, mit meergrünen Flecken! Und dann war da wieder das schwindelerregende Gefühl einer anderen Präsenz in ihrem Kopf – zusammen mit einem Gefühl von nervösem Beobachten vom Rand aus. War das Achat?

Denke an das erste Mal, als du einen Drachen gesehen hast, befahl Quickthorn.

Begierig darauf, zu gefallen, griff Frederica auf ihre Erinnerungen zurück, wie sie Cerridwen zum ersten Mal in Drachenform gesehen hatte. Es war eine glückliche Erinnerung, aber irgendwie schien sie den schüchternen Beobachter noch ängstlicher zu machen. Hatte sie das missverstanden? Sie wechselte zu ihrem ersten Treffen mit Cerridwen in Turmfalkenform, als sie versucht hatte, ihr zu viel Pflaumenkuchen zu füttern, weil sie sie zur Freundin haben wollte. Aber die Unruhe nahm weiter zu, bis sie plötzlich weg war und nur noch Quickthorn in ihrem Kopf blieb.

Sie spürte wie sich auch der andere Drache zurückzog und ihr wurde schwer ums Herz. Es war offensichtlich, dass es nicht gut gelaufen war, aber was hatte sie falsch gemacht? Gab es etwas, was sie tun konnte, um das wieder in Ordnung zu bringen?

Aber nun, da ihr Verstand wieder nur ihr allein gehörte, konnte sie die Furcht in Achats Aura spüren. Er hatte Angst vor ihr. Sie wandte sich an Quickthorn. "Was mache ich, das ihn verschreckt? Das ist das Letzte, was ich tun möchte!"

Eine verärgerte Rauchwolke stieg aus Quickthorns Nasenlöchern auf. "Es ist nicht deine Schuld. Er weiß schon sein Leben lang, welchen Preis man zahlt, wenn bei der Gefährtenbindung etwas daneben geht. Er sieht den armen Hornbeam jeden Tag, mit verdrehtem Verstand und erschöpfter Magie, die ihm von seiner ehemaligen Gefährtin genommen wurde. Es ist nur natürlich, dass er die Bindung fürchtet."

"Aber...", sagte Frederica hilflos. Achat war eine so großartige Kreatur – und so verängstigt! Sie fiel auf die Knie, um mit ihm auf einer Augenhöhe zu sein. "Ich würde niemals etwas tun wollen, das dir schaden könnte. Wenn dir eine Bindung so gefährlich erscheint, dann sollte sie nicht geschehen." Sie wollte und würde diesen schönen jungen Drachen keinem Risiko aussetzen! Und ertragen, dass er Angst vor ihr hatte, konnte sie schon gleich gar nicht.

"Das hast du schön gesagt", meinte Quickthorn. "Aber seine Angst ist natürlich. Die Gefährtin, die Hornbeam verletzte, entstammte deiner Familie, und wie du wünschte sie sich sehr, sich zu verbinden." Sie schnaubte. "Sie passten nicht gut zueinander. Hornbeam hätte sich weigern sollen."

Aus ihrer Familie? Granny konnte sie nicht meinen, und andere Gefährten gab es in ihrer Familie nicht. Doch bis vor kurzem hatte sie auch nicht gewusst, dass Granny eine Drachengefährtin war. War ein anderer Fitzwilliam heimlich eine Drachenbindung eingegangen – und hatte seinem Gefährten Schaden zugefügt? Oder vielleicht war es auch schon Jahrhunderte her, wenn man bedenkt, wie langlebig Drachen waren. "Wer war es? Wann ist das gewesen?"

"Vor mehr als drei Jahrzehnten. Ihr Name war Catherine. Lady Catherine Fitzwilliam, wie ihr sie genannt hättet."

Fredericas Mund wurde trocken. "Ist sie diejenige, die jetzt Lady Catherine de Bourgh heißt?" Oh, jetzt ergab alles Sinn. Schrecklichen, furchtbaren Sinn.

"Ich weiß nicht, wie ihr Sterblichen sie jetzt nennt", schnauzte Quickthorn. "Ich verfluche ihren Namen."

"Darin schließe ich mich dir an", sagte Frederica inbrünstig. "Ich wusste bisher nicht, dass sie eine Drachengefährtin war. Auch Menschen hat sie schreckliche Dinge angetan. Aber mich betrübt es zutiefst, zu erfahren, dass sie ihrem Drachen ebenfalls geschadet hat." Sie war entsetzt. Hatte Lady Catherine ihre unnatürlichen Kräfte auf diese Weise erlangt? Sie erschauderte.

Elizabeths Stimme erklang hinter ihr. "Was genau hat sie getan? Darcy sagte mir nur, dass es sehr schlimm war."

"Sie beeinflusste die Gedanken der Menschen und zwang sie, zu tun, was sie wollte", sagte Frederica. Auch nach all den Jahren stieg bei dem Gedanken immer noch Übelkeit in ihr auf. "Der Wahnsinn des Königs? Das war das Ergebnis ihrer Einmischung."

Elizabeth blieb der Mund offen stehen. "Aber das bringt niemand zustande!"

"Kein menschlicher Magier hat diese Fähigkeit", erwiderte Quickthorn, "den Drachen ist sie allerdings inhärent. Mit Ausnahme von Hornbeam, dem diese Fähigkeit von seiner Gefährtin entrissen wurde."

Frederica presste entsetzt ihre Fingerspitzen auf ihren Mund. Sie hatte ihren eigenen Drachengefährten verletzt, um einen Vorteil daraus zu ziehen! Zumindest erklärte es Lady Catherines schreckliches Talent – und warum der Nestling Angst davor hatte, sich zu binden.

Entschlossen wandte sie sich wieder dem Nestling zu. "Kein Wunder, dass du Angst hast! Und es spielt keine Rolle, wie oft ich dir sagen würde, dass ich so etwas niemals tun würde. Allein der Gedanke daran stößt mich ab. Ich bin dankbar, dass ich dich kennenlernen durfte und es würde mich freuen, dich besser kennenzulernen, aber du solltest dich nie, nie, niemals an jemanden binden, den du fürchtest. Das ist einfach falsch." Tränen stiegen ihr in die Augen, da sie nun den Traum, eine Drachengefährtin zu sein, aufgeben musste, doch sie tat das Richtige. Das Richtige für Achat, und das war es, was zählte.

Das Nestling kam nach vorne und legte seinen Kopf auf Fredericas Arm. "Ich war bereit, das Risiko einzugehen, wegen der Vorteile, die es unserem Nest bringen könnte, aber unsere beiden Seelen passen nicht zueinander. Ich respektiere deine Entscheidung." Und dann watschelte er zurück zu Quickthorn und ließ Frederica zurück, die sich die Lippe biss, um ein Schluchzen zurückzuhalten.

"Eine weise Entscheidung", sagte Quickthorn zu ihr. "Du bist zu willensstark für einen Nestling; du würdest ihn dominieren, ohne es zu beabsichtigen."

Frederica nickte ruckartig. "Ich bin immer noch dankbar für diese Gelegenheit – und für eure Aufrichtigkeit."

Zwei Tage später schob Frederica einen Hauch von Enttäuschung beiseite, als sie Quickthorn allein bei den Drachensteinen vorfand. Sie hatte die Nachricht von Cerridwen erhalten, dass sie wieder dorthin gehen solle und kaum zu hoffen gewagt, dort auf einen weiteren potentiellen Gefährten zu treffen, der keine Angst vor einer Bindung hatte. Doch dem war offensichtlich nicht so.

Zumindest gab es diesmal keine Zeugen für ihre Enttäuschung. Elizabeth war auf den Feldern spazieren gewesen, als die Sendung kam, also würde sie nie erfahren, dass Fredericas Hoffnungen geweckt worden waren. Und das war auch gut so, da Elizabeth heute so guter Stimmung war, nachdem sie letzte Nacht mit ihrer Drachenschuppe endlich eine Verbindung zu Darcy hatte herstellen können.

Frederica war entschlossen, sich nicht in ihrer Enttäuschung zu suhlen. Quickthorn war interessant, und jede Gelegenheit, mit einem Drachen zu sprechen, war mehr, als sie sich jemals erträumt hatte. Aber warum hatte der Drache sie hierher gerufen? "Verehrte Quickthorn, ich freue mich, dich wiederzusehen."

"Das muss wohl wahr sein, da du mich nicht anlügen kannst", grummelte der Drache.

"Ich freue mich immer über die Gelegenheit, einen Drachen zu treffen, besonders eine weitere Veritas", sagte sie. "Du bist die einzige, die ich außer Gefährtin Amelia kenne, und sie scheint die Herausforderung der Wahrheitssuche mit mehr Anmut zu bewältigen als ich."

"Oder ich", sagte der Drache. "Aber die meisten Sterblichen befinden sich nicht gerne in meiner Gesellschaft."

Frederica ließ diese herausfordernde, aber zweifellos vollkommen wahre Aussage auf sich wirken. "Nun, ich schon. Du sprichst aus, was du wahrhaftig denkst, und das gefällt mir. Ich verlange nicht, dass alle die ganze Zeit fröhlich sind."

Der Drache beäugte sie. "Warum bist du so anders als die anderen?"

Sie zuckte mit den Schultern. "Meine Mutter hat immer gesagt, dass ich schon anders auf die Welt kam. Aber das ist nicht alles." Sie hielt inne, um nachzudenken. Warum mochte sie diesen besonderen, verschrobenen Drachen? "Ich platze immer mit Dingen heraus, die ich nicht sagen sollte, dabei meine ich es gar nicht böse. Nun, zumindest die meiste Zeit nicht; nur wenn jemand es wirklich verdient. Und als du mich bei unserem Treffen mit Achat gelesen hast, habe ich keine Bosheit in dir gespürt. Ich war bitter enttäuscht, als du sagtest, ich solle nicht versuchen, eine Verbindung herzustellen, aber mir war klar, dass du es zum Wohle von Achat gesagt hast. So wie es sein sollte."

"Warum wolltest du dich an einen Nestling binden?"

Das spielte nun keine Rolle mehr. "Eigentlich wollte ich nicht zwingend einen Nestling. Ich wollte nur eine Drachengefährtin sein, und ich dachte, das Nest würde es eher zulassen, wenn ich ihnen einen Weg aufzeige, wie dies zu ihrem Vorteil wäre. Ein Nestling könnte mir helfen, menschliche Skeptiker leichter zu überzeugen. Aber für mich selbst? Da lege ich keinen gesteigerten Wert darauf, zu warten, bis ein Nestling reif genug ist, um ein wahrer Gefährte sein zu können."

"Dann würdest du einen älteren Drachen, nicht ablehnen?"

"Ich würde mich über jeden Drachen freuen, der bereit ist, mich als Gefährtin zu wählen." War es möglich, dass sich diese Tür noch nicht vollständig geschlossen hatte und Quickthorn noch einen weiteren Drachen in der Hinterhand hatte, der möglicherweise passen könnte? Sie konnte ihre Aufregung nicht zurückhalten. "Besteht denn die Möglichkeit dazu?"

Quickthorn kratzte mit ihrem Hinterbein über den Boden und eine seltsame Verlegenheit strahlte von ihr aus. "Ich bin weder das, was du wolltest, noch sehr jung und schon gar nicht besonders umgänglich."

Es dauerte einen Moment, bis ihr klar wurde, dass der wunderschöne meergrüne Drache sich selbst anbot. Frederica konnte kaum den Drang unterdrücken, auf und ab zu springen und in die Hände zu klatschen. "Du wärst perfekt für mich."

"Du meinst das tatsächlich so." Der Drache klang überrascht.

"Ja! Ich habe viel über das, was du gesagt hast, nachgedacht, dass ich einen Nestling dominieren würde. Du würdest nie zulassen, dass ich dich dominiere, und du verstehst mich."

"Wir denken ähnlich. Das habe ich gesehen, als ich dich gelesen habe. Für eine erfolgreiche Bindung ist das wichtig."

Frederica hatte das Gefühl, ihr Lächeln würde über ihr Gesicht hinauswachsen, wenn es noch breiter würde. "Was müsste ich tun? Solltest du mich noch einmal lesen, um sicher zu sein, dass du mir vertrauen kannst?"

"Wenn du den nächsten Schritt machen möchtest, dann ja. Wir müssen uns beide sicher sein. Die Älteste hat dem Versuch bereits ihren Segen gegeben." Sie hielt inne und fügte dann widerwillig hinzu: "Sie möchte, dass mehr von uns sich Gefährten nehmen, nun, da das Große Geheimhaltungsabkommen gebrochen ist. Sie denkt jedoch, dass du ohnehin nicht zustimmen wirst. Sie hat mich nie als mögliche Gefährtin in Betracht gezogen, da kein Sterblicher mich wollen würde."

"Dann irrt sie sich, weil ich dich will!", sagte Frederica fest. "Und ich möchte den Menschen noch immer dabei helfen, Drachen zu akzeptieren. Sie werden dich ebenfalls ansprechend finden, nur auf eine andere Art und Weise."

Quickthorn schnaubte eine Rauchwolke aus. "Solange ich nicht mit ihnen spreche."

Frederica neigte den Kopf. "Das ist die Krux an der Geschichte, wenn man eine Veritas ist. Ich dachte immer, die Leute mögen mich einfach nicht. Als ich mehr über die Wahrheitssuchenden erfuhr, wurde mir klar, weshalb sie sich in meiner Gegenwart nicht wohlfühlten. Es lag daran, dass sie mir ungewollt mehr offenbarten, als ihnen lieb war." All die Jahre der Ablehnung schmerzten noch immer, doch das brauchte sie einer anderen Veritas nicht zu erklären.

"Wir sind in der Tat keine angenehme Gesellschaft für sie. Aber vielleicht können wir gemeinsam einen Weg finden, du und ich."

Stirnrunzelnd betrat Elizabeth wieder den Salon. Sie war vor Sonnenuntergang in das Cottage im Eichenhain gegangen, insbesondere um Zugang zu ihrem vollen Landtalent zu haben, wenn Darcy sich mit ihr verband. Aber wie sollte sie das Rätsel aus Darcys Sendung lösen? Es ergab einfach keinen Sinn. Es war ein langer Spaziergang bei Laternenlicht zurück zum Haus gewesen.

Frederica war bereits zum Abendessen umgezogen, ihr fröhlicher Gesichtsausdruck verblasste beim Anblick von Elizabeth. "Oh, nein! Was ist los? War er nicht da?"

"Nein, ich habe ihn gespürt", sagte sie langsam. "Aber ich verstehe nicht, was er mir übermitteln wollte."

"Die Worte waren nicht klar?"

"Es war ein vollkommen klares Bild – von Napoleon, der riesige Eier aus einer Höhle trug, und einer Seeschlange, die dabei zusah." Sie erschauderte, als die erschreckende Schlange in ihrem Traum ihr wieder in den Sinn kam. "Es fühlte sich unheilbringend an."

"Das ist seltsam. Waren es Seeschlangeneier?"

"Das kann ich nur vermuten, da die Schlange in der Nähe war, aber ich weiß es nicht."

Frederica runzelte die Stirn. "Warum sollte er dir das senden? Wir wissen bereits, dass die Schlangen mit Napoleon zusammenarbeiten."

"Es ist mysteriös. Aber ich werde es Cerridwen übermitteln, falls sie möchte, dass die Drachen es wissen."

"Eine gute Idee", stimmte Frederica zu. Dann sagte sie fröhlicher: "Und ich habe auch Neuigkeiten. Quickthorn hat angeboten, sich mit mir zu verbinden. Ich werde doch eine Drachengefährtin sein!"

"Was?", rief Elizabeth und fiel Frederica um den Hals. "Das sind fabelhafte Neuigkeiten. Ich weiß, wie sehr du dir das gewünscht hast." Quickthorn mochte vielleicht nicht ihr Lieblingsdrache sein, aber sie freute sich für ihre Freundin.

Frederica strahlte. "Ich bin überglücklich. Quickthorn mag als Botschafterin für Menschen einige Herausforderungen mit sich bringen, aber ich bin entschlossen, einen Weg zu finden. Und wir könnten ohnehin erst einige Zeit nach der Bindung das Nest verlassen."

"Wenn du den Leuten erzählst, dass sie eine Nachfahrin von Blackthorn der Seegrünen, der Gefährtin von Ethelrida der Weisen, ist, wirst du sie so sehr beeindrucken, dass sie schon mit ihrer Unverblümtheit zurechtkommen werden."

"Tatsächlich? Mir gegenüber hat sie das nie erwähnt." Frederica lachte. "Niemand wird mich jemals Frederica die Weise nennen, soviel ist sicher! Vielleicht Frederica die Impulsive. Und du musst mir alles beibringen, was du über das Dasein als Drachengefährtin weißt!"

"Na, dann haben wir zur Abwechslung einmal die Rollen getauscht und ich bringe dir etwas bei! Vielleicht wirst du dich als gelehriger herausstellen als ich." Elizabeth war trotz aller Lektionen von Frederica immer noch frustriert über ihren mangelnden Fortschritt was ihre magischen Fähigkeiten anbelangte.

"Vielleicht lag es auch eher an der Lehrerin, denn an der Schülerin", sagte Frederica mit ihrer üblichen Unverblümtheit. "Oder wir haben einfach noch nicht herausgefunden, wo genau dein magisches Talent liegt."

Das bezweifelte Elizabeth. Und sie musste immer noch das Rätsel um Darcys Sendung lösen. Auf den morgigen Sonnenuntergang und seine nächste Nachricht zu warten, würde hart werden.

"Georgiana, Mrs. Reynolds kam mit einem seltsamen Anliegen zu mir", sagte Elizabeth. "Anscheinend fehlen einige ältere Kleidungsstücke deines Bruders. Ich habe mich gefragt, ob die niederen Feen etwas damit zu tun haben könnten. Falls dem so wäre, würde ich ihnen gerne andere Kleidung besorgen." Nicht, dass sie tatsächlich besorgt wäre, aber eines der Dienstmädchen, dem das Fehlen aufgefallen war, hatte schon beinahe den Dienst quittiert, nachdem es von der Anwesenheit der niederen Feen gehört hatte und sie würde sie gerne entlasten, sofern das möglich wäre. Darcy würde es nicht gefallen, wenn sie deshalb Dienstboten verlören.

Das Mädchen leckte sich die Lippen, als ob die Frage sie nervös mache. "Ich war diejenige, die sie genommen hat, nicht meine Feen, aber es gibt keinen Grund zur Sorge. Ich werde sie zurückbringen."

Georgiana hatte sie genommen? Das ergab überhaupt keinen Sinn, es sei denn, etwas, was sie mit den Feen machte, erforderte, dass sie sich wie ein Junge kleidete. "Wenn du Kleidung brauchst, in der du dich besser bewegen kannst, können wir uns darum kümmern."

"Nein, ich..." Ihr Blick wanderte unruhig umher. "Vermutlich kann ich es dir einfach auch sagen." Sie öffnete die Tür zu ihrem Schlafzimmer und deutete Elizabeth herein.

Ihr Bett war über und über mit Kleidungsstücken von Darcy bedeckt. Und die Hälfte von ihnen bewegte sich, als wären sie in unsichtbaren Händen. Elizabeth seufzte. "Ich verstehe es immer noch nicht."

"Bitte, macht euch sichtbar", sagte Georgiana mit einem Hauch von Befehl in ihrer Stimme.

Elizabeths Augen schienen den Fokus zu verlieren, und dann war da ein halbes Dutzend Feen, von einer kleinen Rotkappe, bis hin zu einem Trio von Kobolden, allesamt mit seltsamen Proportionen und spitzen Ohren, was sie als Bewohner von Faerie auszeichnete. Selbst nach ihrer Begegnung mit dem Kobold verursachte ihr der Anblick immer noch eine Gänsehaut, wenn sie der Kreaturen aus den alten Geschichten ansichtig wurde. Nicht zuletzt auch, weil sie sich Darcys Kleidung über Hände, Gesichter und sonst überall hin rieben. Eine Koboldfrau hatte drei seiner Krawatten um ihren Arm gebunden, sodass sie wie ein seltsamer Maibaum aussah.

"Was machen sie?", fragte sie, halb erstickt von der Seltsamkeit des Ganzen.

"Sie nehmen seinen Duft auf", sagte Georgiana, als ob nichts Ungewöhnliches daran wäre. "Sie werden ihn mit den niederen Feen in Frankreich teilen, damit diese wissen, dass sie nach ihm suchen und ihm helfen sollen."

Elizabeth wandte sich ihrer Schwägerin zu und starrte sie an. "Das können sie?"

Plötzlich schien Georgianas neues Selbstvertrauen zu schwinden. "Sie sagen, dass sie es können. Sie wissen, wie sehr ich es mir wünsche."

"Aber ich dachte, sie kämen hierher, weil sie unter den Schutzzaubern sicher sind. Wie können sie nach Frankreich gehen?"

Die Koboldin mit den baumelnden Krawatten sagte mit kratziger Stimme: "Wir haben unsere Mittel und Wege, die die Sterblichen nicht kennen sollten."

"Ich verstehe." Das beunruhigte sie zwar nicht weniger, doch dieses Gefühl beschlich sie nur allzu oft, wenn es um die Feen ging. "Davon zu wissen macht mich froh." Sie drehte sich um und überließ sie ihrer Aufgabe.

Vor der Tür fragte Georgiana: "Bist du wütend auf mich?"

"Selbstverständlich nicht. Alles, was ihm helfen könnte, ist gut." Dann grinste sie. "Für Mrs. Reynolds sollte ich mir aber möglicherweise eine andere Geschichte einfallen lassen."

Kapitel 16

DARCYS EISIGE HÄNDE ZITTERTEN, als er die letzten Reste des Gestrüpps und Treibholzes, die sich an ihm verfangen hatten, aufstapelte. Die große Schlange in der Höhle hatte Recht behalten, dass er nicht ertrinken würde, aber vom beinahe Erfrieren hatte sie nichts gesagt. Jedes Mal, wenn Darcy von den Wellen verschluckt worden war, hatte er ebenso leicht atmen können wie unter freiem Himmel, eine wahrhaft wundersame Erfahrung. Aber durch den kalten, rauen Ärmelkanal zu schwimmen, war immer noch ein Kampf, der ihn erschöpft, wund und bis auf die Knochen unterkühlt zurückließ.

Das Land unter ihm war für sein Talent tot, daher suchte er tief in sich nach der Kraft von Pemberley und zog sie über hunderte Meilen durch seine Verbindung mit Elizabeth. Sie war schwächer als gewöhnlich, aber sie war da und mehr als genug, damit er Flammen auf dem Stockhaufen entzünden konnte. Feuer war seine früheste Magierfertigkeit gewesen, die ihm immer noch leichter fiel als jede andere. Er stöhnte erleichtert, als die Hitze seine schmerzenden Finger durchdrang.

Was nun? Die Schlange hatte ihm gesagt, er solle mit den Menschen am Ufer sprechen. Doch er befand sich auf einem einsamen Steinstrand, über dem weiße Kreidefelsen aufragten, so weit er in beide Richtungen blicken konnte. Wenn er auf einen Menschen stoßen wollte, würde er einen ziemlichen Marsch hinter sich bringen müssen, was mit der triefnassen Kleidung, die ihm schwer von den Schultern hing, nahezu unmöglich wäre.

Nun, ihm blieb wohl nichts anderes übrig. Er zog sich bis aufs Unterhemd aus, leerte das Meerwasser aus seinen Stiefeln und wrang den Rest der Kleidung aus, bevor er sie wieder anlegte. Zumindest leichter war sie nun. Und seine Umhängetasche sah intakt aus, aber wenn das Wasser durch das Öltuch gedrungen wäre, das seinen Passierschein enthielt, wäre er in Schwierigkeiten. Ein Engländer ohne Papiere käme in Frankreich nicht weit.

Wenn er sich überhaupt in Frankreich befand – und einen Weg an diesen Klippen vorbei finden könnte.

Dann entdeckte er in der Ferne eine Gestalt auf der Klippe. Freund oder Feind? Doch das spielte kaum eine Rolle, wenn er keinen Weg von diesem verfluchten Strand finden konnte. Darcy winkte, um seine Aufmerksamkeit zu erregen. Der Mann schwang seinen Arm und zeigte zu Darcys Linken.

Zumindest wüsste er nun, in welche Richtung es ging, wenn ihm das auch keine Garantie bot, dass er am Ende nicht verhaftet werden würde. Er stampfte das Feuer aus und machte sich auf den Weg. Die Anstrengung, über den unebenen Kies zu laufen, wärmte ihn. Schließlich kam er an einen Fluss, der die Klippen teilte und in einer schmalen Schlucht ins Meer mündete.

Er kletterte einen steilen Pfad hinauf, der neben dem Gewässer getrampelt worden war, die Oberschenkel schmerzten ihn, als er über die rauen Felsbrocken kletterte. Hatte er Englands Staatsgebiet tatsächlich verlassen? Das bedeutete, dass er heute Abend versuchen konnte, Elizabeth mit der Drachenschuppe zu erreichen, die ihm die Älteste gegeben hatte. Nur sechs Tage waren vergangen, seit er sie gesehen hatte, doch es fühlte sich wie eine Ewigkeit an.

Und er musste ihr von den Seeschlangen erzählen. Die Drachen würden es wissen wollen – und auch das Kriegsministerium, wenngleich ihm schleierhaft war, wie Elizabeth ihnen das erklären konnte, ohne die Drachen ins Spiel zu bringen. Wenn er es Elizabeth überhaupt mitteilen könnte.

Die Schlucht verbreiterte sich allmählich, der Weg wurde ebener. Dann stampfte der Mann, den er auf den Klippen erblickt hatte, auf ihn zu. Ein Mann, der ihm entweder helfen oder an die Behörden übergeben würde.

Leben oder Tod. Erfolg oder Misserfolg. Dieser Wahl wurde er müde.

Der Mann war klein, seine Haut vom Alter faltig und ledrig, als hätte er seine ganzes Leben draußen verbracht. Seine Kleidung war stark abgenutzt und hing locker an ihm hinunter, und der Anblick von Darcy schien ihm nicht zu gefallen. Kein gutes Zeichen.

Darcys Herz klopfte. "Je suis envoyé par les Serpents de mer." *Die Seeschlangen haben mich geschickt.*

Der Mann nickte scharf und zuckte mit dem Daumen, um ihm zu bedeuten, dass Darcy ihm folgen sollte.

Erleichtert atmete er aus. Zwei Probleme gelöst, da der Mann sowohl von den Schlangen wusste als auch Französisch sprach. Aber er musste ganz sicher gehen. "Suis-je bien en France?", fragte er. *Bin ich in Frankreich?*

Der Mann wandte den Kopf ab und spuckte auf den Boden. "Normandie."

In der Normandie? Weit südlich von dem Ort, an dem er hätte landen wollen. All die Stunden der Planung durch das Kriegsministerium, die Routen, die er sich eingeprägt hatte, die Namen der Städte und möglicher Kontakte – alles nutzlos.

Jetzt musste er einen Weg nach Paris finden, und seine Frankreichkarte befand sich in seinem Koffer auf dem Grund des Kanals, zusammen mit seiner Wechselkleidung. Inklusive eines mit Kraft durchwirkten Hemdes, das er hatte anziehen wollen, wenn er sich Napoleon stellte. Elizabeth hatte es für ihn genäht, aus Stoff, den seine Halbschwester hergestellt hatte. Wenigstens hatte er noch die beiden Taschentücher, die Elizabeth für ihn bestickt hatte, auch wenn sie klatschnass waren. Die hatte er in der Westentasche aufbewahrt, die seinem Herzen am nächsten war.

Irgendwie müsste er in diesem trostlosen Landstrich Kleidung finden, der man ansehen könnte, dass er ein Gentleman war. Wenn er jemals wieder trocken werden würde, was im Moment unglaublich weit weg schien.

Der Mann führte ihn zu einer in den Hang gebauten Hütte, aus deren schmalem Steinkamin eine Rauchspirale aufstieg.

Darcy duckte sich, als er durch die Tür ging, eine unbemalte Holzplatte, die an Lederscharnieren hing. Der scharfe Geruch von brennendem Torf fiel ihn in dem dunklen Innenraum, der aus einem einzigen Zimmer mit simpler Einrichtung bestand, regelrecht an. Aber das konnte er sich gerade nicht aussuchen und er war nun auf diese Menschen angewiesen.

Eine gebückte alte Frau stand am rustikalen Herd und sah wirklich wie eine Hexe aus einer der alten Geschichten aus. Sie starrte ihn schockiert an. Zweifellos sah man ihm an, dass er eindeutig aus einer anderen Welt kam, selbst wenn er derangiert und durchnässt war.

Der Mann knurrte mit einem heftigen Dialekt: "Envoyé par les Serpents." Dann stampfte er hinaus, die Tür fiel hinter ihm zu.

Die Frau brach in eine Flut von Worten aus, so geschwätzig wie ihr Mann schweigsam war, aber Darcy verstand kaum etwas davon. "Je ne comprends pas ce que vous dites", sagte er müde. Würde dieser schreckliche Tag niemals enden?

Sie neigte den Kopf und sprach denn langsamer, doch er verstand noch immer nicht mehr als jedes dritte Wort. Zweifellos irgendein örtlicher Dialekt. Aber sie zog ein derbes Nachthemd hervor und bedeutete ihm, seine nassen Kleider auszuziehen.

Er würde alles tragen, solange es nur herrlich trocken wäre. Als er sich umgezogen hatte, schöpfte sie eine Schüssel Fischeintopf und zeigte auf den Tisch. Unentwegt unverständlich vor sich hinplaudernd, sammelte sie seine durchnässte Kleidung und nahm sie mit nach draußen.

Erst dann wurde ihm bewusst, wie hungrig er war, da er seit seiner Abreise aus England nichts gegessen hatte. Seine hungrige Zunge liebte den köstlichen Eintopf. Zu gerne hätte er noch mehrere Nachschläge genommen, doch er bezweifelte, dass diese armen Fischersleute auch nur diese eine Portion entbehren konnten.

Mit Bedauern schob er die leere Schüssel beiseite und machte eine Bestandsaufnahme der wenigen Dinge, die ihm geblieben waren. Die Taschenuhr war natürlich ruiniert. Glücklicherweise handelte es sich dabei nicht um seine eigene, die die sein Vater ihm geschenkt hatte, als er sein Talent entwickelt hatte, sondern um eine mit der Gravur "E. Harcourt", die das Kriegsministerium ihm mitgegeben hatte. Seine Umhängetasche hielt jedoch eine angenehme Überraschung bereit – alles darin war vollkommen trocken. Es sah aus, als wäre sie niemals mit Meerwasser in Berührung gekommen. Er schickte ein stummes Wort des Dankes an die Seeschlangen für ihre Magie.

Seine Stiefel, die zum Trocknen umgekehrt herum standen, würden nie mehr dieselben sein, und sein Haar war salzverkrustet. Was taten Menschen ohne Dienstboten in diesen Umständen? Er würde sie im Fluss waschen müssen. Niemand würde glauben, dass er Mr. Darcy von Pemberley ist, wenn sie ihn jetzt so zu sehen bekämen.

Seine steifen Muskeln stöhnten, als er aufstand und barfuß zum Bach hinausging. Die alte Frau hing seine Kleider an einer Leine auf. Sie zeigte ihm, wo sich das Wasser in einem Tümpel sammelte, kaum mehr als ein paar Zentimeter tief, doch es reichte, um es in seinen aneinander gelegten Händen zu sammeln und das Salz zumindest grob auszuspülen. Weit von dem Krug heißen Wassers entfernt, den sein Kammerdiener ihm über den Kopf gießen würde.

Wenn er es jemals zurück nach England schaffte, würde er seinen persönlichen Diener niemals wieder für selbstverständlich nehmen.

Als die Frau ihm ein grobes Tuch anbot, um sein Haar zu trocknen, fragte er: "Wie komme ich von hier aus nach Paris?", und sprach jedes Wort langsam und sorgfältig aus.

"Paris?" Sie klang so schockiert, als hätte er vorgeschlagen, zum Mond zu reisen.

Vielleicht sollte er die Latte nicht ganz so hoch legen. Nur ein Fußpfad führte zu dieser Hütte, keine Straße, nicht einmal ein Feldweg für einen Karren. "Irgendwo, vielleicht ein Gasthaus, wo eine *Diligence* Station macht", sagte er und nutzte das französische Wort für Postkutsche.

Sie schüttelte verblüfft den Kopf.

"Dann die nächstgelegene Stadt."

Sie lächelte. "Ah oui! Demain." Dann ging sie in eine Flut von Worten über, aus denen er heraushörte, dass sie ihm morgen den Weg in die Stadt zeigen würde, wenn seine Kleider trocken wären.

Damit hatte sie natürlich recht. Selbst wenn er die Kraft dazu aufbrächte, könnte er sich nicht in durchnässten Kleidern auf den Weg machen. Und die Sonne ging auch schon beinahe unter, sodass er versuchen konnte, Elizabeth durch die Drachenschuppe zu erreichen.

Drei Tage brauchte Darcy, um die Zivilisation zu erreichen. Zuerst ein langer, ermüdender Fußmarsch, in Stiefeln, die grauenhaft kniffen, nachdem sie zuvor von Meerwasser durchtränkt worden waren, um die sogenannte Stadt zu erreichen. Sie bestand aus fünf kleinen Hütten. Er bezahlte einen weiteren alten Mann – Frankreich schien wie leergefegt von Männern im kampffähigen Alter zu sein – um ihn mit seinem langsamen Ochsenkarren in die nächste Stadt zu bringen. Ihm war nicht klar gewesen, wie sehr er allein aufgrund seines Alters und seines guten Gesundheitszustandes auffallen würde. Seine neuerdings schlecht sitzenden Stiefel erwiesen sich am Ende als Segen; der Bauer schien zu denken, dass sein Hinken auf eine Kriegswunde zurückzuführen sei.

Sie erreichten ihr Ziel erst nach Einbruch der Dunkelheit, wo sich das versprochene Gasthaus als Witwe entpuppte, die ihr freies Zimmer an Besucher vermietete. Aber es gab eine *Diligence*, die einmal pro Woche vorbeikam.

Durch schieres Glück musste er nur zwei Nächte abwarten.

Er erinnerte sich an die *Diligences* von seiner Reise nach Frankreich, als er zehn Jahre alt gewesen war. Nicht, dass seine Mutter ihm gestattet hätte, mit einer zu fahren, er war jedoch von deren seltsamer Form fasziniert gewesen: Sie sahen aus wie zwei Postkutschen, die auf vier Rädern zusammengequetscht waren, oft mit einem kleinen Cabrioletteil auf dem Dach, für diejenigen, die es vorzogen, im Freien zu fahren. Nun, da sich ihm endlich die Gelegenheit bot, in einer zu fahren, verbrachte er die Reise damit, so zu tun, als würde er dösen, um jegliches Gespräch zu vermeiden, bis sie in Rouen ankamen.

Dem Himmel sei Dank! Es war erkennbar eine Stadt, auch wenn die spitzen Kirchtürme mit ihren Dachreitern über der berühmten astronomischen Uhr und das farbenfrohe Fachwerk sie seinen englischen Augen offensichtlich fremd erscheinen ließen. Und alle hier schienen ein Französisch zu sprechen, das man auch verstehen konnte.

Die *Diligence* wurde von einer ganzen Traube Buben begrüßt, die jedem unvorsichtigen Reisenden Werbung für Hotels aufdrängten. Darcy wählte eines rein nach seiner Adresse in der Grande Rue St. Jean aus, die sich wahrscheinlich in einem besseren Teil der Stadt zu befinden schien. Die Grande Rue erwies sich jedoch als kaum einen Meter breit, aber das Hotel schien ganz annehmbar zu sein, wenn es auch nicht der Art Etablissement entsprach, das ein hochrangiger Gentleman frequentieren würde. Glücklicherweise gingen seine Zimmer nach hinten hinaus, mit Aussicht, sodass er die untergehende Sonne sehen konnte. Andernfalls würde er den exakten Moment, wenn sie den Horizont berührte, verpassen, in dem auch die Drachenschuppe aktiv wurde.

Wenn er doch nur direkt nach Paris fahren könnte! Auf dieser Reise hatte er bereits zu viel Zeit verloren, wegen der Seeschlangen und da er in einem einzigartig unbewohnten Teil Frankreichs an Land gekommen war, doch das war nun auch nicht mehr zu ändern. Er konnte nicht ohne Gepäck in Paris ankommen, nur mit einem Satz geeigneter Kleidung am Leib, die er den größten Teil der Woche bereits getragen hatte. Wenn er den Eindruck eines Gentlemans erwecken wollte, würde er lange genug in Rouen bleiben müssen, um sich ein wenig mehr Kleidung zu besorgen.

Für einen privaten Diener hatte er ein zusätzliches Entgelt bezahlt. Als der Mann ankam, erklärte Darcy seine Situation in abgehacktem Französisch, mit der Geschichte eines Schiffsbruchs und verlorenem Gepäck. Er bräuchte neue Kleider, aber auch eine Karte von Frankreich und eine von Paris.

Der Sonnenuntergang stand unmittelbar bevor, daher schickte er den Diener los, um mit den Vorbereitungen zu beginnen, und sagte ihm, er wolle unter keinen Umständen in der nächsten halben Stunde gestört werden.

Denn das war seine Chance, mit Elizabeth zu kommunizieren, und das erforderte seine volle Konzentration. In der ersten Nacht in der Hütte war der Schock, ihre lebendige Präsenz in ihm zu spüren, so überwältigend und willkommen, dass er vergaß, was er zu sagen hatte. Ihre Worte erklangen in seinem Kopf –*Bist du in Sicherheit?* – als ob sie laut spräche, und er brachte nichts anderes fertig, als 'ja' zu sagen und dass er sie liebe bevor die Verbindung wieder schwächer wurde und ihn mit einem Gefühl des Verlustes zurückließ.

Danach hatte er seine Botschaften sorgfältiger vorbereitet. Der Älteste hatte ihn nicht in die Irre geführt – ein einfacher Satz oder ein Bild waren alles, was er übermitteln konnte. Was eine ziemliche Herausforderung darstellte, wenn er ein komplexes Konzept kommunizieren musste wie Napoleon, der die Seeschlangen mit ihren Eiern erpresste, um sie zu zwingen, seinen Befehlen zu folgen.

Er hatte beschlossen, die Botschaft auf drei Abende aufzuteilen. Das erste Mal hatte er ein Bild von Napoleon geschickt, der Eier von den Seeschlangen stahl. Beim zweiten übergab der französischer Kaiser die Eier dem Hochkönig. Der heutige Abend wäre der kniffligste.

Er konnte nur beten, dass Elizabeth sich einen Reim darauf machen konnte.

Er zog die Schuppe aus dem Lederbeutel um seinen Hals und rieb sie zwischen Daumen und Zeigefinger. Aus irgendeinem Grund fühlte sie sich stets warm an, wärmer als ein Mensch. Und dann war Elizabeth da.

Von ihrer geliebten Gegenwart ließ er sich nicht ablenken, so sehr er sich auch danach sehnte. Er schickte sein Bild: Napoleon reichte einer Schlange ein Ei mit einem sinkenden Schiff im Hintergrund.

Ihr Schock war spürbar. Er konnte praktisch hören, wie sie die Luft einsog und sich ihren fassungslosen Blick vorstellen. Sie hatte es verstanden!

Ich werde es den Drachen berichten, sandte sie.

Die Schuppe erlosch in seiner Hand. Würde er sich an das Gefühl gewöhnen, dass sie da war und dann verschwand?

Morgen würde er seine Nachricht nutzen, um ihr zu sagen, wie sehr er sie liebte.

Der gelangweilte Fahrkartenverkäufer des Gasthauses, in dem die *Diligence* Station machte, stützte sich auf eine Krücke, als er Darcys Papiere studierte. "Soll mir recht sein. In der Kutsche oder Cabriolet?"

Plötzlich überfiel ihn eine Erinnerung von seiner ersten Reise nach Frankreich als zehnjähriger Junge, der sich nichts sehnlicher wünschte, als zurück in seinem ruhigen Cottage in Pemberley zu sein, weg von all dem Lärm, den Unterhaltungen und zu vielen Veränderungen. Er hatte die komplette Reise gehasst, aber Jack hatte sie geliebt.

Jack hatte endlos gequasselt, eine Frage reihte sich an die nächste. Warum mussten sie in dieser dummen Privatkutsche sitzen, wenn doch jeder sehen konnte, dass es mehr Spaß machen würde, im Cabriolet zu fahren, das auf der *Diligence* thront? Warum konnte er nicht mit den französischen Buben auf der Straße spielen?

Die Antwort seiner Mutter war jedes Mal dieselbe: "Weil du ein englischer Gentleman und ein Darcy von Pemberley bist."

Jack war neugierig auf alles gewesen – nein, nicht wirklich auf alles. Die großen Kathedralen, mit ihren weiten, stillen Räumen, in denen Darcy endlich ein wenig Ruhe empfunden hatte, hatten ihn gelangweilt. In der blutrünstigen Art kleiner Jungen war Jack vom Mangel an Guillotinen und Schinderkarren, die Aristokraten in den Tod trugen, enttäuscht gewesen. Wenigstens konnte er den Platz sehen, auf dem die Bastille gestanden hatte, und sich die Kämpfe auf den Straßen vorstellen.

Schon damals hatte Jack Soldat werden wollen. Ihre Mutter hatte ihm den Gefallen getan und sie zum Appell der französischen Truppen mitgenommen und war sogar so weit gegangen, sich mit einem französischen General anzufreunden. Sie lud ihn ein, in ihrer Suite zu speisen, wo Jack dem armen Mann in den Ohren gelegen hatte, ihm von den Schlachten zu erzählen, die er befehligt hatte.

Jack hatte nie die Chance gehabt, im Cabriolet einer *Diligence* zu fahren. Er bat darum, nach Frankreich zurückzukehren, als der Frieden von Amiens ausgerufen wurde, aber zu diesem Zeitpunkt war Lady Anne bereits verschwunden gewesen und für tot gehalten worden und ihr Vater hatte sich geweigert, dem fünfzehnjährigen Jack die Erlaubnis zu erteilen, allein mit Dienstboten zu reisen. Darcy, der zu diesem Zeitpunkt bereits mit der Abstoßung zu kämpfen hatte, hatte kein Interesse an der Reise gehabt.

Hätte er gewusst, wie wenig Zeit ihm noch mit Jack blieb, hätte Darcy alles stehen und liegen lassen, um ihn zu begleiten.

Nun konnte er nichts mehr für Jack tun, als ihm zu Ehren einen Sitzplatz im Cabriolet zu kaufen.

Auf dem Freiluftsitz schlossen sich ihm eine alte Witwe und deren Gesellschaftsdame an. Die junge Frau schenkte ihm ein schüchternes Lächeln, das ihn an Georgiana erinnerte, aber sobald sich die *Diligence* mit höherer Geschwindigkeit bewegte, machte der vorbeirauschende Wind ein Gespräch unmöglich. Ein weiterer Vorteil des offenen Cabriolets.

Außerdem bot es ihm einen besseren Blick auf die Landschaft, während die *Diligence* von Stadt zu Stadt raste. So viele Felder lagen brach, und auf denen, die bewirtschaftet wurden, arbeiteten nur noch Frauen und alte Männer. Nur wenige jüngere Männer hatte er auf den Straßen von Rouen gesehen, und den meisten davon fehlten Arme oder Beine. Frankreich zahlte einen hohen Preis für Napoleons Kriege.

Von Écouis ginge es über Gisors bis ins überfüllte Paris, dessen imposante Steingebäude auf beiden Seiten der Straßen aufragten, wie es sich Napoleon für die kaiserliche Hauptstadt gedacht hatte. Er stellte sich darauf ein, dass sein *Passeport* in Frage gestellt würde, doch als er ausstieg, schien sich niemand um die ankommenden Passagiere zu scheren, von einer bunt zusammengewürfelten Gruppe von Jungen abgesehen, die anboten, Koffer und Truhen zu tragen.

Er ließ sich von einem von ihnen zum Hôtel de Suède, dem Schweden-Hotel, führen, das ihm das Kriegsministerium empfohlen hatte, weil sein Personal und die meisten seiner Gäste schwedisch waren. Darcys Akzent würde dort nicht gar so auffallen. Der Gastwirt, in der Tat ein Schwede, prüfte seine Papiere sorgfältig, bevor er zustimmte, Edward Harcourt eine Suite und einen Diener zur Verfügung zu stellen.

Nach seinem allzu kurzen Sonnenuntergangsmoment in liebevoller Verbindung mit Elizabeth verbrachte Darcy den Abend damit, Briefe mit Anfragen zu verfassen, die seine Mitverschwörer auf seine Anwesenheit in Paris aufmerksam machen sollten. Am Morgen würde er sie dem Wirt übergeben, damit dieser sie bei der Post aufgab.

Erst, als ihm nichts weiter blieb, als zu warten, kam Darcy der Gedanke, dass etwas an seiner früheren Reise mit Jack nach Frankreich ausgesprochen seltsam gewesen war. Weshalb hatte Lady Anne beschlossen, ihre beiden jungen Söhne auf eine Reise durch das revolutionäre Frankreich mitzunehmen, wenn nur ein Jahr zuvor in den Straßen von Paris Blut geflossen war, als noch der Terror wütete? Sie sagte ihnen, es sei eine Bildungsreise, um ihren Horizont zu erweitern, doch auch das ergab keinen Sinn. Noch nie hatte sie die beiden irgendwohin mitgenommen, nicht einmal nach London.

Hatte Lady Anne eine geheime diplomatische Mission für die Regierung getarnt, indem sie ihre Kinder mitnahm? Möglicherweise, aber damals war sie noch nicht die Magierin des Königs gewesen. Vielleicht hatte sie lediglich ihrer Schwester, der verräterischen Lady Catherine, für eine Weile entkommen wollen? Sicherlich, seine Mutter hatte sich auf ihrer Reise wohler gefühlt, als wäre ihr eine große Sorge von den Schultern genommen worden. Ziemlich ungewöhnlich angesichts der Gefahren, die damals in Frankreich lauerten.

Was seine Mutter jetzt wohl dachte? Sie hatte bereits Jack in Salamanca verloren und ihre wahre Tochter war von den Feen gestohlen worden. Bereute sie es, ihr einziges verbliebenes Kind auf eine Unternehmung geschickt zu haben, die die Regierung als einen beinahe sicheren Tod in Frankreich ansah? Im Gegensatz zu Elizabeth hatte sie ihn nicht beraten, wie er versuchen sollte, zu überleben.

Wenn er dies überlebte, wollte er seinen eigenen Kindern ein ganz anderer Vater sein.

Kapitel 17

ELIZABETH BLICKTE FINSTER AUF den Brief, den sie gerade von Lady Anne Darcy erhalten hatte. Es steckte voller Ratschläge, aber nicht die Art von mütterlicher Führung, die sie vielleicht begrüßt hätte, oder gar Mitgefühl, weil ihr Mann fort war oder Freude über die Nachricht von ihrer Schwangerschaft. Interessierte sie die Aussicht auf ihr erstes und vielleicht sogar einziges Enkelkind gar nicht?

Nein, dieser Brief drehte sich einzig und allein um die außerordentliche Wichtigkeit von Rana Akshayas Besuch auf Pemberley. Wie viel davon abhinge, dass die Indische Magica mit ihrem Empfang zufrieden sei und wie katastrophal es enden könnte, falls Elizabeth sie in irgendeiner Weise brüskierte. Obendrein noch eine Liste an Fragen, von denen Lady Anne erwartete, dass sie sie Rana Akshaya stellte, sollte sich die Gelegenheit dazu ergeben. Wenn sie den Brief doch nur ins Feuer werfen könnte!

"Ist das zu fassen?", rief sie Frederica zu. "Sie hat kein Vertrauen in meine Fähigkeiten als Gastgeberin, und einen Augenblick später will sie, dass ich meinen Gast verhöre!"

Frederica blickte von ihrem eigenen Brief der Königsmagierin auf. "Hah! Anscheinend sagte Lady Anne zu Rana Akshaya, dass sie sie hierher begleiten würde, und Rana Akshaya weigerte sich, dies zuzulassen. In ihr eigenes Zuhause, auch wenn sie schon seit Jahren nicht mehr hier war! Oh, das muss sie rasend gemacht haben! Sie versucht verzweifelt, hinter Rana Akshayas Geheimnisse zu kommen."

"Als hätte sie als Hofmagica nicht selbst genug Macht!" Elizabeth schnaubte undamenhaft.

"Nun, soviel muss ich ihr zugestehen: Ich denke, dass sie eher Angst davor hat, was Rana Akshaya tun könnte. Dass sie sich als jemand herausstellen wird, die ihre Macht missbraucht, wie Lady Catherine. Davor hat sie stets furchtbare Angst." Sie verzog das Gesicht. "Nun, da ich weiß, was Lady Catherine ihrem Drachen angetan hat, kann ich das besser nachvollziehen. Glaubst du, Lady Anne wird mich fürchten, sobald sie von Quickthorn erfährt?"

"Wir werden im selben Boot sitzen, wenn sie herausfindet, dass auch ich eine Drachengefährtin bin." Elizabeth hielt inne und fügte hinzu: "Ich nehme nicht an, dass sie dir gegenüber Granny erwähnt hat."

Frederica runzelte die Stirn. "Mit keinem Wort. Ich kann mir vorstellen, dass Granny ihr aus dem Weg geht, aber trotzdem wünschte ich, wir hätten Neuigkeiten! Wer weiß, welchen Spaß sie sich mit dem Kriegsministerium erlaubt?"

Der Gedanke trieb auch Elizabeth um. Granny konnte unberechenbar sein, doch ohne Darcy hatte Elizabeth keine Ahnung, was im Kriegsministerium vor sich ging. Wie konnte sie bei den Drachen effektiv für Menschen fürsprechen, wenn sie so wenig Informationen hatte? Wenn Granny ihr doch nur schreiben würde!

Sie schaute wieder auf Lady Annes Brief hinunter. Als ob ihr ohnehin nicht schon vor Rana Akshayas Ankunft gegraut hätte! Sie hatte bereits alle Hände voll zu tun: Sie musste lernen, wie man ein Anwesen führte, das viel größer war als das ihr vertraute, in dem sie aufgewachsen war, musste damit umgehen, dass überall Feen umherwuselten, musste die Drachen davon überzeugen, England zu verteidigen und dazu kam dann noch die Müdigkeit, die ganz natürlich mit ihrem Zustand einherging.

Sie hatte den größten Teil einer Woche an Fredericas Bindung an Quickthorn verloren, die viel früher als erwartet stattgefunden hatte, lediglich einen Tag, nachdem Frederica dem zugestimmt hatte. Glücklicherweise hatte sich Frederica schnell erholt, aber es hatte dennoch Zeit und Energie in Anspruch genommen, die Elizabeth eigentlich nicht hatte.

Nein, das stimmte so auch wieder nicht. Sie war einfach nervös wegen Rana Akshayas Besuch. Sie hatte noch nie auch nur eine gewöhnliche Dinnergesellschaft auf Pemberley abgehalten und nun kündigte sich königlicher Besuch aus einem fernen Land an, und nur der Himmel wusste, wie lang dieser blieb. Und das von einer Frau, deren Traditionen sie nicht kannte und mit der sie niemals auch nur ein vollständiges Gespräch geführt hatte. Das wäre schon schwer genug, wenn Darcy noch hier gewesen wäre. Es alleine zu schaffen, erschien ihr wie eine unmögliche Herausforderung.

Schon die Vorbereitungen waren belastend genug gewesen. Chandrika hatte sie gewarnt, dass die große Rana ein Zimmer benötigen würde, das größer wäre als jedes der üblichen Gästezimmer, daher hatte Mrs. Reynolds sich daran gemacht, den großen, repräsentativen Salon in ein stattliches Schlafzimmer umzugestalten. Wenn Rana Akshaya, wie Elizabeth vermutete, eine Drachengefährtin war, wäre der Salon groß genug für einen Drachen in voller Größe. Dann meinte Chandrika noch, es gäbe besondere Lebensmittel, auf die die große Rana bestünde. Es war nervenaufreibend.

Und das auch schon vor diesem schrecklichen Brief von Lady Anne.

Wie aufs Stichwort erschien einer der Hausdiener. "Verzeihen Sie die Störung, Mrs. Darcy, aber es kommen Kutschen an. Stattliche."

Elizabeth stöhnte. "Ich komme." Sie eilte zum Portikus, Frederica ihr dicht auf den Fersen.

Der Hausdiener hatte nicht übertrieben. Rana Akshaya tauchte natürlich einfach ohne Vorankündigung auf, darauf konnte man sich verlassen! Aber wer könnte sich sonst noch in dieser ganzen Karawane befinden? Sie hoffte, dass in den Stallungen Platz für sie alle gefunden werden könnte.

Wenn sie nur eine Ahnung hätte, weshalb Rana Akshaya nach Pemberley gekommen war! Wie sollte sie Fehltritte vermeiden, wenn sie nicht einmal den Weg vor sich sehen konnte?

Der erste Wagen kam vor dem Haus zum Stehen, ein uniformierter Diener öffnete die Tür und ließ die Stufen hinunter. Der erste, der ausstieg, war ein junger Mann in indischer Manier gekleidet, den Elizabeth als Rana Akshayas Übersetzer erkannte.

Ohne jeden Gruß wandte er sich um, um einer schattenhaften Gestalt im Wagen die Hand zu reichen.

Rana Akshaya stieg langsam heraus, jeder Schritt sorgfältig und vorsichtig. Wie zuvor war ihr Gesicht hinter einem Schleier verborgen, und ihre Gestalt in fließenden, bestickten Stoff gehüllt. Sie hielt inne, als ihre Füße den Boden berührten, und hob den Kopf, als würde sie den Himmel studieren. Ihre Diener stellten sich neben ihr in einer Reihe auf.

Elizabeth trat vor und machte einen tiefen Knicks. "Willkommen auf Pemberley, Rana Akshaya. Wir fühlen uns durch Euren Besuch geehrt."

Die indische Frau erübrigte ihr einen Blick. *In einer Zeit wie dieser müssen wir alle zusammenstehen.* Sie sandte es, statt laut zu sprechen.

Meinte sie, dass sie als Drachengefährtinnen zusammenhalten müssen? "Das müssen wir, in der Tat. Ich glaube, Ihr habt Lady Frederica Fitzwilliam bereits kennengelernt, die ebenfalls hier zu Gast ist."

Als Frederica vortrat, murmelte Rana Akshaya etwas in ihrer eigenen Sprache. Ihr Übersetzer sagte: "Die große Rana freut sich –"

Rana Akshaya brachte ihn mit einer Handbewegung zum Schweigen und sprach mit ihrer eigenen resonanten, leicht akzentuierten Stimme. "Ist der Hofmagica bewusst, dass Ihr eine Bindung eingegangen seid?" Anscheinend konnte sie es schlichtweg durch einen Blick auf Frederica erkennen.

"Ich habe es ihr nicht mitgeteilt, und ich glaube nicht, dass es jemand anderes getan hat", sagte Frederica. "Es geschah erst kürzlich."

"Dann sind Glückwünsche angebracht."

Frederica knickste. "Es ist die größte Ehre meines Lebens."

Elizabeth wappnete sich, um ihre Pflichten als Gastgeberin zu erfüllen. "Ihr müsst nach Eurer langen Reise müde sein. Bitte gestattet mir, Euch ins Haus einzuladen. Wir haben Räume für Euch nach Chandrikas Anregungen vorbereitet."

"Ihre Gefährtin ist bereits auf dem Weg. Ich werde hier auf sie warten." Rana Akshaya deutete in Richtung des Nests, das ihr niemand gezeigt hatte. Es war eine Erinnerung daran, wie sehr ihre Kräfte die von Elizabeth übertrafen.

Was sagte wohl das Protokoll über das korrekte Vorgehen, wenn man mit einem Gast von königlichem Blut aus einem fernen Land draußen stand, der sich weigerte, den üblichen Regeln zu folgen? Sollte sie anordnen, Stühle und Erfrischungen herauszubringen? Es könnte eine Viertelstunde in Anspruch nehmen, wenn ein Drache in Falkengestalt vom Nest nach Pemberley flog, doch wenn Cerridwen bereits unterwegs war, könnte es nicht mehr so lange dauern. "Wie Ihr wünscht."

Als wären sie eins, traten die indischen Diener gleichzeitig vor und ordneten sich in einen ordentlichen Halbkreis um die Magica an. Einen Moment später erschien Cerridwen in Turmfalkenform über ihren Köpfen, worum Elizabeth froh war. Sie verwandelte ihr Aussehen noch in der Luft und glitt als Drache zu Boden.

Dem Himmel sei Dank! Cerridwens Anwesenheit würde Rana Akshaya sicherlich ablenken. Nicht, dass Elizabeth die indische Frau nicht mochte, aber sie waren kaum miteinander bekannt, und die indische Magica sagte die unberechenbarsten und geheimnisvollsten Dinge.

Rana Akshaya verbeugte sich leicht vor Cerridwen. Ein Schauer lief Elizabeth über die Arme – da war Magie im Einsatz. Die indische Magierin musste sich via Sendung mit ihrem Drachen austauschen. Was sie wohl sagte?

Eine kleines Ledertäschchen erschien in Cerridwens Krallen, das sie Elizabeth hinhielt. "Die Botschaft ist für Rana Akshaya, doch sie ist an dich gebunden. Die Älteste möchte, dass du sie ebenfalls hörst."

Elizabeth hob die Augenbrauen. Das Säckchen enthielt eine vertraute, schwere Silberkugel, genau wie jene, die sie zusammen mit Darcy ins Nest gerufen hatte. Ein scharfer Schmerz durchstach sie – sie vermisste ihren Mann. Doch nun hatte sie eine Aufgabe, und die würde sie ausführen. Sie ließ das Artefakt in ihre behandschuhte Hand gleiten.

Nichts geschah. Cerridwen sprach in ihrem Kopf. *Sie muss deine Haut berühren.*

Natürlich. Beim ersten Mal in Darcys Arbeitszimmer hatte sie keine Handschuhe getragen. Rasch zog sie sich einen Handschuh von den Fingern und setzte die kunstvoll gravierte Kugel in ihre Handfläche.

Das letzte Mal war die Illusion, die sich aus der Kugel erhob, winzig gewesen. Diesmal war sie viel größer, das Abbild der Ältesten fast so groß wie Elizabeth selbst. Beinahe erwartete sie, dass ihre Hand unter dem Gewicht nach unten sinken würde, aber natürlich hatte die Illusion keinerlei Substanz.

Und dann sprach die Illusion in den vertrauten widerhallenden Tönen der Ältesten. "Sei gegrüßt, Rana Akshaya. Ich bin die Älteste, die Stimme des Dark Peak Nestes. Wir freuen uns darauf, mehr über dich zu erfahren. Unter normalen Umständen würden wir dich mit Freuden in unser Nest einladen, aber angesichts der jüngsten Ereignisse müssen wir Vorsicht walten lassen. Daher bitten wir dich, innerhalb der Grenzen von Pemberley, dem Anwesen von Gefährtin Elizabeth, zu bleiben und deine Anliegen unseren jungen Drachen zu präsentieren, die diese anschließend an uns übermitteln werden. Dies geschieht nicht in der Absicht, dich zu beleidigen, doch bis wir wissen, was zur Zerstörung der Nester in Europa geführt hat, müssen wir Vorsichtsmaßnahmen treffen. Cerridwen wird dich zu unseren Ankern in Pemberley führen. Möge unser Treffen der Beginn einer verheißungsvollen neuen Ära sein."

Die Illusion verblasste und ließ ihre Hand kribbelnd zurück.

Rana Akshaya richtete sich auf und schien dabei ein oder zwei Zentimeter größer zu werden. "Was hat es mit der Zerstörung von Nestern auf sich?" Ihre Stimme hallte empört nach.

Cerridwen sprach. "Drei Nester niedergebrannt und leer. Sie waren das Zuhause jener Drachen, die die Armeen angriffen. Keiner blieb am Leben."

Diesmal schwoll Rana Akshaya definitiv an, so unmöglich dies auch sein mochte. "Dann muss ich mich unverzüglich mit deinen Drachen treffen."

Elizabeths Mund wurde trocken. Was diese mächtige, wütende Magica wohl mit ihr anstellen würde, wenn sie das Falsche sagte? Da ihr keine bessere Antwort einfiel, stützte sie sich auf ihre Manieren. "Möchtet Ihr Euch nicht zunächst erfrischen? Ihr habt eine lange Reise hinter Euch."

"Unverzüglich", ging es mit Rana Akshaya durch.

Das war zumindest klar. "Sehr wohl", sagte Elizabeth. "Ich werde Euch zu den Drachensteinen bringen. Es ist ein langer Spaziergang, einen steilen Hügel hinauf und wird beinahe eine halbe Stunde in Anspruch nehmen." Vielleicht würde das die ältere Frau innehalten lassen.

"*Sie* werden hier bleiben. Dies ist eine Angelegenheit für Drachen, nicht für Sterbliche."

Plötzlich bildete sich ein Wirbelsturm aus Staub um Rana Akshaya, scheinbar aus dem Nichts, der zu ihren Füßen begann und sich nach oben bewegte, bis er ihren gesamten Körper umschlossen hatte. Er wurde dichter, bis sie komplett dahinter verborgen war, und dann, ebenso abrupt, wie er erschienen war, legte der Staub sich wieder auf den Boden.

Rana Akshaya war weg. Statt ihrer saß da nun ein großer Falke.

Elizabeth starrte mit offenem Mund. Das konnte nicht sein.

"Zeig mir den Weg, Nestling." Rana Akshayas Stimme kam vom Falken, nur leicht verzerrt. Sie breitete ihre Flügel aus und schwang sich in die Luft.

Cerridwens Ränder verschwammen und dann flog sie als Turmfalke auf die Drachensteine zu.

Das war völlig unmöglich – und offensichtlich wahr. Rana Akshaya war keine Drachengefährtin, sondern tatsächlich ein Drache.

Elizabeth wurde schwindelig und sie taumelte. Alles drehte sich. War es der Schock oder eine seltsame fremde Magie?

Frederica fand ihre Stimme zuerst. "Ich dachte, Drachen könnten die menschliche Gestalt nicht überzeugend annehmen."

Chandrikas Stimme kam von hinter Elizabeth. "Die große Rana ist ein uralter und sehr weiser Drache. Sie hat viele Jahre damit verbracht, diese Fähigkeit meisterhaft zu perfektionieren."

Natürlich. Rana Akshaya trug stets einen Schleier und bedeckte ihren Körper mit fließenden Stoffen, die jeden kleinen Fehler verbergen würden.

Dennoch ergab es keinen Sinn. Elizabeth sagte langsam: "Aber nur junge Drachen können weit weg von ihren Nestern reisen."

"Stimmt. Die großartige Rana hat den Preis dafür bezahlt."

"Aber wie?"

Chandrika schüttelte den Kopf. "Das kann Ihnen nur die große Rana beantworten. Sie hat die Bindung auf mir gelockert, damit ich Ihre Fragen beantworten kann, doch diese Magie übersteigt mein Wissen."

Und es war Elizabeths unglaublich einschüchternde Aufgabe, Gastgeberin für diesen mächtigen indischen Drachen zu sein.

Der Boden zeigte immer noch eine beunruhigende Tendenz, sich unter ihr zu bewegen. Wenn sie sich nur hinsetzen könnte! Dann legte sich Chandrikas Hand unter ihren Ellbogen. "Mrs. Darcy, bitte gestatten Sie mir, Sie hineinzubringen."

Alle beobachteten sie, der Halbkreis aus Rana Akshayas Dienern und die Stallburschen, die neben den vier nacheinander aufgereihten Kutschen standen.

"Ja, lasst uns reingehen", sagte sie schwach. Irgendwie schaffte sie es, ihre Stimme zu erheben, damit die anderen sie hören konnten. "Mr. Hobbes, der Butler, wird Sie anweisen, was das Entladen Ihres Gepäcks anbelangt und die Haushälterin wird Sie auf Ihre Zimmer bringen."

Dann ließ sie sich von Chandrika hineinführen.

Kapitel 18

ELIZABETH LAG NOCH IMMER auf der Ottomane, als Rana Akshaya in Gestalt der verschleierten Frau eintrat. Sie war allein, ohne ihre Gefolgschaft. Elizabeth dachte darüber nach, zu knicksen, aber ihr letzter Versuch, aufzustehen, hatte zu einem Sturz geführt, und eine geprellte Hüfte reichte durchaus. Ihre Augen offen zu halten, war schon Herausforderung genug.

"Chandrika berichtete mir, dass Sie krank geworden sind, als ich Ihnen eine Bindung auferlegte", sagte Rana Akshaya.

Eine Bindung? Natürlich hatte Rana Akshaya sie daran gehindert, ihre Drachennatur zu enthüllen. Elizabeth erwiderte: "Ich weiß nicht, ob das die Ursache war. Ich habe andere Gründe, nicht ganz wohlauf zu sein. Und Lady Frederica scheint es nicht zu berühren."

Rana Akshaya trat näher und legte eine Handfläche auf Elizabeths Wange. Magie sickerte durch sie hindurch, eine reinigende Energie, die sie durchspülte, ehe sie sich wieder zurückzog. "Ich habe sie entfernt. Ändert das etwas?"

In der Tat war der Schwindel völlig verschwunden, und Elizabeths Körper fühlte sich wieder wie ihr eigener an. Sie setzte sich auf und bewegte vorsichtig ihre Beine über den Rand der Ottomane. "Viel besser." Sie musste den Drang unterdrücken, sich bei ihr zu bedanken.

Rana Akshaya runzelte die Stirn. "Entschuldigen Sie bitte. Es war eine viel zu allumfassende Bindung, mit aufgewühltem Gemüt in Eile ausgeführt. Ich habe sie durch eine weniger weit gefasste, spezifische Bindung ersetzt, die auf Ihren speziellen Zustand abgestimmt ist."

"Meinen...Zustand?" Wusste der Drache, dass sie schwanger war?

"Ihr Talent ist kompliziert. Eine Drachengefährtin, gleichzeitig mit zwei Ländereien und zwei Nestern verbunden. Und trägt ein Ei in sich, mit dem Blut der Feen. Ja, äußerst komplex."

Darcys Verbindung mit Georgianas Feenblut war sogar in ihrem Kind vorhanden? "Was bedeutet das?"

"Das kann ich Ihnen nicht sagen, denn in meinem Land würden wir unseren Gefährten nicht erlauben, auch nur eine einzige Bindung an ein Stück Land zu haben, und schon gar keine Verbindung mit den Feen." In ihrer Stimme lag deutliche Missbilligung. "Ihr Talent mit seinen vielen Wurzeln ist höchstwahrscheinlich unberechenbar. Aber vielleicht eignet Sie das ganz besonders für die noch nie zuvor dagewesene Rolle, die Sie spielen müssen."

Vorsichtig sagte Elizabeth: "Mir wird die Ehre, Euch zu verstehen, nicht zuteil."

"Sie stehen am Scheideweg in einer Zeit großer Veränderungen, Elizabeth Darcy. Zwei Drachenkolonien stoßen aufeinander, die einander für eine halbe Ewigkeit verloren waren, was allein schon ein großes Ereignis darstellen würde. Doch dies findet zu einer Zeit statt, in der eure Nester bedroht sind und ihr Geheimhaltungsabkommen aufgeben, was noch wesentlich umfangreicher ist. Und Sie stehen im Mittelpunkt all dieser Veränderungen, mit der Macht, den Lauf der Geschichte der Drachen zu beeinflussen."

Versuchte Rana Akshaya, ihr zu schmeicheln, sie für sich zu gewinnen? "Worauf ich dann wiederum unglaublich schlecht vorbereitet bin. Bis vor ein paar Monaten glaubte ich, dass Drachen schon lange ausgestorben seien, und selbst jetzt weiß ich nur wenig über sie."

Rana Akshaya betrachtete sie eingehend. "Manchmal sieht ein Außenseiter am klarsten." Und mit diesen mysteriösen Worten wandte sie sich um und ging hinaus.

Rana Akshaya war ein Drache – und zu Gast auf Pemberley. Elizabeth hatte gedacht, mit dem Ansturm an niederen Feen umgehen zu müssen, wäre das seltsamste Problem, dem sie sich jemals stellen müsste, doch dies übertraf es noch. Wie sollte sie mit dem indischen Drachen umgehen?

Warum hatte Cerridwen sie nicht gewarnt? Sie musste Rana Akshayas wahre Natur erkannt haben, als sie in Netherfield aufeinandertrafen, aber Cerridwen hatte ihr nichts gesagt, nicht einmal, als sie wusste, dass Rana Akshaya nach Pemberley kommen würde.

Ihr Drache und auch das Nest hatten sich nicht in die Karten schauen lassen. Und Elizabeth hatte gedacht, sie würden ihr vertrauen.

Nun wurde von ihr erwartet, Gastgeberin zu spielen, ohne zu wissen, was das alles erforderte. Verärgert versuchte sie, an Cerridwen zu senden, aber anscheinend war ihr Drache zu beschäftigt, um zu antworten. Elizabeth verzog das Gesicht.

Aber ihr Drache war nicht die einzige gewesen, die Geheimnisse wahrte. Chandrika musste es ebenfalls wissen. Plötzlich erhoben sich in Elizabeths Kehle brennender Zorn, Wut und Verrat. Die Zofe hatte ihr beim Ankleiden geholfen, ihre Haare frisiert und ihre Bäder vorbereitet – während sie ihre wahren Absichten verbarg und ihrer Herrin zweifellos all Elizabeths Geheimnisse verriet. Zugegeben, Elizabeth hatte die ganze Zeit gewusst, dass Chandrika sie wahrscheinlich ausspionierte, aber irgendwie fühlte sich dies nun schlimmer an.

Nun galt es, dem ein Ende zu setzen. Sie hatte Chandrika gemocht, doch nun war es an der Zeit, eine Zofe zu haben, die niemandem außer ihr diente.

Zuerst musste sie sie jedoch finden. Würde Chandrika in Elizabeths Zimmer sein, wie es ihrem Dienstverhältnis entsprach, oder wäre sie bereits zu Rana Akshayas Gefolge gestoßen? Vielleicht hatte sie bereits entschieden, Elizabeths Dienst zu verlassen. Elizabeth ging nach oben, um nachzusehen.

Chandrika war genau dort, wo sie sein sollte, und legte Elizabeths Abendkleid heraus, eines der neuen von Fredericas Schneiderin, eine wunderschöne Kreation in Rosé und Gold. Sie sah auf. "Es freut mich, dass Sie wieder besser aussehen, Mrs. Darcy", sagte sie mit gedämpfter Stimme.

Elizabeth hatte keine Geduld für höfliche Floskeln. "Chandrika möchten Sie, nun, da Rana Akshaya hier ist, nicht in ihrem Dienst zurückkehren?"

Die indische Frau hob die Augen, ihr Gesichtsausdruck seltsam leer. "War meine Arbeit nicht zufriedenstellend, Mrs. Darcy?"

"Nein, wenn dem so gewesen wäre, hätte ich Sie längst nach London zurückgeschickt. Ich werde es schwer haben, ein Dienstmädchen zu finden, das Cerridwen lieber mag. Aber ich dachte, Sie wären gerne wieder mit Ihren Landsleuten und alten Freunden zusammen." Irgendwie schaffte sie es, sich auf die Zunge zu beißen, damit die Anschuldigungen, die heraussprudeln wollten, ihr nicht herausrutschten.

"Ich habe Ihnen gerne gedient und würde es vorziehen, wenn alles beim Alten bleibt."

Ihr brodelnder Zorn wollte sich nicht unterdrücken lassen. "Auf Rana Akshayas Geheiß, zweifellos, damit Sie ihr weiterhin Bericht erstatten können, was ich tue und lasse."

Chandrika senkte den Kopf. "Ich habe ihr sehr wenig über Sie erzählt. Eine Gefährtin ist für die große Rana von geringem Interesse. Sie wollte etwas über den Weisen wissen."

Elizabeth stieß einen scharfen Atemzug aus. Oh, welch Ironie! Chandrika hatte nicht sie ausspioniert, sondern Cerridwen. "Wie dem auch sei, kann ich das nicht gutheißen. Ich brauche eine Zofe, die keiner anderen Herrin dient."

Die Inderin sah niedergeschlagen aus. "Ich verstehe", sagte sie leise. "Ich kann es Ihnen nicht verübeln, wenn Sie gute Gründe haben, mir nicht zu vertrauen. Aber wenn Sie jemals bereit wären, mir eine weitere Chance zu geben, würde ich alles in meiner Macht stehende tun, um Ihnen meine Loyalität zu beweisen."

"Weshalb?" Elizabeth betrachtete sie verwundert. "Haben Sie Angst vor Rana Akshayas Unmut, wenn Sie meinen Dienst verlassen?"

"Ich habe nicht vor, zu ihr zurückzukehren. Wenn Sie mich nicht mehr wollen, werde ich mir eine andere Stellung suchen oder im Nest nachfragen, ob sie mich aufnehmen, damit ich ihren Drachen dienen kann."

Was entging ihr hier? "Gibt es einen Grund, weshalb Sie nicht zu Rana Akshaya zurückkehren möchten? War sie unfreundlich zu Ihnen?"

"Nein, überhaupt nicht. Aber sie ist ein sehr großer Drache, der so weit über mir steht. Bevor ich hierher kam und Ihnen und Ihrem Weisen diente, war mir nicht bewusst, dass es auch einen anderen Weg gibt. So könnte ich niemals mit ihr sprechen. Cerridwen hat bereits jetzt mehr mit mir gesprochen als Rana Akshaya in meinem ganzen Leben. Das möchte ich für mich wählen." Sie atmete durch. "Bisher bestand mein ganzes Leben aus Vorbereitungen, um Rana Akshaya auf dieser Reise zu dienen. Ich tat es, weil es meine Pflicht war und getan werden musste. Nun, da sie mich nicht mehr braucht, möchte ich ein eigenes Leben haben."

Ihre Worte trafen Elizabeth schwer. Ihre eigene Kindheit war unbeschwert gewesen, aber als ihr Landtalent durchgebrochen war, hatte ihr Vater ihr gesagt, dass es von nun ab ihre Aufgabe sei, Longbourn wieder profitabel zu machen. Dem hatte sie sich verschrieben, bis sich ihre Pflicht dahingehend geändert hatte, Darcy beim Überleben seiner Mission zu helfen. Nun erwartete das Nest, dass sie Rana Akshaya auf unbestimmte Zeit aufnehmen würde, ohne Anweisungen, wie sie dabei vorgehen sollte. Eines Tages würde sie auch gerne ein paar Entscheidungen treffen. "Aber Sie möchten doch sicherlich in Ihr eigenes Land, zu Ihrer Familie zurückkehren."

"Ich habe kein eigenes Land." Chandrikas Stimme war leise. "Bereits als Kind wurde ich fortgeschickt, um in einem Haushalt Ihrer Landsleute aufzuwachsen, sodass Englisch mir ebenso natürlich von den Lippen kommt, wie meine eigene Muttersprache und mir Englische Gebräuche vertraut sind. Schon bevor ich nach England kam, passte ich nicht mehr wirklich in meine Familie und man ist nie davon ausgegangen, dass ich zurückkehren würde."

Das verblüffte Elizabeth. War das für Chandrika tatsächlich eine Reise ohne Rückkehr gewesen? "Sie werden also nicht mit Rana Akshaya zurückkehren?"

"Sie kann nicht wieder nach Hause zurück. Ich weiß nicht, wo sie sich niederlassen wird, aber in der Nähe von Indien wird es nicht sein. Das war Teil des Preises, den sie gezahlt hat."

"Der Preis, den Sie nicht erklären können?"

"Ich kann nicht...", zögerte Chandrika. "Vergeben Sie mir, ich denke immer wieder, dass es Bindungen geben muss, die mich davon abhalten, darüber zu sprechen. Ich weiß nicht, wie genau es vonstattenging, aber sie musste jegliche Verbindung zu ihrem Nest abbrechen und ihren Anspruch auf den Thron aufgeben."

"Ihr Anspruch auf den Thron? Welchen Thron?" Da war immer noch so viel, was sie nicht verstand.

"Fünf Jahrhunderte lang war sie die Rana unseres Landes, über Generationen menschlicher Herrscher hinweg. Jetzt sind ihre einzigen Untertanen diejenigen von uns, die mit ihr gekommen sind. Es war ein großes Opfer."

Und anscheinend eines, das jahrzehntelange Planung voraussetzte. "Weshalb? Warum sollte sie so viel aufgeben, um hierher zu kommen?"

"Um etwas über ihren Feind zu erfahren, damit ihr Wissen eines Tages genutzt werden kann, um unsere Freiheit zu erlangen. Sie gibt sich selbst die Schuld dafür, dass sie die Gefahren nicht erkannt hat, die es mit sich brachte, die Engländer in unser Land zu lassen und für all das Leid, das daraus entstanden ist."

Ihren Feind? Elizabeth schluckte schwer. Sie hatte Lady Anne geglaubt, als sie ihr erzählte, dass Rana Akshaya gekommen war, um etwas über englische Magier zu lernen. Aber wenn die indische Magica...nein, der indische Drache die Engländer als ihren Gegner betrachtete, änderte das alles. Wusste das Nest davon? Waren auch die englischen Drachen ihre Feinde oder beschränkte sich das auf die Menschen?

"Beabsichtigt Rana Akshaya, jemandem hier Schaden zuzufügen?"

Chandrika trat einen Schritt zurück. "Selbstverständlich nicht. Das kann sie gar nicht, ebenso wenig wie jeder andere Drache. Sie möchte herausfinden, wie die Briten von den Menschen in meinem Land besiegt werden können."

Da erst wurde ihr bewusst, wie sie wenig über das, was in Indien geschehen war, Bescheid wusste. "Ich weiß fast nichts über die Situation in eurem Land. Haben die Briten euer Volk so schlecht behandelt?"

"Ja." Dieses einzelne Wort kam so stark, so inbrünstig und eindeutig von Herzen. "Warum sonst hätte ich zugestimmt, mein Zuhause zu verlassen, alles für das Ziel der großen Rana aufzugeben?"

"Ich verstehe." Das Wissen darum war bestürzend, und sie würde noch mehr Fragen stellen müsse, doch das löste ihr unmittelbares Problem nicht. "Ich bin mit Ihrer Arbeit zufrieden. Ich weiß jedoch nicht, wie ich darauf vertrauen kann, dass Sie in Zukunft keinen Bericht mehr über mich erstatten werden. Ich wünschte, ich könnte es."

Chandrika rang sich die Hände. "Vielleicht wäre Ihr Weiser bereit, mich unter eine Bindung zu stellen, damit ich der großen Rana nichts über Sie beide erzählen kann."

Es war verlockend. Sie hatte sich an Chandrika gewöhnt, und heute hatte sie eine neue Seite an ihr gesehen, aber der Gedanke daran, eine Bindung für ihre persönliche Bequemlichkeit zu verwenden, gefiel ihr nicht. "Wären Sie stattdessen bereit, einige Fragen durch unsere Veritas, Lady Frederica, zu beantworten?"

Chandrikas Gesicht leuchtete auf. "Das würde ich gerne tun, wenn es bedeutet, dass ich bleiben kann."

"Ich werde mich auch mit Cerridwen beraten müssen. Diese Entscheidung ist ebenso ihre wie meine ", warnte Elizabeth.

"Wie es sein sollte", stimmte Chandrika zu. Sie deutete auf das Kleid, das sie herausgelegt hatte. "Ist dies für das Dinner heute angemessen?"

Die Feder ihres Federkiels kitzelte Elizabeths Wange. Wie konnte sie Granny warnen und Rana Akshayas Geheimnis eröffnen, ohne es den Regierungsspionen in London offenzulegen, die zweifellos Lady Amelias Post lasen? Mit der Zungenspitze im Mundwinkel schrieb sie: *Rana Akshaya hat sich als noch interessanter erwiesen, als ich erwartet hatte. Sie interessierte sich für meinen Falken, doch nun, da ich sie besser kenne, würde ich sagen, dass sie im Grunde selbst ein Falke ist,*

der irgendwie im Körper eines Menschen haust. So jemand ist mir bisher noch nie begegnet, aber vielleicht ist das in Indien gar nicht unüblich.

Wie verzweifelt sie Granny vermisste! Jetzt wünschte sie sich mehr denn je, ihre Urgroßmutter wäre hier, um ihr Ratschläge geben zu können, doch sie hatte noch immer keinerlei Nachricht aus London. Würde sie nicht gelegentlich in den Zeitungen erwähnt, hätte Elizabeth sich vielleicht Sorgen um ihr Leben gemacht, aber Sycamore wäre zurückgekehrt, wenn es schlimmere Probleme gäbe. Doch die Frage blieb – warum ließ Granny nichts von sich hören?

Sie beendete den Brief, schob ihn beiseite und bewahrte ihn auf, um ihn später noch Cerridwen zu zeigen, ehe sie ihn verschickte, für den Fall, dass der Drache der Meinung wäre, Ihre Geheimnisse würden dadurch zu sehr offenbart.

Als hätte sie den Gedanken irgendwie gehört, erschien der Turmfalke am Fenster. Chandrika öffnete ihr, und Cerridwen nahm neben dem Kamin ihre wahre Gestalt an, sichtbar größer als noch vor zwei Wochen. Offensichtlich holte sie ihr Wachstum auf, nun, da sie wieder Teil eines Nestes war. Vielleicht war das der Grund, weshalb sie so viele ihrer Nächte dort und nicht in Pemberley verbrachte.

Elizabeth sehnte sich danach, sie zu fragen, was mit Rana Akshaya vor sich gegangen war, aber sie wusste es besser, als ihren Drachen sofort mit Fragen zu belästigen. Stattdessen sagte sie: "Cerridwen, Liebes! Ich habe dich vermisst."

Cerridwen warf den Kopf zurück. "Von nun an wirst du mich häufig zu sehen bekommen und Quickthorn ebenfalls. Die Älteste hat verfügt, dass eine von uns stets hier sein muss, während Rana Akshaya im Haus weilt. Aber was ich ihrer Meinung nach wohl ausrichten könnte, wenn irgendwelche Probleme auftreten, ist mir schleierhaft!" Sie schickte ein Bild von sich neben den indischen Drachen, der mindestens viermal so groß war wie sie.

"Du könntest der Ältesten davon berichten, nehme ich an", sagte Elizabeth. "Chandrika, entschuldigst du uns?"

Ausdruckslos nickte die Kammerzofe und verließ den Raum.

"Ist irgendetwas?", fragte Cerridwen.

Elizabeth sagte vorsichtig: "Hast du erkannt, dass Rana Akshaya ein Drache war, als wir sie in Hertfordshire kennenlernten?"

"Selbstverständlich."

"Warum hast du mir das nie erzählt?"

Cerridwen wandte den Blick zum Feuer. "Zu der Zeit hattest du noch nicht einmal gewusst, dass ich ein Drache bin."

"Aber später, insbesondere als du wusstest, dass sie hierher kommt, hast du immer noch nichts gesagt."

Die Schuppen am Hals des Drachen erhoben sich. "Als wir uns kennenlernten stand ich unter Silentium. Rana Akshaya war der erste Drache seit zwei Jahren, der mit mir sprach, und sie bat mich höflich, ihre Anwesenheit nicht zu erwähnen, es sei denn, ich hielt es für notwendig."

Elizabeth hielt den Atem an. Arme, einsame Cerridwen! "Kein Wunder, dass du es für dich behalten hast."

"Ich habe es der Ältesten erzählt, als Rana Akshaya um eine Einladung ins Nest bat." Cerridwen senkte den Kopf. "Sie war nicht zufrieden mit mir. Sie sagte, meine Loyalität müsse zuvörderst dem Nest gelten."

"Das tut mir leid. Das muss ziemlich unangenehm gewesen sein." Elizabeth setzte sich auf den Boden neben ihren Drachen und streichelte Cerridwens Flanke.

"Ich lerne immer noch, wie es ist, Teil eines Nestes zu sein. Es ist so lange her, und damals war ich nur ein kleiner Nestling." Der Drache legte seinen Kopf auf Elizabeths Schoß.

Vermutlich war es sicher, jetzt eine Frage zu stellen. "Wie ist das Treffen mit Rana Akshaya gelaufen?"

In Cerridwens Brust rumpelte es vor Vergnügen. "Überhaupt nicht wie geplant. Die Älteste hatte Geschenke und eine Willkommensrede vorbereitet, aber Rana Akshaya bestand darauf, stattdessen von den stillen Nestern und den Angriffen zu hören. Die Nachricht über die Verwicklung des niederträchtigen Königs mit Napoleon beunruhigte sie sehr. Wir sind nie zu unseren Fragen über die Nester in Indien gekommen, wenngleich ich eines gelernt habe. Sie haben keine Portale; wir mussten erklären, wie wir mit den anderen Nestern kommunizierten. Wobei ich denke, dass das Sinn ergibt, da die Portale erst geschaffen wurden, als sich die Nester aus der Öffentlichkeit zurückgezogen haben."

Das war Elizabeth neu. "Ich dachte, die Portale hätte es schon immer gegeben.

"Nein. Einer meiner Vorfahren war es, der sie zusammen mit seinem Gefährten erschaffen hat." Man hörte den Stolz ein wenig heraus.

Elizabeth musste unwillkürlich lächeln. "Das macht dich sicherlich stolz. Dann wird es also noch mehr Treffen mit Rana Akshaya geben?"

Cerridwen seufzte. "Viel mehr noch, wie es scheint. Sie war eindeutig unzufrieden, dass sie nur die jüngsten Drachen getroffen hat, doch die Älteste gibt dahingehend nicht nach, nicht, bis sie sich sicher ist, dass Rana Akshaya nichts mit den Angriffen auf die Nester zu tun hat. Sie hat nur Kontakt zu Quickthorn, Rowan und mir, und wir dürfen nur Juniper Bericht erstatten, der es wiederum an die Älteste übermitteln wird, für den Fall, dass Rana Akshaya magischen Einfluss auf uns ausüben sollte. Das fühlt sich sehr seltsam an, da Rana Akshaya ein so uralter Drache ist, sogar älter als unsere Älteste, und wir im Vergleich dazu quasi frisch geschlüpft sind."

Es war ungewöhnlich, dass Cerridwen so offen über Drachenpolitik sprach. Elizabeth beschloss, diese Gelegenheit nicht verstreichen zu lassen. "Wenn sie so alt ist, wie konnte sie dann von ihrem eigenen Nest wegreisen? Ich dachte, ältere Drachen könnten sich keine Gefährten nehmen."

Cerridwens goldene Augen erhoben sich zu ihr. "Das interessiert die Älteste ebenfalls brennend. Wenn es eine Möglichkeit gäbe, ohne Gefährten zu reisen, würde das alles ändern."

Elizabeth runzelte die Stirn. "Chandrika sagte etwas darüber, dass sie ihre Verbindungen zu ihrem Nest geopfert hat. Aber ich muss dir noch mehr erzählen." Sie fasste ihr Gespräch mit dem Dienstmädchen kurz zusammen. "Was meinst du?"

"Sie schien mir gegenüber immer freundlich eingestellt zu sein", sagte Cerridwen langsam. "Und wenn ich mehr darüber erfahren möchte, wie Rana Akshaya ihr Nest verlassen hat, ist es besser, sie hier zu haben."

Sie streichelte nachdenklich die Seite des Drachen. Ihr Nestling wurde erwachsen.

Kapitel 19

AM NÄCHSTEN TAG MACHTE sich Darcy auf den Weg, um Besorgungen in Paris zu erledigen. Sein Diener hatte ihm einen Reiseführer beschafft und auch eine Empfehlung für einen Schneider ausgesprochen, da nichts, was Darcy in Rouen gekauft hatte, auch nur annähernd ausreichte, um informell bei einem Mitglied der Aristokratie vorzusprechen, geschweige denn dem Kaiser.

Nachdem er ausgemessen wurde und viel zu viele Stoffe begutachtet hatte – was noch nie seine Lieblingsbeschäftigung gewesen war – machte er sich auf den Weg zu den gehobenen Geschäften. Auch das zählte nicht zu seinem liebsten Zeitvertreib, doch das Kriegsministerium hatte gesagt, dass es verdächtiger aussehen würde, wenn er keinen Einkaufsbummel machen würde. Und so schlenderte er durch mehrere Läden, um nach dem perfekten Geschenk für Edward Harcourts nicht existente Stiefmutter zu suchen, die ihn angeblich nach Frankreich geschickt hatte

Aber einem feinen, mit Wildblumen bestickten Seidentaschentuch konnte er einfach nicht widerstehen. Elizabeth liebte sie und wies oft auf die Veilchen und Schlüsselblumen in der Nähe des Cottages im Herzen von Pemberley hin. Ein großes Geschenk kam nicht in Frage, da es so gut wie sicher war, dass er sein Gepäck würde zurücklassen müssen, um zu entkommen. Aber ein Taschentuch passte in seine Tasche, und stand für seine Hoffnung, dass er es ihr eines Tages würde geben können.

Eine andere Sache wollte er noch für Elizabeth tun, und dafür musste er genau dann, wenn die Drachenschuppe zum Leben erwachte, an genau dem richtigen Ort sein. An diesem Nachmittag folgte er den Anweisungen seines Reiseführers in Richtung Seine, wo er die Türme von Notre-Dame über den Dächern der Île de la Cité aufsteigen sehen konnte. Zwei Soldaten hielten ihn an der Brücke auf und verlangten seine Papiere, was in Paris häufiger vorzukommen schien.

Wie ertrugen es die Franzosen, wieder und wieder ihre Identität beweisen zu müssen? Nicht, dass die meisten von ihnen auch nur ein Viertel der Aufmerksamkeit erhielten, die ihm zuteilwurde und dennoch konnte er sich nicht vorstellen, dass Engländer es tolerieren würden. Doch er hatte sich mittlerweile schon an diese Prozedur gewöhnt und sein Passierschein war nicht in Frage gestellt worden. Er unterhielt sich freundlich mit ihnen, stimmte zu, dass der *Code Napoléon* für den einfachen Mann viel gerechter sei als alles, was es in England gab, und gab ihnen eine Münze, um auf die Gesundheit des Kaisers anzustoßen. Dann überquerte er die Pont au Change und machte sich auf den Weg zu den Türmen.

Die Gebäude im Westen warfen lange Schatten, aber ihm blieb noch Zeit, und so hielt er vor der großen Kathedrale inne. Natürlich hatte er bereits Gravuren davon gesehen, doch die konnten der majestätischen Anmutung des alten Gebäudes, dessen quadratische Türme in den Himmel ragen, nicht gerecht werden. Diese Erinnerungen zu sehen zu bekommen, würde Elizabeth genießen.

Dann schlenderte er hinein und suchte sich eine Kirchenbank, die ihm einen guten Blick auf eines der Rosettenfenster bot. Er betrachtete es, während das letzte Licht schwand, und studierte jeden Zentimeter davon, damit er ein akkurates Bild davon im Gedächtnis hätte. Dann zog er die Drachenschuppe heraus, hielt sie zwischen seinen Fingerspitzen und wartete. Als sie endlich zum Leben erwachte, schickte er das Bild, das er geschaffen hatte, durch die Verbindung, das Rosettenfenster und die Herrlichkeit von Notre Dame in der verblassenden Nachmittagssonne.

Er konnte ihr erfreutes Aufkeuchen spüren. Ihre wortlose Dankbarkeit und ihre Liebe, das kostbare Geschenk, das sie ihm gemacht hatte. Und dann war sie wieder weg.

Nun lag das Kirchenschiff im Dunkeln, abgesehen von den flackernden Kerzen, die von den Gläubigen angezündet worden waren. Er bahnte sich seinen Weg zwischen den hohen Säulen hinaus auf den Platz, gewärmt von seinen Erinnerungen an Elizabeth.

Er musste einen Weg finden, dies zu überleben und zu ihr zurückzukehren, damit er sie eines Tages, wenn wieder Frieden herrschen würde, hierher bringen konnte.

Endlich kam sie, nach fast einer Woche des Wartens, während derer er sich schon gefragt hatte, ob die Verschwörer die Nerven verloren hatten oder, noch schlimmer, entdeckt und verhaftet worden waren. Ein Diener brachte die ersehnte Antwort und verlangte, dass er sich dem Duc de Velaudin vorstellte, um sich bezüglich des Briefs, den er geschickt hatte, zu erklären.

Darcys Kammerherr half ihm in seine formellste Kleidung und begleitete ihn zu Velaudins stattlichem Stadthaus. Ihm wurde die erhabene Gegenwart des Ducs zuteil, der ihn hochmütig darüber informierte, dass er kein einziges Wort von Edward Harcourts Geschichte glauben würde und ihn für einen englischen Spion hielte. Genau nach Drehbuch, wie es das Kriegsministerium vorgesehen hatte.

Darcy spielte seine Rolle, beteuerte protestierend seine Unschuld und schlug vor, die Angelegenheit dem Innenminister vorzubringen, der seinen *Passeport* geprüft und seinen Passierschein genehmigt hatte.

"Vor den Innenminister!", rief Velaudin verächtlich. "Ich werde es dem Kaiser selbst vorbringen. Er ist der Einzige, dem ich in diesen Angelegenheiten vertraue. Ich werde die Audienz arrangieren."

Der Sekretär neben ihm zeigte auf ein Stück Papier. "Er überprüft morgen die Truppen vor den Tuilerien."

"Informieren Sie den Kammerherrn des Kaisers, dass ich ihn dann morgen mit diesem Engländer aufsuche." Dann sah Velaudin verächtlich über seine Hakennase auf Darcy hinab. "Ihr werdet mich dort treffen, und Seine Kaiserliche Majestät wird über Euch urteilen."

Darcy verneigte sich. "Es wird mir eine überaus große Ehre sein."

Und so beendeten sie ihr Theaterstück, das sie für zufällig Anwesende und die Dienstboten aufgeführt hatten, um sie davon zu überzeugen, dass der Duc de Velaudin unmöglich in eine Verschwörung mit einem Engländer verwickelt sein konnte.

Selbst, wenn er es war.

Darcy versuchte, seine triumphale Stimmung nicht zu zeigen, als er Velaudins Stadthaus verließ. Eine Truppeninspektion war perfekt. Draußen, auf einem großen offenen Platz, wo er seine Pferde durchstürmen lassen konnte und wo illusorische Gewehrschüsse Chaos erzeugen würden. Seine Chancen auf Erfolg und dass er flüchten könnte, wären draußen viel besser als bei einer Audienz im Innenbereich. Und er hatte das Schlimmste umgehen können – eine Privataudienz bei Napoleon, aus der es beinahe keinerlei Fluchtmöglichkeit gäbe.

Da die Zeit knapp war, machte er noch einen Umweg über die Tuilerien, um sich erneut mit der Umgebung vertraut zu machen und Vorkehrungen treffen zu können, indem er sich die Straßen und mögliche Verstecke einprägte. Noch konnte er nicht entscheiden, aus welcher Richtung er die Pferde kommen lassen wollte, da dies auch davon abhing, wo die Truppen stehen würden, doch mögliche Optionen konnte er nun schon einmal durchgehen.

Wenn er sehr viel Glück hätte, gäbe es Edward Harcourt morgen um diese Zeit schon gar nicht mehr und Darcy wäre an seiner statt auf dem Rückweg nach England.

Er würde alles geben, um seine Pflicht bestmöglich zu erfüllen. Auf die Kraft von Pemberley und die darin enthaltene Drachenmagie zurückgreifen zu können, würde seine Illusionen überzeugend aussehen lassen. Er hatte das Drachen-Artefakt, das ihn bei seiner Flucht unterstützen würde, und seine Pläne, Paris zu verlassen, waren so solide, wie er sie nur vorausplanen konnte.

Und ja, es bestand immer noch eine nicht zu vernachlässigende Chance, dass er morgen sterben würde, doch damit würde er sich jetzt nicht beschäftigen. Vor allem, da sein letzter Kontakt mit Elizabeth, bevor er Napoleon gegenüberstand, kurz bevorstand.

Die Nachricht ging ihm leicht von der Hand. *Morgen Nachmittag, meine Liebe.* Umfangen von all der Zuneigung, die er mitschicken konnte.

Ein Aufkeuchen, ein Moment der Angst und dann etwas, das sich wie eine Umarmung anfühlte. *Ich liebe dich.* Und dann war sie wieder weg.

Wenn nur die Verbindung etwas länger anhalten würde! Aber er sollte dankbar sein, dass er sie überhaupt hatte, dass seine letzten Erinnerungen an Elizabeth etwas anderes als ihr tränenüberströmtes Gesicht an jenem Morgen in ihrem Schlafzimmer wäre.

Ein Klopfen an der Tür beschleunigte seinen Puls. War es möglich, dass ihr Plan aufgedeckt wurde, selbst so spät noch? Hatten die Verschwörer die Nerven verloren? Er öffnete und erwartete, Soldaten auf der anderen Seite zu sehen.

Doch es war nur ein livrierter Bote mit einer weiteren Botschaft. Nein, nicht einfach nur eine Botschaft, sondern ein formelles, versiegeltes Dokument, das mit einem Band zugebunden war. Er gab dem Jungen eine Münze und schickte ihn auf den Rückweg.

Das Siegel zeigte Napoleon auf seinem Kaiserthron. Ängstliche Vorahnung erfüllte Darcy, als er die Nachricht öffnete. Das formelle Schreiben befahl ihm, am nächsten Morgen mit dem Duc de Velaudin im Tuilerienpalast zu einer Privataudienz bei Seiner Kaiserlichen Majestät Napoleon, Kaiser der Franzosen, König von Italien und Protektor des Rheinbundes zu erscheinen.

Er starrte entsetzt darauf, sein Blut verwandelte sich in Eis. Da stand es, schwarz auf weiß. Seine Überlebenschancen waren gerade auf das gleiche abgrundtiefe Niveau gesunken, auf dem sie sich befunden hatten, als er die Mission zum ersten Mal annahm, bevor er Elizabeth getroffen und zu hoffen gelernt hatte.

Es war ein Todesurteil.

Er würde keinen von ihnen jemals wiedersehen. Weder Elizabeth, noch ihr Kind, noch Pemberley, noch England.

Das Papier fiel zu Boden, als er seine Fingernägel in seine Handflächen grub, bis es weh tat. Er hatte noch eine Aufgabe vor sich. Sein Bruder war gestorben, um Napoleon aufzuhalten. Wie könnte er da weniger tun? Morgen würde er unzählige Leben in ganz Europa retten und Jacks Tod rächen. Er würde England vor einer Invasion schützen und die Welt für sein Kind sicher machen.

Das war den Preis wert. Das musste es einfach sein.

Kapitel 20

DIE TUILERIEN WAREN RIESIG, ein Palast von enormen Ausmaßen, mit einem Interieur, das beeindrucken sollte, jeder Zentimeter mit Marmor, Skulpturen und überlebensgroßen Gemälden in vergoldeten Rahmen verziert. Wenn Darcy Ehrfurcht hätte fühlen können, hätte er es sicherlich getan. Doch er war innerlich taub, sein Verstand raste mit Gedanken um die bevorstehende Konfrontation und all den möglichen Plänen, wie er die Wachen ablenken könnte. Wie sollte er sich darauf vorbereiten, wenn er nicht wusste, wo genau ihre Audienz beim Kaiser stattfinden würde? Würde es Fenster geben, zu denen die Soldaten laufen könnten? Falls nicht, gab es wenig, was er über Geräusche und Nebel hinaus ausrichten konnte. Bot eine derartige Anstrengung überhaupt Aussicht auf Erfolg, oder würde sich sein Opfer als nutzlos herausstellen? Der einzige, den er das fragen könnte, war Velaudin, doch ihr Plan sah vor, dass dieser Darcy bis zum Ende Verachtung entgegenbrachte. Beide mussten ihre Rolle spielen.

Nachdem er seine Einladung und seine Papiere vorgezeigt hatte, stieg Darcy die große Treppe zwischen zwei Reihen Soldaten hinauf und folgte dann einem Pagen durch eine Reihe von kunstvoll geschmückten Räumen, ehe er einen großen Saal erreichte, der mit Männern in Uniform gefüllt war. Dutzende von ihnen standen, und noch mehr saßen auf Stühlen an den Wänden. Die Decke zierte ein riesiges Gemälde von Mars, der seinen Wagen fuhr und in dem Wissen, dass es kein Entkommen von diesem Ort gab, über Darcy aufragte.

Seine Papiere wurden noch ein weiteres Mal überprüft, und sie klopften ihn auf der Suche nach Waffen ab. Dann wurde er in den Nebenraum geleitet, wo exquisit gekleidete Männer und Frauen auf ihr Publikum warteten. Darcys neue

Kleidung entsprach nicht einmal annähernd dem Niveau ihrer Eleganz. Velaudin stand am anderen Ende des Raumes, unterhielt sich mit mehreren anderen und ignorierte Darcy. Sofern er nervös war, verbarg er es gut, aber der junge Mann neben ihm – vermutlich der Cousin, der ihm helfen sollte – wirkte blass und beteiligte sich nicht am Gespräch.

Um ihn herum herrschten reges Treiben und Geschwätz, und es gab kaum Platz, um sich zu bewegen. Er erhielt hochmütige Blicke von denen, die sich herabließen, seine Existenz zur Kenntnis zu nehmen. Seine Haut juckte. Genau das Gegenteil von seinem geliebten stillen Cottage im Wald. Und es gab kein Entkommen. Der Raum hatte nur zwei Türen, eine in den Wachraum und eine auf der gegenüberliegenden Seite, die dorthin führte, wo die Audienzen abgehalten wurden.

Eben jene Tür öffnete sich, und drei Männer marschierten erfreut hinaus. Ein Kammerherr rief einen Namen, und eine attraktive junge Frau und ein viel älterer Herr schritten hindurch. Weniger als fünf Minuten später waren sie wieder draußen. Die Parade riss nicht ab, neue Antragsteller begaben sich in die erlauchte Gegenwart, während die vorherigen sich wieder entfernten.

Darcy zog ein winziges Bisschen an seinem Landtalent. Die Kraft von Pemberley erhob sich und kam ihm entgegen. Gut. Er musste bereit sein. Und das Drachenartefakt hing sicher und unsichtbar an seiner Brust und wartete darauf, berührt zu werden. Aber hier in dieser Menge, wo es keinen klaren Weg gab, würde es ihm wenig nützen. Doch wenn sich ihm eine Chance auftäte, wäre er bereit, sie zu ergreifen.

Als der Kammerherr das nächste Mal eintrat, rief er Velaudins Namen aus. Darcy machte sich auf den Weg zu ihm und trat hinter dem potentiellen Attentäter ein. In die Gegenwart des Kaisers.

Alle Augen waren auf Napoleon gerichtet, einschließlich Darcys. Es fühlte sich an, als wär er die Nadel in einem Kompass, die sich drehte und die Richtung vorgab. Es war fast, als ob die anderen Menschen im Raum in den Hintergrund träten, die Höflinge und Sekretäre und Soldaten.

Nur der Kaiser stach als Individuum hervor, obwohl er auf einer Seite des Salons vor dem Kamin stand, anstatt auf dem großen Stuhl unter einem Baldachin zu sitzen – der einem Thron schon sehr nahe kam. Er war dunkelhaarig und von durchschnittlicher Größe, kleiner als die meisten Wachen um ihn herum und seine gesamte Erscheinung wirkte eher wie die eines Kaufmannes, denn eines Kaisers. Er hätte nicht majestätisch aussehen sollen, und doch strahlte er eine intensive Anziehungskraft aus.

Der Anblick von Velaudin, der sich tief verbeugte, riss Darcy aus seiner seltsamen Faszination. Eilig bemühte er sich, es ihm gleichzutun und als sich Darcys Blick von Napoleon weg zu dem kunstvollen Teppich unter seinen Füßen bewegte, erkannte er seinen Fehler. Er hätte den Raum inspizieren sollen, nicht den Mann.

Als er sich aufrichtete, versuchte er, diesen Fehler auszumerzen. Zwei große Fenster zu seiner Linken – Gott sei Dank! Eine Tür in der Mitte der gegenüberliegenden Wand, die vermutlich zu Napoleons Privatgemächern führte, da gleich zwei Wachen davor standen. Und viele Menschen – sie befanden sich weit in der Unterzahl.

Velaudin sprach, und zog Darcys Aufmerksamkeit auf sich. "Dieser *Engländer* behauptet, er habe die Erlaubnis, die Tochter meines Cousins wegen einer Erbschaft zu kontaktieren. Er ist im Besitz eines Passierscheins, doch der kann gefälscht sein. Wir können nicht zu vorsichtig mit unseren Feinden sein."

Einer der Sekretäre reichte Napoleon einen Zettel, auf den er einen Blick warf. Der Kaiser sagte: "Es scheint alles in Ordnung zu sein." Seine Worte waren schnell und sachlich, als ob nicht wirklich Interesse daran hätte.

Dann drehte er sich zu Darcy um, seine Augen auf ihn gerichtet, und unterzog ihn einer genauen Musterung. "Haben Sie etwas für sich selbst zu sagen, Mr. Harcourt?"

Ein Schauder lief Darcys Rücken hinunter. Irgendetwas war seltsam, aber was? Vielleicht lag es nur daran, dass ihm das Gesicht des Kaisers von Gravuren und Karikaturen so vertraut war. "Eure Kaiserliche Majestät, mein einziges Interesse an Frankreich besteht darin, den Auftrag meiner Stiefmutter zu erfüllen, ihre lange verlorene Tochter zu finden. Alle nötigen Papiere hierfür habe ich bereits vor einigen Monaten durch die Botschaft geschickt." Warum hatte Velaudin ihm nicht das Signal gegeben, seine Illusionen zu erzeugen?

Napoleon studierte ihn immer noch, mit Augen, die fast wie geschmolzenes Metall wirkten. "Sie haben mein Interesse geweckt, Mr. Harcourt", sagte der Kaiser. "Ich möchte mehr über Sie wissen. Treten Sie vor."

Darcy schlug das Herz bis zum Hals, aber er gehorchte. Zwei der Wachen postierten sich zu beiden Seiten, bereit, ihn sofort zu ergreifen, falls er eine unpassende Bewegung machen sollte. "Eure Kaiserliche Majestät ehren mich."

"Sie sind ein Landtalent, wie mir gesagt wurde."

"Eure Kaiserliche Majestät sind gut informiert."

Napoleons Nasenlöcher blähten sich auf. "Wurden Sie jemals auf Magie getestet?"

"Nein, Eure Kaiserliche Majestät." Damit log er nicht einmal. Seine Mutter hatte immer gewusst, dass er diese Fähigkeit besaß. Aber wie war Napoleon auf den Gedanken gekommen, diese Frage zu stellen? Er war weder Magier, noch Talent, andernfalls würde Darcys Haut brennen.

"Was wissen Sie über das Feenvolk?"

Das kam unerwartet. Kalter Schweiß brach in seinem Nacken aus. Warum gab der Duc nicht das verdammte Signal? "Von denjenigen, die sie sehen können, wurde mir gesagt, dass es niedere Feen auf meinem Anwesen gibt. Und Geschichten habe ich natürlich auch gehört."

"Und Drachen?" Gedämpftes Aufkeuchen durchzog den Raum.

"Drachen? Von den Angriffen in Österreich habe ich selbstredend gelesen." Sein Herz pochte heftig. Irgendwer hatte ihn verraten. Wie sonst hätte Napoleon etwas erahnen können? Plötzlich fiel ihm das Atmen schwer, als wäre die Luft selbst schwerer, warm und von einem schweren Duft, der an Gewürze erinnerte, erfüllt.

"Sie wissen mehr über Drachen als das, Engländer. Sie tragen ihr Werk um den Hals."

Wie konnte Napoleon seinen Anhänger sehen?

Dann entspannte er sich unerklärlicherweise. Es spielte keine Rolle, oder? Der Kaiser schien nicht unzufrieden, nur neugierig zu sein, und wer wäre das nicht? Es gab keinen Grund, ihm zu misstrauen. Er war interessiert an dem, was Darcy zu sagen hatte. Vielleicht sollte er ihm einfach alles erzählen. Wie könnte er Kaiser sein, wenn er nicht auch weise wäre? Erleichterung erfüllte ihn. Ja, das war die Antwort.

Und Darcy war auch so müde. Was war mit all seiner Energie geschehen? Zumindest hatte er seine Bindung an Pemberley, auf die er zurückzugreifen könnte. Er zog daran und saugte so viel Energie wie möglich, durch sein Kind in Elizabeths Leib.

Elizabeth. Ihre Präsenz lag in der Kraft von Pemberley und zog ihn kraftvoll zu sich selbst zurück. In die Realität, dass Napoleon sein Feind war – und irgendwie die Kontrolle über seinen Geist übernommen hatte.

Der immer noch verzweifelt alles glauben wollte, was der französische Kaiser sagte.

Er war das Seil in einem Tauziehen, schwankte hin und her, wobei Napoleon in eine Richtung zog und Elizabeth ihn am anderen Ende verankerte. Sein Atem sog scharf durch seine Kehle, als der Raum um ihn herum immer näher zu kommen schien. Das einzige, was er sehen konnte, waren die Augen des Kaisers.

"Sie werden meine Frage beantworten." Es war die Stimme des Vertrauens, der Ehre, jeder Hoffnung, die Darcy jemals gehabt hatte.

Nein. Er war aus gutem Grund hier. Aber diese mysteriösen Augen zehrten seine Entschlossenheit auf. Er musste ihnen entkommen, augenblicklich. Panik ließ seine Haut feucht werden.

Dann übernahm wieder sein Instinkt, der Instinkt, der ihn schon als Kind so oft aus Schwierigkeiten herausgehalten hatte. Er zog sich in die Unsichtbarkeit zurück.

"Ergreift ihn!", schrie Napoleon.

Darcy duckte sich, als die Wachen nach ihm griffen und krabbelte rückwärts. Er hatte sich von dem Griff um seinen Geist befreit!

Doch aus dem Raum gab es keinen Ausweg. Binnen weniger Minuten hätten sie ihn allein durch Umhertasten entdeckt. Auf Velaudins Signal zum Start des Angriffs zu warten, konnte er sich nun nicht mehr leisten.

Er war die Schritte so oft in seinem Kopf durchgegangen, dass er die Illusionen ohne weitere Anstrengung auswerfen konnte, indem er Pemberleys Kraft zog und sich Elizabeths Gesicht vorstellte. Und da war es, das Geräusch von Waffen draußen, geschaffen von seinem Talent. Rauch von Schüssen, die eigentlich gar nicht existierten. Schreie, als würde der Palast angegriffen. Beinahe mühelos, nach all dem Üben.

Die Wachen rannten zu den Fenstern.

"Nein, ihr Narren! Versperrt die Türen! Findet ihn mit euren Händen", schrie Napoleon fuchsteufelswild, aber Darcy wagte nicht, in seine Richtung zu schauen. Seine Augen waren gefährlich.

Stattdessen begann er mit dem zweiten Teil des Plans. Überall stieg Nebel auf, besonders um die Wachen herum, um sie zu verwirren.

Dann verschwand das Geräusch von Schüssen. Verzweifelt warf Darcy die Illusion erneut, aber nichts passierte. Was war bei seiner Illusion schiefgelaufen? Er zog heftig an der Kraft von Pemberley – und fand nichts.

Sie war weg. Seine Verbindung zu Pemberley über Elizabeth war verschwunden, als hätte jemand sie mit einem Messer durchgeschnitten. Der Schreck fuhr ihm durch die Glieder.

"Dort ist er!", rief der Kaiser und zeigte direkt auf Darcy. "Ergreift ihn!"

Auch seine Unsichtbarkeit war von ihm abgefallen. Kalter Schweiß brach Darcy aus, als er versuchte, die Kraft in der Luft zu ergreifen, um sie zu flechten, aber sie rutschte ihm von den Fingern.

Dann erinnerte er sich an die Taschentücher, die Elizabeth ihm gemacht und in die sie ihr Landtalent eingenäht hatte. Er hatte sie in seine Ärmel gesteckt, wie sie es ihm geraten hatte, wenn auch mehr, weil er es versprochen hatte, denn aus der Erwartung heraus, sie tatsächlich zu benötigen, nicht, wenn er auf ganz Pemberley zurückgreifen konnte. Sie pressten sich gegen seine Arme. Und ja, er konnte die Magie in ihnen spüren!

Er ließ Elizabeths Kraft aus dem Stoff, an dem sie gearbeitet hatte, in seine Haut fließen und versuchte es erneut. Nun flackerte sein Körper wieder, bis er erneut unsichtbar war, und die Schießgeräusche waren wieder zu hören. Aber er musste vorsichtig sein; die Magie in den Taschentüchern war begrenzt, und aus der Luft Energie zu ziehen, erforderte eine Ruhe des Geistes, die er sich gerade nicht einmal vorstellen konnte.

Ein Körper schob sich links an ihm vorbei. Es war Velaudin, der sich auf Napoleon stürzen wollte. Endlich! Sein Cousin war ebenfalls zur Stelle, schlang das Würgeisen um den Hals des Kaisers und zog zu.

Darcy verdichtete den Nebel, bis er sie kaum noch sehen konnte, um ihren Angriff vor den Wachen zu verbergen. Aber irgendetwas veränderte sich und das Würgeisen hing plötzlich leer herunter, die beiden Attentäter starrten sich verwirrt an. Wie konnte der Kaiser einfach so aus ihrem Griff verschwinden? Und er war nicht nur unsichtbar, wie Darcy, sondern komplett verschwunden.

Und dann wurde das Ganze noch unwirklicher, als ein Falke in die Luft aufstieg, hoch zur Decke flog und auf dem Baldachin über Napoleons Thron landete.

Ein Falke?

Zum Nachdenken blieb keine Zeit. Darcy musste ihn aufhalten, und zwar schnell, allein mit dem bisschen Magie, das ihm noch blieb. Er warf Feuer nach oben, und der Baldachin ging in Flammen auf.

Jetzt wurden die Rufe zu Schreien, als echter Rauch sich mit der Nebelillusion vermischte. Das Feuer breitete sich auf die bemalten Wände aus und knisterte heftig. Dicker Rauch nahm den Raum ein, blockierte alles und ließ ihn husten.

Es gab nichts mehr, was er noch tun konnte, und er würde sterben, wenn er bliebe. Er quetschte sich durch die Menge, die aus dem Raum drängte, von beiden Seiten drückten sich Leute in dem Versuch, zur Tür hinauszugelangen, gegen ihn. Das scharfe Knacken von bald zerspringendem Glas erklang hinter ihm als er den Türrahmen hustend erreichte, während der Rauch seine Lungen füllte.

Gerade als er durchging, stieß ihn etwas in den Rücken. Dann packte eine Hand seinen Mantel und riss ihn zurück. "Hab ihn!", rief ein Soldat. Er drückte die Frau vor Darcy zu Boden, um sich Platz zu verschaffen, damit er ihn besser greifen konnte. "Wachen, hier rüber!"

Verzweifelt versuchte Darcy, sich loszueisen, aber der Soldat war entschlossen bemüht, ihn nicht entkommen zu lassen. Mit dem Vorteil, seinen Gegner sehen zu können, holte Darcy aus und rammte seine Faust in dessen Kinn. Der Ruck des Schlages schleuderte ihn rückwärts und löste seinen Griff. Aber ein anderer Mann schlug ihn von hinten und brachte ihn ins Stolpern.

Dies war nicht der Augenblick, sich beim Kämpfen um irgendwelche Regeln zu scheren. Darcy trat nach hinten aus, setzte Ellenbogen und Knie ein, um alles zu treffen, was in seiner Reichweite lag und warf sich zuerst auf die eine und dann auf die andere Seite. Doch ihm eröffnete sich kein Ausweg und die entkommende Menschenmasse presste sich dicht gegen ihn. Die Leute schrien vor Entsetzen.

Eine hochmütige aristokratische Stimme direkt hinter ihm knurrte: "Aus dem Weg, augenblicklich, verdammt noch mal!"

Der Griff der Wache um Darcy ließ nach, als sei der Gehorsam ihm in Fleisch und Blut übergegangen. Er ergriff die sich ihm bietende Chance, riss sich frei und duckte sich seitlich in die Masse sich bewegender Körper. Aber sie hatten ihn schon einmal erwischt, ohne ihn sehen zu können.

Dann wurde ihm klar, dass unsichtbar zu sein in diesem Gedränge kein Schutz war. So hatten sie ihn erwischt, weil es ihn als scheinbar leeren Fleck in dem ansonsten dichten Schwarm hervortreten ließ. Er blies durch seine Lippen, um den Zauber zu lösen, und sein Körper flackerte wieder in die Sichtbarkeit auf. Stattdessen warf er Nebel über die Menge, doch der wollte sich einfach nicht zuziehen.

Er hatte die Taschentücher erschöpft. Nun konnte ihn nichts weiter als der Eifer der Menge, die einfach nur entkommen wollte, davor schützen, entdeckt zu werden.

Er duckte sich, als er sich durch die chaotischen Räume voller schreiender Menschen drängte, die große Treppe hinunter, fest gegen andere Körper, die vor den Flammen flohen, gepresst. Hinaus in den Hof, wo Napoleons Triumphbogen wie im Spott auf die schreienden Masse herabblickte.

Menschen strömten aus allen Richtungen in den Hof, angezogen vom Lärm und dem Feuer. Darcy musste sich mit den Ellenbogen einen Weg durch sie hindurch kämpfen. Es war ein Desaster. Sobald sich die Kunde verbreiten würde, dass ein englischer Magier kurz vor dem Ausbruch des Feuers mit dem Kaiser gesprochen hatte, würde die Meute nach Blutrache gegen die Engländer verlangen.

Schließlich erreichte er die Rue de Rivoli. Als er sie überquerte, warf er einen Blick zurück auf den Palast. Die Flammen leckten immer noch aus den Fenstern. Ein junger Mann packte ihn am Arm und fragte, was vorgefallen sei.

Natürlich. Er musste ausgesehen haben, als wäre er aus dem Palast geflohen, und das war gefährlich. "Feuer im Palast! Niemand weiß, ob der Kaiser in Sicherheit ist." Und er zwang sich, eine Minute mit dem Franzosen zu sprechen, bevor er in einem Tempo davoneilte, von dem er hoffte, dass es entspannt aussah.

Doch möglicherweise würde er sich nie wieder entspannen können, nicht nach dieser Katastrophe.

Sobald er ein paar Straßen von den Tuilerien entfernt war, erhöhte er sein Tempo und folgte halb benommen seinen sorgfältig ausgearbeiteten Fluchtplänen. Er ging in die bescheidene Pension, in der er sich am Vortag ein Zimmer gemietet hatte, nur um Wechselkleidung und eine leicht zu transportierende Tasche mit nützlichen Gegenständen zu hinterlassen. Dort kämpfte er sich aus dem engen formellen Gehrock, den er für den Kaiser getragen hatte, in eine Kluft, die eher einem gewöhnlichen Handelsreisenden entsprach.

Kurz darauf eilte er zu dem Platz, von dem aus die *Diligences* abfuhren, in der Erwartung, jeden Moment aufgehalten und festgenommen zu werden. Mit den neuen Ausweispapieren, die er bis jetzt versteckt hatte, kaufte er sich einen Sitzplatz in der nächsten Postkutsche, die allerdings gen Osten fuhr. Was ihm eigentlich nicht sonderlich entgegenkam war, da der Ärmelkanal im Nordwesten lag, doch vielleicht könnte er so seine Spuren verwischen. Bei der erstbesten Gelegenheit beabsichtigte er, auf eine weniger befahrene Route zu wechseln, wo es weniger wahrscheinlich wäre, auf ein anderes Talent zu stoßen. Sein neuer *Passeport* wies ihn nicht als Talent aus, was ein Risiko barg, da jemand, der die Abstoßung spüren konnte, ihn augenblicklich entlarven könnte.

Er kletterte in den Freiluftsitz auf dem Dach. Der Geruch von Rauch, der immer noch in seinen Haaren und auf seiner Haut haftete, wäre im geschlossenen Wagen zu offensichtlich. Zumindest sorgte die feuchte, kalte Luft dafür, dass er die Bank ganz für sich allein hatte. Über den Dächern der nahegelegenen Gebäude stieg eine große Rauchwolke aus den Tuilerien auf.

Wie viel des historischen Palastes hatte er zerstört? Wie viele Menschen waren in den Flammen gestorben? Und das alles völlig grundlos. Hätte er nur kurz innegehalten, um sich der Bedeutung, dass Napoleon sich in einen Falken verwandelt hatte, bewusst zu werden, wäre ihm dieser Fehler nicht unterlaufen. Aber er war verzweifelt und ungläubig gewesen, also hatte er das erste Werkzeug genutzt, das ihm in den Sinn kam.

Feuer konnte Drachen nichts anhaben. Und sofern es keine andere ihm unbekannte Kreatur gab, die sich in einen Falken verwandeln konnte, war Napoleon ein Drache.

Sein Magen protestierte, als die *Diligence* sich in Bewegung setzte. Und dann gab es nichts mehr, was er tun konnte, keine Maßnahmen, die er ergreifen konnte, um sich in Sicherheit zu bringen. Alles, was ihm jetzt noch blieb, war, dort zu sitzen, bis der Wagen zum Stehen kam.

Nein. Eines gab es, was er tun konnte. Er konnte seine Verbindung zu Pemberley testen, die Napoleon irgendwie unterbrochen hatte. War es möglich, dass er sie dauerhaft zerstört hatte? Allein beim Gedanken daran rebellierte sein Magen. Wie hatte Napoleon es geschafft, Darcys Blutsband abzuschneiden? Gütiger Gott, hatte er Elizabeth irgendwie geschadet, als er es tat?

Beinahe hatte er Angst, es zu versuchen. Er schloss die Augen und griff nach dem Land in der Ferne, das er so sehr liebte.

Und es antwortete. Der Eichenhain, die Lichtung mit den Drachensteinen, die Moore und Bäche, die ganze Kraft war da. Und das bedeutete, dass auch Elizabeth und ihr Kind in Sicherheit waren.

Aber seine Erleichterung erhielt angesichts des Horrors dieses Tages einen Dämpfer. Seine Mission war gescheitert. Napoleon war entkommen – und es war eine schlimmere Katastrophe, als sich das Kriegsministerium jemals hätte vorstellen können.

Kapitel 21

ELIZABETH DACHTE, DIE SONNE würde an diesem endlosen Tag wohl niemals untergehen. Ihr saß schon ein Kloß im Hals, seit Darcy am späten Morgen durch sie die Kraft von Pemberley gezogen hatte. Sie hatte sie fließen gespürt, ein beständiger Strom pulsierender Magie, der berührungslos durch sie hindurchlief und unsichtbar nach Frankreich flog, um Illusionen zu schaffen.

Und dann war er plötzlich abgebrochen und ließ sie im Unklaren über das Ergebnis. War Darcy gefangen genommen worden – oder gar noch schlimmer? Hatte sie auf irgendeine Weise seinen Tod verursacht, weil sie ihm nicht genug Kraft geschickt hatte? Ob Napoleon getötet worden war, würde sie nicht erfahren, bis die Nachricht England erreichte, was Tage dauern konnte.

Sie wollte doch einfach nur wissen, ob Darcy noch am Leben war. Und zu Sonnenuntergang, wenn die Drachenschuppe zum Leben erwachte, wäre ihre einzige Chance, eine Antwort zu erhalten. Würde sie seine Gegenwart spüren, oder würde es ins Leere laufen?

Sie konnte es nicht ertragen, sich hinzusetzen und abzuwarten, also entschuldigte sie sich und ging nach draußen. Frederica hätte sie natürlich gerne begleitet, aber allein sein war einfacher. Angst saß schmerzhaft in ihrer Kehle, als sich die Sonne dem Horizont näherte. Wäre dies die Nacht, in der sie keine Reaktion mehr erhielt?

Da es zu dieser Stunde zunehmend kälter wurde, machte sie sich auf den Weg in den ummauerten Rosengarten. Sie könnte sich auf die Marmorbank unter der Pergola sitzen, aber der Boden rief nach ihr und bat sie um ihr Talent. Sie antwortete mit einem Gefühl des Bedauerns und dem Versprechen, dass es später mehr gäbe, doch nun konnte sie ihre Energie nicht erschöpfen, die sie möglicherweise für den Kontakt brauchen würde. Aber die Enttäuschung des Landes war spürbar und so versuchte sie es auszugleichen, indem sie sich auf die Erde kniete und mit ihren Fingerspitzen hindurchfuhr – ganz ohne Magie, aber zumindest schenkte sie ihm Aufmerksamkeit.

Und es lenkte sie ein wenig von ihrer verzweifelten Sorge ab.

Dann kam es, dieses spezielle Ziehen mit Darcys einzigartigem Duft, dem Gefühl eines Eichenhains im Sommer und Erleichterung durchflutete sie. Er war noch am Leben!

Aber dann verstärkte sich das Ziehen, zog Kraft durch sie, durch ihr ungeborenes Kind, genau wie am Vormittag. Ganze Flüsse von Energie, die sie vom Land aus durchströmten, durch Pemberleys Verbindung mit seinem Herrn. Sie grub ihre Fingerspitzen tief in den Boden.

Was geschah gerade? Das war sogar noch mehr, als er zuvor durch sie hindurchgezogen hatte.

Er musste überleben. Verzweifelt ließ sie all ihre Kräfte durch ihr Band fließen und flehte das Land an, ihr mehr zu geben.

Und dann hörte der Zug an der Magie abrupt auf. Ein Schrei entfuhr ihre Lippen.

Dann ein weiteres leichtes Ziehen und seine Stimme, schwach über die Distanz hinweg, so, dass sie ihr Ohr gerade noch wahrnehmen konnte. Nein, keine Worte, sondern Bilder, die er ihr sandte.

Napoleon, der von zwei Männern festgehalten wurde, ein Würgeisen um den Hals. Dann fiel die Kette des Würgeisens schlaff und leer hinab, als die vertraute Form eines Falken sich in die Luft erhob und Napoleon war nirgends mehr zu sehen und die Männer, die ihn festgehalten hatten, starrten sich ungläubig an.

Er hat Kontrolle über meinen Geist übernommen, sagte Darcys Stimme.

Dann verblassten die Bilder und sie war allein, lag auf dem Boden zwischen zwei Rosenbüschen und ihr drehte sich der Kopf. Napoleon. Der sich in einen Falken verwandelt hatte.

Vollkommen unmöglich und doch erklärte das einiges.

Wie er es fertiggebracht hatte, Drachen zu finden und zu kontrollieren, seine verblüffendes Wissen über die strategischen Planungen des Feindes, seine seltsame Anziehungskraft, die selbst jene, die nicht seiner Meinung waren, dazu brachte, ihm zu folgen. All das war einem mächtigen Drachen möglich, der gestaltwandeln konnte, um vor dem Kampf über ein Schlachtfeld zu fliegen.

Darcy hatte sich ihm gestellt und war immer noch am Leben. Am Leben! Er musste all diese Magie gezogen haben, um die Entfernung zwischen ihnen zu überbrücken, damit er ihr diese entscheidende Nachricht zukommen lassen konnte.

Und sie war zu aufgekratzt, um über Konsequenzen nachzudenken.

Aufgekratzt. Oje, sie hatte zu viel ihrer Lebenskraft erschöpft. Und sie war zu weit vom Haus entfernt, um darauf hoffen zu können, dass sie sie rufen hören würden. Sie wagte nicht, selbst zu laufen.

Glücklicherweise verrieten ihr schlurfende Schritte auf dem Kies, dass sie doch nicht ganz allein war. Es war Edwards, der Gärtner.

"Mrs. Darcy, brauch'n 'Se Hilfe?", fragte er in seinem starken lokalen Akzent.

"Ja, dringend. Bitte suchen Sie Lady Frederica auf und bitten Sie sie, sich mir baldmöglichst anzuschließen und lassen Sie Tee mit Honig zu mir bringen. Rasch."

"Hier, Madam?", hakte er zweifelnd nach.

"Ja, hier." Töricht zu wirken, weil sie Tee auf einem Gartenweg sitzend einnahm, war nun ihre geringste Sorge. Zuerst musste sie lange genug am Leben bleiben, um Darcys schockierende Nachricht weiterleiten zu können.

Also lag sie einfach dort auf der Erde und ließ die Kraft des Lande in sich hineinträufeln. Möglicherweise könnte sie es fertigbringen, zur Bank hinüber zu laufen, doch um des Babys Willen würde sie dieses Risiko nicht eingehen. Hatte das Baby die ganze Magie gespürt, die durch es hindurchgeflossen war?

Eine hutlose Frederica kam auf die zugestürzt. "Was ist geschehen?", fragte sie atemlos.

Elizabeth sah zu ihr auf und fühlte sich töricht, wie sie da so auf dem Boden lag. "Mich hat eine Sendung von Darcy erreicht. Eine echte Sendung, nicht einfach nur die Verbindung."

"Über diese Entfernung hinweg? Kein Wunder, dass du vollkommen ausgelaugt bist. Aber ist er am Leben?"

"Ja." Sie fuhr sich mit der Hand über die Stirn. "Aber offensichtlich ist Napoleon..." Es war geradezu absurd. Es wollte ihr nicht über die Lippen kommen.

"Tot?", rief Frederica aufgeregt aus.

"Nein. Er ist entkommen, indem er sich ein einen Falken verwandelt hat." Das war schlichtweg unvorstellbar.

Frederica wich alle Farbe aus dem Gesicht. "Napoleon...hat sich in einen Falken verwandelt?" Ihre Stimme erhob sich bei dem letzten Wort. "Möchtest du mir damit sagen, dass der Kaiser von Frankreich ein Drache ist?"

Hin- und hergerissen zwischen ungläubigem Lachen und Tränen hob Elizabeth hilflos ihre Handflächen. "Das ist es, was Darcy mir gesendet hat."

Frederica ließ sich auf die Bank plumpsen. "Ich nehme an, das erklärt, wie er Drachen befehligen kann."

"Vermutlich, ja." Nein, das war einfach eine zu lächerliche Vorstellung. Aber was hätte Darcy ihr sonst damit sagen wollen? Eine plötzliche, unerwartete Sehnsucht nach ihm durchfuhr sie und ihr tat alles weh, so sehr wünschte sie sich, ihn bei sich zu haben. Stattdessen befand er sich irgendwo in feindlichem Territorium, das von einem verrückt gewordenen Drachen beherrscht wurde. Ihr Magen machte einen Salto.

Und dann gleich nochmal.

Wieder drückte sie ihre Hand an ihre Taille, diesmal in einer anderen Art von Unglauben.

Frederica starrte sie bestürzt an "Was ist los? Geht es dir nicht gut? Wo bleibt dieser verflixte Tee? Ich habe ihnen gesagt, sie sollen sich beeilen!"

"Nein, es ist nur das Baby, das sich bewegt. All das Talent, das durch ihn hindurchgeflossen ist, muss ihn aufgeweckt haben."

Wenn sie diese Neuigkeit nur mit Darcy teilen könnte.

Bei dem Gedanken kam die Welt wieder auf sie hereingestürzt und riss sie von dem Wunder fort, das in ihr geschah. "Wir müssen es den Drachen sagen. Kannst du Quickthorn rufen? Ich wage es nicht, nach Cerridwen zu senden, während ich so schwach bin." Und dann würde sie entscheiden müssen, was der nächste Schritt wäre. Granny benachrichtigen, höchstwahrscheinlich, da sie selbst niemanden im Kriegsministerium kannte und man ihr dort ohnehin nicht glauben würde.

Frederica sagte: "Quickthorn ist auf dem Weg. Und schau, hier kommt dein Tee."

"Unmöglich!", verkündete Quickthorn mindestens zum dritten Mal.

Elizabeth ignorierte sie, so gut man einen Drachen, der viermal so groß wie man selbst ist, eben ignorieren kann. Endlich hatte sie es bis zur Bank geschafft, auf der sie nun in einen großen Schal eingehüllt und mit zwei Laternen zu ihren Seiten saß. Und Cerridwen neben ihr, wippte hin und her und strahlte Verzweiflung aus.

Damit war sie nicht allein. Nachdem Quickthorn zunächst eine dringliche Sendung an das Nest gesandt hatte, waren andere Drachen eingetroffen, zwei in Falkenform und Rowan, der noch jung genug war, um sich in seiner wahren Gestalt für kurze Zeit vom Nest entfernen zu können. Elizabeth hatte gerade ihre Geschichte noch einmal erzählt und Rowan gestattet, sie auch zu lesen, damit er ihre Erinnerungen zur Ältesten mit zurückbringen konnte.

Sie alle, in Falkenform oder als Drache, strahlten tiefen Schock und Entsetzen aus. Und riesengroße Angst.

"Bist du dir ganz sicher?", hakte Rowan nach.

"Ich bin mir vollkommen sicher, dass dies genau das ist, was Darcy mir gesendet hat und da sowohl Frederica als auch Quickthorn anwesend sind, ist es unmöglich, dass ich lüge", schnauzte Elizabeth. "Und ich kann mir keinen Grund vorstellen, weshalb er mir nicht die Wahrheit sagen würde."

Rowan sank auf seine Hacken zurück. "Ich bitte um Verzeihung, Gefährtin Elizabeth. Dies sind solch schreckliche Nachrichten, dass wir alle versuchen, einen Weg zu finden, sie nicht zu glauben, weil die Wahrheit so unerträglich ist."

"Weshalb?", fragte Frederica. "Es ist schockierend, ja, aber weshalb macht es euch solche Angst?"

Der Drache senkte den Kopf. "Weil Napoleon oder der Drache, der sich als Napoleon ausgibt, ein Killer ist, was bedeutet, dass der Niederträchtige König, verflucht sei sein Name, ihn in seiner Gewalt hat. Es bedeutet, dass unser größter Feind einen Fuß in die Tür bekommen hat, was diese Welt anbelangt, die unser Zufluchtsort war. Keiner von uns ist mehr sicher. Ein Killerdrache kann uns alle zerstören."

"Aber ihr wusstest doch bereits, dass Napoleon mit dem Niederträchtigen König im Bunde war, von dem, was die Seeschlange Darcy erzählte", argumentierte Frederica.

"Zu diesem Zeitpunkt hielten wir ihn noch für menschlich. Ein Mensch mit der Unterstützung des bösen Königs könnte schreckliche Dinge anrichten, ja. Ein Drache, der in seinem Dienst steht, mit ganz Europa unter seinem Kommando, könnte das Ende dieser Welt bedeuten."

Elizabeth erschauderte. Ein Ende der Drachen oder ein Ende von allem? Napoleon hatte sowohl als Mensch, als auch als Drache große Gefühllosigkeit beim Abschlachten anderer gezeigt.

Cerridwen lehnte ihr Bein an Elizabeths. "Das war das fehlende Puzzlestück", sagte der Drache schwer. "Nun wissen wir, was meine Vision bedeutet. Einige Drachen glaubten zuvor nicht daran. Sie konnten sich keine Macht vorstellen, die groß genug ist, um eine derartige Verwüstung anzurichten. Jetzt schon."

Dass Elizabeth am nächsten Tag von der Ältesten herbeigerufen wurde, überraschte niemanden. Im Nest ging es zu wie in einem Bienenstock, mit mehr Drachen in den Haupträumen, als Elizabeth jemals gesehen hatte. Sie folgte Cerridwen hindurch bis zur Kammer der Ältesten.

Der Raum war unverändert, aber die Aura des großen Drachen lastete auf ihm mit tiefer Besorgnis, die mit Verzweiflung durchwebt war. Wenn sie nur etwas Trost bieten könnte! Doch das war nicht möglich. Auch Cerridwen war seit der Nachricht nicht sie selbst gewesen.

Nach dem Austausch von Grüßen gestattete sie der Ältesten, ihre Erinnerungen an den vorherigen Abend zu lesen. Als es vollbracht war, sagte die Älteste betrübt: "Ich möchte dich um einen Gefallen bitten. Würdest du mir gestatten, mich heute Abend in deine Verbindung zu deinem Gatten einzuklinken? Ich würde sie nutzen, um die Erinnerung direkt aus seinem Kopf zu erhalten."

"Ich habe erwartet, dass du so etwas tun möchtest", sagte sie.

"Du hast das Recht, abzulehnen. Die Schuppe, mit der ihr eine Verbindung zueinander aufbauen könnt, war ein Geschenk an dich."

"Ich habe nichts dagegen." Auch wenn sie es vorziehen würde, ihren kurzen Moment mit Darcy nicht aufzugeben, war dies offensichtlich wichtiger. "Wie gehen wir dabei vor?"

"Du bist großzügig, Gefährtin Elizabeth. Ich muss dich an meinen Körper drücken, während wir beide die Schuppe berühren. Dies bedeutet, dass du bis zum Sonnenuntergang hier bleiben müsstest."

Sie nickte. "Cerridwen hat mich gewarnt, dass ich vielleicht über Nacht im Haus der Gefährten bleiben muss, daher kam ich vorbereitet."

Die Älteste ließ ihre Vorderbeine sinken und entließ Elizabeth aus der seltsamen Umarmung, in der sie sie gehalten hatte, während die Verbindung über die Schuppe angehalten hatte. "Nun, das war merkwürdig", sagte der uralte Drache.

Elizabeth reckte den Hals, um zu ihr aufzuschauen. "Konntest du etwas sehen? Das war mir währenddessen nicht ganz klar." Für sie war es nur ein unübersichtlicher Ansturm von Talent gewesen, mit einem leichten Geschmack von Darcys Eichenhain im Sommer.

"Genug, um sicher zu sein, dass der französische Kaiser kein Sterblicher und mit ziemlicher Sicherheit ein Drache ist. Ein Killerdrache, mit allem, was dazu gehört. Was mir ein Rätsel aufgibt, ist, warum er Darcy nicht gebunden hat, um ihn davon abzuhalten, dies zu enthüllen."

Das war in der Tat seltsam. "Eine gute Frage. Napoleon muss einen Gefährten haben, da er weit von jedem Nest entfernt ist. Gibt es eine Möglichkeit herauszufinden, um wen es sich dabei handeln könnte?"

Die Älteste senkte den Kopf. "Für einen Sterblichen? Nein. Wenn er einem von uns begegnen würde, wüssten wir es."

Sie war sich gewahr, dass sie besser nicht vorschlug, dass die Tötung von Napoleons Begleiter ihn zurück in sein Nest zwingen könnte. Was ohnehin keine Rolle spielte, solange sie nicht wussten, um wen es sich dabei handelte. Und vielleicht war Napoleon wie Rana Akshaya, auf mysteriöse Weise in der Lage, sein Nest ohne Gefährten zu verlassen.

"Wie geht es nun weiter?", erkundigte sie sich. Die Frage hatte sie schon den ganzen Tag nicht losgelassen.

Der große Drache sank auf seine Hinterbeine zurück. "Das ist eine schwierige Frage, und eine, die zu groß für mich ist. Ich muss mich mit anderen Nestern beraten."

Elizabeth hatte bereits von Cerridwen gehört, dass Drachen mit Gefährten aus ganz Großbritannien zum Dark Peak herbeigerufen würden, um über diese Nachricht zu konferieren und zu besprechen, wie das Ende des Geheimhaltungsabkommens zu bewältigen sei. "Wird Rana Akshaya auch eingeladen, mit ihnen zu sprechen?" Falls der indische Drache ausgeschlossen werden sollte, wollte sich Elizabeth auf die möglicherweise folgende Explosion vorbereiten.

"Ich denke, das werden wir tun müssen, da einige der anderen Nester gerne ihre eigenen Berichte über sie hätten. Aber ich fürchte, ich muss dich auch um mehr Hilfe bitten, als es für Gefährten üblich ist."

Damit hatte sie nicht gerechnet. "Ich biete gerne jede Hilfe, die ich kann."

"Wir brauchen Boten, um unsere Einladungen zu Nestern in ganz Großbritannien zu tragen. Männer, die lange Strecken schnell zurücklegen können und bereit sind, sich binden zu lassen. Unsere Kith sind solche Reisen nicht gewöhnt und es mangelt ihnen an guten Pferden. Stünde jemand in deinem Dienst, der helfen könnte?"

"Zweifelsohne." Pemberley beschäftigte viele Stallknechte und Hausdiener, die gerne gegen zusätzliche Bezahlung eine Reise unternehmen würden, und die Heinzelmännchen hielten die Ställe sauber. "Aber wäre es nicht einfacher, die Nachrichten durch das Portal zu senden?"

"Viele Nester haben keine Portale, und es braucht jedes Mal Zeit und enorm viel Energie, wenn wir die Ausrichtung des Portals ändern müssen. Wir haben unsere Portaldrachen bereits mit der Nachricht von Rana Akshayas Ankunft erschöpft."

Sie nickte, wenngleich sie beinahe nichts über die Portale oder gar wie viele Nester es geben könnte, wusste. "Wie viele Reiter werdet ihr brauchen?"

"Vielleicht drei, wenn du sie erübrigen kannst. Cerridwen wird ihnen ihre Anweisungen geben." Die Älteste setzte sich wieder auf ihre Hacken zurück. "Ich werde offen mit dir sein, Gefährtin Elizabeth. Unser Nest hat noch niemals auch nur ein kleines Konklave mit anderen ausgerichtet. Wir sind eines der kleinsten Nester, da wir so nah an den südenglischen Tiefebenen liegen, doch diese Ereignisse haben uns an vorderste Front in Drachenangelegenheiten gedrängt. Wenn viele Begleiter eintreffen, brauchen wir vielleicht erneut deine Hilfe. Wir haben nicht genug Kith, um mehr als ein paar Gäste in unserem Gefährtenhaus zu beherbergen, und sie haben auch keine Erfahrung damit."

Endlich ein Problem, das sie tatsächlich lösen konnte! "Meine Haushälterin auf Pemberley wurde als Kind von Drachen gerettet. Sie ist es gewohnt, einen großen Haushalt zu führen, und es wäre ihr eine große Ehre, Ratschläge zu den Erfordernissen der Verwaltung des Gefährtenhauses zu geben. Bei Bedarf könnte sie auch bei der Bereitstellung von Vorräten und Bediensteten helfen."

"Wenn du denkst, dass sie zustimmen würde, würde mir das eine Last von den Schultern nehmen."

"Dann werde ich mit ihr sprechen." Nicht, dass sie irgendwelche Zweifel an Mrs. Reynolds' Antwort gehabt hätte.

Aber was würde Darcy denken? Er hatte ein ruhiges, gut geführtes Anwesen verlassen. Jetzt wurden sie von niederen Feen überrannt, ganz zu schweigen von Rana Akshaya und ihrer Entourage, die die herrschaftlichen Räumlichkeiten übernommen hatten, Quickthon, die im Ballsaal residierte und jetzt borgte Elizabeth dem Nest auch noch jede Menge ihrer Dienstboten.

Sie schluckte schwer und kämpfte gegen die Tränen an, die dieser Tage so leicht flossen. Darcy konnte so wütend über die Veränderungen sein, wie er wollte, solange er nur zu ihr nach Hause kam.

Kapitel 22

D ARCY VERLIESS DIE DILIGENCE in einer kleinen Ortschaft, was ihm klüger erschien, als eine größere Stadt zu wählen, in der Soldaten stationiert sein könnten. Ein Bäcker in der Nähe verwies ihn auf ein Haus, das Reisenden Zimmer vermietete, und Darcy kaufte mehrere zuckerige Gebäckstücke, damit er etwas vorrätig hatte, falls er sein Talent überstrapazieren sollte.

Nach einer flüchtigen Prüfung seiner Papiere galt ein Raum als verfügbar, und Darcy nahm seine Einkäufe mit dorthin. Er schloss die Tür und ließ sich nieder, um auf den Moment zu warten, in dem die Drachensschuppe zum Leben erwachen würde. Dann zog er noch mehr Kraft als zuvor, weit über das hinaus, was er je zuvor genutzt hatte, in dem Versuch, Elizabeth eine Nachricht zu schicken. So viel über eine große Entfernung zu senden war bislang nicht versucht worden, zumindest nicht, dass er wüsste – und mehr als riskant – aber ihm blieb keine andere Wahl. Es war sehr wahrscheinlich, dass er erwischt würde, lange bevor er den Kanal erreichte, und die Botschaft nach England zu übermitteln, dass es sich bei Napoleon um einen Drache handelte, war entscheidend.

Ohne das war seine gesamte Mission mehr als nur ein Misserfolg. Sie hätte die Sache sogar noch verschlimmert. Abgesehen von den zweifellos im Feuer umgekommenen Menschen, würden sich die Angriffe auf britische Truppen verdoppeln.

Der Raum drehte sich um ihn, als er fertig war. Er würgte das Gebäck hinunter und hoffte, dass es ausreichen würde, um seine Lebenskräfte wieder aufzufüllen. Danach lag er die halbe Nacht wach und betete, dass Elizabeth seine Botschaft erhalten hatte. Schließlich wusste er nicht, ob er seine Kraft für eine unmögliche Sendung erschöpft hatte, die ins Nichts ging.

Am Morgen platzte just in dem Moment, als er sich fertig angezogen hatte, der alte Mann, der ihm das Zimmer vermietet hatte, ohne anzuklopfen herein. "Was ist geschehen, guter Mann?", erkundigte sich Darcy.

"Scher dich aus meinem Haus!", spie ihm der Mann zitternd vor Wut entgegen. "Ich dulde keinen Engländer unter meinem Dach, nicht, nachdem ihr versucht habt, unseren Kaiser zu töten."

Es durchfuhr ihn wie ein Blitz. Wie war er entdeckt worden? Dann wurde ihm klar, dass es sich nicht um eine persönliche Anschuldigung handelte, sondern generell gegen alle Briten. Er bemühte sich, verwirrt zu klingen. "Was ist das für ein Unsinn über ein Attentat auf Napoleon?"

"Einer deiner Landsleute hat es versucht, aber unser Kaiser war zu schlau für ihn und wenn es nach mir geht, könnt ihr alle in der Hölle verrotten! Raus hier, du Hurensohn, oder ich sorge dafür, dass du Nasenbluten bekommst!"

Als könnte dieser altersschwache alte Mann Hand an ihn legen! Aber Darcy konnte es ihm nicht verübeln; er wäre ebenso wütend, wenn ein Franzose versucht hätte, den König zu töten. Er schlang sich seine Umhängetasche über die Schulter und marschierte aus dem Haus.

Jetzt müsste er noch vorsichtiger sein, wenn ihn schon seine bloße Nationalität zur Zielscheibe machte. Wenn er nur so tun könnte, als wäre er Flame oder Österreicher – aber seine Papiere würden diese Lügen rasch entlarven. Glücklicherweise hatte der verschlafene Knecht im Stall, an dem die *Diligence* Halt machte, die Nachricht entweder noch nicht gehört oder es kümmerte ihn nicht, denn er verkaufte Darcy ein Billett.

Jetzt war er auf einer anderen Postkutschenroute unterwegs , einer indirekten, kleinen, auf der weniger Soldaten die Straße überwachten. Am Nachmittag schwang sich Darcy mit schmerzenden Beinen aus der kleinen *Diligence*. Die Sitze waren nicht für jemanden seiner Größe konzipiert. Darüber hinaus hatte er versucht, sich möglichst klein zu machen, um tunlichst jegliche Aufmerksamkeit zu vermeiden und seine Nase in ein Buch vergraben – ein französisches, das ihn nicht im Geringsten interessierte – um Gespräche zu vermeiden. Jetzt hatte er auch noch einen steifen Nacken.

Seine Muskeln protestierten, als seine Stiefel auf dem Bürgersteig auftrafen. Er rollte die Schultern, um sie zu lockern und folgte den anderen Passagieren mit mehr Eifer in das Gasthaus, als das unscheinbare Gebäude verdiente. Sein Durst war groß genug, dass er selbst den billigsten Wein genießen würde. Und auch seine Verbindung zu Pemberleys Kraft hielt er stets aufrecht, falls es zu Schwierigkeiten kommen sollte.

Aber zuerst rief die Natur. Er bestellte beim Wirt und machte sich dann seinen Beschreibungen nach auf den Weg aus dem gut gefüllten Schankraum in den hinteren Teil des Gasthauses, durch einen engen Gang mit Ziegelwänden, der mal wieder eine gründliche Reinigung vertragen könnte.

Ein paar Minuten später trat er sich mit knurrendem Magen auf den Rückweg an. Zumindest das wäre leicht zu beheben; das Essen war auch in den ärmlichsten Herbergen Frankreichs gut gewesen. Kein Wunder, dass jeder französische Köche in England beschäftigte.

Eine aufgeregte Stimme im Schankraum erregte seine Aufmerksamkeit. "Ein Engländer? Mit der *Diligence*? Mon ami, wir können den Angriff auf den Kaiser rächen – und ein Vermögen machen!"

Redeten sie über ihn? Darcy drückte sich mit dem Rücken gegen die raue Wand.

"Wie meinst du das?" War das der Kutscher?

"Schau her! Fünftausend goldene Napoleonen für die Gefangennahme eines Engländers, zuletzt in Paris gesehen. Weitere fünfhundert Francs für jeden, der bei seiner Gefangennahme mithilft! Groß und dunkelhaarig, genau wie dieser, könnte unter dem Namen Harcourt oder Darcy reisen. Das muss der Schurke sein, der versucht hat, den Kaiser zu töten!"

"Hah! Dem erteilen wir eine Lektion, die er nicht vergessen wird!", rief ein anderer Mann.

Gütiger Himmel! Ein Kopfgeld auf sich hatte er ja erwartet, aber fünftausend Goldnapoleonen waren ein unglaubliches Vermögen. Jeder würde ihn für die bloße Hoffnung darauf ausliefern. Welcher Schmuggler würde ihn nach England bringen, wenn sie ihn für das Tausendfache seiner Schiffspassage verkaufen könnten?

Doch nun blieb keine Zeit, sich darüber den Kopf zu zerbrechen. Er musste fliehen. Falls er einen Fuß in diesen Schankraum setzte, würde er England niemals wieder sehen.

Oder Elizabeth.

Es musste einen anderen Weg aus dem Gasthaus geben. Vorsichtig kehrte er um und ging den dunklen, gewundenen Korridor wieder zurück, an den geschlossenen Türen vorbei. Dann strömte Licht herein, zusammen mit Gerüchen von kochendem Essen und dem Klirren von Geschirr.

Die Küche. Die musste eine Hintertür haben. Mit etwas Glück hätte dort noch niemand die Nachricht gehört. Wenn er den Mund hielt, würden sie nicht mitbekommen, dass er Engländer war.

Er zog den Kragen seines Mantels hoch und betrat die Küche. Da standen sie, gleich hinter dem Herd. Die beiden Frauen ignorierend, die sich umdrehten, um ihn anzustarren, eilte er durch die Tür und fand sich im hinteren Teil des Stallhofs wieder. Ein Stallbursche spannte gerade frische Pferde an die Postkutsche.

Sollte er es wagen, seine Tasche aus der Kutsche zu holen? Sie lag im Deckennetz der *Diligence*, er müsste also die Tür öffnen, um es zu erreichen. Zu risikoreich, selbst wenn er so lange unsichtbar bleiben konnte. Und im Stall arbeiteten noch mehr Knechte, ein Pferd zu nehmen kam also auch nicht in Frage.

Ihm blieb keine Wahl. Er würde zu Fuß aufbrechen müssen, mit nichts weiter als den Kleidern, die er am Leib trug. Zumindest führte er noch reichlich französische Münzen an seiner Person mit, die er in Paris gegen sein englisches Gold eingetauscht hatte. Gott allein wusste, wie er nach England zurückkehren würde, aber zuerst musste er vermeiden, gefangen genommen zu werden.

Er hüllte sich in Unsichtbarkeit und lief zur Straße. Kurz vor dem Gasthaus waren sie durch einen Wald gekommen; der müsste als Fluchtroute herhalten.

Nachdem er stundenlang gewandert war, zuerst dem einen und dann einem anderen Weg gefolgt, manchmal auch querfeldein oder über Wiesen, erblickte Darcy eine verlassene Hütte. Der Riegel war kaputt und die Tür stand offen, und doch bot sie ihm eine Art Unterschlupf und es war beinahe Zeit für seine Verbindung mit Elizabeth.

Als die Schuppe jedoch zum Leben erwachte, war es nicht Elizabeth. Oder nicht nur Elizabeth; er konnte sie dort wahrnehmen, allerdings auch eine andere Präsenz, eine, die er zuvor schon einmal in seinem Geist gespürt hatte. Die Älteste des Dark Peak Nestes.

Die Stimme des Drachen hallte in seinem Kopf wider. *Denk an das, was du von Napoleon gesehen hast.*

Nichts leichter als das, die Szene war ihm bereits hunderte Male durch den Kopf gegeistert, als er versucht hatte, sich einen Reim darauf zu machen. Er spuckte sie in allen Einzelheiten für die Älteste aus.

Der Drache berührte seinen Geist gröber als ihm in Erinnerung war, was entweder der Entfernung oder der Notwendigkeit zur Eile geschuldet sein könnte. Und dann war er auch schon wieder weg und Elizabeth ebenfalls.

Er ließ sich in eine Ecke der Hütte sinken, bedauerte, dass ihm sein wertvoller Moment mit Elizabeth nicht zuteilgeworden war und fühlte sich gleichzeitig erleichtert, dass die schwere Last dieses Wissens nun in den Händen des Nests lag. Würde Elizabeth auch irgendwie einen Weg finden, das Kriegsministerium zu informieren? Nicht, dass es einen großen Unterschied machen würde; die gebündelten Kräfte der britischen Armee und Marine vereint, konnten Napoleon, dem Drachen, nicht standhalten.

Er berührte das seidene Taschentuch in seiner Tasche, das er für Elizabeth gekauft hatte, als ob es bereits eine Essenz von ihr trüge.

Als die Nacht vollständig über ihn hereingebrochen war, entfachte er ein kleines Feuer mit den Stöcken, die er in der Nähe der Hütte gesammelt hatte. Er nutzte seine Ausweispapiere um es zu entfachen, da sie nun eine Gefahr für ihn darstellten. Alles, was ihn als Briten identifizierte, barg Lebensgefahr. Er wäre besser dran, wenn er behauptete, Schwede zu sein und dass er seines *Passeports* beraubt worden sei.

Die Flammen spendeten nur wenig Wärme, doch selbst die tat ihm, durchgefroren wie er war, gut. Seinen Verstand konnte dies auch nicht von seinem leeren Magen ablenken, doch er rollte sich vor dem Feuer zusammen, den Mantel so fest um sich gewickelt, wie es ihm möglich war. Schließlich driftete er in einen unruhigen Schlaf hinüber.

Nur, um abrupt von dem Geräusch eines Bellens in der Ferne wieder hochzuschrecken. Waren das wilde Hunde, die im Wald jagen?

Doch als es ihm wie Schuppen von den Augen fiel, rappelte er sich rasch auf. Sie jagden durchaus. Nach ihm. Natürlich ließen sich die Dorfbewohner keine zehntausend goldenen Napoleonen entgehen. Sie würden jeden Stein umdrehen, um ihn zu finden. Einschließlich ihm die Hunde auf den Hals zu jagen, die seine Fährte aufgenommen hatten. Seinen Geruch hatten sie ja, von der Tasche, die er in der *Diligence* zurückgelassen hatte.

Er musste von hier weg. Aber wie? Schneller als ein Hund konnte er im Wald nicht rennen. Ganz gleich, wie weit er laufen würde, sie würden ihn erschnüffeln. Wenn er auf einen Baum kletterte, würden sie ihn so lange anbellen, bis jemand käme.

Es sei denn, er benutzte das Drachen-Artefakt, das ihn für jeden Sinn außer Berührung nicht mehr wahrnehmbar machen würde. Die Hunde würden ihn weder riechen, noch hören oder sehen können. Es würde ihn davonkommen lassen – aber zu welchem Preis? Es ließ sich nur ein einziges Mal aktivieren und danach nie wieder. Aber wenn die Hunde ihn fänden und er gefangen genommen würde, wäre es zu spät.

Es juckte ihn in den Fingern, den Anhänger jetzt gleich zu öffnen, um sich zu retten, aber er wartete noch ab. Möglicherweise würden sie seine Spur verlieren, oder er könnte sich herauskämpfen. Er würde das Artefakt erst in allerletzter Minute und wenn es gar nicht anders ginge, einsetzen.

Das Bellen wurde lauter, rückte definitiv näher. Zwei verschiedene Hunde bellten und vielleicht waren es aber auch noch mehr, die sich nicht laut bemerkbar machten.

Dann durchschnitt ein unheimliches Jaulen die Luft, hoch und vibrierend, ein Geräusch, das er erkannte. Darcy erstarrte. Selbst wenn es in Frankreich Luchse gäbe, wären sie irgendwo in der Wildnis, nicht in diesem kleinen Waldstück in der Nähe eines Dorfes.

Die Hunde heulten auf, ein weiterer Schrei der Empörung vom Luchs und das Geräusch, als würden sie hastig davonlaufen. Und dann – nur noch Stille.

Hatte der Luchs die Hunde vertrieben? Konnte er so viel Glück haben?

Dann bildete sich ein Bild in seinem Kopf. *Komm.* Eine Präsenz, die er so gut kannte wie seine eigene Stimme.

Wie hatte sein Luchs den Weg nach Frankreich gefunden? Wahrlich, er war Darcy durch ganz England gefolgt, aber er konnte sicher nicht zwanzig Meilen durch den Ärmelkanal schwimmen. Sofern Luchse überhaupt schwimmen konnten.

Aber sein Vertrauter hatte ihn noch nie in die Irre geführt, und so trat er vorsichtig aus der Hütte heraus. Sein Luchs saß vollkommen entspannt draußen im trüben Mondlicht, abgesehen von dem Blut, das von der Seite seines Mundes tropfte. Offenbar waren die Hunde nicht unversehrt entkommen.

Du hast mich gerettet, sandte er. Würde sein Luchs diese Worte verstehen?

Ja. Komm. Der Luchs tappste los, einen Weg entlang, den nur er sehen konnte. Darcy folgte.

Ohne seinen Luchs hätte Darcy die nächsten Tage nicht überlebt. Das Tier führte ihn zu wilden Apfelbäumen und verlassenen Feldern, auf denen noch ein paar Rüben wuchsen, brachte ihm abends Fisch, den er über dem Feuer briet und einmal sogar einen Laib Brot, den er gestohlen haben musste. In seinem alten

Leben hätte Darcy Brot verachtet, das im Mund eines Luchses getragen worden war. Jetzt war es ein kostbares Geschenk.

Jede Nacht ging sein Vertrauter zurück und markierte die Route, der sie gefolgt waren, vermutlich um Schnüffler abzuschrecken. Kein vernünftiger Hund würde sich dem nähern, was nach einer Luchshöhle roch.

Er war erschöpft, ihm taten die Füße weh und er hatte es satt, auf dem kalten Boden zu schlafen und doch bewegte er sich langsam, aber sicher in Richtung Westen, oder zumindest schloss er das aus der Stellung der Sonne. Seine Karte und seinen Kompass hatte er zusammen mit der Tasche in der *Diligence* zurückgelassen. Wenn er es richtig einschätzte, würde er irgendwann auf die Küste stoßen. Und dann käme erst der wirklich schwierige Teil: Er musste zu den Freunden der Seeschlangen finden, in der Hoffnung, dass sie einen Weg fänden, ihn über den Ärmelkanal zu bringen, ohne ihn für die Belohnung auszuliefern.

Dann trottete eines Nachts ein Zug Soldaten an der Hecke vorbei, in der er sich versteckt hatte. In nicht mal zweihundert Fuß Entfernung schlugen sie ihr Lager auf und begannen, das Gebiet um ihn herum im Schein der Laternen abzusuchen, während sie ununterbrochen über den verdammten Engländer schimpften und was sie ihm antun würden, sobald sie ihn zu fassen bekämen.

Darcy versuchte nicht zu atmen. Wie konnten sie ihn hier nur aufgespürt haben? Sie führten keine Hunde mit sich. Hatten sie möglicherweise den Rauch des Feuers gerochen, über dem er seinen Fisch gebraten hatte? Rasch schuf er eine Illusion, die die verkohlten Reste verbarg und wob eine weitere aus undurchdringlichen Brombeeren, um sich selbst dahinter zu verstecken. Was gut genug gewesen sein musste, da sie ihn nicht fanden. Seinen Vertrauten sandte er eine Nachricht, um ihn zu warnen, dass er wegbleiben sollte. Selbst ein wilder Luchs hatte keine Chance gegen ein Dutzend Soldaten.

Er müsste besser achtgeben. Kein Feuer mehr. Er wartete, bis sie alle schliefen, ehe er sich in Unsichtbarkeit hüllte und davonschlich. An diesem Tag ruhte er sich nicht aus und versuchte, so viel Distanz wie nur irgend möglich zwischen sie zu bringen. Sein Magen knurrte, aber noch war er nicht hungrig genug, um rohen Fisch zu essen. Morgen vermutlich schon.

Doch trotz seines Hungers und der Müdigkeit empfand Darcy ein Hochgefühl, dass er so knapp entkommen konnte und war zuversichtlich, die Soldaten hinter sich gelassen zu haben. Wie immer kam der schönste Moment bei Sonnenuntergang, als die Drachenschuppe zum Leben erwachte und Elizabeth seinen Geist betrat, voller Wärme und Freude, selbst wenn er keine Neuigkeiten hatte. Wie üblich war ihre Botschaft, dass er gut auf sich aufpassen solle.

Er raffte einige Blätter hinter einer Steinmauer zusammen, um sich einen Platz zum Schlafen zu schaffen. Der Luchs rollte sich neben ihm zusammen und teilte seine höchst willkommene Körperwärme. Wenn Darcy jemals wieder auf der Flucht sein sollte, würde er dafür sorgen, eine Decke bei sich zu haben. Und eine größere Trinkflasche, um Wasser mitzuführen zu können, denn der winzige Flachmann in seiner Tasche reichte nicht aus, um zwischen den Bächen, auf die er gelegentlich stieß, gut versorgt zu sein.

Dann schlossen die Soldaten wieder zu ihm auf.

In der vierten Nacht erwartete Darcy sie beinahe. Er hatte alles versucht, um sie abzuschütteln. Er hatte seine Richtung geändert, war landeinwärts gegangen, anstatt sich auf den Weg zum Kanal zu machen, hatte seine eigenen Schritte zurückverfolgt und den Luchs gebeten, seine Spuren zu verwischen und nicht einmal ein kleines Feuer hatte er gewagt. Heute hatte er dem Luchs sogar gesagt, er solle ihm nicht folgen, falls die Soldaten irgendwie seine magische Verbindung zu seinem Vertrauten aufspüren könnten. Und trotzdem kam der Zug über das Feld angetrabt.

Er zog sich in sein provisorisches Versteck zwischen einem uralten Baum und einer Steinmauer zurück.

Wie stellten sie das an? Er verstand es nicht, und alles unverständliche deutete normalerweise auf Magie hin. Könnte einer von ihnen ein Magier sein, der ihn durch Abstoßung verfolgte? Nein, denn den würde Darcy ebenfalls fühlen. Es musste eine Art ihm noch unbekanntes Talent sein, eines ohne Abstoßung.

Was auch immer sie taten, es funktionierte nur bis zu einem gewissen Grad. Sie kamen ihm immer wieder nahe, konnten durchaus seinen ungefähren Standort aufspüren, doch welche Magie sie auch nutzten, konnte sie nicht direkt zu ihm führen. Und warum kamen sie nur nachts?

Wenn er nur dahinter käme, könnte er vielleicht einen Weg finden, ihren unheimlichen Fähigkeiten ein Schnippchen zu schlagen. Ihnen zu entkommen würde immer schwieriger werden, nun, da sein Bauch zu leer war, um eine Illusion zu riskieren. Er würde ohnmächtig werden, weil er seine Reserven erschöpft hatte. Ohne seinen Luchs hatte er den ganzen Tag nur ein paar Beeren gegessen.

Er erinnerte sich, dass seine Mutter einmal gesagt hatte, einige magische Kräfte könnten kein fließendes Wasser überwinden. Was, wenn er einen Bach fände und diesen durchqueren würde? Nicht allzu weit entfernt war er zuvor schon an einem vorbeigekommen. Das würde jedoch bedeuten, aus der Deckung zu kommen. Dann wäre er gezwungen, nachts unterwegs zu sein, mit all den damit verbundenen Risiken.

Ein Plan, der auch nicht besser oder schlechter als andere war. Er lehnte sich gegen den Baum zurück, wartete und gab den Soldaten mehrere Stunden, um die Zelte aufzustellen und sich für die Nacht zurückzuziehen. Sobald der Mond hoch am Himmel stand, kletterte er über die Steinmauer und schlich in den Wald, bei jedem winzigen Geräusch von trockenen Blättern oder Zweigen unter den Füßen zusammenzuckend.

Als er sich sicher war, weit genug weg zu sein, steuerte er auf die Straße zu und ging den Weg, den er früher am Tag bereits genommen hatte, wieder zurück, bis er den Bach erreichte. Er kletterte das Ufer hinunter und trat ins Wasser. Seine Stiefel würden es nicht lange abhalten können, doch daran konnte er jetzt auch nichts ändern. Besser nasse Füße als gefangen genommen zu werden.

Er watete flussabwärts, wählte seine Schritte mit Bedacht, um sich in dem unebenen Flussbett nicht den Knöchel zu verstauchen. Zumindest könnte man seine Spur hier nicht so leicht aufspüren wie auf Straßen und Wegen.

Stundenlang stapfte er weiter, bis der Bach in einen etwas größeren Strom mündete, der sich schließlich zu einem richtigen Fluss erweiterte. Nun musste er im flachen Wasser in Ufernähe bleiben, sein Magen knurrte und seine Muskeln schmerzten. Sein Leben als Mr. Darcy von Pemberley schien ihm mittlerweile wie ein ziemlich absurder Traum.

Die Morgendämmerung brach an, und er hatte Glück, die Felder um ihn herum lagen brach, kein Zeichen von menschlicher Besiedelung weit und breit. Dies bedeutete jedoch auch, dass er sich noch mehr Mühe geben musste, um nicht entdeckt zu werden und er musste sich ausruhen. Dringend. Er war den ganzen Tag und den größten Teil der Nacht gelaufen.

Schließlich fand er in der Uferböschung eine Höhle, in der er sich verstecken konnte. Er sammelte einige Äste und Gestrüpp, um sich dahinter zu verbergen. Dann rollte er sich in dem Hohlraum zusammen und schlief ein, halb erfroren und so hungrig, dass es schmerzte.

Er blieb dort bis zum Sonnenuntergang, als die Drachenschuppe in seiner Hand schwer wurde. Elizabeths Anwesenheit erfüllte ihn mit Liebe und Unterstützung.

Es war ein kurzer, himmlischer Moment der Verbindung, und Darcy sehnte sich danach, darin zu schwelgen, aber er sandte seine vorbereitete Botschaft. *Ich arbeite daran, zu dir nach Hause zu kommen.*

Ihre Antwort folgte unmittelbar. *Achte auf deine Sicherheit, was auch immer geschehen mag oder nötig sein sollte.*

Schon war es wieder vorbei, ganz gleich, wie sehr er auch versuchte, das Gefühl festzuhalten. Jetzt war er wieder hungrig, schmutzig und ihm tat alles weh. Er verließ sein Versteck lange genug, um eine Handvoll Beeren aus dem nahegelegenen Brombeergestüpp zu sammeln. Wenn er nur mehr darüber wüsste, was in freier Wildbahn essbar war! Wenn er es jemals zurück nach England schaffen sollte, würde er sich dieses Wissen zuallererst aneignen. Zu hungern war sehr unangenehm. Sofern er morgen nichts alleine fände, müsste er seinen Luchs rufen, selbst wenn dies bedeutete, dass die Soldaten ihn wieder finden würden.

Sobald es ganz dunkel wäre, könnte er weiter dem Fluss folgen. Früher oder später würde er ihn zu einer Stadt führen, in der er vielleicht etwas zu essen stehlen könnte.

Dann hörte er Hufschläge. Schon wieder. Verdammt nochmal! Rasch kauerte er sich zu Boden, als sie an ihm vorbeikamen und durch die seichten Stellen entlang des Flussrandes preschten.

Verdammt, wie hatten sie ihn gefunden? Er hielt den Atem an. Würden sie weiterreiten?

"Nein, zu weit, verflixt!", rief eine Stimme auf Französisch. "Komm zurück und mach diesmal langsam. Noch einmal wird er uns nicht entwischen."

Darcys Kopf sank zurück. Das war gar nicht gut. Sein Versteck würde nicht einmal einer flüchtigen Inspektion standhalten, und er hatte keinerlei Reserven, auf die er zurückgreifen könnte, um sein Talent einsetzen zu können.

Die Geräusche der Männer, die sich durch das Unterholz schlugen, erklangen rings um ihn herum. "Er muss hier irgendwo sein!" Die Stimme triumphierte.

Das war's. Er hatte all sein Glück aufgebraucht, nun gab es kein Entkommen mehr und ihm blieb nur noch ein einziger Ausweg, den er sich eigentlich hatte aufsparen wollen, für den Fall, dass er sich auf ein Schiff schleichen müsste. Das

Drachenartefakt, das ihn für einen Tag und eine Nacht verstecken konnte. Ohne würden sie ihn erwischen. Wenn er erst einmal im Gefängnis landete, wäre eine Flucht unmöglich. Das war seine einzige Chance.

Sorgsam darauf bedacht, die Zweige um ihn herum nicht zu berühren, griff er nach oben und zog den unsichtbaren Anhänger hervor, der um seinen Hals hing. Er klappte ihn auf und presste seinen Zeigefinger gegen die scharfe Spitze im Inneren, bis er spürte, wie die Haut nachgab.

Und sein Körper verschwand, war nicht mehr zu sehen, genauso wie wenn er sich selbst unsichtbar machte. Es hatte funktioniert!

Nun musste er allerdings noch seine kleine Höhle verlassen. Früher oder später würde einer der Soldaten darüber stolpern, und durch Berührung konnten sie ihn immer noch aufspüren. Nein, am sichersten wäre er im Fluss.

Der nächste Schritt wäre der gefährlichste. Auch wenn sie ihn nicht sehen konnten, sahen sie doch, dass sich die Äste bewegten, die er zur Seite schieben musste.

"Schau da!"

Darcy erstarrte halb aus der Höhle heraus. Ein Schuss ertönte und etwas schlug auf seiner rechten Schulter auf. Gütiger Gott, sie hatten ihn getroffen und das mit einem Schuss ins Blaue hinein! Warme Nässe ergoss sich über seine Brust.

Nun hatte er sein Glück überstrapaziert. Er biss sich auf die Lippe, um einen Schmerzensschrei zu ersticken.

"Schießt nur, wenn es sich nicht vermeiden lässt! Der Kaiser will ihn lebend."

"Ich dachte, ich hätte gesehen, wie sich etwas bewegt."

Es fühlte sich an, als steckte ein heißer Schürhaken tief in seiner Schulter. Er stolperte ins Wasser, stand knietief darin und presste sich eine Hand auf die Schulter.

Die Soldaten waren überall um ihn herum, ein halbes Dutzend von ihnen trugen Laternen und gingen den Fluss auf und ab. Ein großer, dünner Leutnant stand am Ufer und betrachtete etwas in seiner Hand eingehend. "Irgendetwas stimmt nicht. Es zeigt an, dass er genau hier ist."

"Könnte er unsichtbar sein?", warf ein älterer Soldat ein.

"Womöglich. Es gibt Magier mit dieser Fähigkeit." Der Leutnant brach einen langen Ast ab und begann, damit über das Wasser zu fegen.

Das könnte sein Untergang sein. Das Artefakt verbarg ihn vor allen Sinneseindrücken, abgesehen vor Berührung. Aber wenn er sich bewegte, würde das mysteriöse Gerät, das der Lieutenant hielt, es anzeigen.

Ihm blieb nur eine Wahl. Er ging in die Hocke, um komplett unterzutauchen, jede seiner Bewegungen so langsam als möglich, um Kräuselungen im Wasser zu vermeiden, die seinen Standort hätten preisgeben können.

Der Ast pfiff vorbei, knapp über der Wasseroberfläche.

Da war er haarscharf entkommen.

Verdammt, war das kalt! So lange er konnte, hielt er den Atem an und rollte sich dann auf den Rücken, um seine Lippen an die Wasseroberfläche zu bringen. Luft, gesegnete Luft! Indes konnte er noch immer hören, wie sie am Flussufer herumstampften und fluchten.

Wieder und wieder. Seine Arme und Beine begannen sich vor Kälte zu verkrampfen, aber zumindest linderte sie den Schmerz in seiner Wunde. Das Artefakt würde ihn einen Tag verborgen halten, doch bis dahin wäre er schon längst erfroren. Würden sie denn niemals aufgeben?

"Irgendetwas ist mit dem Ding nicht in Ordnung. Er war hier, ist aber eindeutig wieder weg." Die Worte des großen Leutnants klangen verzerrt und distanziert durch das Wasser, das Darcys Ohren bedeckte.

"Egal", sagte der Ältere. "Morgen bei Sonnenuntergang wird er seine Kräfte wieder einsetzen, und das hat uns noch jedes Mal zu ihm geführt. Diesmal werden wir ihn umzingeln und versuchen nicht mehr, ihm zu folgen."

Sonnenuntergang. Irgendwie spürten sie ihn durch seinen abendlichen Kontakt mit Elizabeth auf.

Sie stapften davon, murrend und fluchend, aber er rührte sich nicht. Es könnte eine Falle sein. Was, wenn sie sich nicht weit weg bewegten und zurückkämen? Darcy wartete, bis er seine Finger kaum noch bewegen konnte, ehe er halb erfroren aus dem Wasser kroch. Wie sollte er nur die Nacht überstehen? Ein Feuer konnte er nicht riskieren.

Seine Beine wollten ihm nicht gehorchen und mehr als nur einmal drohte der Schwindel, ihn zu verschlucken, aber irgendwie brachte er es fertig, sich in ein Gebüsch zu schleppen. Das war vermutlich der beste Unterschlupf, den er auf die Schnelle finden konnte, und so drängte er sich hinein, durch die Brombeerdornen hindurch, die sich in seine Haut krallten.

Er rollte sich zitternd zusammen, die Kälte sank tief in seinen Knochen. Könnte er die Nacht in seinen nassen Kleidern überhaupt überleben?

Zumindest wäre Erfrieren weniger schmerzhaft als alles, was Napoleon mit ihm vorhatte.

Kapitel 23

ELIZABETH BETRACHTETE DIE ZWEI Tage alte Zeitung mit gerunzelter Stirn. Sie enthielt einen kurzen Bericht über einen gescheiterten Attentatversuch auf Napoleon und ein Feuer, das sein Appartement in den Tuilerien zerstört hatte. Doch die eigentliche Schlagzeile handelte von der Drachengefährtin Lady Amelia Fitzwilliam, die dem Kriegsministerium Unterstützung beim Aufbau der Verteidigung gegen eine Invasion anbot. In dem folgenden Artikel wurden weder Grannys fortgeschrittenes Alter noch ihre walisische Verwandtschaft erwähnt. Laut Frederica diente dies lediglich dazu, der besorgten Bevölkerung zu versichern, dass man alles bestens unter Kontrolle habe. Direkt von Granny aus London hatte sie noch immer nichts gehört, was sie an sich schon beunruhigte.

Doch nun war die Sonne beinahe untergegangen und sie hatte keine Zeit mehr zum Lesen. Es hatte angefangen zu nieseln und so wickelte sich Elizabeth in einen Umhang und eilte zur überdachten Laube. Wäre es heute wieder dasselbe, Darcy, der ihr berichten würde, wie er versuchte, nach Hause zu kommen? Eine Woche war es her, seit er die Nachricht über Napoleon geschickt hatte. Wenn seine Flucht nach Plan verlaufen wäre, hätte er nicht mehr als ein oder zwei Tage brauchen sollen, um den Kanal zu erreichen.

Bei den letzten beiden Sonnenuntergangskontakten hatte sie einen Hauch von Verzweiflung in ihm gespürt, aber vielleicht bildete sie sich das auch nur ein, weil sie sich Sorgen wegen der Verzögerung machte. Heute Abend wollte sie fragen, was los war. Es nicht zu wissen machte sie verrückt.

Sie nahm die Drachenschuppe heraus und rieb sie, und ließ zu, dass ihre glatte Wärme und die Reflexion des verblassenden Lichts in all seinen schillernden

Farben ihre Ängste ein wenig abmilderten. Bald. Nun würde er jeden Moment da sein.

Die Schuppe erwachte zum Leben, die Drachenmagie schwer zwischen ihren Fingern. Sie versuchte, ihn zu erreichen. *Was ist los?*

Nichts.

Keine Reaktion, keine geliebte Präsenz, kein Gefühl von Eichen in einem Sommerhain.

Mit der Hand rieb sie sich über ihre plötzlich enge Brust. Das war es, was sie jeden Tag gefürchtet hatte, wenn sich der Sonnenuntergang näherte. Dass irgendwann der Zeitpunkt gekommen wäre, wenn er nicht antwortete.

Das musste noch nicht das Ende bedeuten, sagte sie sich bestimmt. Auch darauf hatte sie sich bereits vorbereitet, sich all die Gründe aufgezählt, weshalb Darcy an einem bestimmten Tag womöglich nicht antworten könnte. Er könnte sich in Gesellschaft befinden, bei der er die Schuppe nicht herausnehmen konnte. Er könnte eine Gelegenheit nutzen, um zu entkommen, die sich zufällig just zum Sonnenuntergang auftäte. Oder womöglich hätte ihm jemand die Schuppe gestohlen. Es bedeutete nicht zwangsläufig, dass er tot und sie eine Witwe war.

Außer, dass sie wusste, dass dies die wahrscheinlichste Erklärung dafür war. Darcy hätte sein Möglichstes getan, um ihre Verbindung nicht zu verpassen. Irgendwie hätte er es fertiggebracht, die Schuppe zumindest zu berühren, auch wenn er keine Nachricht senden könnte. Wenn nicht, dann, weil etwas ganz fürchterlich schiefgegangen war.

Sie sank zurück auf die Bank, rieb sich die Arme und wiegte sich selbst vor und zurück, als könnte sie in diesem qualvollen Moment irgendetwas trösten. Das konnte nicht sein. Das konnte einfach nicht sein.

Wie sollte sie in einer Welt ohne ihn leben?

Frederica gab ihr eine halbe Stunde. Es war nicht ungewöhnlich für Elizabeth, nach ihrem Kontakt mit Darcy noch ein wenig zu verweilen, doch nun schüttete es bereits wie aus Eimern. Und auch sie hatte den Zeitungsbericht über die massive Fahndung nach Napoleons Attentäter gelesen.

Eine kurze Anweisung an den Butler genügte, um die Hausdiener auf die Suche nach Elizabeth zu schicken. Natürlich nur, um nach ihr zu suchen und Bericht zu erstatten, ohne sie anzusprechen. Es dauerte nicht lange, bis Hobbes mit der Nachricht zurückkehrte, dass Mrs. Darcy in der Laube im Rosengarten weile.

Sie zog ihren Mantel über, ging hinaus in den Sturm und setzte gerade genug Magie ein, um den schlimmsten Regen von sich fernzuhalten. Zumindest war es nicht weit bis zum Rosengarten.

Da war sie, zu einem Ball zusammengerollt auf der Bank in der Laube. Fredericas Herz schmerzte, sowohl für Elizabeth als auch für ihren armen Cousin in Frankreich. Dass es so ausgehen würde, war immer schon am wahrscheinlichsten gewesen, und doch zerriss es ihr das Herz.

Sie legte ihren Arm um Elizabeth. "Komm, lass uns reingehen", sagte sie sanft. "Tu es für dein Kind. Wir können nicht zulassen, dass du krank wirst." Sie wusste, dass es keinen Sinn hätte, Elizabeth zu irgendetwas um ihrer selbst willen zu ermutigen.

"Da war nichts", hauchte Elizabeth erstickt. "Und sag mir nicht, dass es andere Erklärungen geben könnte."

"Nicht einmal im Traum. Komm jetzt. Die Tür des Wintergartens steht offen und hier ist keiner, der dich sehen könnte." Das wusste sie mit Sicherheit, da sie Hobbes gesagt hatte, er solle alle fernhalten.

Elizabeth bewegte sich nicht.

Am besten holte sie sich Verstärkung. Quickthorn? Könntest du Cerridwen sagen, dass Elizabeth schrecklich verzweifelt ist? Darcy war bei ihrem Sonnenuntergangstreffen nicht da und sie glaubt, dass er tot sein muss. Und ich kann sie nicht dazu bringen, sich aus dem Regen und ins Haus zu begeben.

Ich sag ihr, dass sie kommen soll. Und ausnahmsweise lag keinerlei Sarkasmus oder Reizbarkeit in der Sendung ihres Drachen, sondern nur Mitgefühl.

"Jetzt musst du reingehen, denn Cerridwen wird bald hier sein, und sie wird schrecklich böse sein, wenn du noch hier draußen im Regen bist", sagte Frederica zu Elizabeth.

"Nichts spielt mehr eine Rolle", schluchzte Elizabeth.

"Nun, dann kann dieses Nichts auch drinnen keine Rolle mehr spielen. Komm." Und diesmal zog sie an ihrer Hand.

Offensichtlich hatte Elizabeth keine Kraft mehr, um gegen sie anzukämpfen, da sie ihr widerstandslos in den Regen folgte und sich nicht einmal die Mühe machte, ihren Kopf zu schützen. Beide waren triefnass, als sie den Wintergarten erreichten. Wie ein Kind führte sie Elizabeth durch die Obstbaumreihen zunächst ins Haupthaus und dann in ihre Gemächer.

Dort übernahm Chandrika, zog Elizabeth die nasse Kleidung aus und führte sie zu einem bereits vorbereiteten heißen Bad.

Elizabeth sträubte sich. "Nein. Lasst mich einfach ins Bett gehen."

"Das kann ich nicht, Mrs. Darcy. Wir müssen Sie aufwärmen, um des Babys willen", sagte Chandrika fest. "Ich werde Ihre Hand halten, wenn Sie hineinsteigen."

Frederica vermutete, dass sie dieses Argument noch häufig beanspruchen würden.

Sie hatte Darcy und Elizabeth um ihre Liebe beneidet, und sie trauerte um das, was möglich gewesen wäre, wenn Roderick sie nicht verschmäht hätte. Aber wenn sie sich Elizabeth jetzt so ansah, fragte sie sich, ob nicht sie diejenige war, die Glück gehabt hatte.

Dann ging sie hinunter und informierte den Butler, dass Mrs. Darcy eben Nachrichten über den Tod einer Freundin aus ihrer Heimat ereilt hätten und dass sie wahrscheinlich für ein paar Tage nicht sie selbst sein würde. Er würde die Nachricht verbreiten, und niemand würde sich zu ihrem Verhalten äußern.

Wie gut, dass Veritas trotzdem selbst lügen konnten.

Kapitel 24

DAS POCHEN IN SEINER Schulter riss Darcy aus dem Schlaf. Er öffnete die Augen, blinzelte und schloss sie wieder. Das musste ein Traum sein. Warum sonst sollten da Baumwurzeln über seinem Kopf entlangwachsen? Und auch um ihn herum bildeten sie die abgerundeten Wände einer kleinen Kammer. Ein Raum voller Holzmöbel in Kindergröße.

Er grub die Fingernägel in seine Handflächen und versuchte, den Traum mit bloßer Willenskraft verblassen zu lassen. Aber als er wieder hinsah, hatte sich nichts verändert. Ein Feuer brannte fröhlich in einem unterdimensionierten Kamin, mit einem winzigen Topf darüber, der ein appetitliches Aroma verströmte. Sein Magen knurrte. Wann hatte er zuletzt etwas Warmes gegessen?

Eine quietschende Stimme erklang: "Ah. Du bist wach. Gut." Die Stimme kam aus der Mitte dieser eigentlich leeren unterirdischen Kammer, in der sich außer ihm niemand befand.

Ein unsichtbarer Sprecher in einem seltsamen Tierbau, in dem alles zu klein für einen Menschen war. Es gab nur eine Antwort, und die jagte ihm eine Heidenangst ein. "Bin ich in Faerie?", fragte er mit erstickter Stimme.

Das Reich der Feen hatte ihn über ein Jahrzehnt lang seine Mutter gekostet. Faerie könnte ein Dutzend Jahre seines Leben stehlen. Sein Baby wäre schon halb erwachsen, wenn er zurückkehren würde. Elizabeth hätte vielleicht wieder geheiratet und ihn für tot gehalten...

Ein rostiges Kichern. "Nein, wir sind immer noch in deiner sterblichen Welt."

Erleichterung durchflutete ihn. Alles war besser als Faerie. Er versuchte sich aufzusetzen, aber ein fieser Schmerz in seiner Schulter ließ ihn wieder zusammenbrechen.

"Gestatte mir, dir zu helfen." Unsichtbare Hände glitten hinter seinem Rücken. "Lass mich die Arbeit machen." Die Hände drückten ihn nach oben.

Darcy stöhnte immer noch vor Schmerzen, aber diesmal gelang es ihm, eine sitzende Position einzunehmen. "Wer bist du?"

"Namen können gefährlich sein. Ich bin ein Freund eines Freundes."

Er würde keinem Feenwesen mit vagen Antworten trauen. "Bist du ein Freund Napoleons?"

Ein Schnalzen mit der Zunge. "Sterbliche Herrscher kümmern mich nicht." Eine Schüssel glitt durch die Luft und stellte sich vor ihm ab.

"Netter Versuch, da Napoleon kein Sterblicher ist." Teufel, würde dieser Schmerz niemals nachlassen?

"Dann nein, ich bin kein Freund Napoleons."

Beim Geruch des Essens, dem Aroma von Fleisch und geröstetem Gemüse, wurde ihm beinahe schwindlig. "Wird dieses Essen irgendeine magische Wirkung auf mich haben? Oder mir auf andere Weise schaden?" Er war so hungrig, dass er es womöglich dennoch essen könnte.

"Du bist misstrauisch. Gut, das ist vernünftig! Es ist ganz gewöhnliche Nahrung der Sterblichen, ohne Zaubersprüche, Tränke, Gifte oder Fallen. Ich werde dir nichts tun."

Er konnte sich nicht helfen. So schnell er konnte, schaufelte er es sich mit dem winzigen Löffel in den Mund. Es schmeckte besser als alles, was er je gegessen hatte. Eine zweite Schüssel erschien, und auch deren Inhalt verputzte er restlos.

Fast fühlte er sich wieder wie er selbst, trotz der Schmerzen in seiner Schulter. Trotzdem ließ ihn etwas nicht los. "Napoleons Männer jagen mich, und sie haben ein Gerät, das sie zu mir führen wird. Auch hier."

"Nicht zu dir, sondern zu diesem Ding hier." Der Lederbeutel, der seine Drachenschuppe enthielt, wurde plötzlich gegen seine Brust gepresst, als würde ein Finger draufdrücken. Dann ließ der Druck nach und die Stimme nahm einen gereizten Unterton an. "Grauenhafte Eisenkugel. Sie sticht, selbst aus dieser Entfernung." Ein spuckendes Geräusch.

"Sie folgen dem, was ich in dem Beutel habe?" Die eine Sache, die aufzugeben er nicht ertragen konnte.

"Dieses Stückchen Drache, ja. Sie haben einen Drachenmagnet."

Von einem solchen Ding hatte er noch nie gehört, es könnte jedoch erklären, wie Napoleon die Drachennester gefunden hatte. "Bist du dir sicher?"

"Ich habe sie gehört, als sie davon gesprochen haben. Sie sind nicht weit von hier entfernt, auch jetzt nicht."

Verdammt. Das würde erklären, wie sie ihn nachts gefunden hatten. Wenn die Schuppe bei Sonnenuntergang aktiv wurde, führte sie sie jedes Mal wieder zu ihm.

Vielleicht könnte er sie irgendwo verstecken. Aber dann würden die Soldaten sie finden und an sich nehmen. Früher oder später würden sie es tun, ganz gleich, wie gut er sie versteckt hätte.

Die Schuppe war seine einzige Verbindung zu Elizabeth und England. Sie würde das Schlimmste annehmen, wenn er plötzlich nicht mehr antwortete. Sie würde sich furchtbare Sorgen machen. Aber diesmal konnte er den Soldaten nicht wieder entkommen, nicht mit dieser Wunde.

Könnte er sich seiner letzte Möglichkeit, mit ihr in Verbindung zu treten, berauben? Elizabeth hatte ihn angefleht, alles zu tun, was nötig war, um in Sicherheit zu bleiben, selbst, wenn dies bedeutete, sich über Monate hinweg zu verstecken.

Sie würde wollen, dass er sich der Schuppe entledigte, die ihn in Gefahr brachte. Selbst wenn seine Brust bei dem Gedanken daran schmerzte, diesen Moment der Verbindung zu ihr zu verlieren und ihn unter seinen Feinden völlig allein zu lassen.

Mit der linken Hand hob er langsam die Kette über den Kopf und balancierte den Beutel in der Hand. "Dann muss ich das irgendwo verstecken. Oder noch besser, es in eine *Diligence* legen, die es weit weg tragen und die Soldaten dazu bringen wird, woanders nach mir zu jagen." Aber wenn es ihn bereits so sehr anstrengte, nur aufrecht zu sitzen, wie sollte er sich dann in die Stadt schleichen, geschweige denn verkleiden, um auch nur in die Nähe der *Diligence* zu kommen?

"Clever, für einen Sterblichen. Wenn du es wünschst, dann soll es geschehen."

"Wer könnte das tun?"

"Ich oder einer meiner Verwandten", sagte das Feenwesen zuvorkommend. Zu zuvorkommend.

Darcy wählte seine Worte mit Bedacht. "Ich verstehe nicht, warum du mir helfen möchtest, ohne eine Gegenleistung zu erwarten."

Ein gackerndes Lachen. "Oh, wie es mich schmerzt, mich einem Sterblichen zu erklären! Die Schuld ist bereits bezahlt. Ihr habt uns in eure Schuld gestellt und durch diesen Dienst mindere ich diese Schuld."

So sehr er sich auch bemühte, verstand er nicht recht. "Weil ich versucht habe, Napoleon aufzuhalten?"

Erneut das Spuckgeräusch. "Nichts solch unbedeutendes."

Für ihn hatte es sich nicht unbedeutend angefühlt.

Eine weichere, sanftere Stimme sprach. "Du hast eine Verpflichtung durch deine Güte jener gegenüber geschaffen, die du deine Schwester nennst."

Ihm wurde eiskalt. Woher wussten diese französischen Feen von Georgiana? "Sie ist meine Schwester, in jeder Hinsicht, die eine Rolle spielen würde", sagte er steif.

"Ah, sie sagten, du seist stolz, und das bist du auch, selbst mit einer Kugel in der Schulter! Das können wir nicht beheben, da sie aus Eisen ist, aber eine sterbliche Heilerin wird bald hier sein, um sie zu entfernen."

Sein Verstand krallte sich an den unwichtigsten Teil dieser Worte. "Kugeln bestehen aus Blei, nicht aus Eisen."

"Diese nicht." Das freundliche Feenwesen klang amüsiert. "Sie benutzen Eisenkugeln, wenn sie Feen jagen. Wahrscheinlich waren sie sich deiner Sterblichkeit nicht sicher und wollten kein Risiko eingehen."

Es ergab Sinn, aber... "Eine menschliche Heilerin wird mich an Napoleon verraten."

"Diese nicht. Aber zuerst müssen wir dieses Stück Drachen weit von hier fortbringen. Die *Diligence* ist ein guter Gedanke, aber noch besser wäre es, wenn jemand sie noch weiter wegbrächte und ins Meer werfen würde. Dann werden sie glauben, dass du fort bist."

Seine Hand schloss sich über dem Beutel. Die Schuppe hatte ihm auf dem Boot der Schmuggler das Leben gerettet. Er hatte gehofft, sie würde ihm helfen, einen Matrosen zu finden, der bereit war, ihn über den Kanal zurückzubringen. Und sie hatte ihn mit Elizabeth verbunden.

Jetzt war sie eine Zielscheibe um seinen Hals.

Er zögerte noch immer. Elizabeth wäre außer sich. "Wäre es möglich, dass du meiner Schwester eine Nachricht zukommen lässt und ihr sagst, dass ich dies aufgeben musste? Und vielleicht sogar über den Drachenmagnet?" Georgiana wüsste, dass sie es Elizabeth erzählen sollte.

Ein tiefer Seufzer. "Vermutlich, ja."

Langsam öffnete er die Finger und hielt es ihr hin. "Nimm es."

Das leichte Gewicht hob sich von seiner Handfläche. Von nun an war er ganz auf sich allein gestellt.

Die Heilerin erwies sich als eine Dame, die vielleicht ein paar Jahre jünger war als Darcy. Sie kam am nächsten Tag an, gerade als seine Unsichtbarkeit vom Drachen-Artefakt nachließ, und gerade noch rechtzeitig. Der Zustand seiner Schulter hatte sich nicht verschlechtert, von seinem Verstand konnte er das allerdings nicht behaupten. Der freundlichen Fee zufolge war Elizabeth die ganze Nacht nicht an seinem Bett gewesen. Genauso wenig wie Star, sein treuer Spaniel, den man ihm als Welpen geschenkt hatte, als er sechs Jahre alt gewesen war. Da Feen nicht logen, musste er ihr glauben. Andererseits sprach er mit einem unsichtbaren Feenwesen, was mindestens genauso unwahrscheinlich war, wie dass Elizabeth hier auf mysteriöse Weise auftauchte und wieder verschwand, wo sie doch weit weg in England weilte.

Er würde sie fragen, wenn sie zurückkam, ob es nicht doch wahr war. Oder vielleicht würde Star es wissen.

Die Frau kniete neben ihm. "Was ist Ihnen widerfahren?", fragte sie, in einem Französisch mit einem härter klingenden Akzent. Flämisch, vielleicht, oder Deutsch? Elizabeths Französisch klang für ihn auch immer akzentuiert, wenn auch auf andere Weise.

Ihr dunkles Haar, das zu einer komplizierten Frisur aufgesteckt war und daher auf einen gewissen Wohlstand schließen ließ, oder zumindest auf die Hilfe einer Kammerzofe, erinnerte ihn ebenfalls an Elizabeth, wenngleich die Locken dieser Frau irgendwie... Sein Kopf schaffte es nicht, die richtigen Worte zu finden.

"Bitte konzentrieren Sie sich", sagte sie. "Erzählen Sie mir, was geschehen ist."

"Sie haben auf mich geschossen." Er zeigte auf seine Schulter, aber er vergaß etwas Wichtiges. Oh, ja. "Werden Sie mich gegen die Belohnung an den Kaiser ausliefern?" Nicht, dass es wirklich eine Rolle spielte. Seine Chancen, jetzt noch nach Hause zu gelangen, waren quasi auf null gesunken.

"Nein, selbstverständlich nicht", versicherte sie. "Das könnte wehtun." Sie zog das blutgetränkte Leinen über seinem zerrissenen Fleisch ab und beugte sich über ihn, um die Wunde zu begutachten und sanft mit ihrem Finger dagegenzudrücken. "Die Wunde ist sauber, ohne Blutungen. Der Wundarzt sagt immer, es sei besser, eine Kugel an Ort und Stelle zu lassen, wenn sie keine Blutungen verursacht, da das Ausschneiden mehr Schaden anrichten kann."

Was auch immer am schnellsten heilen würde. Hatte er das gesagt oder nur gedacht?

"Sie muss raus", sagte die schnarrende Stimme, die freundliche. "Das Eisen vergiftet ihn. Er hat nur eine Spur Feenblut, aber genug, dass es seinen Geist zerstört."

"Dann wird er einen Wundarzt brauchen. Ich kann mit kleineren Wunden umgehen, aber eine Kugel herausschneiden? Ich wüsste nicht einmal, wie ich das anstellen sollte."

"Du musst dein Bestes geben, Kindchen", sagte die Stimme mitfühlend. "Auf ihn ist ein Kopfgeld ausgesetzt, einen Wundarzt hinzuzuziehen, würde seinen Tod quasi besiegeln und wir können uns dem Eisen nicht nähern. Er wird so oder so sterben, ob die Kugel nun bleibt oder wenn wir einen Wundarzt holen."

Sie sog scharf die Luft ein. "Dann werde ich wohl mein Bestes geben. Natürlich nur, wenn Sie möchten, dass ich es versuche."

Er hatte nichts zu verlieren. Und vielleicht würden Elizabeth und Star wiederkommen, um mit ihm zu reden. "Ich stünde in Ihrer Schuld."

Sie warf einen Blick in die Ecke, aus der die Stimme gekommen war. "Dies wäre einfacher für mich, wenn er schlafen würde", sagte sie mit gedämpfter Stimme. "Sonst muss ihn jemand festhalten."

"Ich sorge dafür, dass er schläft, Kindchen", versicherte die Stimme.

Unsichtbare Finger strichen über seine Stirn, und es wurde dunkel.

Seine Schulter brannte, als er aufwachte. Schmerz schoss seinen Arm hinab, der in einer Schlinge festgebunden war. Die Frau hatte Recht behalten, dass das Entfernen der Kugel seine Verletzung verschlimmert hatte. Jetzt wäre er noch hilfloser als zuvor.

Die Hand der Frau drückte auf einen Verband auf der Wunde. "Wie fühlt es sich an?"

"Es schmerzt. Aber ich kann wieder klar denken." Und das war ein enormer Segen.

"Versuchen Sie nicht, diesen Arm zu bewegen. Geben Sie ihm Zeit zu heilen. Vermutlich wird es noch mehr bluten. Ich habe mein Bestes gegeben, obschon ich erst herausfinden musste, was zu tun ist."

"Vielen Dank für Ihre Bemühungen, Madame..."

"Madame Hartung", sagte sie.

"Danke, Madame Hartung." Seine Lippen waren zu rissig, um zu lächeln. "Ich könnte Sie wohl kaum 'Kindchen' nennen."

Sie lachte. "Die Feen zu Hause nannten mich so, als ich noch nicht einmal richtig laufen konnte. Sie sahen keinen Grund, etwas daran ändern, als ich erwachsen wurde."

Sie war also mit den Feen verbündet. "Wie geht es nun mit mir weiter?", fragte er leise. Irgendwie war es einfacher, einen anderen Menschen zu fragen, jemanden, den er sehen konnte. "Werden sie mir gestatten, hier zu bleiben, während ich mich erhole?"

"Das werden sie, weil sie in ihrer Schuld stehen, aber die Soldaten wissen, dass sie in dieser Gegend waren. Wir müssen einen Weg finden, Sie weiter weg zu bringen, wo sie nicht nach Ihnen suchen werden."

Das klang ihm verdächtig. "Warum möchten Sie mir helfen? Wenn ich erwischt werde, könnte das sehr schlimm für Sie enden."

Sie schaute auf ihre linke Hand hinunter, wo ein goldener Ring ihren Finger umfing. "Mein Mann war gezwungen, jahrelang in Napoleons Armee zu dienen. Als ihm befohlen wurde, auf unser eigenes Volk in Preußen zu schießen, floh er lieber, als unsere Landsleute zu ermorden. Als er diese aber um Hilfe ansuchte, lieferten sie ihn lieber aus, als Napoleons Zorn zu riskieren, obwohl mein Mann der Cousin unseres Kaisers war." Ihre Stimme zitterte. "Ich helfe Ihnen, weil keiner meinem Mann geholfen hat."

Er wusste kaum, was er darauf erwidern sollte. "Sie lassen mir große Ehre zuteilwerden. Ich hatte nicht erwartet, einen Gegner Napoleons unter den Franzosen zu finden."

"Es gibt viele, die sich wünschen, er würde seine Träume von Eroberungen aufgeben, aber ich bin Preußin, keine Französin. Mein Mann und ich wurden als Geiseln hierher geschickt. Ich bin keine Dienerin des französischen Kaisers."

"Es tut mir leid, in welcher Situation Sie sich befinden", sagte er unbeholfen. Selbst wenn dies ein Glücksfall für ihn selbst war.

"Haben Sie eine Frau, die zu Hause auf Sie wartet?"

Trotz des brennenden Schmerzes und der Hoffnungslosigkeit seiner Situation bewegten sich bei dem Gedanken an Elizabeth seine Mundwinkel nach oben. Er berührte die Tasche, in der sich das Seidentaschentuch befand, als wäre es ein Talisman. "Ja. Sie erwartet unser erstes Kind."

Die Frau nickte. "Irgendwie werden wir einen Weg finden, Sie zu ihr zurückzubringen."

Kapitel 25

DREI TAGE. DREI ENDLOSE Tage, eine Ewigkeit, seit Elizabeth Darcy zuletzt am anderen Ende der Drachenschuppe gespürt hatte. Die letzten beiden Abende war sie bei Sonnenuntergang in den Eichenhain gegangen, als ob im Zentrum seiner Kraft zu stehen, wenn die Drachenschuppe sich aktivierte, einen Unterschied machen würde.

Was es nicht tat. Nichts als Schweigen.

Jeden Morgen stand sie, nachdem sie kaum geschlafen hatte, erschöpft vom Weinen auf und fragte sich, ob dies nun der Tag wäre, um sich schwarz zu kleiden. Es fühlte sich falsch an, Farben zu tragen, wenn sie so bitter trauerte. Warum hatte sie sich nicht mehr bemüht, ihn vom Gehen abzuhalten? Jetzt würde sie ihn nie wiedersehen. Alles, was ihr blieb, wären ihre Erinnerungen an ihre zu kurze gemeinsame Zeit. Die konnten ihr unmöglich für den Rest ihres Lebens reichen.

Und doch musste sie sich in ihren normalen Farben kleiden, da sie der Welt nicht erklären konnte, warum sie Darcy für tot hielt. Die grausame Tyrannei, den Schein zu wahren, zwang sie, so zu tun, als wäre alles normal. Wenn Darcy doch zufällig noch am Leben wäre, so unwahrscheinlich das auch sein mochte, würde sie ihn nicht in Gefahr bringen, indem sie seine Mission preisgab.

Nur Frederica und die Drachen wussten, was geschehen war, wenngleich Chandrika wahrscheinlich die Wahrheit erraten hatte. Niemand sonst wusste, dass ihre Welt untergegangen war. Nicht einmal Georgiana, die gar nichts von der Drachenschuppe gewusst hatte.

Deshalb versuchte Elizabeth, als Georgiana ihr am Vormittag einen ungewöhnlichen Besuch in ihrem Wohnzimmer abstattete, ein Lächeln auf ihre gefrorenen Lippen zu zwingen. Dann bemerkte sie den seltsamen Gesichtsausdruck ihrer Schwägerin, schmerzvoll und verängstigt. "Guten Morgen, Georgiana. Beunruhigt dich etwas?"

"Ein Fae hat mir heute eine Nachricht gebracht", sagte sie langsam. "Sie kam von einem Kobold in Frankreich. Er hat dies mit der Anweisung geschickt, dass ich es dir geben soll." Und sie hielt ihr eine Drachenschuppe hin, die mit Elizabeths übereinstimmte.

Elizabeth wurde schwindlig. Da war er, der Beweis, den sie gefürchtet hatte.

Nichts war mehr wichtig. Nicht den Schein zu wahren, nichts. Sie beugte sich vor, legte den Kopf auf die Knie und schnappte nach Luft. Darcy war nicht mehr da.

Georgianas Worte schienen aus großer Entfernung zu kommen. "Was ist los, Elizabeth? Denn da ist noch mehr. Mein Bruder ist verletzt." Ihre Stimme klang angespannt.

Verletzt?

Elizabeth hob ihr tränenüberströmtes Gesicht. "Er...lebt?"

Georgiana warf ihr einen seltsamen Blick zu. "Ja, aber er ist verletzt. Eine Schusswunde in seiner Schulter, sagte er. Armer Fitzwilliam!"

Irgendwie stolperte sie auf die Füße. "Wird er überleben?"

"Der Fae, der es mir sagte, schien das zu denken, aber die Nachricht hat viele Stationen durchlaufen. Und es gab noch einen weiteren Teil, den ich nicht verstanden habe."

Am Leben. Er war am Leben! Eine bloße Schusswunde schien wie eine Kleinigkeit, wenn es bedeutete, dass sie Darcy eines Tages wiedersehen könnte. "Und der wäre?"

"Er sagte, der französische Kaiser habe einen Drachenmagneten." Sie hielt die Drachenschuppe hoch. "Auf diese Weise konnten sie meinen Bruder aufspüren, indem sie ihm immer dann gefolgt sind, wenn er dies nutzte, um Magie zu wirken. Deshalb hat Fitzwilliam ihnen gesagt, dass sie es weit von ihm fortbringen sollen. Ich hoffe, du weißt damit mehr anzufangen als ich."

Deshalb hatte Darcy nicht geantwortet, weil er die Schuppe zu seiner eigenen Sicherheit weggeschickt hatte. Der Rest von Georgianas Worten schien direkt an ihr vorbeizuschweben, sie konnte sich nicht mehr darauf konzentrieren.

Nichts anderes spielte eine Rolle, solange Darcy am Leben war.

Frederica kam und stellte sich neben sie. "Was ist dieser Drachenmagnet? Was bewerkstelligt er?"

Georgiana hob die Hände. "Ich weiß es nicht. Der Fae hat nichts erklärt."

"Vielleicht findet Napoleon auf diese Weise die Nester", sinnierte Frederica.

Elizabeth fand ihre Stimme wieder. "Haben sie gesagt, wo er sich aufhält? Und ob er in Sicherheit ist?"

Das Mädchen schüttelte den Kopf. "Nur, dass er sich erhole. Ich versuchte, Fragen zu stellen, aber er wollte nicht bleiben. Ich wünschte, ich wüsste mehr."

Ein leichter Hauch von Magie prickelte an Elizabeths Arm, der Frederica zugewandt war, vorbei. Sie muss Quickthorn senden.

"Kannst du eine Nachricht zurückschicken? Vielleicht findest du heraus, wo er ist?", fragte Elizabeth zögerlich.

Georgiana biss sich auf die Lippe, als erwarte sie, gescholten zu werden. "Ich weiß nicht, wie, und als ich meine eigenen Fae fragte, sagten sie, dass das nicht so funktioniere." Ihre Stimme zitterte.

Irgendwie gelang es Elizabeth, ein wenig ihrer in Fetzen liegenden Fassung wiederzufinden. "Georgiana, ich kann dir nicht sagen, wie dankbar ich bin, zumindest das zu wissen. Deine Verbindungen haben sich heute als äußerst wertvoll erwiesen, und dafür danke ich dir."

Er war am Leben! Und das bedeutete ihr alles.

Elizabeth blickte auf, als die Stimme des Butlers von außerhalb der geschlossenen Türen des Salons zu ihnen durchdrang. "Sir, sind Sie sicher, dass Sie sich nicht ein paar Minuten Zeit nehmen möchten, um sich frisch zu machen?"

"Keine Zeit", knurrte eine unbekannte männliche Stimme.

Mit einem Seufzer schürzte Elizabeth die Lippen und blies, um die Illusion einer Maus zu verwerfen, die an Cerridwens hinterem Bein schnüffelte. Schade, denn bisher war ihr selten eine so überzeugende sich bewegenden Kreatur gelungen.

Ein Klopfen ertönte an der Tür, und Hobbes intonierte auf missbilligendste Weise: "Madam, Colonel Fitzwilliam ist gekommen, um Ihnen einen Besuch abzustatten. Sind Sie zu Hause?"

Frederica sprang mit weit aufgerissenen Augen auf die Füße. "Mein Bruder", zischte sie Elizabeth zu.

Elizabeth hob eine Augenbraue. "Ja, Hobbes, bitte lassen Sie ihn eintreten." Zumindest würde sie das ablenken. Mehr als eine Woche lang machte sie sich nun schon Sorgen darüber, ob Darcys Wunde sich infiziert haben könnte und ob sie jemals wieder etwas von ihm hören würde. Jeden Tag, wenn Georgiana sagte, es gäbe keine Neuigkeiten, war sie wieder enttäuscht.

Die Türen öffneten sich, um den Blick auf einen Mann in Reisekleidung freizugeben. Auch wenn er seinen Mantel bereits abgelegt hatte, war er dennoch mit Schlammspritzern und Staub bedeckt. Ein blutbefleckter Verband umfing seinen linken Ärmel.

"Richard!" Frederica eilte auf ihn zu, als wollte sie ihn umarmen, blieb dann aber abrupt stehen. "Gütiger Himmel, wie siehst du denn aus?"

"Das kommt davon, wenn man direkt in London aufbricht, nicht schläft und in ein heftiges Scharmützel mit Straßenräubern gelangt."

"Manche Leute sollen ja die Postkutsche nehmen, wie man hört", entgegnete sie spitz. "Elizabeth, darf ich dir meinen Bruder Richard vorstellen? Auch wenn du es im Moment vielleicht nicht glauben magst, ist er normalerweise ziemlich ordentlich und vorzeigbar. Richard, das ist Mrs. Darcy."

"Willkommen auf Pemberley, Colonel. Mein Mann hat Sie oft erwähnt."

Er verbeugte sich flüchtig. "Ich bin entzückt, Madam, aber für Höflichkeiten bleibt keine Zeit. Uns haben Informationen erreicht, dass Sie hier nicht in Sicherheit sind, daher muss ich Sie bitten, mir zu gestatten, Sie von hier fort und in Sicherheit zu bringen."

"Richard, so etwas kannst du nicht einfach so verkünden! Was ist geschehen?", verlangte Frederica.

Oje. Seit sie Granny – sogar per privatem Kurier – über Napoleons wahre Natur informiert hatte, hatte Elizabeth...etwas in die Art erwartet. "Hat das etwas mit dem Brief zu tun, den ich an Lady Amelia geschickt habe?", wagte sich Elizabeth vor.

"Brief? Ich weiß von keinem Brief. Nein, die Nachrichten kommen direkt von Napoleons Hof, oder zumindest sind sie erst ein paar Wochen alt. Der Kaiser hat ein enormes Kopfgeld auf Darcy und jedes Mitglied seiner Familie ausgesetzt. Attentäter wurden hierher geschickt."

"Französische Attentäter in England? Richard, hast du getrunken?", spottete Frederica.

"Ja, direkt von einem von Boneys Adjutanten, dem die Nachricht, dass Sie geschützt werden müssen, rein gar keine Vorteile verschafft. Anscheinend ist Napoleon wütend über etwas, das Darcy herausgefunden hat, und ist bereit, alles zu tun, um zu verhindern, dass es herauskommt."

Elizabeths Brust zog sich zusammen, als sie einen wortlosen Blick mit Frederica wechselte. "Ich kenne das Geheimnis bereits, das Darcy entdeckt hat."

Er fuhr zu ihr herum und schien sie zum ersten Mal wirklich zu sehen. "Sie wissen es? Wie? Nicht einmal das Kriegsministerium hat etwas von ihm gehört."

Wie könnte sie es erklären, ohne die Drachenschuppe zu erwähnen? "Es war eine kurze Sendung. Mein Talent ist mit seinem verflochten, und er hat die Verbindung durch unser ungeborenes Kind dafür genutzt."

Er schien ihre Erklärung zu akzeptieren. "Was hat er herausgefunden?"

Sie befeuchtete ihre Lippen mit der Spitze ihrer Zunge. "Napoleon ist ein Drache in menschlicher Form. Er kann auch noch andere Formen annehmen. Mein Mann sah, wie er sich in einen Falken verwandelte."

Er starrte sie ungläubig an. "Humbug! Als könne ein Drache ..."

Frederica bewegte sich beinahe so schnell wie ein Falke und bedeckte den Mund ihres Bruders mit ihrer Hand. "Bevor du noch ein weiteres Wort über Drachen sagst, rate ich dir dringlichst, einmal hinüber zum Kamin zu schauen. Äußerst dringlich", flötete sie in süßlichem Ton.

Der Colonel wandte seinen Blick grimmig in Richtung des Kamins, vor dem Cerridwen ruhte. Und riss die Augen auf. "Das sehe ich gerade nicht", stöhnte er.

Das war mehr als genug für Elizabeth. „Ja, sie ist ein Drache, aber meine unmittelbare Sorge gilt meinem Mann, über den Sie etwas wissen, das Sie mir noch nicht mitgeteilt haben."

Sein Gesicht wurde immer röter, wobei er immer wieder zu Cerridwen hinüber schielte. "Madam, das werde ich mit Freuden tun, aber Drachen sind eine große Gefahr."

"Dieser nicht", entgegnete Elizabeth scharf, darum bemüht, ihm nicht an die Gurgel zu gehen, bis er die Nachrichten ausspuckte. "Ich bin mit ihr verbunden, seit ich acht Jahre alt war. Doch nun zu meinem Mann."

Der Colonel straffte die Schultern, aber seine Augen flackerten weiter in Richtung Cerridwen. "Wir wissen nur sehr wenig. Der Angriff auf Napoleon ist fehlgeschlagen. Darcy konnte entkommen, die beiden Franzosen allerdings nicht. Bei der Befragung haben sie seinen wahren Namen preisgegeben, und nein, ich habe keine Ahnung, wer ursprünglich dumm genug war, ihn ihnen überhaupt erst mitzuteilen. Gerade läuft eine enorme Fahndung nach ihm, doch gefunden hat man ihn bisher noch nicht. Oder zumindest nicht, bis wir das letzte Mal etwas aus Frankreich gehört haben."

Elizabeths Herz wandte sich. Die Nachrichten des Kolonels waren nicht neueren Datums als das, was sie von den Fae gehört hatte, aber sie führten ihr die große Gefahr, in der Darcy schwebte, noch einmal frisch vor Augen.

Frederica sagte: "Wir haben eine Nachricht über einen Fae erhalten – oh, ja, Richard; hier lungern eine ganze Menge niedere Fae herum – dass Darcy in der Schulter geschossen wurde, es aber überlebt hat."

Der Colonel Fitzwilliam fluchte leise. "Schulterwunden sind nicht gut. Traut jedoch niemals den Fae, sie führen nichts Gutes im Schilde. Wann habt ihr das gehört?"

Sie zählte an den Fingern ab. "Vor zehn Tagen, vielleicht. Auf jeden Fall weniger als zwei Wochen."

Es war über zwei lange Monate her, seit Darcy sich in ihrem Schlafzimmer mit einem Kuss verabschiedet hatte. Einen Monat, seit er sich auf der Flucht befand, unter Schmerzen durch seine Wunde. Sie ertrug es nicht, sich sein Leid vorzustellen.

"Er muss Probleme bei der Rückkehr haben. Ihm wurden Namen und Fluchtrouten mitgegeben, doch darauf kann er nicht mehr vertrauen, wenn er befürchten muss, dass sie ihn für eine solch stattliche Belohnung ausliefern. So sehr mir der Gedanke missfällt, wäre es wohl am sichersten, wenn er zunächst dort bleiben und untertauchen würde."

"Kannst du nichts tun, um ihn zurückzuholen?", wollte Frederica wissen.

Der Colonel knirschte mit den Zähnen. "Was könnte ich schon ausrichten? Wie können wir in einem feindlichen Land eine gewagte Rettungsaktion durchführen, wenn wir keine Ahnung haben, wo er sich aufhält? Wir wissen nicht einmal, ob er Frankreich bereits verlassen hat. Da hätten wir keinerlei Hoffnung."

Eine klare, fließende Stimme sagte: "Ich kann es eingrenzen, wenn das hilft. Ich kann nicht sagen, wie weit er entfernt ist, aber ich weiß, in welcher Richtung er gefunden werden kann."

Elizabeth starrte Cerridwen mit offenem Mund an. Warum hatte sie ihr das bisher noch nicht gesagt? Was wusste sie sonst noch?

Cerridwen sprach in ihrem Kopf. Wenn ich gedacht hätte, es wäre hilfreich, hätte ich es dir gesagt. Dieser Richard hat eine Armee und könnte in der Lage sein, die Informationen zu verwerten.

Der Colonel schwang zu Cerridwen herum. "Bist du dir sicher? Wie genau kannst du ihn verorten?", verlangte er.

Frederica sagte fest: "Bitte vergib ihm, Cerridwen, für seine Unkenntnis des Drachenprotokolls. Richard, direkte Fragen von Fremden gefallen ihnen gar nicht. Sie wird dir anbieten, was sie dich wissen lassen möchte."

Colonel Fitzwilliams Zähne schlugen hörbar aufeinander, als sich sein Mund öffnete und wieder schloss. Doch Manieren mussten ihm schon in jungen Jahren eingeschärft worden sein, da er eine formvollende Verbeugung in Cerridwens Richtung machte. "Ich entschuldige mich für mein mangelndes Wissen. Ich werde mich um Besserung bemühen."

Cerridwen nickte mit schief gelegtem Kopf.

Der Colonel rieb sich über die Stirn, wodurch er die Schlammspritzer darauf nur verschmierte. "Aber zu dem vorliegenden Problem, Mrs. Darcy, muss ich Sie dringend bitten, diesen Ort umgehend zu verlassen, und ich biete Ihnen meine Eskorte an."

Elizabeth schüttelte den Kopf. "Ich kann nicht fort. Der ganze Zweck meiner Ehe mit Darcy lag darin, dass er durch mich auf sein Landtalent zugreifen kann und dies erfordert, dass ich auf Pemberley weile. Ich habe jedoch nichts dagegen, Vorsichtsmaßnahmen zu treffen."

"Vorsichtsmaßnahmen reichen nicht aus, wenn französische Soldaten wissen, dass sie sich ein Vermögen und die persönliche Gunst des Kaisers verdienen können, indem sie Sie einfach töten. Und da Napoleon Darcys Namen kennt, müssen wir davon ausgehen, dass er über Sie als die Quelle seine Kräfte Bescheid weiß. Gäbe es einen besseren Weg, Darcy zu schwächen, als sich Ihrer zu entledigen?"

"Aber was, wenn sein Leben davon abhängt, auf meine Kräfte zuzugreifen?"

Das Kind in ihr wählte diesen Moment, um zu treten, als wolle es sie daran erinnern, dass es auch ein anderes Leben gab, das von ihr abhing.

Müsste sie um ihres Kindes Willen forgehen? Die Wahl wäre unerträglich. "Sind Sie sich so sicher, dass es ein Risiko ist?"

"Sicher genug, um Tag und Nacht durchzureiten, um rechtzeitig hier zu sein. Ganz sicher."

Der Butler räusperte sich. "Verzeihen Sie, dass ich meine Kompetenzen überschreite und mich einmische, Madam, aber vor zwei Tagen war ein Franzose auf der Suche nach Arbeit hier. Wir haben ihn natürlich weggeschickt, aber er schien sehr daran interessiert zu sein, sich umzusehen."

Elizabeths Magen rebellierte, und diesmal konnte sie es nicht dem Kind zuschreiben. Da wollte sie tatsächlich jemand töten. Und dann kam ihr eine Erinnerung eines Ereignisses, auf das sie zu der Zeit nicht viel gegeben hatte. "Gestern, als ich am Bach entlangging, hörte ich einen Schuss ganz in der Nähe. Ich nahm an, dass es ein Wilderer war."

Das Gesicht des Colonels erbleichte, wodurch der Schlamm noch deutlicher darauf hervortrat. "Wenn er nicht zu schlecht gezielt hätte, wäre ich vielleicht zu spät gekommen. Es gibt keine Zeit zu verlieren. Wir werden noch im Morgengrauen nach Matlock aufbrechen. Bis dahin sollten Sie zu keiner Zeit allein sein, und ich muss Sie bitten, sich von Fenstern fernzuhalten."

"Matlock?", hakte Lady Frederica nach. "Denkst du nicht, sie wissen, dass sie dort nach uns suchen müssen?"

"Vielleicht, aber das Gute daran, in einer zugigen alten Burg zu wohnen, ist, dass sie sich bemerkenswert einfach verteidigen lässt."

Elizabeths Gedanken rasten. Matlock, wo sie eine Fremde ohne Bindung an das Land wäre. Aber vielleicht gab es noch eine Alternative. "Cerridwen", sagte sie langsam. "Die Schutzzauber um Pemberley halten den Feenadel fern. Ich frage mich, ob sie auch so angepasst werden könnten, um unbekannte Sterbliche ebenfalls fernzuhalten."

Cerridwens Augen waren für einen langen Moment unfokussiert. "Rowan sagt, das wäre machbar."

"Dann werde ich darum bitten. Es wird allerdings einige Herausforderungen mit sich bringen, auch französische Soldaten fernhalten." Einige Abläufe auf dem Anwesen müssten angepasst werden, wie etwa, dass Lieferungen direkt am Pfört- nerhaus abgegeben und nur von vertrauenswürdigen Bediensteten geholt wür- den. Die Dienstboten hatten sich bereits auf größere Veränderungen eingestellt. "Und wir haben auch andere Abwehrstrategien, die wir nutzen können." Eine Burg mochte leicht zu verteidigen sein, aber Pemberley hatte drei Drachen im Haus, die Illusionen auswerfen konnten, und eine Vielzahl niederer Feen, die bereit waren, für Georgiana zu kämpfen.

Der Colonel runzelte die Stirn. "Ich würde es vorziehen, Sie unter meinem Schutz zu wissen."

"Ich weiß Ihre Besorgnis zu schätzen, Colonel, aber ich werde hier in Sicherheit sein, und ich würde es lieber sehen, wenn Sie Ihre Bemühungen auf die Rettung meines Gatten konzentrierten."

Colonel Fitzwilliam errötete. "Wenn Ihr Drache mir sagen kann, wo ich ihn finde, werde ich mich selbst auf dem Weg zu ihm machen."

Cerridwen studierte ihn. "Ich kann dir nicht sagen, wo er ist. Ich kann dich in seine Richtung weisen, aber ich habe nur ein vages Gefühl dafür, wie weit er entfernt ist. Wenn ich näher dran wäre, könnte ich dich zu ihm führen, doch das ist unmöglich."

Seine Augen verengten sich. "Drachen können also Menschen verfolgen, aber nicht aus der Ferne."

"Nicht jeder beliebige Drache und auch nicht jede beliebige Person. Nur ich, denn ich habe sein Blut gekostet."

Elizabeth fuhr bei dem entsetzten Gesichtsausdruck des Colonels zusammen. "Nur ein oder zwei Tropfen, und das auch nicht mit Absicht."

"Durchaus mit Absicht", beharrte Cerridwen. "Ich wusste, dass etwas Schreckliches passieren würde, wenn ich ihn nicht aufspüren könnte, daher habe ich sein Gesicht gekratzt und sein Blut geschmeckt."

Dies half eindeutig nicht dabei, dass der Colonel Drachen als etwas anderes denn blutrünstige Mörder betrachtete.

Aber Darcys Cousin war sowohl entschlossen als auch mutig. "Wirst du dann mit mir reisen, um mir zu zeigen, wo ich Darcy finden kann, damit ich ihn retten kann?"

Gereiztheit breitete sich vom Drachen aus. "Ich kann nirgendwo ohne meine Gefährtin hingehen, und sie muss hierbleiben."

Frederica sprang wieder in die Bresche. "Richard, Drachen können außerhalb ihrer Nester nicht überleben, es sei denn, sie werden von ihren Gefährten begleitet. Die einzige Ausnahme ist, wenn sie vom Nest zu ihrem Gefährten fliegen. Du wirst eine andere Lösung finden müssen."

Cerridwen ging zum Fenster und öffnete es mit ihrem Vorderbein. Dann verwandelte sie sich und flog hinaus.

Dem Colonel fielen bei dem Anblick beinahe die Augen aus und sein Kiefer arbeitete. Schließlich sagte er: "Ein Drache. Weiß Darcy davon?"

"Das tut er", bestätigte Elizabeth. Zumindest stimmte es, dass er von Cerridwen wusste, aber wie würde er sich fühlen, wenn er wüsste, wie viele Drachen sich in Pemberley aufhielten? "Ich bin Ihnen dankbar, dass Sie den ganzen Weg hierher gekommen sind, um Ihre Warnung zu übermitteln. Darf ich hoffen, dass Sie eine Weile bei uns bleiben?" Er sah aus, als könnte er jeden Augenblick zusammenbrechen.

"Ich danke Ihnen, Mrs. Darcy Wenn Sie gestatten, würde ich ein paar Tage verweilen, um zu sehen, ob ich Vorschläge zu Ihrer Verteidigung hier beitragen kann. Nichts anderes würde Darcy von mir erwarten."

"Sehr gerne."

Frederica wandte sich an den Butler, der sich nicht von der Tür wegbewegt hatte. "Hobbes, wären Sie so freundlich, Mrs. Reynolds mitzuteilen, dass Richard hier ist, verletzt, hungrig und müde?"

Hobbes verbeugte sich. "Selbstreded, Euer Ladyschaft."

Als der Butler verschwand, wirbelte der Colonel zu seiner Schwester herum. "Das war hinterlistig, Freddie, die alte Reynolds auf mich anzusetzen! Wenn sie auf einen Wundarzt besteht, werde ich dir deinen hübschen kleinen Hals herumdrehen."

Frederica grinste ihn an. "Es war mir ein Vergnügen. Übrigens wirst du hier auch anderen Drachen begegnen. Sie sind alle vollkommen zivilisiert, wenn auch vielleicht weniger höflich in Gesellschaft, als du es dir vielliecht wünschen würdest."

Der Colonel erblasste unter den Schlammflecken. "Noch mehr Drachen?"

"Drei von ihnen halten sich häufig hier auf und noch ein weiterer kommt mit einer gewissen Regelmäßigkeit zu Besuch", sagte sie kühl, als ob es an der Situation überhaupt nichts Ungewöhnliches gäbe.

Er schluckte schwer. "Das wird interessant werden. Du hast mir noch einiges zu erklären, kleine Schwester."

Nachdem der Colonel auf das für ihn vorbereitete das Zimmer gebracht worden war, wandte sich Elizabeth an Frederica. "Du hast ihm nicht von deiner Bindung mit Quickthorn erzählt."

Frederica verzog das Gesicht. "Nicht, wenn es sich vermeiden lässt. Richard ist ein Schatz, auch wenn er gelegentlich ein Getöse veranstaltet, aber er wird schon wütend genug sein, wenn er entdeckt, dass er gebunden ist, um nicht über Cerridwen sprechen zu können. Wenn er wüsste, dass ich eine Drachengefährtin bin und es dem Rest der Familie nicht sagen könnte, würde ihn das zutiefst beunruhigen. Das heißt, wenn er mir nicht zuvor an die Gurgel ginge, weil ich die Bindung überhaupt eingegangen bin."

"Er scheint nicht noch mehr Gründe zu brauchen, um Drachen nicht zu mögen. Bindungen machen die Dinge in der Regel komplizierter", stimmte Elizabeth zu. Es war frustrierend genug, dass sie ihrer Schwester Jane so wenig über die Wahrheit ihres Lebens hier schreiben konnte. Sie sehnte sich danach, sie wieder einmal in den Arm nehmen zu können, aber das würde dann noch schwieriger werden. So wie die Dinge gerade standen, klangen Janes Briefe an sie immer besorgter und sie erkundigte sich darin, ob etwas nicht stimmte. "Glaubst du, er hat vielleicht etwas darüber gehört, was Granny und Sycamore in London machen?"

"Zweifellos. Richard ist eine fürchterliche Tratschtante, und er kennt jeden." Ihre Augen funkelten, doch dann wurde ihre Miene nüchterner. "Bist du besorgt über das, was er über die französischen Attentäter gesagt hat?"

Elizabeth zuckte unglücklich mit den Schultern. "Ein wenig, aber ich möchte erst sehen, was die Drachen und die Feen tun können, um uns zu helfen, bevor ich aufgebe." Sie zögerte, aber die Gedanken drängten einfach nach draußen. "Aber wenn ich ohnehin nicht bleiben kann, könnte ich ebensogut mit Cerridwen nach Frankreich gehen. Wir könnten herausfinden, wo sich Darcy aufhält und diese Informationen Colonel Fitzwilliam bringen."

"Auf keinen Fall!", rief Frederica. "Hast du deinen Zustand vergessen? Du könntest das Kind verlieren oder nicht in der Lage sein, bis nach der Geburt zurückzukehren, so dass es sich nie mit dem Land verbinden wird. Was ist, wenn Darcy durch dich auf die Kraft seines Landes zurückgreifen muss und du nicht hier bist? Ganz zu schweigen von dem Risiko einer Verhaftung und anderer Gefahren!"

"Dann lassen wir aber auch nicht die Gefahr außer acht, dass mein Kind vaterlos aufwächst", erwiderte Elizabeth. Auch, wenn sie wusste, dass Frederica Recht hatte.

"Darcy würde nicht wollen, dass du das tust. Nicht, wenn du die Bindung eures Kindes an Pemberley und damit den Fortbestand der Darcy-Linie riskierst", argumentierte Frederica.

Es stimmte, jedes Wort davon. Darcy wäre wütend, dass sie es überhaupt in Betracht zog. Aber wie könnte sie noch in den Spiegel schauen, wenn er nicht mehr zurückkäme, in dem Wissen, dass sie etwas hätte tun können, um seinen Tod zu verhindern?

Und wie sehr sie sich danach sehnte, ihn zu sehen, wenn auch nur für einen Moment, selbst, wenn sie ihn nicht berühren könnte, nur um zu wissen, dass sie dieselbe Luft atmeten.

"Ich weiß", sagte sie resigniert. "Es ist einfach so schwer."

Fredericas Gesichtsausdruck wurde weicher. "Wenn ich an deiner statt gehen könnte, würde ich es tun."

Elizabeth nickte ruckartig.

Als Elizabeth sich für die Nacht in ihre Räumlichkeiten zurückzog, war Cerridwen offensichtlich aus dem Nest zurückgekehrt, denn sie schlief am Kamin.

Elizabeth hatte den Raum neu gestalten lassen, als Cerridwen immer größer wurde. Der bisher darin stehende Intarsienschrank und der dazu passende Waschtisch mit den zart geschwungenen Beinen waren durch schwerere Möbelstücke ersetzt worden, bei denen es weniger wahrscheinlich war, dass ein unachtsamer Drachenschwanz oder -flügel sie umwerfen konnte. Sie mochte, wie es nun aussah ebenso wie

das historische Gefühl, das die neuen Möbel vermittelten und dachte, dass sie sie auch dann noch behalten würde, nachdem Cerridwen diesem Raum entwachsen wäre. Sie hatte noch nie die Gelegenheit gehabt, sich einen Raum zu eigen zu machen, und der Prozess war aufregend.

Eine Sache, die sie jedoch nicht ändern würde, war die handbemalte Chinoiserie-Tapete mit ihren exquisiten Darstellungen von Bäumen und Drachen. Die liebte sie.

Auch das überdachte Bett mit dem kunstvoll geschnitzten Kopfteil würde sie behalten. Darcy hatte so oft Liebe mit ihr darin gemacht und sie hatte in seinen Armen geschlafen. Diese Erinnerungen wollte sie bewahren.

Sie könnten alles sein, was ihr von ihm blieb.

Auf Zehenspitzen schlich sie an ihrem schlafenden Drachen vorbei. Es war gut, sie wieder hier zu sehen. Cerridwen hatte die letzten beiden Nächte außer Haus verbracht, seit Colonel Fitzwilliam eingetroffen war. Außerdem hatte sie abgelenkt und unglücklich gewirkt, selbst, als Elizabeth gesehen hatte, wie sie sich mit dem Colonel darüber austauschte, welche Illusionen nützlich sein könnten, um französische Attentäter in eine Falle zu locken. Seltsamerweise schien sie den mentalen Kontakt mit Elizabeth zu vermeiden.

Wütend schien sie jedoch nicht zu sein. Wenn Elizabeth etwas falsch gemacht hätte, dann hätte es ihre Aura offenbart. Dennoch war sie besorgt.

Der Drache öffnete ein goldenes Auge. "Da bist du ja."

Elizabeth ließ sich neben ihr nieder. "Ja, hier bin ich, Liebes. Ich habe dich vermisst."

Cerridwens Brust erhob sich und sackte dann wieder zusammen. "Ich habe so gekämpft, alles umsonst."

Das war besorgniserregend. "Was ist los? Kann ich etwas tun, um dir zu helfen?"

"Das musst du, fürchte ich." Sie hob den Kopf und legte ihn quer über Elizabeths Bein. "Es tut mir so leid. Ich habe alles versucht. Ich habe die Älteste gefragt, ob ich die niedere Bindung zu diesem Soldaten eingehen könnte, auch wenn er mich nicht mag, oder auch mit jemand anderem, doch sie sagte, das sei unmöglich. Dann habe ich versucht, den Geschmack von Darcys Blut einem anderen Drachen zu übergeben. Weder mit Rowan noch mit Quickthorn ließ sich dies bewerkstelligen und dann sagte Juniper, es sei viel zu gefährlich, um es mit einem älteren Drachen auch nur zu versuchen. Da lässt sich überhaupt nichts machen."

Es dauerte einen Moment, bis diese Flut von Worten zu ihr durchdrang, und dann flog Elizabeths Herz ihrem hart arbeitenden Drachen zu. "Hast du versucht, einen Weg zu finden, wie wir meinen Mann retten können? Wie gut du bist, süße Cerridwen!" Kein Wunder, dass ihr melancholisch zumute war. Dachte sie, Elizabeth würde sie für ihr Versagen verantwortlich machen?

"Aber ich habe es nicht zustande gebracht." In ihrer Aura lag eine schmerzhafte Intensität. "Ich wollte das nicht, nicht für dich."

"Was wolltest du nicht?"

"Dass ich dich mitnehmen muss. Nach Frankreich." Die Worte hallten durch den Raum, von der Chinoiserie-Tapete wider und nahmen ein ganz eigenes Gewicht an.

Wenn sie das nur könnte! "Liebes, du machst dir keine Vorstellung davon, wie sehr ich ihm helfen will, aber ich muss hier bleiben. Es wäre nicht sicher, weder für mich, noch für das Kind, das ich in mir trage. Oder gar für dich, wenn sie diese Drachenmagnete haben."

"Ich kann dich beschützen. Was auch immer geschehen mag, ich wäre nur einen Gedanken entfernt."

"Was ist, wenn Darcy Pemberleys Kräfte braucht und ich nicht hier bin, um sie ihm zu geben? Oder wenn ich nicht rechtzeitig zur Geburt zurückkehren kann? Das Baby muss an das Land gebunden sein."

Cerridwen hob den Kopf, um sie mit grimmiger Entschlossenheit zu studieren. "Es gibt keine Garantien, aber wir müssen es dennoch tun."

Es ergab keinen Sinn. Cerridwen mochte Darcy ganz gern, doch ein solches Beharren rechtfertigte das nicht. "Weshalb?"

Ihr Kopf senkte sich wieder. "Meine Visionen sagen es mir."

"Als Seherin?" Elizabeth starrte sie an. "Aber eine Reise nach Frankreich hast du noch nie erwähnt."

"Ich kann nicht kontrollieren, wann die Vision zu mir kommt", schnauzte der Drache. "Als dieser Soldat davon sprach, mich nach Frankreich zu bringen, sah ich den Preis, falls ich nicht ginge."

"Was ist der Preis?", wollte Elizabeth wissen. Cerridwen hatte sich immer geweigert, Elizabeth den Inhalt ihrer mysteriösen Zukunftsvisionen zu offenbaren.

Der Drache zitterte. "Tod. Zerstörung der Nester. Eine Rückkehr in die Versklavung. England in Flammen."

Nun denn. Etwas in die Art hatte sie sich schon gedacht, es zu hören, war dennoch brutal. Elizabeth streichelte beruhigend die irisierenden Schuppen des Drachen. "Und wenn wir uns auf den Weg machen?"

"Dann wird es weniger wahrscheinlich."

Mit anderen Worten, entweder riskierte sie die Bindung ihres Kindes an Pemberley, oder sie ließ es zu, dass es in einem Land, das angegriffen wurde, zur Welt kam, in einem Land, das in Flammen stand und in dem Drachen gezwungen wären, Naopleon zu dienen.

Es war eine erschreckende Wahl, selbst wenn jeder Zentimeter von ihr sich danach sehnte, Darcy zu finden. Und dann war da noch das Risiko, Cerridwen zu verlieren. "Der Drachenmagnet", sagte sie langsam. "Werden die Franzosen dich damit nicht jagen können?"

"Die Älteste sagt, dass der Magnet mich nur finden kann, wenn ich in meiner wahren Form bin. Solange ich ein Falke bleibe, werde ich sicher sein."

Elizabeth hob die Hände. "Aber was ist mit mir? Ich weiß nicht einmal, wo ich bei einer solchen Reise beginnen sollte. Wie ich nach Frankreich komme, mit der Blockade und den Seeschlangen oder wie ich die nötigen Papiere für die Reise bekommen sollte." Das Kriegsministerium hatte all das für Darcy erledigt. Wie sollte sie ein Schiff finden, das sie über den Kanal brächte? Plötzlich schien es ihr völlig unmöglich.

"Die Älteste plant, uns zu helfen."

"Woher kann die Älteste so etwas wissen?", hakte sie ein. "Sie hat das Nest seit Jahrhunderten nicht verlassen."

"Es gibt Kith, die Gegenstände zwischen den Nestern transportieren, Dinge, die nicht durch die Tore gebracht werden können, dazu gehört auch ein Kapitän in Hull, der uns dient. Die Älteste hat ihm schon eine Nachricht geschickt, dass er gebraucht wird." Cerridwens Stimmung hatte sich bereits aufgehellt, als ob sie Elizabeths Zustimmung spürte.

Das Nest hatte schon damit begonnen, dies zu planen, bevor sie überhaupt zugestimmt hatte, da Cerridwen gesagt hatte, es sei notwendig. Das war die Macht einer Seherin, sogar einer jungen und unerfahrenen. Gänsehaut überzog ihre Arme.

Sie würde nach Frankreich reisen. Inmitten eines Krieges.

Kapitel 26

U ND DANN BEGANNEN DIE Diskussionen.

Allen voran mit Colonel Fitzwilliam, der fest entschlossen war, dass Elizabeth nicht nach Frankreich reisen würde, oder, sofern er sie nicht aufhalten konnte, dass er dann mitkommen würde, um sie zu verteidigen. Außer acht ließ er dabei seine kaum vorhandenen Französischkenntnisse und das zu einer Zeit, wenn Engländer auf den Straßen attackiert wurden, nur, weil einer ihrer Landsleute an einem Anschlagsversuch mitgewirkt hatte. Er hörte jedoch nicht auf, darauf zu bestehen, bis Elizabeth meinte, dass sie sich in diesem Fall einfach heimlich ohne ihn davonschleichen würde – und dass Cerridwen ihre Spuren verwischen würde, falls er versuchte, ihr zu folgen.

Sie beschwichtigte ihn mit dem Versprechen, dass sie nichts weiter tun würde, als Darcy ausfindig zu machen um dann nach Hause zurückzukehren, dem Colonel die Informationen zu geben und ihm die erforderliche Rettung zu überlassen.

Dann war Frederica an der Reihe und bestand darauf, dass sie und Quickthorn sie begleiten sollten. Mehr Leute würden es sicherer machen und ihre Fähigkeiten als Veritas und im Illusionsweben könnte hilfreich sein, insbesondere, wenn Darcy im Gefängnis säße. Quickthorn stieß ins selbe Horn, indem sie darlegte, wie jung und unerfahren Cerridwen doch sei und wie wichtig es deshalb sei, einen Drachen mit mehr Weitsicht und Wissen einzubeziehen.

Dies abzulehnen war schon schwerer für Elizabeth, denn tief im Inneren hätte sie gerne ihre Freundin bei sich gehabt. Fast hätte sie ja gesagt, es sich dann aber noch einmal überlegt. Sie selbst war ziemlich zuversichtlich, dass sie als Bürgerliche durchgehen könnte, insbesondere mit ihrem Marseiller Akzent, der Darcys Lehrer so sehr in den Ohren geschmerzt hatte. Sie war damit aufgewachsen, die Felder von Meryton zu durchstreifen, sich mit Pächtern anzufreunden und hatte lange Zeit bei dem arabischsprachigen Apotheker und seiner Familie gelebt. Lady Frederica Fitzwilliam war Aristkoratin durch und durch, was immer wieder durchscheinen würde, von ihrer perfekten Haltung bis hin zu ihrem Konversationsfranzösisch der Oberschicht.

Doch Frederica nahm dies nicht so einfach hin. Quickthorn war noch streitlustiger und wollte partout nicht nachgeben, bis Elizabeth zustimmte, den meergrünen Drachen ihr Blut schmecken zu lassen, was ihm die Möglichkeit verlieh, Elizabeth aus der Ferne zu verorten, wie Cerridwen es mit Darcy vorgehabt hatte. Nicht, dass Elizabeth gewollt hätte, dass jemand ihr nachreiste, sofern sie in Schwierigkeiten geriete, aber wenn es Frederica und Quickthorn beruhigte, zu denken, sie könnten es, würde sie es zulassen.

Dann taten sich Frederica und der Colonel zusammen, mit dem Argument, dass Mrs. Sanford sie begleiten sollte. "Sie sagte, es könnte in nicht einmal zwei Monaten bei dir soweit sein. Vielleicht brauchst du ihre Hilfe, und sie könnte dich unterstützen, wenn es für dich schwieriger wird, dich zu bewegen", flehte Frederica.

Diesmal lachte Elizabeth nur. "Frühestens in zwei Monaten, sagte sie, viel wahrscheinlicher drei Monate oder mehr! Ich beabsichtige, lange vor der Geburt des Babys zurück zu sein, und selbst wenn ich daran scheitern sollte, muss es auch in Frankreich viele Hebammen geben. Frauen dort haben seit Jahrhunderten Kinder geboren, weißt du. Es würde nur Misstrauen gegen mich wecken."

Es war nicht so, dass sie alleine gehen wollte. Tatsächlich machte ihr der Gedanke ziemliche Angst. Aber jemanden mitzunehmen, würde es nur gefährlicher machen. Und sie hätte ja noch Cerridwen, sofern irgendwelche Probleme auftraten. Sie weigerte sich standhaft, an die möglichen Schwierigkeiten zu denken, aus denen nicht einmal ein Drache sie herausholen konnte.

Zumindest stellte sich Mrs. Reynolds nicht quer, als Elizabeth ihr sagte, dass sie nach Frankreich aufbrechen würde, um Darcy zu finden. "Alle anderen sollen jedoch nur gesagt bekommen, ich würde meine Familie besuchen."

"Selbstverständlich, Madam." Die alte Haushälterin biss sich auf die Lippe. "Wenn ich fragen darf, haben Sie etwas von Mr. Darcy gehört? Ich habe jeden Abend für ihn gebetet."

Elizabeth zögerte, aber sie wusste, wie sehr Mrs. Reynolds ihn liebte. "Wir glauben, dass er noch lebt, wenngleich er wahrscheinlich in Gefangenschaft ist.

Cerridwen, die seinen Standort spüren kann, sagt, dass er an derselben Stelle zu bleiben scheint, als ob er eingesperrt wäre." Es hatte keinen Sinn, sie mit der Nachricht von seiner Schusswunde zu belasten.

Die alte Haushälterin knetete ihre Schürze zwischen den Händen. "Es ist so gut von Ihnen, ihm nachzureisen, Madam. Wie kann ich Ihnen dienlich sein?"

"Ich werde als einfache Frau reisen. Könnten Sie mir ein paar Kleider auftreiben, die zu einer Bäuerin oder einer Dienstmagd passen würden? Nichts Feines oder Neues, sondern etwas, das die Leute davon abhalten wird, überhaupt Notiz von mir zu nehmen."

Die Haushälterin musterte sie von Kopf bis Fuß, zweifellos, um abschätzen zu können, wessen Kleidung ihr passen konnte, insbesondere in ihrem derzeitigen Zustand. "Ich werde mich umgehend darum kümmern. Wenn Sie möchten, dass die Dienstboten glauben, Sie würden Ihre Familie besuchen, müssen wir auch dafür einen separaten Satz Koffer packen."

Das hatte sie nicht einmal bedacht, aber Mrs. Reynolds hatte recht. "Ich werde Chandrika ins Vertrauen ziehen, damit sie auch dabei mithelfen kann." Was nur ein weiteres Problem aufwarf – wie sollte sie ihre Abreise Rana Akshaya erklären? Die indische Drachendame blieb für sich, aber Elizabeth konnte sie kaum ohne Gastgeberin zurücklassen. Vielleicht wäre Frederica bereit, in ihrer Abwesenheit auf Pemberley zu bleiben.

"Sehr wohl, Madam. Und ich werde die Köchin anweisen, einige heimische Lebensmittel für Sie einzupacken – getrocknete Früchte und Nüsse. Für das Baby."

Tränen sprangen in ihre Augenwinkel. "Ich danke Ihnen, Mrs. Reynolds.

Noch eine Woche! Laut Cerridwen hatte der Kapitän des Nestes berichtet, dass es so lange dauern würde, einige kleinere Reparaturen durchzuführen, bevor sie abreisen könnten. Weitere sieben Tage des Wartens, während Darcy wahrscheinlich litt, sein Leben jede einzelne Stunde in Gefahr. Eine weitere Woche, die sie nicht beisammen wären, wo sie es kaum ertragen konnte, wie lange dieser Zustand schon andauerte. Eine weitere Woche näher an ihrer Niederkunft, ein hoher Preis.

Sie strich mit der Hand über ihren Bauch, der trotz ihrer lockeren Röcke nun deutlich hervortrat. Bei Darcys Abreise war ihre Schwangerschaft noch nicht sichtbar gewesen, lediglich eine kaum spürbare Wölbung. Würde ihn der Unterschied in ihrer Erscheinung sehr schockieren? Sie hatte sich solche Mühe gegeben, sich nicht anmerken zu lassen, dass sie nun leichter ermüdete und oftmals zu wenig Schlaf bekam, weil die lebhafte Kreatur in ihrem Inneren sich daran zu erfreuen schien, ihr in die Rippen zu treten. Wenn es ein Junge war, würde er sicherlich athletisch werden, mit dieser niemals enden wollenden Energie.

Wie sehr sie sich wünschte, Darcy wäre hier, um die Veränderungen an ihr zu sehen! Und wie sie sich nach seiner Umarmung sehnte. Sie hätte jede einzelne davon mehr schätzen sollen, als er noch hier war.

Und da kamen sie wieder, diese verdammten Tränen! Vor ihrer Schwangerschaft war sie nie so nahe am Wasser gebaut gewesen und sie verabscheute, wie sie nun alles zum Weinen zu bringen schien. Sie eilte aus dem Salon, bevor sie jemand sehen konnte, und in die Bibliothek, die zu dieser Tageszeit immer leer war.

Der Raum war dunkel, keinerlei Kerzen waren entzündet, doch das kümmerte sie nicht. Sie konnte gut genug sehen, um den Weg zu Darcys Lieblingssessel zu finden, sich dahinter zu stellen und seine Lehne zu umgreifen, als läge darin irgendwie der letzte Rest seines Wesens.

Wenn er nur hier wäre, in Sicherheit und bei ihr!

Sie konnte sich ihn geradezu vorstellen, wie sein großer Körper den Ledersessel ausfüllte, seine dunklen Locken auf der Lehne ruhten, weich und federnd und der Geruch von Seife und Gewürzen von ihm aufstieg.

"William", flüsterte sie verzweifelt.

Als hätte ihr geistiges Bild sie gehört, drehte er seinen Kopf, die Wangen hohl. "Elizabeth?" Er klang erstaunt.

Ihr Herz schlug heftig vor Unglauben. Sie blinzelte und das Bild begann an den Rändern zu verblassen und löste sich dann wie Nebel in Nichts auf. Verzweifelt rief sie: "Nein! Komm zurück!"

Ihre Knie gaben nach, ihre Wange schrubbte schmerzhaft an der Lederlehne entlang, als sie zu Boden rutschte und Tränen liefen ihr das Gesicht hinunter.

"Verzeihung, Madam, haben Sie mich gerufen?" Es war Daniel, der Hausdiener. "Madam?"

"Hier drüben", brachte sie heraus.

Er erschien um den Sessel herum, sein Ausdruck der Bestürzung beinahe schon komisch. Die Hausherrin auf dem Boden zusammengebrochen vorzufinden, gehörte nicht zu seinen üblichen Aufgaben. "Benötigen Sie Hilfe, Madam?"

Selbst durch ihre Tränen hindurch wollte sie kichern. Selbstverständlich brauchte sie Hilfe. "Wenn Sie den Raum dazu bringen könnten, sich nicht mehr zu drehen, wäre das sehr hilfreich."

Alles drehte sich. Schwindlig. Aufgekratzt. Sie wusste, was zu tun war.

"Soll ich Mrs. Reynolds holen?" Er klang besorgt.

"Nein. Tee mit Honig, sofort, und etwas zu essen. Und Lady Frederica." Hatten sie diese Szene nicht gerade erst gehabt? Aber diesmal hatte sie nicht einmal gemerkt, dass sie ihr Talent einsetzte. Und doch lag sie nun hier, ihre Lebenskraft erschöpft bis an einen Punkt, an dem sie nicht einmal ihren Kopf hochheben konnte.

Aber für diesen Anblick von Darcy, so kurz er auch war, hätte sie noch viel mehr auf sich genommen – ob es nun real war oder nicht.

Das Geräusch von rennenden Schritten kündigte Frederica an. "Elizabeth? Was ist geschehen? Was hast du gemacht?"

Mit außergewöhnlicher Anstrengung drehte Elizabeth ihren Kopf um ein paar Millimeter. "Ich bin mir nicht ganz sicher, aber ich habe zu viel davon gemacht. Ich stellte mir vor, wie mein Mann auf diesem Sessel sitzen würde, und plötzlich war er da."

Lady Frederica schluckte. "Du hast eine Illusion von Darcy geschaffen? Wenn du kaum eine Maus zustandebringst? Kein Wunder, dass du völlig ausgelauft bist."

Wenn nur ihr Kopf aufhören würde, sich zu drehen! "Keine Illusion. Ich habe ihn gesehen und er mich. Ich kann es nicht erklären."

"Das ist unmöglich! Es gibt keine Art von Sendung, bei der man sich gegenseitig sehen kann."

Elizabeths Stirn pochte. "Keine Sendung. Etwas anderes."

Rasche Schritte erklangen einen Moment später im Raum und Mrs. Reynolds drückte einen mit Sahne gefüllten Kelch samt Löffel in Elizabeths Hand. "Essen Sie", befahl sie. "Tee kommt auch und noch mehr Essen."

Elizabeth versuchte, das den Kelch zu nehmen, aber ihre Hand zitterte so stark, dass Frederica danach griff. "Du bist in grauenvoller Verfassung", informierte sie ihre Freundin, schöpfte einen Löffel des Trifles heraus und hielt ihn Elizabeth an die Lippen, als wäre sie ein Kleinkind.

Was sie im Moment anscheinend auch war. Sie öffnete den Mund und ließ das kühle, weiche Dessert in ihren Mund gleiten. "Johannisbeer-Trifle?"

"Es war das erste, was zur Hand war", sagte die Haushälterin fest. "Der alte Mr. Darcy hat uns immer gesagt, dass die Zeit in diesen Angelegenheiten von entscheidender Bedeutung ist. Und nun essen Sie."

Elizabeth nahm einen weiteren Klecks Trifle von Frederica entgegen. Natürlich war Mrs. Reynolds mit der Situation vertraut; sie hatte zwei Generationen von Magiern gedient.

Die nächste, die durch die Bibliothekstür stürmte, war jedoch keine Sterbliche, sondern Rana Akshaya in ihrer menschlichen Form. "Das dürfen Sie nie, niemals wieder tun", befahl sie, ihre Worte waren eine Drohung.

Elizabeth schluckte den Trifle gegen den Widerstand in ihrem Mund hinunter. "Wenn ich jemals herausfinde, was ich getan habe, werde ich alles geben, um es zu vermeiden, das verspreche ich Euch."

"Das ist kein Scherz, Gefährtin Elizabeth. Sie haben die Fundamente erschüttert. Sie hätten uns alle töten können."

"Oh", sagte Elizabeth schwach. "Aber ich habe mein Talent nicht einmal eingesetzt."

Rana Akshaya starrte sie finster an. "Sind alle englischen Gefährten so unwissend? Bringen sie euch nicht bei, was sowohl Begleiter als auch Drachen gleichermaßen aufzehren kann?" Mit einem verärgerten Geräusch zog sie ihren Handschuh aus und legte ihre Hand auf Elizabeths Wange. "Sieh mich an".

Sie war zu schwach, um ungehorsam zu sein. Die Hitze drang in sie hinein, reinigte sie, füllte sie mit Licht, genauso, wie es damals vor langer Zeit auf Netherfield gewesen war, als Rana Akshaya sie geheilt hatte.

Der indische Drache hob ihre Hand, und in Elizabeths Kopf drehte es sich nun nicht mehr. Nicht nur das, sondern sie fühlte sich, als ob sie aufstehen und ein Rennen bestreiten könnte. Irgendetwas war seltsam an ihrem Sehvermögen, was ein kräftiges Schütteln mit dem Kopf allerdings bereinigen konnte.

"Jetzt hör mir zu, kleine Gefährtin", befahl Rana Akshaya. "Du hättest deinen Drachen mit einem solchen Trick leicht vollständig erschöpfen können. Wir können es uns nicht leisten, die Weitseherin wegen deiner Nachlässigkeit zu verlieren."

Entsetzt sprang Elizabeth auf die Füße. "Ist Cerridwen versehrt?"

"Diesmal hattest du Glück und sie ist nur geschwächt. Um sie werde ich mich als nächstes kümmern. Spiel nicht noch einmal mit dem Feuer." Und damit rauschte sie aus dem Zimmer.

"Aber...", sagte Elizabeth zu ihrem sich entfernenden Rücken. Stattdessen wandte sie sich an Frederica und Mrs. Reynolds, die beide blass geworden waren. "Was habe ich getan?"

Frederica sagte: "Ich habe noch nie von Fundamenten gehört, geschweige denn, dass sie erschüttert würden."

"Cerridwen hat es ebenfalls Leid zugefügt." Ein grauenhafter Gedanke. "Ich muss sofort zu ihr."

Elizabeth fand Cerridwen im Ballsaal. Rana Akshaya war ebenfalls dort, zusammen mit Quickthorn, daher wartete Elizabeth davor, bis der indische Drache mit dem Wirken seiner Magie fertig war.

Sobald Rana Akshaya ging und achtlos an ihr vorbei eilte, rannte Elizabeth hinein und warf ihre Arme um Cerridwens Hals. "Es tut mir so leid, Liebes! Ich hatte nie die Absicht, dich zu verletzen!"

Cerridwen lehnte sich gegen sie. "Mir geht es jetzt wieder vollkommen gut. Was ist geschehen?"

Sie versuchte sich zu erinnern. "Ich weiß es nicht! Ich vermisste Darcy und stellte mir vor, wie er auf seinem Sessel in der Bibliothek saß. Ich habe mir gewünscht, er wäre da. Hab mich daran erinnert, wie sich das anfühlte. Und dann... war er da. Nur für einen Moment. Er sah mich an und sagte meinen Namen. Dann verschwand er wieder."

"Was ist mit deinem Talent?" Es war Quickthorn, die hinter ihr sprach. "Was wolltest du damit machen?"

"Ich habe es nicht einmal eingesetzt! Zumindest nicht bewusst. Ich wollte einfach nur ... ihn."

Cerridwens Präsenz verstärkte sich in ihrem Kopf und sah sich ihre Erinnerungen an. "Du hast versucht, ihn hierher zu bringen", sagte sie langsam.

"Nicht absichtlich! Wie denn? Ich weiß, dass das unmöglich ist."

"Aber du wolltest es."

Ein Rauchwölkchen stieg über Elizabeths Kopf auf, als Quickthorn sich vorwärts drängte, um ihr ins Gesicht zu starren. "Das darfst du niemals wieder tun. Niemals. Lass diesen Wunsch nicht einmal zu, wenn dir dein Leben lieb ist."

"Diesen Vortrag habe ich bereits von Rana Akshaya gehört", erwiderte Elizabeth verärgert. "Was bedeutet es, dass ich die Fundamente erschüttert habe?"

Etwas derartiges hatte sie noch nie gehört, nicht einmal in ihren arabischen Büchern.

Quickthorn schnaubte. "Die Welt ruht auf bestimmten Fundamenten, die alle an ihrem Platz halten. An sehr wenigen Stellen wurden die Fundamente verändert, wie etwa bei Feenringen, so dass wir unsere Welt verlassen konnten. Es ist eine gefährliche Sache, die nicht leichtfertig in Angriff genommen wird, da sie einen Zusammenbruch der Realität um den Ring herum verursachen kann, wenn sie ohne große Vorsichtsmaßnahmen durchgeführt wird."

"Wie habe ich so etwas fertig gebracht? Ich bin wirklich keine gute Magierin; Frederica kann euch das bestätigen! Und ich habe mein Talent nicht einmal eingesetzt."

In einer ungewöhnlichen Zurschaustellung von Takt murmelte Frederica: "Du bist gut darin, zu senden, auch wenn wir noch keinen anderen Aspekt der Magie gefunden haben, der dir leicht fällt."

Die Luft surrte geradezu vor Energie. Elizabeth konnte praktisch sehen, wie die Sendungen zwischen Quickthorn und Cerridwen hin und her schossen. Worüber sprachen sie?

Cerridwen warf den Kopf zurück und sprach dann in Elizabeths Gedanken. Kannst du morgen ins Nest kommen? Offenbar erfordert dies die Aufmerksamkeit der Ältesten.

Ablehnen konnte sie wohl kaum. Vielleicht könnte sie auch selbst ein paar Fragen stellen.

Kapitel 27

DAS GEFÄHRTENHAUS HATTE SICH seit ihren vorherigen Besuchen natürlich nicht verändert, und stand noch immer wie seit Hunderten von Jahren da, ein mittelalterliches Herrenhaus wie aus einer alten Sage. Abgesehen von einer Kleinigkeit. Diesmal war noch jemand anderes hier. Ein junges Mädchen brütete über einem Buch an dem großen aufgebockten Tisch in der großen Halle, als eine vertraute Gestalt neben ihr aufstand.

"Roderick!" rief Elizabeth aus und eilte auf den Waliser zu, um ihn zu begrüßen.

Er grinste. "Mrs. Darcy, es ist mir eine große Freude."

"Was machst du denn hier? Jetzt sag nicht, dass du auch zum Gefährten gemacht wurdest!"

Sein Lächeln verblasste ein wenig. "Nicht ich, aber Bronwen hier. Als das Dark Peak Nest einen Ruf nach Drachen aus anderen Nestern aussandte, um an ihrem Konklave teilzunehmen, meinte das Gwynedd Nest, sie sei zu jung, um alleine zu reisen, und schickte mich mit, um sie zu begleiten. Darf ich dir Bronwen ferch Rhys vorstellen?"

Das Mädchen, das nicht älter als zwölf aussah, erhob sich und knickste.

Elizabeth erwiderte die Geste. "Ich freue mich so sehr, eine andere Gefährtin kennenzulernen, und ich gratuliere dir zu deiner Bindung."

Bronwen neigte den Kopf. "Ich wurde erst letztes Jahr ausgewählt, daher bin ich noch nicht sehr gut darin."

"Du bist zweifellos schon besser als ich!", erwiderte Elizabeth lachend. "Mir wurde nie eine Ausbildung darin zuteil."

Roderick warf ihr einen amüsierten Blick zu. "Du hast es selbst gelernt. Bronwen, bitte setze deine Studien fort, während ich mit Mrs. Darcy spazieren gehe."

Elizabeth betrachtete ihn. "Wenn du weißt, welcher Raum für mich vorgesehen ist, könntest du mich dorthin bringen. Wie es scheint, werde ich noch mindestens einen weiteren Tag hier sein." Die Älteste hatte fünf Tage gesagt, aber sie beabsichtigte, auf weniger zu plädieren. Ihr rann die Zeit ohnehin schon durch die Finger und sie würde keine weitere Verzögerung auf ihrer Reise zur Rettung von Darcy zulassen.

"Die Kith haben das Eckzimmer vorbereitet, wahrscheinlich bist du also dort." Er deutete auf eine schmale Treppe, die aus dem großen Saal führte.

Sie ging in diese Richtung und schaute über die Schulter zu ihm zurück. "Wie lange bist du schon hier? Warum hast du es mich nicht wissen lassen?"

"Etwa eine Woche. Wir waren die ersten Gefährten, die ankamen, aber nun sind auch schon einige andere hier. Es ist schön, dich zu sehen."

Sie blieb mitten auf den steilen Stufen stehen und drehte sich zu ihm um. "Netter Versuch. Ich wundere mich, dass du nicht einfach gelogen hast, da ich keine Veritas bin."

Er lächelte widerstrebend. "Aus Gewohnheit, nehme ich an. Ich werde es dir sagen, sobald wir unter vier Augen sind, wenn du es wissen musst."

"In Ordnung", nickte sie und begann, weiter hinaufzugehen.

Das Zimmer, zu dem er sie führte, war kleiner als das, das sie bei ihren vorherigen Besuchen bewohnt hatte. Zweifellos war das entweder an Roderick oder einen der anderen Gefährten vergeben worden. Aufregung blubberte in Elizabeth hoch bei dem Gedanken, sie kennenzulernen. Sie konnte noch so viel von ihnen lernen!

Aber zuerst war da Roderick, der in der Tür stehen blieb. Sie kniff die Augen zusammen. "Ich nehme an, du meidest Frederica."

Er zuckte mit den Schultern. "Rowan hat mir gesagt, dass sie wieder zurück auf Pemberley ist." Es war ein Geständnis.

"Hast du jemals daran gedacht, einfach mit ihr zu sprechen?" Sie hatte keine Ahnung, was zwischen ihnen vorgefallen war, aber sie hasste es, Fredericas Schmerz zu sehen, und Roderick war weder grausam noch unvernünftig.

Er richtete seine Augen auf das Stabwerksfenster, welches das Tageslicht durch ungleichmäßige Scheiben hereinließ. "Manchmal gibt es keine gute Lösung, und der Versuch, eine zu finden, macht die Sache nur noch schlimmer." Dann wandten sich seine Augen ihr zu. "Was führt dich zum Nest?"

Sie beschloss, den Themenwechsel zu akzeptieren. Zumindest vorerst. "Mir soll etwas beigebracht werden, allerdings eher rückwärts. Wie es scheint, habe ich ein Talent, das ein Sicherheitsrisiko darstellt, und die Älteste hat angeordnet, dass mir beigebracht werden muss, wie man vermeidet, es zu benutzen."

Er nickte und sah nicht überrascht aus. "Eines der verbotenen Talente?"

Jetzt hatte er ihre volle Aufmerksamkeit. "So nennt man das? Keiner will mir auch nur irgendetwas darüber sagen, abgesehen davon, dass ich es niemals einsetzen darf, was mich zur Weißglut treibt."

Seine Augenbrauen hoben sich. "Kannst du mir sagen, was vorgefallen ist, das sie derart beunruhigt hat?"

Sie erzählte die Geschichte, wie sie Darcy in der Bibliothek gesehen hatte, und den Vorwurf, die Fundamente erschüttert zu haben. "Sagt dir das irgendetwas?"

„Ich weiß, dass es verbotene Talente gibt, aber sie sprechen nicht darüber. Iorweth der Kühne hatte eines davon. Er war Gefährte des Großvaters deiner Cerridwen, Taliesin des Sehers. Was auch immer Iorweths Talent war, es tötete sie beide und verwandelte das Nest und das Land um es herum in Ödland. Viele starben, sowohl Drachen als auch Menschen."

"Das würde erklären, weshalb sie sich Sorgen machen, aber ich wünschte, sie würden mir sagen, was es mit diesem Talent auf sich hat." Es war frustrierend, wie ein Kind behandelt zu werden – und dass sie just die eine Fähigkeit besaß, die zu gefährlich war, um sie zu nutzen. Aber es gab da noch etwas, das sie ihn fragen wollte. "Hast du etwas von Granny in London gehört? Bei uns hat sie sich überhaupt nicht gemeldet, abgesehen von einem kurzen Brief ganz zu Anfang, in dem nicht mehr stand, als dass es ihr gut ginge und sie London genießen würde. Er war buchstäblich drei Sätze lang."

Er verzog das Gesicht. "Mittlerweile fällt ihr das Schreiben sehr schwer und sie hätte es nicht für sicher gehalten, etwas Wichtigeres in einen Brief zu schreiben, von dem beinahe sicher ist, dass er unterwegs geöffnet und gelesen wird. Wir haben nicht einmal das mitbekommen. Zweifellos möchte sie die Lage des Dorfes nicht preisgeben."

"Ich wünschte, wir wüssten mehr! Colonel Fitzwilliam, Lady Fredericas Bruder, erzählte uns, dass seine Freunde im Kriegsministerium sich über Grannys autokratische Züge beschweren, sie jedoch alle zu verzweifelt nach jeder Hilfe suchen, die sie ihnen bieten könnte, um mit ihr zu streiten. Sie verstehen nicht, wie eine Veritas agiert, aber sie sind beunruhigt über das, was sie als eine unheimliche Fähigkeit sehen, Dinge aufzudecken, die sie lieber im Verborgenen halten würden. Er war jedoch nicht an ihrem Fall beteiligt; das weiß er nur vom Hörensagen."

"Es könnte viel schlimmer sein", sagte Roderick. "Vorerst täte sie gut daran, in London zu bleiben. Der Älteste von Gwynedd ist wütend auf sie, ebenso wie alle Drachen. Er hätte Sycamore unter Silentium gestellt, wenn ihn die anderen nicht davon überzeugt hätten, dass wir es uns nicht leisten können, im Unwissen über all das, was er herausgefunden hat, zu bleiben. "Ich fürchte, sie werden nicht mehr willkommen sein, nachdem sie das Große Geheimhaltungsabkommen gebrochen haben."

"Das habe ich befürchtet."

"Und du – du hast viel durchgemacht, seit wir uns das letzte Mal gesehen haben. Wenn es dir nichts ausmacht, würde ich gerne hören, was du bei deinen Kontakten mit Darcy herausgefunden hast. Ich habe es natürlich alles aus dritter Hand gehört, aber manchmal gibt es über die Ferne hinweg seltsame Missverständnisse."

Ihr Rücken begann zu schmerzen, daher ließ sie sich auf dem altmodischen geschnitzten Stuhl nieder, bevor sie die Geschichte noch einmal erzählte. Dann fügte sie ihre Reisepläne noch hinzu.

Seine Augen weiteten sich. "Sicherlich kannst du nicht alleine dorthin reisen! Wenn es sein muss, werde ich selbst mitkommen."

"Nicht du auch noch", neckte sie. "Was haben schwangere Frauen an sich, dass alle glauben lässt, sie wären nicht fähig, einen Fuß vor den anderen zu setzen?"

"Aber —"

"Ich hatte diese Diskussion bereits mit mehreren Leuten und habe jede einzelne gewonnen, spar dir also deinen Atem!" Aber vielleicht wäre es nicht verkehrt, einen bestimmten Gedanken in seinen Kopf zu pflanzen. "Hast du Rana Akshaya schon kennengelernt? Sie wird auf Pemberley bleiben, auch nachdem ich fortgegangen bin, und ich denke, du würdest sie sehr interessant finden." Und Frederica wäre ebenfalls dort, um Rana Akshaya im Auge behalten und als Anstandsdame für Miss Darcy dienen, aber das brauchte sie nicht zu erwähnen.

"Noch nicht. Sie kommt nicht ins Nest, und mir wurde gesagt, dass es ihr nicht recht ist, von Sterblichen angesprochen zu werden."

"Darin liegt eine gewisse Wahrheit. Ich sehe sie kaum, obwohl sie mein Gast ist." Ihre Stirn legte sich in Falten. "Weiß Quickthorn, dass du hier bist?"

"Ich kann mir vorstellen, dass jeder Drache im Nest sich dessen bewusst ist", sagte er ironisch. "Das würde Lady Fredericas Gefährtin einschließen, wenngleich sie sich geweigert hat, Notiz von mir zu nehmen."

Hatte Quickthorn Frederica gesagt, dass Roderick hier war? Sicherlich wusste sie, dass er ein wunder Punkt für ihre Gefährtin war und hätte es womöglich für sich behalten.

Aber ein solches Geheimnis zu bewahren, war nichts, wozu Elizabeth im Stande war.

***

Frederica wartete im Salon, als Elizabeth zurückkehrte. "Wie war es?", stieg sie direkt ins Thema ein. "Hast du eines deiner Rätsel gelöst?"

"Ich bin immer noch verwirrt." Nicht zuletzt durch die Entscheidung der Ältesten, ihr eine Bindung aufzuerlegen, damit sie nicht über ihr neues Talent sprechen konnte, das sie ohnehin nicht nutzen konnte. "Aber ich habe viele Lektionen darin erhalten, wie ich die Fundamente unter mir spüren kann."

"Das klingt, als hättest du reichlich zu tun gehabt."

"Durchaus, aber ich hatte auch die Gelegenheit, einige Gefährten aus anderen Nestern zu treffen, und das war sehr interessant. Mir war nicht klar gewesen, dass sich die Nester in ihrer Größe so sehr unterscheiden. Manche beherbergen nur eine handvoll Drachen, während in einem anderen in den Highlands beinahe fünfzig leben. Die meisten haben keine Portale."

Frederica saß ein Stückchen gerader. "Die anderen Gefährten sind eingetroffen? Vielleicht sollte ich auch einmal vorbeischauen."

Aus diesem Grund konnte sie Rodericks Geheimnis nicht bewahren. "Ich war sehr froh, mit ihnen zu sprechen", sagte sie langsam. "Was mich allerdings überraschte, dort auch auf Roderick zu stoßen, der eine sehr junge Gefährtin aus dem Gwynedd Nest begleitet.

Fredericas Gesicht erstarrte für einen langen Moment. "Ich...verstehe. den wird man einfach nicht los, wie Unkraut, das nicht vergeht. Ich hatte angenommen, er würde sich für immer in Wales verstecken."

Elizabeth hatte Mitleid mit ihr und tat so, als würde sie nicht bemerken wie aufgewühlt Frederica war. "Ich hoffte, dass er vielleicht etwas von Granny gehört hatte, doch dem war nicht so. Und die Drachen des Gwynedd Nests sind sogar noch wütender als unsere hier."

Frederica ging mit offensichtlicher Erleichterung auf die Ablenkung ein. "Hoffen wir, dass sie etwas Gutes bewirken kann, zumindest genug, um Vergebung zu verdienen. Und du – nun, da du zurück bist, wie lange wirst du bleiben können?"

"So gut wie gar nicht", sagte Elizabeth. "Das Schiff ist fast fertig, also werde ich übermorgen hier abreisen. Vorausgesetzt, dein Bruder beschließt nicht, mich hinter Schloss und Riegel zu halten", neckte sie.

Frederica lachte. "Das würde er nicht wagen und außerdem will er beinahe genauso verzweifelt wie du wissen, wo Darcy steckt."

Das erinnerte Elizabeth nur daran, wie sie ihn jeden Augenblick vermisste. Sie musste ihn finden. Ihr blieb gar nichts anderes übrig.

Captain Thirtleby hielt ihr einen Umschlag hin. "Willkommen an Bord, Mrs. Darcy. Hier sind Ihre Papiere, auf den Namen Madame Marie Dubois. Sie werden sie in Frankreich brauchen. *Passeport*, nennen sie sie, und jeder muss einen haben."

Elizabeth nahm ihn vorsichtig entgegen. "Wie haben Sie es fertiggebracht, die zu besorgen?" Das Kriegsministerium hatte Monate gebraucht, um Darcys Papiere zusammen zu bekommen.

Er grinste. "Ich kenne einen guten Fälscher."

Vielleicht hätte sie nicht fragen sollen. Sie wechselte das Thema. "Dieses Schiff ist größer, als ich erwartet hatte." Die hoch aufragenden Segelschiffe, die sie auf ihren gelegentlichen Reisen nach London gesehen hatte, waren natürlich größer, doch die hatte sie auch nur aus der Ferne erspäht. Irgendwie hatte sie angenommen, dass dieses eher den Fischerbooten ähneln würde, die in Gravuren von Küstendörfern abgebildet sind. Aber eigentlich war es ganz gut, dass es nicht klein war, angesichts ihres unerwarteten Gefolges.

"Und so solide, wie es nur sein kann", sagte Kapitän Thirtleby stolz. "Viel Platz für euch beide und auch für die Holunderblüten." Er nickte dem Falkenpaar auf dem Mast zu und benutzte das gleiche Codewort für Drachen wie das gewöhnliche Volk in Pemberley. Kein Wunder, da er den Kith des Dark Peak Nestes angehörte. "Ich bin immer froh, sie an Bord zu haben. Sie halten uns die Seeschlangen vom Leib."

Der Traum von einem Seeschlangenkopf, der über einem Schiff aufragte, ging Elizabeth nicht aus dem Kopf. "Hatten Sie viele Probleme mit ihnen?"

Er lachte. "Bei unserer letzten Überfahrt hab ich eine zu sehen bekommen, konnte sie aber auf Abstand halten, indem ich nah an der Küstenlinie entlanggefahren bin." Daher auch die Reparaturen – wir haben uns einen ordentlichen

Kratzer am Ufer eingefangen. Das hat mir ein paar neue graue Haare beschert, das kann ich Ihnen sagen! Daher bin ich auch so froh, diesmal die Holunderblüten dabei zu haben. Würde heutzutage nicht gerne ohne eine den Kanal überqueren."

Colonel Fitzwilliam schnaubte. "Um die Blockade machen Sie sich also gar keine Sorgen?"

"Kein Bisschen! Ich habe Freunde unter ihnen und sie wissen, dass ich ein ehrlicher Händler bin. Nicht, dass ich eine besonders profitable Fracht ablehne, wenn mir jemand eine anbietet, aber das geht mich nichts an."

Frederica sagte: "Ich wurde erst kürzlich darüber informiert, dass es eine Möglichkeit gibt, ein Schiff als den, ähm, Holunderblüten zugetan zu markieren, auch wenn sie nicht da sind. Das könnte Ihnen einen gewissen Schutz vor den Schlangen bieten."

Die Augen des Kapitäns leuchteten in seinem wettergegerbten Gesicht auf. "Tatsächlich? Darüber möchte ich auf jeden Fall mehr erfahren, Euer Ladyschaft! Das könnte den entscheidenden Unterschied ausmachen."

Elizabeth wandte sich an Colonel Fitzwilliam. "Vielen Dank für Ihre Hilfe, mich hierher zu bringen. Falls Sie an Land gehen wollen, sollte ich hier in Sicherheit sein, während wir auf die Flut warten." Der Colonel hatte zähneknirschend zugestimmt, dass die neu erweiterten magischen Schutzzauber, die Pemberley verteidigten, gegen französische Attentäter angemessen waren. Doch zuzulassen, dass Elizabeth diese Schutzzauber für ihre Reise verließ, stand auf einem anderen Blatt. Ihre Fahrt über Nacht hatte er mit militärischer Präzision organisiert, in Abstimmung mit Cerridwen und Quickthorn, die Illusionen beigesteuert hatten, und war sogar so weit gegangen, an einem Gasthaus die Kutschen zu wechseln. Doch schließlich war er zufrieden, dass ihnen niemand nach Hull gefolgt war. Er mochte jedes Mal die Stirn runzeln, wenn das Thema Drachen aufkam, aber ihre Fähigkeiten nutzte er gerne, wenn es darum ging, Elizabeth zu beschützen.

Er sah sie nicht an, sondern starrte stattdessen Frederica an. "Ich habe mich umentschieden. Ich werde mit Ihnen und Freddie segeln."

"Ich dachte, Sie würden leicht seekrank. Und welchen Vorteil hätte es, einfach hin und wieder zurück zu fahren? Mit Captain Thirtleby und Cerridwen werde ich vollkommen sicher sein. Ich habe nur zugestimmt, Frederica kommen zu lassen, weil Quickthorn so aufgeregt war, über das Meer fliegen zu können."

Seine Lippen pressten sich aufeinander. "Das hat nichts mit Ihnen zu tun. Ich werde bereuen, an Bord zu sein, sobald das Schiff zu schwanken beginnt, aber ich muss mehr über diese Vokehrungen herausfinden, mit denen man Schiffe vor den Seeschlangen retten kann."

Sie legte ihre Hand auf seinen Ärmel. "Colonel, Ihnen ist klar, dass Sie keine dieser Informationen weitergeben können, ganz gleich, wie nützlich sie auch sein mögen?"

Er hob das Kinn. "Früher oder später, Mrs. Darcy, wird sich das ändern. Je mehr ich über die Verteidigungsfähigkeiten von Drachen weiß, desto mehr Leben werden wir retten, wenn der Tag X kommt."

Offensichtlich hatte er zu viel Vertrauen in die Bereitschaft der Drachen, mit dem Militär zusammenzuarbeiten, aber sie bezweifelte, dass irgendetwas, was sie sagte, seine Meinung ändern würde. "Dann hoffe ich um Ihretwillen, dass wir eine ruhige See haben werden."

Wie wäre es, in der Mitte des Ärmelkanals zu sein, mit nichts als Wasser in jeder Himmelsrichtung um sie herum? Würde sie auch seekrank werden oder würde sie begeistert mit dem Wind segeln? So düster ihre Situation auch sein mochte, kam sie nicht umhin, dass sich bei der Aussicht darauf, etwas Neues zu sehen und ein Abenteuer zu erleben, ihre Stimmung hob.

Ihr Herz wäre endlich wieder ganz.

Kapitel 28

VERDUTZT BLICKTE ELIZABETH NACH unten auf den Kompass in ihrer Hand und dann wieder hoch auf das steinerne französische Herrenhaus vor sich. In der letzten Woche hatte sie den Kanal überquert, hatte über hundert Meilen in Frankreich hinter sich gebracht, indem sie Cerridwens Anweisungen gefolgt war. Dies war der Ort, den ihr Drache ihr heute Morgen gewiesen hatte. In der Nähe gab es sonst nichts, nur Felder und ein paar Nebengebäude.

Es sah überhaupt nicht wie ein Gefängnis aus. Niemand bewachte es, und die einzige Person weit und breit war ein alter Gärtner, der sich über ein Blumenbeet beugte. Elizabeth hatte sich auf so viele Möglichkeiten vorbereitet, was sie vorfinden könnte, von denen die meisten beinhalteten, Darcy eingekerkert vorzufinden, aber es könnte sein, dass er immer noch frei und nur untergetaucht war. Er könnte sich in einer Höhle oder einer Hirtenhütte verstecken oder sogar im Gebüsch leben. Ohne Papiere konnte er weder in einem Gasthaus noch in einer Stadt übernachten. Aber was könnte er nur in jemandes Landhaus zu schaffen haben, in einem richtigen, mit Türmchen und Formschnitthecken?

Sie sank erschöpft und mit wunden Füßen gegen eine kleine Steinmauer. Abgesehen von den letzten zwei Tagen war ihre Reise gar nicht so beschwerlich gewesen. Die *Diligence* konnte man nicht wirklich als bequem bezeichnen, aber sie hatte sie so nah als möglich in jene Stadt gebracht, die dem Standort, an dem Cerridwen Darcy gespürt hatte, am nächsten kam. Niemand hatte ihre Geschichte, dass sie bei ihrem Onkel bleiben würde, in Frage gestellt oder gar ihre gefälschten Papiere sehen wollen. Anscheinend waren gewöhnliche schwangere Frauen über jeden Verdacht erhaben. Aber danach konnte sie sich nur noch in die Richtung, die Cerridwen ihr wies, weiterbewegen. Sie konnte wohl kaum jemanden fragen, wie man am besten ein Ziel erreicht, das sie weder benennen noch beschreiben konnte.

Sie rieb sich den schmerzenden Rücken. Zwei Tage, in denen sie Sackgassen gefolgt und über Felder gestolpert war und um Gehölze und unpassierbare Hecken herum gelaufen war, genügten, um ihre Füße anschwellen zu lassen und ihr Blasen zu bescheren. Einzig ihr Verlangen, Darcy zu erreichen, hatte sie am Laufen gehalten. Nun war endlich ein Ende in Sicht.

Wenn es auch kaum zu glauben schien.

Ein Tritt unter ihre Rippen verriet ihr, dass das Baby wach war. Es war immer ruhiger, wenn sie lief, und lebhafter, wenn sie versuchte zu schlafen, aber diesmal fühlte es sich wie eine Erinnerung an, dass ihr Kind seinen Vater brauchte. Sie hatte noch etwas zu tun.

Wenn Darcy überhaupt hier wäre. Was, wenn Cerridwen sich geirrt hatte? Elizabeth war den ganzen Weg gekommen, weil sie fest daran glaubte, dass der Drache ihren Mann finden könnte. Was, wenn sie nur Darcys Leiche fänden, die hier im Garten vergraben lag?

Nein. Sie würde es wissen, wenn er nicht mehr am Leben wäre. Nichts anderes durfte sie glauben.

Sie mussten ihn gefangen halten, hier in diesem unauffälligen Landhaus. Warum sonst wäre er wochenlang hier geblieben?

Ihre Brust schmerzte, so sehr wünschte sie sich, ihn im Geiste erreichen zu können, seine Präsenz fühlen zu können. Wenn sie doch nur eine magische Sendung an ihn wagen könnte! Aber die Drachen hatten sie davor gewarnt, ihr Talent in irgendeiner Weise einzusetzen, da sie nicht wussten, welche Arten von Magie Napoleons Männer aufspüren konnten.

Nein, sie würde den umständlichen Weg gehen müssen, so wie sie es auch getan hätte, bevor sie ihre magischen Fähigkeiten erlangt hatte. Sie stieß sich von der Wand ab, zuckte bei dem stechenden Schmerz in ihren Füßen zusammen und glättete den Rock ihres bescheidenen Kleides.

Seufzend machte sie sich auf den Weg zur Küchentür und klopfte so schüchtern und zögerlich, wie man es von einem Dienstboten oder Bettler erwarten mochte. Ihre damenhaften Manieren hatte sie in England zurückgelassen.

Die obere Hälfte der Tür öffnete sich und gab den Blick auf eine rotwangige Frau mittleren Alters mit ordenlicher und sauberer weißer Schürze frei.

"Verzeihen Sie bitte die Störung", sagte Elizabeth demütig. "Ich bin eine Reisende ohne viel Geld, auf dem Weg zu meiner Familie und habe mich gefragt, ob Sie so großzügig wären, mich heute in Ihrer Scheune nächtigen zu lassen. Gerne arbeite ich dafür. Ich kann gut flicken und sauber machen."

"Oh, du armes Geschöpf! Du musst erschöpft sein von dem langen Marsch in deinem Zustand. Komm herein und setz dich ans Feuer, um dich zu wärmen, und später bekommst du eine Pritsche zum Schlafen." Sie öffnete auch den unteren Teil der Tür und bugsierte Elizabeth herein.

"Mögen die Heiligen Sie segnen, gute Frau! Aber wird der Herr des Hauses nicht etwas dagegen haben? Ich möchte Sie nicht in Schwierigkeiten bringen."

Die Frau lachte. "Kein Grund zur Sorge! Meine Herrin ist eine liebenswürdige Dame, die nichts davon hören wollte, jemanden in deinem Zustand draußen schlafen zu lassen. Nun setz dich erst mal und leg deine Füße auf dem Hocker ab. Sie sind sicherlich geschwollen, non? Als ich ein Kind unter dem Herzen hatte, kam ich kaum in meine Schuhe hinein!"

Elizabeth ließ sich dankbar nieder. "Wären diese Füße nicht an meinen Beinen angewachsen, würde ich sie nicht einmal als meine erkennen."

"Oh, *ma pauvre petite*! Ist das dein erstes?"

Seit sie nach Frankreich gekommen war, hatte Elizabeth gelernt, wie einfach es war, eine Beziehung aufzubauen, wenn sie über ihren Zustand sprach. Und so fiel es ihr nicht schwer, ihre oft geübte Litanei anzustimmen. Ihr schmerzender Rücken, ihr Ehemann, der als Soldat verpflichtet worden war und von dem sie nie wieder etwas gehört hatte. Dass sie die Miete nicht mehr bezahlen konnte und nun zu einem Onkel reiste, der sie brauchen konnte, um ihm den Haushalt zu machen.

Die Köchin, die sich als Madame Laurent vorstellte, knetete Brotteig, während sie mitfühlend zuhörte und ihre eigenen Geschichten von herausfordernden Schwangerschaften erzählte. Sie hatte eine angenehme und interessante Persönlichkeit, und doch fiel es Elizabeth nicht leicht, ihre Ungeduld in Schach zu halten. Darcy war ganz in der Nähe und litt wahrscheinlich.

Schließlich wagte sie es, eine Frage zu stellen. "Sie scheinen sehr beschäftigt zu sein. Ist die Familie, der Sie dienen, groß?"

"Nein, nur die Herrin und ihre beiden Kinder, wahrliche Racker! Und ihr armer Cousin, die im Krieg verletzt wurde und die Racker nun unterrichtet."

Aber irgendwo musste es auch einen Gefangenen geben, doch den würde die Köchin einer Fremden gegenüber natürlich nicht erwähnen. "Dann müssen Sie viele Dienstboten versorgen." Sie deutete auf den Topf auf dem Herd, in dem es munter blubberte.

Sie schnaubte. "So gut wie keinen. Mylady musste den größten Teil des Hauspersonals gehen lassen, nachdem ihr Mann getötet wurde, vom Kindermädchen und dem faulen Dienstmädchen, das sich um die oberen Räumlichkeiten zu kümmern hat, abgesehen. Aber einige der Leute in dieser Gegend haben nicht genug zu essen, und sie wissen, dass der Topf hier jeden Abend gut gefüllt ist. Die hatte ich erwartet, als du geklopft hast."

Das ergab keinen Sinn. Wenn sie hier Gefangene festhielten, würden sie versuchen, Besucher fernzuhalten, anstatt sie zu ermutigen.

Sofern die Köchin keine sehr geschickte Lügnerin war, hielt sich Darcy nicht hier auf. Elizabeth würde weitersuchen müssen. Vielleicht versteckte er sich in einem verlassenen Nebengebäude oder einer dieser riesigen Hecken. Ja, das musste es sein.

Aber es wurde dunkel und ohne Licht konnte sie nicht nach ihm suchen. Sie würde die Gastfreundschaft der Köchin für die Nacht annehmen, alle Informationen über die Umgebung zusammentragen und sich morgen früh ausgeruht von Neuem auf den Weg machen. Mit etwas Glück würde Cerridwen zu ihr kommen und ihr genauere Anweisungen geben.

Einen Plan zu haben, half ihr, die Enttäuschung ein wenig zu lindern. Sie weigerte sich, darüber nachzudenken, was es bedeuten könnte, falls sie Darcy nicht fände. Cerridwen hatte sie noch nie im Stich gelassen.

Dennoch wäre sie nach zwei Tagen auf Schusters Rappen dankbar für eine Nacht der Ruhe. Oder zumindest so viel Ruhe, wie das Kind in ihrem Bauch ihr zugestehen würde.

Die Köchin stand vor dem Fenster, an dem die Regentropfen herunterkullerten. "Bei diesem Wolkenbruch willst du doch sicherlich nicht gehen! Du wirst im Handumdrehen bis auf die Haut durchnässt sein und kannst nur von Glück sprechen, wenn du nicht krank wirst. Du kannst hier bleiben, bis es aufhört."

Entmutigt nahm Elizabeth einen weiteren schmutzigen Teller auf und begann, ihn zu schrubben. "Sie sind sehr freundlich." Sie versuchte, dankbar zu klingen, aber wie sollte sie vergessen, wie schnell die Tage dahinschwanden, jede Stunde brachte sie der Geburt ebenso viel näher und dann müsste sie mit leeren Händen nach Hause zurückkehren.

Sich jedoch selbst krank zu machen, wenn sie im Regen nach ihm suchte, würde sie noch viel mehr Zeit kosten. Die Erinnerung an ihre Schwester Jane kam ihr wieder in den Sinn, die tagelang krank auf Netherfield darnieder gelegen hatte, nachdem sie vom Regen völlig durchnässt dort angekommen war. Wie lange und weit entfernt ihr das nun vorkam. Damals, als sie Darcy noch nicht einmal gemocht hatte, nur wenig über Magier oder Drachen gewusst und gedacht hatte, sie würde ihr ganzes Leben auf Longbourn verbringen! Und jetzt war sie in Frankreich, als gewöhnliche Frau verkleidet und ihre Hände stachen von der ätzenden Küchenseife. Küchenmädchen würde sie nie wieder für selbstverständlich hinnehmen. Wie lange sie wohl arbeiteten, um all das Geschirr der Dutzenden von Gerichten von einem täglichen Abendessen in Pemberley zu schrubben?

Der Dame des Hauses war sie heute Früh begegnet, eine attraktive junge Frau, die nur ein paar Jahre älter als sie selbst war und die sich freundlich nach ihrer Schwangerschaft erkundigt hatte und ihr ein Paar alte Pantoffeln für ihre geschwollenen Füße angeboten hatte. Dies konnte einfach kein Gefängnis sein. Unmöglich. Dennoch konnte es nicht schaden, jeden Stein umzudrehen.

Als sie schließlich den letzten Teller abtrocknete, fragte sie: "Gibt es noch etwas, was ich tun kann, um zu helfen? Vielleicht muss ein leerstehender Raum gelüftet werden?" Irgendetwas, das sie aus der Küche und in den Hauptteil des Hauses bringen würde, wo sie nach Hinweisen suchen könnte. Zumindest würde es sich anfühlen, als erreichte sie etwas, selbst wenn sie bezweifelte, dass sie etwas finden würde. "Ich kann Kamine reinigen." Zumindest hatte sie gesehen, wie Dienstmädchen das taten.

Die Köchin schnaubte. "Mit deinem dicken Bauch? Das denke ich nicht. Hier, du kannst das Tablett zu den Kindern bringen, da das faule Mädchen schon wieder zu spät kommt. Die Racker sind noch schrecklicher, wenn sie nicht gegessen haben, was den armen Hauptmann Kupillas nicht erfreuen wird."

Elizabeth stellte sich einen strengen älteren preußischen Herren vor. Sie musste Acht geben, seine Aufmerksamkeit nicht auf sich zu ziehen, da er wahrscheinlich nicht so vertrauensselig wie die Köchin wäre. "Wo befinden sie sich denn?"

"Im zweiten Stock und dann den Korridor entlang bis zum Ende. Du wirst die Racker hören, bevor du sie siehst."

Perfekt. Die vagen Anweisungen verschafften ihr eine Ausrede, um umherzuwandern und zu sehen, was sie herausfinden könnte.

Sie nahm das Tablett auf und ging die schmale dunkle Dienstbotentreppe hinauf und zur Tür hinaus. Das plötzlich hellere Licht ließ sie blinzeln.

Dies war eindeutig nicht der schönste Teil des Hauses, mit blanken Steinmauern und kaum Dekoration. Höchstwahrscheinlich der Gästetrakt, oder gar für die Bediensteten. Alle Türen waren zu.

Sie balancierte das Tablett auf ihrer Hüfte aus und griff nach der ersten Türklinke, um sie vorsichtig zu öffnen. Leer und eindeutig unbenutzt. Dasselbe Spiel beim nächsten Zimmer, und im dritten lagen sogar Tücher zum Schutz vor Staub über den Möbeln. Kein Hinweis darauf, dass hier Gefangene festgehalten wurden.

Sie griff nach der vierten Türklinke, als eine tiefe Stimme mit einem harten deutschen Akzent schnauzte: "Was machst du da?"

Sie senkte den Kopf, ihr Herz raste. "Verzeihen Sie mir, Monsieur. In welchem Raum befinden sich die Kinder?" Als Beweis für ihre Aufgabe hielt sie ihm das Tablett entgegen und hob flehend die Augen.

Um dem Blick eines großen Mannes mit eisiger Miene zu begegnen, in blauer Militäruniform, die keine französische war, mit eingefallenen Wangen und Oberlippenbart.

Und Darcys tiefen, dunklen Augen.

Das Tablett rutschte aus ihren plötzlich tauben Fingern und schlug auf dem Boden auf.

Die kleine Alexandrine las stockend vor, als Darcy über die helle Kinderstimme hinweg hörte, wie sich Türen öffneten und wieder schlossen. Seine Muskeln spannten sich an. Niemand kam auf diese Etage, außer er hatte etwas im Schul- oder Kinderzimmer zu tun.

Sein Herz begann zu pochen. Jemand durchsuchte das Haus. Wie hatten sie ihn hierher verfolgt? Er hatte in den Monaten seit er angeschossen wurde nicht das geringste Bisschen Talent benutzt, doch irgendwie hatten sie ihn dennoch gefunden.

Es gab kein Entkommen, nicht mit nur einem funktionierenden Arm. Dann hieß es jetzt wohl Zähne zusammenbeißen, souverän auftreten und zusehen, dass er das durchstand. Er stand auf, rief sich ins Gedächtnis, den preußischen Akzent zu verwenden, den Mme. Hartung ihm so mühselig beigebracht hatte, und marschierte auf den Flur hinaus.

Eine Frau, ihrem Kleid nach zu urteilen war sie arm und hochschwanger, steckte ihren Kopf in einen der unbenutzten Räume. Suchte sie etwas, das sie stehlen konnte? Welch eine Erleichterung. Er sollte verärgert sein, aber für ihn war eine bloße Diebin und nicht Napoleons Soldaten die beste Nachricht der Welt. Aber als seine Angst plötzlich weg war, trat Wut an ihre Stelle, und so bellte er: "Was tust du hier?"

Sie erstarrte, die Schuld in Person. Dann streckte sie ihm das Tablett mit Essen entgegen. "Verzeiht bitte, welcher Raum ist das Kinderzimmer?"

Ihre Stimme hallte in ihm wider. Es musste ihr Akzent sein, einer aus Südfrankreich, genauso wie Elizabeth französisch sprach, zudem war sie auch noch genauso groß wie Elizabeth. Verdammt nochmal, warum sah er in jeder Frau Elizabeth? Dadurch sehnte er sich nur umso mehr nach ihr.

Dann hob sie den Blick und schaute ihm direkt in die Augen. Schöne, dunkle Augen, die ihm so vertraut waren, jedoch von Müdigkeit getrübt waren, statt vergnügt zu funkeln.

Und urplötzlich wurde es ihm klar. Er erkannte sie. Das Essenstablett fiel krachend zu Boden.

Sie schlug sich die Hand vor den Mund.

Er wollte es glauben, wollte es mehr als alles andere auf der Welt, aber es war Wahnsinn. Sein Verstand hatte sich endgültig verabschiedet in all seiner hoffnungslosen Angst und Einsamkeit. Die unmögliche Anstrengung, sich als preußischer Adliger auszugeben und seit Monaten kein Wort in seiner Muttersprache gesprochen zu haben. Aber jeder Instinkt schrie förmlich, dass dies Elizabeth war.

Ihre Stimme brach, als sie auf Englisch sagte: "William? Gütiger Gott, bist du das?"

Sein Körper erkannte die Wahrheit vor seinem Verstand und er machte einen Schritt nach vorne, um sie mit seinem guten Arm zu umfangen und sie an sich zu pressen, als könnte er ihr ganzes Wesen in sich hineinziehen. Elizabeth war hier!

Es fühlte sich so, so richtig an – und gleichzeitig so falsch wie es nur sein konnte. Ihr grobes Kleid, der Geruch von Schmutz und scharfer Seife anstelle von Lavendel, aber darunter lag der unaussprechlich weibliche Duft von Elizabeth. Und zu all dem kam ihre ungewohnte Form, die große Wölbung, die nun da unten zwischen ihnen lag.

Sein Kind.

Es war unglaublich. Der Himmel auf Erden.

Seine Lippen suchten ihre, suchten verzweifelt nach noch mehr Intimität, und dann wusste er, dass es kein Fehler war. Er kannte den Geschmack von Elizabeths Küssen, wie ihre Münder zusammenpassten, wie sich ihr Körper in seiner Umarmung anfühlte. Sie war es wirklich.

Der stechende Schmerz in seiner Schulter brachte ihn zurück in die Realität. Sie waren in Napoleons Frankreich, Elizabeth war in Gefahr, und er machte es noch schlimmer, indem er sie entlarvte.

Er versteifte sich und beendete den Kuss abrupt. Aber er konnte sich nicht dazu durchringen, sie loszulassen, noch nicht so bald. "Was tust du hier?" Die englischen Worte fühlten sich in seinem Mund seltsam fremd an.

"Dich suchen, natürlich." Sie lachte leise, Tränen strömten aus ihren Augen. Ihre Finger strichen über seine Oberlippe. "Ein Schnurrbart, mein Liebster? Der kitzelt."

Das traf ihn wie ein Blitz. Er musste sie beide schützen. Er nahm seine Hand zurück an seine Seite. "Alle preußischen Offiziere tragen sie", sagte er in seinem deutsch akzentuierten Französisch. Dann fügte er mit leiser Stimme hinzu: "Es gibt eine Spionin im Haus. Ein Dienstmädchen, das der Regierung Bericht erstattet."

Elizabeths Augen weiteten sich. "Die Köchin nennt sie das faule Mädchen." Aber sie musste die Gefahr erkannt haben, denn sie trat zurück.

Gerade noch rechtzeitig, da Schritte die Treppe hinaufstürmten. Das Dienstmädchen rauschte um die Ecke. "Was ist los? Ich habe Krach gehört."

Er musste Elizabeth beschützen, ganz gleich, was auch geschehen mochte. In seiner hochmütigsten Art sagte er: "Nichts von Bedeutung. Diese ungeschickte Frau ließ das Tablett fallen." Aus dem Augenwinkel sah er Elizabeth niederknien, um das verschüttete Essen mit gesenktem Kopf aufzunehmen.

"Dummes Mädchen!", rief das Dienstmädchen und trat gegen das Brötchen, das über den Boden gekullert war. "Mach das sofort sauber."

Darcy musste kämpfen, um zu schweigen, als das Dienstmädchen seine Elizabeth zurechtwies. Aber er konnte sie nur vor der Spionin schützen, wenn er seine Rolle spielte, also wandte er sich ab und marschierte zurück in den Unterrichtsraum.

"Schauen Sie, Hauptmann!", rief Alexandrine. "Ich habe die ganze Seite geschafft!"

Sein ganzes Leben war auf den Kopf gestellt worden, Elizabeth war in Gefahr, und doch hatten die Kinder nichts davon mitbekommen.

Warum in Gottes Namen hatte sie alles riskiert, um hierher zu kommen? Er sollte wütend auf sie sein, aber alles, was er wollte, war, sie wieder in seinen Armen zu halten und sie niemals gehen zu lassen.

Elizabeth kehrte wie benommen in die Küche zurück und murmelte ein Geständnis, dass sie das Tablett fallen gelassen habe. Das Dienstmädchen im Obergeschoss, das faule Mädchen, kam, um ein neues nach oben zu bringen und schalt Elizabeth erneut für ihre Ungeschicklichkeit. Elizabeth nahm es kaum wahr.

In ihrem Kopf drehte sich alles. Darcy war hier, er war frei – oder zumindest schien es so? – und er hatte sie im Arm gehalten und geküsst. Oh, wie sehr sie nach oben rennen wollte, nur, um bei ihm zu sein. Sie hatte so viele Fragen an ihn, so viel, was sie ihm sagen wollte, und keine Möglichkeit, dies zu tun, ohne sich in Gefahr zu bringen.

Sie verbrachte den Nachmittag damit, Pläne zu schmieden, wie sie ihn kontaktieren könnte, aber es war sinnlos. Sie musste warten, bis Darcy den ersten Schritt machte. Er kannte das Haus und seine Bewohner, was möglich war und was nicht. Irgendwie würde er einen Weg finden.

Einige Stunden später kam Mme. Hartung in die Küche, um das Menü mit der Köchin zu besprechen. Elizabeth hörte mit halbem Ohr zu, während sie an der Flickarbeit arbeitete, die die Köchin ihr gegeben hatte. Zumindest war das eine Dienstbotenarbeit, die sie ordentlich ausführen konnte, nach all den Jahren, die sie damit verbracht hatte, ihr Talent in Janes Taschentücher zu nähen.

Madame Hartung näherte sich ihr und flüsterte unter dem Vorwand, ihre Arbeit zu inspizieren: "Gehen Sie in den Wagenschuppen, wenn alle zu Bett gegangen sind. Er wird dort sein."

Elizabeth hielt den Atem an. Die Dame des Hauses kannte Darcys Geheimnis? Natürlich musste sie das; sie hatte behauptet, er sei ihr Cousin. Aber sie durfte ihre Überraschung nicht zeigen. "Merci, Madame", murmelte sie.

Heute Abend. Heute Abend wäre sie allein mit ihm.

Kapitel 29

D ARCY ÖFFNETE DIE LAMELLEN der Laterne nur den Bruchteil eines Zolls, gerade ausreichend, um den Wagenschuppen ein wenig zu erleuchten, während noch genug Schatten blieben, in denen man sich verstecken konnte. Es war ein guter Ort für ein heimliches Treffen. Die großen Doppeltüren ließen sich von innen verriegeln, so dass nur der kleine Eingang an der Seite übrig blieb. Der Raum wurde beinahe vollständig von der kleinen Kutsche ausgefüllt, die ihn, halb im Delirium vor Schmerzen, aus der Feenhöhle hierher gebracht hatte. Die Erinnerung ließ ihn zusammenfahren.

Bald würde Elizabeth hier sein. Es war ein Wunder – und eine Katastrophe. Freude und Wut hatten um die Vorherrschaft gekämpft, seit er sie heute Nachmittag gesehen hatte. Die Freude, sie zu berühren und mit ihr zu sprechen, kämpfte mit seiner Wut, dass sie ein so schreckliches Risiko eingehen würde, sowohl für sich selbst als auch für ihr Kind. Warum hatte sie nicht auf Pemberley gewartet, wie sie sollte? Welcher Wahnsinn hatte sie nach Frankreich gebracht?

Was war in England vorgefallen, dass sie dazu gebracht hatte, ihm nachzureisen und wie hatte sie ihn aufspüren können, wenn Napoleons Truppen das nicht fertigbrachten? Und dann war da noch die Angst davor, ihr von seinem Arm zu erzählen – und dem Desaster, das er durch sein Versagen angerichtet hatte. Der Ehemann, an den sie sich erinnerte, hatte nicht gewusst, wie es sich anfühlte, über Tage hinweg zu hungern oder von Männern, die ihn tot sehen wollen, wie ein Hund gejagt zu werden oder unter ständigen Schmerzen zu leiden. Und das alles umsonst. Seine Liebe zu ihr ging tiefer denn je, aber er war nicht derselbe Mann, den sie geheiratet hatte.

Die Seitentür öffnete sich ein paar Zentimeter. Elizabeths Gesicht spähte herum, und dann trat sie ein und schob die Kapuze ihres Umhangs zurück.

Sie war hier, und das war alles, was zählte. Keiner seiner Pläne, die Sorgen dass ihr jemand gefolgt sein könnte, nichts, außer seiner Elizabeth. Sie war der Magnet, der ihn anzog. Die Flamme und er die Motte. Er ging ihr entgegen, während sie auf ihn zulief.

Dann schlang sich sein guter Arm um sie und hielt sie fest. Sie war real, und sie war hier, und er war wieder komplett.

Er konnte sie gar nicht nahe genug an sich drücken. Wie hatte er es jemals fertiggebracht, sie zu verlassen, diese Verbindung aufzugeben, die ihn mit solcher Freude und Wärme erfüllte? Er brauchte sie so sehr, dass er es am ganzen Körper spürte. Er brauchte es, wie gerne sie lachte, die schiere Freude an ihrer Gegenwart, die durch ihn hindurchtanzte und das Verlangen, wenn er sie berührte. Er vergrub sein Gesicht in ihren weichen Haaren und atmete die Essenz von Elizabeth ein, als könnte er nie genug bekommen.

Alle seine Sorgen verschwanden, so berauscht war er von ihr. Er suchte ihre weichen Lippen – und schmeckte Salz. Sie weinte. Jetzt konnte er das Zittern in ihren Schultern spüren. "Oh, mein liebster Schatz", flüsterte er. "Was bedrückt dich? Hat dir jemand wehgetan?" Er konnte ihr nicht sagen, dass alles in Ordnung war, denn das war es mit Sicherheit nicht.

Sie holte zitternd Luft. "Nichts. Es ist so viel Zeit vergangen und ich wusste nicht, ob ich dich jemals wiedersehen würde." Sie richtete sich auf und brachte ein wenig Abstand zwischen sie. "Und du...geht es dir gut?"

"So gut, wie es einem unter den Umständen gehen kann." Seine Augen wanderten in dem flackernden schattenhaften Licht über ihren Körper, und er brachte seine Hand auf ihrem geschwollenen Bauch zum Liegen. "Ich kann das kaum glauben. Er ist so gewachsen." Sein Kind, hier, direkt unter seinen Fingern.

"Er ist ein kleiner Wirbelwind, der unentwegt tritt und sich bewegt", sagte Elizabeth liebevoll und bedeckte seine Hand mit ihrer eigenen. "Aber jetzt ist er still. Oder sie."

Wie intim es sich anfühlte, ihre Finger die gemeinsam das Kind bedeckten, das sie erschaffen hatten. Inmitten dieser Katastrophe war dies ein Moment der reinen lebensspendenden Verbindung. "Ich wünschte, ich wäre bei all dem dabei gewesen."

Sie wischte sich über die Augen. "Jetzt bist du da." Und dann bewegte sich ihre Hand zu seinem rechten Ellenbogen und fuhr bis zu den Fingerspitzen hinunter, die schlaff an seiner Seite hingen. Sie hatte es bemerkt, noch ehe er überhaupt Zeit hatte, es ihr zu sagen.

Innerlich wappnete er sich. "Mir wurde in die Schulter geschossen."

Sie nickte langsam. "Ich weiß es von den Feen, die uns die Nachricht von den Drachenmagneten überbracht haben."

Also war die Kreatur, die ihn gerettet hatte, seiner Bitte nachgekommen. Darcy zwang sich, weiter zu erzählen "Die Wunde ist verheilt, doch in diesem Arm habe ich nicht mehr wirklich Kraft." Verglichen mit all den Männern, die Arme oder Beine verloren hatten, war das nichts und doch sprach er nicht gerne darüber.

Sie atmete tief ein. "Wird es mit der Zeit besser werden?"

"Mme. Hartung geht davon aus, allerdings kann ich keinen Arzt aufsuchen." Er konnte die Härte in seiner eigenen Stimme hören. Wie sehr er es hasste, ihr die schlechten Nachrichten zu überbringen. "Es tut mir so leid, meine Liebste." Im schwachen Licht, sah er, wie sich das Licht in ihren Augen brach.

Verdammt. Ihr Schmerzen zu bereiten war das letzte, was er gewollt hatte! Sanft rieb er ihr mit dem Daumen eine Träne aus dem Augenwinkel. "Ich habe gehofft, es würde wieder besser werden, bevor du davon erfährst."

"Es spielt keine Rolle", sagte sie heftig. "Du bist am Leben. Und frei?"

"Ich bin kein Gefangener, sollte ich diesen Ort jedoch auf eigene Faust verlassen, würde sich das ganz schnell ändern." Und Freiheit konnte man es auch nicht nennen, wenn man in einem Haus festsaß, auf die Mildtätigkeit einer Fremden angewiesen war und nicht einmal in der Lage wäre, sich mit seinem nutzlosen Arm zu verteidigen.

"Du hast gut daran getan, hier zu bleiben", sagte sie leise.

"Mir bleibt keine Wahl", sagte er, und plötzlich stieg Wut in ihm auf. "Weißt du, was sie Engländern hier antun? Blutdürstige Meuten greifen sie auf offener Straße an und nehmen an ihnen Rache für den Anschlagsversuch auf Napoleons Leben und weil die Tuilerien gebrannt haben. Unschuldige Menschen wurden wegen meiner Mission getötet." Es fiel ihm nicht leicht, seine Stimme ruhig zu halten und wie der zivilisierte Gentleman zu klingen, der er einst gewesen war. Wie könnte er auch, wenn sie sich in solche Gefahr gebracht hatte?

Sie erschauderte. "Gerüchte darüber gingen zu Hause um, aber ich wusste nicht, ob ich ihnen Glauben schenken sollte."

"Glaub's. Du bist hier in Gefahr." Es gab so vieles, was er sie fragen wollte, so viele wichtige Details oder sie auch nur an sich halten, doch jeden Augenblick könnte jemand hereinplatzen. Also mussten sie sich zuerst aufs Wesentliche konzentrieren. Er senkte seine Stimme zu einem Flüstern, nur für den Fall, dass jemand zuhörte. "Ich muss es wissen. Wurde das Kriegsministerium über Napoleon informiert?"

"Dass er gestaltwandeln kann? Ich habe Granny, die immer noch in London weilt, eine Nachricht geschickt. Und ich habe es deinem Cousin, Colonel Fitzwilliam, erzählt, als er nach Pemberley kam."

"Das ist zumindest etwas", sagte er bitter. "Sonst wäre alles umsonst gewesen. Dich zu verlassen, in Frankreich gefangen zu sein, dass ich angeschossen wurde."

Sie schüttelte den Kopf. "Das stimmt nicht. Ja, Napoleon lebt noch, aber was du über ihn herausgefunden hast, ist von entscheidender Bedeutung. Und auch über die Seeschlangen und das Gerät, um Drachen zu finden. Das ist so wichtig."

Gerade so konnte er noch ein Geräusch des Spottes unterdrücken, das gegen sich selbst gerichtet wäre, nicht gegen sie. "Bestenfalls hilft das ein wenig. Wusstest du, dass Napoleon jetzt vorhat, als nächstes England anstatt Russland zu erobern? Die Zeitungen hier sind voll davon, sie peitschen die Leute regelrecht auf. Sie schreiben, er plant, den Kanal im Frühjahr zu überqueren. Alles wegen des Angriffs auf ihn." Für Großbritannien wäre es besser gewesen, wenn er Pemberley nie verlassen hätte. Warum hatte er nie über die Konsequenzen nachgedacht, die eine gescheiterte Mission nach sich ziehen würde?

Sie schnappte nach Luft. "Nein, davon hatte ich noch nichts gehört."

Natürlich hatten sie dies aus den britischen Zeitungen herausgehalten, damit die Leute nicht in Panik gerieten. "Nun sitzt du mit mir in der Falle. Warum bist du hier? Du solltest in Pemberley in Sicherheit sein, du und das Kind. Das hättest du nicht riskieren sollen."

Mit großen Augen griff sie nach seinen Händen. "Es war notwendig. Cerridwen hatte eine Vision von einer Katastrophe, wenn wir nicht auf die Suche nach dir gehen würden."

Für ihn war die Katastrophe bereits eingetreten. "Du bist mir wichtiger als jede Vision", sagte er eindringlich. "Wir müssen dich nach Hause bringen." Als wäre selbst Pemberley jetzt noch sicher.

Aber das war das Problem. Sicherheit würde es nirgendwo mehr geben, nicht, solange Napoleon noch auf freiem Fuß war. Und Darcy hatte eine Frau und bald auch ein Kind zu beschützen. Ein Kind, das auf Pemberley geboren werden musste.

Sie legte ihre Hände auf seine Brust. "Wir werden beide zusammen zurückkehren", sagte sie bestimmt.

Zweifellos meinte sie es gut, doch das war eine lächerliche Hoffnung. Er hatte sich Tag und Nacht den Kopf zerbrochen, um einen Fluchtplan zu entwickeln, doch das Beste, was er zustande gebracht hatte, würde mehrere Monate in Anspruch nehmen. Und das auch nur, wenn man davon ausging, dass Napoleons Truppen ihn nicht zuerst entdeckten, was Elizabeth ja problemlos gelungen war. "Wie hast du mich gefunden? Wer weiß noch, dass ich hier bin?"

"Nur Cerridwen, die dich aufspüren kann. Ich bin ihren Anweisungen gefolgt."

Ein weiteres Leben, das sinnlos riskiert worden war. "Cerridwen ist auch hier? Die Drachenmagneten werden sie finden, und dann dich." Und ihn auch, aber das war nicht so wichtig.

"Im Nest wurde mir gesagt, dass sie nur auf kurze Distanz funktionieren. Und Cerridwen war vorsichtig. Sie spricht nicht einmal über Sendungen mit mir, sondern fliegt einfach als Falke zu mir. Die Älteste sagt, dass es sicherer ist, wenn wir unser Talent nicht einsetzen."

"Aber das Risiko – du hättest nicht kommen sollen." Er wiederholte sich, aber wie konnte er es ertragen, wenn sie von den Franzosen gefangengenommen wurde, und das nur, weil er Fehler gemacht hatte?

Sie holte scharf Luft, als hätte er sie verletzt. "Hätte ich sicher zu Hause bleiben sollen, wohl wissend, dass dies bedeutet, England in Flammen aufgehen zu sehen?" Ihre Stimme zitterte. "Es gab nie eine Wahl, nicht, wenn es um dich ging. Nicht für mich. Und ich habe dich *vermisst*."

Etwas in ihm brach auf, das hinter all dem Elend und der Hoffnungslosigkeit der letzten Monate verborgen gelegen hatte, etwas Rohes und Qualvolles. "Ich kann dir nicht sagen, wie sehr ich mich nach dir gesehnt habe oder was es bedeutet, dich hier bei mir zu haben. Ich hatte tagelang nichts zu essen, mir war so kalt, dass ich dachte, mir würde nie wieder warm werden, ich wurde angeschossen und verlor die Hälfte meines Blutes. Aber nichts davon tat so weh, wie dich zu vermissen." Er zog sie mit seinem guten Arm wieder an sich und drückte seine Wange gegen ihren Kopf. Wie konnte er sie jemals wieder gehen lassen?

Sie schluckte. "Oh, mein Liebster!" Und dann schlang sie ihre Arme um seinen Hals und brachte ihren Mund zu seinem.

Die federleichte Berührung ihrer Lippen war ein Geschenk, eine Akzeptanz, ein Willkommensgruß, von dem er nicht gewusst hatte, dass er ihn brauchte. Und dann vertiefte sie den Kuss und sandte eine Welle des Verlangens durch ihn hindurch. All der Schmerz, den er zurückgehalten hatte, all die Nächte, die er allein verbracht und von ihr geträumt hatte, all der Schmerz über seine missglückte Mission – all das trieb seinen verzweifelten Hunger nach ihr an.

Und er merkte, dass sie es auch fühlte, ihr Atem ging schneller und sie bog sich ihm entgegen, als könnte sie ihm gar nicht nahe genug sein. So sollte es sein, sie beide zusammen, die sich in ihrer Liebe verloren.

Er brauchte mehr, so viel mehr. "Ich wünschte, wir könnten irgendwo zusammen sein." Wie er sich danach sehnte, wieder ein Teil von ihr zu sein, ihre Haut an seiner zu spüren! Doch das war unmöglich.

"In der Kutsche", keuchte sie. "Da drin können wir es schaffen."

Oh, wie versucht er war! "Dort wäre es nicht wirklich bequem für dich, besonders jetzt." Und doch wollte er, dass sie ihm widerspricht. "Es ist zu riskant. Wir könnten erwischt werden."

"Sollten wir erwischt werden, wären sie nicht im Geringsten überrascht, dass ein reicher Herr eine arme Frau davon überzeugt hat, sich ein wenig sportlich zu betätigen." Dann brach ihr schalkhaftes, neckisches Lächeln durch, das er so lange nicht mehr gesehen hatte. "Und am unwohlsten werde ich mich fühlen, wenn wir jetzt aufhören."

Dem hätte er nicht entschiedener zustimmen können, während er gleichzeitig betete, sie unter diesen Umständen und mir nur einer Hand nicht zu enttäuschen. Alles, was er hatte, war seine Liebe zu ihr, und das musste ausreichen, um sämtliche Nachteile auszugleichen.

Im Anschluss hielt Darcy Elizabeth auf der Bank in der engen Kutsche auf dem Schoß, ihr Kopf ruhte an seinem, ihr Körper warm und entspannt. Es mochte ungeschickt und eng gewesen sein, aber nichts davon hatte es weniger erfüllend oder glückselig gemacht. Auch jetzt noch flirrte das Vergnügen durch seinem Körper. Wenn er nur ihre Hand halten oder sie streicheln könnte! Aber sein linker Arm war um sie geschlungen, und sein rechter wollte ihm nicht gehorchen. Wie oft hatte er es für selbstverständlich hingenommen und gar nicht darüber nachgedacht, wie viel es bedeutete, zwei funktionierende Hände zu haben.

"Kannst du in meinen Mantel greifen?", bat er. Sie waren zu eifrig gewesen, um sich vollständig zu entkleiden, selbst wenn in der engen Kutsche Platz dafür gewesen wäre. "Auf der Innenseite, nahe an meinem Herzen, befindet sich eine kleine Tasche."

Sie warf ihm einen neckischen Blick zu. "Meine Hände wollen doch jederzeit in deiner Kleidung sein."

"Dort ist etwas für dich. Ein Geschenk, das ich in Paris für dich gekauft habe, nur eine Kleinigkeit, aber es erinnerte mich an dich."

Aus irgendeinem Grund ernüchterte sie das. Ihre Hand kroch in seinen Mantel und zog das kleine Paket heraus, das in ein Stück Leinen gewickelt war. Sie entfaltete es vorsichtig, und zum Vorschein kam das mit Veilchen, Schlüsselblumen und Maiglöckchen bestickte Taschentuch. Sanft streichelte sie darüber, um es sich dann über die Wange zu reiben. "Ich habe gehört, wie fein französische Seide ist, aber so etwas Weiches habe ich noch nie gefühlt", sagte sie mit belegter Stimme. "Vielen Dank."

"Erinnerst du dich daran, wie wir die Wildblumen zusammen gesehen haben, als wir zum Cottage im Wald gingen? Daran musste ich denken, als ich es sah. Es war, als hätte ich ein bisschen von dir bei mir."

Sie küsste ihn zärtlich. "Ich werde es in Ehren halten." Dann legte sie es auf ihren Schoß und streckte die Hand aus, um seine schlaffe Hand zu berühren. "Spürst du etwas darin?", fragte sie leise.

"Bis zu einem gewissen Grad", sagte er. "Weniger als zuvor."

Sie zögerte. "Sie scheint dich nicht zu schmerzen, wenn sie sich bewegt."

Er schüttelte den Kopf. "Nein." Nur die Schulter tat weh und ein gelegentlicher stechender Schmerz, der ihm völlig aus heiterem Himmel den Arm herabfuhr.

Ihre Hand bewegte sich über seine, griff nach seinem Handgelenk und hob es dann, bis seine Handfläche an ihrer Wange ruhte. "Ich möchte nicht, dass du vergisst, wie es sich anfühlt, mich damit zu berühren", sagte sie bewegt.

Ihre weiche Haut war Balsam für seine Fingerspitzen, ein sinnliches Vergnügen und es beruhigte ihn, dass seine Verletzung sie nicht anwiderte. Eine Zärtlichkeit, die eine tiefe Quelle in ihm nährte. Was für ein Glück er hatte, sie zu haben, und wie er sie verehrte!

Wenn sie nur für immer in diesem Moment in der Dunkelheit bleiben könnten, im Blick des anderen verloren, während die Liebe zwischen ihnen floss. Es war, als ob ihr ganzes Wesen ihm die dringend benötigte Kraft verlieh. Ein Kribbeln ihres Talents floss in seine Finger, seine Hände und sein Handgelenk und kräuselte sich um seine Sehnen und Knochen. Es fühlte sich himmlisch an.

"Nein", stieß er hervor. "Nutze dein Talent nicht. Es ist nicht sicher."

Das Kribbeln ließ nach und hinterließ Leere. "Mir war nicht einmal bewusst, dass ich es tat", sagte sie zitternd. "Ich dachte nur daran, wie sehr ich wollte, dass deine Hand heilt. Ich werde es nicht wieder tun."

"Ich bin dir nicht böse", sagte er sanft. "Ich mache mir einfach Sorgen, dass wir erwischt werden."

"Ich weiß. Darauf sollte ich achten, wenn mein Talent meiner Kontrolle entgleitet." Dann lächelte sie, und etwas, das wie ein bewusster Versuch wirkte, ihre Stimme leichter klingen zu lassen, sagte sie: "Du kannst dir gar nicht vorstellen, wie sehr man mich dazu gescholten hat! Aber diese Geschichte spare ich mir auf, bis wir mehr Zeit haben."

"Ich will alles hören", sagte er. "Jedes kleinste Bisschen, das passiert ist, während wir getrennt waren. Und wie um alles in der Welt du hierhergekommen bist."

"Das meiste davon haben die Drachen bewerkstelligt." Sie brachte seine Hand nach unten und verflocht vorsichtig ihre Finger mit seinen. Erstaunlicherweise war er in der Lage, ein klein wenig zuzudrücken. Nichts, was man als festen Griff hätte bezeichnen können, aber genug, dass sie in der Lage sein sollte, es zu fühlen. "Meine Aufgabe bestand lediglich darin, herauszufinden, wo du gefangen gehalten wirst und es Colonel Fitzwilliam zu melden, der sich um den gefährlichen Teil deiner Rettung gekümmert hätte. Ich wusste nicht einmal, ob ich dich zu Gesicht bekommen würde."

"Richard? Der ist ebenfalls hier?"

"Er wollte, aber ich dachte, es würde zu viel Aufmerksamkeit auf uns lenken, wenn ein ausländischer Mann im Kampfalter mitkommt. Ich hingegen habe kein Aufsehen erregt. Das Kriegsministerium sollte schwangere Frauen für all ihre Missionen einsetzen. Männer werden andauernd verdächtigt, doch mich hat fast niemand nach meinen Papieren gefragt. Alle bieten an, mir zu helfen."

Sie ließ es so einfach klingen, aber er wusste es besser. "Nach Frankreich zu kommen ist einfacher als wieder rauszukommen. Wie wirst du zurückkehren?"

Sie schmiegte ihre Wange an seine. "Auch dafür haben die Drachen einen Plan. Wir werden durch ein Portal nach Hause zurückkehren."

Das Zimmermädchen kam am nächsten Morgen in die Küche. "Du", forderte sie Elizabeth unhöflich auf. "Madame will Dich im Wohnzimmer haben." Das faule Mädchen. Napoleons Spionin.

Elizabeth legte die Möhren, die sie schälte, beiseite und löste die Bänder ihrer Schürze, die sie sich von der Köchin geliehen hatte. "Gleich jetzt?", entgegnete sie.

"Natürlich jetzt!", schnauzte die Frau. "Komm mit."

Was könnte Mme. Hartung von ihr wollen? Elizabeth folgte dem Dienstmädchen durch das Speisezimmer und in ein charmantes Wohnzimmer mit Blick auf die Gärten. Ihr Blick flog sofort zu Darcys vertrauter Gestalt, die am Fenster stand.

Den Drang, zu ihm zu rennen, musste sie niederkämpfen. Stattdessen ignorierte sie ihn und knickste vor Madame Hartung.

"Ah, Madame Dubois, da sind Sie ja", begrüßte sie Elizabeth. "Für mich hat sich eine Planänderung ergeben, die sich für Sie als nützlich erweisen könnte. Eine Freundin von mir in Straßburg ist erkrankt, und ich werde morgen früh aufbrechen, um sie zusammen mit meinen Kindern zu besuchen. Hauptmann Kupillas wird uns eskortieren."

Elizabeth schluckte schwer. Straßburg lag in der Nähe der Berge, in denen sich das französische Nest befand. Das konnte kein Zufall sein. Aber sie musste vorsichtig sein; das spionierende Dienstmädchen stand neben ihr. "Ja, Madame. Ich hoffe, Ihre Freundin erholt sich schnell."

"Danke. Nun, ich weiß nicht, wohin Sie unterwegs sind, aber es wäre uns eine Freude, Sie mit in die Stadt zu nehmen. Ich werde Ihnen Fahrgeld für die *Diligence* zum Haus Ihres Onkels geben. Es wäre mir nicht recht, wenn eine Frau in Ihrem Zustand zu Fuß reisen müsste."

Ganz bestimmt kein Zufall. "Madame, Sie sind zu freundlich! Mögen die Heiligen Sie für Ihre Großherzigkeit segnen." Darcys Reise würde es in einer Privatkutsche unter dem Schutz von Mme. Hartung deutlich sicherer machen. Aber warum riskierte diese Frau so viel, um Darcy zu helfen?

"Ausgezeichnet. Dann ist es entschieden. Wir werden gleich morgen Früh aufbrechen." Sie rieb sich die Arme, als ob ihr kalt wäre. "Colette, bitte hol mir meinen Schal."

Das Dienstmädchen knickste und ging, und sie waren allein.

Madame Hartung lächelte sie herzlich an. "Es tut mir leid, dass ich Ihnen kein komfortableres Transportmittel anbieten kann, aber Colette wird darauf bestehen, uns zu begleiten, und ich hätte keine Erklärung, weshalb ich Sie den ganzen Weg mitnehme. Ich hoffe jedoch, Ihnen damit behilflich sein zu können."

"Sehr", sagte Elizabeth inbrünstig. "Sie haben so viel getan für...", konnte sie sich nicht dazu durchringen, den falschen Namen zu sagen.

Sie lachte leicht. "Für meinen lieben Cousin Ernst? Wie könnte ich weniger tun?"

Darcy sagte leise: "Ich stehe tief in ihrer Schuld. Sie brachte mir den deutschen Akzent bei und hat mir die im Geburtsjahr angepassten Ausweispapiere ihres verstorbenen Vaters überlassen. Seit einem Monat bin ich nun schon Ernst Kupillas. Ohne ihre Hilfe hätten sie mich schon vor langer Zeit verhaftet."

Elizabeth konnte nicht umhin, ein wenig eifersüchtig auf die Wärme in seiner Stimme zu reagieren. "Ich bin Ihnen sehr dankbar, Madame Hartung."

"Ursprünglich hatte ich gehofft, mehr tun zu können. Ich schrieb an den Kaiser und bat ihn um Erlaubnis, nach Preußen zurückzukehren. Ernst... Verzeihung, Ihr Mann, hätte von dort leichter nach England zurückkehren können. Doch dies wurde mir nicht gestattet."

"Ich danke Ihnen für Ihre Bemühungen."

Madame Hartung lächelte Darcy an. "Er hat mir gute Gesellschaft geleistet und meinen Kindern beim Unterricht geholfen."

Darcy deutete auf seinen schlechten Arm. "Es war der einzige Weg, wie ich mich nützlich machen konnte."

"Die Kleinen werden dich vermissen." Aber ihre Augen verrieten, dass sie nicht die einzigen sein würden.

Wie konnte sie wütend auf diese mutige, freundliche Frau sein, die so viel für Darcy riskiert hatte? "Ich werde Sie in meine Gebete einschließen. Und sollten Sie jemals den Weg nach England finden, sind Sie auf Pemberley jederzeit willkommen."

Dann kehrte das Dienstmädchen mit dem Schal zurück, und sie konnten die Unterhaltung nicht weiterführen.

Kapitel 30

FREDERICA WAR DRAUssEN im Garten und mühte sich mit Drachenmagie ab, um Illusionen zu erschaffen, als Georgianas Gesellschaftsdame, Belinda Lowrie, auf sie zukam. "Lady Frederica, darf ich um einen Moment Eurer Zeit bitten?", fragte die junge Frau und ignorierte tapfer das illusorische Einhorn, an dem Frederica sich gerade versuchte.

"Selbstverständlich." Frederica blies Energie durch ihre gespitzten Lippen, bis das Einhorn verblasste. "Wie kann ich Ihnen helfen?"

"Mr. Darcy erwartet von mir, dass ich ihm Bericht erstatte, wenn Miss Georgiana etwas Ungewöhnliches tut. In seiner Abwesenheit würde ich normalerweise Mrs. Darcy aufsuchen..."

"Doch die ist ebenfalls nicht zugegen", ergänzte Frederica lebhaft. "Wenn Ihnen etwas auf dem Herzen liegt, dann hoffe ich, dass Sie sich mir anvertrauen."

Die junge Frau schaute auf die Spitzen ihrer Halbstiefel hinunter. "Einige der niederen Feen haben Miss Georgiana davon überzeugt, dass sie lernen sollte, sich gegen den Feenadel zu verteidigen", sagte sie zögerlich.

"Das scheint mir äußerst vernünftig zu sein." Zumal kein Sterblicher etwas tun konnte, um einen höhergestellten Fae aufzuhalten, der auf Zerstörung aus ist.

Miss Lowries Augen weiteten sich. "Aber sie bringen ihr bei, Messer und Dolche einzusetzen, und sie hat mich gebeten, eines mit Eisen darin zu kaufen. Ich kann mir nicht vorstellen, dass Mr. Darcy das gutheißen würde."

Darcy würde es ganz bestimmt nicht gefallen, wenn seine Schwester das Kämpfen lernte. Gut, dass Frederica an seiner statt hier war. "Ich kümmere mich darum. Vielen Dank, dass Sie es mir gesagt haben. Zu etwas anderem: Habe ich das richtig verstanden, dass Glückwünsche angebracht sind?"

Miss Lowries Wangen färbten sich rosa. "Vielen Dank, Lady Frederica." Ihr langjähriger Verehrer aus einer Nachbarsfamilie hatte endlich den Mut gefunden und nun würden bald die Hochzeitsglocken läuten.

Das waren zwar gute Neuigkeiten, aber wer könnte sie angesichts der ungewöhnlichen Situation des Mädchens möglicherweise als Georgianas Gesellschafterin ersetzen? Das war ein Problem, das sie nur zu gerne Darcy und Elizabeth überlassen würde. Den Umgang mit einem Messer zu lernen war viel einfacher.

Frederica fand Georgiana und ihren unsichtbaren Lehrer – oder waren es mehr als nur einer? – im Ballsaal. Eine gute Wahl, da er viel Platz bot, um sich zu bewegen. Georgiana umklammerte einen Holzdolch, als wäre er ein Stock – den sie nicht besonders geschickt führte und scheinbar in die leere Luft stieß. Zu niedrig, um einen Menschen effektiv zu treffen. Jasper hatte Frederica beigebracht, nach oben auszuholen, da höchstwahrscheinlich jeder Angreifer größer sein würde als sie.

Es war offensichtlich, wann Georgiana sie in der Tür entdeckte, da das Mädchen augenblicklich erstarrte und ihre Hand unbeholfen an ihre Seite sinken ließ, als ob sie einen Dolch verstecken wolle. "Lady Frederica", sagte sie schwach.

Frederica ging auf sie zu und nahm ihr den Holzdolch aus der Hand. "Streck deine Hand aus."

Georgiana gehorchte, wenn auch mit zitterndem Arm.

Frederica legte den Griff in der Ausrichtung in die Handfläche des Mädchens, die Jasper in ihr eingebläut hatte, und schloss dann Georgianas Finger darum. "So. Spürst du den Unterschied?"

Das Mädchen umklammerte ihn zögernd. "Ich denke schon."

"Nein, neig deine Hand nicht. Entspann dein Handgelenk, damit du beim Zustechen das Gewicht deines Körpers in den Schlag legen kannst." Sie demonstrierte die Bewegung. "Versuch's mal genau so. Ausgezeichnet. Jetzt beuge deine Knie ein ganz klein wenig und stoße wieder zu."

Georgiana versuchte es einmal und dann noch ein paar Mal mehr. "Das ist besser." Sie klang überrascht. "Wo hast du das gelernt?"

"Ich bin Jaspers Schwester, schon vergessen? Und auch sein Opfer, wenn er alle anderen Kampfpartner erschöpft hatte."

"Du denkst nicht, dass sich das für eine Dame nicht ziemt?"

Frederica weitete ihre Augen in gespieltem Schock. "Es ist alles andere als damenhaft, aber, um Jasper zu zitieren, was ist dir lieber – damenhaft oder tot?"

Georgiana kicherte. "Das ist vermutlich ein gutes Argument."

"Im Ernst, ich freue mich, dass deine Feenfreunde deine Ausbildung in die Hand nehmen. Aber du solltest ebenfalls von jemandem ausgebildet werden, der genau weiß, wozu der menschliche Körper fähig ist und dir Waffen empfehlen kann, die in deine Hände passen."

Eine tiefe Stimme krächzte: "Die Sterbliche hat recht. Das, was ich dir beibringen kann, während du diese Form angenommen hast, ist begrenzt."

"Wäre das tatsächlich möglich?", wollte Georgiana wissen. "Könnte ich wirklich einen Lehrer bekommen, der mir den Umgang mit Waffen beibringt?"

Frederica grinste. "Nichts leichter als das."

"Der ehrenwerte Mr. Fitzwilliam", verkündete der Butler.

Frederica sprang auf und umarmte ihren schlaksigen blonden Bruder. "Das ging aber schnell, Jasper! Danke, dass du gekommen bist." Wie schön war es, ihn zu sehen, ihren kleinen Bruder, den sie von der ganzen Familie am liebsten hatte! Sie liebte Richard und Charles auch, aber Jasper war etwas Besonderes.

"Hallo Freds. Du hast gesagt, du hättest eine ungewöhnliche Herausforderung was Waffen anbelangt für mich", sagte er, als ob das seine Eile erklärte, was für Jasper eigentlich auch stimmte.

Sie strahlte ihn an. "Das wird sogar für dich neu sein! Wusstest du, dass Cousine Georgiana ein Wechselbalg ist?"

Seinem Gesicht war ein Hauch seine Überraschung abzulesen, doch Jasper konnte nur wenig aus der Ruhe bringen, solange es keine Klinge oder Spitze hatte. "Nein, wirklich?"

"Ja. Sie ist in einem sterblichen Körper gefangen und muss lernen, sich gegen den Feenadel zu verteidigen."

Er pfiff, man sah förmlich die Möglichkeiten in seinem Kopf herumschwirren. "Interessant. Kann sie Eisen benutzen?"

Jeder andere hätte gefragt, weshalb Georgiana gegen den Feenadel kämpfen musste, aber für Jasper stellte sich keine andere Frage als die nach der Waffe. "Ja, wenngleich sie vorerst mit einem Holzdolch geübt hat. Einige der niederen Feen haben sie unterrichtet, aber ihre Techniken sind nicht für einen menschlichen

Körper geeignet. Ich bin die Grundlagen mit ihr durchgegangen, aber sie braucht mehr."

Etwas blitzte in Jaspers Augen auf. "Auch noch niedere Feen? Hmm, ob sie wohl bereit wären, sich mit mir zu messen? Ich wette, sie beherrschen Techniken, die ich noch nie gesehen habe. Wo sind sie denn? Wann können wir anfangen?"

Sie lachte. "Ich bringe dich sofort zu Georgiana."

Frederica blickte mit tiefer Erleichterung von ihrem Buch auf, als der Butler hereinkam. Arabisch zu lernen, damit sie eines Tages Elizabeths Bücher lesen könnte, schien eine kluge Idee zu sein, aber sie hatte vergessen, wie schwierig es für sie war, aus Büchern zu lernen. Wie sollte sie jemals all diese kleinen Schnörkel verstehen?

"Mr. Roderick ist hier, Lady Frederica", intonierte Hobbes.

Der verdammte Roderick. Wie konnte er sich erdreisten? Es juckte ihr in den Fingern, ihm das verdammte Buch an den Kopf zu werfen.

Doch sie war dazu erzogen worden, ihren Platz im *Ton*, der guten Gesellschaft, einzunehmen und so sagte sie Hobbes stattdessen, er solle ihn hereinbringen und sank in einen anmutigen Knicks, als er eintrat. "Mr. Roderick, welch reizende Überraschung." In ihren Worten lag ein Hauch von Schärfe, nicht, dass er noch meinte, er wäre tatsächlich willkommen.

Er sah immer noch genauso aus. Wie konnte er es wagen, ihr Herz zum Stolpern zu bringen, nach allem, was er ihr angetan hatte?

"Lady Frederica, ich danke Euch, dass Ihr mich empfangt", sagte er. Natürlich würde Roderick ihr kein einstudiertes Kompliment machten, wie es jeder andere Gentleman der Gesellschaft bei einer Lady getan hätte, und mochte diese noch so unattraktiv und schlicht sein.

Aber sie wusste nur allzu gut, dass er sie attraktiv fand und vermutlich wäre sie explodiert, wenn er gesagt hätte, dass sie so liebreizend wie eh und je sei. Wenn er dies angesichts ihrer Veritasfähigkeiten überhaupt zu Stande brächte.

Oh, warum brachte es dieser eine Mann fertig, sie derart durcheinander zu bringen?

"Ich nehme an, Sie wussten nicht, dass ich hier sein würde, andernfalls wären Sie ferngeblieben." Oh, ihre verdammte lose Zunge schon wieder! Eigentlich hatte sie höflich bleiben wollen, insbesondere, da Hobbes neben der Türe stehengeblieben war, wie es sich für einen gut ausgebildeten Butler gehörte. Schließlich konnte er Lady Frederica nicht mit einem unverheirateten Mann alleine lassen. Schon gar nicht mit einem walisischer Bürgerlichen.

"Nein, Lady Frederica, ich war mir Eurer Anwesenheit bewusst", sagte er mit der gleichen sanften Stimme wie sonst auch immer und die sie törichterweise dazu gebracht hatte, ihn für freundlich zu halten. "Ich hätte Euch früher meine Aufwartung gemacht, wenn ich gedacht hätte, dass Ihr es begrüßen würdet. Eine ganz bestimmte Angelegenheit bringt mich heute hierher."

Natürlich wäre er nicht freiwillig zu ihr gekommen. "Worum handelt es sich?", fragte sie unverblümt. Nicht um sie, soviel war sicher.

Sein Mund verzog sich. "Rowan plant, ein paar Tage damit zuzubringen, die Schutzzauber gegen den bösen Feenkönig zu stärken. Er bat mich, wieder die niedere Bindung zu ihm einzugehen, um erneut als sein Anker fungieren zu können. In Abwesenheit der Darcys wollte ich Euch um Erlaubnis bitten, uns auf Pemberley aufhalten zu dürfen, während er seine Aufgabe ausführt."

Ihr Magen machte einen Salto. Er wäre gleich mehrere Tage hier? Allein, ihn in der Nähe zu haben, wäre schmerzhaft. Dieser konstante Schmerz, nicht genug für ihn zu sein, nicht einmal mit all ihrem Reichtum, ihrer Stellung und ihren Verbindungen. "Vermutlich möchten Sie dann auch hier bleiben?"

"Das wäre von Vorteil, ich könnte jedoch auch jeden Tag hin und zurück reiten." Wie brachte er es fertig, immer so vernünftig zu klingen?

Nein. Es wäre unerträglich, ihn nachts im Haus zu haben. Es musste eine andere Lösung geben. Sie verkündete: "Hobbes, Mr. Roderick wird für ein paar Tage im Wittumshaus residieren."

Hobbes verbeugte sich. "Ich werde die Vorkehrungen in die Wege leiten, Eure Ladyschaft."

Frederica hob das Kinn. "Mr. Roderick, ich hoffe, Sie verzeihen mir, dass ich Sie dorthin schicke, aber da Mrs. Darcy nicht anwesend ist, kann ich keinen unverheirateten Gentleman im selben Haus wie Miss Darcy dulden." Was nicht gelogen war, wenn man von den Standards der Gesellschaft ausging, selbst wenn sie bereits eine Ausnahme für ihren Bruder Jasper gemacht hatte.

"Das ist verstehe ich vollkommen." Seine Stimme war gedämpft. "Bitte verzeihet, dass ich so viel Eurer Zeit in Anspruch genommen habe."

Wenn sie es nicht besser wüsste, hätte sie gesagt, dass er verletzt klang. Aber sie wusste es besser.

Er verbeugte sich und ging und sie fühlte sich mehr allein als je zuvor. Allein und leer.

Aber sie war nicht mehr allein. Sie hatte jetzt Quickthorn.

Durch die Verbindung, die immer da war, streckte sie die Hand nach ihrem irritierenden, aufbrausenden, geliebten Drachen aus. *Ihrem* Drachen. Sie konnte es immer noch nicht glauben. *Quickthorn, bist du da? Roderick ist hier und sagt, dass er und Rowan an den Schutzzaubern in Pemberley arbeiten werden.*

Ein mentales Schnauben kam als Antwort. Das ist nur eine Ausrede. Rowan hat sich mit der Ältesten gestritten und versucht nun verzweifelt, vom Nest wegzukommen. Deshalb hat er das eingefädelt. Schaden kann es allerdings auch nicht.

Rowan war der ausgeglichenste Drache, den sie kannte, und die Älteste beinahe genauso. *Was ist geschehen?*

Das weiß keiner, und er will es nicht herauslassen. In der Sendung schwang Quickthorns Ärger mit, dass sich Rowan ihr, seiner nähsten Altersgenossin im Nest, nicht anvertraute. Aber er bläst seit Tagen Trübsal. Ich bin froh, dass er geht.

Interessant. *Sehen wir uns heute Abend?* Die Älteste hatte verfügt, dass Quickthorn auf Pemberley sein musste, solange Rana Akshaya auch dort war. Frederica freute sich darüber, auch wenn es Quickthorn mürrisch machte. Es bedeutete, mehr Zeit mit ihrem Drachen zu verbringen. Mit Roderick in der Nähe wäre sie sogar noch dankbarer darum.

Wie immer. Die Sendendung brach ab. Die Schutzzauber waren also nur ein Vorwand. Wusste Roderick das? Oder brauchte Roderick ebenfalls einen Vorwand, um hier sein zu können?

Nein. Roderick hatte seine Gefühle in dieser schrecklichen Nacht im Gasthaus deutlich gemacht, bevor sie London erreicht hatten, dass sie gut genug für eine kurze Ablenkung war, aber sonst nichts. Tagträume führten nirgendwo hin und würden ihr nur noch mehr wehtun. Und es hatte genug Schmerzen gegeben. Sie war es so leid, mit dieser schmerzenden Leere in sich zu leben, die der Glaube daran, dass Roderick etwas für sie empfinden könnte, hinterlassen hatte.

Töricht, töricht, töricht!

Sie brauchte eine Ablenkung, und die Lesefibel der arabischen Sprache wäre dafür nicht genug. Vielleicht könnte sie Jasper oder Georgiana davon überzeugen, einen Übungskampf mit ihr auszutragen. Das war jetzt genau das richtige Ventil für ihre angestauten Gefühle.

Janet, das Dienstmädchen, das Frederica aus ihrer eigenen Zeit im Wittumshaus kannte, kam außer Atem in Pemberleys Frühstücksraum an. War sie den ganzen Weg gerannt?

"Was ist geschehen?", wollte Frederica wissen.

"Es ist Mr. Roderick, Eure Ladyschaft. Er ist schrecklich krank."

Frederica ignorierte das Ziehen der Angst in ihrem Bauch. Janet neigte zu Übertreibungen. "Was hat er denn?"

"Gestern Abend sagte er, er sei müde und wollte nichts zu Abend essen, aber er war richtig rot im Gesicht, Euer Ladyschaft, die Wangen so rot wie Äpfel. Heute Morgen konnten wir ihn nicht wecken. Die Köchin sagte, ich solle die Beine in die Hand nehmen und es Euch sagen."

Wie war Frederica auf ihren Füßen zum Stehen gekommen, mit der Hand über dem Mund? "Was meinst du damit? Ist er ... noch am Leben?" Ihre Lippen bewegten sich im stillen Gebet.

"Er atmet, aber er glüht geradezu vor Fieber. Wirft sich im Bett umher, als hätte er einen Albtraum."

Ihre Kehle war so eng, dass sie die Worte kaum herausbringen konnte. "Wurde schon nach dem Apotheker geschickt?"

"Ja, Eure Ladyschaft, und wir waschen ihn kalt ab, um das Fieber zu senken."

Sie schluckte schwer. Sie konnte überhaupt nichts tun, und es wäre völlig unpassend, wenn sie an sein Bett eilen würde. Aber irgendetwas stimmte ganz und gar nicht.

"Ich komme", flüsterte sie, als könne er sie hören. Dann machte sie auf dem Absatz kehrt und brach auf zum Wittumshaus.

Fredericas Magen revoltierte, als sie Rodericks brennende Hand in ihrer eigenen hielt und versuchte, ihre Kraft in ihn fließen zu lassen. Seine Augen hatten sich kurz geöffnet, aber er hatte sie nicht erkannt, er wusste nicht einmal seinen eigenen Namen. Gütiger Gott, wie hatte er so schnell so krank werden können?

Es war wie Elizabeths Krankheit, nachdem Cerridwen sie mit dem Land von Pemberley verbunden hatte. Derselbe plötzliche Beginn, der aus dem Nichts kam. Elizabeth hatte es gerade so überlebt.

Das konnte nicht sein, oder? Sie richtete ihren Blick auf das Dienstmädchen, das Handtücher auswrang. "Schicke einen Laufburschen zum Haupthaus. Ich brauche Chandrika, Mrs. Darcys Zofe, hier, sofort." Chandrika hatte erkannt, was mit Elizabeth geschah. Vielleicht wüsste sie jetzt auch, was zu tun ist.

"Sofort, Eure Ladyschaft." Das Dienstmädchen eilte hinaus und ließ Frederica mit Roderick und ihrem Bedauern allein.

Warum war sie so unfreundlich zu ihm gewesen, nur weil er deutlich gemacht hatte, dass er sie nicht wollte? Obwohl er ihre Küsse zunächst doch zu genießen schien, ehe er sie wegstieß und diese schicksalhaften Worte sagte, die immer noch in ihrem Kopf widerhallten. Sie hätte ihn zumindest noch etwas länger als Freund haben können, wäre sie in ihrer Eitelkeit nicht so furchtbar gekränkt gewesen. Und hätte sie ihr Temperament im Griff gehabt.

Und jetzt lag er hier und konnte nicht widersprechen, dass sie seine Hand hielt. Sie drückte ihre Stirn gegen seinen Handrücken und wünschte sich, dass die Welt irgendwie anders sein könnte, dass er sie hätte lieben können. Dass er dieses schreckliche Fieber überleben konnte. Irgendwie. Wie auch immer.

Weil er der einzige Mann war, der sie und jedes impulsive Wort, das jemals aus ihrem Mund strömte, ernst genommen hatte. Der einzige Mann, der ihren Wunsch verstanden hatte, gehört zu werden und trotz ihrer verdammten Wahrheitssuche gemocht zu werden. Der einzige Mann, der sie jemals wie einen Menschen und nicht wie die Tochter des Earls of Matlock behandelt hatte. Er hatte sie als eigenständige Person gesehen.

Wie sehr hatte sie diese lange Reise von Pemberley nach London mit ihm und Granny genossen, sie, die es normalerweise verabscheute, in der Kutsche gefangen zu sein, ohne ihren unruhigen Geist beschäftigen zu können. Wie sie stundenlang über Gott und die Welt geredet hatten – nun, zumindest über alles außer ihrem mysteriösen walisischen Dorf. Als sie endlich erkannt hatte, dass er ihre Gesellschaft genoss und nicht, wie ursprünglich angenommen, alles an ihr hasste. Ihm machte es nichts aus, dass sie Engländerin war, von aristokratischem Blut und mit der Magica des Königs verwandt war. Und dann dachte sie, dass er sie vielleicht mehr als nur mochte und wie sehr sie sich geirrt hatte. Oh, warum konnte sie sich nie mit dem zufrieden geben, was sie hatte? Warum wollte sie immer mehr?

Tränen liefen über ihre Wange und sie wischte sie energisch weg. Sie weinte nie. Nie. Nie. Niemals.

Chandrika bestätigte, dass es tatsächlich wie Nagapani, auch Drachenfieber genannt, aussah. "Wo ist der Drache, mit dem er gearbeitet hat? Vielleicht weiß der mehr."

Frederica wandte sich lautlos an Quickthorn.

Eiche und Asche, was ist los mit dir? sandte der Drache. Fredericas Bestürzung musste durch ihre Verbindung durchsickern.

Frederica schob alles wortlos durch, den Anblick von Roderick vor sich, ihr Elend und ihre Schuldgefühle und die Frage nach dem Drachenfieber.

Es kann kein Drachenfieber sein, sie sind ja nur die niedere Bindung eingegangen. Dazu muss man kein Blut vermischen. Es sei denn... Quickthorns Aura veränderte sich abrupt, von Besorgnis hin zu offener Wut. Dieser dreimal verfluchte Narr! Dieser Tölpel! Wie kann er sich erdreisten?

Jetzt hatte Frederica noch mehr Angst. *Wovon sprichst du?*

Ich werde diesen lächerlichen Lappen finden, der sich Drache nennt und ihn zu euch bringen, und wenn ich ihn hinter mir herschleifen muss. Quickthorn beendete die Verbindung.

Und ließ Frederica wurde noch verwirrter zurück. Hatte sie über Rowan gesprochen? Über Rowan, den freundlichen, sanften, liebenswürdigen Drachen? Was hatte er Roderick angetan? Und noch wichtiger – viel, viel wichtiger – würde er sich davon wieder erholen?

Eine Ewigkeit später – eine halbe Stunde wenn man der lächerlich langsamen Kaminuhr Glauben schenkte – kündigte Quickthorn mit einem ungehaltenen Klopfen gegen die Rautenfenster ihre Ankunft an.

Endlich! Frederica öffnete das Fenster, aber es war nicht groß genug, dass Quickthorn als Wanderfalke hindurchpasste.

Mit einem Kreischen der Empörung verwandelte sich Quickthorn gerade lange genug in einen Star, um durchzukommen, direkt hinter ihr folgte noch ein weiterer Vogel. Rowan vielleicht?

Der Wanderfalke setzte sich auf das Metallgestänge des Bettes. "Schau, was du angerichtet hast", warf ihm Quickthron vor, die Stimme noch immer in dem seltsamen Quietschen ihrer Vogelgestalt.

Rowan flog zu Boden und es dauerte einen langen Moment, bis er in seine Menschengestalt verschwamm.

Frederica schreckte zurück. Im Dark Peak Nest galt Rowan als besonders begabt, was das Annehmen von Menschengestalt anging, doch wenn das stimmte, dann waren Drachen wirklich schlecht darin. Außer anscheinend Rana Akshaya und Napoleon, aber vielleicht stellten es Drachen außerhalb Großbritanniens auch einfach anders an. Die seltsamen Winkel von Rowans Gelenken zu sehen war schmerzhaft, und was sein Gesicht anbelangte – nun, es war besser, gar nicht erst hinzusehen. Es erinnerte sie an eine Porzellanpuppe.

Er beugte sich hinab, um Rodericks Wangen zu berühren, sein Gesichtsausdruck – sofern er denn einen hatte – war undeutbar. Aber seine Aura strahlte Trauer und Angst aus.

"Was hast du mit ihm gemacht?", brach es aus Frederica heraus.

Quickthorn antwortete an seiner Stelle. "Sie haben versucht, die Gefährtenbindung einzugehen – gegen den Willen der Ältesten. Jetzt zahlt dein Freund den Preis."

Rowans Blick wich nicht von Roderick. "Die Älteste weigerte sich nur, um mich hier im Dark Peak zu halten. Sie wusste, dass Roderick nach Wales zurückkehren muss."

Als ob Frederica daran in irgend einer Weise erinnert werden müsste.

"Und du willst fort?", blaffte Quickthorn.

"Ich will einen Gefährten. Diesen Gefährten. Wenn das bedeutet, dass ich gehen muss, dann ja." Jetzt war sein Schmerz offensichtlich. "Roderick versprach, dass wir oft zu Besuch kommen könnten."

"Du hast sein Leben riskiert, indem du dich hierher geschlichen und so getan hast, als würdest du an den Schutzzaubern arbeiten, um hinter dem Rücken des Nestes eine Bindung zu schaffen."

"Wir haben an den Schutzzaubern gearbeitet. Ich wusste, dass wir dich oder Gefährtin Frederica nicht anlügen konnten."

Aber Roderick hatte ihr etwas verschwiegen, was im Grunde auch eine Art von Lüge war. Es sollte nicht weh tun, doch das tat es.

"Es hat schon seinen Grund, weshalb wir Bindungsrituale im Nest durchführen, wo unsere Heiler in der Nähe sind", murmelte Quickthorn.

Rowan erwiderte: "Es war so einfach, als du deine Bindung mit Gefährtin Frederica eingegangen bist! Ich dachte, er könnte ein bisschen krank werden, aber nicht so."

Und sie hatte es ganz leicht weggesteckt. Trotz aller Warnungen, dass sie wochenlang krank sein könnte, hatte sie nur einen Tag im Bett mit leichtem Fieber erdulden müssen. Es war nicht schlimmer als eine Sommergrippe gewesen. "Warum ist es für ihn so anders?", wollte sie wissen.

"Niemand weiß, warum einige Sterbliche die Bindung leicht nehmen und andere dagegen ankämpfen. Bei Roderick hätte ich nicht damit gerechnet, nachdem so viele seiner Vorfahren Drachengefährten waren", sagte Quickthorn.

Schließlich sah Rowan zu seiner Nestkameradin auf. "Hast du einen Ratschlag? Also, nützliche Ratschläge?"

"Was geschehen ist, ist geschehen. Ich werde die Heiler fragen." Quickthorn verwandelte sich wieder in ihre Starengestalt und schwang sich aus dem Fenster.

Frederica vermisste sie jetzt schon.

Dann begann ihre Hand, die mit Rodericks verflochten war, zu kribbeln. "Setzt du Magie an ihm ein?", fragte sie Rowan misstrauisch.

"Ich spende ihm Kraft. Vielleicht fühlst du dich wohler damit, wenn du ihn jetzt nicht berührst", sagte er entschuldigend. "Wenngleich er aus dem Kontakt zu dir Trost zu ziehen scheint."

Sie umfing seine Hand fester. Wenn das hilfreich war, würde sie nicht loslassen. "Ich gehe davon aus, dass er die Gefährtenbindung wollte." Wie oft hatte Roderick zugegeben, Drachengefährten zu beneiden? Er hätte die Gelegenheit beim Schopf ergriffen, trotz der Risiken. Genau wie sie es getan hatte.

Rowan nickte. "Ja, er wollte das. Er hat sich Sorgen darüber gemacht, wie seine Familie reagieren könnte, aber dann hat er gelacht und gesagt, sie würden denken, es wäre Schicksal. Wegen meiner Farbe."

Wie könnte die Farbe eines Drachen eine Rolle spielen? Zugegeben, Frederica war insgeheim stolz auf Quickthorns schimmernde meergrüne Schuppen, aber für sie würde es keinen Unterschied machen, wenn ihr Drache nicht schön wäre. Doch dann traf sie die Erkenntnis.

Ein roter Drache war das Wahrzeichen von Wales, und Roderick war einer seiner enterbten Prinzen.

Es wäre ein starkes Symbol – sofern Roderick die Bindung überleben würde, was immer unwahrscheinlicher schien.

Kapitel 31

DARCY STIEss EINEN LANGEN Atemzug aus, der seit fünf endlosen Tagen der Trennung in seiner Lunge festgesessen hatte. Die ganze Zeit über war er mit Madame Hartung und den Kindern in der Kutsche gesessen und hatte sich Sorgen um Elizabeth gemacht, die ganz allein durch halb Frankreich und unbekanntes Terrain reiste. Selbst als Cerridwen ihn an diesem Morgen aufsuchte und ihm gesagt hatte, wie er Elizabeth finden konnte, hatte er dennoch nicht glauben können, dass sie am Leben und ihr kein Leid geschehen war. Aber hier saß sie nun, genau dort, wo der Drache gesagt hatte, neben einem Weinberg am Rande der geschäftigen Stadt Vieux-Thann an der Ostflanke der Vogesen.

Elizabeth strahlte, als sie ihn entdeckte, und sie eilte zu ihm. Da auch noch andere auf der Straße unterwegs waren, grüßte sie ihn wie einen Fremden. "Guter Herr, gehen Sie ebenfalls in diese Richtung? Ich bin auf dem Weg zum Haus meines Onkels in Wildenstein und würde mich über Gesellschaft auf dem Weg freuen."

Er nickte. "Madame, ich habe nur einen starken Arm, doch dessen Schutz möchte ich Ihnen gerne anbieten." Er hatte seinen preußischen Akzent zusammen mit seiner Uniform abgelegt, da in dieser Region einfach zu viele Menschen Deutsch sprachen und ihn leicht durchschauen könnten.

"Ich danke Ihnen und werde mein Bestes tun, um kein Grund zur Verzögerung zu sein." Ihre Augen bewegten sich von der Schlinge, die er trug, an seiner Schulter vorbei, wo ein Junge eine Ziege zum Markt führte.

Er nickte und schluckte alle Worte, die er eigentlich sagen wollte, herunter, und sie begannen ihren Weg in Richtung der wolkenverhangenen Berge. Zu beiden

Seiten der Straße, die sich am Flussufer entlang schlängelte, stiegen bereits
grüne Ausläufer auf.

Am Morgen ihrer Abreise aus Madame Hartungs Haus hatte er sie kurz
gesehen, als sie hochgeklettert war, um sich neben den Kutscher zu setzen,
doch er hatte nicht einmal gewagt, ihr zuzunicken. Ihm kam es vor, als
sei ihre Nacht im Wagenschuppen schon Monate her. Es war schwer, sich
zurückzuhalten, wenn es so viel gab, was er ihr sagen wollte, all die Fragen,
die er ihr stellen wollte, doch es bestand noch immer die Möglichkeit, dass
andere mithören könnten. Schweigen war die sicherste Option. Was hätte
der hochwohlgeborene Preuße, der er zu sein vorgab, schließlich auch einer
gewöhnlichen Frau aus Marseille zu sagen gehabt? Nein, sie mussten ihre
Rollen spielen. Sie waren Fremde, die sich nur zufällig über den Weg gelaufen
sind.

Zumindest war sie nun an seiner Seite und dort würde sie auch bleiben. Das
reichte schon aus, dass er seine Freude am liebsten laut herausgeschrien hätte.

Er musste etwas sagen, allein schon, um ihre Stimme zu hören. "Sind Sie
schon lange unterwegs, Madame?"

Sie lächelte ihm neckend zu. "Mehrere Tage in einer *Diligence*. Vollkommen
ereignislos. Alle waren sehr nett." Sie musste wissen, wie viele Sorgen er sich
machte.

Wahrlich. Er hatte sich jeden Zentimeter des Weges um ihre Sicherheit
gesorgt und versucht, nicht jedes Mal nach ihr Ausschau zu halten, wenn seine
Kutsche eine Pause einlegte. Ganz zu schweigen von seiner Sorge über die
vielen Meilen, die sie würden laufen müssen, um das Nest zu erreichen. Zumindest war er dieses Mal besser darauf vorbereitet als während seiner Flucht.
Nun standen ihm eine Karte und ein Kompass zur Verfügung, außerdem ein
Tornister mit Verpflegung und eine Deckenrolle, die groß genug war, um zu
zweit darauf zu schlafen.

Schließlich erreichten sie einen Straßenabschnitt, auf dem sie allein waren
"Es tut mir leid, dass wir so weit zu Fuß gehen müssen. Sogar die *Diligence*
muss für dich leichter zu bewältigen gewesen sein."

"Oh, das macht mir gar nichts aus! Auf diese Weise bekomme ich so viel
mehr zu sehen und wer weiß, ob sich mir jemals wieder die Chance eröffnen
wird, wieder hierher zu kommen?" Sie lächelte, ihre dunklen Augen funkelten. "Und mit der Postkutsche zu reisen war auch interessant. Ich hatte die
faszinierendsten Gespräche. Die Arbeit als Küchenmagd lasse ich gerne in
Zukunft sein, aber ich bin froh, auch dieses Leben einmal gekostet zu haben."

"Du bist heute Morgen in bemerkenswert guter Stimmung." Vor allem für jemanden, der die Aussicht auf mehrere Tage harter körperlicher Anstrengung bevorstand, wenngleich er beabsichtigte, sie so gut als möglich zu schützen.

"Habe ich denn keinen Grund dazu? Du lebst, wir sind zusammen, und ausnahmsweise muss ich nur etwas tun, in dem ich wirklich gut bin, nämlich laufen." Sie legte die Hand auf ihren Bauch. "Wenngleich ich nicht mehr ganz so schnell bin wie früher."

"Aus dem bestmöglichen Grund", sagte er liebevoll. Wenn er sie nur in seine Arme nehmen oder zumindest ihre Hand halten könnte! Aber so lange die Möglichkeit bestand, dass sie gesehen würden, konnte er es nicht riskieren. "Und du hast viele Talente, von denen das Laufen noch das Geringste ist."

"Ha!" Sie schaute sich um, als ob sie sicherstellen wollte, dass sie immer noch allein waren und fuhr dann mit leiser Stimme fort. "Ich dachte, meine Bindung zu Longbourns Land sei gut, aber sie ist bei weitem nicht so tief wie deine. Ich lerne gerade erst, wie man einen Haushalt führt. Frederica macht das zweifellos in meiner Abwesenheit viel besser. Und sie weiß viel mehr über Mode als ich; die Schneiderin stimmte all ihren Vorschlägen zu und fast keinem von meinen. Was meine Magie anbelangt, sind meine Illusionen trotz Fredericas Bemühungen bestenfalls zweitklassig und Wettermagie bringe ich so gut wie gar nicht zustande. Senden ist das einzige, was ich wirklich richtig gut kann. Offensichtlich war das kleine Kunststückchen, bei dem ich dich beinahe in der Bibliothek erscheinen ließ, etwas Besonderes. Aber ich durfte mir eine Standpauke von jedem Drachen aus dem Nest anhören, dass ich das nie, niemals wieder tun darf, da es sowohl für mich als auch für Cerridwen furchtbar gefährlich ist. Also, ja, lass mich stolz auf meine Fähigkeit im Laufen sein, denn zumindest die habe ich mir ganz alleine erarbeitet."

Er starrte sie an. "Das war echt? Jener Tag, als ich plötzlich dachte, ich säße in meinem Lieblingssessel in der Bibliothek und du würdest mich anschauen? Ich dachte, das hätte ich mir nur eingebildet." Oder vielmehr hatte er gedacht, er wäre dabei, den Verstand zu verlieren, doch die Momente, in denen er seine Zurechnungsfähigkeit in Frage gestellt hatte, behielt er besser für sich.

"Ich konnte dich klar und deutlich sehen, und es war real genug, dass alle Drachen im Haus es fühlten und mich vor die Älteste schleiften, damit sie mich schelten kann."

Erstaunlich, dass sie solch außergewöhnliche Kräfte heraufbeschwören konnte! "War das etwas, wovon du in deinen arabischen Büchern gelesen hast?"

Sie schüttelte den Kopf. "Ich habe dich einfach nur so sehr vermisst und wünschte, du wärst da, in deinem Sessel." Sie warf ihm einen koketten Blick zu. "Wie es scheint, ist mir nicht gestattet, dich so sehr zu vermissen!"

"Moment. Du sagtest alle Drachen im Haus? Also nicht nur Cerridwen?"

"Oh, ich hab dir noch so viel zu erzählen! Erinnerst du dich an Rana Akshaya? Sie weilt gerade auf Pemberley, und sie ist ein Drache, keine Magica. Dann ist da noch Quickthorn, die eine Bindung mit Frederica eingegangen ist. Rana Akshaya bleibt meist für sich, wenn sie im Haus ist, daher sehe ich für gewöhnlich nur Quickthorn und Cerridwen."

Frederica war jetzt auch eine Drachengefährtin? Gütiger Gott! Er trat auf einen unebenen Stein, was ihm einen scharfen Stich in seine Schulter hinauf zucken ließ. Er drückte seine Hand dagegen und wartete darauf, dass der pochende Schmerz zu dem üblichen dumpfen abnahm.

Elizabeth fragte mit leiser Stimme: "Bereitet dir dein Arm Schmerzen?"

"Nur ein wenig erschüttert. Nicht so schlimm ", sagte er steif.

"Zuvor hast du keine Schlinge getragen." Natürlich würde sie nicht zulassen, dass er so tat, als wäre nichts. "Ist es schlimmer geworden?"

"Nein", entgegnete er gereizt. "Jiska dachte, es wäre weniger wahrscheinlich, dass es wieder schlimmer wird, wenn ich die Schlinge trage. Und sie hält die Leute davon ab, sich zu fragen, warum ich nicht an der Front bin."

"Jiska?" Eine unterschwellige Schärfe lag in ihrer Stimme.

"Madame Hartung", korrigierte er. "Da ich vorgab, ihr Cousin zu sein, mit dem sie aufgewachsen ist, war es nur folgerichtig, sie beim Vornamen zu nennen."

"Sie hat viel für dich riskiert."

War sie eifersüchtig? Sicherlich wusste sie doch, dass keine andere Frau sein Interesse wecken konnte. "Um ihres verstorbenen Ehemannes willen. Sie hat ihn sehr geliebt. Er versuchte, einem Schlachtfeld zu entkommen, aber niemand wollte ihm helfen, und er wurde hingerichtet. Da sie ihn nicht retten konnte, beschloss sie, mich stattdessen zu retten."

"Die Arme. Ich —" Sie brach ab, als das Geräusch von Wagenrädern und Hufschlägen von hinten zu ihnen durchdrang.

Hufschläge, die langsamer wurden. Darcys Nackenhaare stellten sich auf, und er musste sich zwingen, nicht zurückzublicken.

Elizabeth tat es, mit einem Lächeln.

"Möchten Sie mitfahren?" Es war eine Männerstimme, schroff und stark akzentuiert. "Sie tragen ein ordentliches Gewicht mit sich herum, Madame." Ein bescheidener Maultierkarren kam neben ihnen hervorgefahren.

"Sie sind sehr freundlich", sagte Elizabeth mit einer gewissen Erleichterung, die ihre frühere Behauptung, das Laufen fiele ihr immer noch leicht, Lügen strafte.

"Meine Frau würde mir Salz in mein Bier kippen, wenn sie wüsste, dass ich eine schwangere Frau laufen lasse. Oh, was ich mir alles anhören musste, als sie in anderen Umständen war! Der schmerzende Rücken, die geschwollenen Knöchel, keine Nacht ohne dass sie fünfmal aufstehen musste." Er lachte.

Wie kann er es wagen, so ungehobelt über Elizabeths Zustand zu sprechen? In der feinen Gesellschaft wäre es der Gipfel der schlechten Manieren, es in irgendeiner Weise zur Sprache zu bringen, aber vielleicht war das bei den einfachen Leuten anders. Zumindest bei den französischen.

Elizabeth schien es jedoch gut wegzustecken. Hatte sie sich an derartiges schon gewöhnt? "Wie gut ich das kenne!"

Der Fahrer rutschte auf dem einfachen Plankensitz zur Seite, um Platz für sie zu schaffen. Darcy half ihr vorsichtig mit seiner guten Hand hinauf. Der Mann beäugte seine teurere Kleidung. "Sie können gerne hinten auf dem Wagen Platz nehmen, wenn Sie möchten, aber sobald die Straße steil wird, müssen Sie absteigen."

Sein erster Instinkt war es, sich zu weigern und darauf zu bestehen, nebenher zu gehen, aber er sollte seine Kräfte schonen, solange das möglich war. Er war noch nicht wieder so kräftig und ausdauernd wie zuvor und dies war nicht der rechte Zeitpunkt, um stolz zu sein. Wenn er wieder zurück in Pemberley war, würde er seine frühere Stärke wiedererlangen.

"Ich danke Ihnen." Er zog sich auf die Ladefläche des Karrens und war dankbar, dass dieser niedrig genug war, um das mit einer Hand bewerkstelligen zu können.

Elizabeth warf einen Blick auf Darcy, als der Bauer mit seinem Wagen einen grasbewachsenen Weg hinunterfuhr. Er hatte sie gut mehrere Meilen durch eine kleine Stadt und darüber hinaus mitgenommen. Ihm zufolge lag in nicht allzu weiter Entfernung ein Dorf vor ihnen, nach dem die Straße dann in die Berge ansteigen würde. Ihr erschien sie jetzt schon steil.

Sie wollte jedoch nicht, dass Darcy bemerkte, wie müde sie war. Er würde darauf bestehen, langsamer zu machen, und sie wünschte sich nichts sehnlicher, als so schnell als möglich das Nest erreichen. Im Moment mochten sie noch recht sicher sein auf dieser Landstraße, doch ihr waren die Seitenblicke aufgefallen, die

Darcy auf sich zog – ein junger Mann in einem Land, in dem jeder Mann seines Alters in der Armee diente.

Also verbarg sie ihre Müdigkeit und machte sich resolut so zügig wie möglich auf den Weg. "Wie weit ist es noch, bis wir die Straße verlassen?", wollte sie wissen. Dann wären sie vor misstrauischen Augen geschützt, auch wenn das Gehen viel schwieriger würde.

Darcy passte sich ihrem Tempo an. "In etwa zwei Meilen. Dies sollte jedoch das letzte Dorf sein, an dem wir vorbeikommen werden."

Das erste Haus kam in Sicht, als sie eine Kurve genommen hatten. Groß konnte das Dorf nicht sein, zwischen dem Fluss und den Felsen dahinter, aber die kleinen Häuschen und ihre Gärten sahen gepflegt und einladend aus.

Zumindest bis sie das Zentrum erreichten, wo ein Dutzend französischer Soldaten vor dem größten Gebäude herumlungerten.

Kalter Schweiß sickerte Darcy den Hals hinunter. Was suchten Soldaten in diesem winzigen abgelegenen Bergdorf an einer Straße, die ins Nirgendwo führte? Auch sie hatten ihn gesehen, und einer von ihnen, ein junger Leutnant mit einem zotteligen Schnurrbart, winkte in herbei.

Mit pochendem Herzen murmelte Darcy Elizabeth zu: "Geh einfach weiter. Ich werde dann aufholen."

Ihr Gesicht war aschfahl geworden, aber sie sagte mit ruhiger, klarer Stimme: "Danke, dass Sie mir Gesellschaft geleistet haben, guter Herr. Ich werde Sie in meine Gebete einschließen."

"Viel Glück Ihnen", erwiderte er. Wären das die letzten Worte, die er jemals an sie richten würde?

Nein, das würde er nicht zulassen. Er schritt auf den Leutnant zu, als hätte er nichts zu verbergen, und zwang sich, nicht zu Elizabeth zurückzublicken.

Der Leutnant streckte seine Hand aus. "Papiere", sagte er gedehnt.

Darcy zog seinen *Passeport* hervor, übergab ihn und versuchte, den Eindruck zu erwecken, als langweilten ihn diese Routinekontrollen.

Der Soldat warf einen Blick darauf. "Nicht in der Grand Armée?", fragte er scharf.

Darcy deutete mit dem Daumen auf seine verwundete Schulter. "Nicht mehr. Verdammte Österreicher." Er spuckte auf den Boden. Diese Sätze hatte er wieder und wieder in seinem Kopf geprobt.

"Bastarde", stimmte der Franzose zu. "Wir haben ihnen jedoch eine Lektion erteilt."

"Wurde auch Zeit."

Er gab den *Passeport* zurück. "Was führt Sie an diesen gottverlassenen Ort?"

Darcy ließ seine Augen von einer Seite zur anderen schweifen und versuchte, abgefeimt auszusehen. "Ich habe gehört, dass es in den Bergen eine Heilerin gibt. Die verdammten Wundärzte sagen, dass man für meinen Arm nichts mehr tun kann, aber ich gebe nicht auf. Ich will wieder zurück an die Front."

"Oh." Der Leutnant trat vor und sagte leise: "Ein Wort unter uns, *mon ami*. Wenn Sie auf eine Drachenheilung aus sind, haben Sie sich einen schlechten Zeitpunkt dafür ausgesucht. Wir jagen sie für den Kaiser."

Ein eisiger Schauder lief Darcy über den Rücken. Wenn Napoleon nach Drachen suchte, stand wahrscheinlich ein weiteres Massaker bevor. Nicht nur das, sondern auch sein eigener Rückweg nach England war in Gefahr. "Drachen? Killer, wie die in Österreich? " Er ließ seine Stimme zittern.

"Noch nicht, aber wer weiß das schon?"

"Ich habe von dieser Schlacht gehört. Einen Drachen möchte ich niemals zu sehen bekommen. Aber ich möchte diese Hexe finden, von der mir erzählt wurde."

Der Lieutenant schüttelte den Kopf. "Den Gerüchten kann man nicht trauen. Aber nun, dann wünsche ich Ihnen viel Glück. Aber befolgen Sie meinen Rat – verweilen Sie nicht in den Bergen." Er klopfte Darcy zum Abschied gegen den guten Arm.

"Danke für den Hinweis." Darcy steckte seine Papiere ein, ging die Straße hinauf und fühlte die Augen auf seinen Rücken gerichtet, als er ging. Den Hügel hinauf, zwischen den kleinen Häusern hindurch und er versuchte, nicht an Elizabeth zu denken. Er würde sie schon wiederfinden; dafür würde Cerridwen sicher sorgen, mit ihrer unheimlichen Fähigkeit, sie beide aufzuspüren. Aber er wollte sie jetzt gleich sehen, um ihr zu versichern, dass er in Sicherheit war und zu spüren, wie ihre Anwesenheit im Trost und Freude spendete.

Es fiel ihm schwer, nicht wie ein Narr zu grinsen, als er sie in der Tür der kleinen Kapelle verweilen sah, als wäre sie hineingegangen, um ein Gebet zu sprechen. Sie hatte ihn noch nicht gesehen. Ihre Schultern hingen herunter, der Kopf gesenkt, zweifellos voller Angst, was nun mit ihm geschah.

Er begann, ein Volkslied zu pfeifen, als sei er ein Landarbeiter und kein wohlgeborener Gentleman, doch das reichte schon, um ihre Aufmerksamkeit auf sich zu ziehen.

Sie blickte auf und begann zu strahlen. Und dann war seine Welt wieder in Ordnung, trotz der französischen Truppen und der Bedrohung durch Napoleons Kriegstreiberei.

Kapitel 32

F REDERICA RICHTETE IHR HAAR, ehe sie Rana Akshayas Zimmer betrat, um sicherzustellen, dass nach den langen Stunden an Rodericks Bett keines aus der Reihe tanzte. Zumindest hatte der Drache aus Indien zugestimmt, sie zu sehen, ohne dass Frederica auf die verschiedenen Bitten zurückgreifen musste, die sie sich bereits zurechtgelegt hatte, um an ihren Dienern vorbeizukommen. Der indische Drache blieb in Pemberley in der Regel für sich, in seinem eigenen Zimmer und interagierte nur mit seiner Entourage.

Was auch immer Rana Akshaya dazu gebracht hatte, dem zuzustimmen, Frederica war dankbar dafür. Das war ihre letzte Hoffnung, und es musste einfach gutgehen.

Sie machte einen tiefen Knicks, als sie sich dem riesigen Drachen näherte. "Große Rana, Eure Großzügigkeit, mich zu empfangen, weiß ich zu schätzen."

"Was ist dein Begehr, Gefährtin Frederica?" Der Drache war nicht so brüsk gewesen, als er in London vorgab, eine menschliche Magica zu sein.

"Ich weiß nicht, ob du von Rowan gehört hast, dem jungen Drachen des Dark Peaks, der sich kürzlich gegen den Willen seines Nestes mit einem Menschen verbunden hat."

Rana Akshaya starrte sie mit riesigen bronzefarbenen Augen an. "Die Jungen sind oftmals töricht."

Frederica holte tief Luft. "Ich bin eine bloße Sterbliche, daher kann ich Rowans Verhalten nicht beurteilen, aber der Gentleman, an den er sich gebunden hat, ist sehr krank. Die Heiler vom Dark Peak können ihm nicht helfen, weil sie das Nest nicht verlassen können, und sie sagen, es wäre zu gefährlich, ihn dorthin zu bringen."

"Und daher möchtest du dir die Drachenheilerin zunutze machen, die sich unter deinem eigenen Dach befindet."

Frederica konnte nichts in ihrer Aura lesen, aber sie klang nicht freundlich. "Ich bin gekommen, um mich Eurer Gnade zu unterwerfen. Ihr schuldet mir nichts. Aber Roderick war den Drachen sein ganzes Leben lang ein guter Freund und er ist mir sehr lieb."

"Jeder hat jemanden, der ihm lieb und teuer ist. Einschließlich der vielen tausend Menschen in meinem Land, die von den Engländern getötet oder versklavt wurden."

Definitiv nicht freundlich. Frederica wurde schwer ums Herz und sie neigte den Kopf. "Die Briten haben euch viele Gründe gegeben, uns zu hassen. Das habe ich nie verstanden, bis ich Roderick kennenlernte, der mir erzählte, was die Engländer seinem Volk angetan haben und wie sehr es auch jetzt noch darunter leidet. Meine Ignoranz ist jedoch keine Entschuldigung, noch macht es einen Unterschied, dass ich mich für das schäme, was meine Regierung getan hat."

"Dieser Mann ist kein Engländer?"

"Nein, er ist Waliser. Sein Land steht seit Jahrhunderten unter der Fuchtel Englands. Zunächst verachtete er mich dafür, Engländerin zu sein."

"Warum setzt du dich für das Leben von jemandem ein, der ein Feind deines Landes ist?"

Das Bild von Roderick, der so still vor ihr lag, erhob sich vor ihrem geistigen Auge. "Er ist nicht *mein* Feind. Er ist ein guter Mensch, einer der besten, die ich kenne." Allen Bemühungen zum Trotz zitterte ihre Stimme. "Wir haben uns gestritten, und er denkt, ich verachte ihn, und ich kann die Vorstellung nicht ertragen, dass er niemals die Wahrheit erfahren wird."

Der riesige Drache setzte sich auf seine Hinterbeine ab und starrte Frederica schweigend an, seine Augen füllten sich mit Licht und Nebel. Die Stille dauerte eine Minute, zwei Minuten, drei Minuten an.

Wollte sie damit andeuten, dass sie gehen sollte? Oder wartete der Drache darauf, dass sie noch etwas sagte? Dann spürte Frederica ein zartes Gefühl auf ihrer Haut, als ob ein Schmetterlingsflügel sie streifen würde. Nicht, dass sie jemals von Schmetterlingen gestreift worden wäre, aber so in etwa stellte sie es sich vor.

Doch dann traf sie die Erkenntnis. Sie wurde gelesen, allerdings ohne sie zu berühren, wie sie das von den anderen Drachen kannte. Und ohne zuvor gefragt worden zu sein. Aber wenn auch nur die geringste Chance bestand, Rana Akshaya davon zu überzeugen, dass sie Roderick heilen sollte, würde sie es akzeptieren. Schließlich hatte sie nichts zu verbergen, keine Geheimnisse außer dem, das sie bereits enthüllt hatte, ihre Gefühle für Roderick.

Wenngleich sie vielleicht nervös sein sollte. Hatte Quickthorn nicht erzählt, dass Rana Akshaya über Kräfte verfügte, die über die des Nestes hinausgingen? Fredericas Mutter sagte ihr immer, sie habe mehr Mut als gesunden Menschenverstand.

"Weiß dein Drache, dass du zu mir gekommen bist?", rumpelte Rana Akshaya.

"Ja. Sie sagte mir, ich solle meine Zeit nicht verschwenden."

"Du hast Spaß an hoffnungslosen Unterfangen?"

Verletzt blaffte Frederica: "Soll ich die Rettung meines Freundes aufgeben, nur, weil es unwahrscheinlich ist, dass sie mir gelingt? Lieber scheitere ich an meinem Versuch, das Richtige zu tun, als schon im Voraus aufzugeben und es gar nicht erst zu versuchen."

Die Brust des Drachen bewegte sich ruckartig. Bedeutete das dasselbe wie bei einem englischen Drachen, dass er sich über sie amüsierte? "Sag meinem Diener, wo dein Freund ist. Ich werde mein Möglichstes geben."

Stunden später, der Abend war bereits hereingebrochen, erschien Rana Akshaya an Rodericks Bett, als Frederica schon fast nicht mehr an ihre Hilfe geglaubt hatte. Sie rauschte in ihrer verschleierten menschlichen Gestalt in den Raum und warf einen kurzen Blick auf Roderick, der sich gerade wieder im Bett umherwarf. "Du kannst jetzt gehen", wandte sie sich an Frederica und entließ sie, als wäre sie eine Dienerin.

Irgendwie hatte Frederica das nicht erwartet, aber sie schluckte den Wunsch hinunter, darum zu betteln, bleiben zu dürfen. Sie zog sich aus dem Raum zurück und begann durch die alte Galerie zu wandern, ging von einem Ende zum anderen, als ob ihre Schritte irgendwie die Heilung unterstützen könnten.

Aber Rana Akshaya tauchte nicht auf. Jedes Mal, wenn Frederica die Tür zu Rodericks Zimmer passierte, zerrte mächtige Drachenmagie an ihr, die über all ihr Wissen hinausging.

Eine halbe Stunde verging. Dann eine Stunde. Welche Art von Heilung dauerte so lange? Wenn Rana Akshaya überhaupt versuchte, ihn zu heilen. Was, wenn es ein schrecklicher Fehler gewesen war, sie hierher zu bitten?

Noch eine weitere halbe Stunde. Sie wurde schon lange zurück im Haupthaus erwartet. Aber sie wollte, nein, sie musste hier sein, um sofort zu hören, ob es gut oder schlecht ausgegangen war.

Nein. Sie würde bleiben. Sie suchte die Haushälterin auf und bat sie, einen Diener nach Pemberley zu schicken, um dort mitteilen zu lassen, dass sie die Nacht im Wittumshaus verbringen würde. Mrs. Reynolds würde zweifellos ein ganzes Bataillon an Dienstmädchen schicken, die Fredericas Ruf schützen würden, wenn sie vorhatte, eine Nacht bei einem unverheirateten Mann zu verbringen, selbst, wenn dieser nicht bei Bewusstsein war.

Ein gutturaler Schmerzensschrei drang aus Rodericks Zimmer. Frederica umfing sich mit ihren Armen und grub ihre Finger in ihr Fleisch bis es schmerzte.

Ein weiterer Schrei, diesmal wild und heulend. Sie schluckte ein Schluchzen hinunter.

Und rannte. Rannte aus dem Wittumshaus hinaus, durch den mondbeschienenen ummauerten Garten und zum alten Taubenhaus, zu dem einzigen anderen Wesen, das dies ebenso unerträglich finden würde wie sie. Rowan.

Im Taubenhaus war es stockfinster, doch sobald sie eintrat, begann die Basis der kreisförmigen Wand zu leuchten, gerade genug, dass sie den roten Drachen sehen konnte, der sich am anderen Ende zusammengerollt hatte. Sie stürzte auf ihn zu und warf ihre Arme um seinen schuppigen Hals, so unschicklich das auch sein mochte.

Aber es fühlte sich richtig an, und auch sie konnte seinen Schmerz spüren. "Rana Akshaya versucht, ihn zu heilen", schluchzte sie.

Ich weiß. Rowan sprach in ihrem Kopf, als ob wie Sterbliche zu sprechen seine Kräfte übersteigen würde. Sie bat mich um Erlaubnis. Sie aufzusuchen war sehr mutig von dir.

"Aber sie tut ihm weh!"

Ich spüre es. Aber manchmal verursacht Heilung Schmerzen. Seine eigene tiefe Not schwang in der Sendung mit.

"Hätten die Heiler des Nestes ihm auch wehgetan?"

Das weiß ich nicht, aber Rana Akshaya verfügt über außergewöhnlich große Kräfte. Einige ihrer Fähigkeiten verstehen wir nicht. Wenn ihn jemand retten kann, dann sie.

Ihr entwich ein stotternder Atemzug der Erleichterung. Wenn Rowan Rana Akshaya vertraute, würde sie es ebenfalls tun. "Hast du Ärger mit dem Nest?"

Durchaus, aber das hatte ich schon erwartet. Nun sprach er wieder laut: "Sie können mich jetzt nicht mit einem Silentium belegen, wenn sie jeden gesunden jungen Drachen brauchen, um mit all den Besuchern zurechtzukommen. Wenn Roderick das überlebt, werde ich ohnehin in sein Nest wechseln, und dann spielt es keine Rolle mehr."

"Er wird überleben", sagte sie heftig. "Er muss."

"Hat Rana Akshaya einen Preis für diese Heilung verlangt?"

Ihr Mund wurde trocken. "Nein. Hätte ich ihr eine Bezahlung anbieten sollen?"

"Solange sie es nicht verlangt, nicht. Eine Tiefenheilung wie diese erfordert eine enorme Menge an Kraft, daher wird sie selten ohne Grund durchgeführt."

Wenn es einen Preis gäbe, würde sie einen Weg finden, ihn zu begleichen. Solange Roderick nur überlebte.

"Wach auf, Gefährtin Frederica!"

Fredericas Bett bebte. Nein, nicht ihr Bett; sie musste gegen Rowans Flanke gelehnt, dort im alten Taubenhaus, eingeschlafen sein. Dann brach alles wieder über sie herein. "Gibt es Neuigkeiten?"

"Rana Akshaya sagt, wir können ihn jetzt sehen."

Sie sprang auf und eilte aus dem Taubenschlag, kurz geblendet, als sie aus der Dunkelheit in den frühen Morgensonnenschein kam. Hatte Rana Akshaya die ganze Nacht an Roderick gearbeitet?

Blinzelnd rannte sie äußerst undamenhaft durch den Garten, ins Haus und lautstark die Treppe hinauf.

Rodericks Tür stand offen. In seinem Zimmer saß er mit Kissen im Rücken gestützt im Bett und nippte an einer Tasse, die er in beiden Händen hielt.

Erleichterung durchflutete sie. "Sie sind wach! Wissen Sie, wer ich bin?" Die letzten beiden Male, als er aufgewacht war, hatte er sie nicht einmal gesehen.

Seine Mundwinkel zuckten. "Wie könnte ich Euch jemals vergessen, Lady Frederica?" Seine Stimme war dünn und rau, weil er sie so lange nicht genutzt hatte, aber es war seine Stimme und sein melodischer walisischer Akzent.

"Sie haben uns einen Schrecken eingejagt", platzte sie heraus.

"Entschuldigt bitte." Diesmal lächelte er. "Es geschah ganz bestimmt nicht absichtlich. Und ich fühle mich mehr als geehrt, dass sich die große Rana meinem

Fall angenommen hat." Er nickte der Figur zu, die im Sessel zusammengesunken war.

"Das sollten Sie auch!" Dann erinnerte sie sich an ihre Manieren und hielt sich gerade noch rechtzeitig davon ab, ihr ihren Dank auszuschütten. "Rana Akshaya, Euch gebührt Ehre für Eure beeindruckenden Fähigkeiten und die Gnade, die Ihr walten ließt, um uns zu helfen."

Selbst durch ihre Schleier und die um sie herumgewickelten Stoffschichten wurde zum ersten Mal offensichtlich, dass Rana Akshaya kein Mensch war. Ihre Knie waren in einem unnatürlichen Winkel gebeugt und die Arme zu kurz. Hatte sie ihre Kraft bei der Arbeit an Roderick erschöpft, sodass nur noch wenig davon für eine sorgfältige Maskerade übrig blieb?

"Alleine hätte er nicht überlebt", sagte Rana Akshaya rundheraus. "Sein Blut war nicht stark genug. Ich musste tief in seine Knochen gehen, um neues Blut zu schaffen."

Angesichts dieser Worte zog sich Fredericas Brust zusammen, auch wenn sie gewusst hatte, dass er im Sterben lag. Der Rest war jedoch Unsinn. Was hatte Blut mit Knochen zu tun? Die indischen Drachen mussten eine seltsame Vorstellung davon haben, wie der menschliche Körper funktioniert. "Eure Bemühungen ehren Euch sehr."

Ihre Augen wanderten immer wieder zu Roderick zurück, als wäre er ein Magnet. Er war am Leben!

Rana Akshaya stand auf. "Lady Frederica Fitzwilliam, wir unterhalten uns draußen." Sie sprach die Worte mit ungewöhnlicher Sorgfalt aus, und es war eindeutig ein Befehl.

Und keiner, der an Gefährtin Frederica gerichtet war, wie Rana Akshaya sie seit ihrer Bindung stets genannt hatte. Das musste etwas zu bedeuten haben, aber was?

"Ja, Große Rana." Mit einem letzten Blick auf Roderick folgte Frederica Rana Akshaya aus dem Raum und bis ans Ende der Galerie.

Rana Akshaya drehte sich schwungvoll zu ihr um. "Lady Frederica Fitzwilliam."

Definitiv bedeutsam.

"Ja?"

"Wie dem so ist, benötige ich einen Fürsprecher bei Eurer Regierung, der die Verhandlungen in meinem Namen führt. Sie sehen Drachen als bloße Tiere an, und gefährliche noch dazu, und Menschen aus meinem Land als nur etwas geringfügig besseres. Ich brauche jemanden, auf den sie hören werden." Ihr Blick schien sich in Frederica zu bohren, selbst durch den dichten Schleier.

Es gab also einen Preis. Die indische Drachendame sah die britische Regierung eindeutig als ihren Feind oder zumindest den ihres Landes an. Ihre Fürsprecherin zu sein würde Frederica wahrscheinlich mit sehr vielen Leuten in Konflikt bringen, nicht zuletzt mit ihrem Vater. Sie könnte von Glück sprechen, wenn sie nicht von der Gesellschaft geächtet würde, da diese vollkommen zufrieden mit den großen Gewinnen war, die die East India Company ihr einbrachte.

Dennoch konnte sie sich glücklich schätzen, dass der Preis nicht höher war. "Solange es nicht gegen meine Gefährtenbindung oder meinen Eid auf das Nest verstößt, werde ich Euch gerne helfen."

"Ihr seid vorsichtig. Das ist gut. Aber ich sage Euch Folgendes: Über die Missetaten Eures Landes im Unwissen zu sein, ist in der Tat eine valide Entschuldigung, aber sobald Ihr nicht mehr unwissend seid, macht Ihr Euch mitschuldig – es sei denn, Ihr bemüht Euch, Änderungen vorzunehmen."

Die Worte trafen sie mit voller Wucht. Lag Magie in ihnen oder war das einfach eine sehr unbequeme Wahrheit? "Da habt Ihr recht. Ich würde es gerne sehen, wenn mein Land einige seiner Vorgehensweisen ändert."

Rana Akshaya nickte kurz. "Ihr werdet informiert, wenn Ihr gebraucht werdet."

"Ja, Große Rana." Was konnte sie sonst noch sagen?

Die verschleierte Form begann sich abzuwenden, hielt dann jedoch inne. "Eines noch, Gefährtin Frederica. Liebe ist ein seltener Schatz, der nicht verschwendet werden darf. Lass nicht zu, dass Stolz und Eitelkeit deine Seele aushungern."

Unwillkürlich machte Frederica einen Schritt zurück. Was für eine schockierend persönliche Aussage des hochmütigen indischen Drachen! Was sollte sie darauf nur erwidern? Stattdessen neigte sie den Kopf und sank in einen solch tiefen Knicks, wie sie es nur vor dem König selbst tun würde, während Rana Akshaya wegging.

War es das, was sie getan hatte? Hatte sie Stolz und Eitelkeit über die Liebe gestellt?

Kein schönes Bild.

Fredericas Gedanken wirbelten wild durcheinander, als sie in Rodericks Zimmer zurückkehrte. Der Stuhl, auf dem sie die letzten zwei Tage verbracht hatte, stand immer noch neben seinem Bett, und sie setzte sich, ohne darüber nachzudenken oder auf eine Einladung zu warten, darauf.

Ihre Hand fühlte sich schmerzhaft leer an, nach all der Zeit, in der sie seine gehalten hatte. Sie wollte die Hand ausstrecken und seine nehmen, aber das wäre mehr als unangemessen, nun, da er bei Bewusstsein war.

Rowan saß in seiner Wanderfalkenform am Fußende des Bettes. Der Drache sprach in ihrem Kopf. *Es gibt also einen Preis?*

Nichts, was ich mir nicht leisten könnte. Obschon es sie wahrscheinlich viel von ihrem sozialen Ansehen kosten würde. Zumindest könnte das ihren hartnäckigsten Verehrer, Mortimer Percy, abschrecken.

Roderick sagte: "Darf ich Euch bitten, diesen Becher für mich abzustellen? Ich fürchte, ich werde etwas verschütten, wenn ich es selbst versuche." Er hielt ihn noch immer in beiden Händen.

"Selbstverständlich." Sie griff nach dem Henkel. Als ihre Finger seine berührten, lief ein Kribbeln ihren Arm hinauf. Oh, diese Hitze in ihren Wangen! Wie sie ihren hellen Teint hasste, der jedes Erröten sofort offenbarte.

"Ja, ich bin immer noch so schwach wie ein neugeborenes Kätzchen", sagte er als Antwort auf ihre ungestellte Frage.

"Aber Sie sind am Leben."

"Wofür ich, wie Rowan mir sagt, Euch zu Dank verpflichtet bin."

Es machte sie verlegen und das wiederum machte sie wütend. "Sie können mir einfach danken. Ich bin kein Drache, der sich bei diesen Worten beleidigt fühlt. Und Ihr Drache ist ein Wichtigtuer."

Er gab ein kleines, selbstironisches Lachen von sich. "Dann danke ich Euch. Zufällig hänge ich doch ein wenig an meinem Leben." Er lehnte seinen Kopf gegen das Kissen zurück und schloss die Augen.

"Und dennoch haben Sie es riskiert, indem Sie eine Blutbindung so weit vom Nest entfernt eingegangen sind." All ihre Angst kehrte zu ihr zurück.

Er öffnete ein Auge. "Als ob Ihr auch nur eine Sekunde gezögert hättet, wenn es Eure einzige Chance wäre, eine Drachengefährtin zu werden."

"Nun, ja, aber Sie lassen stets Vorsicht walten", sagte sie nervös. "Und Verantwortung ist Ihnen wichtig."

Er schloss die Augen wieder. "Vielleicht habe ich etwas von einer gewissen Person gelernt, die jegliche Vorsicht in den Wind schreibt, wenn sie etwas sieht, was sie wirklich will."

Die Worte schien zwischen ihnen widerzuhallen.

Stolz und Eitelkeit. Die Seele nähren. Die Vorsicht über Bord werfen.

Sie konnte sich nicht helfen. Sie nahm seine Hand in ihre und hielt sie fest, wie einen Anker im Sturm.

Seine Augen blieben geschlossen, aber er lächelte leicht. Und seine Finger drückten ihre ganz sachte.

Ihr Herz wollte explodieren.

Mehrere Stunden später war sie immer noch da, müde und hungrig, als er wieder aufwachte. Aber nichts hätte sie dazu gebracht, sein Bett zu verlassen, ehe sie sicher sein konnte, dass er wieder gesund war.

"Stimmt es also, was Rowan gesagt hat, dass Ihr an meinem Bett gewacht habt?", fragte er heiser. "Wie schockierend", neckte er.

"Nachts bin ich ins Haupthaus zurückgekehrt. Außer letzte Nacht, während Ihrer Heilung, als ich in einem schmutzigen alten Taubenhaus auf Ihrem Drachen eingeschlafen bin. Und sagen Sie jetzt bitte nicht, dass ich deshalb so derangiert aussehe", entgegnete sie heftig. Sie hätte sich zumindest die Haare bürsten und wieder frisch aufstecken sollen, aber dafür hätte sie seine Hand loslassen müssen. Und das kam gar nicht infrage.

Wieder dieses Lächeln, von dem sie nicht gedacht hätte, dass sie es jemals wieder sehen würde. "Ich hätte gesagt, dass Ihr charmant informell wirkt. Und dass Darcy mir eines mit der Pferdepeitsche überziehen würde, wenn er in diesem Moment hereinkäme."

"Dann ist es ja gut, dass Darcy in Frankreich weilt." Sie wandte sich an das Dienstmädchen. "Bitte holen Sie Tee und etwas zu essen für Mr. Roderick. Er muss wieder zu Kräften kommen."

Das Dienstmädchen knickste und machte sich auf den Weg.

Rodericks Gesichtsausdruck wurde ernst. "Ihr solltet besser auf Euren Ruf achten."

Genau das, worüber sie die letzten zwei Stunden nachgedacht hatte. "Was ich mit meinem Ruf mache, ist meine Sache, Roderick ap Rhodri. Das ist nicht Ihr Problem."

Er schüttelte den Kopf. "Ist es doch. Ich kann Euch keine Zukunft bieten; daran hat sich nichts geändert. Aber an Eurem Ruin möchte ich auch nicht schuld sein."

"Dafür ist es schon zu spät. Das habe ich bereits vor mehreren Jahren erledigt", informierte sie ihn rasch und genoss den Anblick, wie ihm der Mund offen stehen blieb.

"Ihr habt ... Ihr habt was getan?"

"Und warum auch nicht? Meine Bestimmung war es, eine Ehe der Abstoßung einzugehen, bei der mir jede Berührung meines Gatten nichts als Schmerzen bereitet hätte, sofern ich nicht unter Drogen gesetzt würde, um sie irgendwie aushalten zu können. Können Sie mir ernsthaft vorwerfen, dass ich etwas Freundlicheres und Glücklicheres kennenlernen wollte, bevor ich mich diesem Urteil unterwerfe?" Noch nie hatte sie das einer Menschenseele erzählt, aber sie würde Roderick nicht mit falschen Ausreden vom Haken lassen.

"Ihr... ich...", stotterte er, "Ich habe kein Interesse daran, Euch zu verurteilen. Das klingt überaus vernünftig."

"Wenn auch schockierend."

"Das werde ich nicht leugnen."

Sie beugte sich vor. "Ich verstehe, dass du nach Wales zurückkehren und ich dir nicht folgen kann. Allerdings habe ich beschlossen, das zu nehmen, was ich in der Zwischenzeit bekommen kann, anstatt mit Bedauern über verpasste Chancen zu leben." Sie kniff die Augen zusammen. "Es sei denn, du sagst mir, dass du nicht interessiert bist. Dann werde ich dich in Frieden lassen."

Er lachte, wenn auch schwach. "Du möchtest, dass ich eine Veritas anlüge?"

"Ich weiß nie, was du denkst", beschwerte sie sich. "Nach jener Nacht im Gasthaus dachte ich, dass du mich verachtest."

"*Dich* verachten? Mich selbst habe ich verachtet und all die Gründe, deretwegen es unmöglich war, dass etwas zwischen Lady Frederica Fitzwilliam und dem einfachen Roderick ap Rhodri geschehen könnte."

"Nicht gar so einfach, wenn ich das recht verstanden habe." Granny hatte ihr von Rodericks illustren Vorfahren erzählt. "Und mir scheint, dass das Problem mehr in deinem Wunsch liegt, dein walisisches Dorf geheim zu halten, als in meiner Herkunft."

Er seufzte. "Möchtest du, dass ich die Geheimnisse meiner Familie und meine Freunde verrate und die Drachen, die unter uns leben, dazu zwinge, sich zu verstecken, nur um meiner eigenen Wünsche willen?"

"Nein", gestand sie verdrießlich ein. "Aber ich wünschte, du würdest mir sagen, was du vor mir geheim hältst."

Er stöhnte. "Möge Gott mich vor den Veritas beschützen!" Doch er sah ihr nicht in die Augen.

Sie wartete, während seine Finger nervös spielten.

Er ließ die Schultern sinken. "Du nutzt meine Schwäche aus, aber dann sei es nun so. Ich bin durch die Königsbindung an das Land gebunden."

Es traf sie wie ein Blitz. Die Königsbindung ging weit über ein normales Landtalent hinaus. Sie verschaffte dem Monarchen die Fähigkeit, das Land selbst zu seiner eigenen Verteidigung zu nutzen. Kein britischer Herrscher seit Königin Elizabeth hatte die Königsbindung getragen.

Sie schluckte, ihr Mund war plötzlich trocken. "Wie groß ist deine Reichweite?"

Natürlich schaute er selbstironisch drein. "Ein Großteil von Nordwales, den äußersten Osten ausgenommen."

Gütiger Himmel. Wenn die Regierung das auch nur ahnen würde, würden sie Roderick hinrichten und all seine Verwandten mit ihm.

"Und darüber hinaus bist du auch noch ein mächtiger Magier und nun auch noch ein Drachengefährte."

Sein Blick traf den ihren. "Jetzt verstehst du, weshalb ich keinerlei Risiko eingehen kann, die Aufmerksamkeit der englischen Gesellschaft auf mich zu ziehen, indem ich eine Verbindung mit einer ihrer bestens bekannten Aristokratinnen eingehe."

Das Problem war, dass sie es verstand. Und es brach ihr das Herz. Sie hob das Kinn. "Dann werde ich lernen, mich über die kurze Zeit, die ich mit dir habe, zu freuen."

Sein Blick wurde weicher. "Obwohl wir vielleicht warten müssen, bis ich stark genug bin, um, sagen wir, mich alleine aufsetzen zu können."

Sie bedachte ihn mit einem neckischen Blick. "Für manches vielleicht." Und dann erhob sie sich, beugte sich über das Bett – und bedeckte seine Lippen mit ihren.

Endlich.

Kapitel 33

ELIZABETH HATTE UNRUHIG GESCHLAFEN. Zwischen den Anforderungen ihres wachsenden Körpers und dem gelegentlichen Zweig, der durch die Decke stieß, allen Bemühungen Darcys zum trotz, einen weichen Bereich aus getrockneten Blättern für sie hinter einem Felsblock zu schaffen, der sie vor vorbeikommenden Passanten verbergen würde. Aber sie hatte die ganze Nacht in seinen Armen verbracht, und das machte alle Unannehmlichkeiten mehr als wett.

Darcy küsste sie langsam und genüsslich und ihr wurde ganz heiß. "Ruh dich hier aus, während ich etwas Wasser hole", sagte er.

"Danke." Sie hätte nichts dagegen, sich stundenlang auszuruhen, wenn sie nur könnte. Wenn sie bedachte, dass sie in ein oder zwei Tagen zurück in Pemberley und ihrem eigenen Bett wären! Wo sie den ganzen Tag und die ganze Nacht bleiben konnte, wenn es ihr beliebte. Welch eine himmlische Vorstellung! Nach ihrer Begegnung mit den Soldaten hatten sie die Straße am Vortag früher als geplant verlassen, noch dazu war das Gelände rau und herausfordernd gewesen. Ihre Beine schmerzten, weil sie das zusätzliche Gewicht ihres schweren Bauches zu tragen hatten, als sie den steilen Hang hinauf geklettert war, doch das war es wert gewesen, um den Soldaten zu entkommen.

Sie zog die Decke bis zum Kinn und beobachtete, wie Darcy seinen Mantel mit der linken Hand aufhob. Er seufzte und legte ihn wieder ab. Seine neuen Grenzen mussten ihn jeden Tag aufs Neue frustrieren.

Sie schob die Decke beiseite, erhob sich von ihrem behelfsmäßigen Bett und nahm den Mantel. Sich zu Bücken wurde von Tag zu Tag schwieriger. "Bitte lass mich dir helfen."

Er verzog das Gesicht, gestattete ihr jedoch, ihn über seinen schwachen Arm zu schieben. Kein Wunder, dass er jetzt lockerere Kleidung trug; das hätte er niemals mit einem seiner engeren Gehröcke geschafft. Deshalb musste er auch in seinen Stiefeln geschlafen haben, um nicht sie bitten zu müssen, ihm damit zu helfen.

Wie sehr ihn das getroffen haben musste!

Sie wusste nicht, was sie sagen sollte, um es besser zu machen, aber er war noch immer ihr geliebter William und so umfing sie sein Gesicht mit ihren Händen und küsste ihn mit all der überzeugenden Leidenschaft, die sie hatte und lockte ihn, den Kuss zu vertiefen, bis sie beide schwer atmeten.

Als sie sich schließlich löste, lehnte er seine Stirn gegen ihre. "Oh, meine liebste Elizabeth. Wenn wir wieder in Pemberley sind, lasse ich dich eine Woche lang nicht aus dem Bett."

Sie lachte, weil er ihren Gedanken von eben damit so nahe kam – wenn auch mit ganz anderen Hintergedanken. Was die Aussicht darauf aber nur noch verlockender machte. "Ich werde dich, wenn nötig, daran erinnern."

"Aber zuerst, Wasser, damit wir es tatsächlich bis nach Hause schaffen können."

"Dem stimme ich vollends zu." Sie rieb sich den schmerzenden Rücken.

Er schlenderte deutlich besserer Stimmung aus ihrem kleinen Versteck.

Sie wandte sich mit einem Lächeln um, ihr Inneres war immer noch warm von diesem Kuss. Nun brauchte sie auch nicht mehr versuchen, sich auszuruhen. Stattdessen schüttelte sie die Decken aus, rollte sie auf und verzurrte alles fest mit den Lederriemen. Ihr Kleid war hoffnungslos verknittert und doch strich sie es ein wenig glatt, ehe sie ihre geschwollenen Füße in ihre Stiefeletten zwängte.

Vielleicht könnten ein wenig Strecke machen, bevor sie die Nüsse und Trockenfrüchte in ihrem Bündel frühstücken würden. Auf diese Weise könnten sie —

"*Arrêtez!*" Die tiefe, wütende Stimme eines Mannes erklang aus kurzer Entfernung. "Behalt die Hände dort, wo wir sie sehen können."

Elizabeth erstarrte.

"Was hat euch denn verärgert, guter Mann?" Das war Darcy, der vollkommen ruhig klang.

"Du bist verhaftet, du dreckiger Verräter, und jetzt wirst du uns zu den Drachen führen."

"Drachen? Woher sollte ich wissen, wo sie zu finden sind?"

"Hör auf, unsere Zeit mit Lügen zu verschwenden. Das Landtalent im Dorf spürte deine Kräfte, als du vorbeikamst."

"Was für ein Unsinn. Ich habe keine Magie, und ich habe Ihnen bereits gesagt, dass ich nach einer Hexe suche."

Und dann erklang Darcys Stimme in ihrem Kopf, so süß vertraut und doch voller Schmerz. *Bleib versteckt. Ich werde sie wegführen. Du musst das Nest warnen – und unser Kind beschützen.*

Aber —

Nicht senden! Sie könnten dein Talent aufspüren. Geh nach Hause, ich flehe dich an. Ich werde folgen, sobald es möglich ist.

Wenn es möglich wäre. Ihr Herz hämmerte heftig. Er war nur ein paar Meter von ihr entfernt, aber es hätten genauso gut tausend Meilen sein können.

Sie würde ihn nie wiedersehen.

Jeder Zentimeter von ihr schrie danach, zu ihm zu rennen, ihn irgendwie zu retten oder ihn einfach ein letztes Mal zu umarmen. Doch das wäre rücksichtslos und töricht. Es würde lediglich dazu führen, dass sie ebenfalls verhaftet wurde, wenn nicht noch zu Schlimmerem, und ihr Kind hätte seine Zukunft verloren.

"Binde ihm die Hände. Fest."

Darcys Stimme sagte: "Mein rechter Arm ist nicht zu gebrauchen."

Ein Schnauben. "Du willst uns nur hinters Licht führen, ohne Zweifel. Binde sie beide zusammen."

Darcy ächzte vor Schmerz. Elizabeth fiel auf die Knie, die Hände zu Fäusten geballt und biss sich auf die Lippe, bis sie Blut schmeckte.

"Dies ist alles ein Missverständnis. Ich kann euch nichts über Drachen erzählen."

"Na, das werden wir noch sehen. Korporal, was zeigt der Drachenmagnet an?"

"Wackelt nur ein winziges Bisschen."

"Das muss dann er sein. So, *mon ami*, möchtest du uns nun zeigen, wo die Drachen sind, oder müssen wir dich weiter überzeugen?" Sie hörte einen Faustschlag.

Elizabeth wiegte sich vor und zurück, Tränen brannten auf ihren Wangen.

"Hier entlang", keuchte Darcy.

"Na, das ist doch schon besser!" Er klang triumphierend und Elizabeth wollte ihn umbringen.

Aber sie hatte ein Baby zu beschützen und Drachen zu warnen, damit dieses Nest nicht dasselbe Schicksal erleiden musste wie das in Österreich, versengt und leer.

Oh, das tatenlos mit Darcy geschehen zu lassen, war wie ein Messer, das sich in ihrem Bauch drehte! Sie konnte ihm nicht helfen. Darcys Talent war so viel stärker als ihres; wenn er dachte, dass Magie einen Unterschied machen würde, hätte er sie bereits eingesetzt.

Oder auch nicht. Er hätte sich unsichtbar machen können, aber das hatte er nicht. Das konnte er nicht, wenn er die Franzosen davon abhalten wollte, sie zu finden. Er opferte sich ganz bewusst für sie, für das Kind, für die Drachen.

Und sie konnte nichts anderes tun, als sein Opfer anzunehmen.

Trampelnde Schritte und das knackende Geräusch von brechenden Zweigen, und dann wurden die französischen Stimmen immer leiser. Darcy musste sie wegführen. Sie spitzte die Ohren, um ausmachen zu können, in welche Richtung sie davongingen. Nach Osten vielleicht. Zum Nest ging es Richtung Nordwesten.

Er versuchte so gut als möglich, ihr eine Chance zu geben.

Das war ihre Schuld. Wenn sie England nie verlassen hätte, wäre Darcy in Madame Hartungs Haus sicher und würde nicht von französischen Soldaten weggeschleppt.

Vielleicht könnte ihm das Nest helfen, wenn sie es nur schnell genug erreichte. Als das Geräusch verklungen war, begann sie, das Wenige, was sie würde tragen können, zusammenzuraffen. Es hat keinen Sinn, etwas mitzunehmen, das sie langsamer machen würde. Das Essen, ja, und den Blechbecher für Wasser. Sie nahm den Kompass aus Darcys Tornister und konsultierte ihn. Zuerst ging es in Richtung des hohen, spitzen Gipfels.

Sie warf einen sehnsüchtigen Blick auf die Decken, die sie, wahrscheinlich zum letzten Mal, mit ihm geteilt hatte. Für Sentimentalität blieb jedoch keine Zeit. Sie konnte es sich nicht leisten, darüber nachzudenken, was in diesem Moment wohl alles mit ihm geschehen könnte.

Vorsichtig spähte sie aus ihrem Versteck hinter dem Felsblock. Keine Spur von irgendjemandem, dennoch bewegte sie sich auf Zehenspitzen dahinter hervor, nur für den Fall, dass jemand ihre Bewegungen mitbekommen könnte. Wenn sie weiter weg wäre, würde sie schneller laufen. So schnell es irgendwie ging.

Sie kam beinahe schmerzhaft langsam voran. Der Wildpfad, dem sie gefolgt war, bog in die falsche Richtung ab und so war sie gezwungen, sich durch das raue Unterholz zu schlagen, um die richtige Richtung beizubehalten. Dornige Äste zerkratzten ihre Hände und Wangen. Vor Erleichterung schluchzte sie beinahe auf, als sie auf ein ausgetrocknetes Flussbett stieß, dem sie folgen konnte.

Die Sonne stand hoch am Himmel. Sie sollte rasten und etwas essen, doch das würde eine Verzögerung bedeuten und ihr Magen krampfte sich beim bloßen Gedanken an Essen bereits schmerzvoll zusammen. Sie kämpfte sich weiter vorwärts und wischte sich den Schweiß von der Stirn.

Immer weiter und weiter, höher und höher. Zumindest gab es keine Spur von den französischen Soldaten.

Nichts war von Bedeutung, außer so schnell als möglich zum Nest zu gelangen. Nicht der Schmerz in ihrem Rücken, nicht ihre wunden Füße, nicht die blutenden Kratzer, nicht einmal die Sorge um Darcy, die ihr schmerzhafte Stiche durch den Magen sandte. All das war nichts gegen das, was er erleiden musste.

Ein Fuß vor den anderen. Den Kompass überprüfen. Zurück in den Wald. Schließlich kam ihr Atem so schnell, dass sie Rast machen musste und sich an einen rauen Baumstamm lehnte. Einatmen und ausatmen. Und nicht nachdenken.

Ein weiterer Krampf durchzuckte sie, stärker als die anderen. Sie drückte ihre Hände gegen ihren geschwollenen Bauch, als könnte sie sie damit aufhalten. Ihren plötzlich sehr harten Bauch.

Entsetzen durchfuhr sie. Nein. Das konnte nicht sein. Es war zu früh. Mrs. Sanford hatte gesagt, dass es noch mindestens zwei Monate dauern würde. Ein so früh geborenes Kind würde nicht überleben.

Aber als der Schmerz nachließ, entspannte sich die gespannte Härte unter ihrer Haut ein wenig. Es bestand kein Zweifel; ihr Schoß verursachte die Krämpfe.

Und sie war allein in der Wildnis, viele Stunden Fußmarsch von der nächsten Straße entfernt, die sie zu helfenden Händen führen könnte. Weit weg von dem Land, das sie für ihr Talent brauchte, das ihr Kraft spenden könnte. Als letzten Ausweg konnte sie nach Cerridwen schicken, doch damit ging sie das Risiko ein, die Dinge noch zu verschlimmern, falls der Drachenmagnet der Soldaten ihren Drachen dadurch aufspüren könnte.

Und Darcy war für sie verloren.

Ein kurzes Schluchzen entfuhr ihr. Welch ein Albtraum.

Es gab hier niemanden, der ihr helfen könnte. Wenn ihr Baby auch nur eine Chance haben sollte, zu überleben, musste sie sie beide in Sicherheit bringen. Sie konnte sie nicht beide verlieren, nicht nach Darcy auch noch ihr Kind.

Das Nest. Sie musste das Nest erreichen. Dort würde jemand wissen, was zu tun ist. Und möglicherweise blieb ihr nicht mehr viel Zeit dafür.

Sie richtete sich auf und machte sich wieder auf den Weg, so schnell ihr geschwollener, müder Körper es fertigbrachte. Ihr Herz schmerzte, sogar, als sie die nächste Wehe fürchtete.

Endlich, eine Ewigkeit später, oder vielleicht nur ein paar Stunden, drang plötzlich Kraft aus dem Land unter ihren Füßen in sie ein. Sie hielt sie auf, hielt sie kurz auf der Stelle fest, während sie sie testete und ließ sie dann unversehrt hindurch stolpern.

Das musste ein Schutzzauber sein. Sie hatte die Linie eines Schutzzaubers überschritten, wie Rowan sie in Pemberley errichtet hatte.

Sie hatte es geschafft. Sie hatte das vom Nest geschützte Territorium erreicht.

Sie fiel auf die Knie und suchte nach ihrer Verbindung zu Cerridwen, die sie seit ihrer Ankunft in Frankreich mühevoll zum Schweigen gebracht hatte. Aber da war sie, stark und pulsierend, immer für sie da. *Cerridwen, ich brauche Hilfe.*

Als die beiden französischen Kith, die Elizabeth zu Hilfe geeilt waren, ihr durch die Illusionen und in das Nest halfen, trieb ihr der vertraute Geruch von Zimt und heißem Metall frische Tränen in die Augen. Sie war in Sicherheit, zumindest in gewisser Weise, aber auch nur sie. Nicht ihr geliebter Ehemann.

Cerridwen verwandelte sich neben ihr, das erste Mal, dass sie sie in Drachenform sah, seit sie nach Frankreich gekommen waren, ihre Aura erfüllt von Sorge und dem Wunsch zu trösten. Aber auch das half nichts.

In der riesigen Kammer empfing sie ein mittelgroßer Drache: "Willkommen, Gefährtin Elizabeth. Wir haben dich erwartet. Aber wo ist dein Partner?"

"Verloren", sagte sie mit belegter Stimme. "Von Soldaten gefangen genommen, die nach diesem Nest suchen. Oh, es gibt so viel, was ich Euch sagen muss, um euch zu warnen, aber mein Baby kommt und ich muss so schnell wie möglich durch das Portal hindurch."

Der Drache wechselte einen Blick mit Cerridwen, das Kribbeln der schnellen Sendungen erfüllte die Luft. "Kannst du es mir rasch sagen?"

Ein weiterer Schmerz durchbohrte sie und sie umklammerte ihren Bauch. "Es gibt...so viel", keuchte sie. "Bitte, könntest du mich nicht stattdessen lesen?"

Die Kith-Frau legte einen Arm um Elizabeths Schulter. "Sie ist nicht in der Lage, das zu erklären, nicht während das Kind kommt. Es muss jetzt wirklich schnell gehen."

Der Drache streckte die Vorderbeine aus. Elizabeth packte sie und wandte ihren Blick in seine riesigen golden umringten Augen. Sie konnte ihre Gedanken nicht ordnen, sondern legte einfach nur ihre Erinnerung an den Tag vor ihm dar, all die Qualen und die Angst und alles, was sie über Napoleons Drachenmagneten wusste.

Er war vorsichtig in ihrem Kopf anwesend, aber sein Schock war spürbar, ebenso wie sein Entsetzen. Er zog sich zurück und sagte: "Ich muss das augenblicklich der Ältesten melden."

"Ich bitte dich, darf ich zuerst durch das Portal gehen? Mir bleibt keine Zeit mehr."

"Jemand kommt, um dir dabei zu helfen. Wir stehen in deiner Schuld, Gefährtin Elizabeth, für deine Warnung."

Aber nichts davon würde verhindern, dass ihr Kind zu früh geboren wurde.

Kapitel 34

DAS HÄTTE EIN GLORREICHER Moment sein sollen: Auf einem Drachenrücken vom Dark Peak Nest nach Pemberley zu reiten, selbst in der völligen Dunkelheit, die notwendig war, um die Geheimhaltung des Nestes zu schützen.

Aber Elizabeth weinte die ganze Zeit. Es war einfach zu viel passiert, als dass sie klar denken könnte. Das Portal, wie sie ins Dark Peak Nest gefallen war und die kurze Zeit der Desorientierung hinterher, wie sie sich den vielen Fragen der Drachen hatte stellen müssen, während sie darauf warteten, dass die Nacht hereinbrach.

Nun saß sie rittlings auf Quickthorns Schultern in ein geschickt konstruiertes Geschirr eingespannt, und ihre missliche Lage wurde ohne Ablenkungen allzu real. Darcy, den sie nie wiedersehen würde. Ihr Kind, dessen Bewegungen in den letzten Monaten ihr ständiger Begleiter gewesen waren, würde der einzige Teil von Darcy sein, der ihr noch blieb. Aber sie wusste nur zu gut, wie oft Babys, die zu früh geboren wurden, ihre ersten Tage nicht überlebten.

Und oh, wie sehr sie dieses Kind wollte! Wie könnte sie es ertragen, beide zu verlieren?

Wir sind fast da. Quickthorns Stimme in ihrem Kopf. Selbst Quickthorn, stets gereizt und nie beruhigend, hatte erkannt, wie verzweifelt sie war. Was jedoch auch kaum zu übersehen war, da Elizabeth sich mit jeder Wehe nach vorn auf den Hals des Drachen lehnte und wimmerte.

"Du bist sehr freundlich." Das war alles, was sie zu diesem Zeitpunkt fertigbrachte.

Dann erkannte sie Lichter vor ihnen, und der Drache glitt langsamer, bis der Aufprall Elizabeths Rücken hinauffuhr. Sie waren in einem Kreis von Laternen gelandet.

Und inmitten einer Menschenmenge – weit mehr Leute, als sie erwarten würde, dass auf einen Drachen zurennen würden. Elizabeth wischte ihre Tränen fort, als die Gesichter zunächst verschwammen und dann wieder klar wurden. Mrs. Reynolds und Frederica an der Spitze. Und Mrs. Sanford, Gott sei Dank! Und war das Roderick? Was tat der hier? Obendrein noch ein halbes Dutzend Lakaien.

Natürlich. Quickthorn musste Frederica erzählt haben, was vor sich ging, und sie hatte die Truppen versammelt.

Elizabeth fummelte an den Schnallen ihres Geschirrs herum. Dann war Roderick da, zog sich neben ihr hoch und ließ die Verbindungsstücke mit ein paar erfahrenen Handgriffen aufspringen.

Er half ihr hinab in die wartenden Hände eines großen, goldhaarigen Gentleman, den sie nicht erkannte. Sie war zu verzweifelt, um sich darum zu scheren, dass sie von einem unbekannten Mann getragen wurde.

Der Fremde stellte sie auf die Füße, und die Kraft von Pemberley kam ihr entgegen, als erkenne sie, wie verzweifelt sie sie brauchte. Die gesegnete Kraft, die Tiefe floss in sie hinein und belebte sie.

Mrs. Reynolds befahl: "Bringt den Stuhl." Zwei Lakaien traten vor und stellten einen seltsam geformten Holzstuhl vor ihr ab. "Bitte setzen Sie sich, Mrs. Darcy. Die beiden werden Sie in Ihre Gemächer tragen."

"Ich kann laufen", widersprach Elizabeth. Und es stimmte, insbesondere seit das Land ihr Talent wiederbelebt hatte und Orte in ihrem Inneren ausfüllte, die leer gewesen waren, seit sie aufgebrochen war.

"Das können Sie, werden es aber nicht tun", schalt die Haushälterin.

Elizabeth starrte sie schockiert an, doch dann erkannte sie die Angst im Gesichtsausdruck der älteren Frau. Sie hatte vergessen, dass ihr Baby auch anderen am Herzen lag. Einsichtig ließ sie sich auf den Stuhl sinken und ließ zu, dass die Lakaien sie durch die vertraute Halle und die Treppe hinauf trugen. Sie war zurück, endlich zu Hause.

Aber Darcy sollte auch hier sein. Es war sein Zuhause, und er würde es nie wieder sehen.

Sie schloss die Augen und ließ den Kopf nach hinten sinken.

Oben half ihr Chandrika mit angespanntem Gesicht ins Bett. Frederica und Mrs. Reynolds blieben in der Nähe.

Mrs. Sanford kämpfte sich nach vorne durch. "Erzählen Sie mir, was vorgefallen ist. Wie oft kommen Ihre Wehen? Ist Fruchtwasser abgegangen? Irgendwelches Blut? Ist irgendetwas geschehen, das dies herbeigeführt hat?"

War etwas geschehen? Beinahe hätte sie laut losgelacht. Elizabeth beantwortete ihre Fragen so gut sie konnte.

"Öffnen Sie den Mund", sagte die Hebamme.

Als Elizabeth gehorchte, drückte Mrs. Sanford ihre Unterlippe herunter. "Wie ich vermutet habe. Sie sind ganz ausgetrocknet. Mrs. Reynolds, wir brauchen etwas Brühe mit viel Salz, mit Wasser verdünnten Wein und gesüßten Tee. Kamille, sofern sie davon etwas vorrätig haben. Sofort. Wenn sie genug trinkt, können wir das vielleicht aufhalten oder zumindest verzögern. Keine Zitrone; das könnte den Mutterleib zu sehr aufwühlen."

Die Haushälterin nickte kurz. Kaum war sie aus dem Zimmer, als Chandrika auch schon an Elizabeths Seite auftauchte, eine Tasse Tee in der Hand. Natürlich hatte Chandrika alles vorbereitet, sobald sie die Nachricht hörte. Das tat sie stets.

Elizabeth trank ihn hastig aus und hielt ihr die Tasse zum Nachfüllen hin. Warum hatte sie nicht bemerkt, wie durstig sie war?

Mrs. Sanford sagte entschlossen: "Gut. Und nun sagen Sie mir jedes Mal, wenn die Schmerzen wieder kommen."

"Das werde ich. Was auch immer Sie für richtig halten." War es erst heute Morgen gewesen, dass sie in Darcys Armen aufgewacht war und gedacht hatte, dass nun endlich alles gut werden würde? "Ich bin so müde."

"Das wundert mich kaum. Wenn man unter Wehen Berge besteigt und auf Drachen reitet. Selbst mir ist so etwas noch nicht untergekommen." Aber sie sagte es mit einem Lächeln.

"Das war noch der einfachste Teil davon." Ihre Augenlider drifteten nach unten. Es war so eine Erleichterung, dass jemand anderes nun die Entscheidungen traf.

"Bleiben Sie wach, Mrs. Darcy. Sie brauchen nun viel Ruhe, das ist wichtig, aber bevor sie einschlafen, müssen Sie noch viel mehr trinken."

Chandrika begann, Elizabeths Gesicht mit einem feuchten Lappen abzuwischen. Die Kühle fühlte sich gut an. Sie zuckte zusammen, als eine Wehe einsetzte. "Es ist wieder soweit."

Die Hebamme legte ihre Hände auf Elizabeths dicken Bauch, ihr Mund bewegte sich, während sie still zählte, bis der Schmerz wieder nachließ. "Sie sind noch immer schwach und kurz. Das ist ein gutes Zeichen."

Schwach? Elizabeth wollte gar nicht darüber nachdenken, wie sich ein starker Schmerz dann wohl anfühlen würde, doch sie wertete das als gutes Zeichen.

Zwei Tage später verkündete die Hebamme zähneknirschend, dass Elizabeth außer Gefahr zu sein schien. "Zumindest fürs Erste. Es ist recht wahrscheinlich, dass die Wehen erneut einsetzen, wenn Sie wieder Ihren normalen Aktivitäten nachgehen. Ich rate Ihnen dringlichst, den nächsten Monat im Bett zu verweilen."

"Einen ganzen Monat lang!" Im Bett zu liegen und nichts zu tun zu haben, trieb sie jetzt schon in den Wahnsinn, da ihr nichts anderes blieb, als sich um Darcy zu sorgen. "Was, wenn ich verspreche, vorsichtig zu sein und jede Anstrengung vermeide?"

"Möchten Sie dieses Kind gesund zur Welt bringen oder nicht?", erwiderte Mrs. Sanford.

Elizabeth ließ sich in die Kissen zurücksinken. "Selbstverständlich möchte ich das."

"Dann werden Sie ruhen. Sie können sich glücklich schätzen, im Gegensatz zu den meisten Frauen mit vorzeitigen Wehen, denen keine andere Wahl bleibt. Sie haben Dienstboten, die die ganze Arbeit erledigen und Freunde, die Ihnen Gesellschaft leisten." Mrs. Sanfords Stimme klang scharf.

Frederica sagte leise: "Ich bitte dich, Elizabeth, geh kein Risiko ein." In ihrem Gesicht hatten sich Linien der Müdigkeit eingegraben.

"Und das von jemandem, die bisher noch kein einziges Risiko ausgelassen hat!", neckte Elizabeth in dem vergeblichen Versuch, ihre eigene schlechte Laune ein wenig aufzuhellen. "Nun gut, ich werde gehorchen, aber ich verspreche nicht, immer gute Laune zu haben."

Nicht, wenn Darcy höchstwahrscheinlich in einem französischen Gefängnis saß und Gott weiß, was für Misshandlungen über sich ergehen lassen musste.

"Gut", meinte die Hebamme entschlossen.

"Eines noch", sagte Elizabeth langsam. "Wenn ich schon das Bett hüten muss, möchte ich es in dem Cottage am Eichenhain tun. Hier bin ich zu weit vom Land entfernt. Sollte mein Mann durch mich auf Pemberleys Kräfte zurückgreifen müssen, muss ich in der Lage sein, darauf zuzugreifen." Es war das Einzige, was sie für ihn tun konnte.

Mrs. Sanford rieb sich mit den Knöcheln über die Lippen. "Ich weiß nicht, ob es eine gute Idee ist, wenn Sie als Verbindungsstelle agieren-"

"Sein Leben könnte davon abhängen!", blaffte Elizabeth.

Die Hebamme seufzte. "Ich nehme an, dass das Verlegen Ihnen nicht schaden wird, sofern Sie bereit sind, sich auf einer Trage dorthin bringen zu lassen und wenn Mrs. Reynolds Sie dort mit allem versorgen kann, was Sie brauchen."

Die Haushälterin versicherte sofort: "Das wird keine Schwierigkeiten bereiten."

"Es könnte für Sie sogar von Vorteil sein, mehr Zugang zum Land zu haben. Es gibt Ihnen Kraft. Mrs. Reynolds, kann ich draußen mit Ihnen über die Vorkehrungen sprechen?"

Die Haushälterin nickte, und die beiden Frauen verließen den Raum.

"Ich werde an Langeweile zugrunde gehen", grummelte Elizabeth düster.

Frederica entgegnete: "Ich kann dir Zerstreuung bieten. Vielleicht möchtest du jetzt deine Briefe lesen? Ich weiß, dass du das zuvor nicht wolltest, aber -"

"Nein." Frederica hatte bereits versucht, ihr den Stoß Briefe ihrer Schwester zu geben, aber Elizabeth konnte es nicht ertragen, zu lesen, wie glücklich Jane mit Bingley war und auch nicht über all die Freuden der Nachbarschaft, die Elizabeth verloren hatte. Ihr Leben hatte sich in solch unterschiedliche Richtungen entwickelt, dass Elizabeth sich nur noch einsamer fühlte, wenn sie von Jane hörte. Vielleicht könnten sie sich eines Tages treffen und wieder zueinander finden, aber im Moment schien das so hoffnungslos wie alles andere. Nur noch ein weiterer Verlust, zusätzlich zu allem anderen.

"Ich könnte sie dir vorlesen, wenn du zu müde bist", drängte Frederica.

"Nein!" Diesmal kam es viel schärfer heraus.

"Aber was ist, wenn etwas geschehen ist? Würdest du das nicht wissen wollen? Sie hat dir jede Woche geschrieben, ohne Unterlass."

Elizabeth schob die Briefe weg. "Lies du sie, wenn du sie für so wichtig hältst", sagte sie gereizt. Doch sie konnte sich nicht helfen, sie spannte sich unwillkürlich an, als Frederica sie beim Wort nahm, das Siegel auf einem der Briefe brach und langsam zu Lesen begann. "Nun?"

Frederica faltete das Papier wieder zusammen. "Keine schlechten Nachrichten. Nur dass sie dich vermisst und sich alle möglichen schrecklichen Dinge vorstellt, die dich vom Schreiben abgehalten haben könnten."

Wann hatte sie zuletzt an Jane geschrieben? Wahrscheinlich vor ihrer Entscheidung, nach Frankreich zu gehen. Kein Wunder, dass Jane sich Sorgen machte. "Vermutlich sollte ich versuchen, ihr etwas zu schicken", murmelte sie. Doch sie ertrug es nicht. Das würde bedeuten, ihr zu erzählen, dass sie Darcy verloren hatte und dass seine Mission schiefgegangen war und dass sie das möglicherweise noch ihr Baby kosten könnte.

Frederica betrachtete sie besorgt. "Wenn das hilfreich wäre, dann könnte ich ihr eine Nachricht schicken, in der ich schreibe, dass es dir gut geht und dich dein Zustand lediglich sehr ermüdet."

"Das wäre sehr freundlich", sagte Elizabeth. Jane würde kein Wort davon glauben, aber es wäre besser als nichts.

Als Cerridwen es schließlich am nächsten Tag nach Pemberley geschafft hatte, drehte Elizabeth den Kopf weg. Der Anblick ihres Drachen machte sie krank vor Bedauern.

"Was ist los?", fragte Cerridwen. "Warum verbirgst du deinen Geist vor mir?"

"Ich möchte nicht darüber sprechen. Geh zum Nest, sie werden dich sehen wollen."

Cerridwen strahlte Verletztheit aus. "Und du nicht?"

"Ich will meinen Mann!" Es war ein Schrei des Kummers, tief aus ihrer Seele. "Ich möchte, dass er in Sicherheit ist, was er war, bevor wir versucht haben, ihn zu retten. Ich habe ihn überredet, das Haus zu verlassen, in dem er in Sicherheit war. Es ist meine Schuld, dass er gefangen genommen wurde."

Cerridwen schien in sich zusammenzufallen. "Dann gibst du also mir die Schuld dafür."

Elizabeth winkte ab und versuchte, ihre Worte wegzuwischen. "Ich weiß, dass du keine Wahl hattest, dass du deiner Vision folgen musstest. Aber mir war nicht klar, welchen Preis ich zahlen würde. Wusstest du, was passieren würde, dass ich ihn verlieren würde?" Das hatte sie nicht fragen wollen. Sie wollte die Antwort nicht wirklich wissen.

Der Drache senkte den Kopf. "Ich kann die Details nicht sehen, nur, was am Ende dabei herauskommt. Weder dir, noch ihm, wollte ich jemals wehtun."

"Aber das haben wir getan! Oh, wie sehr wünschte ich, ich hätte mich geweigert, zu gehen. Jetzt werde ich ihn nie wiedersehen, und unser Kind könnte ich auch noch verlieren. Und all das nur, weil ich törichterweise dachte, ich könnte helfen." Sie drehte sich auf die Seite und vergrub ihr Gesicht im Kissen, Tränen flossen über ihre Wangen.

Stille. Nur Cerridwens bekümmerte Aura und selbst die nahm sie nur gedämpft wahr, als ob der Drache versuchte, sie zu verbergen. Und dann eine kleinlaute Stimme. "Als ich das Nest verließ, planten sie einen Rettungsversuch für ihn."

Elizabeth hob den Kopf. "Mach mir keine falsche Hoffnung! Das würde es nur noch schlimmer machen."

"Ich weiß nicht, ob sie Erfolg haben werden, aber ich lasse sie denken, dass sie es tun müssen, dass meine Vision Wirklichkeit wird, wenn sie Darcy nicht retten." Cerridwens Stimme klang nun fester.

"Das hast du sie glauben lassen? Was meinst du damit?"

Sie spürte, wie elend sich der Drache fühlte. "Ich sagte ihnen, er müsse gerettet werden. Sie nahmen an, es läge daran, dass er gebraucht würde, um die Katastrophe zu verhindern, die ich vorausgesehen hatte. Das habe ich nicht korrigiert. Aber ich hatte keine Visionen von ihm."

"Weil du ebenfalls wusstest, dass es unsere Schuld war!" Das zu sagen war nicht gerecht, doch sie ertrug es nicht mehr, sich das anzuhören. Nicht, wenn Darcy litt.

"Ich weiß, dass es keine einfachen Antworten darauf gibt. Alle Zukünfte, die ich sehe, enthalten Tod und Leid. Im besten Falle werden einige Drachen und Menschen sterben. Es wird Opfer geben. Und alle von ihnen werden meine Schuld sein, weil sie die Folge von Entscheidungen sind, die ich treffe!"

Die Tür öffnete sich und Mrs. Sanford kam zum Vorschein. "Entschuldigen Sie die Unterbrechung, aber ich muss Sie bitten, Mrs. Darcy nicht zu verärgern. Es ist sehr wichtig, dass sie ruhig bleibt, sonst kann sie dieses Kind verlieren."

Cerridwen stieß einen gutturalen Schrei aus, und dann verwandelte sie sich. Der Wind ihrer Falkenflügel wehte gegen Elizabeths Wangen, als sie zur Tür hinausflog.

Frederica ließ sich mit den Worten "Du siehst schrecklich aus" neben Elizabeths Bett nieder.

Elizabeth stöhnte. "Solltest du mich nicht trösten?"

"Meine Versuche, taktvoll zu sein, scheitern stets. Wahrscheinlich würdest du mir nicht glauben, wenn ich dir sagte, dass einige Männer gerötete, geschwollene Augen ansprechend finden."

Ein glucksendes Lachen entfuhr Elizabeth, trotz ihres Elends. "Ich verstehe nicht, wie du so lange in der guten Gesellschaft überlebt hast."

"Ich ebenso wenig, um ehrlich zu sein", sagte Frederica, was ihr offenbar nicht schwer zu fallen schien. "Also, was ist mit Cerridwen vorgefallen? Quickthorn macht sich Sorgen. Offensichtlich weigert sie sich, mit irgendjemandem zu sprechen."

Elizabeth lehnte den Kopf zurück und schloss die Augen. Nicht das, was sie hören wollte. "Wir haben uns gezankt. Ich weiß nicht, wie es für uns jemals wieder so sein kann wie früher." Sie musste die Worte herauspressen.

Fredericas Augen weiteten sich. "Oh, nein! Was ist geschehen?"

"Ich bin selbst schuld", sagte sie müde. "Ich hatte nicht verstanden, was es bedeutet, eine Gefährtin zu sein. Irgendwie dachte ich, es bedeute, dass Cerridwen mich liebt und stets das Beste für mich tun würde, da sie bei mir geblieben war, als sie ihr gesagt hatten, sie solle die Bindung brechen. Doch so funktioniert das nicht. Sie tut, was das Beste für die Drachen ist, was vermutlich auch gut so ist."

"Cerridwen liebt dich. Da bin ich mir sicher", rief Frederica aus.

"Auf ihre eigene Weise vielleicht liegt ihr etwas an mir", sagte Elizabeth langsam. Der Drache hatte schließlich versucht, Darcy zu helfen. "Aber sie bestand dennoch darauf, dass wir ihn durch das Portal bringen müssen und möglicherweise hätte er überlebt, wenn er bei seinem ursprünglichen Plan, nach Preußen zu reisen, geblieben wäre."

"Oder vielleicht auch nicht. Sie waren noch immer auf der Jagd nach ihm, auch wenn er sich zwischenzeitlich in Sicherheit befand. Wirst du dir nun in alle Ewigkeit die Schuld dafür geben, dass du kein Glück hattest mit deinen Entscheidungen, wenn du doch nur dein Bestes gegeben hast, um ihm zu helfen?" wollte Frederica wissen. "Glaubst du, Darcy würde wollen, dass du das tust?"

Sie schüttelte wortlos den Kopf. Natürlich wollte Darcy nicht, dass sie sich die Schuld gab, aber das bedeutete nicht, dass sie keinerlei Schuld trug.

"Wusste Cerridwen, was mit ihm geschehen würde?"

"Sie sagt nein."

"Weißt du, warum sie darauf bestand, ihn ins Nest zu bringen?"

"Sie hat es gesehen, wie immer. Wenn wir ihn nicht ins Nest brächten, würden schreckliche Dinge passieren."

Frederica rieb mit ihren Fingern am Rand von Elizabeth Bettdecke entlang. "Bevor er dich traf, war Darcy bereit, sich selbst zu opfern, um ein weiteres Drachenmassaker zu verhindern. Wenn Cerridwen ihn vor die Wahl gestellt hätte, dass seine Gefangennahme eine Katastrophe verhindern würde, was glaubst du, hätte er getan?"

Elizabeth wollte nichts von Vernunft hören. Sie wollte Darcy. Tränen glitten über ihre Wange. "Ich wollte, dass Cerridwen ihn für mich rettet."

"Das wollten wir alle." Frederica reichte ihr ein spitzenbesetztes Taschentuch. "Sogar Cerridwen, wage ich zu behaupten."

"Sie muss ihrer Vision folgen, ich weiß." Doch sie sagte es widerwillig.

Frederica zögerte, "Ich sage immer das Falsche, daher sollte ich wahrscheinlich meinen Mund halten, doch das schaffe ich wohl nie, nicht wahr? Vielleicht kannst du mir das auch nicht verzeihen. Aber du hättest deinen Respekt vor Cerridwen verloren, wenn sie die Drachen hätte sterben lassen und England in Flammen aufgehen lassen würde, nur um Darcy zu retten."

Galle bahnte sich ihren Weg in Elizabeths Mund. "Bitte mich nicht, ihre Entscheidungen zu mögen."

"Nein, selbstverständlich nicht. Aber..." Frederica holte tief Luft, bevor sie sich weiter in das Thema stürzte. "Jemand hat mir kürzlich gesagt, dass Liebe ein Schatz ist und nicht verschwendet werden sollte. Dass man seine Seele aushungern lässt, wenn man sich die Liebe versagt. Und ich denke, das gilt auch für deine Liebe zu Cerridwen, auch wenn du mit dem, was sie getan hat, nicht einverstanden bist."

Elizabeth wandte sich ihr zu, um sie anzusehen. "Das klingt nicht nach dir. Hat Quickthorn dich dazu gebracht?"

"Nein, sie sagte mir, ich solle dich einmal gründlich schütteln und dir eine Kopfnuss verpassen, um deinen Verstand wiederzubeleben." Frederica lächelte kurz. "Dieses ganze Gerede von Liebe klingt nicht nach mir, oder? Und doch habe ich darüber in letzter Zeit viel nachgedacht."

Zweifellos, weil Roderick hier war. Elizabeth war immer noch verwirrt darüber, wie es so weit gekommen war, dass er sich mit Rowan verbunden hatte, doch alle versuchten eifrig, sie zu schützen, indem sie sich weigerten, ihr die ganze Geschichte zu erzählen.

Und sie hatte weder die Energie, sich mit ihnen zu streiten, noch sich darum zu kümmern.

Elizabeth hätte vielleicht nicht mehr als ein paar Stunden an ihrer Wut auf Cerridwen festhalten können, wenn sie nur einen langen Streifzug durch die Landschaft hätte machen können, aber wie sollte jemand es ertragen, gerade zu dieser Zeit ans Bett gefesselt zu sein, wenn seine Gedanken am schmerzhaftesten waren? Sie konnte weder ihrer Trauer, noch ihrem Zorn oder ihrer Hilflosigkeit ausweichen.

Ebenso wenig wie der Schlussfolgerung, dass Frederica Recht hatte. Sie war Cerridwen gegenüber nicht gerecht gewesen. Und sie sollte versuchen, etwas daran zu ändern.

Zögernd nahm Elizabeth im Geist Verbindung zu ihr auf. Wäre ihr Drache überhaupt bereit, mit ihr zu sprechen? Es gab nur eine Möglichkeit, es herauszufinden. *Cerridwen?*

Einen Moment herrschte Stille und dann, *Was?*

Es war falsch, dir die Schuld zu geben. Du hast getan, was du tun musstest, und du hast versucht, uns beide zu beschützen. Ich war zu verzweifelt, um klar zu denken.

Wieder war es still, aber sie spürte, dass Cerridwen ihr zuhörte.

Sie versuchte es erneut. *Ich vermisse dich. Es war schwer, in Frankreich nicht mit dir senden zu können, und dann warst du zu weit weg.*

Ich habe es gehasst. Jetzt strömte Cerridwens Frustration durch ihre Verbindung. All diese Wochen des Schweigens, in denen ich vermeiden musste, meine Kräfte einzusetzen. Es war grauenvoll.

Ja, das war es. Und dann ließ sie ihre eigenen Gefühle durch die Bindung strömen. Ich wünschte, du wärst jetzt hier bei mir.

Dann komme ich. Die Verbindung verblasste.

Elizabeth ließ ihren Kopf wieder in das Kissen sinken, als die Erleichterung über sie hereinbrach. Dann rief sie Chandrika auf ihrer kleinen Liege hinter einem Paravent zu: "Cerridwen kommt. Würden Sie es die anderen wissen lassen? Ich möchte nicht, dass sie überrascht werden." Die Dienstboten hatten vor der Hütte ein Zelt errichtet, in dem abwechselnd eine Auswahl bewaffneter Diener und Stallknechte Wache hielten. Elizabeth hatte gesagt, es sei unnötig, aber Mrs. Reynolds hatte in ihrem Beharren den Verwalter auf ihre Seite gezogen, der ebenfalls bekräftigte, dass dies ebenfalls in Mr. Darcys Sinne wäre. Das eine Argument, dem sich Elizabeth nicht verschließen konnte.

"Ja, Mrs. Darcy. Es wird gut sein, sie wieder hier zu haben."

"Das wird es, ja."

Kapitel 35

DARCY STAND NEBEN DEM schmalen Fensterschlitz in seiner Zelle und wartete auf den Moment, in dem die Sonne tief genug stehen würde, um direkt hereinzuscheinen. Die Öffnung glich mehr einem Spalt und das Licht, das hindurchfiel, war nur für ein paar Minuten am späten Abend stark genug, dass er es nutzen konnte.

Da war es und warf plötzlich Schatten in den Kellerraum, der als sein Gefängnis herhielt. Rasch raffte er die Sonnenstrahlen zusammen und verflocht sie miteinander, um die Energie zu erzeugen, die er brauchte. Dann lenkte er alles auf seine gebrochene Rippe und drängte sie, sich wieder zu verbinden.

Einen gebrochenen Knochen hatte er noch nie zuvor geheilt, nur Schnitte und Kratzer, aber er musste es wenigstens versuchen. Wenn er noch eine weitere Nacht vor Schmerzen nicht schlafen könnte, wäre sein Kopf möglicherweise so sehr umnebelt, dass er mit der Wahrheit herausplatzen könnte. Ihn schützte derzeit lediglich, dass die Soldaten glaubten, er sei ein preußischer Mann von Stand, dem es an Talent mangelt und er musste bei klarem Verstand bleiben, um diese Maskerade aufrechterhalten zu können.

Weiterhin sandte er die gesammelte Kraft aus, auch wenn es nicht viel war, bis er die ersten verräterischen Anzeichen von Aufgekratztheit und Schwindel spürte. Widerwillig ließ er die Fäden los und sank hinunter, um sich auf den schmutzigen Boden zu setzen und den Kopf gegen die Wand zu lehnen. Vorsichtig versuchte er, einzuatmen, zuerst nur flach und dann tiefer. Seine Seite schmerzte noch immer, aber das Stechen hatte deutlich nachgelassen.

Es hatte funktioniert – zumindest zu einem gewissen Grad – und das müsste reichen.

Er riss ein Stück von dem ausgetrockneten Brot ab, das sie ihm dagelassen hatten, und fing an, es zu kauen. Auch wenn es nicht annähernd an den gezuckerten Tee und Kuchen heranreichte, die er sonst zu sich nahm, um seine magischen Kraftreserven wieder aufzufüllen, konnte man es dennoch als Nahrung bezeichnen, auf die zu verzichten er sich nicht leisten konnte. Und sie würde ihm Kraft geben, sich dem Verhör durch die Soldaten weiterhin zu widersetzen. Er musste die Befragungen so lange als möglich hinauszögern, damit er Elizabeth genügend Zeit verschaffen konnte, um zum Nest und damit sicher zurück nach England zu gelangen.

Er gähnte, ungeachtet seines geschwollenen Kiefers. Eine ganze Reihe von Prellungen zeugten von seinen drei Tagen in Gefangenschaft. Ein Schlag auf seinen Kopf in der zweiten Nacht hatte ihn so benommen und verwirrt zurückgelassen, dass er gedacht hatte, die Wände seiner Zelle würden mit Elizabeths Stimme zu ihm sprechen. Vollkommen klar konnte er immer noch nicht wieder denken und beizeiten gab es Momente, in denen er alles doppelt sah.

Aber Elizabeth war in Freiheit. Diese Schläge nahm er gerne in Kauf, wenn das der Preis wäre.

Es hätte schlimmer kommen können. Die Soldaten waren nicht so brutal mit ihm umgegangen, wie er es erwartet hatte. Sie wollten ihn in guter Verfassung, um Lösegeld für ihn zu erhalten, sofern er ihnen keine Wegbeschreibung zum Nest liefern konnte.

Dank Cerridwen und ihren Bindungen würden sie die auch niemals bekommen. Aber sobald sie erführen, dass es gar keine aristokratische preußische Familie gab, die bereit war, Lösegeld für ihn zu bezahlen, würden sie nicht mehr so vorsichtig mit ihm umgehen.

Doch diesen Weg würde er seine Gedanken nun nicht einschlagen lassen. Stattdessen erinnerte er sich an das Gefühl, als er sein Baby durch Elizabeths Haut gegen seine Hand treten gespürt hatte. Es war jetzt ein echtes Kind, nicht nur die bloße Vorstellung davon, und er wünschte sich sehnlich, ihn kennenzulernen. Oder sie. Irgendwie würde Darcy einen Weg in die Freiheit finden. Und wenn nicht, würde er einen Tod sterben, auf den sein Sohn stolz sein könnte.

Daran zu denken, war jedoch der Weg in den Wahnsinn, zumal das Licht nun immer schwächer wurde. Er wickelte sich in eine zerlumpte Decke und fand die am wenigsten schmutzige Stelle auf dem Boden, um sich hinzulegen. Er schloss die Augen, ließ die Welt verblassen und stellte sich vor, wie er in dem kleinen, stillen Cottage im Herzen von Pemberley mit Elizabeth in seinen Armen lag, und für einen Moment fühlte er sich beinahe frei.

Eine Hand an seiner Schulter, die an ihm rüttelte, weckte ihn auf. Seine Zelle war voller Rauch, der ihm die Sicht versperrte – nein, nicht Rauch, sondern Nebel. Aber warum sollte es drinnen Nebel haben? Vielleicht wirkte sich der Schlag auf seinen Kopf immer noch auf seine Sicht aus. Aber er konnte den Mann sehen, der sich über ihn beugte, ein Tuch um das Gesicht gewickelt und eine Laterne in der Hand.

"Steh auf", zischte der Mann leise auf Französisch. "Komm schnell und sei still."

"Wer bist du?", krächzte Darcy.

"Dein Retter, zumindest wenn du kooperierst." Er klang gereizt.

Eine Chance zur Flucht? Darcy hievte sich auf die Füße und humpelte ihm nach, aus den vier Wänden heraus, die ihn eingeschlossen hatten, in noch mehr Nebelwolken. Der Mann blieb kurz stehen, um den Balken vor der Tür seines Gefängnisses wieder anzubringen. Dann eilte er auch schon wieder weiter und Darcy gab sein Bestes, um mit ihm mithalten zu können, hinaus durch den nebelgefüllten Korridor, die unebenen Stufen hinauf und an zwei zusammengesunkenen Körpern in französischen Uniformen vorbei. Tot oder nur betäubt? Es war ihm gleich, solange er nur frei war. Zur Tür hinaus in eine dunkle Nacht und selbst hier setzte sich der unnatürliche Nebel fort.

Kalt lief es ihm über den Rücken. Sein Sehvermögen war nicht das Problem. Hier war Magie im Spiel.

"Hier entlang", flüsterte sein Retter. "Die Zeit drängt."

Glücklicherweise lief er nun etwas langsamer, andernfalls hätte Darcy ihn verloren, während er versuchte den Schmerz zu ignorieren, um mit ihm auf der ansteigenden Kopfsteinpflasterstraße Schritt halten zu können, bis sie den Karren erreichten. Schließlich dünnte sich der Dunstschleier aus und der zunehmende Mond warf lange Schatten.

Ein anderer Mann kroch unter dem Wagen hervor. "Da rein und leg das über dich", sagte er und zog eine zerlumpte Decke von der Ladefläche. Er sprach Französisch, aber mit einer Stimme, die so vertraut war, dass sie in Darcys Innerstem nachhallte.

Darcy erstarrte und spähte in das Gesicht des Mannes. Das konnte nicht sein. Es war unmöglich. Völlig, völlig unmöglich.

Und doch war es wahr. Die Spalte im Kinn, Wangenknochen wie gemeißelt, die Narbe an seiner Augenbraue, die er sich zugezogen hatte, als eine der Baumkletteraktionen ihrer Kindheit schiefgegangen war und vor allem der geschmeidige Körper, der sich wie ein Tiger auf Jagd bewegte. Ein paar mehr Falten durchzogen das Gesicht, das er so gut wie sein eigenes kannte, aber das war alles.

Darcy machte zwei unbeholfene Schritte nach vorne, kaum in der Lage, seinen Füßen zu trauen. "Jack?", fragte er heiser. Dieser verdammte Schlag auf den Kopf! Jetzt sah er schon Dinge, die gar nicht da waren. Doch das war es wert, wenn es ihm einen Blick auf seinen Bruder verschaffte, selbst wenn es ihn eigentlich gar nicht wirklich gab.

Ein ungläubiger Ausdruck, den Darcy überall erkannt hätte, breitete sich auf Jacks Gesicht aus. "Guter Gott, Will, bist du das unter all den Schwellungen? Verdammt, das hätten sie mir aber sagen können! Was tust du hier?" Er zog Darcy heftig in seine Arme.

In Darcys halb verheilter Rippe stach es, als hätte man ihm ein Messer hineingestochen, doch das war ihm einerlei. "Ich weiß, dass du tot bist, aber ich bin trotzdem so froh, dich zu sehen. Oder bin ich jetzt auch tot?" Vielleicht war das nur ein Traum, und in Wirklichkeit befand er sich noch in seiner Zelle. Wenn es nur wahr sein könnte!

Jacks Stirn runzelte sich und er griff nach oben, um mit den Fingern vor Darcys Gesicht zu schnippen. "Was haben sie mit dir angestellt, Will? Wach auf! Ich lebe und du ebenfalls."

Er konnte Jacks Arm um sich spüren, der ihn stützte. Dieser Arm entsprang definitiv nicht seine Fantasie. Es war eine Sache, Stimmen zu hören oder sogar Dinge zu sehen, die es gar nicht gab, aber sie auch zu spüren? "Bist du dir sicher?"

Jack ließ ihn los und schüttelte ungläubig den Kopf. "Sie werden dafür bezahlen, dass sie dir das angetan haben, das schwöre ich."

"Dafür bleibt keine Zeit!", schnauzte der andere Mann. "Unter die Decke, wenn dir dein Leben lieb ist. Und kein Englisch, ihr Narren!"

"Richtig", riss es Jack aus seiner Freude und er widmete sich wieder ganz seiner eigentlichen Aufgabe. "Rein da, Will. Reden können wir später auch noch."

Darcy zögerte. "Reichst du mir bitte eine Hand? Mein rechter Arm ist schwach." Ohne seine Hilfe könnte er sich unmöglich auf die hohe Ladefläche schwingen.

"Verdammte Bastarde!" Aber Jack zögerte nicht. Er beugte sich vor und faltete seine Hände zu einer Räuberleiter, in die Darcy treten konnte, und hob ihn dann hinein.

"Leg dich hin", wies ihn der andere Mann dringlich an.

Jack warf die Decke über ihn, und dann landete etwas anderes darauf – Heu, dem Duft und Staub nach zu urteilen, der ihn zum Niesen brachte. Einen Moment später setzte sich der Karren knarzend in Bewegung.

Darcy lag beinahe fassungslos da. Wenn dies ein Traum war, warum konnte er die Unebenheiten der Straße spüren, die ihn durchschüttelten, ebenso wie seine erst halb verheilte Rippe, die bei jeder ruckartigen Bewegung pochte?

Wie konnte Jack überhaupt am Leben sein? Er war in der Schlacht von Salamanca mittendrin gewesen, da waren sich alle einig, und die wenigen Überlebenden hatten am Rand gestanden. Und Jacks Ring, sein halb zusammengeschmolzener Siegelring, wurde an einem bis zur Unkenntlichkeit verbrannten Körper gefunden.

Es ergab keinen Sinn. Wenn Jack tatsächlich überlebt hätte, warum hatte er sich nie gemeldet? Mit der Blockade war es schwierig, Nachrichten nach England durchzubringen, wahrlich, aber er hätte einen Brief an den britischen Konsul in Preußen schicken können. Und was machte er in der Wildnis des Elsass?

Der Zufall war zu groß, zu absurd. Das muss ein Trick sein. Napoleon hatte sich all die Jahre erfolgreich als Mensch ausgegeben. War es möglich, dass ein Drache Jacks Erscheinung angenommen hatte?

Nein. Er kannte Jacks Stimme, die Art, wie sein Bruder die Schultern zurückwarf. Er war es wirklich.

Der Wagen geriet ins Schlingern und er unterdrückte einen Schmerzensschrei. Aber Jack lebte, und die wildeste, unmöglichste, glücklichste Fügung des Schicksals hatte sie wieder zusammengebracht.

Er hatte wieder einen Bruder.

Oder war das nur ein erstaunlich glücklicher Zufall? Elizabeth zufolge hatte Cerridwen darauf bestanden, nach Frankreich zu reisen, und später, dass sie zu diesem Nest kommen müssten, anstatt eine heimliche Überquerung des Ärmelkanals zu versuchen. Cerridwen, mit ihrer Seherinnengabe. Hatte sie wissen können, dass Jack hier war?

Er zermarterte sich das Hirn, um alles hervorzuholen, was er jemals über Cerridwens Fähigkeiten erfahren hatte. Dass sie einen katastrophalen Ausgang vorhersehen konnte und dass sie Entscheidungen basierend darauf traf, ob sie sie zu diesem Resultat hin oder davon wegbringen würden. Nichts darüber, dass sie verschwundene Brüder finden könnte.

Es sei denn, Jack zu finden war in irgendeiner Weise wichtig, um die Katastrophe zu verhindern.

Nun fuhren sie auf einer anderen, noch holprigeren Oberfläche. Vielleicht eine Art Wanderweg? Er platzte beinahe, so viele Fragen wollte er seinem Bruder stellen. Sofern sie beide es fertigbrachten, diese Flucht zu überleben.

Endlich kamen die Räder zum Stillstand, er blieb jedoch regungslos liegen. Waren sie in Sicherheit, oder hatten sie Soldaten auf der Jagd nach ihm aufgehalten? Die Decke wurde weggerissen, loses Heu schwebte um ihn herum.

Jacks Gesicht grinste ihn an. "Komm mit; von hier aus reiten wir weiter. Du kannst hoffentlich immer noch reiten?"

"Das werde ich schon fertigbringen." Er war noch nie mit beiden Zügeln in einer Hand geritten, aber das würde er schon hinkriegen. Seine Rippe wäre das größere Problem.

"Gut. Lass uns aufbrechen, wer weiß, wie lange das Artefakt die Soldaten im Tiefschlaf hält."

Ein weiteres Artefakt. Das erklärte vieles – und auch, dass die Drachen irgendwie involviert waren.

"Was ist mit ihm?" Darcy deutete auf den anderen Mann, als Jack ihn zu zwei robusten Pferden führte, die bereits gesattelt waren.

"Er wohnt hier und möchte so schnell als möglich von der Bildfläche verschwinden. Wir können reden, wenn wir hier weg und in Sicherheit sind."

Er brauchte Jacks Hilfe, um aufzusteigen. Wofür man alles zwei Hände brauchte, darüber hatte er sich zuvor noch nie Gedanken gemacht! Doch nichts konnte ihm nun noch die Stimmung verhageln, weder sein schwacher Arm, noch das ungeschulte Bauernpferd, nicht einmal der Schmerz in seiner Seite, den er bei jeder Erschütterung empfand, oder gar wie weh ihm sein lädiertes Gesicht tat. Er war frei und Jack lebte!

Er lenkte sein Pferd, dass es seinem Bruder zum Rand des Feldes und dann in den Wald hinein folgte. Oder genauer gesagt, folgte das Pferd seinem Stallkameraden, da es schwieriger als gedacht war, nicht in seine gewohnte Haltung mit den Zügeln in beiden Händen zu verfallen. Auf einen schmalen Pfad, den Hügel hinauf und dann immer weiter hinauf und hinauf. Über Serpentinen und an Bächen vorbei, die über Lichtungen und Geröllfelder führen.

Fragen sprudelten in Darcys Kopf, als er die vertraute Reithaltung seines Bruders beobachtete, doch zum Reden bot sich keine Gelegenheit.

Schließlich hielt Jack an der Spitze eines steilen Abhangs inne, da die Pferde auf dem Weg hinauf schwer ins Schnaufen gekommen waren. "Wir sollten sie am besten ein wenig ausruhen lassen, bevor wir den letzten Teil angehen."

Darcy schaffte es, abzusteigen, wenngleich man es eher als ein an der Seite des gestandenen Bauernpferdes herunterrutschen bezeichnen konnte als alles, was sein Reitlehrer als Absteigen wiedererkennen würde. Ein unfreiwilliges Grunzen entfuhr ihm, als seine Füße auf dem Boden auftrafen und seine Rippe wieder erschütterten.

Jack ignorierte es höflich, stattdessen öffnete er eine Flasche und hielt sie ihm hin. "Wein?"

Darcy nahm einen Schluck und dann noch einen zweiten. Nach Tagen mit nichts als getrocknetem Brot und Dünnbier schmeckte er reichhaltig und luxuriös. Seine Wärme breitete sich in ihm aus.

"Nimm alles", sagte Jack. "Du brauchst es viel mehr als ich."

Das konnte er nicht bestreiten. Nachdem er die Flasche geleert hatte, gab er sie zurück. "Wie schön, dich wiederzusehen."

Jack lachte. "So geht's mir auch, wobei deine Augen gar nicht schön anzusehen sind. Erinnerst du dich, als ich dir ein blaues Auge verpasst habe, damals, als du versucht hast, mich vom Ausreißen abzuhalten?"

Darcy konnte nicht umhin, zurückzulächeln. "Das werde ich nie vergessen."

"Und dein Luchs hat sich auf mich gestürzt." Jack schnippte mit den Fingern. "Dein Luchs! Ich hätte wissen müssen, dass du der Gefangene sein musst. Es ging das Gerücht um, dass die Soldaten Angst haben, das Dorf zu verlassen, nachdem zwei von ihnen von einem Luchs zerfleischt wurden. Es hat ihm wohl gar nicht gefallen, wie sie dich behandelt haben, oder?" Er lachte.

"Sie haben es verdient", sagte Darcy. "Aber du – wir dachten, du wärst in Salamanca gefallen. Warum hast du uns keine Nachricht zukommen lassen?"

Jacks Grinsen verblasste. "Ich wünschte, ich hätte es tun können, aber ich bin hier selbst ein Gefangener. Sie lassen mich mit niemandem kommunizieren."

Darcy betrachtete ihn mit offenem Unglauben. "Ein Gefangener, der sich frei auf Rettungsmissionen begeben kann?"

Jack zuckte mit den Achseln. "Ich habe ihnen mein Ehrenwort gegeben. Mein Ehrenwort, dass ich nicht fliehen oder versuchen würde, eine Nachricht zu senden. Wäre es dir lieber, wenn ich für immer in einer Höhle eingesperrt bleibe? Ich würde den Verstand verlieren." Er seufzte. "Dies ist das erste Mal, dass sie mir erlaubt haben, mich so weit zu entfernen. Ich habe um diese Gelegenheit gebettelt."

"Wer? Wer hält dich gefangen?" Er hatte angenommen, dass Jack irgendwie mit dem Nest im Bunde war, aber die Drachen nahmen doch sicherlich keine Gefangenen.

"Die Drachen natürlich. Oh, nicht auf schreckliche Weise; sie behandeln mich gut, eher wie einen ehrenhaften Gast. Aber einen, der einfach nicht gehen darf."

"Aber weshalb? Was hast du gemacht?"

"Das ist das Seltsame – sie wollen es mir nicht sagen. Nur, dass sie mich dabehalten müssen. Sie entschuldigen sich immer wieder dafür."

Es ergab keinen Sinn. "Wie bist du aus Salamanca entkommen?"

Jack stieß ein kurzes Lachen aus. "Meine letzte Erinnerung ist, dass ich mich für die Schlacht aufgestellt habe, bereit zu kämpfen, und dann bin ich hier aufgewacht."

"Dann hast du dir also eine Kopfverletzung zugezogen?" Das könnte seinen Gedächtnisverlust erklären.

"Nicht, dass ich wüsste. Das Erste, was ich danach wieder weiß, ist hier im Nest aufgewacht zu sein, mit klopfendem Herzen und so nackt wie am Tag meiner Geburt. Ich hatte keinen Kratzer abbekommen, abgesehen von dem kleinen Schnitt von der Rasur an jenem Morgen. In einem Augenblick durch halb Spanien und beinahe ganz Frankreich, auch wenn ich das zu dem Zeitpunkt nicht gewusst hatte. Und überall waren Drachen."

Sie mussten ihn durch ein Portal geschickt haben. Aber warum konnte er sich nicht daran erinnern? Drachen besaßen die Fähigkeit, Erinnerungen zu nehmen, aber gab es einen Grund, weshalb sie das Jack antun würden? Sein erschöpftes Gehirn konnte sich keinen Reim darauf machen. "Das klingt erschreckend! Ohne all das ist es schon schwer genug, festzustellen, dass es Drachen tatsächlich gibt."

"Oh, ich wusste schon von ihnen. In Pemberley bin ich mal auf einen gestoßen. Er fragte mich, ob ich ein Drachengefährte sein wolle und sagte etwas davon, dass ich mein Blut auf den alten Drachensteinen vergossen hätte, aber dann fand er heraus, dass ich Soldat werden wollte und sagte, dass es dann nicht möglich sei. Das Schlimmste war die Bindung, die verhinderte, dass ich es jemandem erzählen konnte."

Das verstand Darcy nur zu gut. "Ich hatte ja keine Ahnung. Nun, Gott sei Dank bist du am Leben."

"Was ist in Salamanca passiert? Ich weiß nicht einmal, ob wir gewonnen oder verloren haben. Ich habe keinerlei Zugang zu Nachrichten."

Darcy nahm einen tiefen Atemzug. "Wir haben katastrophal verloren. Es war ein Massaker durch Drachenfeuer."

Jack schluckte schwer, sein Gesicht wurde plötzlich aschfahl. "Wie viele wurden getötet?"

"Von einer Handvoll Überlebender abgesehen, alle. Und einer der verkohlten Körper trug deinen Siegelring." Es kam fast wie ein Vorwurf heraus. "Deshalb dachten wir, du wärst tot."

"Mein Ring." Jack sah fassungslos aus, und plötzlich wurde Darcy klar, dass er ihm gerade gesagt hatte, dass jeder, den er in Salamanca gekannt hatte, nicht mehr lebte. "Ich habe ihn jemandem gegeben. Du hast dort einen Bruder verloren, einen Halbbruder. Wusstest du, dass unser Vater eine zweite Familie in Pemberley hatte, eine, die er vor uns versteckt hatte? Ich habe ihn in Spanien kennengelernt und entschieden, dass er den Ring mehr verdient hat als ich." Seine Worte trieften vor Bitterkeit.

"Ich habe erst kürzlich davon erfahren." Als seine Halbschwester Elizabeth das Leben gerettet hatte.

Elizabeth. In seinem völligen Schock darüber, Jack wiederzusehen, hatte er nicht einmal nach ihr gefragt. "Meine Frau war auf dem Weg zu deinem Nest, als ich verhaftet wurde. Hat sie es geschafft?" Er hielt den Atem an.

"Vor ein paar Tagen kam eine Frau an und ist beinahe augenblicklich durch das Portal gegangen. Ich habe sie nicht gesehen. War das deine Frau? Gütiger Gott, wann hast du geheiratet?"

Elizabeth war in Sicherheit! "Letzten Herbst. Du wirst bald Onkel."

"Du, ein Vater! Verblüffend." Dann änderte sich etwas in seinem Gesicht. "Weshalb helfen dir die Drachen? Nachdem sie sich jahrhundertelang versteckt haben und mich als Gefangenen halten, zeigen sie plötzlich Interesse und retten dich. Was macht dich so wichtig für sie?"

Er musste kurz innehalten, um darüber nachzudenken. "Ich habe Informationen, die sie wollen, und meine Frau ist eine Drachengefährtin." Seltsam, dass die Bindung ihn nicht davon abgehalten hatte, das auszusprechen. Vielleicht lag es daran, dass Jack bereits über die Drachen Bescheid wusste.

Jack pfiff leise, eine alte Gewohnheit. "Interessant. Die Drachen sagen, ich muss ein direkter Nachkomme eines Drachengefährten sein, da ich immun gegen Drachenfeuer bin." Er fuhr sich mit der Hand durch die Haare. "Ich habe mich nie gefragt, woher sie wussten, dass mir das Drachenfeuer nichts anhaben würde. Ich denke, nun wissen wir zumindest etwas, das in Salamanca geschehen ist." Schweißperlen erschien auf seiner Stirn.

Darcy hatte sich so viele Monate lang vorgestellt, wie Jack in den Flammen gestorben war, dass der Gedanke ihn nicht mehr schockierte, aber für seinen Bruder war er neu. "Was auch immer dich gerettet hat, ich bin dankbar dafür."

"Ich auch." Jack wischte sich mit dem Handrücken die Stirn, in dem offensichtlichen Versuch, sich von seinem Schock zu erholen. "Aber, was bringt dich hierher? Ich wage nicht zu hoffen, dass der Krieg gewonnen und Napoleon besiegt wurde."

"Nicht wirklich. Ich war Teil eines letzten verzweifelten Versuches, ihn zu ermorden. Der ist natürlich gescheitert, und jetzt versuche ich, irgendwie nach Hause zu gelangen." Plötzlich traf ihn die Realität. "Bei Gott, es ist so schön, dich zu sehen, Jack! Mehr als schön. Allein dafür hat es sich gelohnt." Selbst wenn er seinen Arm nicht mehr benutzen konnte. Im Austausch für seinen Bruder hätte er seinen Arm nur zu gerne geopfert.

"Ich kann nicht glauben, dass die Drachen mich geschickt haben, um dich zu retten, ohne mir etwas zu sagen!", grummelte Jack, aber nun kehrte wieder Farbe in sein Gesicht zurück. "Aber erzähl mir das Neueste vom Krieg und wie es allen zu Hause geht!"

Kapitel 36

D ARCY FOLGTE JACK DURCH die Illusionen, die das Nest schützten, und versuchte, nicht zusammenzucken als er scheinbar direkt durch eine steinerne Klippe gehen sollte. Sie gab jedoch vor ihm nach, und plötzlich stand er in einer mit Glasmosaiken geschmückten Kammer. Eine große Drachendame saß mit ihrem Schwanz um sich gerollt darin. Ihre Bronzeschuppen glänzten mit rubinroten Akzenten und ihr fehlte der Kopfkamm, an dem man ein Männchen erkennen würde. "Du hast es also geschafft", sagte sie zustimmend zu Jack.

Jack salutierte ihr scherzhaft. "Und bin wie versprochen zurückgekehrt." Er schien sich von seinem Schock über die Nachrichten, die er von Darcy erfahren hatte, erholt zu haben.

"Daran habe ich nie gezweifelt. Aber was haben wir hier?" Die Drachendame lenkte ihre Aufmerksamkeit auf Darcy. "Du siehst nicht gesund aus, nicht einmal für einen Sterblichen."

"Er ist mein Bruder, so erstaunlich das auch klingen mag", sagte Jack. "Die Bastarde haben ihn geschlagen und er hat ziemlich große Schmerzen, wenn er auch lieber sterben würde, als das zuzugeben. Wärst du bereit, ihn zu heilen?"

Darcy öffnete den Mund, um zu protestieren, dass es nicht so schlimm war, klappte ihn dann aber rasch wieder zu. Wenn dieser Drache bereit wäre, seine Wunden zu heilen, wäre er froh darum. Er hegte kein Bedürfnis, grün und blau vor Elizabeth zu erscheinen, noch dazu mit einem beinahe vollständig zugeschwollenen Auge.

Die goldenen Augen des Drachen erschienen dicht vor seinem Gesicht. "Möchtest du das, junger Sterblicher?"

"Ich wäre dankbar, aber zuvor muss ich eine Warnung aussprechen. Die Soldaten stehen kurz davor, euer Nest zu entdecken."

Die Drachendame nickte mit dem Kopf. "Die Frau, die vor dir zu uns gekommen ist, hat es uns erzählt. Deshalb stehe ich hier Wache."

"Mir gegenüber habt ihr das nie erwähnt!", rief Jack aus.

"Wir wollen dich nicht beunruhigen, Kleiner. Wir sorgen für deine Sicherheit, ganz gleich, was geschehen mag."

"Ich möchte es trotzdem wissen!"

Kleiner? Der Drache nannte Jack "Kleiner"? Oh, wie sehr sein Bruder das hassen musste! "Das ist jedoch noch nicht alles. Napoleon selbst ist ein Gestaltwandler."

Eine Wolke aus Dunkelheit schien die Kammer auszufüllen. "Darüber hat uns dein Nest informiert. Die Älteste wird sich näher mit dir darüber unterhalten wollen. Aber gestatte mir zunächst, dich wieder gesundzumachen."

"Du bist sehr großzügig. Was soll ich tun?"

"Schau mir einfach in die Augen." Ihre Aura veränderte sich und strahlte nun etwas Beruhigendes aus. Sie hob ihre Vorderbeine und brachte sie zusammen, sodass die Seiten ihrer Krallen warm und schwer vor Magie an seinen Wangen ruhten.

Beinahe geriet er ins Taumeln, als eine mächtige Präsenz in ihn strömte und in seine Brust hinunterglitt. An seiner gebrochenen Rippe hielt sie inne, Hitze breitete sich aus und plötzlich war der Schmerz weg. Dann fand die Magie seine Schusswunde. Diesmal verweilte sie länger und verfolgte den Weg, den die Kugel genommen hatte, ehe sie zuerst den einen und dann den anderen Arm hinunterglitt. Die violetten Prellungen an seinen Händen verblassten zunächst zu Gelb, ehe sie ganz verschwanden.

Aber sie war noch nicht fertig. Die Kraft bewegte sich durch seine Beine und wieder seinen Körper hinauf, bevor sie seinen Kopf umrundete. Sie war überall, in seinen Ohren, seiner Nase, sogar in seinen Augäpfeln. Jetzt konnte er seine Augen wieder ganz öffnen. Als sich die Magie langsam zurückzog, fühlte sich sein Gesicht ohne sie kühl an.

Ihre Aura war jedoch traurig. "Es tut mir sehr leid wegen der Wunde in deiner Schulter. Ich konnte etwas tun, um es besser zu machen, die Funktion jedoch nicht vollständig wiederherstellen."

Und doch hatte der konstante Schmerz an dieser Stelle deutlich abgenommen. Doch das erstaunlichste, geradezu ein Wunder, war, dass er die Finger seiner rechten Hand wieder willentlich bewegen konnte. Er beugte den Ellbogen und hob den Unterarm. Er fühlte sich schwer wie Blei an, aber er bewegte sich. Sein Arm funktionierte!

"Das...", sagte er und seine Stimme brach und zitterte. "Es ist so viel besser. Das ist ein großartiges Geschenk." Er drehte seine Hand hin und her, einfach nur, weil er es konnte. Noch nie war es schwerer gewesen, einem Drachen nicht zu danken.

"Ich bin froh, dass ich helfen konnte, wenngleich ich wünschte, ich könnte mehr tun."

"Das übersteigt alles, was ich mir je erhofft habe."

Jack sagte fröhlich: "Ausgezeichnet! Coquelicot ist die beste Heilerin im Nest, und sie liebt, was sie tut. Wir alle erfreuen uns ihretwegen geradezu widerlich guter Gesundheit."

"Sterbliche zu heilen ist sehr befriedigend", gestand der Drache. "Ihr brecht so leicht."

Darcy bewegte wieder die Finger. Sie schlossen sich nicht vollständig zur Faust, aber sicherlich würden sie mit der Zeit wieder kräftiger und stärker werden. Und selbst, wenn nicht, könnte er wieder schreiben, die Zügel wieder richtig halten und sein Kind tragen. "Ich stehe für immer in deiner Schuld. Wenn ich dir jemals einen Dienst erweisen kann, so klein er auch sein mag, dann lass es mich bitte wissen."

Ihre Aura verwandelte sich in freudige Verlegenheit. "Dann geh zur Ältesten. Der Kleine wird dich hinbringen. Ich muss auf meinem Posten bleiben."

Ja. Er musste seine Informationen weitergeben, da Elizabeth nicht wusste, was die Soldaten ihm gesagt hatten. Und auch die Erinnerungen an die Seeschlangen sollte er teilen. Und so sehr er sich auch wünschte, Elizabeth möglichst bald wiederzusehen und ihr zu versichern, dass es ihm gut ging, wäre er doch froh um die Gelegenheit, sich zuvor noch ein bisschen Zeit mit Jack zu stehlen.

Am Tor schüttelte Darcy Jack die Hand. Zwei erstaunliche Dinge waren auf einmal geschehen – Jack war nicht tot und Darcys Hand ebenso wenig. "Wir werden uns wiedersehen", sagte er heftig. "Spätestens, nachdem der Krieg ein Ende gefunden hat. Dann komme ich zurück, um dich zu besuchen."

"Ich freue mich darauf. Ich würde dir sagen, dass du alle lieb von mir grüßen sollst, aber ich weiß schon, dass das nicht geht."

Was stimmte, da die Älteste eine weitere Bindung auf ihn gelegt hatte. "Das ist so ungerecht." Er hasste den Gedanken daran, Georgiana und seine Mutter weiter glauben zu lassen, Jack sei tot, doch was blieb ihm anderes übrig? Nicht, dass er ihnen wirklich ehrlich hätte versichern können, Jack wäre in Sicherheit, nicht, wenn das Nest kurz davor stand, angegriffen zu werden.

Jack klopfte ihm auf den Arm. "Vieles im Leben ist ungerecht. Jetzt geh, bevor Saxifrage hier ungeduldig wird." Er nickte dem kleinen grünen Drachen am Tor zu.

Darcy nickte und ging auf den Ring aus funkelnder Luft zu, der das Portal kenntlich machte. Wie es sich wohl anfühlen würde? Entschlossen trat er über die Schwelle des schimmernden Bereichs. Bald würde er wieder bei Elizabeth sein.

Er fühlte gar nichts. Keinen Widerstand. Nicht einmal die Luft war anders. Die Kammer sah immer noch genau gleich aus.

Er drehte sich um, um zurückzublicken, und da stand Jack und starrte ihn schockiert an.

"Was ist geschehen? Warum bin ich immer noch hier?", wollte Darcy wissen. Enttäuschung strömte durch ihn, gepaart mit Angst. Wie könnte er nach Hause kommen, wenn das Tor nicht funktionierte?

Jack hob die Hände und zuckte mit den Schultern. "Was ist los?", fragte er den Drachen.

"Seltsam." Der Drache streckte vorsichtig eine Kralle an den Rand des Portals aus. Funken stoben davon ab. Er nahm einen Metallstab und schob ihn in die schimmernde Luft. Die Hälfte davon verschwand. Als er ihn wieder zurückzog, wurde er wieder ganz. "Das Portal funktioniert, es nimmt ihn allerdings nicht an."

"Warum nicht?", fragte Jack.

"Das weiß ich nicht. Er ist kein Gefährte, aber er ist dein Bruder, nicht wahr? Du hast das Portal problemlos durchschritten."

"Ich bin durchgekommen..." Jack klang schockiert. "Egal, wie können wir Will nach Hause bringen?"

Der Drache bewegte seinen Kopf von einer Seite zur anderen. "Das weiß ich nicht. Die Älteste könnte es wissen, oder Enziane oder Renoncule. Sie verstehen das Portal besser als ich."

"Komm, Will. Wir brauchen ein paar Antworten."

Dem konnte Darcy nur zustimmen. Es war ihm nie in den Sinn gekommen, dass das Portal den Dienst versagen und er in den Bergen Frankreichs festsitzen könnte, noch dazu, wenn ihnen ein Kampf kurz bevorstand.

Darcy hob eine Metallskulptur einer seltsamen Feenkreatur an, die vorne wie ein Pferd aussah, hinten aber den Schwanz eines Fisches hatte. Der Raum, in dem sie Jack untergebracht hatten, war mit mehreren davon ausgestattet, ebenso wie mit Mosaiken an den Wänden, die denen, die er im Dark Peak Nest gesehen hatte, sehr ähnlich sahen. Einen solchen Geschmack hätte er von Jack nicht erwartet. Der Raum enthielt nichts, was auf die Persönlichkeit seines Bruders hingewiesen hätte. Zwei ramponierte Bücher lagen auf dem Tisch neben dem Bett. Darcy blätterte sie durch: Eine Geschichte Frankreichs und ein Buch über Metallkunde, beide auf Französisch. Normalerweise entsprachen Reiseberichte und Romane eher Jacks Geschmack.

War Jack tatsächlich mit nichts hierher gebracht worden? Das würde den Mangel an persönlichen Gegenständen erklären.

Beinahe eine Stunde war bereits vergangen, seit Jack ihn hier zurückgelassen hatte, während er sich auf die Suche nach Informationen über das Portal machte. Sie hatten es gemeinsam versucht, aber der erste Drache, den sie aufgesucht hatten, weigerte sich rundheraus, vor einem unbekannten Sterblichen zu sprechen, also beschloss sein Bruder, es allein zu versuchen.

Schließlich kehrte Jack zurück und schob die Decke beiseite, die über dem Eingang hing. Anscheinend hatten Drachen wenig Sinn für Privatsphäre, also musste Jack improvisiert haben. Er sah nicht erfreut aus.

"Was hast du herausgefunden?", wollte Darcy wissen.

Sein Bruder sah in finster an. "Nichts. Sie sind alle viel zu beschäftigt damit, Pläne zu schmieden, wie sie das Nest verteidigen können. Als ich nicht locker ließ, schlug die Älteste vor, dass du stattdessen über Land reist."

"Wenn das so einfach wäre, hätte ich es schon vor Monaten getan!", explodierte Darcy. Verdammt, wenn das das Beste war, was die Drachen zu bieten hatten, hätte er auch bei Mme. Hartung bleiben können, in der Hoffnung, es irgendwann nach Preußen zu schaffen.

Wenn es nur um eine Verzögerung ginge, könnte er das für sich selbst noch ertragen, aber Elizabeth musste außer sich vor Sorge sein. "Könnte ich wenigstens eine Nachricht durch das Portal schicken, um meiner Frau zu versichern, dass sie keine Witwe ist? Meine Frau glaubt, dass ich noch immer in Gefangenschaft der Franzosen bin, wenn nicht gar schon tot."

"Ich denke schon, wenn dein Nest sie an sie weiterleitet." Jack griff in einen kleinen Schreibtisch und zog Papier aus einer Schublade. "Nimm das. Siehst du, wie mich die Drachen verwöhnen? Sie haben einen ihrer Kith extra ausgesandt, um es für mich zu besorgen. Nicht, dass ich irgendjemandem schreiben könnte, aber ein Tagebuch zu führen hilft mir, hier meinen Verstand nicht zu verlieren." Darcy dankte ihm und setzte sich an den Schreibtisch.

Jack zuckte zusammen. "Ich bin offensichtlich schon zu lange hier. Allein schon ein 'Danke' zu hören, macht mich nervös und Englisch zu sprechen fühlt sich seltsam in meinem Mund an. Dieser Tage träume ich sogar auf Französisch. Dennoch ist dies weitaus besser, als eines von Napoleons Gefangenenlagern, was sonst wahrscheinlich mein Schicksal gewesen wäre." Einen Moment lang sah er nachdenklich aus. "Schreibe deinen Brief und ich werde mit Coquelicot sprechen. Das ist die Heilerin, der du auch schon begegnet bist. Ich bezweifle, dass sie viel über das Portal weiß, aber für gewöhnlich nimmt sie sich Zeit für mich."

Darcy nickte, als er die gut angespitzte Feder aufnahm und in das Tintenfass tauchte. "Viel Glück."

Als die Decke hinter Jack zurückschwang, schrieb Darcy mit zitternder Hand (glücklicherweise jedoch leserlich): "Meine liebste Elizabeth..."

Jack kehrte mit der Nachricht zurück, dass die Drachenheilerin Darcy sehen wolle. Als die beiden Brüder eintrafen, erkundigte sich Coquelicot: "Wie geht es deinem Arm?"

"Er schmerzt ein wenig, was kaum verwunderlich ist, da ich ihn so lange nicht benutzt habe. Aber er funktioniert, und mehr will ich gar nicht." Auch wenn er noch weit von seiner üblichen Stärke entfernt war,

"Ah, gut. Nun, der Kleine hat mir von deinem anderen Problem erzählt. Stimmt es, dass du auf keine andere Weise nach Hause zurückkehren kannst?"

"Nicht, ohne mein Leben zu riskieren."

Sie neigte den Kopf. "Ich weiß nicht, aus welchem Grund das Portal dich abgelehnt hat, noch warum dir genug Drachenblut fehlen sollte, wenn es den Kleinen durchgelassen hat. Dennoch könnte es einen Weg geben, dies zu umgehen. Du könntest versuchen, eine niedere Bindung mit einem von uns einzugehen. Dann sollte das Portal dich als Gefährten erkennen und durchlassen."

Seine bisherigen Erfahrungen mit Drachenmagie erwärmten ihn nicht für das Konzept. "Was ist eine niedere Bindung?", fragte er widerwillig.

"Sie ist der Verbindung zwischen Drachen und ihren Gefährten ähnlich, allerdings nur von zeitlich begrenzter Dauer und ohne dass ein Austausch von Talent stattfindet. Wir nutzen sie, wenn ein Drache ohne Gefährte eine kurze Reise unternehmen möchte. Mit der niederen Bindung können sie mit einem Menschen aus dem Nest reisen, solange sie umgehend zurückkehren."

Roderick hatte so etwas getan, als die Drachen die Schutzzauber über Pemberley legten, obgleich sich der Waliser mit Bindungen viel wohler fühlte, als Darcy es jemals möglich wäre. Aber das wäre es wert, wenn er dadurch nach Hause zu Elizabeth zu käme. "Was müsste ich dafür tun?"

Sie starrte einen langen Moment auf den Boden und ihre Krallen klickten aneinander. Schließlich sagte sie: "Mit einem jungen Drachen ist das gar nicht so schwer, dafür braucht es nur ein wenig deines Blutes. Aber alle Jungen versuchen gerade, sich anderweitig zu binden, um dem bevorstehenden Kampf zu entkommen. Nein, ich werde es selbst tun, aber mit großer Sorgfalt, denn mein Blut ist zu stark für einen sterblichen Körper. Es gibt Gründe, warum sich nur junge Drachen Gefährten nehmen. Wenn wir älter sind, würde das Blutsband den Verstand eines Sterblichen zerstören, wenn es ihn nicht gar direkt tötet." Ihre Aura wandelte sich in eine der Entschlossenheit.

Blut. Natürlich hatte es etwas mit einem Blutsband zu tun. "Das kannst du?"

"Ich denke schon, ja." Eine weitere nachdenkliche Pause. "Ich werde Zeit brauchen, um eine Tinktur für die niedere Bindung herzustellen. Vielleicht ein paar Tage. Ist das in deinem Sinne?"

Bei jedem anderen Drachen hätte er gezögert, wenn nicht gar rundheraus abgelehnt, in Blutmagie verwickelt zu werden. Aber sie hatte ihn geheilt und dafür gesorgt, dass er seinen Arm wieder benutzen konnte. "Wird es mir schaden?"

"Nicht mehr als jeder andere Aderlass. Wenn du die Tinktur einnimmst, ist es möglich, dass dir ein wenig übel wird oder du überschüssige Energie verspürst."

Es würde ihn zu Elizabeth zurückkehren lassen. Er würde bei ihr in Pemberley sein, wenn ihr Kind geboren wurde. Das war das Risiko wert. "Ich bin bereit und von Dank erfüllt für deine Hilfe."

"Dann komm. Kleiner, wirst du mir helfen, ihn zur Ader zu lassen?" Aus dem Nichts heraus beschwor sie ein Silbermesser und ein kleines Becken hervor.

"Sag mir einfach, was ich tun soll", sagte Jack.

Kapitel 37

ELIZABETH ERWACHTE AM nächsten Morgen zu dem Geräusch eines Streits draußen.

"Sie können nicht hineingehen. Mrs. Darcy schläft noch", knurrte einer der Diener.

"Dafür wird sie geweckt werden wollen", antwortete Rodericks Stimme mit walisischem Akzent und unter schweren Atemzügen. "Sofort."

Elizabeth rieb sich den Schlaf aus den Augen. Roderick neigte für gewöhnlich nicht zur Dramatik. "Lasst ihn eintreten", rief sie und zog die Bettdecke hoch, um ihr Nachthemd zu verstecken.

Die Tür wurde aufgerissen, und da stand der Waliser im Morgenmantel. Er hatte sich nicht einmal angezogen, bevor er das Haus verließ? Aber sein breites Grinsen verriet ihr, dass er keine schlechten Nachrichten brachte.

"Darcy ist im französischen Nest", platzte er heraus. Vornübergebeugt stützte er sich auf seinen Knien ab und musste sich offensichtlich vom schnellen Laufen erholen.

Das kam so unerwartet, dass sie es erst einmal gar nicht aufnehmen konnte, doch dann begann sich Freude in ihrer Brust auszubreiten. Aufgeregt setzte sie sich auf. "Was? Bist du dir sicher?"

"Rowan hat es mir gesagt. Das französische Nest schickt zur Sicherheit seine Jungtiere hierher, und eines von ihnen hat es ihm erzählt." Roderick richtete sich auf und warf seinen Kopf zurück. "Gott, welch eine Erleichterung!"

Chandrikas Hände drückten Elizabeths Schultern zurück. "Sie müssen sich hinlegen, Mrs. Darcy. Sie wissen, was die Hebamme gesagt hat."

Wie konnte sie sich hinlegen, wenn sie doch aufstehen und tanzen wollte und am liebsten jeden, der ihr unter die Augen kam, umarmt hätte? Irgendwie gelang es ihr, zu gehorchen. "Was weißt du sonst noch? Wann kommt er durch das Portal? Erzähl mir alles!"

Rodericks Blick verlor den Fokus. "Anscheinend gibt es ein Problem damit, ihn durch das Portal zu schicken. Die Jungtiere wissen nicht, was es war, aber sie sind sich alle einig, dass der gerettete Engländer ihnen geholfen hat, das Portal zu durchqueren."

Elizabeth faltete ihre Hände vor ihrem Herzen. Darcy war am Leben! "Geht es ihm gut? Haben sie ihm wehgetan?"

Der Waliser schüttelte den Kopf. "Das weiß Rowan nicht. Die Jungtiere sind sehr jung und desorientiert, wenn sie an einem fremden Ort bei vollkommen Fremden ankommen und alles zurücklassen mussten, was sie bisher kannten. Wahrscheinlich wären sie nicht in der Lage, zu beurteilen, ob ein Mensch verletzt wurde... nein, warte. Einer sagt, er konnte problemlos laufen. Immerhin. Rowan wird versuchen, mehr herauszufinden, aber zuerst muss er den Jungtieren helfen, richtig anzukommen."

"Danke, ich danke dir! Und bitte sag Rowan, wie viel mir diese Nachricht bedeutet." Tränen der Freude begannen über ihr Gesicht zu strömen, aber es war ihr egal, wer sie sah. Nach Tagen der Dunkelheit war ihre Welt wieder hell.

Cerridwen rührte sich von dort, wo sie am Kamin geschlafen hatte. "Ich mach' mich mal auf den Weg und sehe, ob ich mehr erfahren kann." Sie hievte sich auf die Füße.

"Eine gute Idee", bestätigte Roderick. "Wobei sie dich dann möglicherweise auch einspannen werden. Rowan sagt, dass dort das reinste Chaos herrscht. Sie haben zwanzig Jungtiere geschickt! Das muss ein riesiges Nest sein. Ich habe keine Ahnung, wo wir sie alle unterbringen werden."

Endlich begann Elizabeths Verstand zu arbeiten. "Wenn sie alle ihre Jungen hierher schicken, muss die Lage dort verzweifelt sein."

"Oder es handelt sich lediglich um eine vernünftige Vorsichtsmaßnahme", sagte Roderick. "Sie werden auf keinen Fall zulassen, dass Darcy etwas passiert. Drachen tun immer ihr Bestes, um Menschen zu schützen."

Er war am Leben und frei. Daran würde sie sich mit aller Kraft festhalten.

Darcy hörte vier Tage lang nichts mehr von der Drachenheilerin, eine Zeit, die Jack als völliges Chaos im Nest beschrieb. Überall eilten Drachen geschäftig hin und her. Ihre Auren lasteten auf Darcy, mit all ihrer Sorge, Traurigkeit und Wut. Wer könnte es ihnen verübeln, wenn sie sich der realen Möglichkeit stellen mussten, dass ihr Zuhause ebenso als rauchende Ruine enden konnte wie die Nester in Österreich und Spanien? Ganz zu schweigen von der übermächtigen Angst, dass Napoleon sie dazu bringen könnte, Killer zu werden und als Sklaven des Hochkönigs der Feen zu enden. Sie schienen zuversichtlich, dass sie den Soldaten für mindestens ein paar Wochen standhalten könnten, doch eingeweiht war er in ihre Pläne nicht. Und niemand wollte ihm sagen, wie sie Jack beschützen würden, wenn es zum Äußersten käme.

Ganz gleich, wie sehr Darcy sich auch danach sehnen sollte, zu Elizabeth nach Hause zu kommen und niemals wieder einen Fuß auf französischen Boden zu setzen, hielt er es doch nicht aus, tatenlos zuzusehen, während die Drachen all ihre Energie in die Verteidigung des Nests steckten. Und so bot er an, ihnen zu helfen. Zusammen mit Jack und einigen der menschlichen Kith, die den Drachen dienten, half er beim Bau von Verteidigungsanlagen für das Nest, grub Fallen, um Eindringlinge zu fangen, und stapelte Steine zu Haufen auf, die in enge Täler hinabgestürzt werden konnten.

Da jedoch keine Verteidigung ewig standhielt, evakuierte das Nest so viele Drachen wie möglich. Als Jack auf Missionen in die unten liegenden Städte geschickt wurde, half Darcy am Portal mit und hütete junge Nestlinge, von denen einige nicht größer als ein Welpe waren. Sie wurden alle ins Dark Peak Nest geschickt, da es mehr Kraftreserven in Anspruch genommen hätte, die Ausrichtung des Portals zu ändern, als das Nest unter diesen Umständen erübrigen konnte. Und Darcy war froh, helfen zu können, da ein paar der Nestlinge die Nachricht, dass er sich im Nest befand, überbringen konnten, nachdem die Älteste sich geweigert hatte, etwas Schriftliches durch das Portal zu senden.

Er beneidete jeden Nestling, der durch das Portal verschwand, auch wenn er sich gleichzeitig fragte, wie das Dark Peak Nest mit diesem unerwartet großen Zustrom umgehen würde. Was dachte Elizabeth über seine Abwesenheit? Was, wenn Coquelicot keine Möglichkeit finden könnte, ihn durch das Portal zu bringen?

Endlich erreichte ihn eine Nachricht der Drachenheilerin, dass er sie in der Portalkammer treffen solle. Sie wartete dort, eine lederne Umhängetasche neben sich und auf ihrer Aura lastete Müdigkeit. "Bist du bereit?"

Er fühlte mit ihr. Sie musste sehr hart gearbeitet haben, um ihm schon wieder helfen zu können. "Das bin ich." Darcy warf einen Blick auf Jack neben sich. Wenn er seinen Bruder doch nur mitnehmen könnte!

Die Drachendame hielt ein Glasfläschchen mit Stopfen hoch, dessen Inhalt in schillernden Rubin- und Amethysttönen darin umherwirbelte. "Zuerst musst du das trinken. Es könnte sich seltsam anfühlen, wenn du es schluckst, aber es wird dir keinen Schaden zufügen."

Er nahm die winzige Flasche in die Hand. Magie drang pochend nach außen. "Soll ich es in kleinen Schlucken trinken oder alles auf einmal nehmen?"

"Ganz wie es dir beliebt."

Wennschon, dennschon. Er öffnete das Fläschchen und schluckte alles auf einmal.

Es brannte, ähnlich wie die intensive Hitze der Abstoßung, aber ohne den damit verbundenen Schmerz. Es schmeckte nach der Erinnerung ans Fliegen durch die Luft, das Heruntergleiten von Bergen auf riesigen Flügeln, nach der Freude über ein Herbstblatt, auf dem Tautropfen wie Edelsteine glitzerten und nach tiefem und anhaltendem Frieden.

Wärme baute sich in seinem Bauch auf, wie die Hitze eines Feuers in einer kalten Nacht oder Freundschaft, die erwidert wurde. Es war seltsam, aber keineswegs unangenehm. Er fühlte sich stark, als könne er eine Eisenstange mit bloßen Händen verbiegen.

Sie reichte ihm die Umhängetasche. "Dies enthält mehr des Elixiers. Die nächsten zwei Wochen über musst du jeden Morgen eine davon trinken. Nicht vergessen. Das ist sehr wichtig. Eine Bindung wie diese ist nur vorübergehend, aber sie darf nicht auf die leichte Schulter genommen werden."

"Das werde ich." Er konnte spüren, wie sich die Bindung in ihm aufbaute, ebenso wie eine plötzliche Traurigkeit darüber, den Drachen zurückzulassen.

"Eines noch." Sie holte ein silbernes Medaillon hervor, vielleicht fünf Zentimeter breit. "Lege dir dies um den Hals. Wir werden unser Blut darin vermischen – nicht viel, nur ein oder zwei Tropfen – und dann musst du unverzüglich durch das Portal gehen. Trage es, bis du mit dem Elixier fertig bist."

Wie die anderen Artefakte auch, die ihm bisher untergekommen waren, war es schwerer als erwartet. Er zog es über den Kopf und legte sich die Tasche mit dem Elixier über die linke Schulter.

Coquelicot streckte ein Vorderbein aus, um das Medaillon auf seiner Brust zu öffnen. Trotz ihrer Größe berührte sie ihn nur zart. Mit einer Kralle ritzte sie sich ihren anderen Arm an, bis ihr karmesinrotes Blut das Medaillon füllte. "Jetzt du."

Sie nahm seine Hand und ritzte eine winzige Stelle seines Mittelfingers auf. Seltsamerweise spürte er es kaum, als ob ihre Berührung den Schmerz bereits aufgehalten hätte, ehe er beginnen konnte. Als sein dunkleres Blut im Medaillon auf ihres traf, zischte es, und ein paar goldene Funken stoben auf. Sie schnappte das Medaillon zu. "Jetzt geh."

Darcy nickte Jack zu. "Bis bald, wir werden uns wiedersehen." Ohne auf eine Antwort zu warten, durchschritt er das Portal.

Und landete direkt im Chaos. Die Temperatur war plötzlich wärmer, Lichter strahlten heller und drei Drachen füllten die kleine Kammer zusammen mit einem Haufen großer Kisten aus.

Er war in England, seinem eigenen Land! Wo ihn niemand verhaften, schlagen oder aushungern würde. Wo er in Sicherheit war.

Der kleinste Drache, der johannisbeerrote, dem er zuvor schon einmal begegnet war, kam auf ihn zu. "Ah, Darcy. Du kommst aus den Vogesen? Bitte, tritt zur Seite und gestatte uns, diese durchzureichen, solange sie das Portal noch geöffnet haben." Der Drache schleuderte eine Kiste durch, dicht gefolgt von zwei weiteren von den anderen.

Es war bizarr, die Kisten einfach verschwinden zu sehen. Zumal ihm beim Hindurchschreiten durch das Tor ein wenig schwindelig geworden war, oder vielleicht lag es auch an dem Elixier.

Nur wenigen Minuten später war der Raum leer. "Bitte entschuldige, Darcy", sagte der Drache. Rowan, so hieß er. "Wir schicken ihnen alles, was wir erübrigen können, um ihnen zu helfen, ihr Nest zu schützen, aber sie können das Portal nicht lange offen halten."

"Ich weiß." Es würde weit mehr als das brauchen, um ihn aus der Ruhe zu bringen.

Der Drache kam einen Schritt näher und studierte ihn. "Ein anderer Drache hat dich markiert."

Er fühlte sich unwohl, als wäre er untreu geworden. "Alleine wollte das Portal mich nicht durchlassen, daher war einer der Drachen so nett, eine niedere Bindung mit mir einzugehen."

"Ah, wie gewitzt! Die Älteste ist begierig darauf, mit dir zu sprechen. Darf ich dich zu ihr bringen?"

Eigentlich wünschte er sich sehnlichst, direkt zu Elizabeth zu gehen, aber er konnte nicht leugnen, dass er wichtige Informationen zu überbringen hatte. "Durchaus. Ist es möglich, Pemberley eine Nachricht zu schicken, dass ich zurück bin? Ich möchte nicht, dass meine Frau sich länger als nötig Sorgen macht."

Rowans Blick verlor kurz den Fokus. "Schon geschehen. Roderick wird es ihr sagen."

Roderick war wieder in Pemberley? Nun, er nahm an, dass er viele Überraschungen erleben würde, wenn er erst einmal dort wäre.

Hier war er nun wieder, zurück in der Kammer der Ältesten. Nur vier Monate waren vergangen und doch fühlte es sich an, als hätte damals ein anderer Mann dort gestanden. Ein Mann, der keinen Hunger gekannt hatte, nicht gewusst hatte, wie es sich anfühlte, kein warmes Bett zu haben oder ein Gefangener zu sein. Einer, der nicht wusste, was es bedeutete, sich verborgen halten zu müssen, um sein Leben zu rennen und hilflos der Angst um das Leben der Frau, die er liebte, ausgeliefert zu sein.

Wie naiv er doch gewesen war! Er, der stets jeden Vorteil im Leben genossen hatte und doch nichts wusste.

Doch die Älteste hatte sich nicht wirklich verändert. Nur Darcy war anders, als er das Artefakt zurückgab, das er vor einer halben Ewigkeit erhalten hatte. "Es hat mich gerettet, als alles andere verloren schien", sagte er als Alternative zu einem Dankeschön.

"Das macht mich froh", sagte die Älteste mit ihrer resonanten Stimme. "Ein wenig habe ich von deinen Abenteuern durch Gefährtin Elizabeth erfahren. Es würde mich jedoch freuen, wenn ich direkt von dir hören würde."

"Wirst du mich dann lesen? Ich möchte nicht Gefahr laufen, Einzelheiten zu übersehen." Und es würde den Prozess beschleunigen, damit er sich noch viel früher nach Pemberley aufmachen konnte. Er konnte es kaum erwarten, in Elizabeths Armen zu sein, in seinem eigenen Zuhause.

"Du hast dich verändert. Früher fandest du das unangenehm."

"Ich habe mich sehr verändert, nicht zuletzt, weil ich die letzten beiden Wochen in dem französischen Nest verbracht habe."

"Ah, ja. Auch über Details dazu würde ich mit freuen. Abgesehen von den wichtigsten Informationen zu ihrer derzeitigen Situation hatten sie kaum Gelegenheit, uns etwas zu erzählen, zweifellos, weil sie ihre Zeit für Drängenderes einsetzen müssen."

"Das kann ich teilen, obschon ich wegen etwas, das dort geschehen ist, unter einer Bindung stehe." Plötzlich wurde ihm klar, wie verdächtig das klingen musste. "Dabei handelt es sich um etwas Persönliches über mich, das nichts mit der Gefahr für dieses Nest zu tun hat."

Der große Drache neigte den Kopf. "Wie eigentümlich. Dann lass uns beginnen." Sie hielt ihm ihre Arme entgegen.

Darcy griff nach ihnen, schaute hoch in ihre riesigen Augen und ließ zu, dass die Kraft ihres Geistes seinen erkundete, während er die Ereignisse seiner Reise Revue passieren ließ, angefangen bei den Seeschlangen bis hin zum Nest in den Vogesen. Die schmerzhaften Teile taten noch immer weh, wenn auch die beruhigende Gegenwart der Ältesten den Schmerz der Erinnerungen linderte.

Schließlich zog sich der Älteste zurück. "Du hast mir viel zu denken gegeben, Freund Darcy. Deine Informationen sind äußerst wertvoll und könnten viele Leben retten."

"Ich sorge mich um die Drachen des Nestes, das ich gerade verlassen habe." Das hatte er eigentlich gar nicht sagen wollen, und doch entsprach es der Wahrheit. Und noch mehr Sorgen machte er sich um Jack.

Die innere Membran schloss sich über dem Auge des Drachen. "Es ist eine schreckliche Situation. Wir müssen einen Weg finden, diesen verrückten Drachen, den ihr Napoleon nennt, aufzuhalten, was allerdings nicht leicht werden wird."

Dann eilte Rowan herein und wirkte geradezu winzig neben dem viel größeren, massigen Drachen. "Verzeih bitte, Älteste. Mein Gefährte hat mir übermittelt, dass Darcy augenblicklich nach Pemberley aufbrechen muss. Gefährtin Elizabeth liegt in den Wehen."

Darcy stockte der Atem. Jetzt schon? Hatte sie nicht gesagt, dass es noch zwei Monate hin wäre? Er musste sofort zu ihr. "Habt ihr ein Pferd, das ich mir ausborgen kann? Ich habe keine Zeit zu verlieren." Ihm blieb nicht genug Zeit, um nach einem aus Pemberley zu schicken.

Rowan nickte: "Ich werde sehen, was ich tun kann."

Darcys Kiefer mahlte. Das Pferd war ein Nutztier, das für gewöhnlich Pflüge oder Karren zog und nicht geritten wurde. Es dazu zu bringen, über einen Trab hinauszugehen, war unmöglich. Und selbst den musste er häufig unterbrechen, um das Pferd im Gang wieder regenerieren zu lassen. Bei dieser Geschwindigkeit würde er Stunden brauchen, um zu Hause anzukommen.

Er hielt im ersten Gasthaus außerhalb des Dark Peak an, um ein schnelleres Tier zu mieten, nur um auf eine völlig unerwartete Weigerung des Gastwirts zu stoßen, der einen Blick auf seine offensichtlich fremdländische Kleidung und seine französischen Münzen warf. "Mr. Darcy von Pemberley?", lachte der Mann ihn aus. "Und ich bin König George. Nimm dein Verrätergeld und scher dich davon."

Er hatte vor Wut gekocht. Vor ein paar Monaten hätte er darauf bestanden, dass ihm als Gentleman dieser Dienst erwiesen würde, mit der Selbstverständlichkeit eines Mannes, dem nie etwas verwehrt wurde, doch seine Mission hatte ihm eine Lektion in Demut gelehrt. Er drehte auf dem Absatz um und ging. Er würde sich mit dem Bauernpferd begnügen müssen bis er einen Ort erreichte, wo man sein Gesicht bereits kannte. Aber sein Magen zog sich schmerzhaft zusammen, so sehr wünschte er sich, bei Elizabeth zu sein, ihr in diesen Stunden beizustehen.

Und er hatte gehofft, seine Ängste in Frankreich zurücklassen zu können.

Er trabte weiter, das langsame Tempo brachte ihn nur noch weiter auf. Doch es war nicht die Schuld des Pferdes, dass sie noch nicht einmal die Hälfte der Strecke zurückgelegt hatten.

In der Ferne näherten sich Reiter auf der ansonsten leeren Straße. Auf guten Pferden mit richtigen Sätteln. Ob wohl die Chance bestand, dass einer von ihnen ihn erkennen und Mitleid mit ihm haben würde?

Der vorderste Reiter winkte mit dem Arm, um seine Aufmerksamkeit zu erregen. Als ob es irgendetwas anderes gäbe, wohin er schauen könnte! Aber als sie näher kamen, erkannte er das dritte Pferd, das ohne Reiter. Was tat sein eigener Herkules hier?

Er trieb sein widerstrebendes Reittier in einen rauen Kanter, bis er sie erreichte. Das waren beides Stallknechte aus Pemberley! Und sie waren nicht besonders gut darin, ihren Schock über seinen gegenwärtigen Zustand zu verbergen.

"Mr. Darcy, Sir! Mr. Roderick beorderte uns, Ihnen ein schnelles Pferd zu bringen", sagte der Knecht. "Ich hoffe, es ist Ihnen recht, dass wir auf ihn gehört haben."

Sie hätten ihm nichts Besseres bringen können. "Ausgezeichnete Arbeit, vielen Dank", sagte er, als er unelegant von dem schlecht sitzenden Sattel rutschte und zu Herkules eilte. "Bitte nehmt dieses Pferd nach Pemberley mit, bis es zurückgebracht werden kann."

"Ja, Sir." Der Knecht löste den Führungsstrick, den er für Herkules verwendet hatte. "Schön, dass Sie wieder da sind, Sir!"

Darcy warf sich in den Sattel. Wie immer reagierte Herkules auf die geringste Berührung, und bald flogen sie wie der Wind.

Kapitel 38

DARCY WARF DIE ZÜGEL einem verdutzten Diener vor dem Cottage zu. Warum in Gottes Namen stand hier ein Zelt? Aber das konnte warten. Ebenso wie Pemberley, das ihn mit einer beispiellosen Kraftwelle begrüßte, die stark genug war, um ihn zum Wanken zu bringen. Er hielt schnurstracks auf die Tür zu und platzte herein.

Drinnen ging es zu wie in einem Bienenstock, überall wuselten Frauen. Das Bett war in die Mitte des Raumes geschoben worden. Doch ihn kümmerte nichts davon als die Frau, die darin lag.

Elizabeths Haar war zerzaust, stahl sich aus dem eng geflochtenen Zopf und Linien der Erschöpfung gruben sich in ihr geliebtes Gesicht. Ihre Augen waren geschlossen, aber sie umklammerte Fredericas Hand.

Darcy konnte nichts anderes tun, als sie anzustarren, sich dessen bewusst, dass er in eine Szenerie hineingeplatzt war, die Männern eigentlich vorenthalten blieb, doch sich wegzubewegen brachte er nicht fertig. Nicht, wenn seine Elizabeth da lag – und Schmerzen litt.

Frederica beugte sich vor. "Elizabeth, sieh mal, wer hier ist."

Schlagartig öffneten sich ihre Augen. "William!", rief Elizabeth und stützte sich auf die Ellbogen. "Gott sei Dank!"

Augenblicklich war er an ihrer Seite, lehnte sich hinunter, um sie an sich zu drücken und ihren geliebten Körper zu wiegen. "Liebste, liebste Elizabeth!", murmelte er.

"Du hast es geschafft", flüsterte sie, und dann schlang sie ihre Arme um ihn und drückte ihn fest an sich, als wolle sie ihn nicht mehr entkommen lassen. "Ich dachte, ich hätte dich verloren."

Sie waren nicht allein, und sie lag in den Wehen, daher bedeckte er sie nicht mit Küssen und schüttete ihr nicht sein Herz aus, wie er es sich gewünscht hätte. "So leicht wirst du mich nicht los, mein Liebling. Ich werde immer zu dir zurückkommen." Wenn es nach ihm ginge, würde er nie wieder von ihrer Seite weichen.

"Gut", sagte sie leise und entließ ihn dann aus ihrem leidenschaftlichen Griff, als wäre sie müde.

Er legte sie sanft in die Kissen zurück und nahm ihre Hand in seine. "Aber was ist mit dir, meine Liebste? Gibt es irgendetwas, das ich tun kann, um dir zu helfen?"

Sie schenkte ihm ein schwaches Lächeln. "Ich habe alle Hilfe, die ich mir nur wünschen kann, aber dich an meiner Seite zu haben, ist das beste Geschenk der Welt." Ihre Augen schlossen sich, als wäre sie zu müde, um sie offenzuhalten.

Frederica sagte: "Es hat schon kurz vor Mitternacht begonnen, daher ist sie sehr müde. Aber ich kann mir vorstellen, dass sie gerne deine Stimme hören würde."

"Wie bist du entkommen?", fragte Elizabeth schläfrig.

"Zwei Männer kamen, um mich zu retten", sagte er. Wie sehr er sich wünschte, er könnte ihr von Jack erzählen! Seine Geschichte wäre ohne das niemals vollständig. "Sie versteckten mich in einem Heuwagen und brachten mich zum Nest. Und mein Luchs hat unter den Soldaten gewütet, sowohl während sie mich gefangen hielten als auch danach. Offensichtlich ist er nachtragend."

Ihre Mundwinkel wölbten sich nach oben. "Gut so, Feuerauge. Haben sie dir wehgetan?"

Manchmal war es klüger, nicht die Wahrheit zu sagen, doch da auch Frederica anwesend war, konnte er nicht geradeheraus lügen. "Sie haben mir ein wenig zugesetzt, aber jetzt geht es mir vollkommen gut. Da war..." Die Worte erstarben in seinem Mund. Stand auch seine Heilung durch Coquelicot unter einer Bindung? "Die Drachen dort haben sich gut um mich gekümmert."

Plötzlich schnappte Elizabeth nach Luft und ihre Hand krampfte sich fest um seine. Schweißperlen bildeten sich auf ihrer Stirn, während sich die Pein als feine Linien auf ihrem Gesicht eingrub.

Jemand berührte seinen Arm. Chandrika. Dass auch noch andere hier waren, hatte er vollkommen vergessen.

"Treten Sie zurück, Mr. Darcy. Sie hat eine Wehe", sagte das indische Dienstmädchen. Dann, vielleicht als Reaktion auf seinen verständnislosen Gesichtsausdruck, fügte sie hinzu: "Sie können immer noch ihre Hand halten, wenn Sie möchten."

Als ob er die jemals loslassen würde!

"Atmen Sie, Mrs. Darcy." Das war die Hebamme, Mrs. Sanford. Seine Halb-schwester, die er gar nicht richtig kannte und deren Bruder in Salamanca gestor-ben war. "Pressen Sie noch nicht. Es ist noch nicht an der Zeit."

"Aber ich muss!", wehklagte sie beinahe.

"Noch dürfen Sie nicht", sagte Mrs. Sanford fest. "Schauen Sie Ihren Mann an. Denken Sie daran, welch lange Reise er hinter sich gebracht hat, um bei Ihnen zu sein. Er will nicht, dass Sie jetzt schon pressen."

Wovon redete sie überhaupt? Was sollte sie nicht pressen, und warum sollte sie es nicht tun? Aber Frederica und die anderen Frauen nickten zustimmend, also sagte er: "Bitte, press noch nicht, meine Süße. Das ist sehr wichtig." Was auch immer das bedeuten sollte.

Elizabeth keuchte. "Es tut so weh", flüsterte sie.

Er konnte es nicht ertragen, sie mit solchen Schmerzen zu sehen. "Ist das normal?", fragte er Mrs. Sanford verzweifelt.

"Völlig normal", entgegnete diese trocken. "Sie sollten nicht hier sein, Mr. Darcy, aber um Ihrer Frau willen werde ich es vorerst zulassen – solange Sie ihr helfen, ruhig zu bleiben." Das war definitiv ein Befehl.

Er nickte. Sie war schließlich die Expertin. Dann wandte er sich wieder Eliz-abeth zu. "Sieh mich an, meine Liebe. Du schaffst das. Du hast es ganz alleine geschafft, Frankreich im Krieg zu durchqueren und ich bin so, so stolz auf dich."

Ein Schrei entfuhr ihr, und sie griff nach seiner anderen Hand und drückte sie, bis es weh tat.

"Ich bin hier bei dir", flüsterte er.

Dann entspannte sie sich plötzlich und atmete wieder leichter. Die Wehe musste vorüber sein.

Er beugte sich hinunter, um ihre Wange zu küssen. "Mein armer Liebling. Vielen Dank, dass du so hart für unser Kind arbeitest."

Aber ihre Augen waren auf seine Hände gerichtet. "Dein Arm. Du benutzt ihn."

Als ob das, verglichen mit dem, was sie durchmachte, eine Rolle spielen würde. "Dem geht es wieder besser. Wie gesagt, haben die Drachen sich gut um mich gekümmert."

Darcy durchmaß die in Nachmittagsschatten getauchte Lichtung mit langen, entschlossenen Schritten. Hin und her, immer wieder, als könnten seine Schritte Elizabeth irgendwie helfen. Zumindest war er zu Hause, wo die einladende Kraft von Pemberley durch ihn hindurchströmte. Seine pulsierende Lebenskraft kam jedes Mal wieder wie ein Schock, wenn er nach einer langen Abwesenheit wieder zurückkehrte. Doch dieses Mal spürte er sie umso mehr, als ginge die Magie des Landes noch tiefer, wäre noch stärker. Der reiche Boden und das sich darin befindliche Leben waren eine Wohltat, konnten seinen Geist jedoch nicht von dem abhalten, was gerade im Cottage geschah.

Er war ohne sich zu beschweren hinausgegangen, als die Hebamme ihm sagte, dass es nun an der Zeit zum Gehen wäre, da sie bereits jede Regel so weit als möglich gedehnt hatte, um ihn so lange als möglich bleiben zu lassen. Trotzdem sehnte sich immer noch alles in ihm danach, die Tür aus ihren Angeln zu reißen, weil sie es wagte, zwischen ihm und seiner Elizabeth zu stehen.

Die dicken Mauern, die ihm einst seinen ruhigen Zufluchtsort geboten hatten, ließen ebenfalls die meisten Geräusche von innen nicht nach außen dringen. Doch Elizabeths regelmäßige Schmerzensschreie schafften es dennoch gedämpft bis zu ihm und ihn schmerzte, dass er nichts tun konnte, um sie zu lindern.

Ein Diener kam mit einem Teller mit kaltem Braten und Obst auf ihn zu. Darcy versuchte, abzuwinken, aber der Diener ignorierte ihn. "Trinken Sie wenigstens etwas, Sir, um bei Kräften zu bleiben."

Mit einem Seufzer nahm er ein Glas, dessen Inhalt nach Wein aussah. Schockiert stellte sein Mund fest, dass es sich um Portwein handelte. Der Portwein, den er immer in Pemberley trank, nicht der Wein, der überall in Frankreich serviert wurde. Er schmeckte nach Heimat. Warum kam ihm das so komisch vor?

Er war aus dem Gleichgewicht geraten, keine Frage. Und um Elizabeths Willen musste er besser auf sich aufpassen. Seit heute Morgen hatte er nichts mehr zu sich genommen, von dem Elixier abgesehen, was sein seltsames Gefühl der Desorientierung erklären könnte. "Sie haben recht. Ich sollte essen", stimmte er dem Diener zu.

Sofort erschienen noch mehr Dienstboten, die einen kleinen Tisch und einen Hocker trugen. Das Essen wurde vor ihm abgestellt und er brauchte nichts weiter zu tun, als sich zu setzen und zu essen. So wie es immer gewesen war, sein ganzes

Leben lang, bis er nach Frankreich ging und für sich selbst sorgen musste. Er sah allen Dienern der Reihe nach in die Augen und sagte: "Ich danke Ihnen."

Sie wirkten überrascht, doch der Diener, der ihm den Portwein gebracht hatte, erholte sich zuerst. "Wir freuen uns, dass Sie zurück sind, Sir."

Sobald er das erste Stück Wild gekostet hatte, kam sein Hunger mit voller Wucht zurück. Er fegte den kompletten Teller leer und warf zwischendurch immer wieder Blicke auf das Cottage, als könnte die bloße Beobachtung etwas voranbringen.

Ein weiterer schmerzhafter Schrei, diesmal ein längerer, und dann herrschte wieder Stille. So viel hatte er mittlerweile verstanden, dass die Schmerzen kamen und wieder gingen, mit einer Atempause dazwischen. Doch nun hielt das Schweigen an. Ging es Elizabeth besser oder war etwas ganz schrecklich schiefgegangen?

Schließlich kam Mrs. Reynolds aus dem Cottage und schloss leise die Tür hinter sich. Erschöpfung hatte sich in ihr Gesicht eingegraben.

Darcy sprang so hastig auf die Füße, dass er den Hocker beinahe umgeworfen hätte und eilte zu ihr. "Was ist los?"

"Es ist ein Mädchen, Sir", sagte sie, aber ohne den Triumph oder die Freude, die er erwartet hätte.

"Elizabeth", sagte er und ihm schlug das Herz bis zum Hals. "Ist ihr etwas zugestoßen?"

Sie schüttelte den Kopf. "Ihr geht es den Umständen entsprechend gut. Aber das Neugeborene ist klein und nicht so stark, wie wir es gerne hätten."

Furcht kroch ihm in die Glieder. "Was bedeutet das?"

"Das weiß ich nicht, Sir. Das wird sich noch zeigen müssen."

"Darf ich Elizabeth sehen? Und...das Baby?"

"Noch nicht. Sobald die Nachgeburt da ist und Mrs. Darcy es möchte, können Sie hereinkommen."

Die Hebamme trug eine Laterne, als sie aus dem Cottage trat. "Kann ich unter vier Augen mit Ihnen sprechen, Sir?", fragte sie Darcy und deutete auf die Diener am Zelt.

Ein Kloß formte sich in seinem Hals. "Selbstverständlich." Er führte sie von den anderen weg, den Hang hinauf zum zerstörten Bergfried. "Was ist los?"

Sie begegnete seinem Blick. "Das Kind ist immer noch bei uns, ich gehe jedoch nicht davon aus, dass es überleben wird. Das geschieht öfter, wenn sie zu früh geboren werden. Es tut mir sehr leid."

Sein Mund war trocken. Ihr Kind, auf das sie so viele Hoffnungen gesetzt hatten, dessen Existenz ihn während seines Aufenthalts in Frankreich auf sein Landtalent zurückgreifen ließ, das er so sehr liebte, auch ohne ihm bisher begegnet zu sein. Es starb, bevor es eine Gelegenheit zum Leben gehabt hatte, genau wie der Sohn, den Anne de Bourgh ausgetragen hatte. "Und meine Frau?"

"Sie scheint nicht in Gefahr zu sein." Sie sah ihn ruhig an.

Eines musste er noch wissen. "Ist das wegen ihrer Reise geschehen? Oder wegen des Talents, das wir eingesetzt haben?"

Sie rieb die Hände aneinander. "Wir wissen nicht, warum manche Babys zu früh kommen. Oft scheint es ohne Grund zu passieren. Ihre Frau hat mir erzählt, dass ihre Mutter auch ein zu früh geborenes Kind verloren hat. Es ist tragisch, aber nicht ungewöhnlich."

"Danke, dass Sie ihr geholfen haben." Die Worte schienen in seinem Mund zu brennen. Er sollte ihr noch etwas sagen, jetzt, da er wusste, dass sie seine Halbschwester war, aber gerade hatte er nichts mehr zu geben.

"Ich habe die anderen gebeten, zu gehen, damit Sie etwas Privatsphäre haben. Ich bleibe draußen, für den Fall, dass Sie mich brauchen."

Er befeuchtete seine Lippen. "Wie lange..." Er brachte es nicht einmal fertig, den Satz zu beenden.

"Stunden, vielleicht auch ein oder zwei Tage. Es liegt in Gottes Hand."

Er nickte ruckartig, da er einfach nichts herausbrachte. Stattdessen ging er zur Tür des Cottages.

Drinnen saß Elizabeth auf Kissen gestützt im Bett, ein winziges Bündel in ihren Armen und ein Rinnsal von Tränen lief langsam über ihr Gesicht. Sie schaute kaum zu ihm auf, als er eintrat, aber sie bewegte sich, um Platz für ihn zu schaffen, damit er neben ihr auf dem Bett sitzen konnte.

Als er sich setzte, legte er die Arme um ihre. Ein doppelter Schutzring um ihr Baby. Wenn es doch nur einen Unterschied machen könnte. "Es tut mir so leid, meine Liebste", flüsterte er.

"Sie ist so winzig und so perfekt." Elizabeths Stimme zitterte. "Es ist meine Schuld. Ich hätte vorsichtiger sein sollen." Ein Schluchzen brach sich seinen Weg nach draußen.

"Elizabeth, hör mir zu. Du weißt, dass meine erste Frau ein Kind hatte, das nicht überlebt hat. Auch er wurde zu früh geboren, und Anne wurde so sehr verhätschelt und war so vorsichtig, wie eine Frau nur sein kann. Und trotzdem ist es geschehen. Der Fehler könnte bei mir oder in meinem Samen liegen." Er konnte nichts für ihr Kind tun, aber er würde Elizabeth mit dem letzten Bisschen seiner Kraft schützen.

Schweigend neigte sie den Kopf.

"Darf ich sie sehen?", bat er.

Elizabeth schob das Einschlagtuch zurück, das den Kopf des Neugeborenen halb bedeckte. "Sie heißt Jane. Nach deinem Bruder und meiner Schwester. Ich wollte sie Jenny nennen."

Ihr Gesicht war unglaublich winzig, kleiner als das einer Puppe, blass und faltig. Er sah, wie sie um jeden schnellen Atemzug kämpfte. "Sie ist wunderschön." Denn das war sie. Das Schönste, Kostbarste, was er je gesehen hatte, und sie würden sie verlieren. Ihre kleine Jenny, das Kind ihrer Liebe.

Elizabeth hob ihre tränengefüllten Augen und sah in an. "Wirst du sie halten und versuchen, ihr Kraft aus dem Land zu spenden? Ich habe es versucht und es schien ihr ein wenig zu helfen, aber Frederica hat mich aufgehalten. Sie sagte, ich würde zu viel geben."

Er hätte nur zu gerne sein Blut gegeben, wenn es der kleinen Jenny geholfen hätte. "Kannst du mir zeigen, wie ich sie halten soll?"

Mit zittrigen Händen legte Elizabeth das Baby in seinen Arm. "So, damit ihr Kopf gestützt wird." Ihre Stimme brach.

Sie wog fast nichts, war so leicht wie ein Spatz, doch nun, da er sie an seine Brust gedrückt hielt, konnte er sogar durch die Windeln hindurch, in die sie gewickelt war, spüren, wie schwer ihr das Atmen fiel. Ihre Haut war so dünn, dass er die Adern hindurchsehen konnte, und sein Herz wollte vor Liebe zu seiner winzigen, dem Tode geweihten Tochter platzen.

Er stellte seine Füße auf den Boden und ließ sein Talent in das Land sinken. Als es ihn eifrig empfing, bat er es stumm und inständig, seiner Tochter zu helfen, dem Fleisch seines Fleisches, dem Blut seines Blutes. Jene Worte, die er bei der Zeremonie gesagt hätte, um sie an das Land zu binden.

Die Kraft wickelte sich um seine Beine nach oben und kribbelte durch ihn hindurch. Er legte seinen Finger auf Jennys Wange – wie winzig sie im Vergleich dazu war! – und ließ die Kraft hindurch sickern. Zuerst nur ein bisschen, aus Angst, sie mit zu viel zu verletzen. Er spürte das Gewicht, als sie in seine Tochter eindrang.

Über die Heilkünste wusste er nichts, aber Verzweiflung war ein mächtiger Lehrmeister, und so sagte er seinen Kräften, dass sie ihr das Atmen erleichtern sollten. Er spürte, wie sich seine eigenen Lungen ausdehnten und zusammenzogen, als er versuchte, dem Baby diese Kraft zu spenden. Während er sie hin und her wiegte, konzentrierte sich seine gesamte Existenz auf das leichte schnelle Flattern ihrer Brust.

Elizabeth fragte mit zitternder Stimme: "Atmet sie ein wenig leichter, was denkst du?"

"Womöglich." Vielleicht sprach aber auch nur sein Wunsch aus ihm und selbst dann wusste er, dass es nicht ausreichte. Ihre Haut war noch immer blass, beinahe blau. Und Elizabeth sah so kläglich aus, wie sie da mit leeren Armen saß. "Vielleicht könnte ich versuchen, ihr mit beiden Händen die Kraft zu spenden, wenn du sie hältst." Nicht, dass er seine kostbare Bürde aufgeben wollte, nicht für eine Sekunde.

"Einen Versuch wäre es wert." Doch in ihrer Stimme lag keinerlei Hoffnung und die Tränen flossen unaufhörlich.

Er schaffte es, die kleine Jenny wieder in ihre Arme zu legen, auch wenn seine Hände am liebsten auf ihrer winzigen Gestalt verweilt wären. Dann legte er beide Zeigefinger an ihr Gesicht und fuhr fort, ihr Kraft aus der Erde zu spenden. Er würde ihr alles geben, was er konnte. Und jetzt konnte er eine subtile Andeutung von Elizabeths Talent unter seinem spüren.

Es war so schrecklich ungerecht, dass all ihre Liebe und all ihr Talent nicht ausreichten, um ein kleines Baby zu retten. Er wollte seinen Schmerz in den Himmel heulen wie ein Wolf, aber alles, was ihm blieb, war die wenigen Momente zu schätzen, die ihnen blieben.

Ein Klopfen an der Tür unterbrach sie. Wer wagte es, sie in einem solchen Moment zu stören? Dann segelte eine Frau in voller indischer, prachtvoller Tracht, voll verschleiert herein, ohne auf eine Einladung zu warten. Darcy brauchte einen Moment, um Rana Akshaya zu erkennen, die indische Magierin, die er zuletzt vor seiner Hochzeit gesehen hatte. Nein, den indischen *Drachen* – Elizabeth hatte das in Frankreich erwähnt.

Rana Akshaya ignorierte seinen entrüsteten Blick, sie sah Elizabeth direkt an. "Chandrika teilte mir mit, dass dein Kind nicht wohlauf ist. Möchtest du, dass ich versuche, sie zu heilen?"

War das überhaupt möglich? Ein normales Heilertalent konnte selten mehr als Verletzungen und Infektionen behandeln, aber seine Mutter hatte Rana Akshayas außergewöhnliche Kräfte erwähnt.

Elizabeth blieb der Mund offen stehen. "Das würdet Ihr tun? Wenn Ihr etwas für sie ausrichten könntet, würde mich das sehr froh machen."

"Vielleicht kann ich ihr helfen, vielleicht auch nicht. Das hängt vom Problem ab." Ihr Ton war völlig neutral, als ob es ihr so oder so gleich wäre, aber Darcy war bereit, auf die Knie zu fallen und zu betteln, wenn das einen Unterschied machen würde.

Sie kam ans Bett, wo die kleine Jenny in Elizabeths Armen eingewickelt lag, das Gesicht sogar noch bläulicher. Ohne ein Wort schlug sie das Tuch zurück, um ihren gesamten Kopf freizulegen, und enthüllte ihr spärliches schwarzes Haar. Sie nahm ihren winzigen Kopf behutsam zwischen ihre Krallen, die im Vergleich dazu riesig aussahen.

Magie machte die Luft dicker, rau und es roch nach Zimt. Zunächst zog sich Jennys winziges Gesichtchen zusammen, als ob sie schreien wollte, wenn sie nur genug Luft dazu bekäme und die Adern darunter traten noch deutlicher hervor. Aber sie schien keine Schmerzen zu haben. Sie schien sich eher zu entspannen.

Selbst wenn diese Heilung es nur ein wenig leichter für sie machen würde, wäre das schon ein Gewinn. Sie kämpfen zu sehen, zerriss ihm das Herz. Darcys Lippen bewegten sich im stillen Gebet, seine Augen auf das Gesicht seiner Tochter gerichtet.

Rana Akshaya richtete sich auf und hob ihre Hände von Jennys Kopf. So rasch? Konnte sie nichts für sie tun?

"Das wird helfen", kündigte sie an. "Es war ganz einfach, ein Loch in den Gefäßen ihres Herzens. Ich habe es repariert und ihre Lungen befreit. Sie wird sehr hungrig sein und viel schlafen müssen."

Und es stimmte. Jennys Haut wurde rosig, und plötzlich stieß sie einen Protestschrei aus, viel lauter, als jedes Geräusch, das bisher von ihr gekommen war. Elizabeth umklammerte sie fest, Tränen strömten über ihr Gesicht, und ihre Fähigkeit zu sprechen war ihr eindeutig abhandengekommen.

Darcy übernahm das für sie. "Ich habe keine Worte, um Euch zu sagen, wie viel uns das bedeutet. Eure Großzügigkeit gereicht Euch zu großer Ehre." Er musste seine Stimme erheben, um über Jennys Schreien hinweg gehört zu werden, das süßeste Geräusch, das er je gehört hatte.

Rana Akshaya antwortete ihm nicht. Stattdessen studierte die Magica – nein, die Drachendame – Elizabeth. "Chandrika weiß, dass Heilungen ihren Preis haben. Sie kam zu mir und bot mir an, auf Lebenszeit in meinen Dienst zurückzukehren, wenn ich deinem Nestling helfen würde."

Elizabeths verweinte Augen weiteten sich. "Das hat Chandrika getan? Oh." Sie wandte ihre Augen der kleinen Jenny zu und drückte ihre Lippen auf deren Stirn. "Es war...gut von ihr."

"Ich habe abgelehnt. Ich brauche keine Diener, die eigentlich woanders sein wollen. Diese Heilung war ein Geschenk an deinen Drachen, der mir geholfen hat, euer Nest zu finden, und für dich, für die Gastfreundschaft, die du mir zukommen ließest." Sie sagte es beinahe widerwillig, als ob es ihr gar nicht gefiele, irgendetwas schuldig zu sein.

Elizabeth schluckte und sagte: "Ihr hättet kein wertvolleres Geschenk finden können, dass ich mehr zu schätzen wüsste. Das werde ich Euch niemals vergessen."

Rana Akshaya nickte kurz und ging ohne ein Wort hinaus.

Darcy schlang seine Arme um Elizabeth, mit der kleinen Jenny zwischen ihnen beiden, und sein Herz wollte überströmen vor Glück. Sie schluchzte in seiner Umarmung, aber er erkannte, dass es Tränen des Glücks waren. Sie waren wieder zusammen, und jetzt waren sie auch eine Familie.

Dann begann Jenny wieder zu weinen. Ein gutes, gesundes Schreien, und Darcy ließ Elizabeth los.

Elizabeths Augen glitzerten vor Glück. "Könntest du Mrs. Sanford bitten, hereinzukommen und mir beim Anlegen zu helfen?"

"Mit Vergnügen, meine Liebste." In diesem Moment hätte Darcy es für eine Ehre gehalten, für Elizabeth und ihre Jenny über den Mond zu springen.

Kapitel 39

A M MORGEN TRAT DARCY aus der Hütte, übernächtigt vom Schlafmangel, während er gleichzeitig auf einer Wolke der Freude schwebte. Die kleine Jenny lag in Elizabeths Armen und beide schliefen friedlich.

Beinahe stolperte er über Roderick, der sich vor dem Zelt von einem Hocker erhob. "Schön, Sie zurück zu sehen, Darcy. Wie geht es ihnen?" Er neigte den Kopf in Richtung der Hütte.

Darcy strahlte. "Beiden geht es gut. Und meinen tiefsten Dank, sowohl dafür, dass Sie dem Nest mitgeteilt haben, dass ich hier gebraucht werde, als auch dafür, dass Sie mein Pferd losgeschickt haben, um mir entgegenzukommen."

Der Waliser lachte. "Das war nicht schwer. Drachen verstehen nicht, warum wir so viel Aufhebens um die Geburt machen. Wenn es an der Zeit ist, legen sie einfach ihre Eier und wenden sich dann wieder dem Tagesgeschehen zu." Er wirkte unbeschwerter, als Darcy ihn in Erinnerung hatte. "Ich bin froh, dass Sie es rechtzeitig geschafft haben."

"Ich könnte nicht glücklicher darüber sein", sagte Darcy inbrünstig.

"Rowan hat von Cerridwen gehört, dass Sie planen, die Landbindung durchzuführen und ich hatte mich gefragt, ob ich Ihnen bei den Vorbereitungen zur Hand gehen könnte", sagte Roderick. "Ich bin mit dem Ritual vertraut – zumindest so, wie wir es in Wales durchführen."

Vor einem Jahr hätte Darcy abgelehnt, aber seitdem hatte er harte Lektionen gelernt. "Das würde mich freuen. Meine rechte Hand ist noch immer nicht besonders stark, was das Graben zu einer Herausforderung machen wird."

Roderick nickte. "Habe ich gehört. Drachen sind schreckliche Klatschtanten, wissen Sie." Irgendetwas an der beiläufigen Art, wie er es sagte, weckte einen Verdacht in Darcy.

"Sie und Rowan ...", begann er.

Roderick grinste. "Ja, wir sind die Bindung eingegangen, während Sie weg waren. Ich hoffe, Ihnen macht es nichts aus, dass Ihr Haus nur von Drachengefährten überrannt wird. Ich werde jedoch bald schon nach Wales zurückkehren, sobald das Nest hier Rowan erübrigen kann." Ganz kurz huschte ein Schatten über sein Gesicht.

"Glückwunsch", sagte Darcy, und zu seiner Überraschung meinte er es ernst.

"Er sagt, Sie seien ebenfalls eine niedere Bindung eingegangen. Eine interessante Erfahrung, nicht wahr?"

Darcy erstarrte. In dem Chaos rund um die Geburt und allem, was danach kam, hatte er vollkommen vergessen, dass er täglich das Elixier trinken sollte. "Entschuldigen Sie mich einen Moment." Er schlich sich zurück in das Cottage und wagte kaum zu atmen, damit er Elizabeth und Jenny nicht aufweckte, um seine Umhängetasche zu holen.

Sobald er wieder draußen war, zog er ein Fläschchen heraus und stürzte den Inhalt hinunter. Der süße Geschmack, der Duft nach Wildblumen und die leichte Würze, wärmten ihn tief im Inneren. Plötzlich fühlte es sich an, als stünde der große rote Heilerinnendrache neben ihm und strahle stolz auf ihn herab. Er stieß einen langen Atemzug aus, als ein Gefühl des Friedens sich in ihm ausbreitete.

Roderick starrte ihn schockiert an. "Was ist das? Ich kann die Kraft davon bis hierher spüren."

"Der Drache, an den ich mich gebunden habe, hat es für mich hergestellt. Ich soll es zwei Wochen lang täglich trinken."

Der Waliser runzelte die Stirn. "Davon habe ich für eine niedere Bindung noch nie gehört. Nun, zweifellos machen sie in Frankreich vieles anders. Dass es Sie nach Hause gebracht hat, ist alles, was zählt."

Die Tinktur hatte auch Darcys Gedanken geklärt. "Das Nest hier scheint einen plötzlichen Sinneswandel in Bezug auf Gefährten durchlaufen zu sein."

Roderick sah sich verstohlen um, als wolle er sicherstellen, dass niemand mithörte, ehe er leise sagte: "Das liegt an den jüngsten Ereignissen. Wenn ein Nest angegriffen wird, kann ein Drache, der einen Gefährten hat, entkommen und sich ein neues Nest suchen. Plötzlich ist es ein großer Vorteil, sich an einen Sterblichen zu binden."

Darcy nickte langsam. Es passte zu dem, was Coquelicot über die jungen Drachen im französischen Nest gesagt hatte, die versuchten, so schnell als möglich Gefährten zu finden.

Sie alle bereiteten sich auf einen Krieg vor, Menschen wie Drachen gleichermaßen.

Darcy wählte einen Platz in der Mitte des Eichenhains. Seine eigene Nachgeburt war in der Nähe des Haupthauses vergraben worden, wie die seines Vaters vor ihm, aber es erschien ihm richtig, die Riten hier im Herzen von Pemberley durchzuführen. Für Elizabeth wäre es ebenfalls einfacher.

Mit Roderick hinter sich, setzte Darcy den Spaten am Boden auf, direkt in der Mitte des Eichenhains, und begann zu graben. Das Blatt rutschte leicht hinein, da das Land mit ihm kooperierte, sich öffnete und Wurzeln zur Seite gleiten ließ, um seinem Spaten Platz zu machen. Er ließ sich in sein Wissen um die Erde sinken, nahm die Regenwürmer und Insekten wahr, die Siebenschläfer, die ihre Wintervorräte vergruben und die Eichhörnchen in ihren Nestern voll mit Nüssen. Die kräftigen Wurzeln der majestätischen Eichen hielten alles zusammen.

Wie er diese Verbindung vermisst hatte, als er in Frankreich war!

Und wenn er bedachte, dass er sich vor einem Jahr auch ohne sein Landtalent in Netherfield aufgehalten und sich darauf vorbereitet hatte, Elizabeth zu heiraten! Wie anders sein Leben jetzt war – doch die Welt unter der Oberfläche blieb unverändert, der Zyklus des Lebens in seiner vollen Blüte. Leben, Sterben und Wiedergeburt im Frühling.

Nach den ersten beiden Schaufeln übergab er den Spaten an Roderick, der kurzerhand den Rest übernahm.

Dann kehrte Darcy in die Hütte zurück, wo Elizabeth jetzt in einem Schaukelstuhl saß und die kleine Jenny stillte – und drei Drachennestlinge um sie herum. Noch ganz kleine, der größte davon so groß wie ein Reh, doch alle waren größer als die welpengroßen Jungtiere, denen er durch das Portal im Vogesennest geholfen hatte. Mit allen zusammen war der kleine Raum dann doch ziemlich voll.

"Was ist das?", wollte Darcy wissen.

Elizabeth warf ihm einen bedauernden Blick zu. "Wie es scheint, wird die kleine Jenny zumindest für eine Weile einen Drachenbruder oder eine Drachenschwester haben. Die Älteste besteht darauf, weil sie Drachenmagie ausgesetzt wurde."

"Sind nicht alle Kinder von Drachengefährten dem ausgesetzt?"

Sie lächelte und sah dann mit einem betörend liebevollen Gesichtsausdruck auf ihr Baby hinunter. "Sie mehr als die meisten anderen. Sie war schon ein Teil von mir, als ich zusammen mit Cerridwen das Blutsband mit Pemberley eingegangen bin, als ich meinen abschließenden Schwur abgelegt habe und als ich durch das Portal kam. Obendrein noch Rana Akshayas Heilung – das ist eine Menge Drachenmagie für ein winzig kleines sterbliches Baby."

Sein Magen meldete sich mit Ungemach. "Glauben sie, dass es ihr geschadet haben könnte?"

Sie schüttelte den Kopf. "Eher, dass es ihr Talent unvorhersehbar machen könnte oder dass es gar sehr früh durchbrechen könnte. Daher der Wunsch, dass ein Drache sie zu ihrer eigenen Sicherheit beobachtet."

Er runzelte die Stirn. "Nein. Ich werde keiner Blutsverbindung zustimmen." Jenny war viel zu winzig und er würde nicht zulassen, dass sie auch nur der kleinsten Gefahr ausgesetzt wäre.

"So wie ich es verstehe, bestünde die Bindung nur auf der Seite des Nestlings. Deshalb versuchen sie zu entscheiden, wer am besten zu ihr passt."

"Ich dachte, ein Drache könne das Nest ohne einen Gefährten gar nicht verlassen."

Der größte der Nestlinge sah auf. "Das gilt nur für erwachsene Drachen. Wir sind jung genug, um überall hinzugehen." Er sagte es, als wäre es offensichtlich und Darcy ein begriffsstutziger Schüler, weil er das nicht wusste.

Und noch ein weiterer Drache in seinem Haushalt, der damit derzeit bereits gut gefüllt war. Cerridwen in Elizabeths Schlafgemach, Rana Akshaya im großen Salon, Fredericas Drache im Ballsaal, Rowan irgendwo bei Roderick und jetzt noch einer im Kinderzimmer.

Aber er zweifelte nicht mehr an ihren guten Absichten, und wenn es half, dass Jenny sicher war, war das alles, was zählte.

Das Baby schien mit dem Trinken fertig zu sein. Elizabeth hob es an ihre Schulter und tätschelte sanft seinen Rücken.

"Meine." Es war der mittelgroße Drache, der nicht größer als ein Rehkitz war. "Sie gehört zu mir, denke ich. Ich kann sie spüren." Er klang ehrfürchtig. Oder war es eine sie? Wie man das bei einem Drachen, der noch zu jung war, um einen Kamm ausgebildet zu haben, der die erwachsenen Drachen kennzeichnete, überhaupt herausfinden sollte, wusste er nicht. Beinahe beneidete Darcy die

Kreatur; wie sehr würde er es lieben, die Gegenwart seiner Tochter spüren zu können! Vielleicht würde sich das ja als etwas Gutes herausstellen.

Darcy verbeugte sich in Richtung des Nestlings. "Gewährst du mir die Ehre, deinen Namen zu erfahren?"

Der winzige Drache wandte seinen Blick nicht von Jenny ab, betrachtete sie, als sei sie das Faszinierendste im ganzen Universum, ein Gefühl, das Darcy vollsten nachvollziehen konnte. "Ich bin Achat."

"Willkommen in unserem Zuhause, Achat." Darcy wandte sich an Elizabeth und fügte hinzu: "Ich bin dabei, Jennys Bindung an das Land durchzuführen. Möchtest du dich mir anschließen, da du deine eigene Bindung an Pemberley hast? Aber natürlich nur, wenn du dich in der Lage fühlst, so weit zu laufen."

"Um nichts in der Welt würde ich das verpassen wollen und nach all der Zeit im Bett sehne ich mich danach, wieder auf meinen eigenen Beinen zu stehen", sagte sie fest. Sie erhob sich, übergab das Baby an Chandrika und zuckte dann bei ihrem ersten Schritt zusammen.

Erschrocken sagte Darcy: "Vielleicht solltest du hier bleiben, wenn es dir Schmerzen bereitet."

Sie lachte amüsiert, wenn auch müde auf, und es war Musik in seinen Ohren. "Es ist normal, Schmerzen zu haben, nachdem man ein Baby aus sich herausgepresst hat, sogar ein sehr kleines! Aber das Laufen wird mir bei der Heilung helfen." Das war seine Elizabeth, die niemals aufgab.

Nun war er besonders froh, dass er sich für das Ritual einen Ort in der Nähe ausgesucht hatte.

Er nahm das Paket auf, das Mrs. Sanford für ihn vorbereitet hatte. Seine Halbschwester, ein weiterer Neuanfang.

Vor der Hütte wartete ein anderer Drache, ein unbekannter, mit blau und bronze glänzenden Flügeln, genau wie Cerridwens. Darcy blieb abrupt stehen und starrte. Es *war* Cerridwen, nun doppelt so groß, wenn nicht gar noch mehr. Sie war nicht mehr so groß wie ein kleiner Hirsch, sondern hatte eine wesentlich imposantere Statur ausgebildet. Nun war sie eher so groß wie ein Hengst. Er hatte sie nicht mehr in Drachenform gesehen, seit er nach Frankreich aufgebrochen war, aber dennoch war sie erstaunlich schnell gewachsen.

Cerridwen sagte nichts, senkte nur den Kopf, um die Bedeutung der bevorstehenden Zeremonie anzuerkennen, doch unter seinen Füßen wirbelte die vertraute Drachenkraft durch die Erde.

Darcy nickte zurück und führte Elizabeth in den Hain. Dort legte er behutsam die in Wolle gewickelte Nachgeburt in das vorbereitete Loch. Er ließ seine

Kraft tief in das Land sinken und bedeckte das Päckchen mit Pemberleys Erde. Schließlich war die ganze Erde, die er und Roderick aufgehäuft hatten, wieder an Ort und Stelle, und bildete eine kleine Wölbung, die über dem umgebenden Boden aufragte.

Darcy fing Elizabeths Blick auf und hielt ihn fest. Dann sprach er die uralten Sätze, die sein Vater ihm beigebracht hatte und ließ die rituellen Worte in all den alten Sprachen von seiner Zunge rollen, die das Land gekannt hatte: Keltisch, Latein, Sächsisch, normannisches Französisch und schließlich Englisch. "Lass meine Tochter, das Fleisch meines Fleisches, das Blut meines Blutes, Teil des Landes werden, das uns das Leben gibt. Möge die Erde eins mit ihr sein, damit beide durch ihre Bindung an Stärke gewinnen."

Eine launische Brise wehte durch den Hain und hob die Locken an Elizabeths Gesicht, als sie die rituellen Sätze wiederholte. Irgendwie hatte er das nicht erwartet, aber natürlich musste ihr Vater es ihr auch beigebracht haben. Jetzt verbanden sie ihre beiden Blutlinien in einer Landverbindung, in der die Liebe, die sie zusammengebracht und ihnen die kleine Jenny gegeben hatte, widerhallte.

Als sie fertig war, ging Darcy mit einem kleinen Messer in der Hand zu dem flachen Haufen aus Erde und Blättern hinüber. Dies war die einzige Blutmagie, die gut und richtig war, so war es ihm stets beigebracht worden. Er setzte das scharfe Messer an seiner Ellenbeuge an und drehte es.

Zwei Versuche waren nötig, bis sein Blut auf die Erde floss, dort kurz verweile, ehe er die finalen Worte sprach. "Es ist vollbracht."

"Es ist vollbracht", wiederholte Elizabeth.

Und das Land antwortete ebenfalls mit einem Ansturm von Kraft und Leben, der in ihm aufstieg, ein Geschenk der Annahme und Anerkennung. Dem überraschten Gesichtsausdruck Elizabeths nach zu schließen, musste sie es auch fühlen.

Sein Blut sickerte ein und verschwand. Dann geschah etwas Unerwartetes: Etwas Grünes schob sich genau an diesem Fleck aus der Erde, ein winziger Sämling zwischen all dem Herbstlaub. Zuerst formten sich nur Ranken, dann Blätter und schließlich eine Knospe, die vor seinen Augen wuchs. Sie öffnete sich zu einer scharlachroten Mohnblume – in Miniaturform, nur wenige Zentimeter groß.

Elizabeth sagte zitternd: "Diesen Teil hat mein Vater nie erwähnt."

"Meiner ebenso wenig", sagte Darcy mit trockenem Mund. "Und er hätte es mir gesagt." War es ein Omen? Eine Illusion? Oder etwas ganz anderes? Er kniete sich hin und strich vorsichtig mit einer Fingerspitze darüber. Die Blätter bewegten sich unter seinen Fingern und schnellten wieder dagegen zurück. Abgesehen von ihrer Größe und der Tatsache, dass sie nicht zur richtigen Jahreszeit wuchs, war sie einfach nur eine ganz normale Blume.

Eine, die sich einladend anfühlte – und feierlich. Auch das Land schien damit zufrieden zu sein.

Einst hätte er solchen unwissenschaftlichen Vorstellungen keine Beachtung geschenkt, aber er hatte dazugelernt, und er war bereit zu hoffen. "Ich denke, es ist ein gutes Zeichen. Vielleicht erkennt das Land all die Magie, die in unsere Jenny geflossen ist."

Elizabeth neigte den Kopf. "Hast du Pemberley zuvor schon einmal etwas von deinem Blut gegeben?"

"Nein, es sei denn, man zählt mit, dass meine Nachgeburt hier begraben wurde." Darcy konnte seine Augen nicht von der hellen Blume abwenden.

"Vor deiner Bindung an Georgiana und deiner niederen Bindung an den Drachen in Frankreich", sagte sie nachdenklich.

"Und vor unserer Verbindung."

Dann drang Cerridwens Stimme von hinten zu ihnen, die sich aber irgendwie anders anhörte. Nicht ihre üblichen flötenartigen Töne, sondern etwas Klangvolles und Klingelndes, das Darcys Nackenhaare aufstellte. "So wie dein Land für viele verschiedene Geschöpfe ein sicherer Hafen wurde, vereint dein Kind das Blut der Menschen, der königlichen Feen und der Drachen. Sie wird eine Brücke zwischen den Großmächten werden, zwischen Vergangenheit und Zukunft, zwischen der Welt der Sterblichen und Faerie werden, gestützt von der verdoppelten Macht von Pemberley." Ihre Worte hallten von den alten Eichen um sie herum wider.

Darcy drehte sich um und starrte sie an. Der Drache stand am Rande des Hains, als wäre er dort festgefroren. Dann, als hätte Cerridwen etwas geweckt, schüttelte sie die Flügel und streckte sich. Mit ihrer normalen Stimme sagte sie: "Wie seltsam das war! Glaubt ihr, es war eine Prophezeiung? Sie sagten, das könnte mir passieren."

Eine Prophezeiung. Sobald sie das Wort aussprach, wusste Darcy tief in seinen Knochen, dass es die Wahrheit war. In den alten Drachenmärchen wurden ein paar Prophezeiungen erwähnt, die stets von tiefer Bedeutung waren. Jetzt gab es eine über seine Tochter. Ein Schauder lief ihm den Rücken hinab.

Elizabeth schien jedoch hocherfreut zu sein, die Aufregung überstrahlte ihre Müdigkeit. "Du sagtest, sie würde eine Brücke zwischen der Vergangenheit und der Zukunft sein - und das bedeutet, dass es eine Zukunft geben wird, nicht nur eine Katastrophe!"

Cerridwen legte den Kopf schief. "Weißt du, ich glaube, da könntest du recht haben!"

Darcy sagte langsam: "Du hast die verdoppelte Magie von Pemberley erwähnt. Seit meiner Rückkehr habe ich das Gefühl, dass das Land stärker ist als zuvor."

Die Brust des Drachen kräuselte sich vor Vergnügen, und sie machte ein Geräusch, das einer tieferen Version des Kiee-Kiee-Kiee ihrer alten Turmfalkenform glich. "Selbstverständlich. Pemberley hatte schon immer mächtige Magie wegen der Drachensteine. Als ich ihm mein Blut gab, um Elizabeth zu helfen, sich an das Land zu binden, wurde es zu etwas noch Größerem. Die niederen Feen haben ihre eigene eigenwillige Magie hinzugefügt, und die Anwesenheit so vieler Drachen wirkt sich ebenfalls aus."

Pemberley war sein Fels, das feste Fundament, auf dem er immer gestanden hatte. Wie war es möglich, dass man es verändert hatte? Er selbst hatte sich verändert, sowohl durch seine Heirat mit Elizabeth, als auch durch die Erfahrungen, die er in Frankreich gemacht hatte, doch tief in seinem Inneren wollte er, dass Pemberley stets gleich blieb. Aber natürlich veränderte sich das Land unablässig, im Wandel der Jahreszeiten, mit neuen Feldfrüchten oder grasenden Tieren, durch Kälteeinbrüche oder Stürme. Es hatte sowohl den uralten Stämmen, wie auch der modernen Zivilisation ein Heim geboten und alle paar Jahrzehnte neue Generationen von Darcys aufgenommen. Pemberleys Wurzeln waren solide und sie konnten sich auch an ein neues Zeitalter der Magie anpassen.

Elizabeth nickte langsam, als ob dies etwas erklärte, worüber sie sich bereits Gedanken gemacht hatte. "Und deine Prophezeiung. Was könnte sie bedeuten?"

Cerridwen lehnte sich auf ihren Hacken zurück. "Es ist ein sehr seltsames Gefühl, etwas ausgesprochen zu haben, das ich nicht verstehe", sagte sie klagend. "Aber so ist es nun einmal."

In diesem Moment watschelte der kleine Nestling aus Richtung des Cottages auf die Lichtung. "Chandrika hat mich gebeten, dir zu sagen, dass Jenny wieder gefüttert werden muss."

Elizabeth lächelte ihn an. "Ich sehe, du wirst ein hilfsbereites Mitglied unseres Haushalts sein."

Achat schien vor Stolz zu anzuschwellen. "Ich werde mein Möglichstes geben."

Sie warf Darcy einen bedauernden und amüsierten Blick zu. "Und ich habe eine Pflicht, die nicht warten kann, allen Prophezeiungen, wundersamen Blumen und verdoppelter Magie zum Trotz. Unsere kleine Jenny mag eines Tages die Welt verändern, aber im Moment ist sie ein hungriges Baby, das seine Mutter braucht." Sie streckte Darcy die Hand entgegen. "Begleitest du mich, mein Liebster?"

Er nahm sie eilig entgegen und hob sie an seine Lippen. Was auch immer die Zukunft bringen mochte, er würde ihr mit seiner geliebten Elizabeth an seiner Seite entgegentreten.

Demnächst: Pemberleys Wächter

Der spannende dritte Teil der
„Fitzwilliam Darcy, Magicus" - Reihe

Über die Autorin

Abigail Reynolds mag Ärztin und US-Bestsellerautorin sein, kann aber keine gerade Linie mit einem Lineal ziehen. Ursprünglich stammt sie aus Upstate New York, hat Russisch und Theater am Bryn Mawr College und Marinebiologie am Marinebiologischen Labor in Woods Hole studiert. Nach einem kurzen Gastspiel in der Verwaltung der Darstellenden Künste beschloss sie, Medizin zu studieren und hat das Schreiben als Hobby während ihrer Jahre in einer Privatpraxis für sich entdeckt.

Da sie ihr Leben lang die Romane von Jane Austen liebte, hat Abigail 2001 damit begonnen, Variationen von Pride and Prejudice (Stolz & Vorurteil) zu schreiben, um ihr Repertoire dann um einen Romanzirkel zu erweitern, der auf ihrem geliebten Cape Cod spielt. Ihre Bücher sind vielfach preisgekrönt und einige waren US-Bestseller. Ihre neuesten Bücher sind, neben diesem hier, *Verzaubert auf Pemberley, Eine Frage der Ehre, Der Preis des Stolzes, Mr. Mr. Darcys Zauber, Mr. Darcys Loyalität, Allein mit Mr. Darcy,* und *Mr. Darcys Reise.* Eine Liste ihrer Werke finden Sie auf ihrer . Bisher wurden ihre Bücher bereits in sieben Sprachen übersetzt.

Abigail ist ein lebenslanges Mitglied der JASNA (Jane Austen Society of North America) und lebt mit ihrem Ehemann und einer Menagerie von Tieren auf Cape Cod. Zu ihren Hobbies gehören weder schlafen noch putzen.

Besuchen Sie Abigails Webseite unter:
www.pemberleyvariations.com

Danksagungen

Wie immer braucht es ein ganzes Dorf, um ein Buch zu veröffentlichen. Ich schätze mich glücklich, gleich Teil zweier fantastischer Kritikgruppen sein zu dürfen, die hervorragende Arbeit geleistet haben, dass sich meine Szenen gut lesen lassen. Mein Dank gilt also den „Sippewissett Scribblers", wie auch den „Bluestockings without Borders". Laura George, Susan Meyers, Shannon Rohane, Melissa Sawyer, und Sarah Shepherd verdienen alle eine Medaille für ihre Verdienste um dieses Buch.

Mein großartiges Team an Betalesern hat viel zu viele Tippfehler entdeckt und mich auf Ungereimtheiten aufmerksam gemacht, die ich nochmal überarbeiten musste. Dafür bedanke ich mich bei Al Bradley, Christie Devine, Debbie Fortin, Michela Furia, Nicola Geiger, Melanie Gylling, Karla Noel, Susan M. Parker, David Young, und Rebecca Young für ihre großartige Leistung. Ebenso wie bei dem Beta-Team für diese deutschsprachige Ausgabe: Rahel Giebeler, Diana Welters und Christin Thoss. Meine hervorragende Übersetzerin Flore Cherel von den Thelodys Éditions hat mich zu den Teilen, die in Frankreich spielen, beraten und vor wirklich grauenhaften Fehlern bewahrt. Rebecca Young hat die Seeschlangenattacke durch eine sonst eher harmlose Unterhaltung beim Dinner ausgelöst. Jegliche verbleibende Fehler gehen voll und ganz auf meine Kappe!

Und wie sonst auch, hätte ich dies niemals ohne die Unterstützung meiner Familie zustande bringen können. Mein Ehemann hat den Haushalt am Laufen gehalten während ich schrieb, während Pfeffernusse, Pip, Snickerdoodle, und Bastet ganz in Stubentigermanier scharfzüngige und bissige Kommentare geliefert und für entspannendes Schnurren gesorgt haben.

Last, but not least, ein ganz großes Dankeschön an meine enthusiastischen Leser:innen, die immer wieder nachgefragt haben, wie die Geschichte denn nun weiter geht!

Weitere Werke von Abigail Reynolds

Folgen Sie Abigail Reynolds bei Amazon unter folgendem Link, so werden Sie künftig über alle Neuerscheinungen informiert:
Abigail Reynolds folgen

www.ingramcontent.com/pod-product-compliance
Lightning Source LLC
Chambersburg PA
CBHW021132260626
47169CB00005B/1579